PC WISSEN
leichtverständlich

Arthur Dickschus

PC WISSEN

leicht-
verständlich

Eine
Einführung
in Hard- und
Software

Markt&Technik Buch- und Software-Verlag GmbH

Die Deutsche Bibliothek – CIP-Einheitsaufnahme

Dickschus, Arthur:
PC-Wissen leichtverständlich : eine Einführung in
Hard- und Software / Arthur Dickschus. –
Haar bei München : Markt und Technik, Buch- und Software-Verl., 1994
ISBN 3-87791-610-4

10 9 8 7

97 96

ISBN 3-87791-610-4

Einbandgestaltung: Helfer Grafik Design, München
Lektorat: Rainer Fuchs
Herstellung: Martin Horngacher
Druck: Schoder Druck, Gersthofen
Dieses Produkt wurde mit Desktop-Publishing-Programmen erstellt
und auf chlorfrei gebleichtem Papier gedruckt
Printed in Germany

Inhaltsverzeichnis

Vorwort

Der Markt für Personalcomputer (PC) beschränkte sich vor ein paar Jahren noch überwiegend auf den professionellen Einsatz (Bürobereich, Technik und wissenschaftliche Anwendungen). Weder in kaufmännischen noch in technischen Abteilungen kann auf den PC heute verzichtet werden. Egal, ob es um die Korrespondenz, die Verwaltung von Lieferanten- und Kundenadressen oder die Organisation von Produkten und deren Versand geht: Überall ist der PC heute unersetzlich. In der Technik steuern Computer Arbeitswerkzeuge, bauen Autos zusammen und kommunizieren über entfernte Kontinente miteinander.

Inzwischen hat sich der PC auch in privaten Haushalten etabliert. Verantwortlich dafür ist einerseits der unglaubliche Preisverfall der Hard- und Software in den letzten Jahren, andererseits löste die Verbreitung der PCs an den Arbeitsplätzen eine Kauflawine bei Privatpersonen aus, denn niemand wollte den beruflichen Anschluß verpassen.

Das ermutigte die Hersteller wiederum, diesen sogenannten Consumermarkt als neues und lukratives Marktsegment zu erschließen. So gibt es inzwischen preiswerte Software für alle erdenklichen Anwendungen und vor allem Spiele für groß und klein.

Leider haben die meisten Anwender den Umgang mit dem PC weder in der Schule gelernt, noch in einer speziellen Schulung die wesentlichen Grundkenntnisse über das Werkzeug »Computer« erhalten. In der Praxis lernt man bestenfalls die Funktionen einer Anwendersoftware in einem zwei- oder dreitägigen Seminar.

Das veranlaßte den Autor bereits 1986, ein leichtverständliches Buch über allgemeines PC-Wissen zu schreiben. Es war eines der ersten Bücher, die sich mit dieser Thematik auseinandersetzten. Das vorliegende Werk in völlig überarbeiteter und ausführlicherer Form will die Erfolge des Vorgängers fortsetzen. Es soll all denen eine Hilfe und Informationsquelle sein, die

- mit dem PC aus unterschiedlichsten Gründen in Berührung kommen und sich in leichtverständlicher Weise über bisher unverständliche Begriffe und Funktionen informieren wollen,
- noch keine PC-Kenntnisse haben und sich beruflich oder privat einen PC kaufen wollen oder müssen und dabei dem Fachchinesisch der Verkäufer nicht zum Opfer fallen wollen,
- einen allgemeinen Überblick über Personalcomputer, Ein- und Ausgabegeräte, Betriebssysteme, anforderungsgerechte Programme und Kommunikationstechniken haben möchten,
- zwar schon Anwender sind und einige Zeit mit dem Computer arbeiten, aber keine oder nur wenig Kenntnisse von dessen Funktionsweise haben und gezielt Informationen über Hard- und Software suchen.

Dieses Buch ist so gegliedert, daß der Leser sowohl ein Kapitel nach dem anderen abarbeiten, aber auch in den einzelnen Kapiteln speziell Antworten für sein Problem finden kann. Für den Leser, der tiefer in die Materie einsteigen will, stehen zusätzlich Informationen in Rahmen, die mit Raster unterlegt sind.

Das vorliegende Buch ersetzt die bisherigen Bücher »PC-Wissen leichtverständlich« und »Rund um den PC« desselben Autors.

Eine kleine Einführung

Kapitel 1

Die Computergeschichte

Nicht jeder Computer ist ein Personalcomputer

Personalcomputer im Überblick

1 Die Computergeschichte

1.1 Erste Anfänge

Die vergleichsweise junge Geschichte des Computers ist erst gut ein halbes Jahrhundert alt. Wissenschaftler aus verschiedenen Disziplinen schufen die technischen Grundlagen für eine Technologie, von der heute ein ganzer Industriezweig lebt. Keine andere Industrie kann, trotz ständiger Preisreduktionen, in so kurzer Zeit vergleichbare technische Fortschritte vorweisen. Auch geschichtlich Uninteressierte können sich dieser rasanten Entwicklung nicht verschließen.

Der Z1 von Zuse

Bereits 1936 bastelt in Berlin Konrad Zuse den ersten Computer Z1 (Zuse 1). Dieser arbeitet noch mechanisch nach dem von Leibniz entwickelten Dualsystem – einem Zahlensystem, das nur aus Nullen (0) und Einsen (1) besteht. Aber erst einige Jahre später nahm die damalige deutsche Regierung Notiz von Zuses Entwicklung. Im Auftrag der deutschen Luftwaffe konstruierte Zuse 1940/41 den ersten Relaisrechner (Z 3) mit Lochstreifeneingabe und -ausgabe. Das Rechenwerk umfaßte 600 und das Speicherwerk 1400 Telefonrelais. Damit konnte der Speicher immerhin 64 Zahlen mit je 22 Dualstellen aufnehmen.

Der Mark 1 von Aiken

Parallel dazu entwickelte in den USA Howard Aiken im Auftrag von IBM einen Computer. Er wurde Mark 1 genannt und bestand 1943 die ersten Tests. Dieser Mark 1 war ca. 15 Meter lang, 2,5 m hoch und bestand aus ca. 750.000 Einzelteilen.

Diese Computer der sogenannten nullten Generation stießen durch ihre Mechanik schnell an ihre physikalischen Grenzen. Erst der Einsatz von Elektronenröhren durchbrach in der Datenverarbeitung die Leistungsgrenzen, da die Schaltgeschwindigkeit von Röhren weit über der von Relais liegt.

Der Röhrencomputer von Mauchley

Der erste Computer mit Röhren war der von Eckert und Mauchley entwickelte ENIAC (Electronic Numerical Integrator and Computer), der 1946 in der Universität von Pennsylvania in Philadelphia, USA, erstmals vorgestellt wurde. Er besaß 17.468 Radioröhren (dieselben übrigens, die auch in den damaligen Radios für »Dampf« sorgten).

Die vier Rechnergenerationen

Auf der Grundlage des Dualsystems und der Elektronenröhre basieren heute noch alle Computer. Die daraus entstandenen Rechner teilt man in Generationen ein:

1. Generation ab 1946: Elektronenröhren-Bestückung (Operationszeit ≈ 1ms – Zugriffszeit ≈ 10 ms) Software: Assemblersprachen, Unterprogrammtechnik
2. Generation ab 1955: Transistor-Bestückung (Operationszeit ≈ 100 µs – Zugriffszeit ≈ 500 µs) Software: Compilersprachen, Betriebssysteme
3. Generation ab 1961: Integrierte Schaltkreise (Operationszeit ≈ 1 µs – Zugriffszeit ≈ 0,5 µs) Software: Mehrbenutzersysteme, Dialogsysteme
4. Generation ab 1973: Hochintegrierte Schaltkreise (IC) (Operationszeit ≈ 100 ns – Zugriffszeit ≈ 50 ns) Software: Datenbanksysteme, Netzwerksoftware für dezentrale Datenverarbeitung.

PCs gehören zur 4. Rechnergeneration

Alle heutigen Entwicklungen im PC-Bereich gehören noch zu dieser 4. Rechnergeneration.

1.2 Von der Elektronenröhre zum Siliziumchip

Vom Elektronenröhren-Rechner der ersten Generation bis zu den heutigen superschnellen CPUs war es ein weiter Weg, der allerdings in um so erstaunlicherer Geschwindigkeit zurückgelegt wurde.

Die Erfindung des Transistors

Die damaligen Elektronenröhren waren groß, langsam, reparaturanfällig, teuer und verbrauchten eine Unmenge Strom. Erst mit der Erfindung des Transistors 1947 (ein Kunstwort aus Transconductance und Transresistance) war die Voraussetzung für größere und preislich günstigere Computer gegeben. Allerdings dauerte es noch bis 1954, bis der erste Transistor aus Silizium (dem heute verwendeten Material) vorgestellt wurde. Bereits 1955 stellten die Bell Labs den ersten Computer mit Transistor-Bestückung (TRADIC) der Öffentlichkeit vor.

1958 erfand Jack Kilby gleichzeitig mit Robert N. Noyce bei Texas Instruments den ersten integrierten Schaltkreis (IC =

Bild 1.1. Der Mikrochip (Foto Intel)

Integrierte Schaltkreise

Integrated Circuit) und damit die Voraussetzung für einen kompletten Prozessor auf einem einzigen Siliziumchip, der allerdings noch ein paar Jahre auf sich warten ließ. Zur Herstellung eines IC wurden Schaltkreise auf photochemischem Weg im Innern eines Siliziumkristalls erzeugt. Die ersten IC besaßen zwar nur vier Transistoren, aber die weitere Entwicklung der Prozessoren baute zukünftig auf dieser Technologie auf. Mikroprozessoren sind also, vereinfacht ausgedrückt, nur eine dünne Silikonscheibe, die aus einem extrem sauberen Kristall hergestellt werden.

Hochintegrierte Schaltkreise

1972 glückte bereits die Herstellung von hochintegrierten Schaltkreisen (LSI = Large Scale Integration) mit 1000 und mehr Transistoren auf einem einzigen Chip. Moderne Chips können heute mehrere Millionen Schaltungen auf einem winzigen Siliziumplättchen von etwa einem halben Quadratzentimeter Fläche enthalten.

1.3 Die ersten Mikroprozessoren

Bereits 1969 machte man Versuche, das Rechenwerk und das Steuerwerk eines Computers auf einem einzigen Chip zu integrieren. Ein Mitarbeiter der Fa. Intel, Ted Hoff, entwickelte 1969 aufgrund einer Anfrage eines japanischen Taschenrechner-Herstellers den ersten integrierten Chip, der Steuer- und Rechenwerk auf einem einzigen Siliziumplättchen vereinte. Eigentlich wollte dieser japanische Kunde zwölf verschiedene Chips für verschiedene Rechner. Da jeder dieser Chips ein eigenes Design benötigt hätte und der Auftragsumfang die Herstellungskosten in astronomische Größen getrieben hätte, konstruierte Hoff einen Chip, der universell einsetzbar war. Der Computer auf dem Chip war geboren. Das Zeitalter der Mikroprozessoren war eingeläutet.

Rechen- und Steuerwerk auf einem Chip

Als Intel das fertige Konzept für den Mikroprozessor den Japanern vorstellte, sicherten sie sich die Rechte an diesem Produkt durch einen Exklusivvertrag. Der Prozessor erhielt die Bezeichnung 4004. Erst 1971, also 2 Jahre später, durfte Intel diesen Prozessor der Öffentlichkeit vorstellen. Er enthielt bereits 2300 Transistoren und konnte gleichzeitig vier Binärstellen (Dualzahlen) verarbeiten, er war somit ein 4-Bit-Prozessor (der Begriff »Bit« wird auf Seite 42 erklärt).

Intels 4004

Bereits 1972 folgte der erste 8-Bit-Rechner mit der Bezeichnung 8008 von Intel. Damit legte Intel gleichzeitig den auch heute noch gültigen Standard für Mikroprozessoren mit 8 Bit (1 Byte) fest. Diese Prozessoren waren die ersten, bei deren Herstellung ihre Aufgaben und Funktionen noch nicht festgelegt werden mußten. Erst nach der Bestimmung ihres Einsatzzweckes war klar, welche Aufgaben sie zu erfüllen hatten (z. B. Werkzeugmaschinen steuern, bei Fotoapparaten und Videokameras für die richtige Belichtung sorgen, die Autoelektronik regeln usw.).

Der erste 8-Bit-Prozessor

Fast gleichzeitig entstanden dann etwa 1974 der Intel 8080 (der lange Zeit der Industrie-Standard der 8-Bit-Rechner war und 5500 Transistoren hatte), der Valvo 2650, der SC/MP von National Semiconductor und der 6800 von Motorola. Ehemalige Mitarbeiter der Firma Intel gründeten damals die Firma Zilog und stellten 1976 den Z 80, einen verbesserten 8080-kompatiblen Rechner, vor. Auch Motorola-Mitarbeiter machten sich selbständig und konstruierten den 6502, der damals für den sagenhaften Preis von $ 25 verkauft wurde. Die von ihnen gegründete Firma MOS Technology wurde später von Commodore aufgekauft. Ende 1975 waren etwa 40 verschiedene Mikroprozessoren erhältlich.

Die Mitbewerber

1975 begann man bereits mit der Entwicklung des 16-Bit-Prozessors. National Semiconductor brachte den Pace und Texas Instruments 1976 den TMS 9900 auf den Markt. Wie es scheint, etwas zu früh, denn keinem von beiden war ein großer Erfolg beschieden.

Der 8086 wird vorgestellt

Erst 1978, mit der Vorstellung der Intel-8086- bzw. der Intel-8088-Prozessoren, begann die Generation der 16-Biter so richtig in Schwung zu kommen. Dabei war der 8088 noch gar kein »reinrassiger« 16-Bit-Prozessor, denn er rechnete zwar intern mit 16 Bit, sein Datenbus war aber nur 8 Bit breit. Einen Leistungsschub bekamen die 16-Bit-Rechner durch den 80286 der Fa. Intel. Er war nicht nur schneller als seine Vorgänger, sondern konnte auch einen größeren Speicher verwalten.

Motorolas 68000er-Serie

Mit der Entwicklung der 68000er-Serie wagte sich Motorola inzwischen mit einem 32/16-Zwitter an die 32-Bit-CPUs heran – der erste echte 32-Bit-Rechner von Motorola war dann der 68020 und von Intel der 80386. Diese beiden Prozessoren werden teilweise heute noch in einfacheren Computern eingesetzt. Wie leistungsfähig die modernen Prozessoren heute sind, wird in Kapitel 3.2.1, Seite 69, beschrieben.

1.4 Die schnelle Entwicklung des Personalcomputers

Der Garagen-PC von Jobs und Wozniak

Die Geschichte des »persönlichen Computers« begann aber erst so richtig 1976. Damals löteten zwei Ingenieurstudenten, Steven Jobs und Steve Wozniak, in einer Garage einen »Computer für persönliche Anwendungen« zusammen, nannten ihn Apple und gründeten im Januar 1977 eine gleichnamige Firma, nachdem sich keine anderen Hersteller für ihre Erfindung interessierten. 1977 präsentierte Commodore seinen ersten PC, den PET (Personal Electronic Transactor), der Öffentlichkeit. 1978 kam dann Atari und 1979 Texas Instruments mit Eigenentwicklungen heraus.

Der PC wird salonfähig

Aber erst als IBM 1981 ihren Personalcomputer vorstellte, horchte die Fachwelt auf. Dieser PC enthielt einen Prozessor der Firma Intel und ein von der Firma Microsoft entwickeltes Betriebssystem. Für jeden PC-Freak war das ein Schicksalsdatum. Damit

Bild 1.2. Der Apple II (Foto Apple)

Bild 1.3. Der IBM-PC 1983 (Foto IBM)

war der PC an sich geboren, ein neuer Industriestandard gesetzt (wenn auch nicht der beste), der PC salonfähig und von EDV-Anwendern anerkannt – die Geburtsstunde unzähliger Hard- und Softwarefirmen war eingeläutet. Daran konnte auch das Aufbäumen von Apple und von Commodore nichts ändern, so gerne sie auch ihr eigenes Betriebssystem durchgesetzt hätten.

IBM schuf den Industriestandard

Alle anderen Hersteller wie Compaq, Epson, Olivetti, Siemens usw. haben sich inzwischen diesem IBM- bzw. Industriestandard angeschlossen. Die Entscheidung vieler Hersteller, IBM-kompatible PCs herzustellen, brachte eine Entwicklung in Gang, die man damals noch gar nicht absehen konnte. Von nun an gings nämlich bergab – aber nur mit den Preisen. Mit der Produktion und der Leistung der PCs ging es dagegen steil bergauf. So über den Daumen gepeilt würde ein mit einem von 1981 vergleichbarer PC heute nur noch etwa 5 bis 10 Prozent von damals kosten.

2 Nicht jeder Computer ist ein Personalcomputer

Selbstverständlich gibt es auch bei Computern unterschiedliche Kategorien- und Leistungsklassen, ähnlich wie bei Kraftfahrzeugen: Bei diesen unterscheidet man z. B. zwischen PKW, LKW und Omnibussen. In jeder dieser Kategorien gibt es, wie jedermann weiß, wieder diverse Leistungsklassen.

Die Klassengesellschaft

Computer teilt man in die vier klassischen Gruppen auf: Supercomputer, Großrechner, Minicomputer und Mikrocomputer. Im allgemeinen Sprachgebrauch bezeichnet man die Minicomputer heute als Workstations und die Mikrocomputer als Personalcomputer. Ebenso wie bei den Kraftfahrzeugen gibt es auch hier in jeder Gruppe verschiedene Leistungsklassen.

Supercomputer

Für Forschung und Lehre

Diese Computergattung wird hauptsächlich in Forschung und Lehre eingesetzt. Ausgehend von ihrer enormen Rechenkapazität können sie z. B. für Comptersimulationen eingesetzt werden, etwa die (wissenschaftlich umstrittene) Simulation des Weltklimas unter Berücksichtigung der Treibhausgase. Nicht zu vergessen ist natürlich auch das Interesse von Militär und Raumfahrt an diesen Superrechnern. Von dieser Kategorie gibt es auf der ganzen Welt nur einige hundert Exemplare.

Anfang der 90er Jahre schafften die Supercomputer bereits 5 Milliarden Rechenoperationen pro Sekunde und konnten bei entsprechender Ausstattung 100 Millionen Zeichen auf eine Festplatte schreiben.

Großrechner

Mainframes für industrielle Anwendungen

Diese Spezies, auch Hosts oder Mainframes genannt, trifft man in Rechenzentren oder in Großbetrieben, überall da, wo es auf hohe Rechenleistung und umfangreiches Datenmanagement ankommt. Großrechner sind so ausgelegt, daß sie eine hohe Anzahl von Benutzern (bis über 1000) gleichzeitig bedienen können. Das ist deshalb möglich, weil das Betriebssystem dieser Rechner jeder anfallenden Aufgabe (Job) sogenannte Zeitscheiben zuteilt.

Bild 1.4. Siemens-Großrechner (Foto Siemens)

Stehen also mehrere Jobs zur Verarbeitung an, so wird z. B. nur eine Millisekunde am ersten gearbeitet, dann an den nächsten Jobs, dann wieder am ersten und so weiter, bis alle Aufgaben abgearbeitet sind. Man nennt dies das Time-Sharing-Verfahren.

Terminals am »Tropf«

Die Eingabegeräte (Terminals) dieser Großrechner sind oft nur mit soviel eigener Intelligenz ausgestattet, daß der Anwender einfache Aufgaben, wie etwa Texteingabe und Korrektur, ohne Verbindung zum Rechner selbst ausführen kann. Erst mit dem Betätigen eines speziellen Tastendrucks werden die Daten an den Rechner zur Verarbeitung gesandt. Terminal und Rechner können dabei weit voneinander entfernt sein, selbst Kontinente lassen sich per Telefonkabel dabei überwinden. Um den Großrechnern für umfangreiche Aufgaben mehr Rechenzeit zur Verfügung zu stellen und den Benutzern lange Antwortzeiten zu ersparen, werden heute zunehmend Personalcomputer oder Workstations an die Großrechner angeschlossen.

Rechnerleistung und Speichermedien

Großrechner werden unter anderen von IBM, Siemens und Unisys angeboten. Solche Großrechner können auf riesige Speichermedien im Terabyte-Bereich zugreifen, haben eine hohe Rechnerleistung (über 100 MIPS = Millionen Instruktionen pro Sekunde) und müssen in klimatisierten Räumen betrieben werden.

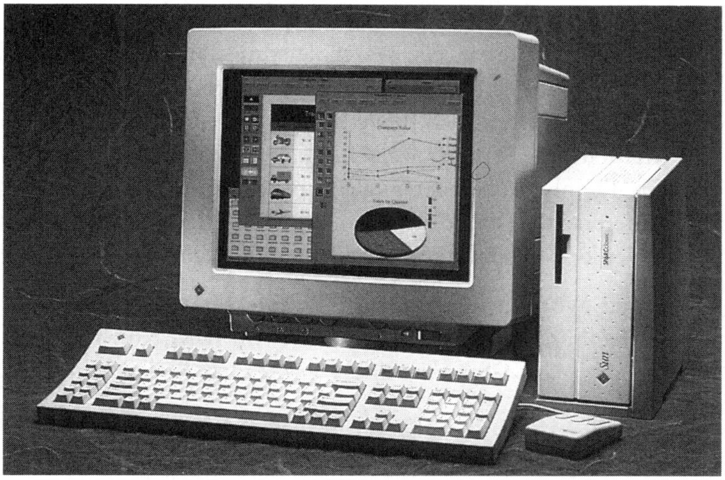

Bild 1.5. Sun-Sparc-Rechner (Foto Sun)

Workstations (Minicomputer)

Der Weg zur intelligenten Arbeitsstation

Noch vor einigen Jahren hatten die Systeme der mittleren Datentechnik ebenso wie die Großrechnersysteme einen zentralen Rechner und einfache Terminals für die Dateneingabe. Durch die Anforderungen der modernen grafischen Benutzeroberflächen und die aufwendigen Programme war diese Technik nicht mehr ausreichend. Als Abhilfe schuf man leistungsfähige, intelligente Arbeitsplatzrechner, deren Philosophie man von den PCs übernahm. Diese als Workstations bezeichneten Computer wurden per Netzwerk miteinander verbunden und erhielten einen zentralen Rechner, der für die zentrale Datensicherung und das Datenmanagement verantwortlich war. Auch hier können mehrere Benutzer mit einem oder mehreren Programmen zur gleichen Zeit arbeiten.

Der Einsatzbereich von Workstations

Diese Systeme findet man hauptsächlich in kleineren und mittleren Betrieben. Sie übernehmen hier Aufgaben wie sie vergleichsweise bei Großrechnern in Rechenzentren anfallen. Aber auch im Konstruktionsbereich oder bei der Bearbeitung von Farbbildern, also überall da, wo hohe Datenmengen anfallen und in möglichst kurzer Zeit verarbeitet werden müssen, findet man bisher vorzugsweise Workstations. Meist wird hier das Betriebssystem Unix eingesetzt.

Abgrenzungsprobleme

Noch vor ein paar Jahren war diese Gruppe klar von den Personalcomputern abtrennbar. Sie waren leistungsfähiger, hatten ein zukunftsweisendes Betriebssystem und waren vor allem teurer. Mittlerweile verschmelzen beide Kategorien zunehmend. Einerseits werden Prozessoren, Massenspeicher, Betriebssysteme und sonstige Peripherie der Personalcomputer immer leistungsfähiger, andererseits die Workstation immer billiger, so daß eines Tages hier keine klare Trennung mehr möglich ist.

Verbreitete Workstations sind zum Beispiel die Sun-Sparc-Rechner der Fa. Sun, die RS-6000-Rechner von IBM, von DEC die 5000er- und Alpha-Systeme und von Hewlett Packard die Serie HP-6000.

3 Personalcomputer im Überblick

Vier Dinge braucht der PC

Unter einem Personalcomputer versteht man landläufig einen Computer, der selbständig Daten be- und verarbeiten kann. Er besteht aus einer eigenen Verarbeitungseinheit und externen Datenspeichern sowie einem eigenen Betriebssystem und Anwendungssoftware. Da sich die Hersteller leider auf keine einheitlichen Computerbezeichnungen einigen können bzw. aus Marketinggründen nicht wollen, begegnet man auf der Suche nach einem geeigneten PC auch heute noch unterschiedlichen Begriffen:

- Personalcomputer, PC, Mikrocomputer
- Tischcomputer, Desktop PC, Tower
- Portable, Laptop, Notebook, Subnotebook
- Palmtop, Notepad usw.
- Home- oder Heimcomputer.

Das Gehirn des Computers

Während einige dieser Begriffe nur verschiedene Bezeichnungen für den PC sind, verwendet man die anderen für seine Untergruppen – das macht die Unterscheidung noch verwirrender. Eines auf jeden Fall haben alle Computer gemeinsam: den »Mikroprozessor«, das Hirn eines jeden Computers. Das Wort »Mikrocomputer« stellt demnach den Oberbegriff dar. Inzwischen hat sich der Oberbegriff »Personalcomputer« weitgehend durchgesetzt. Das scheint zwar etwas unglücklich, da es sich hier nicht um das deutsche Wort »Personal« im Sinne von Mitarbeiter handelt oder gar Computer für die Personalabteilung damit gemeint sind, und mit Personaleinsparung hat es ebensowenig zu tun. Der Begriff kommt aus dem Englischen (wie sollte es auch anders sein) und bedeutet soviel wie »persönlich«. Immerhin ist mit dieser Bezeichnung klar, daß damit ein auf persönliche Anwendungen zugeschnittener, selbständiger Arbeitsplatzcomputer gemeint ist.

Wie bereits erwähnt, wurden vor der Erfindung des PC die damals üblichen EDV-Systeme von einem Hauptrechner mit Intelligenz versorgt. Das heißt: Alle angeschlossenen Terminals konnten ohne den Hauptrechner keine eigenen Operationen durchführen. Neben dem extrem hohen Anschaffungspreis benötigten diese Computersysteme noch einen klimatisierten

Hinweis: Der Begriff Hard-/Software wird auf Seite 61 und 62 erklärt

Raum – alleine die Kosten dafür hätte sich weder eine Einzelperson noch ein Kleinbetrieb leisten können. Die dazu erforderliche Software war überwiegend hardwaregebunden und sehr teuer, der Benutzer dadurch bedingt auf die Möglichkeiten des Systems festgelegt.

Dagegen verfügt ein PC-Benutzer heute direkt über die Rechnerkapazität seines Computers und kann aus einer Unmenge preiswerter, meist hardwareunabhängiger Standard-Software die beste Lösung für seine Bedürfnisse aussuchen.

Personalcomputer setzt man zum Beispiel für kommerzielle Aufgaben wie Lohn- und Gehaltsabrechnung, Kalkulation, Mahnwesen, aber auch in der Textverarbeitung, für die Auftragsabwicklung, im Konstruktions- und Fertigungsbereich ein. Die vollständige Auflistung aller denkbaren Einsatzgebiete ist so umfangreich, daß sie den Rahmen dieses Buches sprengen würde.

IBM schuf die Bezeichnung »PC«

Die Bezeichnung »PC« hat sich erst mit der Markteinführung des IBM-PC durchgesetzt, den »Big Blue« in der üblichen Bescheidenheit als »den« PC erklärt hat. Variabel wie die Computerbranche nun einmal ist, nannten alle anderen Hersteller ihre Personalcomputer ebenfalls PC. Wenn im folgenden also nun vom PC die Rede ist, dann ist damit keinesfalls ein spezielles Produkt des Herstellers mit den drei blauen Großbuchstaben gemeint, es sei denn, es ist ausdrücklich erwähnt.

Intels und Motorolas beherrschende Rolle

Während es heute auf dem Markt eine unübersehbare Anzahl verschiedener PC-Hersteller gibt (man schätzt etwa 300), so ist doch die Anzahl der Hersteller von Mikroprozessoren auf einige wenige beschränkt. Im PC-Bereich beherrschen die beiden Firmen Intel und Motorola den Markt. Intel-Prozessoren findet man in IBM-PCs und deren kompatiblen Rechnern, Motorola-Prozessoren in Apple- und Atari-Computern. Inzwischen versuchen auch andere Firmen die Intel-Prozessoren nachzubauen, so z. B. AMD und Cyrix.

3.1 Für jeden der richtige PC

Der heutige Stand der Technik erlaubt es jedem Hersteller, ganz auf die Bedürfnisse des Marktes abgestimmte, individuelle Produkte herzustellen. Der Übergang von einer Gruppe zur anderen ist deshalb schwer abgrenzbar. Um einen leichteren Einstieg zu erhalten, wollen wir uns hier lediglich mit den verschiedenen Bauarten beschäftigen, und die verschiedenen Leistungs- und Ausstattungsvarianten zunächst unberücksichtigt lassen.

Stationäre Systeme (Desktop-PC, Tower)

Der PC auf dem Schreibtisch

Der »klassische PC« steht seit seiner Erfindung auf dem Schreibtisch und wird deshalb auch Desktop-PC (= Schreibtisch-PC) genannt. So ein handelsüblicher Standard-PC besteht in der Regel aus

- der Systemeinheit (Kapitel 3, 1), die in ihrem Gehäuse die Zentraleinheit (Kap. 3, 1.2) mit dem Mikroprozessor und den internen Speichern enthält, sowie die externen Speichermedien (zum Beispiel Disketten, Festplatten, CD-ROM usw.) zum Lesen, Abspeichern und Archivieren von Datenbeständen. Um den PC an die Bedürfnisse des Anwenders anzupassen, können in der Systemeinheit auch spezielle Grafikkarten und zusätzliche freie Steckplätze enthalten sein. Generell hat jede Systemeinheit diverse Schnittstellen, über die sie mit den Ein- und Ausgabegeräten kommuniziert:

- der Tastatur zur Daten- bzw. Texteingabe.
- dem Bildschirm zur Darstellung von Text oder Daten.

Bild 1.6. Desktop-PC von Compaq (Foto Compaq)

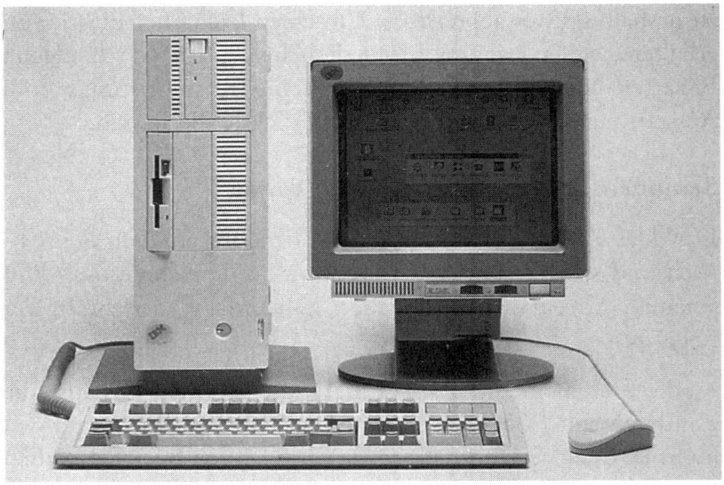

Bild 1.7. Tower PC (Foto IBM)

Der Tower

Wen die Systemeinheit auf dem Schreibtisch stört, der sollte sich für ein freistehendes Gehäuse (Tower) zum Aufstellen auf dem Fußboden entscheiden. Sowohl die Desktop-Versionen als auch die Tower sind in verschiedenen Größen erhältlich.

Vorteilhafte Bauweise

Die stationären PCs bieten dem Anwender viele Vorteile:

- Durch ihre Standardbauweise und große Verbreitung sind sie in der Anschaffung sehr preiswert.
- Für beinahe alle Wünsche gibt es eine Menge passender Zusatz- und Ergänzungsteile: zum Beispiel Speicherchips, Steckkarten, Festplatten, Modems usw.
- Sie lassen sich weitgehend den persönlichen Bedürfnissen und dem späterem Expansionsdrang anpassen, ohne daß man den kompletten PC auf den Müll werfen muß (zum Beispiel größerer oder farbiger Bildschirm, schnellere und größere Festplatte, Anpassung an neue Standards).

Mobile (tragbare) Computer – (Portables, Laptops, Notebooks, Notepads)

Da die gängigen Standard-PCs in der Regel aus den Einzelteilen Systemeinheit, Bildschirm und Tastatur bestehen, sind sie für den

Bild 1.8. Laptop (Foto Toshiba)

wechselnden Einsatz an verschiedenen Arbeitsplätzen oder für die wechselseitige Benutzung im Büro und zu Hause ungeeignet, denn sie lassen sich nur sehr umständlich transportieren.

Für den mobilen Einsatz

Portables, Laptops, Notebooks usw. sind tragbare Computer und für den mobilen Einsatz außer Haus, zum Beispiel für den Außendienst, für Reporter, bei Konferenzen oder Reisen mit der Bahn oder dem Flugzeug usw. gedacht.

Preisgestaltung

In Ausstattung und Leistung müssen die tragbaren Computer mit den stationären Systemen durchaus vergleichbar sein, um auch für anspruchsvollere Anwendungsprogramme eingesetzt werden zu können. Zum Leidwesen vieler Anwender sind die Mobilen aber auch heute noch wegen ihrer aufwendigen Technik um einiges teurer als ihre Kollegen auf oder unter dem Schreibtisch.

Stromversorgung

Ein echter mobiler PC kann sich heute seine Stromversorgung nicht nur aus dem Stromnetz holen, sondern auch über einen eigenen Akku oder über die Batterie. An einen mobilen PC kann man auch leicht ein Modem anschließen. Das ermöglicht den Zugang zu den verschiedenen Online-Diensten (zum Beispiel Internet, T-Online) oder auch die Kommunikation mit einem örtlich entfernten Hauptrechner.

Werbestrategien

Die Vielfalt der heutigen tragbaren Computer in Größe, Ausstattung, Preis und Leistungsfähigkeit ist derart groß, daß es keine genaue Klassifizierung mehr gibt. Je nachdem, wie es in die Werbestrategie der jeweiligen Firma paßt, werden die Bezeichnungen frei verwendet. Der folgende Gliederung kann daher nur ein grober Überblick sein.

a) Portables und Laptops

Portables benötigen die Steckdose

Die ersten tragbaren Computer waren die Portables (Koffercomputer). Sie hatten einen kleinen CRT-Bildschirm (Kathodenstrahlröhre) und waren dadurch unhandlich, sehr schwer (bis zu 20 kg und mehr waren keine Ausnahme) und anfangs nur mit Diskettenlaufwerken ausgestattet. Als weiterer Nachteil erwies sich, daß sie zum Betrieb eine Steckdose benötigten. Bedingt durch diese Eigenschaften konnten sich die Portables nie so richtig durchsetzen.

Gegenüber ihren Nachfolgern, den Laptops, hatten die Portables übrigens noch eine normal große Tastatur, die sich einfach abnehmen und frei beweglich vor dem PC plazieren ließ.

Erst als man die tragbaren Computer mit einem LCD (Liquid Cristal Display = Flüssigkristall-Anzeige) und Festplatten ausstattete, wurden die Tragbaren auch wirklich tragbar und vor allem kleiner und leistungsfähiger. Zur Unterscheidung von ihren Vorgängern hießen sie nun Laptops. Da ihr Gewicht immer noch zwischen 5 und 9 kg lag, nannte man sie etwas spöttisch »Schlepptops«. Sie ähnelten eher einer Reiseschreibmaschine oder einem Aktenkoffer und hatten etwa die Größe eines DIN-A4-Ordners. Bei diesen Geräten sind Systemeinheit, Bildschirm und Tastatur fest verbunden in einem Gehäuse untergebracht. Um einen Laptop in Betrieb zu nehmen, wurde einfach der Deckel mit dem integrierten LCD-Bildschirm hochgeklappt.

»Schlepptops«

Vor allem konnten die Laptops mit Batterien oder Akkus betrieben werden und waren dadurch nicht mehr auf die Steckdose angewiesen. Die ersten Laptops waren noch sehr teuer: Ein gut ausgestatteter kostete 10.000 DM und mehr. Die stolzen Besitzer eines Laptops zeigten sich daher auch gerne in der Öffentlichkeit mit ihren »Schlepptops«, egal wie schwer sie auch waren.

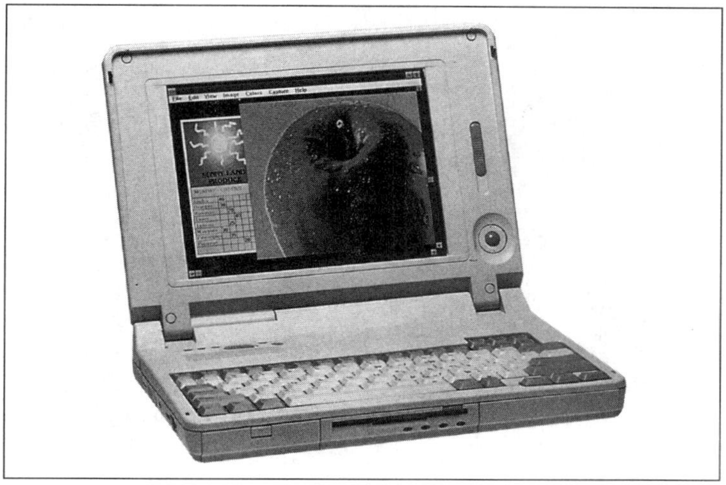

Bild 1.9. Notebook von Compaq (Foto Compaq)

c) Notebooks und Subnotebooks

Kleiner und leichter

Die zunehmende Miniaturisierung der Bauelemente und eine stromsparende Konstruktion (Power Management genannt) ermöglichte es, kleinere und leichtere mobile Geräte zu bauen. Anfang 1991 stellte man eine neue Generation der »Tragbaren« vor: die Notebooks (Mappencomputer). Sie sind etwa so groß wie eine DIN-A 4-Seite, ca. 5 cm hoch und wiegen ca. 2–3 kg.

Ihr prinzipieller Aufbau wurde von den Laptops übernommen: hochklappbarer Bildschirm, Tastatur und Systemeinheit sind in einem Gehäuse integriert. Ihr Innenleben besteht jedoch aus modernster Technik:

- Minifestplatten mit 500 und mehr Mbyte
- scheckkartengroße Erweiterungskarten (PCMCIA, siehe Kapitel 4, 2.6, Seite 189)
- Bauteile mit extrem niedrigem Stromverbrauch
- spezielle, stromsparende Prozessoren.

Geschrumpfte Tastatur

Einige Nachteile brachten die Notebooks jedoch mit sich: Bedingt durch die kleinere zur Verfügung stehende Grundfläche, mußte auch die Tastatur schrumpfen, was eine verkrampfte Haltung vor dem Gerät bedingt. Da zudem die Tastatur logi-

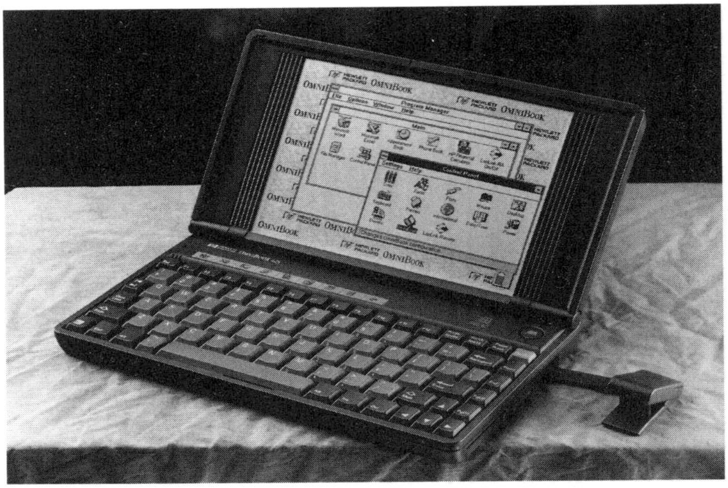

Bild 1.10. Noch kleiner, noch leichter: die Subnotebooks (Foto Hewlett-Packard)

scherweise auch noch fest mit dem Computer verbunden ist, entspricht dies nicht gerade den ergonomischen Anforderungen. Diese Tastaturen sind keinesfalls für die Eingabe von umfangreichen Texten oder Daten geeignet.

Mit Track- bzw. Rollball

Außerdem wäre es etwas umständlich, neben dem Computer auch noch eine Maus mitzunehmen, die jedoch meistens zur Bedienung des Notebooks notwendig ist. Findige Konstrukteure statteten die Notebooks daher mit einem integrierten Rollball, auch Trackball genannt, aus. Vorreiter war hier Apple mit dem Powerbook.

Die Notebooks haben die Laptops inzwischen mehr oder weniger abgelöst. Es sollte jedoch niemand verwundern, wenn auch heute noch mancher die Notebooks der Einfachheit halber als Laptop bezeichnet. Unter den Notebooks gibt es heute das umfangreichste Angebot an tragbaren Computern. Marktführer ist hier bislang Toshiba, aber auch alle anderen Hersteller wie IBM, Compaq, Apple, Zenith usw. mischen in diesem lukrativen Markt mit, auch die Händlerketten Vobis und Escom.

Noch kleiner, noch leichter

Wem die Notebooks immer noch zu schwer und zu groß sind, für den sind sicher die Subnotebooks das richtige. Sie sind nur noch

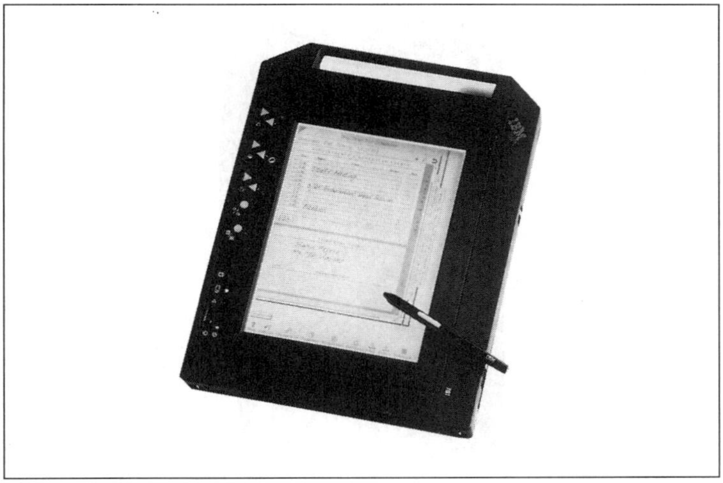

Bild 1.11. ThinkPAD von IBM (Foto IBM)

so groß wie ein DIN-A5-Blatt und wiegen unter 2 kg, lassen sich also gut in einem Aktenkoffer neben anderen Utensilien unterbringen.

d) Notepads, PEN-PC, Penbook

Ohne Maus und Tastatur

Diese PC-Gattung unterscheidet sich von den anderen tragbaren Computern vor allem dadurch, daß man an ihnen weder eine Tastatur noch eine Maus oder einen Rollball findet. Sie ähneln deshalb in ihrem Aussehen auch eher einem Schreibblock. Den Verzicht auf diese Eingabemedien ermöglicht eine neue Technik: die Eingabe von Daten und die Steuerung des Computers per Stift (Pen).

Befehle und Texte mit Handschrift

Die Schreib- und Zeichenfläche dieses »Schreibblocks« ist der Bildschirm. Das bedeutet: Mit einem kabellosen elektronischen Stift gibt der Benutzer seine Befehle oder Texte ein. Möglich wird dies natürlich erst durch ein spezielles Betriebssystem mit einem Handschriften-Erkennungsmodul. Die handschriftlichen Zeichen können später in normale, für den Computer verarbeitbare Zeichen umgewandelt werden.

Bild 1.12. Newton von Apple (Foto Apple)

Bild 1.13. Palmtop mit MS-DOS-Betriebssystem: Sieben fest eingebaute Anwendungen lassen sich abrufen, darunter das integrierte Programm Lotus 1-2-3 (Foto Hewlett-Packard)

Die PDAs

Die Größe der Notepads reicht von DIN A4 bis zum handflächengroßen Computer. Das spiegelt sich natürlich auch im Gewicht wider: Sie wiegen zwischen ca. 700 g und 3 kg. Zur Unterscheidung von ihren größeren Kollegen nennt man die kleinen Ausführungen auch PDA (Personal Digital Assistent).

e) Palmtops, Taschencomputer, Handhelds

Für die Arbeit unter Palmen?

Am unteren Bereich der Mikrocomputer rangieren die Palmtops (Handflächencomputer), auch Taschencomputer genannt. Wie der Name schon andeutet, sind sie nur so groß, daß sie bequem mit der einen Hand gehalten und mit der anderen bedient werden können. Batterien dienen bei diesen Spezies als Energiequelle. Allerdings haben sie nur ein kleines eingebautes Display und eine Nottastatur, auf der man möglichst nur geringe Datenmengen eingeben sollte, da dies sonst leicht zur Qual werden kann. Sie können in einer höheren Sprache, z.B. Basic, programmiert werden, weisen die Leistungsmerkmale der PCs auf und können deren Anwendungsprogramme verarbeiten.

f) Pocket-Computer, Organizer

Beschränkte Einsatzgebiete

Ob man nun die programmierbaren Taschenrechner (Pocket-Computer) und Organizer schon zu der Gattung der Computer zählen sollte, sei dahingestellt. Sie können nicht mit den handelsüblichen Standard-Anwenderprogrammen arbeiten und haben nur beschränkte Einsatzgebiete. Sie erinnern im Aussehen und ihrer Funktionsweise eher an einen einfachen Taschenrechner als an einen PC. Sie finden hauptsächlich als elektronischer Notizblock mit Speicher- und Rechenmöglichkeiten oder Organisator (Telefonverzeichnis, Adressenverwaltung, Memofunktionen) Anwendung.

Hobby-, Heim-(Home-)Computer

Für den privaten Bereich

Darunter verstand man früher preiswerte Einfachcomputer, die hauptsächlich im privaten Bereich genutzt wurden. Sie hatten meist nur einen kleinen Arbeitsspeicher und waren in ihren Erweiterungsmöglichkeiten begrenzt. Klassische Vertreter dieser Gattung waren der Commodore C 64 und der Apple II, für die es eine Menge preiswerte Peripherie, Software und Spiele gab und teilweise auch noch gibt. Sie kosteten weit unter 1000 DM, und wurden meist ohne Bildschirm zum Anschluß an den Heimfernseher gekauft, was jedoch negative Auswirkungen auf Augen und Familienleben hatte (während der PC-Nutzung konnte natürlich nicht ferngesehen werden). Homecomputer neueren Ursprungs (wie z. B. die Atari-Geräte und der Amiga von Commodore)

Bild 1.14. Atari-Computer (Foto Atari)

zeichneten sich durch gute Sound- und Farbfähigkeiten aus, deshalb waren sie vor allem bei Jugendlichen als Spielcomputer sehr beliebt.

Auswirkungen des Preisverfalls

Der Preisverfall der professionellen PCs ließ den Abstand zwischen Hobby- und Profi-PC zusehends schmelzen. Heute werden im privaten Bereich meist dieselben PCs wie im professionellen Bereich eingesetzt. Ein kompletter PC mit Tastatur, Festplatte und Bildschirm ist heute bereits für ca.1500 DM zu erstehen. Diese Entwicklung im Privatbereich forcierten auch die Softwarefirmen, die preiswerte Pakete auf den Markt brachten.

Ein paar Grundlagen

Kapitel 2

Das Grundmodell der Datenverarbeitung
Datenstrukturen – kodiertes Chaos?
Der Chip – die Grundlage des PC
Aufbau und Funktionsweise der Rechner
Daraus besteht ein Personalcomputer

1 Das Grundmodell der Datenverarbeitung

Informatik

Jeder, der sich in ein neues Aufgabengebiet einarbeiten will, sollte sich auch mit den dazu notwendigen theoretischen Grundlagen vertraut machen. Die Wissenschaft, die sich mit der elektronischen Verarbeitung von Daten (EDV) befaßt, heißt übrigens Informatik. In diesem Kapitel beschränken wir uns auf das, was man als normaler Anwender zum Verständnis beim Umgang mit dem PC benötigt.

Informationsverarbeitung

Von Datenverarbeitung spricht man, wenn Daten in einen Computer eingegeben, verarbeitet und ausgegeben werden. Daten sind alle Arten von Informationen. Das können zum Beispiel Buchstaben, Wörter, Ziffern, Zahlen, aber auch Meßwerte oder Signale sein. Heute werden in Computern aber auch Sprache, Musik, Grafiken, Bilder und Videos verarbeitet. Deshalb geht man mehr und mehr dazu über, nicht mehr von Datenverarbeitung, sondern von Informationsverarbeitung zu sprechen. Da der Begriff Information ja auch im Wort Informatik steckt, beschreibt »Informationsverarbeitung« die Aufgaben eines Computers sinnvoller.

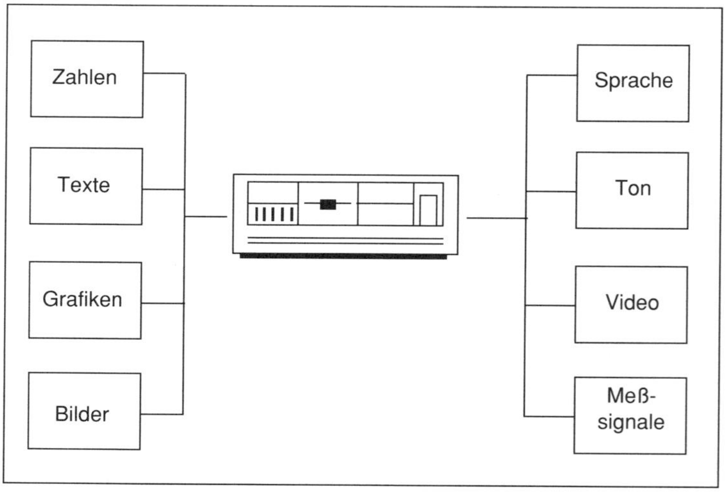

Bild 2.1. Computer sind heute Informationsverarbeitungssysteme. Sie können Zahlen, Texte, Bilder, Grafiken, Sprache, Ton, Videos und Meßsignale verarbeiten

1.1 Das EVA-Prinzip

Vergleicht man die Arbeitsweise eines Computers mit der des Menschen, so lassen sich leicht einige Parallelen feststellen. Beginnen wir also bei Adam, besser gesagt bei EVA:

E = Eingabe
V = Verarbeitung
A = Ausgabe

Das Modell »Mensch«

Der Mensch erhält Informationen in Form von akustischen und/oder optischen Signalen (Hören und Sehen = Eingabe), die er mit Ohren und Augen aufnimmt und an sein Gehirn weiterleitet. Hier ordnet, vergleicht und prüft (= Verarbeitung) das Gehirn die ankommenden Informationen, um sie dann im Gedächtnis zu speichern. Je nach Wahl stehen ihm dann Sprache und Schrift zur Kommunikation (= Ausgabe) zur Verfügung. Auf Wunsch kann er seinen »internen Speicher« auf Tonbänder oder in Schriftform ausgeben und festhalten (siehe Bild 2.2).

Dem Modell »Mensch« abgeschaut

Auch Computer arbeiten nach dem Prinzip der Eingabe – Verarbeitung – Ausgabe. Zur Eingabe dienen hier Tastatur, Lesegeräte

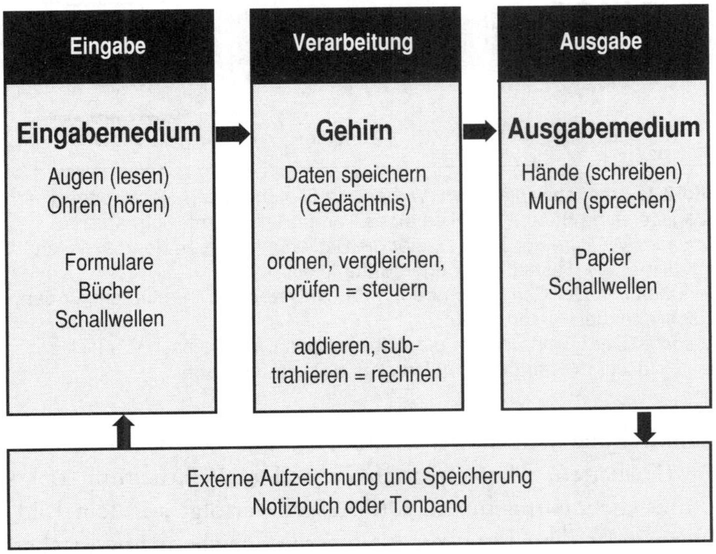

Bild 2.2. Funktionsschema Mensch

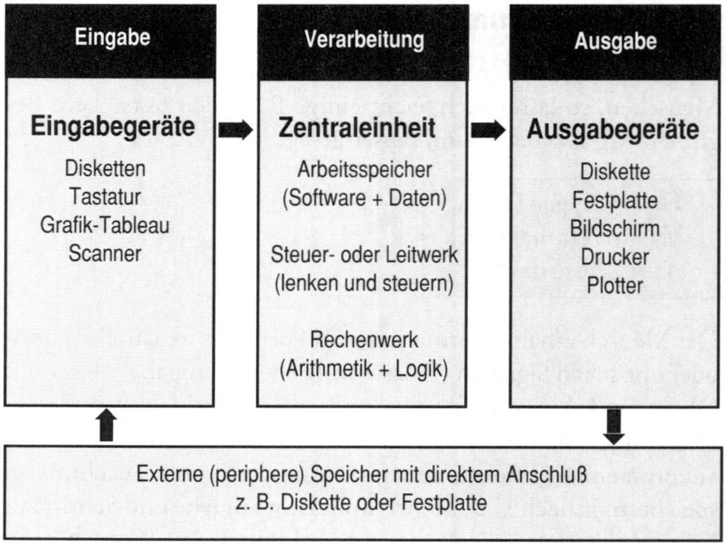

Bild 2.3. Funktionsschema Computer

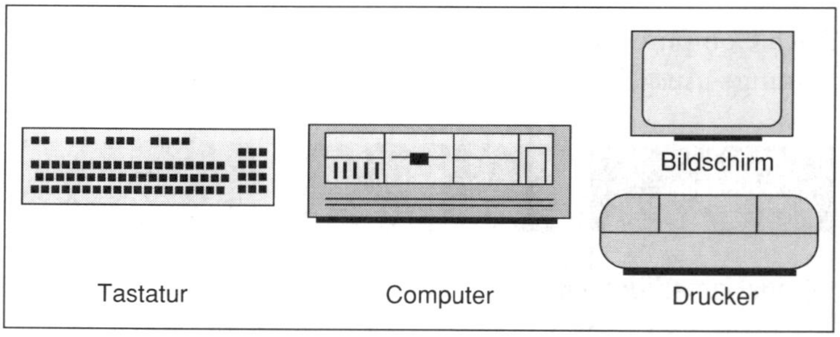

Bild 2.4. *Arbeitsbeispiel Textverarbeitung:* Die Erstellung, Verarbeitung und Ausgabe eines Briefes mit Hilfe eines Computersystems sieht so aus:
Eingabe: Mit Hilfe der Tastatur gibt die Bedienungsperson den Textinhalt und die für die Gestaltung nötigen Befehle ein.
Verarbeitung: Der Computer übernimmt die Daten und bereitet sie für den anschließenden Ausdruck auf.
Ausgabe: Der Computer gibt die aufbereiteten Daten je nach Wunsch auf dem Bildschirm oder über den Drucker in Papierform aus.

(zum Beispiel EAN-Laser), Grafiktableaus, Maus oder Datenträger (Disketten, Magnetplatten etc.). Die Verarbeitung übernimmt die Zentraleinheit. Die Ausgabe erfolgt auf dem Bildschirm oder dem Drucker. Als externe Speichermedien stehen ihm Disketten oder Festplatten zur Verfügung (siehe Bild 2.3).

2 Datenstrukturen – kodiertes Chaos?

2.1 Analoge und digitale Informationen

Analoge Daten

Analoge Daten lassen sich in kontinuierlichen Formen darstellen. Mit kontinuierlich meint man hier, daß im Prinzip jeder mögliche Zwischenwert darstellbar ist. Typische Vertreter analoger Geräte sind zum Beispiel die Zeiger der Tachometer im Pkw oder einer Armbanduhr.

Digitale Daten

Im Gegensatz zum Menschen, der in der Lage ist, komplexe Zahlen, Wörter und Realbilder ebenso aufzunehmen und zu verarbeiten wie analoge Daten, kann ein Computer mit analogen Informationen bzw. Daten nichts anfangen. Sie müssen erst digitalisiert (digit = englisch für Ziffer), das heißt, in digitale Daten umgewandelt werden.

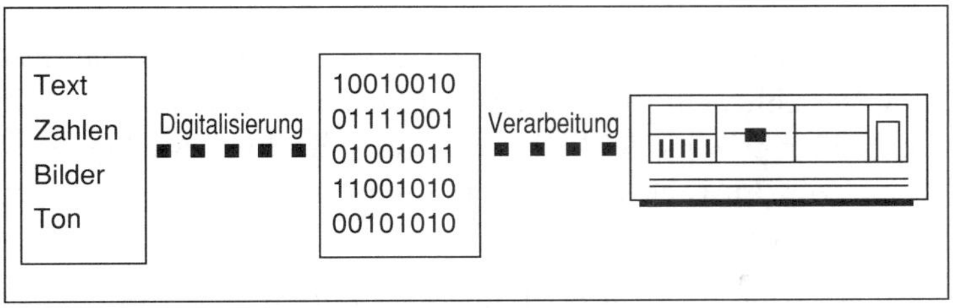

Bild 2.5. Beim Digitalisieren werden die Informationen in einen digitalen Code umgewandelt

Umsetzung analoger Daten in digitale

Alle Informationen, die zur Verarbeitung anfallen oder als Ergebnis ausgegeben werden, müssen also zuerst kodiert werden, zum Beispiel:

- Buchstaben oder Wörter
- Sonderzeichen (%, §, $, &, ^)
- Ziffern oder Zahlen
- Steuerzeichen wie Zeilenende, Return, Löschen usw.
- Meßwerte, zum Beispiel Temperaturangaben, Statistiken etc.
- Bilder und Grafiken
- Sprache und Musik.

Ein anderes Beispiel für die Digitalisierung von Daten ist die Umsetzung von herkömmlichen Schallplatten auf Compact-Disc, hier werden per Abtastnadel analoge Töne entnommen und digital auf der CD abgespeichert.

2.2 Das Binärsystem

Bitte ein Bit

Bis jetzt haben wir festgestellt, daß ein Computer zum Arbeiten nur digitalisierte Informationen benötigt, er kann nämlich lediglich zwei Zustände unterscheiden: »es fließt Strom« oder »es fließt kein Strom« (wahr oder unwahr, richtig oder falsch). Das wiederum kann er unvorstellbar schnell. Bauelemente, die nur zwei Zustände unterscheiden können, bezeichnet man als Binärelemente (binär = zweiwertig) oder Binary Digits, abgekürzt »Bits«. Ein Bit kann also zwei verschiedene Zustände haben: 0 (es fließt kein Strom) und 1 (es fließt Strom). Das Bit ist in der Datenverarbeitung die kleinste Informationseinheit.

Das Binärsystem (auch Dualsystem genannt) verwendet man also zum Verschlüsseln von Ziffern, Zeichen und Befehlen. Mit Dualzahlen erledigt der Prozessor intern alle ihm gestellten Aufgaben; zur Ausgabe auf dem Bildschirm oder dem Drucker werden sie wieder entschlüsselt.

Auf den ersten Blick läßt sich mit zwei Ziffern, der 0 und der 1, nur wenig anfangen. Aber mit 2 Bit kann man immerhin schon vier Kombinationen darstellen:

1. Bit 0 0 1 1
2. Bit 0 1 0 1

Mit 3 Bit sind 8 Varianten und mit 4 Bit bereits 16 Varianten möglich:

1. Bit 0 0 0 0 0 0 0 0 1 1 1 1 1 1 1 1
2. Bit 0 0 0 0 1 1 1 1 0 0 0 0 1 1 1 1
3. Bit 0 0 1 1 0 0 1 1 0 0 1 1 0 0 1 1
4. Bit 0 1 0 1 0 1 0 1 0 1 0 1 0 1 0 1

Nun kann man jeder dieser Bit-Kombinationen einen Buchstaben zuordnen und erhält damit bereits 16 Zeichen unseres gewohnten Alphabets. Da dieses aber bekanntlich aus 26 Buchstaben in Groß- und Kleinschreibung besteht sowie den Umlauten ä, ö, ü und dem ß, außerdem noch Ziffern und Sonderzeichen dargestellt werden müssen, reicht die Kombination mit 4 Bit nicht aus. Mit 5 Bit lassen sich 32 Zeichen, mit 6 Bit 64 Zeichen und mit 7 Bit bereits 128 Zeichen darstellen. 7 Bit benötigt man also mindestens, um unseren gesamten Zeichenvorrat inklusive der Steuerzeichen für den Computer darzustellen. Durch das Anhängen eines 8. Bits bekommt man auch noch die Möglichkeit, weitere Sonderzeichen und grafische Elemente darzustellen. Damit lassen sich nämlich bereits 256 Kombinationsmöglichkeiten erreichen und endlich genügend Schriftzeichen und sonstige Symbole kodieren. – Eine Gruppe aus 8 Binärzeichen (Bit) nennt man »Byte«.

Mit 8 Bit hat man 256 Kombinationsmöglichkeiten

Die kleinste Informationseinheit: das Byte

Das Byte ist die kleinste Einheit zur Darstellung eines Zeichens. Mit einem Byte lassen sich 256 Zeichen verschlüsseln. In »Byte« wird dann auch die Größe (Fassungsvermögen) von Datenspeichern angegeben.

Nehmen wir als Kodierungs-Beispiel den Buchstaben A:

0 1 0 0 0 0 0 1

1 Bit

8 Bit = 1 Byte = 1 Buchstabe

Der HEX-Code

Binäre Zahlensysteme sind jedoch für uns Menschen nur sehr umständlich zu handhaben. Zur Vereinfachung der Mensch-Computer-Kommunikation verwendet man daher meistens andere Codes, die mehrere Binärziffern zu einem Codezeichen zusammenfassen. So muß man zum Beispiel anstatt eine ganze Reihe von Nullen oder Einsen zu tippen nur noch eine einzige Taste drücken, die für die Binärziffernreihe steht. So ein Code ist zum Beispiel der Hexadezimalcode.

Die Umwandlung von diesen Codes in das Binärsystem für den Computer übernimmt dann in der Regel ein Programm. Für die Datenausgabe wird der Binärcode wieder zurückverwandelt.

Was man sich merken sollte:

1. Das »Bit« (binary digit) ist die kleinste Informationseinheit in der Datenverarbeitung, sie wird mit 0 oder 1 dargestellt.
2. Ein »Byte« besteht aus 8 Bit. Es ist die kleinste Informationseinheit zur Darstellung eines Zeichens (Buchstabe, Ziffer, Sonderzeichen, Befehl).
3. Die Zuordnung eines bestimmten Zeichens zu einer Kombination von Symbolen nennt man Verschlüsselung oder Kodierung. Die Vorschrift für diese Zuordnung eines Zeichens heißt Code.

2.3 Was man wissen sollte, aber nicht wissen muß

Das Hexadezimalsystem

Wenn das Dezimalsystem zu klein wird

Um die Bitmuster in der Maschinensprache einfacher darzustellen und leichter lesen zu können, verwendet man häufig das Hexadezimalsystem, auch Sedezimalsystem genannt. Es unterscheidet sich vom Dezimalsystem dadurch, daß statt 10 nun 16 Ziffern zur Verfügung stehen (lat. Sedecim = 16). Da wir aber nur die Ziffern 1 bis 0 kennen, also zehn, müssen vom Alphabet die Buchstaben A, B, C, D, E und F ausgeliehen werden. Die Buchstaben A–F stehen demnach für die Ziffern 10–15. In der Gegenüberstellung sieht das so aus:

Dezimal:	0	1	2	3	4	5	6	7	8	9	10	11	12	13	14	15
Sedezimal:	0	1	2	3	4	5	6	7	8	9	A	B	C	D	E	F

Das Halbbyte

Zur Darstellung eines Zeichens (8 Bit) faßt man im HEX-Code jeweils 4 Bit zu einem Halbbyte zusammen. Jedem Halbbyte kann man nun eine hexadezimale Zahl zuordnen. Jede mögliche Bitkombination eines Zeichens (Byte) kann daher mit zwei HEX-Zeichen dargestellt werden. Betrachtet man Bild 2.6 auf der übernächsten Seite genauer, so sieht man unterhalb beziehungsweise neben dem Binärcode noch einen Buchstaben oder eine Ziffer (grau hinterlegt). Diese bezeichnet die für den Binärcode stehende HEX-Zahl. Ersetzt man das jeweilige Halbbyte durch die danebenstehende HEX-Zahl oder den HEX-Buchstaben, so läßt sich leicht der hexadezimale Wert des Binärcodes ablesen.

Der 7-Bit-ASCII-Code

Das Bild 2.6 auf der folgenden Seite zeigt im übrigen den 7-Bit-ASCII-Code mit 128 darstellbaren Zeichen, wie er heute nur noch selten Anwendung findet. Aus dieser Tabelle kann man leicht zu jedem Buchstaben den zugehörigen Binär- oder HEX-Code herauslesen. Das Wort »Code« würde im HEX-Code lediglich so dargestellt:

C	o	d	e		Alphabetisch
100 0011	110 1111	110 0100	110 0101	=	Binär-Code*
43	6F	64	65	=	HEX-Code

Dieses Beispiel zeigt deutlich, daß man den HEX-Code wesentlich einfacher als den Binär-Code handhaben kann. In der Praxis wird der HEX-Code auch für die Druckersteuerung angewandt. Viele Drucker erlauben einen Ausdruck des Speicherinhalts im HEX-Code (der sogenannte HEX-Dump).

Wo ist das 8. Bit?

Aufmerksame Leser werden nun feststellen, daß hier nur mit 7 Bit gearbeitet wurde, Rechner aber 8 Bit benötigen. Dieses dient hier entweder zum Umschalten auf einen anderen Zeichensatz oder wird beim Datentransport als Prüf-Bit zur Erkennung von fehlerhaften Übertragungen eingesetzt: Ist die Quersumme der Einsen eine gerade Zahl, setzt man eine 0 ein, bei einer ungeraden Summe eine 1. Zulässig ist auch das umgekehrte Verfahren, je nach Festlegung.

Der ASCII-Code

Was ist der ASCII-Code?

Man stelle sich vor, man gibt auf der Tastatur ein X ein, auf dem Matrixdrucker erscheint aber ein Y, und der Laserdrucker gibt ein Z aus! Schöne Bescherung! Das wäre leicht möglich, wenn alle Komponenten von verschiedenen Herstellern erworben würden, und diese die Buchstaben und Zeichen frei nach Lust und Laune kodierten. Um also zu verhindern, daß jeder sein eigenes Zeichen-Süppchen kocht, hält man sich allgemein an die ASCII-Norm (American Standard Code for Information Interchange = Amerikanischer Standardcode für Informationsaustausch). Die

* (7-Bit-Code)

Höherwertiger Teil					0	0	0	0	1	1	1	1
					0	0	1	1	0	0	1	1
					0	1	0	1	0	1	0	1
Nieder-wertiger Teil					0	1	2	3	4	5	6	7
0	0	0	0	0	NUL	DLE	SP	0	@	P	`	p
0	0	0	1	1	SOH	DC1	!	1	A	Q	a	q
0	0	1	0	2	STX	DC2	"	2	B	R	b	r
0	0	1	1	3	ETX	DC3	#	3	**C**	S	c	s
0	1	0	0	4	EOT	DC4	¤	4	D	T	d	t
0	1	0	1	5	ENQ	NAK	%	5	E	U	e	u
0	1	1	0	6	ACK	SYN	&	6	F	V	f	v
0	1	1	1	7	BEL	ETB	´	7	G	W	g	w
1	0	0	0	8	BS	CAN	(	8	H	X	h	x
1	0	0	1	9	HT	EM	)	9	I	Y	i	y
1	0	1	0	A	LF	SUB	*	:	J	Z	j	z
1	0	1	1	B	VT	ESC	+	;	K	[	k	{
1	1	0	0	C	FF	FS	,	<	L	\	l	¦
1	1	0	1	D	CR	GS	–	=	M	]	m	}
1	1	1	0	E	SO	RS	.	>	N	^	n	‾
1	1	1	1	F	SI	US	/	?	O	_	o	DEL

Dual-Code **HEX-Code**

Bild 2.6. Der internationale 7-Bit-ASCII-Code mit Binär- und HEX-Code. Für den deutschen ASCII-Code werden die wenig gebräuchlichen Zeichen ¤, @, \, {, l, } und ‾ durch die Umlaute und ß ersetzt.

Der ISO-7-Bit-Code

ASCII-Norm entspricht dem internationalen ISO-7-Bit-Code (ISO = International Standards Organisation). Da diese Norm für die englische Sprache geschaffen wurde und auf dem 7-Bit-Code basiert, berücksichtigt sie weder die Umlaute »ä«, »ö«, »ü« noch das »ß« der deutschen Sprache (siehe Bild 2.6). Das achte Bit wird als Prüf- oder Steuerbit angehängt.

Wie man bei Bild 2.6 feststellen kann, verschlüsselt der 7-Bit-ASCII-Code nur 128 Zeichen und Steuersignale. Die ersten 32 Zeichen, also von 0 bis 31, und das Zeichen 127 stellen Codes dar, mit deren Hilfe Datenübertragungen gesteuert sowie bestimmte Formatier-Funktionen auf Ausgabegeräte ausgelöst werden können, zum Beispiel Zeilenvorschub, Seitenwechsel, Tabulatoren usw. Die übrigen Positionen sind durch Buchstaben, Ziffern und Sonderzeichen belegt.

Wo sind die Umlaute?

Wo sind aber die deutschen Umlaute »ä«, »ö«, »ü« und das »ß«? Zur Lösung dieses Problems hat man sich auf zwei Möglichkeiten geeinigt:

1. Man behält den 7-Bit-ASCII-Code bei und tauscht die im deutschen Sprachraum wenig gebräuchlichen Zeichen, zum Beispiel @, ¯, { und }, gegen die deutschen Umlaute aus. Dieser Code ist nur noch in älteren Programmen zu finden und wird heute kaum noch angewendet.

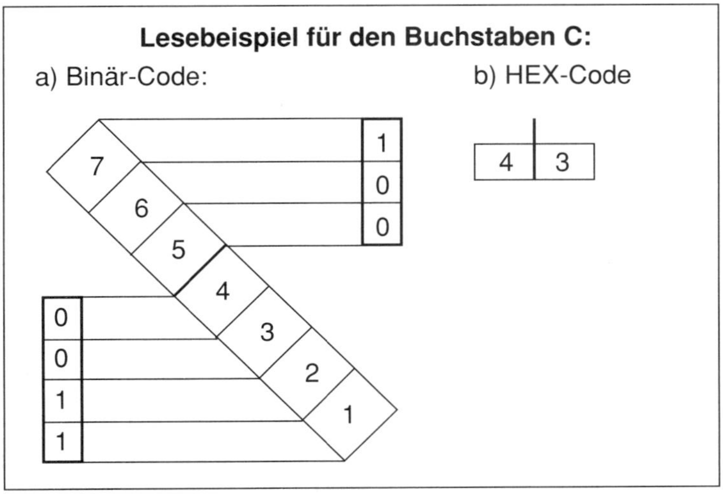

Bild 2.7. So liest man die ASCII-Tabelle

Der 8-Bit-Code

2. Das als Prüfbit verwendete 8. Bit wird zur Darstellung eines auf 256 Zeichen erweiterten Codes verwendet. Hier liegen nun die Umlaute im »oberen Bereich« des ASCII-Codes (siehe Anhang ASCII-Code). Dieser 8-Bit-Code wird heute überwiegend bei PCs verwendet. Man darf jedoch nicht erwarten, daß diese »obere Hälfte« von allen Produkten oder Programmen gleich belegt wird. Oft wird auch der sogenannte IBM-Grafikzeichensatz verwendet.

Landesspezifische Kodierungen

In anderen europäischen Ländern wie zum Beispiel in Frankreich und in Skandinavien benutzt man wieder andere landesspezifische Kodierungen. Aus diesem Grund muß man bei der Erstinstallation den sogenannten Tastaturtreiber des jeweiligen Landes laden. Bei jedem Start des Betriebssystems wird dieser dann automatisch aufgerufen, wenn eine entsprechende Startdatei konfiguriert ist.

3 Der Chip – die Grundlage des PC

Die gesamte Recheneinheit auf einem Chip

Der wichtigste Bestandteil jedes PC ist die Zentraleinheit mit dem Mikroprozessor, kurz CPU (Central Processing Unit) genannt. Erst die rasante Entwicklung in der Halbleitertechnik machte es möglich, die gesamte Rechnereinheit auf einem einzigen Siliziumchip unterzubringen. Ein Chip ist, vereinfacht ausgedrückt, nichts anderes als ein hochintegrierter Baustein, auf dem sich bis zu mehreren Millionen elektronische Elemente befinden können. Man bezeichnet daher den Chip auch als »Integrierte Schaltung« (IC = Integrated Circuit).

Hauchdünne Siliziumplättchen

Die einzelnen Elemente des Chips werden durch hauchdünne Leitungen miteinander verbunden. Ein Siliziumplättchen ist nur etwa so groß wie ein Fingernagel und 0,5 mm dick. Um dieses feine Gefüge vor Umwelteinflüssen und Beschädigungen zu schützen, baut man es in eine stabile Schutzhülle ein. Feine Goldfäden verbinden den Chip mit den aus der Schutzhülle führenden »Füßen«.

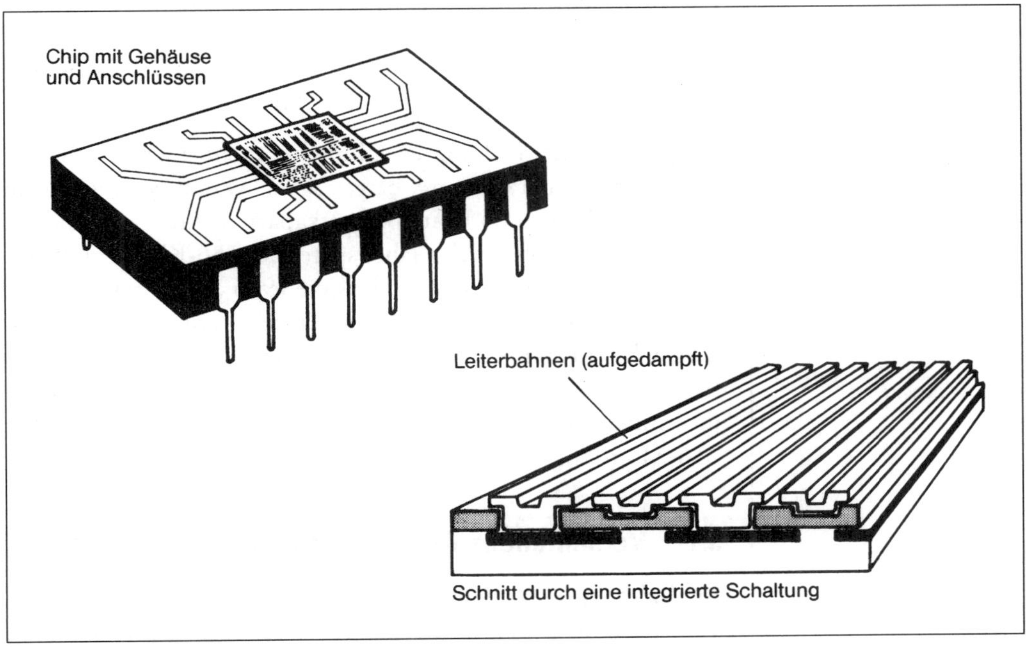

Bild 2.8. Schemazeichnung Mikrochip

Bild 2.9. RAM-Speicherchip mit 4 Mbit (Foto Siemens)

Ein-Chip-Computer

Im einfachsten Fall kann die Zentraleinheit mit allen Funktionen auf einem einzigen Chip untergebracht sein. »Ein-Chip-Computer« finden auch heute noch Anwendung, zum Beispiel in der Autoindustrie (Kraftstoffverbrauch-Steuerung), bei Foto- und Haushaltsgeräten (Heizungsregelung) usw.

Der Preisverfall der Chips

Gerade die Entwicklung des Chips hat nicht unerheblich zum Preisverfall der Hardware beigetragen. Waren anfangs noch Chips mit 32 oder 64 Kbit Speicherkapazität aktueller Stand der Technik, so war gute zehn Jahre später der 256-Kbit-Chip Standard. Dazu ein Preisvergleich: Kostete 1975 ein Chip mit 1 Kbit noch etwa 1200 bis 1300 Dollar, so war zehn Jahre später ein 256-Kbit-Chip für nur noch drei Dollar erhältlich. Heute baut man bereits 1- und 4-Mbit-Chips, und in wenigen Jahren wird wohl die Entwicklung des 16-Mbit-Chips abgeschlossen sein, über 256-Mbit-Chips denkt man bereits nach.

3.1 Verschiedene Arten und Aufgaben des Chips

In modernen Zentraleinheiten arbeiten heute viele verschiedene Chips Hand in Hand, die je nach ihrer Aufgabe verschieden konzipiert sind:

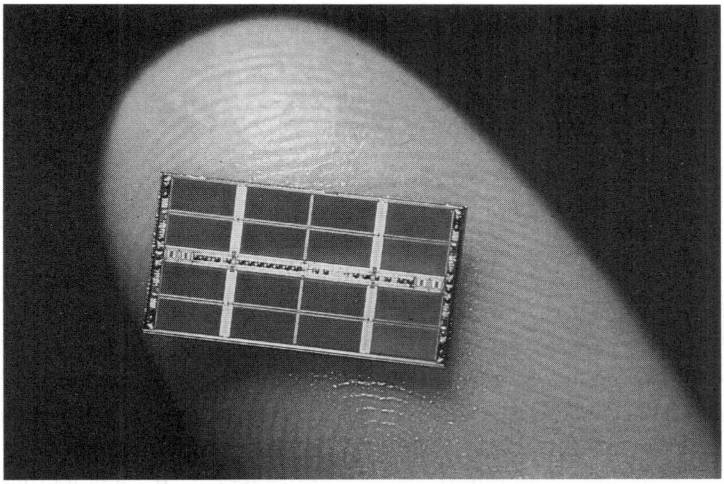

Bild 2.10. 1-Megabit-Chip auf der Fingerspitze (Foto IBM)

- der Prozessor-Chip
- der Festspeicher-Chip (ROM)
- der Arbeits- bzw. Hauptspeicher-Chip (RAM)
- der Taktgeber-Chip
- der Ein-/Ausgabe-Chip.

Alle diese Chips sind dann auf einer Systemplatine (engl. Board) zusammengefaßt und durch den Bus miteinander verbunden.

So wird die Speicherkapazität angegeben

Um eventuellen Mißverständnissen vorzubeugen, die durch die oft zu lesende Schreibweise »KB« oder »MB« entstehen könnten, noch ein paar Worte zur Speicherkapazität. Da auch der Chip binär aufgebaut ist, zählt man auch seine Speicherkapazität in binären Einheiten, wobei hier nicht das Byte, sondern die Bit-Anzahl bezeichnet wird. Ein »256-KB-Chip« hat also nicht 256 Kbyte, sondern 256 Kbit. Aber auch das ist noch ungenau. In der EDV hat das »Kilo« ja nicht 1000 Bit, sondern 1024 (2^{10}). Der 256-Kbit-Speicher hat also 1024 x 256 Speicherstellen, das ergibt genau 262.144 Bit. Da aber ein Zeichen aus 8 Bit besteht, kann ein 256-Kbit-Speicher demnach nur 32.768 Buchstaben speichern. Geht man davon aus, daß eine Schreibmaschinenseite zwischen 2000 und 2500 Anschläge hat, so könnte dieser Speicher zirka 13 bis 16 Seiten aufnehmen.

4 Aufbau und Funktionsweise der Rechner

4.1 Die Zentraleinheit

Die Hauptteile der Zentraleinheit

Das Kernstück jedes Computers ist die Zentraleinheit. Sie bestimmt überwiegend die Leistung und den Preis, da auch alle weiteren Bauteile des Rechners darauf abgestimmt sein müssen. Die zwei Hauptteile der Zentraleinheit sind der eigentliche Prozessor (CPU = Central Processing Unit) selbst und der interne Speicher (Arbeitsspeicher). Damit das Ganze nicht zu einfach ist, müssen wir beide wiederum unterteilen: den Prozessor in das Rechen- und Steuerwerk und den internen Speicher in einen nichtflüchtigen (ROM = Read Only Memory) und einen flüchtigen (RAM = Random Access Memory) Speicherteil. »Flüchtig« bedeutet, daß nach dem Ausschalten des Rechners die Daten, die sich im Arbeitsspeicher befunden haben, verloren sind. Der Prozessor ist ein hochintegrierter Baustein, der in der Umgangssprache als »Chip« bezeichnet wird. Auf ihm sind heute mehrere Hunderttausend Schaltungen untergebracht.

Verschlüsselte Informationen

Die Informationen, die das Steuer- und das Rechenwerk benötigen, erhalten sie aus dem internen Speicher. Diese Bauteile können jedoch nur binäre Informationen verarbeiten. Die uns bekannten Ziffern, Buchstaben und Zeichen müssen daher in

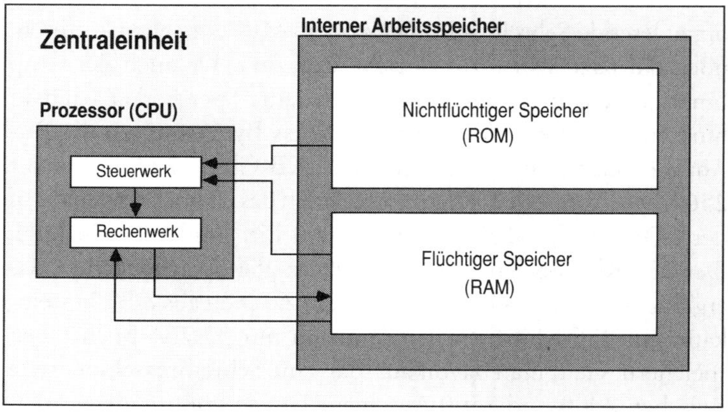

Bild 2.11. Funktionsweise der Zentraleinheit

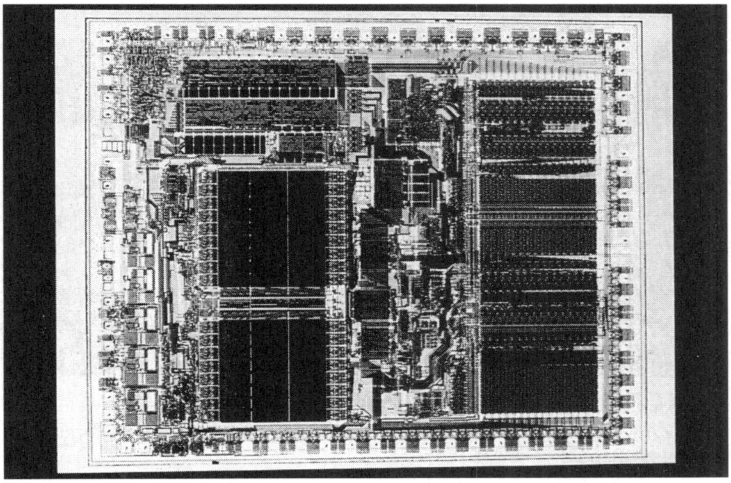

Bild 2.12. Mikroprozessor von Motorola (Foto Motorola)

einem separaten Bereich vorher verschlüsselt und vor der Ausgabe auf dem Bildschirm wieder entschlüsselt werden.

Die Aufgaben der einzelnen Komponenten sind klar festgelegt:

Steuerwerk

- Das Steuerwerk lenkt und koordiniert den Gesamtablauf entsprechend dem Arbeitsprogramm. Es entnimmt die Befehle aus dem Speicher, interpretiert sie und steuert die Befehlsausführung.

Rechenwerk

- Das Rechenwerk führt die arithmetischen (addieren, subtrahieren) und logischen (UND-, ODER-, NICHT-)Operationen durch.

Interne Speicher

- Der interne Speicher speichert Programme oder Programmteile, nimmt zu bearbeitende Daten auf und leitet sie an den Prozessor weiter, übernimmt dessen Ergebnisse und gibt sie nach außen ab (z. B. an den Bildschirm).

In der Praxis sind heute natürlich nicht alle zur Zentraleinheit zu rechnenden Elemente auf einem einzigen Chip vereint. Vor allem die ROM- und RAM-Speicher bestehen aus mehreren separaten Chips.

Bild 2.13. ROM und RAM – die wichtigsten Speichertypen des internen Arbeitsspeichers

Die Aufgaben des Mikroprozessors

Aufgabenteilung

Der Mikroprozessor arbeitet aufgrund von Befehlen von Programmen, die in den Chips gespeichert sind, und führt alle für die Datenverarbeitung erforderlichen Rechenoperationen und logischen Entscheidungen aus. Diese Vorgänge laufen überwiegend in der Arithmetik-Logik-Einheit (Rechenwerk) ab. Die Steuerschaltungen koordinieren die Arbeit. Sogenannte Register speichern vorübergehend die Daten, die im Chip ankommen und nach der Verarbeitung wieder ausgegeben werden.

Die Aufgaben der internen Speicher

Wie bereits beschrieben, gliedert sich der interne Arbeitsspeicher wiederum in einen flüchtigen (RAM) und nichtflüchtigen Teil (ROM):

Der ROM-Speicher

Der ROM-Speicher enthält Programme, die für die Organisation innerhalb der CPU verantwortlich sind. Typische Aufgaben des ROM sind zum Beispiel Routinen zum Selbsttest des Rechners und dessen Meldung nach dem Einschalten, daß nun Daten eingegeben werden können. Der Befehl zur Ausgabe dieser Meldung kommt vom fest integrierten Bestandteil des Betriebssystems. Diesen Teil nennt man oft auch Firmware (= fest eingebaute Software).

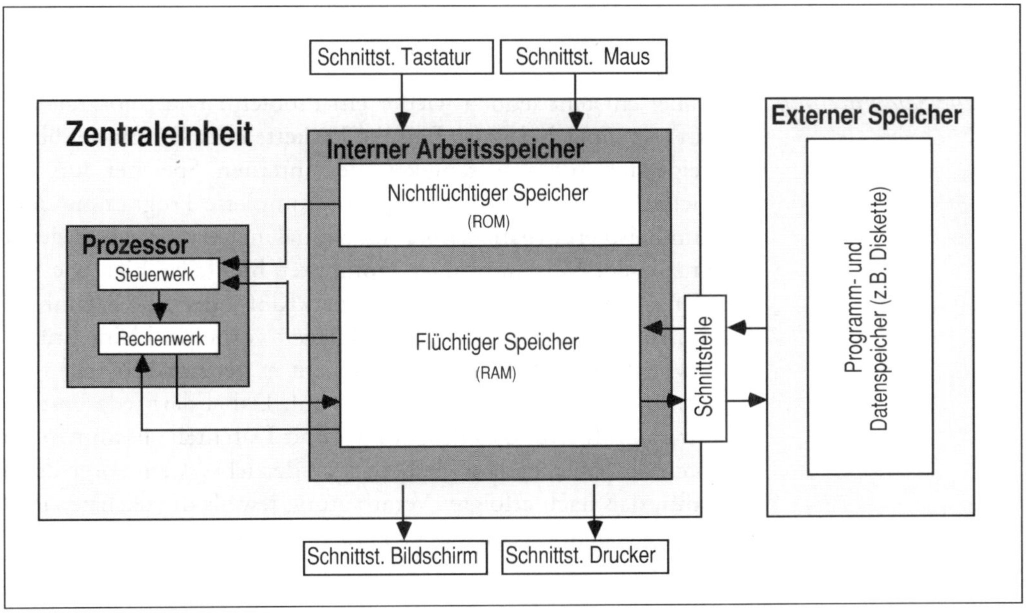

Bild 2.14. Zentraleinheit mit externem Speicher

Der RAM-Speicher

Im flüchtigen (RAM-)Teil des Arbeitsspeichers werden sowohl benötigte Programmteile als auch Daten (Ziffern, Buchstaben und Sonderzeichen) von einem externen Speicher (Diskette, Festplatte) eingelesen und zur Bearbeitung bereitgestellt. Diese Daten sind im RAM nur »flüchtig« gespeichert und damit nach dem Ausschalten des Computers verloren. Um dies zu vermeiden, sichert man sie vorher auf externen Datenträgern (zum Beispiel Floppy-Disk oder Festplatte).

4.2 Externe Speicher

Aufgaben der externen Speicher

Sowohl Programme als auch Datenbestände (zum Beispiel Textdokumente, Datenbanken) sind in der Regel wesentlich größer als die Kapazität der internen Speicher. Man benötigt daher dringend weitere Speichermöglichkeiten. Da diese Speicher außerhalb der Zentraleinheit untergebracht sind, nennt man sie externe Speicher (z. B. Disketten, Festplatten usw.). Ihre Aufgabe besteht darin, Programme oder Daten dauerhaft zu speichern und sie bei Bedarf an den internen Speicher abzugeben.

Die Salamitechnik

Dabei entsteht jedoch wieder ein Problem: Die Kapazität der externen Speicher (zum Beispiel Diskette oder Festplatte) übersteigt die Aufnahmefähigkeit der internen Speicher um ein Vielfaches. Es ist also unmöglich, komplette Programme oder zum Beispiel ein ganzes Buch auf einmal in den internen Speicher einzulesen. Was nun? Der Computer hilft sich hier wie wir Menschen: Wir essen ja auch keinen Kloß oder eine Salami auf einmal, sondern teilen unsere Mahlzeit vorher in kleine Stücke bzw. Scheiben. Der Computer macht es genauso: Er teilt Programme oder Daten in Portionen auf. Dabei darf jede Portion nur so groß sein, daß Programm- und Datenteil zusammen im internen Speicher Platz haben. Das Betriebssystem sorgt dann dafür, daß nach erfolgter Verarbeitung jeweils die nächste »Portion« aus dem externen Speicher zur Verfügung steht.

4.3 Das Bussystem – der Systembus

Die Autobahn des Computers

Das Betriebssystem überträgt und steuert den Datenfluß vom internen zum externen Speicher und zu den Ausgabegeräten und sorgt für die Verständigung zwischen internem Speicher und Prozessor. Damit das Betriebssystem seine Aufgaben durchführen kann, benötigt es ein geeignetes Transportmittel. In der Fachsprache nennt man dies den Systembus. Er besteht aus einer Gruppe von Leitungen und verbindet alle Teile des Computers miteinander. Damit es dabei nicht zu einem Verkehrschaos kommt, ist klar festgelegt, wer welche Aufgaben übernimmt. Dazu unterscheidet man zwischen Steuer-, Adreß- und Datenbus (Bild 2.15). Sie sorgen für den Informationsaustausch. Der Adreßbus bezeichnet die richtige Ablagestelle, der Datenbus transportiert über seine Leitungen die Daten, und der Steuerbus synchronisiert den Transport, da alle Komponenten im gleichen Takt arbeiten müssen. Während man normalerweise immer nur zwei Geräte mit einer Leitung verbindet, können an das Bussystem mehrere Komponenten angeschlossen werden.

Die Verbindung zur Außenwelt

Um an die Zentraleinheit auch andere Geräte anschließen zu können (z. B. Diskette, Monitor, Tastatur), benötigt man soge-

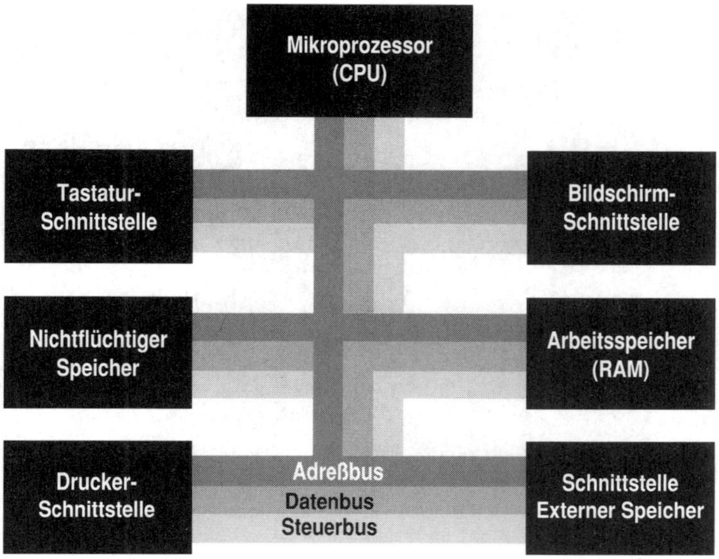

Bild 2.15. Der Systembus

nannte Schnittstellen (Interfaces). Im Hardware-Bereich ist das in der Regel eine ganz einfache Steckverbindung. Damit aber die Kommunikation zwischen beiden Seiten funktioniert, müssen die jeweiligen Steuerprogramme aufeinander abgestimmt sein.

Komplexere Aufgaben für die Steuerung der Ein- und Ausgabe oder der Speichergeräte übernimmt ein spezieller Controller. Oft hat dieser selbst weitere eigene Prozessoren und Speicher (zum Beispiel Bildwiederholspeicher).

Das Maschinenwort

Im Abschnitt Datenstrukturen auf Seite 41 haben wir bereits festgestellt, daß Computer nur binäre Zahlensysteme verarbeiten können (0 und 1) und das »Maschinenwort« aus 8 Bit (1 Byte) besteht. Da auf einer Verbindungsleitung immer nur ein ganzes Byte befördert werden kann, benötigt man also mindestens acht Leitungen, wenn die 8 Bit gleichzeitig transportiert werden sollen. Schnelle Computer besitzen heute 16 oder 32 Verbindungsleitungen, um mehrere Maschinenworte gleichzeitig übertragen zu können.

Bild 2.16. Modernes Motherboard (Foto Chameleon Group)

Fassen wir zusammen:

1. Das »Gehirn« des Computers ist der Mikroprozessor, auch CPU genannt. Er besteht aus zwei Teilen: dem Rechen- und dem Steuerwerk. Der Prozessor ist ein hochintegrierter Baustein und auf einem einzigen »Chip« untergebracht.
2. Anwenderprogramme und -daten werden »flüchtig« im RAM gespeichert, sind also nach dem Ausschalten des Computers verloren. Um ihren Verlust zu vermeiden, sichert man sie vorher auf einer Diskette oder Festplatte.
3. Größere Datenmengen liest der RAM-Speicher portionsweise vom externen Datenträger.
4. Da beim Einschalten der RAM-Inhalt noch nicht definiert ist – der Speicherinhalt wurde beim Abschalten des Rechners gelöscht – muß der ROM-Speicher ein Minimalprogramm enthalten, das das Laden des Betriebssystems erlaubt. Man nennt diesen Teil der Software oft auch »Firmware«.
5. Den Datentransport übernimmt das Bussystem. Es legt fest, wer was wann wohin befördert.

5 Daraus besteht ein Personalcomputer

Nun wissen wir bereits, wie ein Rechner arbeitet und aufgebaut ist. Mit einem Rechner könnten wir aber nur wenig anfangen. Ein Personalcomputer besteht aus vielen, aufeinander abgestimmten Einzelteilen, die einzeln für sich genommen wertlos sind. Grob betrachtet, besteht ein Personalcomputer aus folgenden Teilen:

a) der Hardware, die sich wiederum in Systemeinheit, Eingabe- und Ausgabegeräte unterteilt,

b) dem Betriebssystem (z. B. MS-DOS, Unix, OS/2 usw.),

c) der Anwendungssoftware (Textverarbeitungsprogramme, Grafiksoftware, Datenbankprogramme usw.).

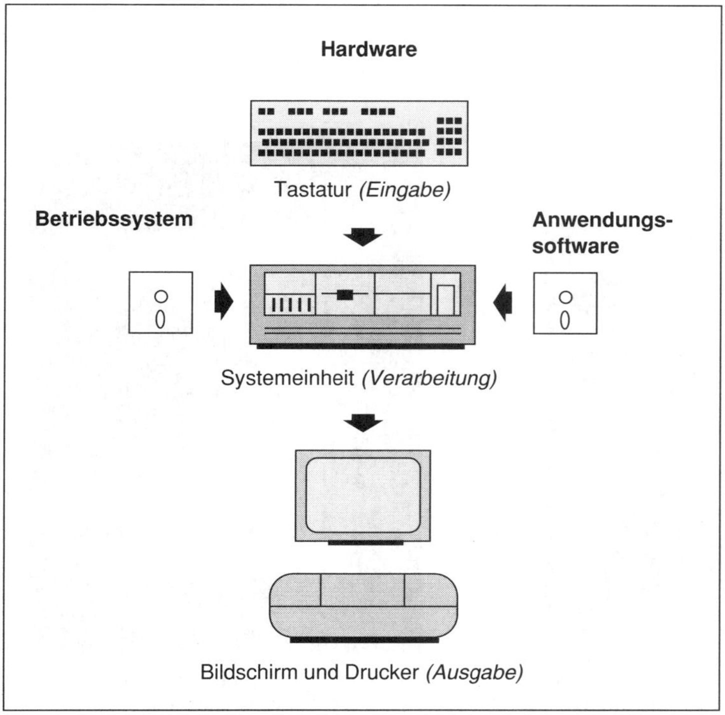

Bild 2.17. Die PC-Komponenten im Überblick

Bild 2.18. PC-Konfiguration mit Bildschirm, Tastatur und Aktivlautsprechern (Foto Apple)

Bild 2.19. MS-DOS ist das meistverbreitete Betriebssystem für IBM-kompatible PCs (Foto Microsoft)

Bild 2.20. Das Betriebssystem OS/2 Warp von IBM für die leistungsfähigen 32-Bit-Rechner (Foto IBM)

Fehlt auch nur einer dieser Bausteine, so ist der PC so wertlos wie ein Auto ohne Räder. Nur aufeinander abgestimmte Systemteile, ein passendes Betriebssystem und Anwendungssoftware garantieren einen problemlos arbeitenden Personalcomputer.

Hardware

Das kann man mit den Händen greifen

Der Begriff Hardware läßt sich am leichtesten erklären: Damit ist alles gemeint, was man an einem Computer sieht und anfassen kann. Auf den ersten Blick sehen wir zum Beispiel den Bildschirm, die Tastatur, die Systemeinheit.

Das »Geheimnis« des Computers steckt aber gerade in diesen einfachen Kästen, die von außen mehr oder weniger gleich aussehen. In den weiteren Kapiteln werden wir in diese Kästen hineinsehen und feststellen, daß diese Geheimnisse gar nicht so geheimnisvoll sind.

Aber auch alle anderen Geräte, die wir an dieser Systemeinheit anschließen können, gehören zur Hardware. Das können zum Beispiel Drucker, separate Festplatten, Modems, Grafiktabletts usw. sein. Man nennt dies auch Peripheriegeräte.

Betriebssystem

Der Vermittler zwischen Mensch und Computer

Damit ein Computer überhaupt arbeiten kann, benötigt er ein Programm, das ihm die dazu erforderlichen Befehle bereitstellt und ihm sagt, wie er sie ausführen soll. Ein solches Programm nennt man Betriebssystem. Der Name deutet bereits darauf hin, daß der Computer ein solches Programm zum Betrieb braucht.

Ein Betriebssystem hat umfangreiche Aufgaben: Es steuert den Rechner, leitet Daten und Befehle diesem Rechner zu, verwaltet interne und externe Speicher, kontrolliert und steuert den Datenstrom von und zu den Peripheriegeräten.

Das Betriebssystem ist aber auch gleichzeitig die Schnittstelle zwischen Computer und Mensch. Es stellt demnach also das Werkzeug für den Menschen zur Nutzung des Computers dar.

Bild 2.21. WordPerfect, das vielseitige Textverarbeitungsprogramm, findet immer mehr Anhänger (Foto WordPerfect)

Anwendungssoftware

Die Problemlöser

Alle Fähigkeiten, die wir heute an einem PC schätzen, verleihen ihm die Anwendungsprogramme, kurz Software genannt. Sie versetzen den Computer in die Lage, Texte zu verarbeiten, Grafiken zu zeichnen, Lohn- und Gehaltslisten auszurechnen, Adreßdateien zu ordnen usw.

Nicht zuletzt hat die heutige vielseitige und preiswerte Software zur Verbreitung des Personalcomputers mit beigetragen. Fast gibt es heute kein Problem oder Problemchen mehr, für das es nicht eine geeignete Software gäbe.

Das Innenleben des Personalcomputers

Kapitel 3

Die Geheimnisse der Systemeinheit
Der Prozessor – das Gehirn des Computers
Interne Speicher
Externe Speicher
Das Bussystem – der Systembus
Schnittstellen
Was ist kompatibel?

1 Die Geheimnisse der Systemeinheit

Definitionsprobleme

Die meisten Probleme bei der genauen Definition eines Personalcomputers sind in der Systemeinheit begründet. Das fängt schon bei deren Namen an. In der Umgangssprache, zum Beispiel zwischen Verkäufern und Käufern und in diversen Fachartikeln, wird sie oft einfach Zentraleinheit genannt, obwohl die Deutsche Industrie Norm (DIN) 44300/5 nur den Prozessor, den Zentralspeicher (Hauptspeicher) und die Eingabe-/Ausgabeschnittstellen als Bestandteile der Zentraleinheit definiert. Moderne PC-Systeme haben in ihrem Gehäuse aber Diskettenlaufwerke, Festplatten, Modems, Grafikkarten, CD-ROM-Laufwerke und andere Teile eingebaut, die nach dieser Norm nicht zur Zentraleinheit gehören, vom Gehäuse ganz zu schweigen.

Zur weiteren computersprachlichen Verwirrung muß dann auch noch die Bezeichnung CPU für den Prozessor herhalten, obwohl CPU die englische Abkürzung von Zentraleinheit ist. Laut DIN 44300/5 besteht ein Prozessor aus Steuer- und Rechenwerk, von Zentralspeichern und I/O-Schnittstellen ist da nichts vermerkt. Daß auch die (vorwiegend amerikanischen) Produzenten ihre Prozessoren als CPU bezeichnen, liegt wohl daran, daß ihnen die DIN völlig schnuppe ist. Wer nicht DIN-konform gehen will, der darf also zum Prozessor auch CPU sagen, den ganzen Computer als Zentraleinheit zu benennen, geht jedoch zu weit.

Die anderen Probleme sind darin begründet, daß man zunächst ja nur einen grauen Kasten vor sich sieht, sich über dessen Innenleben aber keine Vorstellungen machen kann. So präsentiert jeder Hersteller sein Produkt in Anzeigen und farbigen Hochglanz-Prospekten in den schillerndsten Farben. Neben den üblichen Werbesprüchen (die für jeden klar verständlich sind) findet der Interessent meistens aber auch ein völlig unverständliches Fachchinesisch (in Englisch natürlich):

Fachchinesisch

Da ist die Rede vom Intel Pentium oder sonstigen Prozessoren mit soundsoviel MHz, vom PCI-Datenbus, 8-Mbyte-Hauptspeicher, einer Accelerator-Karte, seriellen und parallelen Schnittstellen, PCMCIA- und Videokarten, von einer 3.25-Zoll-Harddisk mit 1 Gbyte Speicherkapazität und 9-ms-Zugriffszeit und weiß der Teufel, was sonst noch.

Für den Laien sind diese Daten nichtssagend und eher verwirrend, und nicht jeder Anwender muß mit diesen Fachausdrücken und dem Zahlenfriedhof etwas anfangen können. Wer sich jedoch mit der Hardware und deren Leistungsfähigkeit näher beschäftigen will (oder muß), dem bleibt es nicht erspart, sich in diesen Themenbereich einzuarbeiten.

In diesem Kapitel wollen wir nun die »Geheimnisse des grauen Kastens« enträtseln und bereits konkrete Hinweise auf die Leistungsfähigkeit und die Ausbaumöglichkeiten von Personalcomputern geben.

1.1 Die Bestandteile der Systemeinheit

Der Mittelpunkt des Computers

Die Systemeinheit ist der Mittelpunkt eines Computersystems, das mit allen peripheren Geräten kommuniziert. Sie enthält alle seine Grundbestandteile und entscheidet über seine Lei-

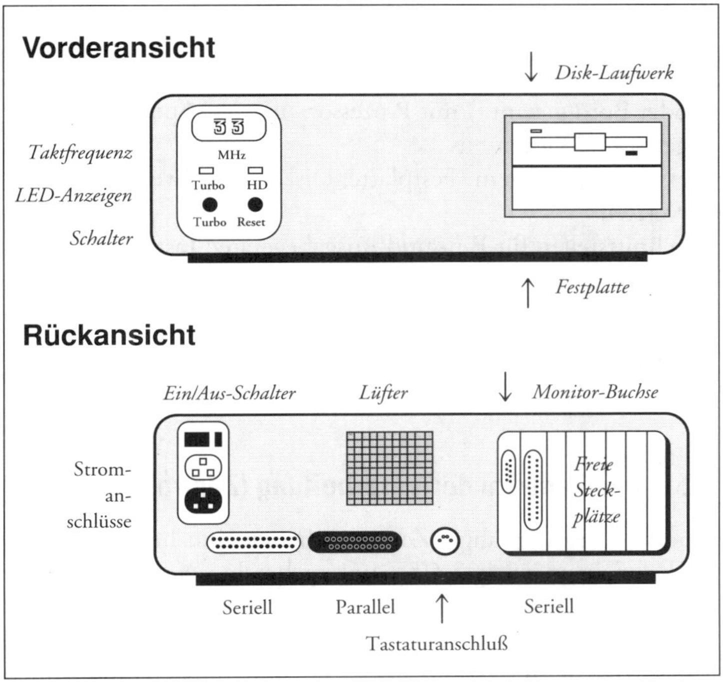

Bild 3.1. Schematische Vorder- und Rückansicht einer Systemeinheit

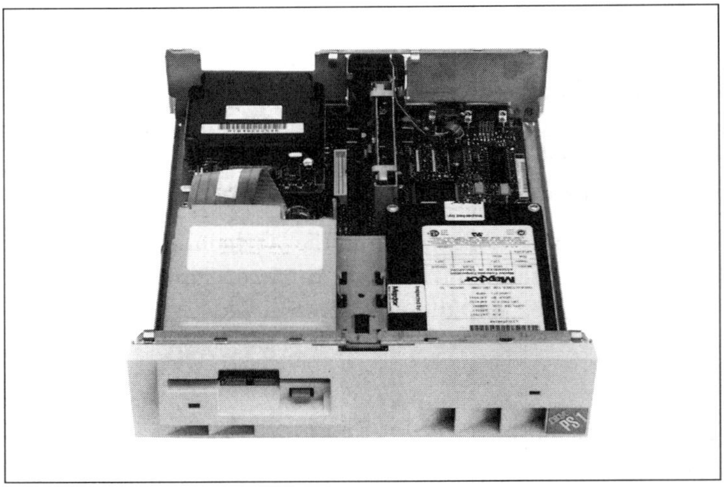

Bild 3.2. Das Innenleben der Systemeinheit (Foto IBM)

stungsfähigkeit. Klar, daß wir ihr etwas mehr Aufmerksamkeit schenken. Gewöhnlich besteht die Systemeinheit aus folgenden Einzelteilen:

Daraus besteht die Systemeinheit

- der Zentraleinheit (Systemplatine, auch englisch Motherboard oder Bord genannt) mit Prozessor, internen Speichern, Taktgeber und Systembus
- externen Speichern (Festplatte, Diskettenlaufwerk)
- Netzteil
- Schnittstellen für Ein- und Ausgabegeräte (Tastatur, Bildschirm, Drucker)
- diversen Bedienungsschaltern und Anzeigelämpchen.

Die Abbildung auf der vorhergehenden Seite zeigt schemenhaft, welche äußerlich erkennbaren Merkmale die Systemeinheit hat.

1.2 Das Zentrum der Verarbeitung (Zentraleinheit)

Systemplatine

Moderne leistungsfähige Zentraleinheiten sind heute natürlich nicht auf einem einzigen Chip untergebracht. Die verschiedenen Bauteile der Zentraleinheit faßt man auf einer oder mehreren Systemplatinen zusammen. Alle Bausteine der Systemplatine haben klar definierte Aufgaben, sie sind durch Leiterbahnen (Systembus) miteinander verbunden.

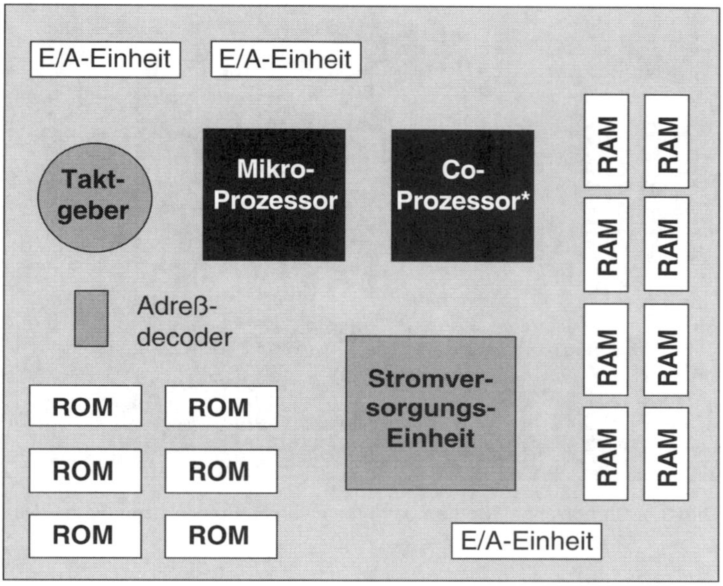

Bild 3.3. Schematische Darstellung einer Systemplatine für Personalcomputer. Leiterbahnen verbinden alle Elemente miteinander

Der Mikroprozessor rechnet und steuert alle anfallenden Operationen. Jede Anweisung muß von ihm geprüft und bearbeitet werden, bevor sie ausgeführt werden kann.

Der Taktgeber

Der Taktgeber verbindet den Prozessor mit einem Quarzkristall, dessen Schwingungen die zahllosen Schaltungen des Computers synchronisiert. Wird der Computer eingeschaltet, läßt elektrischer Strom das Quarzkristall mit einer vorbestimmten Frequenz vibrieren. Diese regelmäßigen Impulse steuern zusammen mit den Signalen den Rhythmus der Vorgänge im Computer und sorgen dafür, daß die Schaltungen nicht aus dem Gleichtakt kommen.

Ein-/Ausgabe-Elemente

Die Ein-/Ausgabe-Elemente wandeln eingehende Signale wie beispielsweise den Druck auf eine der Tasten in die binäre Ein-/Ausgabe-Sprache der Computerelektronik um. Umgekehrt wandeln sie auch auszugebende Daten in Signale um, die auf dem Bildschirm oder Drucker als Zeichen erscheinen.

---

* oder Sockel für Overdrive-Prozessor

Bild 3.4. Grundplatine (Motherboard) mit diversen Steckplätzen (Foto IBM)

Der vergeßliche RAM

Der RAM-Speicher (Schreib-Lese-Speicher oder auch Arbeitsspeicher) speichert Daten nur so lange, wie sie der Mikroprozessor für bestimmte Operationen braucht. Im Gegensatz zum ROM können die Daten also nicht nur gelesen, sondern auch verändert werden. Gelangen neue Daten in den RAM-Speicher, so werden dadurch die alten automatisch überschrieben. Stromunterbrechung löscht die vorhandenen Daten ebenfalls sofort (»flüchtiger Speicher«).

Der festprogrammierte ROM

Im ROM-Speicher (Festwertspeicher) sind Anweisungen (Programme) für den Prozessor dauerhaft gespeichert. Da diese Programme dem Chip bei der Herstellung »eingebrannt« wurden, können sie vom Mikroprozessor nur abgerufen, aber nicht verändert oder überschrieben werden. Sie behalten auch bei Stromausfall ihre Informationen.

Der Adreßdecoder übermittelt durch den Adreßbus Signale an die festgelegten Speicherstellen.

2 Der Prozessor – das Gehirn des Computers

2.1 Leistungsmerkmale der Prozessoren

Es ist nicht die Aufgabe dieses Buches, alle die technischen Einzelheiten aufzuzeigen, die die Leistungsfähigkeit eines Computers beeinflussen. Dies würde den Laien nur verwirren und ist daher überflüssig. Wir wollen uns lieber auf praxisbezogene und elementare Gegebenheiten beschränken.

Das wichtigste Teil des Computers schlechthin ist der Prozessor (landläufig auch als CPU bezeichnet). Der Anwender wird in der Regel unter Leistung eines Prozessors die Zeit verstehen, die dieser braucht, um eine bestimmte Aufgabe auszuführen. Auf welche Art und Weise er das tut, kann ihm eigentlich egal sein. Dennoch gibt es einige Charakteristiken, an denen man gewisse Eigenschaften der CPU ablesen kann.

Leistungsmerkmale der CPU

Zwei wesentliche Leistungsmerkmale des Computers, und vor allem auch der CPU, sind das »Bit-Wort« (Maschinenwort, Wort) und die »Taktfrequenz«. Beide bestimmen hauptsächlich die Geschwindigkeit, mit der Daten verarbeitet werden können.

Das Bit-Wort

Das Maschinenwort

Von grundsätzlicher Bedeutung für die Leistungsfähigkeit eines Rechners ist die Länge des Maschinenwortes (Bit-Wort), mit der er arbeitet. Wie im Grundlagenteil bereits beschrieben, verwenden Rechner für die Zahlendarstellung 8 Bit. Es ist daher verständlich, daß die Wortlänge nur ein Vielfaches von acht sein kann. Die Wortlänge, mit der der Prozessor arbeitet, bezeichnet man als interne Bit-Breite. Man unterscheidet zwischen

8-Bit-Prozessoren = 1 Byte
16-Bit-Prozessoren = 2 Byte
32-Bit-Prozessoren = 4 Byte
48-Bit-Prozessoren = 6 Byte
64-Bit-Prozessoren = 8 Byte.

8- und 16-Bit-Prozessoren setzt man heute fast nur noch bei Billig-Computern oder »einfachen« Maschinensteuerungen ein,

32-Bit-Prozessoren dagegen sind derzeit der Standard und 64-Bit-Prozessoren setzt man im professionellen Bereich bei Powersystemen ein.

Die Bit-Breite des Bussystems

Neben der internen Wortlänge, mit der der Prozessor arbeitet, ist auch noch die Bitlänge des Bussystems wichtig:

- die Bit-Breite des Datenbusses
- die Bit-Breite des Adreßbusses.

Die Breite des Datenbusses gibt an, wieviele Bits der Prozessor gleichzeitig an seine angeschlossene Peripherie schicken kann (zum Beispiel an die externen Arbeitsspeicher). Der Adreßbus übernimmt die Übertragung der Signale, die zum Auffinden bestimmter Speicherstellen nötig sind. Die Breite des Adreßbusses bestimmt den Umfang des direkt ansteuerbaren Adreßraumes. Adreßbus und Datenbus können unterschiedlich breit sein. So arbeitete zum Beispiel der Intel 8086 mit einem 16-Bit-Datenbus und einem 20-Bit-Adreßbus.

Leider gibt es aber nicht nur echte 8-, 16- und 32-Bit-Rechner, sondern auch Zwitter. Das bedeutet, daß zum Beispiel ein 32-Bit-Prozessor, der nur über einen 16-Bit-Systembus für den Datentransport verfügt, seine Daten vor der Ausgabe erst in 16-Bit-Blöcke zerlegen muß. Ein typischer Vertreter dieser Gattung ist der Intel 80386-SX-Prozessor, den es heute aber nicht mehr zu kaufen gibt.

Taktfrequenz

Der Treibauf des Rechners

Ein weiteres Merkmal für die Leistungsfähigkeit eines Rechners ist die Taktfrequenz. Sie wird durch einen Steuerquarz (Taktgeber) erzeugt, der entweder direkt im Prozessor integriert oder extern angebracht ist. Die Taktfrequenz ist der Antrieb des Rechners, sein Arbeitstakt, und wird in Megahertz (MHz) gemessen. Ein Hertz ist eine Schwingung pro Sekunde. 8 MHz bedeutet also, daß der Quarz 8 Millionen mal pro Sekunde schwingt. Die Schwingung bestimmt die Schnelligkeit der Befehlsausführung. Allgemein kann man sagen, je höher die Taktfrequenz ist, desto schneller kann der Rechner arbeiten. Die heute verwendeten Prozessoren sind überwiegend mit 33 bis 100 MHz getaktet.

Die Taktfrequenz allein ist kein Maßstab

Allerdings sind auch diese Angaben mit Vorsicht zu genießen; denn was nutzt ein schnell getakteter Rechner, wenn zu langsame Speicherbausteine die Verarbeitung bremsen und der Rechner ständig auf Daten warten muß. Im übrigen kann die Taktfrequenz nur bei gleichen Prozessortypen zum Vergleich herangezogen werden, unterschiedliche Rechner miteinander zu vergleichen ist zwecklos. Sicher leuchtet jedem ein, daß ein 100-PS-Motor in einem Sportwagen bessere Leistungen bringt als in einem Omnibus.

Natürlich gibt es noch eine Reihe weiterer Leistungsmerkmale für Prozessoren, die einzeln hier erklärt eher Verwirrung stiften würden. Sie werden daher später an Ort und Stelle erläutert.

2.2 Wer so alles Prozessoren baut

Ursprung und Wettbewerb

Alle Entwicklungen der heutigen Prozessoren haben ihren Ursprung im berühmten »Silicon Valley« in der Nähe von San Jose in den USA. Im Gegensatz zu den Speicherchips, bei denen der Markt von den Japanern (NEC, Fujitsu, Hitachi, Toshiba) beherrscht wird sowie IBM und Siemens ein gewichtiges Wörtchen mitredet, findet man bei den Prozessoren hauptsächlich US-Firmen vor. Eine Handvoll Hersteller teilt in diesem Bereich den Markt unter sich auf. Es sind dies die Firmen Intel, Motorola, National Semiconductor, Witek, Zilog und Texas Instruments. Andere Firmen wie IBM, Apple, DEC oder NCR bauen Prozessoren nur für ihre eigenen Produkte. Im Bereich der Standardprozessoren für PC spielt die deutsche und europäische Industrie derzeit keine wichtige Rolle.

Die Firmen Sun, Hewlett Packard, MIPS, DEC und IBM haben sich auf die Fertigung leistungsfähiger, zukunftsweisender Prozessoren verlegt (siehe auch unter RISC-Prozessoren, Kap. 3.2.5).

Marktführer

Den Prozessor-Markt für Personalcomputer beherrschen derzeit zwei Hersteller: Intel und Motorola. Anders als Intel ist Motorola dabei in der glücklichen Lage, daß seine Prozessoren noch nicht von anderen Herstellern nachgebaut werden. AMD (Advanced Micro Devices) und Cyrix haben inzwischen Nachbauten der neueren Intel-Chips 386 und i486 mit Erfolg auf den Markt gebracht.

Bild 3.5. Der Intel-8086-Prozessor mit dem 2732A-EPROM (Foto Intel)

Über 100 Mio. PCs mit Intel-CPU

Da inzwischen weltweit über 130 Mio. Personalcomputer mit einem Intel-80x86 oder einem dazu kompatiblen Prozessor verkauft wurden, betrachten wir diese Prozessor-Generationen etwas genauer.

2.3 Die Intel-Prozessoren

Der Erfolg der ersten 16-Bit-Prozessoren

8086, der erste 16-Bit-Prozessor

Den ersten echten 16-Bit-Prozessor der Welt stellte 1978 die Firma Intel mit dem 8086 vor. Durch seine äußere 16-Bit-Struktur konnte sich dieser Rechner aber am Anfang nicht so recht durchsetzen, da zu diesem Zeitpunkt die Bauteile für die 16-Bit-Architektur noch sehr teuer waren (z. B. Motherboard, Systembus). Im Auftrag von IBM folgte daher die (Rück-) Entwicklung auf den 8-/16-Bit-Prozessor 8088. Beide Typen waren funktional gleich und verfügten über den gleichen Befehlssatz. Sie unterschieden sich jedoch nicht nur in der Bitstruktur, sondern auch in der Taktfrequenz: Während der 8088 noch überwiegend mit 4,77 MHz getaktet war, arbeitete der 8086 mit Taktzyklen zwischen 6 und 10 MHz, wobei die meisten Rechner bei 8 MHz lagen. Sowohl der 8086 als auch der 8088 konnten

Der Trick mit dem Arbeitsspeicher

Die ersten Prozessoren, zum Beispiel der 8080, konnten nur 64 Kbyte Hauptspeicher direkt ansprechen, was anfangs ja auch ausreichend erschien. Doch die immer besser und umfangreicher werdenden Programme verlangten nach mehr.
Beim *8086* erweiterte Intel daher den Adreßbus auf 20 Bit und konnte damit erstmals einen Arbeitsspeicher mit 1 Megabyte (1064 Kbyte) ansprechen. Anstatt diesen Speicher in einem Stück zu verwalten, zerlegte Intel diesen in 16 Segmente zu je 64 Kbyte. So war der Arbeitsspeicher des 8086 in die 16 aneinandergereihten Segmente des 8080 aufgeteilt. Gerade diese Hauptspeichererweiterung war ein wesentlicher Fortschritt gegenüber den Vorgängern.
Noch einen Schritt weiter ging Intel bei den 80286ern. Sie erhielten 24 Adreßleitungen und konnten damit die damals unvorstellbaren 16 Mbyte Arbeitsspeicher direkt ansprechen. Der mit dem 80286 eingeführte sogenannte »Protected Mode«, der die Ausnutzung der 16 Mbyte und Multitasking ermöglichte, fand anfangs wenig Gegenliebe bei den Programmierern. Erst als IBM etwa 3 Jahre später das Betriebssystem OS/2 (siehe Kap. 5.5) einführte, fand auch der Protected Mode entsprechende Beachtung.

Der PC1 als Industriestandard

direkt ein Speichervolumen von einem Mbyte ansprechen. Durch den Einbau in den ersten IBM-PC mit der Bezeichnung PC1 war dem kleinen Bruder des 8086 allerdings eine größere Verbreitung beschieden. Personalcomputer, egal welchen Herstellers, mit einem Prozessor der Serie 8088 oder 8086 von Intel bezeichnete man üblicherweise als »PC«, wenn sie keine Festplatte hatten, oder als »XT«, wenn eine solche eingebaut war.

Die kompatiblen PCs

Da sich IBM 1981 nun einmal für den Intel-8088-Prozessor entschieden und damit faktisch den Industiestandard geschaffen hat, war der Erfolg der 80er-Familie vorprogrammiert. Mit dieser Entscheidung, keinen eigenen Prozessor für ihre PCs zu bauen, sondern diesen ebenso bei einem anderen Hersteller einzukaufen wie das Betriebssystem, hatte IBM allerdings auch zahlreichen Nachahmern Tür und Tor geöffnet. Von nun an kam die Welle der sogenannten kompatiblen PCs. Das heißt nichts anderes, als daß diese PCs ebenfalls über einen Intel-Rechner und das gleiche

Bild 3.6. i486-Nachbau der Fa. Cyrix (Foto Computer Persönlich)

Betriebssystem wie der IBM-PC verfügten (siehe auch unter »Was ist kompatibel«, Seite 142).

Der AT-PC

In der weiteren Entwicklung folgte dann der 80186, der etwa die doppelte Leistung wie der 8086 bot. Er hatte bereits zahlreiche periphere Einheiten auf dem Chip untergebracht, was seine Leistung erheblich steigerte. Ihm war allerdings keine große Verbreitung gegönnt, zu schnell folgte ihm bereits 1982 der 80286, der gegenüber dem 8086 die sechsfache Leistung bot und bereits bis zu 16 MHz getaktet werden konnte. Beide Prozessoren waren echte 16-Biter. In die PC-Produktion fand der 80286 ab 1983 Eingang. Alle industriekompatiblen PCs, die die Bezeichnung »AT« trugen, wobei AT für »Advanced Technology« (= fortgeschrittene Technik) stand, waren mit diesem Chip ausgestattet. Bei diesem Prozessor wurde der Adreßbus auf 24 Bit erweitert, der Datenbus aber bei 16 Bit belassen. Damit war er in der Lage, 16 Mbyte (16 Millionen Zeichen) zu verwalten. Auch der 80286 spielt heute in modernen PCs keine Rolle mehr.

Gestern noch »in«, heute bereits »out«

Der 386er

Die auch heute noch anzutreffenden 386er-Prozessoren wurden bereits 1985 der Öffentlichkeit vorgestellt und hatten ursprünglich 16 MHz. Nach der Einführung der neuen Prozes-

Bild 3.7. Ein Meilenstein der Prozessor-Generationen: Intel 80386 (Foto Intel)

sorgeneration strich Intel auch die Ziffern 8 und 0 vor der Bezeichnung. Der offizielle Name war jetzt i386. Sie sind reine 32-Biter und können daher 4 Byte in einem Durchgang bearbeiten. Informationen lassen sich gegenüber dem 80286 also doppelt so schnell in den Prozessor hinein- und hinausbewegen. Darüber hinaus können sie Arbeitsspeicher bis zu 4 Gbyte (4 Gigabyte = 4 Milliarden Zeichen) verwalten. Die Taktfrequenz der 386er lag zuletzt zwischen 20 und 33 MHz.

Die 386er-Architektur

Die 386er-Prozessoren enthielten erstmals eine Architektur, die als Basis für alle zukünftigen Prozessoren dienen sollte. Sie erlaubte, sowohl alle bisherigen 16-Bit-Programme einzusetzen, als auch die neuen und leistungsfähigeren 32-Bit-Programme. Diese 386er-Architektur enthalten aus Kompatibilitätsgründen auch die heutigen CPUs von Intel.

Der 386SX

Analog zum 8088 entwickelte Intel auch einen »abgemagerten« 386-Prozessor: den kleinen Bruder 386SX. Er arbeitet wie der normale 386er zwar intern ebenfalls mit 32 Bit, gibt seine Daten aber auf einem 16-Bit-Bus aus und kann somit problemlos in den 16-Bit-Bus der AT-Serie eingebaut werden. Allerdings ist dadurch auch der direkt adressierbare Arbeitsspeicher auf 16 Mbyte begrenzt. Durch seine interne 32-Bit-Architektur kann er auch die neueren 32-Bit-Programme verarbeiten.

Leistungssteigerung für moderne Rechner

Wait-States

Im Zusammenhang mit den immer schneller werdenden Computern taucht gelegentlich der Begriff »Wait-State« (Wartezyklus) auf. Die 386er- und 486er-Prozessoren mit 25- bis 66-MHz-Takt benötigen sehr schnelle RAM-Speicher. Die herkömmlichen RAM-Chips sind dafür generell nicht schnell genug und entsprechen daher nicht dem Arbeitstempo dieser Prozessoren.
Ohne entsprechende Maßnahmen müßten diese Prozessoren, während sie auf Daten aus dem Arbeitsspeicher warten, ihre Arbeit ruhen lassen bzw. einen Wartezyklus einlegen. Das bedeutet, sie würden nach jedem Speicherzugriff einen oder zwei Systemtakte lang Pause machen, was die Leistung dieser Rechner erheblich mindern würde. Ein Verfahren, das diesen Mangel zu umgehen versucht, ist die Cache-Technik.

Cache-Speicher (Puffer-Speicher)

Damit die i486er- und Pentium-CPUs mit ihren hohen Taktraten arbeiten können, schaltet man zwischen Prozessor und RAM-Speicher schnellere Elemente: statische RAMs. Diese Speicherbausteine sind wesentlich schneller als ihre »dynamischen Brüder«, aber auch wesentlich teurer. Ein ganzer Hauptspeicher mit 4

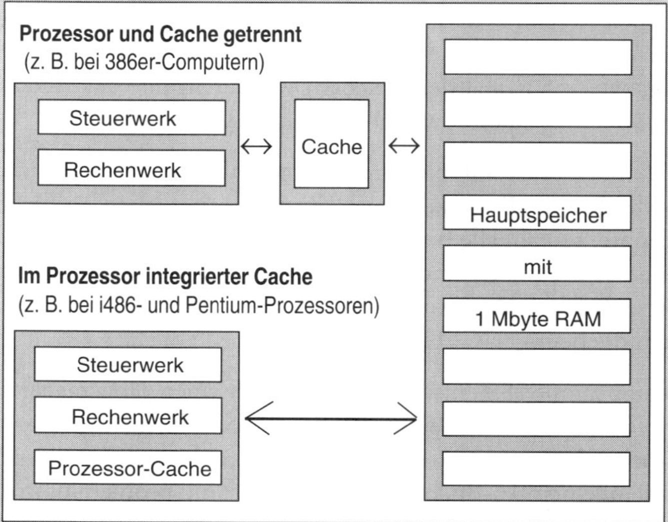

Bild 3.8. Der Cache-Speicher. Zur Leistungsverbesserung kann man auch zwischen Prozessoren mit integriertem Cache und Hauptspeicher einen weiteren Cache (Second-Cache) einbauen.

oder gar 8 Mbyte aus statischen RAMs wäre zu teuer. Um PCs einerseits nicht zu teuer zu machen, andererseits aber ihre Rechengeschwindigkeit zu steigern, hilft man sich mit einem Cache-Memory (Puffer-Speicher). Dieses Memory wird zwischen Prozessor und Hauptspeicher geschaltet. Da das Cache-Memory im Vergleich zum Hauptspeicher relativ klein ist (zum Beispiel 128 oder 256 Kbyte), kann es nur eine begrenzte Anzahl von Informationen aufnehmen. In den Cache-Speicher legt der Prozessor die Datensätze, die er zwar nicht immer, aber sehr oft bei der Verarbeitung benötigt. – Will der Prozessor nun Datensätze lesen, so schaut er zunächst im Cache-Speicher nach. Sind dort die benötigten Datensätze vorhanden, greift er auf diese zu. Das erspart Zeit, da er die Informationen nicht vom langsamen RAM-Baustein oder der Festplatte holen muß. Schnelle CPUs, wie der Pentium oder der PowerPC, haben einen kleinen Cache-Speicher direkt auf dem Chip implementiert.

Arithmetik- bzw. Co- oder Fließkomma-Prozessoren

Um im wissenschaftlichen Bereich, bei CAD/CAM-Anwendungen oder bei Tabellenkalkulationen die Verarbeitungsgeschwindigkeit steigern zu können, konstruierte Intel sogenannte Arithmetik- bzw. Coprozessoren. Sie können zusätzlich zu den normalen 8086-, 80286- oder 386DX/SX-Prozessoren eingebaut werden. Erkennbar sind sie durch die letzte Ziffer: anstelle der »6« führen sie eine »7«, z.B. 80387.

Allerdings ist nur dann eine Leistungssteigerung möglich, wenn das Anwendungsprogramm die entsprechenden Daten an den Coprozessor umleitet. Neuere Programme bieten diesen Komfort. Anders ausgedrückt: Man kann durch einen zusätzlichen Coprozessor nicht die Leistung des Prozessors generell erhöhen, sondern ihm nur für bestimmte Rechenoperationen ein Arbeitspferd danebenstellen. Schnelle Prozessoren wie der i486, Pentium oder der Motorola 68040 haben den Arithmetikchip bereits integriert.

Für die Schnelligkeit des Rechners ist im übrigen nicht nur der Prozessor alleine verantwortlich, sondern auch die ihm zugeordneten RAM- und ROM-Speicherbausteine. Was nützt schon ein extrem schneller Rechner, wenn er ständig auf die Daten aus dem Arbeitsspeicher warten muß? Prozessor und Arbeitsspeicher müssen daher aufeinander abgestimmt sein. Je schneller beide miteinander kommunizieren können, desto leistungsfähiger wird der PC sein. Dies ist zum Beispiel auch einer der Gründe dafür, warum in so manchen Tests ein und dieselbe CPU mit demselben Betriebssystem in verschiedenen Fabrikaten unterschiedliche Leistungen bringt.

Da die Firma Intel die 80286er ablösen wollte, setzte sie den Preis für den 386SX etwa so hoch an, wie den des 80286. Anfang der 90er Jahre war der 386SX ein sehr beliebter Prozessor. Die 386er-Standard-Prozessoren erhielten zur Unterscheidung von den SX-Modellen den Zusatz DX. Bei dieser Modellpolitik blieb man auch bei der Einführung der i486-Prozessoren.

Der 386er von AMD

Die Fa. AMD konstruierte inzwischen einen 386er mit 40 MHz, der vollkommen kompatibel zum Intel 386 ist (sehr zum Leidwesen von Intel natürlich). Allgemein kann man davon ausgehen, daß die 386er je nach Taktfrequenz bis zu 25mal schneller als die damaligen PC/XT-Modelle sind.

Prozessor in der Midlife Crisis – der i486

Die Vorteile des 486

Die heute noch verbreiteten Prozessoren i486, so ihre offizielle Bezeichnung, kamen bereits 1989 auf den Markt und wurden inzwischen zur Großfamilie ausgebaut. Auch sie sind echte 32-Biter und in der bewährten 386er-Architektur aufgebaut. Wo also liegen ihre Vorteile? Bei ihnen integrierten seine Konstrukteure einige Zusatzbauteile, die beim 386er noch außerhalb des Chips untergebracht waren, zum Beispiel der Fließkomma-Prozessor (FPU) und der 8 Kbyte große Cache-Speicher (siehe hierzu Seite 76 und 77). Diese Integration und die höheren Taktraten verhalfen diesen Prozessoren zu einem weiteren Leistungssprung. Mit ihren 1,2 Millionen Transistoren sind sie bis zu viermal so schnell wie die 386er bzw. können je nach Modell 60 bis 100 mal schneller als die ersten XT rechnen. Beim ersten i486DX-Prozessor betrug die Taktrate 25 MHz, während spätere Versionen mit 33 und 50 MHz erhältlich waren. Die DX-CPUs wurden inzwischen von den DX2- und DX4-Prozessoren verdrängt (siehe Seite 79 und 82).

SX-Prozessoren

Die Sparversion des 486

Auch vom i486DX baute Intel ab 1991 eine Sparversion: den i486SX für Einsteiger. Er hatte keinen Coprozessor und eine etwas niedrigere Taktfrequenz als die DX-CPUs. Der interne Cache-Speicher (Zwischenspeicher) mit 8 Kbyte und die 32-Bit-Busbreite waren jedoch geblieben. Die i486SX-Prozessoren hatten eine Taktfrequenz von 16 bis 33 MHz, sind heute im Handel aber nicht mehr erhältlich.

Bild 3.9. Intel i486DX2 (Foto Intel)

Doppelte interne Geschwindigkeit

i486DX2

Neben den Modellen DX und SX hat Intel beim i486 eine weitere Variante eingeführt: den DX2 mit 40, 50 und 66 MHz. Diese Prozessoren arbeiten intern mit der doppelten Geschwindigkeit (daher die 2 hinter dem X). So verdoppelt sich bei diesen drei Typen die interne Taktfrequenz von 20 auf 40 MHz, von 25 auf 50 MHz und von 33 auf 66 MHz. Nach außen geben sie jedoch nur 20, 25 bzw. 33 MHz weiter. Da Boards mit mehr als 33 MHz Taktfrequenz in der Produktion wesentlich teurer sind, kann man so preisgünstigere PCs produzieren. Die i486DX-Prozessoren sind durch schnellere DX2- oder DX4-Prozessoren aufrüstbar.

Der Prozessor zum Auswechseln

Die Overdrive-Prozessoren

Wem bislang alles klar war, der dürfte spätestens jetzt ins Straucheln kommen. Denn Intel hat ein Herz für die Käufer der i486SX- und DX-Prozessoren mit 20, 25 und 33 MHz. Warum, so fragte man sich, sollten diese Käufer nicht in den Genuß der schnelleren Chips kommen, ohne das ganze Motherboard neu zu kaufen.

Für die Aufrüstung eines bereits vorhandenen PC bieten sich je nach Bauart der Systemplatine zwei Varianten an: Ist ein

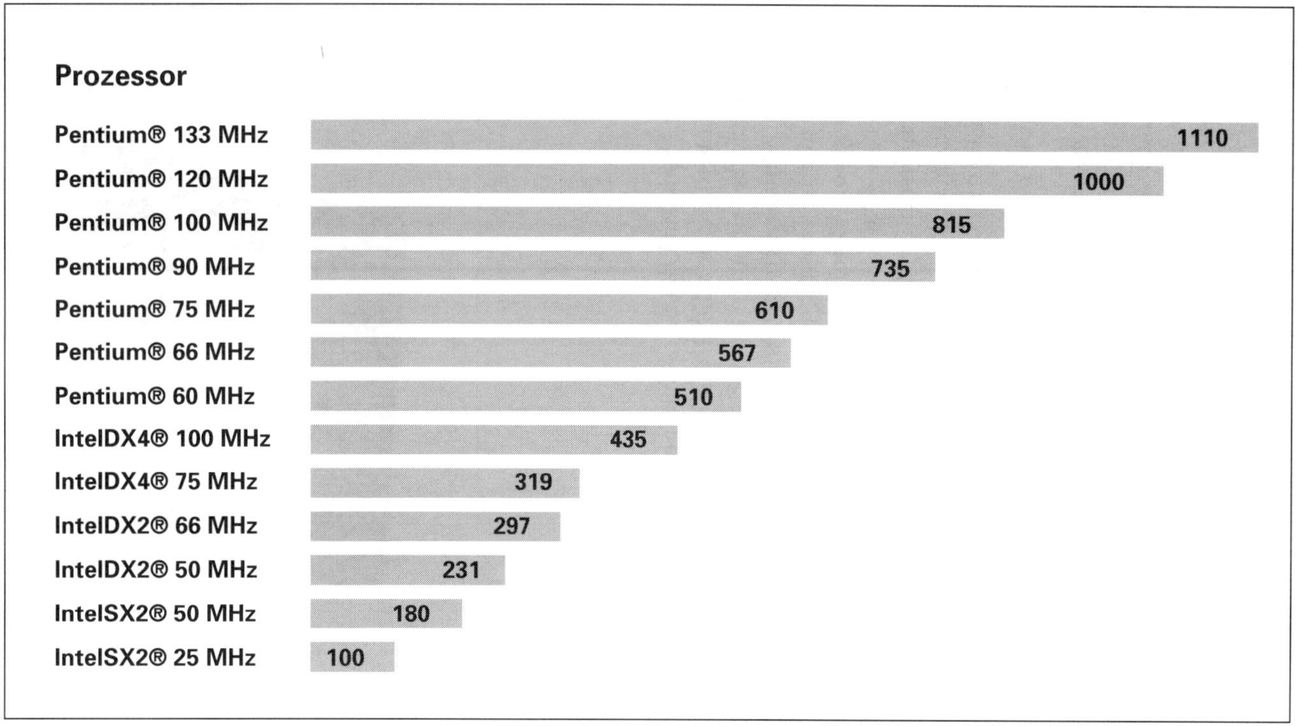

Bild 3.10. Der iCOMP®-Index von Intel.
Der iCOMP-Index wurde von Intel entwickelt und bietet einen einfachen Vergleichswert, mit dem sich bestimmen läßt, wie schnell der Prozessor X im Vergleich zum Y oder Z ist.

Er sagt auf keinen Fall, daß ein mit einem X-Prozessor bestückter PC schneller als ein mit einem Y oder Z bestückter PC arbeitet, denn dafür sind auch noch andere Faktoren verantwortlich, wie wir später sehen werden. Derartige Leistungsindizes sind prinzipiell theoretischer Natur und sagen nichts über die effektive Leistungssteigerung in der praktischen Anwendung aus. Das gilt übrigens auch für die MIPS-Werte, die man ebenfalls als Leistungsangabe verwendet.

Stromsparer für Notebooks

Notebooks benutzt man überwiegend unabhängig vom Stromnetz. Damit sie möglichst lange ohne Stromnetz laufen können, suchten die Hersteller nach stromsparenden Prozessoren. Um diesem Wunsch zu entsprechen, entwickelte Intel den 386SL, der im wesentlichen dem 386SX entspricht, aber äußerst sparsam mit dem Strom umgeht.

Auch die Fa. AMD wollte in diesem Marktsegment ihren Kunden eine Alternative anbieten und entwickelte einen sparsamen Prozessor mit der Bezeichnung AM386DXL. Er verwendet den »Standby-Mode«, wird also erst auf Anforderung aktiv. Im Schlummermodus benötigt er weniger als 1 Milliampere Strom.

Speziell für leistungshungrige Notebook-Besitzer bietet Intel den stromsparenden 486SL mit 33 und 40 MHz an, der dem 486DX entspricht und ebenfalls einen integrierten Coprozessor und einen 8-Kbyte-Cache besitzt. Der 486SL verbraucht gegenüber einem DX nur etwa ein Drittel Strom.

Overdrive- und ZIF-Sockel für das Selbstupdate

sogenannter Overdrive-Sockel auf der Platine vorhanden, wird zum bereits vorhandenen Prozessor der Overdrive-Prozessor einfach zusätzlich in diesen Sockel eingesteckt und der alte Chip dadurch automatisch ausgeschaltet – der Overdrive verrichtet von nun an die Arbeit. Bei neueren Boards sitzt die CPU dagegen auf einem sogenannten ZIF-Sockel (Zero Insertion Force), der an seiner blauen Farbe und dem kleinen Hebel erkennbar ist und den einfachen Austausch der alten gegen eine Overdrive-CPU erlaubt.

Technisch entsprechen die Overdrive-CPUs den normalen DX2. Während jedoch die letzteren mit 168 Pins (Steckfüße) in einen normalen Prozessorsockel passen, haben die Overdrive 169 Füßchen. Das 169. Füßchen dient beim Einbau der leichteren Positionierung und zum Abschalten der Original-CPU.

Auch hier doppelte interne Leistung

Mit den Overdrive-CPUs kann man die interne Rechenleistung der 486SX- oder 486DX-Rechner mit ehemals 20, 25 oder 33 MHZ verdoppeln. In Bild 3.10 sieht man deutlich, wie die Prozessorleistung im Vergleich zu den übrigen Prozessoren einzuordnen ist. Wer allerdings sein 486er-System später auf einen Pentium umrüsten mag, sollte beim Kauf darauf achten, daß das Systemboard mit einem ZIF-Sockel für den Pentium-Overdrive-Prozessor ausgestattet ist.

i486 DX4 mit Triplespeed

Dreifache interne Rechengeschwindigkeit

Dem anscheinend ungebrochenen Bedürfnis nach Leistung setzt Intel neuerdings den i486DX4 entgegen. Wer jetzt beim DX4 an eine interne Takt-Vervierfachung denkt, liegt jedoch falsch: Die DX4-Prozessoren arbeiten intern mit der dreifachen Taktfrequenz. Derzeit gibt es den DX4 in zwei Versionen: mit 75 und 100 MHz. Im Gegensatz zu den übrigen 486ern benötigt der DX4 eine geringere Betriebsspannung (3,3 statt 5 Volt) und hat 1,6 Mio. Transistoren. Obwohl er pin-kompatibel zu den anderen 486ern ist, läßt er sich wegen der geringeren Betriebsspannung nicht einfach auf den vorhandenen Motherboards einsetzen, sondern benötigt eine entsprechende Anpassung.

Ansonsten ist der DX4 hundertprozentig kompatibel zu den anderen 486ern. Er hat dieselbe, auf CISC-Technik basierende CPU und FPU. Allerdings wurde der Prozessor-Cache von 8 auf 16 Kbyte erhöht. Da die DX4-CPUs nur eine Leistungsaufnahme von 3–4 Watt haben und mit einem Power-Management-System (wie die 486SL-Serie) ausgestattet sind, lassen sie sich auch gut bei mobilen Computern einbauen.

DX4 mit 100 MHz

Leistungsmäßig liegt der schnellste DX4 mit 100 MHz eng am Pentium (Seite 83) mit 60 MHz, kostet jedoch weniger als dieser. Intel gibt für den 486DX4 mit 100 MHz einen iComp-Index von 510 an. Da der DX4 relativ preiswert herzustellen ist, ist zu erwarten, daß sie über kurz oder lang die »rangniederen« CPUs zuerst im Preis drücken und dann vom Markt verdrängen werden. So zeigt es zumindest die Erfahrung aus der Vergangenheit.

IBMs Blue Lightning

Ein vergleichbares Produkt baute IBM übrigens schon vorher mit dem Blue Lightning: auf einer i486-basierenden CPU mit intern 100 MHz und extern 33 MHz.

Generell muß man jedoch zu allen Prozessoren, die intern mit doppelter oder dreifacher Geschwindigkeit arbeiten, folgendes festhalten: Solange es auf reine Rechenleistung ankommt, sind sie

Bild 3.11. Der DX4 ist der jüngste Sproß der 486-Familie von Intel (Foto Intel)

Interne und externe Taktfrequenzen der 486er-Familie

Intel-Prozessor	Taktfrequenz	Erweitert mit	Neue Taktfrequenz
486SX-25	25 MHz intern* 25 MHz extern**	OverDrive 25 auf 486DX2-50	50 MHz intern 25 MHz extern
486DX-33	33 MHz intern 33 MHz extern	OverDrive 33 auf 486DX2-66	66 MHz intern 33 MHz extern
486DX2-50	50 MHz intern 25 MHz extern	486DX4-75	75 MHz intern 25 MHz extern
486 DX2-66	66 MHz intern 33 MHz extern	486 DX4-100	100 MHz intern 33 MHz extern

entsprechend ihrer jeweiligen Taktfrequenz sehr schnell. Jeder Zugriff auf externe Arbeitsspeicher erfolgt nur mit halber bzw. einem Drittel der Taktfrequenz.

Der Pentium: Übergang von der CISC- zur RISC-Technologie

Die neueste CPU-Generation von Intel

Bei der neuesten Prozessor-Generation hat Intel mit der Tradition gebrochen, alle Typen zu numerieren. Der neue Chip trägt daher statt der Nummer 586 den Namen Pentium. Ein Grund für diese

* Interne Taktfrequenz des Prozessors
** Externe Frequenz, die auf die Systemplatine weitergegeben wird (z. B. RAM-Zugriff)

Bild 3.12. Der Intel Pentium-Prozessor ist voll kompatibel zu den bisherigen 80X86er-Prozessoren (Foto Intel)

Änderung ist sicher die Tatsache, daß sich Namen lizenzrechtlich schützen lassen, Nummern jedoch nicht. Intel hat also aus der Vergangenheit gelernt (Nachbauten der Firmen AMD und Cyrix).

Die Leistungswerte des Pentium

Die ersten Pentium verarbeiteten bereits bis zu 112 Millionen Befehle pro Sekunde (die ersten 486er erreichten nur ca. 20 Millionen). Mit 3,1 Mio. Transistoren und seiner besonderen Architektur rückt er in seiner Leistungsfähigkeit bereits in die Nähe der Workstations. Intern arbeitet der Pentium genauso wie der i486 mit einer Busbreite von 32 Bit, extern aber mit 64 Bit langen Binärzahlen. Da der Pentium intern mit zwei 32-Bit-Pipelines (siehe Kasten auf Seite 86) arbeitet, hat er einen sehr hohen Datendurchsatz: 528 Mbyte pro Sekunde gegenüber 160 Mbyte pro Sekunde beim 486DX-50.

Darüber hinaus hat der Pentium zwei getrennte Cache-Speicher zu je 8 Kbyte als Daten- und Befehlscache. Die superscalare RISC-

CISC- und RISC-Prozessoren

Prinzipiell unterscheidet man bei Prozessoren zwischen zwei verschiedenen Bauweisen: der CISC- (Complex Instruction Set Computer = komplexer Befehlssatz) und RISC-Architektur (Reduced Instruction Set Computer = reduzierter Befehlssatz). Beide arbeiten mit verschiedenen Befehlssätzen (Instruction sets).

Alle bisher genannten Prozessoren der Intel 80x86-Serie und auch die Motorola-Modelle 680x0 sind CISC-Prozessoren mit umfangreichen Befehlscodes. CISC-Prozessoren sind in der Lage, mit einem ihrer komplexen Befehle gleich mehrere Speicheroperationen auszuführen. Das begrenzt zwar die Anzahl der erforderlichen Register, steigert aber die Ansprüche an die Steuereinheit des Prozessors.

Auf der Suche nach immer schnelleren und leistungsfähigeren Prozessoren mußte man neue Wege gehen und hat die Architektur der Prozessoren verändert.

Bei einer Untersuchung kommerzieller Computeranwendungen fand man heraus, daß nur etwa ein Fünftel aller Grundbefehle sehr häufig vorkommen, der Rest dagegen wesentlich weniger. Die daraus gezogene Konsequenz war die Reduktion des Befehlssatzes und der Befehlsformate. Im wesentlichen zielt die RISC-Philosophie darauf ab, kleinere, billigere und überschaubare Prozessoren bauen zu können.

Hierzu wird der Befehlssatz des Prozessors bis auf die wichtigsten und am häufigsten benutzten Operationen reduziert. Weitere Merkmale der RISC-Architektur sind die mehreren getrennten internen Bussysteme und voneinander unabhängige Verarbeitungseinheiten. Das ermöglicht eine Parallelverarbeitung und damit einen höheren Datendurchsatz. Die Leistungen der RISC-Prozessoren liegen heute meist über 100 MIPS (Million Instructions Per Second).

Einheit (siehe Kasten auf dieser Seite) versetzt ihn in die Lage, in diesem Bereich anfallende Operationen in weniger als einer Takteinheit ausführen zu können. Da der Adreßbus wie beim i486 nur 32 Bit breit ist, bleibt auch der direkt adressierbare Speicherbereich bei 4 Gbyte.

Pipelines (Pipelining)

Die Ausführung eines Maschinenbefehls durch den Prozessor läßt sich in mehrere logische Abschnitte gliedern:
Befehlsholphase – Dekodierphase – Operandenholphase – Ausführungsphase.
Jede dieser Phasen benötigt Zeit. Um dennoch das Ziel der RISC-Philosophie zu verwirklichen, für jeden Maschinenbefehl nur einen Taktzyklus aufzuwenden, wurden sogenannte »Pipelines« eingeführt. Diese »Fließbandtechnik« ermöglicht, daß der Prozessor nicht nur immer einen Befehl, sondern mehrere Befehle parallel verarbeiten kann. Wenn beispielsweise ein Befehl gerade in der Ausführungsphase ist, befindet sich der darauffolgende bereits in der Befehlsholphase usw. So wird im Idealfall in jeder Phase gerade ein Befehl ausgeführt.
Wäre diese Parallelverarbeitung nicht gegeben, müßte ein einziger Maschinenbefehl erst alle Phasen durchlaufen, bevor der nächste bearbeitet werden könnte und jeder Befehl würde mehrere Taktzyklen beanspruchen.

Superscalare Architektur

Durch Pipelining läßt sich die Anzahl der pro Befehl benötigten Taktzyklen nahe dem Wert 1 bringen. Durch weitere Parallelisierung innerhalb des Prozessors kann man eine weitere Leistungssteigerung erzielen. Beim Pipelining befindet sich in jeder Phase ein Befehl in der Pipeline. Superscalare Prozessoren besitzen die für jede Phase verantwortliche Hardware mehrmals. Damit können sich viele Befehle in mehreren Phasen befinden. Hat ein superscalarer Prozessor beispielsweise die komplette Hardware doppelt installiert, kann er im Idealfall in jeder Phase parallel zwei Befehle bearbeiten. Das bedeutet, daß sich pro Taktzyklus zwei Befehle in Arbeit befinden und der Prozessor pro Befehl nur einen halben Takt benötigt.

Die Pentium-Familie wächst

Die ersten Modelle des Pentium hatten 60 und 66 MHz und erreichten über 100 MIPS. Sie wurden inzwischen von Intel aus dem Markt genommen und durch die neuen Pentium mit 75 bis 166 MHz ersetzt. Die externe Taktfrequenz des Prozessorbusses beträgt je nach Typ zwischen 50 und 66 MHz.

Mit nur noch 5 bis 6 Watt Leistungsaufnahme, einer Versorgungsspannung von 3,3 Volt und einem »Öko-Modi« reduzierte der Hersteller den Energiebedarf dieser CPUs, um nicht dieselben Probleme mit der Hitzeentwicklung zu bekommen wie bei den mit 60 und 66 MHz getakteten Pentium-CPUs. Damit begann eine ähnliche Entwicklung wie beim 486er: Vom Pentium gibt es inzwischen eine voll ausgebaute Prozessor-Familie.

Der neue Pentium Pro

Der neue Pentium Pro (P6) erreicht Taktfrequenzen von 150 bis 200 MHz. Je nach Typ hat er einen zweiten integrierten Cache mit 256 oder 512 Kbyte, der mit der internen Taktfrequenz der CPU versorgt wird. Etwa 5,5 Millionen Transistoren arbeiten im Pentium Pro. Er sendet seine Daten mit 60 oder 66 MHz extern über den Datenbus und kann mit 36 Adreßleitungen bis zu 64 Gbyte Arbeitsspeicher adressieren.

Kompatibel zu den Vorgängern

Wichtig für den Kaufinteressenten ist vor allem, daß die vorhandene Software, die für die Vorgänger-Prozessoren geschrieben wurde, auch mit dem Pentium kompatibel ist. Erreicht wurde dies

Die Leistungsmerkmale der Intel-Prozessoren

Typ	Datenbus	Takt MHz	Adreß-raum	Leistung MIPS*
a) Zum Vergleich: die Vorgänger				
8088	16/8 Bit	4,77 + 8	1 Mbyte	k. A.
8086	16 Bit	4,77 – 10	1 Mbyte	k. A.
80286	16 Bit	8 – 16	16 Mbyte	1.2 – 2.6
386SX	32/16 Bit	16 – 25	16 Mbyte	3.0 – 5.2
386DX	32 Bit	16 – 33	4 Gbyte**	4.0 – 11.4
486SX	32 Bit	20 – 33	4 Gbyte	13.1 – 27.6
486DX	32 Bit	25 – 50	4 Gbyte	20.0 – 41.4
486DX2	32 Bit	50 – 66	4 Gbyte	40.5 – 54.0
486DX4	32 Bit	100 (33)	4 Gbyte	k. A.
b) der Pentium				
Pentium, 5 V	64 Bit	60 + 66	4 Gbyte	100 + 112
Pentium, 3,3 V	64 Bit	75 – 166	4 Gbyte	>126
Pentium Pro, 3,1/3,3 V	64 Bit	150 – 200	64 Gbyte	k. A.

* MIPS ist ein Maßstab für die Schnelligkeit eines Prozessors. Dabei wird die Anzahl der Befehle, die er pro Sekunde verarbeiten kann, angegeben. 1 MIPS entspricht einer Million Befehle pro Sekunde (MIPS = Million Instructions per Second)

** 1 Gbyte = 1 Gigabyte = 1024 Mbyte

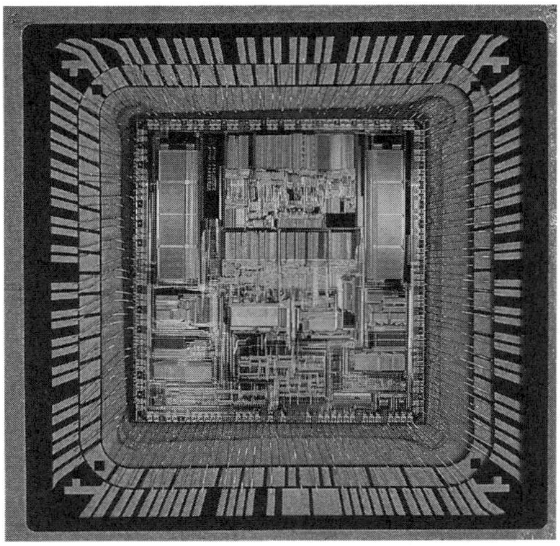

Bild 3.13. Der Motorola 68040-Prozessor fand vor allem in den Apple-Quadra-Systemen seine Verbreitung (Foto Motorola)

dadurch, daß man dem Pentium eine separate i386-Einheit integrierte, die die Kompatibilität zu den Vorgängern garantiert. Betriebssysteme und Programme, die zu den älteren Prozessoren kompatibel sind, laufen im 386er-Teil des Prozessors. Die Vorzüge der eingebauten RISC-Einheit können erst die neuen Betriebssysteme (zum Beispiel WindowsNT, Seite 270) und eine neue Softwaregeneration voll ausschöpfen.

Innovationszyklen

Bedingt durch den ständigen Preisverfall und die technischen Neuerungen wird sich die Käufergunst prinzipiell immer zu den neueren und leistungsfähigeren Prozessoren wenden. Ein Pentium mit 166 MHz, der heute noch aktuell ist, kann morgen schon »zum Schnee von gestern« zählen.

2.4 Die Motorola-Prozessoren

Ein weiterer wichtiger Produzent von Prozessoren ist die Firma Motorola mit der Produktfamilie 68000. Im Gegensatz zur Firma Intel, die ihre Rechner zu den ersten 8008- und 8080-CPUs kompatibel weiterentwickelte, schloß Motorola die Entwicklung

Motorolas 68000er-Serie

der Serie 6800 ab und begann mit dem 68000 eine neue Ära. Ein Maximum an Leistungsfähigkeit, Flexibilität und Verarbeitungsgeschwindigkeit war Motorola wichtiger als die Kompatibilität zu alten Hüten. Bereits 1979 stellte sie den ersten Typ 68000 mit 4 MHz Taktfrequenz vor. Dieser Prozessor war bereits ein 32-Biter, aber nur mit einem 16 Bit breiten Datenbus.

Motorola-CPUs für Apple, Atari und Commodore

Obwohl Motorola damit sehr früh über einen leistungsfähigen Prozessor verfügte, dauerte es doch sehr lange, bis dieser sich durchsetzen konnte. Das lag zum einen daran, daß er weder auf die Software seines Vorgängers noch auf die Software der MS-DOS-Bibliothek (Betriebssystem MS-DOS, siehe Seite 233) zurückgreifen konnte, und zum anderen daran, daß noch zu wenig professionelle Software vorhanden war. Erst als die Firmen Apple mit den Modellen Lisa und Macintosh, Commodore mit dem Amiga und Atari mit der ST-Reihe ihre PCs mit dem 68000 ausrüsteten, brachte dies den erhofften Erfolg.

Motorola 68020, 68030, 68040

Motorolas erster echter 32-Bit-Prozessor war der bereits 1983 vorgestellte 68020, diesem folgte der 68030 und später der 68040. Der 68040-Chip hat wie der Intel i486 den Coprozessor und den Cache-Speicher bereits auf dem Chip integriert. Mit ebenfalls 1,2 Mio. Transistoren ist er auch leistungsmäßig das Pendant zum i486 von Intel. Zum Glück betreibt Motorola keine so differenzierte Modellpolitik mit seinen Prozessoren (deshalb kann dieser Abschnitt auch kürzer als bei Intel sein). Vom 68040 gibt es lediglich noch eine 68LC040-Version ohne Fließkomma-Einheit.

Die Leistungsmerkmale der Motorola-Prozessoren

Prozessor	Interner/ Ext. Bus	Takt MHZ	Adreß-raum	Leistung MIPS
68000	32/16 Bit	4 – 12	16 Mbyte	0.8
68020	32 Bit	16 – 33	4 Gbyte	3 – 6.7
68030	32 Bit	20 – 40	4 Gbyte	4 – 12
68040	32 Bit	25 – 40	4 Gbyte	22 – 33
68060	32 Bit	50	4 Gbyte	100

Der Nutzen für den Anwender

Wichtig für den Anwender ist die Tatsache, daß Neuentwicklungen sowohl bei Intel als auch bei Motorola abwärtskompatibel sind. Dies bedeutet, daß die für die älteren Prozessoren entwickelten Programme auch auf neuen, leistungsfähigeren Computern eingesetzt werden können.
Programme, die für die Intel-Prozessoren geschrieben wurden, laufen nicht auf den Motorola-Chips und umgekehrt. Der Austausch von Daten ist allerdings mittlerweile kein größeres Problem mehr. Vor allem die Apple-Computer sind der Intel-Welt gegenüber sehr offen, sie können sogar dessen Disketten direkt lesen und auch schreiben. Umgekehrt bereitet es mehr Probleme.

68060, das Gegenstück zum Pentium

Das Nachfolgemodell und Gegenstück zum Pentium mit 60 oder 66 MHz von Intel ist der Motorola 68060. Mit einer Taktrate von 50 MHz und ca. 2,5 Mio. Transistoren erreicht er ebenfalls ca. 100 MIPS.

Motorola-Prozessoren zeigen ihre Leistungsfähigkeit besonders beim Aufbau von komplexen Grafiken und Bildern. Besonders bei Computern mit grafischer Benutzeroberfläche (siehe Seite 227), wie beispielsweise den Apple-Systemen, den Atari-Geräten und dem Commodore Amiga und bei professionellen Workstations finden die Motorola-Prozessoren ihre Verwendung.

2.5 RISC-Prozessoren – der PC-Standard von morgen

Die RISC-Architektur für die CPUs von morgen

RISC-Prozessoren (siehe auch Seite 85) waren bisher den teueren Workstations und leistungshungrigen Laserprintern vorbehalten. Die RISC-Technologie ist nun nichts völlig neues, denn MIPS Technology baut bereits seit Mitte der 80er Jahre RISC-Prozessoren mit den Bezeichnungen R2000/3000. Die Fa. Sun machte mit den SPARC-Rechnern ebenfalls schon längere Zeit Furore. Die ersten schwachen Ansätze von RISC-Architektur im PC-Bereich findet man bereits in den Prozessoren i486 von Intel und 68040 von Motorola. Sie teilen ihre komplexen Befehlssätze so auf, daß der Kern einfacher Befehle fest verdrahtet ist, der Rest

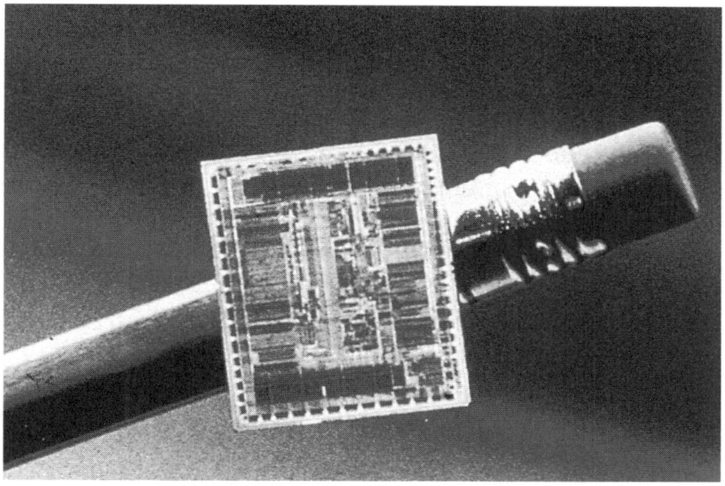

Bild 3.14. RISC-CPU mit 150-MHz-Power: der AlphaPC von DEC (Foto DEC)

in CISC-Technik hinzugefügt wird. Von echten RISC-Prozessoren kann man also hier noch nicht sprechen. Auch nicht beim Pentium, der ebenfalls nur teilweise in RISC-Technik aufgebaut ist, und auch noch aus Gründen der Kompatibilität einen kompletten 386er-Prozessor integriert hat.

Die absolute Herrschaft der 80x86-Prozessoren im PC-Markt wird es zukünftig nicht mehr geben. Vor allem im oberen Marktsegment und als Konkurrent des Pentiums werden sich die RISC-Prozessoren immer mehr durchsetzen, neue Betriebssysteme, wie z. B. WindowsNT, und leistungsfähige Anwendersoftware machen es möglich.

Der DECpc AXP/150

Einer der ersten für den PC-Markt verfügbaren RISC-CPUs kam von der Firma DEC (Digital Equipment): der DECpc AXP/150. Er enthielt den Prozessor Alpha-AXP-21064 mit superscalarer Architektur (siehe Kasten Seite 86) und lief unter WindowsNT. Mit 150 MHz Taktfrequenz, 64 Bit Datenbus und »nur« 1,7 Mio. Transistoren leistet er immerhin 300 MIPS. Bereits für unter DM 10.000,– kann man bei einer Händlerkette einen kompletten PC mit Alpha-Prozessor und WindowsNT erstehen. Erinnern wir uns: Ein gut ausgestatteter PC mit dem 386er-Prozessor von Intel hatte bei seiner Markteinführung ebensoviel gekostet.

RISC-Technologie von MIPS

Ein weiterer Mitbewerber im PC-High-end-Bereich der RISC-Prozessoren ist die Firma MIPS Technology. Sie setzte von Anfang an auf diese Prozessor-Architektur. Ihre Produkte waren allerdings bisher nur in der Workstation-Welt mit dem Betriebssystem Unix zu finden. Allerdings fertigt MIPS Technology weder die Prozessoren noch ganze Systeme in Eigenregie, sondern entwirft die Technologie und bestimmt das Design der Prozessoren. Diese werden von Partnern gebaut, die diese Technologie ihren Bedürfnissen entsprechend abwandeln können. So sind an den neuen R4200- und R4600-Prozessoren die Firmen IDT (Integrated Device Technology), LSI, NEC, Siemens Nixdorf, Performance Semiconductors und Toshiba beteiligt.

Der R4200 ist ein 64-Bit-RISC-Prozessor mit 1,3 Mio. Transistoren. Obwohl sein interner Takt nur 80 MHz und sein externer sogar nur magere 40 MHz beträgt, schließt er leistungsmäßig an den Produkten von DEC und Intel an. Sein größter Vorteil ist der Preis, der etwa bei der Größenordnung eines 486ers liegt – RISC-Power zum Preis eines 486ers?

Der R4200-Chip ist erst der Anfang einer Serie. Bereits konkrete Vorstellungen gibt es vom R4600 Orion, der mit 100 MHz getaktet ist und einen Adreßraum von 64 Gbyte verwalten kann (zum Vergleich: der R4200 erreicht 6 Gbyte). Beide Prozessoren benötigen wenig Strom und sind daher auch für Notebooks interessant.

PowerPC: leistungsfähige RISC-Technik für den »Durchschnitts-User«

Die Kooperation von Apple, IBM und Motorola

Über ein Jahrzehnt lang war die PC-Welt in Ordnung: IBM schuf den Weltstandard mit den Intel-Chips und baugleichen Prozessoren. Daneben gab es noch das Durcheinander der unterschiedlichsten Computer und Workstations mit Motorola-Chips, deren schlagkräftigster Vertreter Apple war. Um sich den Markt der Zukunft zu sichern, gründeten IBM, Motorola und Apple eine Kooperation, deren Ziel es war, einen gemeinsamen Prozessor zu entwerfen, der nicht auf ein bestimmtes Betriebssystem festgelegt war. Dabei konnten die drei Firmen ihr gesammeltes Know-how einbringen.

PowerPC

»PowerPC« ist die Abkürzung für »Performance Optimization with Enhanced RISC«, was soviel wie »Leistungsoptimierung durch verbesserte RISC-Architektur« bedeutet. Das Vorbild für den PowerPC ist die IBM-6000-RISC-Technologie, bei der die CPU allerdings aus mehreren Einzelchips bestand. Die Aufgabe von Motorola war es, daraus einen einzelnen Chip zu entwickeln.

Apples neue CPU-Welt

Das erste Produkt dieser Allianz war der MPC601, der seit Ende 1993 produziert und zuerst nur in IBM-Workstations eingebaut wurde. Mit den Taktfrequenzen 60, 66 und 80 MHz liegt er leistungsmäßig etwa beim Pentium, ist aber wesentlich billiger, kleiner und benötigt weniger Strom, was ihn unkritischer in der Wärmeentwicklung macht.

Aufgrund der sehr hohen Leistung der PowerPC-Architektur lassen sich andere Plattformen (z. B. Intel- oder Motorala-Pro-

Bild 3.15. Ein Blick in das Innere des PowerPC 601 (Foto IBM)

zessortechnik) emulieren, d. h. nachahmen, was den Übergang von einer Technologie zur anderen für den Anwender möglichst leicht macht, denn er kann seine vorhandene Software weiter benutzen.

Die PowerPCs von Apple

Die Vorstellung der ersten Apple-PowerPCs erfolgte zur CeBIT 94. Apple stellte gleich drei PCs mit dem PowerPC 601-Chip mit unterschiedlichen Taktraten vor:

- den Power Macintosh 6100/60 mit 60 MHz
- den Power Macintosh 7100/66 mit 66 MHz
- den Power Macintosh 8100/80 mit 80 MHz.

Die drei Systeme unterscheiden sich nicht nur durch die unterschiedlichen Prozessoren, sondern auch in der Grundausstattung und den Erweiterungsmöglichkeiten. Allerdings mußte sich der Anwender anfangs noch mit der normalen Macintosh-Software zufriedengeben. Erst nach und nach brachten die Softwarehäuser PowerPC-optimierte Software auf den Markt, die dessen Leistung auch ausnutzen können. Bereits die ersten Power Macintosh konnten DOS-, Windows- und Macintosh-Software verarbeiten bzw. Intel- und Motorola-CPUs emulieren.

Die neuen PowerPC-Prozessoren

Inzwischen hat Apple seine Produktpalette mit dem PowerPC (PPC) weiter ausgebaut: Rechner mit dem PowerPC 601+ gibt es mit 100, 110 und 120 MHz, mit dem PPC 603 von 80 bis 117 MHz und dem PPC 604 von 100 bis zu 133 MHz. Der neue PPC 620 hat Taktfrequenzen mit 130 und 150 MHz.

Speziell für leistungsfähige Notebooks, PDAs und »Stromspar-PCs« ist der 603e mit 100 MHz gedacht. Er ist so leistungsfähig wie sein 601-Bruder mit gleicher Taktfrequenz, benötigt aber wesentlich weniger Strom.

3 Interne Speicher

Im Kapitel Grundlagen haben wir bereits festgestellt, daß der interne Speicher (auch Arbeits- bzw. Hauptspeicher genannt) zur Speicherung von Daten und Programmen oder Teilen davon dient. Der Prozessor kann bei Bedarf darauf lesend oder schreibend zugreifen.

Die modernen leistungsfähigen Betriebssysteme und Programme, zum Beispiel Windows, DTP- und Konstruktionsprogramme, benötigen immer mehr Speicherplatz. Der Speicherbedarf eines einzigen Programms kann die Kapazität der internen Speicher bereits voll ausnutzen. Da dieser aber auch noch andere Aufgaben zu bewältigen hat, bekommt seine Größe (Speichervermögen) immer mehr Bedeutung.

Die zwei Seiten des internen Speichers

Der interne Speicher besteht aus einem festprogrammierten, und vom Anwender nicht veränderbaren Teil (ROM = Read Only Memory) und einem frei beschreibbaren (RAM = Random Access Memory) Teil. Bei PCs ist der Arbeitsspeicher hauptsächlich als Schreib-Lese-Speicher (RAM) aufgebaut. Der Vorteil des Personalcomputers liegt ja gerade darin, daß es für ihn eine Unzahl an Software gibt. Diese Anwenderprogramme liest der Rechner kurz vor der Ausführung von einem Massenspeicher, Floppy-Disk oder Festplatte, in seinen Arbeitsspeicher ein. Somit kann der PC in kürzester Zeit für die verschiedensten Aufgaben umprogrammiert werden. Dies setzt aber entsprechende Speicherkapazitäten voraus.

Der ROM-Speicher

Die festprogrammierten Teile des Betriebssystems

Der ROM-Speicher enthält alle Programmteile, die zur Organisation und Inbetriebnahme des Rechners nötig sind. Das sind die festprogrammierten Teile des Betriebssystems, die der Computer zum Starten benötigt. Sie melden zum Beispiel nach dem Einschalten des PC über den Bildschirm, daß irgendeine Eingabe erwartet wird. Um den PC möglichst flexibel zu halten und um vor allem auch neuere Betriebssystemversionen problemlos anwenden zu können, versucht man, den festprogrammierten Teil des Betriebssystems möglichst gering zu halten.

Bild 3.16. ROM-Chip mit 128 Kbit Festwertspeicher (Foto Siemens)

Behält auch nach dem Ausschalten seine Informationen

Der ROM-Chip ist fest programmiert und kann weder verändert noch gelöscht werden, sein Inhalt bleibt auch nach dem Ausschalten des PC bestehen. Auf die Größe des ROM-Speichers hat der Anwender ohnehin keinen Einfluß, sie ist hersteller- und systembedingt. Der Umfang der ROM-Speicher, also die enthaltene Informationsmenge, ist von Computer zu Computer unterschiedlich. Ältere PCs kamen noch mit 16 Kbyte aus, moderne Hochleistungs-PCs können heute bis zu 2 Mbyte haben.

Um allen Besonderheiten und Anforderungen gerecht zu werden, gibt es aber auch noch andere Bauarten des ROM, die für den Anwender jedoch nur von untergeordneter Bedeutung und nur der Vollständigkeit halber hier erwähnt sind:

Das PROM

1. Das PROM = Programmierbares ROM. Diesen Speichertyp kann man mit einem speziellen Programmiergerät ein einziges Mal beschreiben. Damit lassen sich anwendungsspezifische Programme als Festwertspeicher ablegen. Auch bei abgeschaltetem Computer gehen diese Daten nicht verloren.

Das EPROM

2. Das EPROM = Erasable Programmable ROM. Dieser ROM-Baustein kann mit Hilfe ultravioletten Lichts oder elektrischer Signale gelöscht und mit einem speziellen Gerät einige Male

Bild 3.17. Der Schreib-Lese-Speicher (RAM). Größenvergleich eines 64-Mbit-Chips mit einem Fingerhut (Foto IBM)

wieder neu beschrieben werden. Dies können allerdings nur speziell ausgerüstete EDV-Firmen.

Das EEPROM

3. Das EEPROM = Electrically Erasable Programmable ROM. Im Gegensatz zum EPROM läßt sich dieser sehr teure Chip durch ein spezielles Programm elektrisch löschen und wiederholt beschreiben.

Der RAM-Speicher

Der Speicher für Programme und Daten

Nur der RAM-Speicher steht dem PC als Daten- und Programmspeicher zur Verfügung. In diesem Teil können also Programme und Daten von externen Speichern (zum Beispiel Diskette oder Festplatte) eingelesen und dem Prozessor zur Verarbeitung weitergegeben werden. Spricht man vom Haupt- oder Arbeitsspeicher, so ist in der Regel dieser Teil des internen Speichers gemeint, da nur er einen relevanten Einfluß auf die Schnelligkeit der Arbeitsabläufe im Computer hat. Zuwenig Arbeitsspeicher kann einen PC nicht nur zur »Schnecke« machen, sondern sogar das Laden und Arbeiten mit einem Programm verhindern.

Im Gegensatz zum ROM-Speicher kann der RAM frei beschrieben, gelesen und gelöscht werden. Allerdings speichert

Kennen Sie den Unterschied?

DRAM und SRAM

RAM-Chips gibt es in zwei Versionen: als statische und als dynamische Bausteine. Statische Chips (SRAM) sind teurer, weniger hoch integriert und verbrauchen weniger Energie. Dynamische Speicherchips (DRAM) sind wesentlich preiswerter und auch höher integrierbar. Sie verwendet man vorzugsweise als Speichermedien im Arbeitsspeicher. Die Zugriffszeiten der dynamischen RAM-Chips liegen durchschnittlich bei 60 bis 80 ns (Nanosekunden, Nano = das Millliardstel), die der statischen RAMs bei 10 bis 30 ns. Zum Vergleich: Das Licht legt in 1 ns nur 30 cm zurück!

Mbit oder Mbyte

Im Gegensatz zur Speicherkapazität des Arbeitsspeichers, die in Mbyte angegeben wird, gibt man das Speichervermögen der RAM-Chips in Mbit an. Um 1 Mbyte Hauptspeicher zu erhalten, benötigt man also 8 x 1 Mbit-Chip. RAM-Chips gibt es von 64 Kbit bis 16 Mbit Speicherkapazität. Übliche Größen sind hier 256 Kbit, 1 Mbit, 4 Mbit und 16 Mbit. An der Entwicklung von 64 Mbit- und 256 Mbit-Chips wird bereits gearbeitet.

Vor dem Ausschalten sichern!

der RAM-Chip die Daten und Programme nur so lange, wie er mit Strom versorgt wird. Mit dem Ausschalten des PC sind alle nicht gesicherten Daten unwiederbringlich verloren. Daher müssen alle eingegebenen Informationen vorher auf einem externen Datenträger (z. B. einer Diskette) gesichert werden.

Je größer der Arbeitsspeicher ist, desto schneller kann der Computer auch mit umfangreichen Programmen arbeiten, da er nicht ständig Programmteile neu einlesen muß. Der zeitintensive Datenaustausch zwischen RAM- und Externspeicher reduziert sich damit auf ein erträgliches Minimum.

Fast immer zu klein: Der Arbeitsspeicher

Die Kapazität des Arbeitsspeichers wird in Kilobyte (Kbyte) oder Megabyte (Mbyte) angegeben. Waren früher noch Hauptspeichergrößen von 64 oder 128 Kbyte üblich, so genügen heute in der Praxis nicht einmal mehr 1 Mbyte. Wer einigermaßen zügig mit Windows-Programmen arbeiten möchte, der sollte auf

Bild 3.18. Mit SIMM-Speicherbauteilen kann der versierte Anwender selbst den RAM-Speicher seines Computers ergänzen (Foto Kingston)

mindestens 8 Mbyte bestehen. Der rasante Preisverfall der Chips in den letzten Jahren macht es möglich, daß die Aufrüstung des Hauptspeichers mit geringem finanziellen Aufwand möglich ist.

SIMM-Module zum Aufrüsten des Hauptspeichers

Während früher der RAM-Speicher aus einzelnen Chips (die direkt in die Systemplatine gesteckt wurden) bestand, verwendet man heute zwei verschiedene Typen, die sich einzig durch Art ihrer Kontakte unterscheiden: SIMM- und SIP-Module (Single In Line Leadless Memory Module und Single In Line Leaded Memory Module Package). Die SIMMs haben die Kontakte flächenartig auf dem Keramikträger integriert, die SIPs stellen über kleine Füßchen den Kontakt zur Platine her. Die einzelnen Module bestehen aus 8 oder 9 (mit Prüfbit) Chips, womit ein »Bytebaustein« entsteht. Diese Bausätze steckt man in die dafür vorgesehenen Bänke der Systemplatine ein und kann sie bei Bedarf auch wieder auswechseln. Mit etwas handwerklichem Können, viel Vorsicht, Mut und einem Schraubenzieher kann der Anwender selbst diese Module austauschen.

Für Windows: 8–16 Mbyte Hauptspeicher

Üblicherweise rüstet man heute PCs mit 8- bis 16-Mbyte-Speichern aus. Dabei ist allerdings zu bedenken, daß das Betriebssystem DOS bis zur Version 6.x nur 640 Kbyte direkt ansprechen kann. Unter Windows sollten es dagegen mindestens 8 Mbyte sein. – Die Apple-Systeme sind bereits von Haus aus mit 4 Mbyte Hauptspeicher ausgerüstet, mindestens 8 Mbyte sind aber mit den Betriebssystemen 7 und 7.5 empfehlenswert.

Bild 3.19. Flashspeicher-Chips sind lösch- und beschreibbar (Foto Intel)

Eine neue Speichergeneration: Flash-Memorys

Ein neuer Halbleiterspeicher

Seit Ende der 80er Jahre gibt es eine neue Art der Halbleiterspeicher: die Flash-Memory-Chips (Flashspeicher). Sie sind Speicherchips, die wie ein ROM programmiert, zusätzlich aber elektrisch gelöscht werden können. Technisch entsprechen sie am ehesten den EEPROMs (siehe Seite 96). Diese superflachen Speicher gibt es mittlerweile als 16- und 32-Mbit-Chips mit einem Schreib-/Lesezyklus von nur noch 70 bzw. 150 ns (je nach Versorgungsspannung). Die Adressierung des Speichers geschieht über 64 Kbyte große Segmente.

Hohe Speicherdichte und nichtflüchtig

Flashspeicher haben eine höhere Speicherdichte als DRAM-Chips und benötigen keine Batterie, da sie nichtflüchtig sind. Sie sind in der Lage, Funktionen der bisherigen RAM- und ROM-Chips zu übernehmen. Neben dem Bau kleiner energiesparender Massenspeicher ist Flash von der Konzeption her auch als Ersatz für herkömmliche EPROMS, zum Beispiel als Speicher für startfähige Kopien häufig benötigter Programme, geeignet.

Als Speicherkarte im PCMCIA-Standard

Die Flashtechnik findet vor allem auch als Massenspeicher in Form von Steckkarten Verwendung (Flash-Speicherkarte). Diese Speicherkarten im Scheckkartenformat sind 85 x 54 mm groß und entsprechen dem PCMCIA-Standard (Personal Computer Memory Card International Association, siehe auch Seite 189). PCMCIA-Steckplätze sind vor allem bei mobilen PCs zu finden, dürften sich in Zukunft aber auch bei stationären Computern durchsetzen. Flashkarten im PCMCIA-Format gibt es mit Speicherkapazitäten von 64 Kbyte, 128 Kbyte, 512 Kbyte und in

Bild 3.20. Flashkarten im PCMCIA-Format (Foto Intel)

verschiedenen Abstufungen von einem bis zu (vorläufig) 40 Mbyte.

Anwendungsbeispiel für Flash-Speicher

PCMCIA-Karten in Flashtechnik könnten beispielsweise die BIOS-Routinen (siehe Seite 236) des Betriebssystems und das gesamte Betriebssystem selbst inklusive der Anwendungssoftware speichern, was das Starten des PC wesentlich beschleunigen würde. Da die Flashkarten zudem keine beweglichen Teile enthalten, wenig Strom benötigen und sehr flach und stoßunempfindlich sind, lassen sie sich leicht transportieren, notfalls in der Brieftasche. Rüstet man den Desktop-PC noch mit einem PCMCIA-Steckplatz aus, kann man die Daten bequem von einem zum anderen Gerät ohne umständliches Umkopieren übernehmen.

Wie die PCMCIA-Norm nicht nur die Flashkarten, sondern auch den Anschluß von externen Laufwerken, FAX-, Modem- und LAN-Karten definiert, steht in Kapitel 4 auf Seite 189.

4 Externe Speicher

Wofür externe Speicher?

Die bisher beschriebenen internen Speicher in der Zentraleinheit reichen natürlich nicht aus, um komplexe Programme, Betriebssysteme und bei der Verarbeitung anfallende Daten abzuspeichern. Es ist daher erforderlich, Programme und Daten auf speziellen Massenspeichern bereitzuhalten. Externe Speicher sind zum Beispiel Disketten, Festplatten und Magnetbänder.

Ihre drei Funktionen

Die externen Speicher erfüllen hauptsächlich drei Funktionen:

1. Erweiterung des begrenzten internen Speichers,
2. Speicherung und Sicherung von Programmen und Daten,
3. Eingabemedium für bestehende Daten und Programme.

Die Hauptteile

Ein funktionsfähiger externer Speicher besteht aus folgenden Hauptteilen:

1. Dem Datenträger selbst, der die Daten und Programme speichert – dabei ist zwischen auswechselbaren (zum Beispiel Diskette oder Magnetband) und fest eingebauten Datenträgern (zum Beispiel der Festplatte) zu unterscheiden,
2. dem Schreib-Lese-Gerät, das die Daten vom Datenträger liest oder darauf abspeichert,

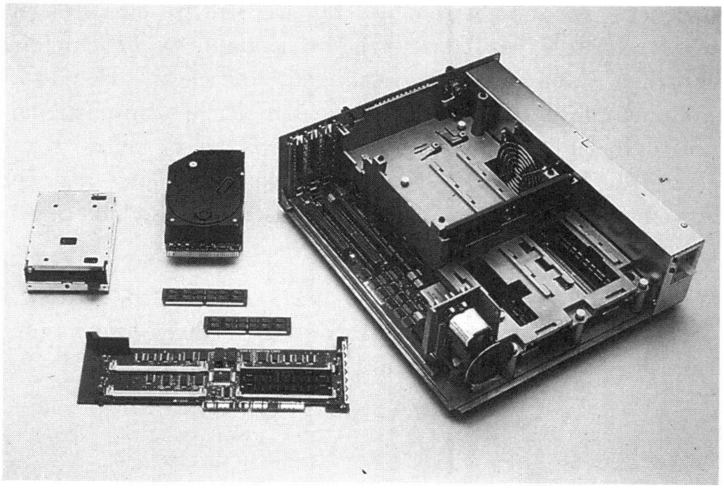

Bild 3.21. Modularer Aufbau einer Systemeinheit mit Diskettenlaufwerk und Festplatte als externer Datenträger (Foto IBM)

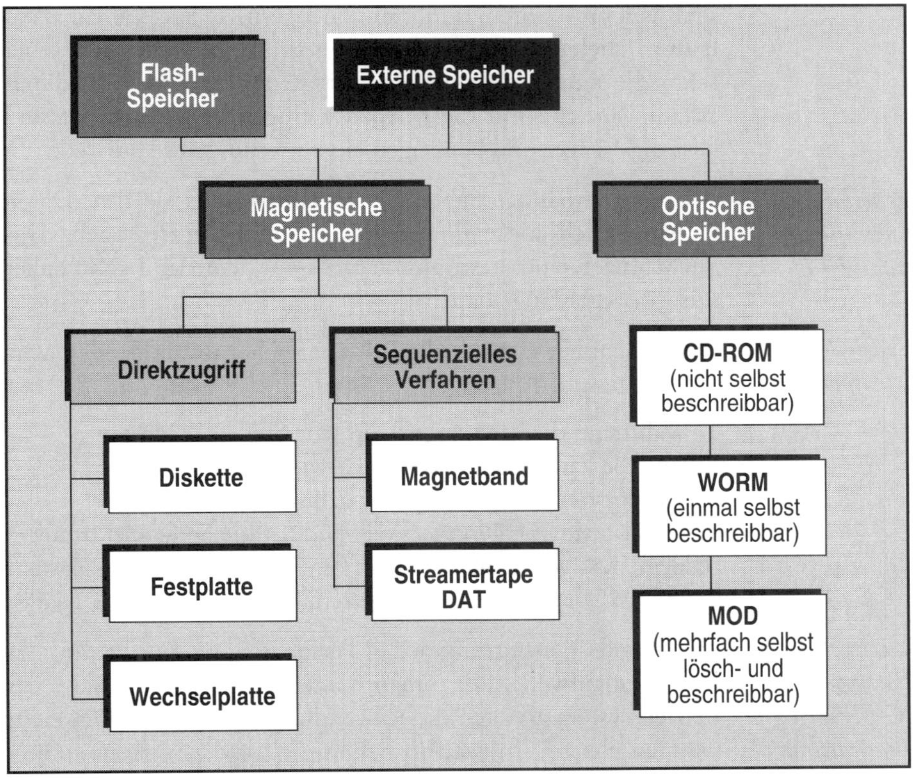

Bild 3.22. Schematische Gliederung der externen Speicher. Bedeutung der Abkürzungen: DAT = Digital Audio Tape; CD = Compakt Disk; ROM = Read Only Memory; WORM = Write Once-Read Many; MOD = Magneto-Optical-Disc

3. dem Controller, der für die Organisation des Speichermediums verantwortlich ist. Der Controller ist in der Regel ein ROM-Baustein und auf einer Platine untergebracht.

Der Anfang mit Kompaktkassetten

Als anfangs die Diskettenlaufwerke noch verhältnismäßig teuer waren, setzte man bei Heim- und Spielcomputern auch Kompaktkassetten als Datenträger ein. Diesen Kassettentyp kennt jeder von seiner Stereoanlage oder vom Autoradio. Dabei wurden diese Billiglaufwerke von ihrer ursprünglichen Aufgabe, nämlich Sprache und Musik aufzuzeichnen, zweckentfremdet, indem bei der Aufzeichnung die digitalen Daten des PC in Tonfrequenzen (und beim Abspielen umgekehrt) umgewandelt wurden. Da sie sehr langsam waren und nur eine geringe Speicherkapazität hatten, spielen sie im PC-Bereich heute keine Rolle mehr, eher schon die digitalen Magnetbandkassetten (siehe Seite 178), die als Backup-Speicher für die Festplatte eingesetzt werden. Sie sind leistungsfähiger und benötigen ein aufwendigeres Laufwerk.

Magnetbänder zeichnen hintereinander auf

Alle Magnetbänder haben den Nachteil, daß sie ihre Daten kontinuierlich hintereinander (sequentiell) aufzeichnen. Das Suchen nach einer bestimmten Stelle auf dem Band kann daher mitunter sehr lange dauern.

Die Vorteile der Plattenspeicher

Demgegenüber können alle Plattenspeicher mit folgenden Vorteilen glänzen:

1. Wahlfreier direkter Zugriff auf jede Stelle der Platte,
2. schnelle Zugriffszeit im Bereich von wenigen ms,
3. bedarfsorientierte Speicherkapazitäten,
4. verhältnismäßig geringer Aufwand für die Steuerelektronik,
5. kleine Laufwerke mit geringem Gewicht und niedrigen Kosten,
6. geringe Datenträgerkosten (Disketten gibt es bereits ab 1 Mark).

Das Diskettenlaufwerk gehört zur PC-Mindestausstattung

Zur Mindestausstattung jedes Personalcomputers gehört das Diskettenlaufwerk, da man standardmäßig sowohl das Betriebssystem als auch die Anwendungssoftware auf Disketten von den Herstellern geliefert bekommt. Da die Software immer anwendungsfreundlicher wurde, nahm auch ihr mengenmäßiger Umfang immer mehr zu und benötigt heute 6 und mehr Disketten, die man dann auf seine Festplatte übertragen muß. Deshalb gehen immer mehr Hersteller dazu über, ihre Software auch auf CD-ROM zu liefern (zum Beispiel Microsoft Windows).

Kamen die ersten PCs noch mit einem oder zwei Diskettenlaufwerken aus, so fordern die aktuellen Betriebssysteme und Anwendungsprogramme inzwischen eine Festplatte, um überhaupt ein akzeptables Arbeiten zu ermöglichen. Festplatten gehören heute zur Standardausrüstung eines Personalcomputers.

Die Gliederung der externen Speicher

Bild 3.22 zeigt die Gliederung der externen Speicher in magnetische und optische Datenträger. Die magnetischen lassen sich wiederum in Speicher mit direktem Zugriff (z. B. Festplatte) und sequentiellem Zugriff einteilen. Sequentiell bedeutet, daß die Daten blockweise hintereinander eingelesen werden.

Kaum zu fassen – das Fassungsvermögen

Jetzt haben wir des öfteren schon Kapazitätsangaben wie Kbyte, Mbyte oder Gbyte gebraucht, ohne eine konkrete Vorstellung davon zu haben. Anhand von Schriftdokumenten kann man das leicht erklären:
1 Zeichen (Buchstabe, Ziffer, Wortzwischenraum) benötigt auf einem Datenträger bekanntlich 8 Bit bzw. 1 Byte.
1 Schreibmaschinenseite hat etwa 2000 Zeichen und somit 2000 Byte, bzw. ca. 2 Kbyte (1Kbyte = 1024 Byte). Ein Manuskript mit 250 Seiten hat demnach ca. 500 Kbyte. Auf 1 Mbyte bringt man also über 500 Schreibmaschinenseiten unter.
Die Druckseite eines Buches hat ca. 2500 Byte, ein 500 seitiges Buch ca. 1,2 Mbyte. Etwa 1000 solcher Bücher könnte man auf einem Datenträger mit 1 Gbyte abspeichern.
Aber Vorsicht: In diesen Büchern dürfen keine Abbildungen sein, denn diese sind wahre Speicherfresser, vor allem dann, wenn es sich um farbige Bilder handelt (siehe auch unter Kapitel 7, Der Umgang mit Bildern, Seite 364).

Hier im Kapitel Systemeinheit besprechen wir nur die externen Speicher Diskette und Festplatte, die heute zur Standardausrüstung jedes Personalcomputers gehören und Bestandteil der Systemeinheit sind. Alle anderen, wie CD-ROM, Streamer usw., werden im Kapitel Peripherie beschrieben.

4.1 Die Diskette

Der universelle Datenträger

Disketten sind der universelle Datenträger für kleine und mittelgroße Datenmengen. Sie lassen sich leicht auswechseln und von einem PC zum anderen transportieren oder per Post versenden. Häufig wird die Diskette auch zum Sichern (Backup) von Daten der Festplatte verwendet.

Die Standardformate

Für Personalcomputer gibt es immer noch zwei Standardformate: die 5.25- und die 3.5-Zoll-Diskette. Bedingt durch den großen Marktanteil der IBM-kompatiblen PCs, die ursprünglich die 5.25-Zoll-Diskette (Durchmesser ca. 130 mm) verwendeten, ist diese noch immer verbreitet. In letzter Zeit hat sich jedoch mehr

Bild 3.23. 5.25- und 3.5-Zoll-Diskette im Größenvergleich

und mehr die 3.5-Zoll-Diskette durchgesetzt, nachdem DOS diese Diskettenart seit der Version 3.3 unterstützt und auch IBM seitdem ihre Systeme damit ausstattet. Andere Hersteller rüsteten schon von Anfang an ihre PCs damit aus (wie zum Beispiel Apple und Atari).

Der Schreibschutz

Jede Diskette läßt sich durch einen Mechanismus gegen versehentliches Beschreiben schützen. Bei der 5.25-Zoll-Version klebt man einfach einen Papierstreifen über die Kerbe, die 3.5-Zoll-Disk ist hier komfortabler und hat einen kleinen Schieber zum Öffnen und Schließen.

Mechanischer Verschleiß

Beim Schreiben und Lesen von Daten setzt der Schreib-/Lesekopf des Diskettenlaufwerks mechanisch auf der Oberfläche auf. Da sich die Scheibe während dieses Vorganges auch noch mit ca. 300 Umdrehungen bewegt, unterliegt der Datenträger einem gewissen Verschleiß.

5.25-Zoll-Diskette (Mini-Disk)

Selbst äußerlich gleich aussehende Disketten können sich grundlegend voneinander unterscheiden. Um das zu verstehen, muß man sich die Eigenschaften der Disketten etwas genauer ansehen.

Die Diskette, auch Floppy-Disk (wörtlich übersetzt = »schlappe« Scheibe, besser jedoch = »flexible« Scheibe) genannt, besteht aus zwei Teilen: aus einer dünnen, biegsamen Kunststoffscheibe und aus einer Schutzhülle aus Kunststoff.

Schutz vor physikalischen Beschädigungen

Die Kunststoffhülle gibt der Diskette Halt und schützt sie vor Fingerabdrücken und sonstigen physikalischen Einwirkungen. Die Hülle (Jacket) läßt das Antriebsloch in der Mitte, ein kleines Loch zur Erkennung des 1. Sektors und die länglich ovale Schreib-Lese-Öffnung frei. Zudem bleibt am Rand eine kleine Schreibschutzkerbe ausgespart. Durch Überkleben dieser Kerbe mit einer Kunststoffolie kann die Diskette vor einem versehentlichen Löschen geschützt werden.

Die Kunststoffolie als Datenträger

In der Schutzhülle eingebettet liegt der eigentliche Datenträger, der aus einer dünnen Kunststoffolie besteht, auf die eine magnetisierbare Schicht aufgetragen ist. Dieser Datenträger wird in konzentrische Kreise (Spuren) eingeteilt, jede dieser Spuren kann der Schreib-Lese-Kopf des Laufwerks direkt adressieren. Da eine Spur bereits eine Menge Daten speichern kann, wird diese Spur in Sektoren eingeteilt, ähnlich wie eine Torte beim Konditor.

Was ist Formatieren?

Dieses Einteilen der Diskette in Spuren und Sektoren nennt man Formatieren. Dabei legt der PC auch gleich weitere Informationen auf den Datenträger, so zum Beispiel einen Vorspann mit der Nummer für jeden Sektor und jede Spur sowie Synchronisationsinformationen usw. Dies ist auch deshalb nötig, weil jede adressierbare Einheit vom Schreib-Lese-Kopf direkt angesteuert wird und die abzuspeichernden Daten über die ganze Platte verteilt abgelegt werden.

Bei der Spur- und Sektoreinteilung unterschied man früher zwischen zwei verschiedenen Diskettentypen:

1. der hardsektorierten und
2. der softsektorierten.

Die hardsektorierte Diskette findet man heute kaum noch; sie war äußerlich daran zu erkennen, daß sie mehrere Sektorlöcher hatte. Der Vorteil dieser Formatierungsart war, daß die Disk die entsprechenden Informationen für die Sektoraufteilung bereits enthielt und somit keine weiteren Informationen darüber nötig

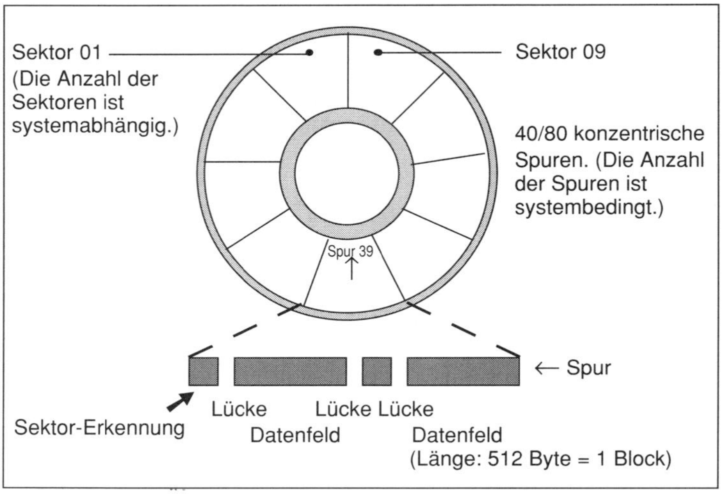

Bild 3.24. Spuren- und Sektorenanlage bei 3.5- und 5.25-Zoll-Disketten

waren. Die Speicherkapazität ließ sich daher bei dieser Diskettenart besser nutzen.

Softsektorierte Disketten

Im Gegensatz dazu hat die softsektorierte Diskette nur ein Indexloch, alle übrigen Sektoren legt das Betriebssystem selbst fest. Die Softsektorierung erfolgt durch ein spezielles Formatierprogramm, das vom Betriebssystem bereitgestellt wird. Ausgehend vom Indexloch unterteilt es die Disk in eine vorgegebene Anzahl von Sektoren und Spuren. Werden Daten auf einer Diskette abgelegt, ist die kleinste Einheit einer dieser Sektoren. Alle heute auf dem Markt befindlichen magnetischen Disketten funktionieren nach dieser Methode.

Die Anzahl der Sektoren

Die Anzahl der Sektoren bestimmt das verwendete Betriebssystem und das Disketten-Laufwerk. Der IBM-PC- und XT-Standard und deren Kompatible verwenden Disketten mit 40 Spuren und 9 Sektoren, der AT-Standard unterteilt den Datenträger in 80 Spuren und 15 Sektoren. Jeder Sektor faßt jeweils 512 Byte.

Schreibdichten

Die einfache Schreibdichte (Aufzeichnungsdichte) wird mit Single-Density (SD) bezeichnet, die doppelte mit Double-Density (DD) und die hohe Aufzeichnungsdichte mit High-Density

(HD). Die Schreibdichte wird oft auch in Tracks per Inch (TPI) angegeben: PC-/XT-Standard = 48 TPI und AT-Standard = 96 TPI.

Ein- oder zweiseitig beschreiben

Zu allem Überfluß muß man auch noch zwischen einseitig (Single-Sided = SS) und doppelseitig beschriebenen Disketten (Double-Sided = DS) unterscheiden. Die doppelseitig beschreibbare Disk setzt voraus, daß beide Seiten magnetisierbar sind und daß das Laufwerk mit zwei gemeinsam positionierbaren Schreib-Lese-Köpfen arbeitet. Da die Daten abwechselnd auf die Vorder- und Rückseite geschrieben werden, bestimmt die Software des Laufwerks, welche Daten wo abgelegt werden.

Der Anwender muß also beim Diskettenkauf sowohl die Schreibdichte als auch die ein- oder zweiseitige Aufzeichnungsart berücksichtigen. AT-kompatible PCs und deren Nachfolgemodelle können die 1,2-Mbyte-Diskette – Double-Sided (DS), High-Density (HD) – lesen und beschreiben. AT-Laufwerke können nicht nur 1,2-Mbyte-, sondern auch die alten 360-Kbyte-Disketten des Ur-PC lesen und schreiben.

Die aktuelle Diskettengröße

Die 5.25-Zoll-Laufwerke benötigt man heute nur noch, wenn man ab und zu Disketten dieser Größe von Freunden oder Geschäftspartnern verarbeiten muß. Wer sowohl 5.25- als auch 3.5-Zoll-Laufwerke benötigt, sollte zum Doppellaufwerk greifen, das für beide Formate ausgelegt ist (erkennbar an den beiden Schlitzen), denn Computer haben nur eine beschränkte Anzahl von Einschüben und beim späteren Ausbau könnte dieser eine dann fehlen.

3.5-Zoll-Diskette

Der äußerliche Unterschied

Rein äußerlich fällt bei der Betrachtung beider Disketten neben der unterschiedlichen Größe die harte Schutzhülle der 3.5-Zoll-Diskette (Durchmesser ca. 90 mm) sofort auf. Sie schützt nicht nur den Datenträger besser, sondern gibt ihm auch eine größere Stabilität und erlaubt somit eine höhere Aufzeichnungsdichte (135 TPI). Bedingt durch die geringeren Abmessungen ist auch das Laufwerk wesentlich kleiner und platzsparender als das 5.25-Zoll-Laufwerk.

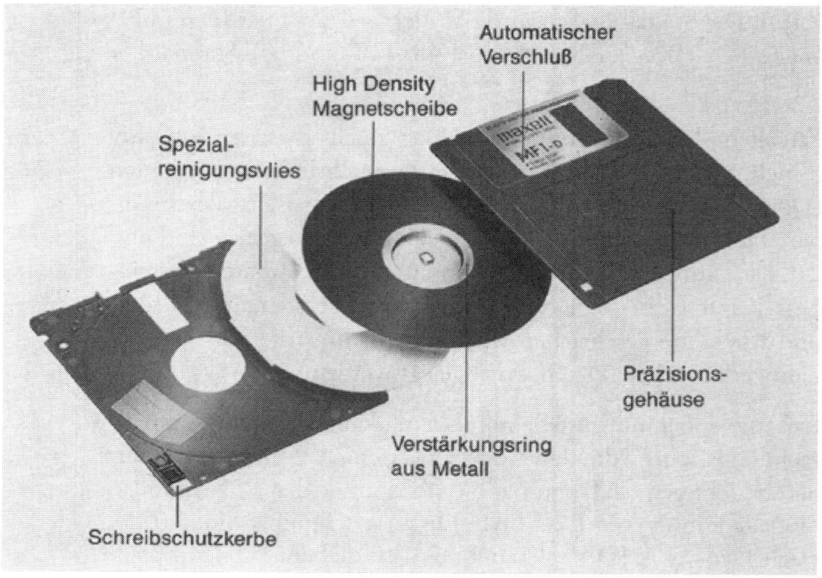

Bild 3.25. Die 3.5-Zoll-Diskette im Aufbau (Foto Maxell)

Unterschiedliche Standards

Wer nun glaubt, daß wenigstens dieser Datenträger genormt sei, der ist auf dem Holzweg. Mit der Einführung von DOS 3.3 entschied sich auch IBM endlich für die 3.5-Zoll-Diskette. Damit ist zwar bei den kompatiblen PCs wieder ein Standard gesetzt, sonst geht es aber auch heute noch wild durcheinander: Apple, Atari und der Commodore Amiga haben jeweils eigene Aufzeichnungsweisen, bedingt durch ihre unterschiedlichen Betriebssysteme.

3.5 Zoll für DOS und Windows

3.5-Zoll-Disketten im DOS-Format haben ebenfalls 9 Sektoren à 512 Byte, aber 80 Spuren (Double-Density). Da auch sie zweiseitig beschreibbar sind, fassen sie 720 Kbyte. Die heute übliche HD-Ausführung hat dagegen 18 Sektoren und bringt es damit auf 1,44 Mbyte.

Für die IBM- und kompatiblen PCs gilt für die 3.5-Zoll-Diskette:

1. Double-Sided (DS) – Double-Density (DD) = 720 Kbyte oder
2. Double-Sided (DS) – High-Density (HD) = 1,44 Mbyte.

Disketten-Knigge

- Die Oberfläche der Magnetseite nie mit den Fingern berühren.
- Disketten nie in die Nähe magnetischer Felder bringen, da sie sonst ihre Informationen (Daten) verlieren. Mindestens 30 cm von allen elektrischen Geräten fernhalten.
- Disketten nie verbiegen, da sonst die Oberfläche beschädigt werden könnte.
- Disketten nie extremen Temperaturen aussetzen (10 bis 52 Grad Celsius sind erlaubt – aber bitte nicht mit wichtigen Daten ausprobieren). Disketten gehören im Sommer nicht ins Auto!
- Disketten immer beschriften und in einer Schutzhülle an einem vor magnetischen Strahlen sicheren Ort aufbewahren.
- Die Beschriftung nicht mit einem Radiergummi entfernen, da sonst möglicherweise Krümel auf die Oberfläche gelangen könnten.

Ein nicht ganz ernst gemeinter Hinweis an alle ordnungsliebenden Menschen: Bitte Disketten auch nicht lochen und abheften . . .

Doppelte Kapazität

Seit 1990 ist im Handel eine 2,88-Mbyte-Diskette erhältlich. Sie erkennt man an der Bezeichnung ED (Extra Density). Unformatiert weist sie 4 Mbyte, und unter DOS oder OS/2 formatiert 2,88 Mbyte auf. Diese Kapazitätssteigerung erreichte man einerseits durch eine neue Beschichtung (Bariumferrit), anderseits durch eine Verdoppelung der Sekoren von 18 auf 36. Obwohl sie sich in Standardlaufwerken beschreiben und lesen läßt, konnte sie sich bisher nicht so richtig durchsetzen. Die neue Beschichtungstechnik ist allerdings die Hoffnung für die Zukunft, denn sie ermöglicht weit höhere Speicher-Kapazitäten.

Neben diesen Formaten kennt man heute noch welche mit 2 und 3 Zoll. Sie finden vereinzelt in Notebooks oder außerhalb der Computerwelt Anwendung, zum Beispiel im Fotobereich (Still-Video).

Disketten für den Mac

Die Disketten für die älteren Apple-Macintosh-Systeme fassen einseitig 400 oder zweiseitig 800 Kbyte. Auch Apple arbeitete hier

Bild 3.26. 21 Mbyte faßt die Floptical-Disk (Foto 3M)

Disketten für den Macintosh

mit 80 Spuren und 512 Byte pro Sektor. Allerdings war die Anzahl der Sektoren variabel: sie schwankte zwischen 8 und 12 Sektoren. Das heißt, die innere Spur hat nur 8 Sektoren, die äußere (größere) dagegen 12. Da es Apple mit dieser Aufzeichnungsart nicht möglich war, IBM-kompatible Disketten zu lesen oder zu schreiben, konstruierte man ein neues Laufwerk.

Das heute von Apple verwendete Laufwerk mit der Bezeichnung FDHD (Floppy Drive High Density) zeichnet die Spuren und Sektoren wie die DOS-Systeme auf: 512 Byte je Sektor, 18 Sektoren, 80 Spuren. Dieses Laufwerk kann sowohl die 400-Kbyte-, 800-Kbyte- und 1,44-Mbyte-Apple-Disketten lesen und beschreiben, wie auch die 720-Kbyte- und 1,44-Mbyte-DOS-Disketten. Zusammen mit dem Apple-Konvertierungsprogramm lassen sich so Daten aus DOS-Systemen im Apple-System einlesen und bearbeiten.

Die neue Disketten-Generation – die Floptical

Die transparente Disk

Seit einiger Zeit gibt es eine völlig neue Disketten-Generation mit wesentlich mehr Speicherkapazität. Wie ihre herkömmlichen Brüder sind sie magnetische Speicher, als Lese- und Schreibkopf haben sie jedoch eine Laserdiode. Rein äußerlich lassen sie sich kaum von einer herkömmlichen Disk unterscheiden, öffnet man jedoch den Shutter (Verschluß) des Gehäuses, kommt ein transparenter Datenträger zum Vorschein.

Ein Laufwerk für beide Diskettenarten

Ein Floptical-Laufwerk kann sowohl herkömmliche Disketten wie auch die neuen Flopticals lesen und beschreiben. Beim Einschieben einer Diskette erkennt das Laufwerk selbst, welcher Typ zur Verarbeitung ansteht und positioniert die Lese-/Schreibköpfe um. Mit ihrer Kapazität von 20 Mbyte ist diese neue Diskettengeneration auch als Sicherungsmedium für die Festplatte interessant.

4.2 Die Festplatte (Harddisk)

Laufwerk und Datenträger sind eine Einheit

Im Gegensatz zu den bisher besprochenen Disketten, die aus flexiblem Material bestehen und austauschbar sind, besteht die Harddisk (HD) aus einer starren, in höchster Präzision geschliffenen Metallscheibe (beschichtetes Aluminium) und ist, wie der Name schon sagt, fest im PC eingebaut. Ein weiterer gravierender Unterschied zur Diskette besteht darin, daß Laufwerk (mit Schreib- und Leseköpfen) und Datenträger eine Einheit bilden, der Datenträger also nicht austauschbar ist.

Für große Speichervolumina

Diese Bauart, bei der Lesekopf und Datenträger eine Einheit sind, kennt man auch unter dem Begriff Winchester-Technik. In Personalcomputern verwendet man heute überwiegend 5.25-, 3.5- und 2.5-Zoll-Platten. Sie sind platzsparend und relativ einfach in den PC einzubauen, natürlich auch nachträglich. Die gängigsten HD im PC-Bereich haben heute Kapazitäten von 350 bis 850 Mbyte, 1 Gbyte und mehr kann man zu moderaten Preisen erstehen.

Bauweise

Festplatten bestehen aus einer oder mehreren beschichteten Speicherplatten (Plattenstapel) aus Metall, die übereinander aufgebaut sind. Jede dieser Platten ist ähnlich wie die Diskette in Spuren und Sektoren aufgeteilt, deren Anzahl und Größe sich nach der Plattenkapazität und dem verwendeten Betriebssystem richten. Sind mehrere Platten übereinander angeordnet, so spricht man allerdings nicht mehr von Spuren, sondern von Zylindern. Das bedeutet, daß entsprechend der Anzahl der Plattenoberflächen ebensoviele Spuren parallel untereinander angeordnet sind. Bei Plattenstapeln werden nicht unbedingt alle

Bild 3.27. Festplatten-Gehäuse gibt es in verschiedenen Größen (Foto Western Digital)

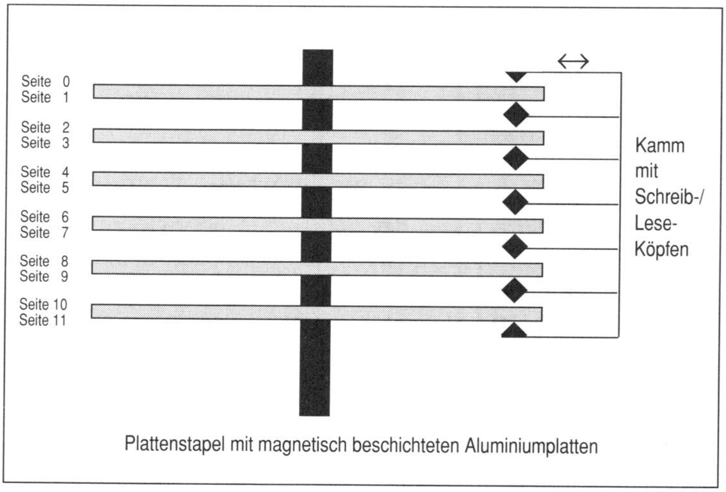

Bild 3.28. Schematische Darstellung des Plattenstapels in einer Harddisk

Oberflächen zur Datenspeicherung genutzt, zumindest eine Oberfläche bleibt für Steuermechanismen reserviert. Die Schreib-/Lese-Köpfe greifen wie ein Kamm in den Plattenstapel und bewegen sich beim Datentransport hin und her (siehe Bild 3.28).

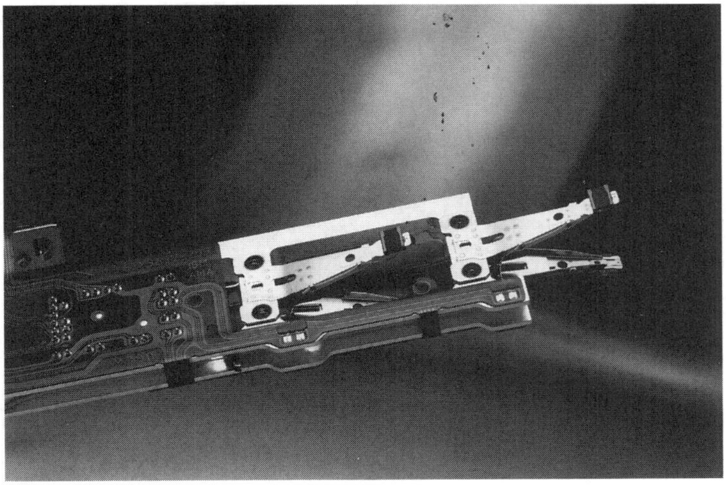

Bild 3.29. Zugriffsarm mit vier Magnetköpfen

Festplatten kann man partitionieren

Ähnlich wie die Disketten muß man auch die Festplatten erst formatieren, bevor man sie beschreiben kann. Bei diesem Datenträger kann man sogar verschiedene Bereiche, sogenannte Partitionen, für unterschiedliche Betriebssysteme bereitstellen (zum Beispiel DOS, WindowsNT und OS/2). Jedes dieser Betriebssysteme kann dann natürlich nur auf den ihm zugewiesenen Teil zugreifen. Nach der Partitionierung (der Einteilung in Bereiche für das jeweilige Betriebssystem) wird die Platte formatiert, d.h., ein bestimmtes Bitmuster wird in die Sektoren geschrieben und danach überprüft, ob es einwandfrei gelesen werden kann. Ist dies nicht der Fall, wird der defekte Sektor entsprechend markiert und steht nicht für die Speicherung von Daten zur Verfügung. Entsprechend verringert sich die Speicherkapazität der Platte.

Die Root

Das Formatierprogramm legt außerdem das Stamm-Inhaltsverzeichnis (Root) an. In dem Root-Directory werden später die Namen der Dateien, ihre Größen und weitere Informationen, die zur Dateiverwaltung nötig sind, abgespeichert.

Festplatten erreichen bereits Kapazitäten von mehreren Gigabyte. Aber nicht nur ihr hohes Fassungsvermögen macht die Festplatte interessant, sondern auch ihre schnelle Zugriffszeit und die hohe

Bild 3.30. 270 Mbyte pro Platte, insgesamt also 540 Mbyte auf 2 Platten speichert die Festplatte der Fa. Western Digital (Foto Western Digital)

Die Technik der Festplatten

Übertragungsrate für Daten und Programme. Möglich sind diese Werte einerseits durch die hohe Umdrehungszahl (3600 bis 5500 Umdrehungen pro Minute) und dadurch, daß der Abtastkopf beim Lesen und Schreiben nicht auf der Platte aufliegt, sondern nur wenige tausendstel Millimeter auf einem Luftpolster darüber schwebt. Das bedeutet natürlich, daß Luft in den Laufwerken vorhanden sein muß, die äußerst rein ist. Das verlangt nach einer sehr guten Luftfilterung, denn ein Staubkorn würde die Platte zerstören.

Die Zugriffszeit

Benötigten ältere Diskettenlaufwerke noch über 100 ms (Millisekunden), um auf Daten zugreifen zu können (= Zugriffszeit), so erledigen das moderne HD-Laufwerke bereits in 10 bis 20 ms, wobei die heute gängigen 500- bis 800-Mbyte-Platten bei Werten unter 15 ms liegen. Inzwischen gibt es schon Festplatten, die ihre Informationen in weniger als 10 ms finden.

Übertragungsraten

Noch deutlicher als bei der Zugriffszeit fällt die unterschiedliche Übertragungsgeschwindigkeit beider Systeme auf: Die Diskettenlaufwerke übertragen teilweise nur 250 Kbit pro Sekunde, die Transferraten der Festplatten reichen von 0,5 bis 5 Mbyte pro Sekunde.

Der Interleave-Faktor

Gerade bei den schnellen Prozessoren müssen Festplatten ihre gespeicherten Daten so schnell wie möglich lesen und in den Hauptspeicher übertragen. Die maximale Datentransferrate hängt von der Anzahl der Sektoren pro Spur und dem sogenannten Interleave-Faktor ab.

Wie bereits bekannt, werden Daten in konzentrischen Kreisen und Sektoren auf der Festplatte abgelegt. Ein einfacher Standard-Controller schafft es in der Regel nicht, direkt aufeinanderfolgende Sektoren in einem Durchgang zu lesen, zu decodieren und an den Rechner zu übergeben. Bei direkt aufeinanderfolgenden Sektoren müßte der Schreib-Lese-Kopf der Festplatte nach dem Lesen des Sektors eine ganze Plattenumdrehung warten, bis der nächste Sektor bearbeitet werden kann. Um diesen Mißstand zu beheben, liest man nun nicht die Sektoren numerisch hintereinander, sondern man versetzt sie. Wie viele Sektoren versetzt werden, gibt der Interleave-Faktor an.

Ein Interleave-Faktor von 3 sagt zum Beispiel aus, daß jeweils zwei Sektoren zwischen numerisch aufeinanderfolgenden Sektoren liegen. Der Faktor 1 bedeutet, daß die Sektoren direkt aneinander anschließen. Lag der Interleave-Faktor bei Computern mit einem 8088/8086-Prozessor noch bei 5 oder 6, so erreichten die späteren ATs mit einem guten Controller bereits 2 oder 3.

Neuere Computer mit modernen Festplatten haben den Controller direkt auf der Platteneinheit integriert und sind optimal eingestellt. Sie erreichen in der Regel den Interleave-Faktor 1.

Die Aufgaben des Controllers

Sind für bestimmte Arbeiten am PC hohe Übertragungsraten erforderlich, ist es besonders wichtig, daß Festplatte, Datenbus, Schnittstellen und Controller gut aufeinander abgestimmt sind (siehe auch Kasten »Staffellauf«, Seite 119). Der Festplatten-Controller setzt die Befehle des Betriebssystems in elektronische Impulse um, die den Schreib-Lese-Kopf steuern. Über den Datenbus werden die Informationen zu den anderen Rechnerteilen transportiert. Mit einem langsamen Controller können die hohen Datenübertragungsraten der Festplatten nicht genutzt werden.

Bauweisen

Festplatten erhält man in verschiedenen Bauhöhen. 5.25- und 3.5-Zoll-Laufwerke gibt es mit voller Bauhöhe (8 cm hoch) und

Plattenwahl

IDE-Platten

Bei IDE-Platten für den ISA- bzw. AT-Bus (teilweise auch AT-Bus-Platten genannt) bilden Festplatte und Controller eine Einheit. Dadurch kann der Controller optimal auf die Festplatte abgestimmt und der Weg der Daten beschleunigt werden. Angepaßte Abstimmung verbessert die Kapazität, während kurze Datenwege die Übertragungsgeschwindigkeit erhöhen. Die IDE-Harddisc benötigt keine speziellen Treiber und ist einfach zu installieren. Ein 40poliges Flachbandkabel verbindet bei diesem Typ den AT-Bus und die Festplatte. Die Kapazität der AT-Bus-Platten war auf ca. 500 Mbyte beschränkt.

Enhanced-IDE-Platten (EIDE)

Wie der Name bereits vermuten läßt, ist EIDE eine Weiterentwicklung der IDE-Festplatten bzw. deren Controller. EIDE überspringt nicht nur die 500-Mbyte-Beschränkung der Festplatten mit IDE-Controller, sondern erlaubt auch wesentlich höhere Datentransferraten mit bis zu 13 Mbyte pro Sekunde. Allerdings ist hierbei zu bedenken, daß die 13 Mbyte die Verarbeitungsgeschwindigkeit des Controllers angeben, die physikalische Schreib-/Lesegeschwindigkeit der Festplatten liegt heute bei den guten Festplatten nur bei ca. 5 Mbyte pro Sekunde. Im Gegensatz zum alten IDE-Controller, der nur 2 Festplatten verwalten konnte, kann man an den EIDE-Controller bis zu 4 Geräte anschließen, wobei darunter auch ein CD-ROM- oder ein Streamer-Laufwerk sein kann. Durch eine neue Adressierung (Logical Block Adressing) kann die Speicherkapazität der Festplatte nun bis max. 8,4 Gbyte betragen.

SCSI-Platten (siehe auch »Schnittstellen«)

Im Gegensatz zu anderen Festplatten-Controllern, die den Anschluß von höchstens 4 Platten an einem Controller zulassen, bietet die SCSI-Schnittstelle (Small Computer System Interface) die Möglichkeit, maximal sieben weitere Peripheriegeräte (Festplatten, Scanner, CD-ROM usw.) anzuschließen. Anders als bei den IBM-kompatiblen Rechnern, bei denen erst in jüngster Zeit diese Schnittstelle Einzug hält, kommunizieren Workstations und die Macintosh-Rechner von Apple schon lange über diese Schnittstelle. Bislang waren die SCSI-Controller auch teurer als ihre AT-Bus-Kollegen, das wird sich aber mit steigenden Stückzahlen auch ändern.

Staffellauf

Auf dem Weg von der Festplatte zum Prozessor müssen die Daten in einem bisherigen Standard-PC öfter Transportmittel mit unterschiedlicher Geschwindigkeit einsetzen: Moderne Festplatten transferieren bis zu 5 Mbyte pro Sekunde von der Platte in den Plattenpuffer. Auf dem AT-Bus der Festplatte, der den Plattenpuffer mit dem ISA-Bus verbindet, liegt die Transferrate unter Umständen bei nur 2,5 Mbyte pro Sekunde. Der ISA-Bus selbst bewegt ebenfalls nur ca. 2,5 Mbyte Daten. Auf dem CPU-BUS, dem Weg in den Arbeitsspeicher, geht es schließlich bei einer 33-MHz-CPU mit rund 20 Mbyte pro Sekunde weiter.
Der Flaschenhals beim Datentransport war der alte AT- bzw. ISA-Bus. EIDE-Platten, VESA-Local- und PCI-Bus beseitigten zumindest diese Bremse (siehe auch S. 128ff.).

halber Höhe (4 cm), wobei die halbhohen heute wesentlich mehr verbreitet sind. Daneben werden speziell für die kleinen mobilen Computer noch superflache Low-Profile im 3.5- und 2.5-Zoll-Format angeboten.

Auswechselbare Festplatten

Die Festplatte zum Auswechseln

Eine Besonderheit unter den Festplatten ist die »auswechselbare Festplatte«. Als Pionier auf diesem Gebiet darf man wohl die Firma Tandon nennen. Findige Konstrukteure dieser Firma entwickelten ein Gehäuse, in dem der Plattenstapel zusammen mit dem Schreib-/Lese-Kopf und den frei zugänglichen Anschlüssen an der Rückseite integriert war. Diese Einheit kann komplett aus dem PC herausgenommen und transportiert oder in einen anderen PC eingesteckt werden.

Wer benötigt auswechselbare Festplatten?

Der Wunsch nach derartigen »auswechselbaren Festplatten« kann verschiedene Ursachen haben:

- Wenn zum Beispiel mehrere Benutzer gemeinsam an einem PC arbeiten und umfangreiche Programme und Daten zu bewegen haben. Etwa dann, wenn bei mehreren Anwendern jeder seine Software so konfigurieren und organisieren will, wie er es für zweckvoll hält.

- Wenn sehr große Datenmengen zu bewegen sind, wie das zum Beispiel im DTP- oder Multimedia-Bereich öfter der Fall ist.
- Wenn der Datenträger an unterschiedlichen Orten eingesetzt wird, zum Beispiel Zuhause und am Arbeitsplatz. So läßt sich der Datenträger ohne umständliches Umkopieren abwechselnd nutzen.
- Wenn der Rechner für stark wechselnde Aufgaben mit hohen Datenbeständen gebraucht wird. In diesem Fall lassen sich Programme und Daten komplett auswechseln.
- Wenn der Inhalt der Festplatte auf einem anderen Datenträger gesichert werden soll. Das spart Zeit und gibt Sicherheit, da das lästige Umkopieren auf Disketten entfällt.

Heute verwendet man statt der steckbaren Wechselfestplatten lieber die externen Festplatten, die per Kabel mit dem PC verbunden werden. Weitere Alternativen hierzu erfahren Sie im Kapitel Peripherie.

Die Festplattenturbos: Cache-Buffer und Cache-Programme

Zwischen Arbeitsspeicher und Festplatte

Trotz der enorm schnellen Zugriffszeit und der hohen Datenübertragungsraten der Festplatten ist das Lesen und Schreiben von Daten auf/von diesem Massenspeicher für die leistungsstarken Prozessoren, wie zum Beispiel die i486er und Pentium, immer noch zu langsam. Um diesen Umstand zu verbessern, ersann man Abhilfe: Ähnlich wie zwischen Prozessor und Arbeitsspeicher, dem ja die normalen RAMs zu langsam sind, kann man auch zwischen Arbeitsspeicher und Festplatte einen Cache einbauen. Damit soll bezweckt werden, daß der Prozessor seine Daten möglichst selten von der Festplatte lesen muß.

Die Idee, die dahintersteckt

Hinter diesem Verfahren verbirgt sich die Überlegung, daß einmal von der Platte gelesene Informationen wahrscheinlich auch ein zweites und weiteres Mal benötigt werden. Und dann ist es wesentlich effizienter, Informationen in einem schnellen Speichermedium, wie zum Beipiel im RAM-Speicher, zu halten, als sie immer wieder von der wesentlich langsameren Festplatte zu holen (RAMs arbeiten im Nanosekundenbereich, Festplatten im Millisekundenbereich).

Ein flüchtiger Speicher

Allerdings ist zu bedenken, daß der Cache seine Informationen nur flüchtig speichert, also beim Ausschalten oder einem System-

Ohne Cache holt der Arbeitsspeicher bei jedem Lesen seine Informationen direkt von der Festplatte:

Mit Cache nimmt der Arbeitsspeicher beim ersten Lesevorgang seine Daten ebenfalls von der Harddisk, speichert sie aber zusätzlich im Cache ab:

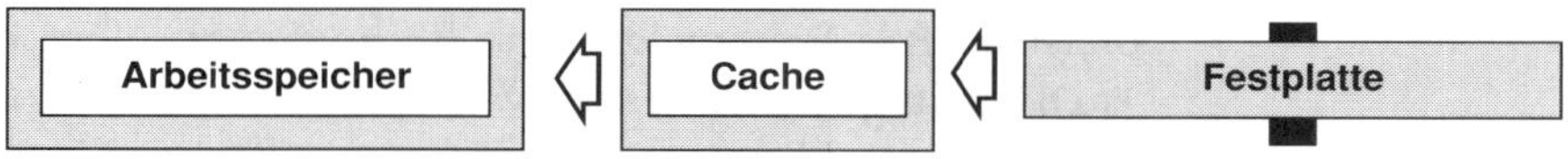

Bei jedem zweiten und weiteren Lesevorgang bedient sich der Arbeitsspeicher dann direkt aus dem Cache, ohne auf die Festplatte zuzugreifen:

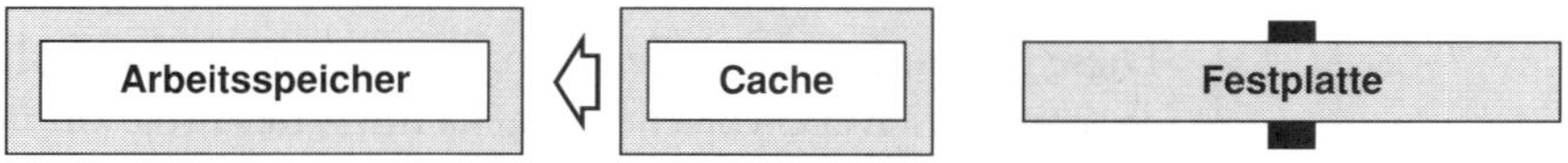

absturz seine Daten verliert, und daß auch ein großer Cache lange nicht das Speichervermögen einer Platte hat.

Prinzipiell unterscheidet man zwei verschiedene Arten des Festplatten-Cache:

1. Programm-Cache,
2. Hardware-Cache mit Cache-Speicher und Cache-Controller.

Der Programm-Cache

Bereits das Betriebssystem DOS bietet zum Beispiel mit dem SMARTDRIVE standardmäßig ein Cache-Programm. Mit ihm kann man Teile des Erweiterungs- oder Expansionsspeichers als Festplatten-Cache definieren. Wem ein anderes Cache-Programm lieber ist, für den gibt es auch spezielle Zusatzprogramme (Tools), mit deren Hilfe sich Programm-Caches einrichten lassen. Eines dieser Hilfsprogramme ist zum Beispiel PC-Cache aus dem Programmpaket »PC Tools« von Central Point Software. Damit lassen sich sowohl Teile des Extended Memory als auch des Expanded Memory als Cache definieren.

Der Hardware-Cache

Noch komfortabler und effektiver ist der hardwareseitige Cache. Viele moderne IDE-, EIDE- und SCSI-Festplatten haben einen bis zu 512 Kbyte großen Cache im Festplatten-Controller integriert. Dieser Controller sitzt zusammen mit der Steuerungselektronik für die Festplatte auf einer im Plattengehäuse untergebrachten Platine.

Die Funktionsweise

Die Funktionsweise sieht in etwa so aus: Will der Rechner seine Daten auf die Festplatte schreiben, speichert der Controller diese vorerst im RAM ab, meldet dem Rechner aber sofort, daß die Daten bereits geschrieben sind. Während der Controller dann die Daten auf die Platte schreibt, kann der Rechner inzwischen weiterarbeiten. Sollen Daten von der Festplatte gelesen werden, sieht der Controller erst in seinem eigenen RAM-Speicher nach, ob sie dort bereits vorhanden sind. Ist er fündig geworden, liefert er die Daten direkt von dort in den Rechner.

Diese Methode ist zwar dem Programm-Cache sehr ähnlich, hat aber zwei wichtige Vorteile: Erstens nutzt der Programm-Cache den Erweiterungsspeicher des PCs zur Datenzwischenspeicherung, ohne sie auf der Festplatte zu sichern. Bei einem Systemausfall sind die Daten dann unwiederbringlich verloren. Der Hardware-Controller schreibt dagegen die Daten mit nur ganz geringem Zeitversatz auf die Platte. Zweitens spart der Hardware-Cache Platz im Arbeitsspeicher, da ja auch der Treiber für den Programm-Cache Speicherplatz benötigt, und hält zudem auch den Erweiterungsspeicher für die Anwendungsprogramme frei.

5 Das Bussystem – der Systembus

Der modulare Aufbau

Ein sehr wichtiges Konstruktionsmerkmal von Computern ist der modulare Aufbau. Das bedeutet, daß er sich aus einzelnen, relativ unabhängig voneinander arbeitenden und klar abgegrenzten Einheiten zusammensetzt. Solche Einheiten sind zum Beispiel Prozessoren, Arbeitsspeicher, Festplatten, Diskettenlaufwerke, Grafikkarten für den Bildschirm. Die notwendige Verbindung zwischen diesen Funktionseinheiten übernehmen sogenannte Busse (siehe Bild 3.31). Technisch betrachtet handelt es sich hierbei überwiegend um elektrische Leitungen.

Je Bit eine einzelne Leitung

Die Anzahl der parallel geführten Leitungen gibt die Busbreite an: 8 Bit, 16 Bit, 32 Bit oder 64 Bit. Da für jedes Bit eine einzelne Leitung benötigt wird, kann man aus der Busbreite ersehen, wieviele Bits sich auf einem Bus gleichzeitig nebeneinander (parallel) übertragen lassen. Auf einem 16-Bit-Bus kann man demnach 2 Byte parallel transportieren, auf einem 32-Bit-Bus hingegen 4. Bereits bei den Prozessoren und den Boards konnten wir feststellen, daß die Anzahl der nebeneinanderliegenden Bus-Leitungen eines der wichtigsten Leistungsmerkmale ist.

Die Aufgaben des Bussystems

Der Systembus innerhalb eines Computersystems besteht aus Datenbus, Adreßbus und Steuerleitungen. Der Datenbus übernimmt den Transport der Daten von einem Bereich des

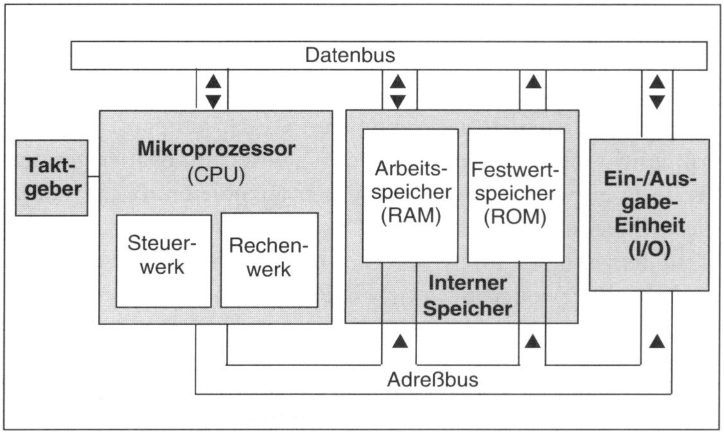

Bild 3.31. Der interne Bus auf der Systemplatine hat die gleiche Taktfrequenz wie der Prozessor

Computers zum anderen. Auf dem Adreßbus werden die Adressen, die zur Befehlsausführung benötigt werden, übermittelt. Die Steuerleitungen synchronisieren den Datentransport, da alle Komponenten im gleichen Takt arbeiten müssen. Außerdem geben die Steuersignale an, welche Komponenten die Kontrolle übernehmen sollen.

Der schnelle Prozessorbus

Auf den üblichen Systemplatinen kommuniziert der Prozessor mit dem Hauptspeicher, einem eventuell vorhandenen Cache und der Schnittstelle für den Erweiterungsbus auf dem sehr schnellen Prozessorbus (auch interner Bus oder lokaler Bus genannt). Der Transport der Daten zwischen diesen Komponenten erfolgt synchron zur Taktfrequenz des Prozessors – je nach Prozessor also derzeit 20 bis 50 MHz. Ebenso wie die derzeitigen CPUs ist auch dieser Bus 32 Bit breit. Da sein Wirkungsbereich auf diesen engen Raum beschränkt bleibt, nennt man ihn auch Local Bus.

Die Verbindung zur Peripherie

Der Erweiterungsbus, der die Verbindung zu den zusätzlich einsteckbaren Erweiterungskarten (Grafikkarten, Modem usw.) oder externen Speichern (Harddisk, CD-ROM usw.) herstellt, ist vom internen Systembus getrennt.

In der jungen Geschichte des PCs haben sich bereits mehrere Bussysteme entwickelt, die sich jedoch in ihrer Leistungsfähigkeit unterscheiden.

Konkurrierende Bussysteme

Standards erlauben Erweiterungen

Die Bussysteme, die die Verbindung zwischen den einzelnen Einheiten herstellen, sind heute zum Glück standardisiert. Das ermöglicht auch Fremdanbietern, neue und innovative Zusatzgeräte zu entwickeln und dem Käufer anzubieten. Nicht zuletzt diese Eigenschaft hat dem PC zu seiner heutigen Bedeutung verholfen, denn dadurch entstand eine beinahe unüberschaubare Vielfalt von Erweiterungsmöglichkeiten, die den Anwender in die Lage versetzt, daß er sich seinen Computer wunschgemäß konfigurieren kann.

Durch folgende Merkmale kann man Bussysteme unterscheiden:

- Anzahl der Datenleitungen
- Anzahl der Adreßleitungen

- Taktrate bzw. Bustaktfrequenz in MHz
- Übertragungsrate in Mbyte pro Sekunde.

Beim Erwerb von Erweitungskarten wichtig

Nachfolgend sind nun verschiedene Bussysteme beschrieben, wie sie heute für Personalcomputer zur Verfügung stehen. Das gewählte Bussystem ist für den Anwender deshalb wichtig, weil er vor dem Erwerb seiner Erweiterungskarten wissen muß, über welches Bussystem sein PC verfügt, da er sonst eventuell unpassende Teile erwirbt. Wer vor einer Neuanschaffung steht, sollte sich vorher überlegen oder sich beraten lassen, welches Bussystem der erwählte PC haben soll, da ein späterer Wechsel in der Regel nicht möglich ist.

5.1 Heute noch Standard: der AT- oder ISA-Bus

Überholt

Der derzeitige ISA- bzw. AT-Bus ist eine Weiterentwicklung des ersten PC- bzw. XT-Busses aus der »Gründerzeit«. Speziell für die Möglichkeiten der damaligen Prozessoren 8088 und 8086 konstruiert, genügte er mit 8-Bit-Breite und 4,77 MHz den damaligen Bedürfnissen. Mit 8 Daten- und 20 Adreßleitungen erreichte er eine Übertragungsrate von maximal 2 Mbyte pro Sekunde.

Der AT- bzw. ISA-Bus als Bremse

Mit der Markteinführung des 80286 im Jahr 1982 entwickelte man auch einen verbesserten Bus. Diesen bezeichnete man als AT- oder ISA-Bus. Er hat heute noch 16 Datenleitungen, 24 Adreßleitungen und ist mit 8 MHz getaktet. Er übertägt maximal 5 Mbyte Daten pro Sekunde, die in der Praxis allerdings in den seltensten Fällen erreicht werden. Damit bremst der Bus nicht nur die CPU, sondern auch die schnelle Peripherie wie Grafikkarten und Festplatten. Der AT-Bus hat aber auch noch ein weiteres Problem: Er erlaubt in der Regel nur den Anschluß von zwei Festplatten und zwei Diskettenlaufwerken.

Alle derzeit erhältlichen Intel-Prozessoren und deren Kompatible sowie die dafür erhältlichen Betriebssysteme (DOS, Windows, WindowsNT, OS/2 usw.) nutzen diesen Bus für den Datentransport.

Ergänzung zu VL- und PCI-Bus

Allerdings findet man heute kaum noch einen PC, der nur mit einem ISA-Bus ausgestattet ist. Man verwendet den ISA-Bus nur noch als Ergänzung zum VL- oder PCI-Bus. Somit können auch weiterhin preiswerte ISA-Bus-Karten eingebaut werden.

Bild 3.32. Im Unterschied zu ihrem Vorgänger hat die ISA-Bus-Karte zwei unterschiedlich lange Busstecker. Sie kann daher nicht in den alten PC-Busstecker eingesteckt werden. Die untere Abbildung zeigt eine EISA-Karte (Foto Vortex)

5.2 Der MCA-Bus von IBM

IBMs Alleingang

Mit den neuen 386er-Prozessoren stand man wieder vor dem gleichen Problem wie beim Erscheinen des 80286: Der Systembus genügte den Möglichkeiten des Prozessors nicht mehr, denn dieser konnte seine Daten auf einem 32-Bit-Bus und mit höherer Taktfrequenz ausgeben.

Zusammen mit der neuen PC-Generation PS/2 stellte 1987 IBM deshalb auch eine neue Bus-Architektur vor: MCA (Micro Channel Architecture). Sein 32-Bit-Bus schaufelt bis zu 20 Mbyte mit 10 MHz über seine Leitungen (die neue MCA-II-Version bringt es inzwischen auf über 30 Mbyte).

Bei seiner Vorstellung gab es aber auch Kritik, denn die bisherigen ISA-Karten paßten nicht mehr in die MCA-Steckplätze, da diese kleiner waren. Damit hatte sich IBM der Verbreitung dieser Architektur selbst einen Stein in den Weg gelegt, und dieser Bus konnte sich nie so richtig durchsetzen. Außer IBM selbst boten nur wenige Hersteller diesen Bus an, zum Beispiel Acer, Olivetti, NCR und einige mehr.

Bild 3.33. Das Bild zeigt eine moderne Hauptplatine (Foto micronics)

5.3 Die Antwort der Konkurrenz: der EISA-Bus

Die Mitbewerber wehren sich

Da IBM die MCA-Spezifikationen nur einem kleinen Kreis auserwählter Hersteller für viel Geld zur Verfügung stellen wollte, einigten sich die anderen auf einen neuen Standard: den EISA-Bus (Extended Industry Standard Architecture).

Da man aus den Fehlern von IBM lernte, konstruierte man den EISA-Bus so, daß auch ISA-Erweiterungskarten paßten. Das erreichte man dadurch, daß der Steckplatz zwar äußerlich wie der eines AT-Busses aussah, aber über eine zweistöckige Klemmvorrichtung verfügt.

Der EISA-Bus hat einen 32-Bit-Daten- und Adreßbus. Seine Übertragungsgeschwindigkeit erreicht bis zu 33 Mbyte pro Sekunde bei 8,33 MHz. Alle Intel-CPUs ab der 386er-Reihe unterstützen diesen Bus, ebenso die Betriebssysteme DOS, Windows und OS/2.

Ein großer Vorteil von EISA besteht darin, daß nur die Schnittstelle zwischen den Hardwarekomponenten und der Software definiert ist. Das erlaubt den Computerherstellern, ihre eigenen

Ideen für die Hardware zu verwirklichen. Eine spezielle Buselektronik übernimmt die Kontrolle über den Bus selbst. Der EISA-Bus wird heute fast nur noch in Server eingebaut.

5.4 Der Standard für den Low-Cost-PC: Der VESA-Local-Bus (VL-Bus)

Schnellere CPUs fordern schnellere Busse

Weder der MCA- noch der EISA-Bus fanden trotz des schwachen ISA-Busses und der gestiegenen Anforderungen anspruchsvollerer Betriebssysteme und Anwendungssoftware eine große Verbreitung und waren nur den teueren Profisystemen vorbehalten. Immer schnellere Prozessoren, Grafik- und Netzwerkkarten und viele externe Geräte (zum Beispiel Scanner, CD-ROM usw.) erforderten jedoch einen höheren Datendurchsatz auf dem externen Bus. Eine Lösung mußte also her.

Im Gleichschritt mit dem Prozessor

Der interne Bus arbeitet mit der Datenbreite und der Taktfrequenz des Prozessors, zum Beispiel beim Datentransport vom Prozessor zum Arbeitsspeicher und umgekehrt, und hat dadurch hohe Übertragungsraten. Es lag also nahe, einen externen Bus mit den selben Eigenschaften an diesen internen anzuschließen. Da der interne Bus auch Local Bus genannt wird, nannte man den externen ebenso. Anfangs hatten allerdings zuviele Hersteller eigene Vorstellungen von diesem Bus, bis man sich auf die VESA-Spezifikationen (Video Electronics Standard Association) einigte. Aber auch nach diesen Spezifikationen gibt es noch viele Hersteller, die den Standard sehr freizügig interpretieren. So ist zum Beispiel festgelegt, daß der VESA-Bus nur mit 40 MHz betrieben wird, in der Praxis erhält man dagegen auch Fabrikate mit 50 MHz.

Über 40 MHz nicht mehr Standard

Die Übertragungsgeschwindigkeit hängt von der CPU ab

Ein interner 32-Bit-Local-Bus mit Datentransferraten bis zu 64 Mbyte/Sekunde (bei 64 Bit erreicht er sogar 128 Mbyte/Sekunde), auf dem zum Beispiel der Prozessor den Arbeitsspeicher oder den Cache ansteuert, wird beim VESA-Konzept einfach bis zum Grafikkontroller oder zu anderen Systemeinheiten verlängert. So ist die Übertragungsgeschwindigkeit von der Schnelligkeit der CPU und ihrer Busbreite abhängig. Das bedeutet, daß der Local Bus eines mit 33 MHz getakteten 486ers mit 33 MHz und 32 Bit Datenbreite arbeitet. Das setzt natürlich entsprechend schnelle

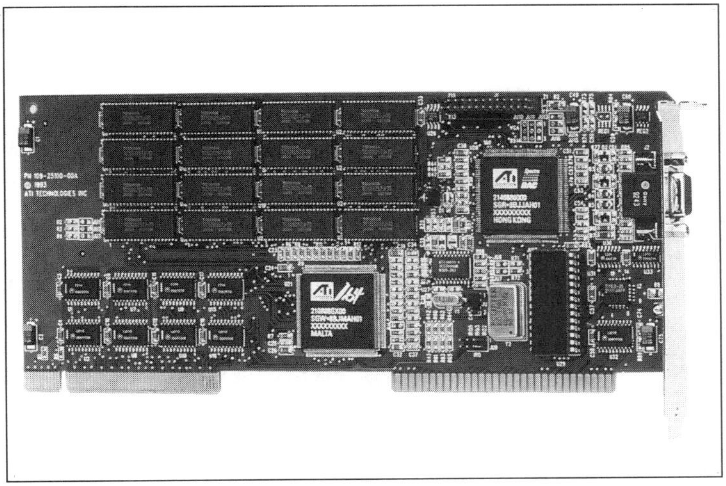

Bild 3.34. VESA-Local-Bus-Grafikkarte (Foto ATI)

Komponenten voraus. Sind diese implementiert, benötigt man zwischen CPU und Local-Bus-Peripherie keine zusätzlichen Brückenbausteine mehr, wie beispielsweise bei ISA- oder EISA-Systemen, da Prozessor und Bustakt aufeinander abgestimmt sind.

Ab 50 MHz hört's auf

Physikalisch bedingt ist es schwierig und teuer, Platinen mit mehr als 50 MHz herzustellen. Der Local Bus kann aber immer nur so schnell sein wie die Platine, an die er angedockt ist. Bereits bei 50 MHz wird die Zuverlässigkeit des Local Busses jedoch in Frage gestellt. Da die Taktfrequenz durch VESA auf maximal 40 MHz begrenzt ist, scheidet der VESA-Bus für schnellere Prozessoren von vornherein aus.

5.5 Der Stand der Technik: Der PCI-Bus

180 Hersteller legen einen Standard fest

Ein Bus-Konzept, das diesen Nachteil des VESA-Busses umgeht, stellte Intel mit dem PCI-Bus (Peripheral Component Interconnector) vor. Obwohl dessen Konzept zum gleichen Zeitpunkt wie der VESA-Bus fertig war, hielt Intel mit seiner Verbreitung

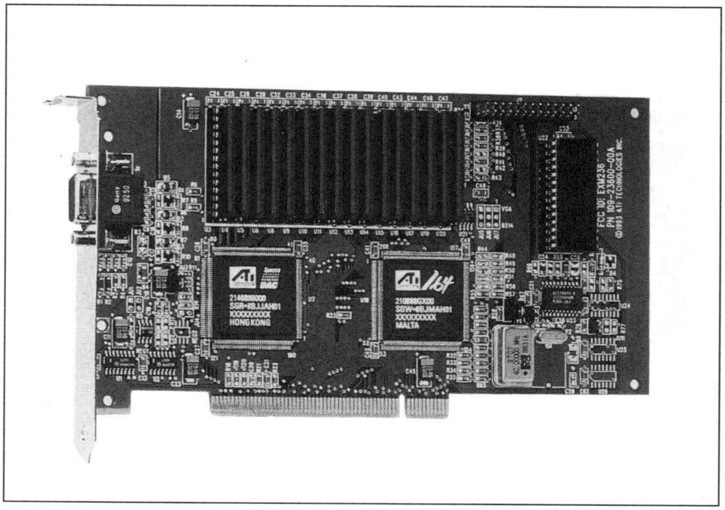

Bild 3.35. Kurze PCI-Steckkarte (Foto ATI)

zurück. Um nicht die gleichen Fehler der Vergangenheit zu wiederholen, gründete man eine unabhängige Interessengruppe, die die Spezifikationen dieses Busses festlegte. Ihr gehörten neben Intel ca. 180 Hersteller an.

Unabhängig vom CPU-Bus

Im Unterschied zum Local Bus, der eine Fortsetzung des internen lokalen Busses ist, handelt es sich beim PCI um einen eigenständigen Bus. Denn hier wurde zwischen dem lokalen CPU-Bus und dem PCI-Bus eine Controllereinheit zwischengeschaltet, die CPU-PCI-Bridge. Das macht den PCI-Bus unabhängig von der Arbeitsweise und -geschwindigkeit des Prozessors. So konnte man es sich erlauben, bei der Spezifikation die Taktrate des Busses auf 33 MHz zu beschränken.

Die Aufgabe der Bridge

Bei schnelleren Prozessoren, wie zum Beispiel dem mit 66 MHz getakteten Pentium, übernimmt die CPU-Bridge die Umsetzung auf den langsameren PCI-Takt mit 33 MHz. Diese Bridge ist auch für die Steuerung der Daten auf dem Bus zuständig. Um Leitungen zu sparen, werden Daten und Adressen abwechselnd über gemeinsame Leitungen übertragen.

Für die schnellen CPU-Generationen

Da der PCI mit Hinblick auf die neueren Prozessoren entworfen wurde, ist der Bus sowohl für 32 als auch für 64 Bit Datenbreite

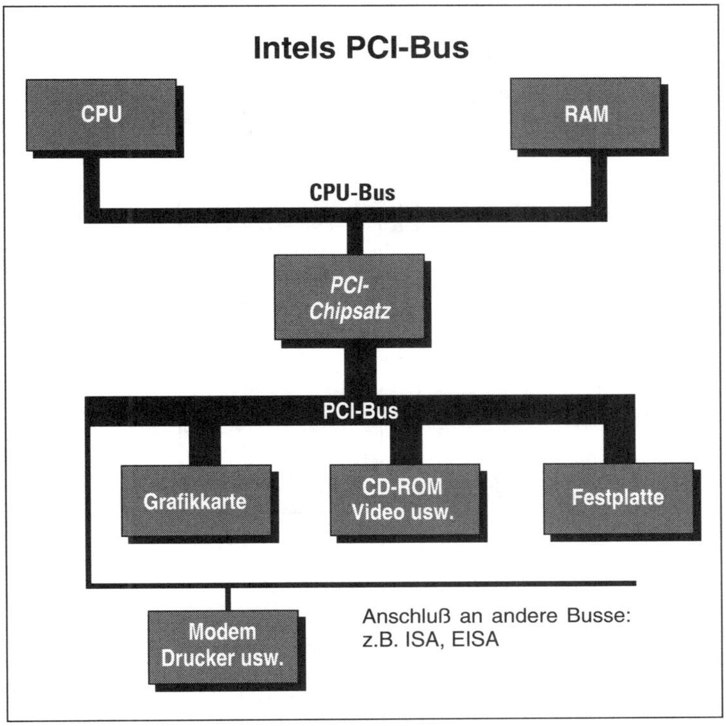

Bild 3.36. Schematische Darstellung des PCI-Konzeptes

spezifiziert und erreicht im 32-Bit-Modus 132 Mbyte/Sekunde. Anders als VESA ist PCI nicht an bestimmte Prozessoren gebunden, also auch mit dem Alpha- von DEC oder der PowerPC-CPU von IBM und Apple verträglich.

5.6 Der bewährte SCSI-Bus

Reichte es anfangs, Drucker oder zusätzliche Wechselplatten an den Computer anzuschließen, so möchten heute vor allem professionelle Anwender auch CD-ROM-Laufwerke, Scanner, Streamer, Modems und andere externe Geräte verwenden. Der übliche PC hat in seiner Grundausstattung normalerweise nur eine parallele und bestenfalls zwei serielle Schnittstellen, zu wenig jedenfalls, um all diese Geräte anschließen zu können. Wie also läßt sich das Problem lösen?

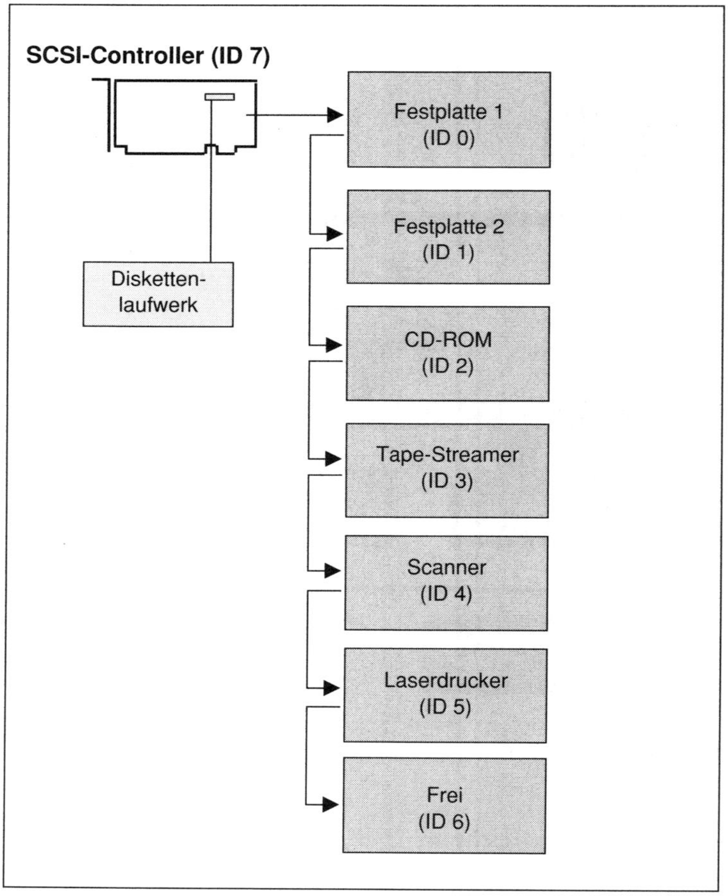

Bild 3.37. Bis zu sieben Geräte lassen sich an einen SCSI-Hostadapter anschließen

SCSI schon lange Standard bei Apple

Eine brauchbare Lösung bietet hier die SCSI-Schnittstelle (Small Computer System Interface). Lange schon im Apple Macintosh serienmäßig eingebaut, wird sie nun auch für IBM-kompatible interessant, unter den oben genannten Gesichtspunkten sogar notwendig. Die grundlegende Idee für diese Schnittstelle war, einen Standard zu schaffen, der den sofortigen Einsatz neuer Geräte an bestehende Rechnersysteme gewährleistet, ohne umfangreiche Treibersoftware vorauszusetzen. Der Anschluß selbst kann dabei sowohl im Gerät oder auch außerhalb sein. Das

SCSI-Interface besitzt eine eigene Intelligenz, die bis zu acht Anschlüsse (den sogenannten Hostadapter und sieben weitere Geräte) steuern kann. Jedes Gerät erhält eine eigene Identifikationsnummer (ID 0 – 7), die zur Adressierung dient.

Mit eigener Intelligenz

Über eine parallele Verbindung werden die Daten in beiden Richtungen ausgetauscht. Der SCSI-Controller (Hostadapter = ID 7) läßt sich als Erweiterungskarte in jeden PC einbauen. Installiert man zum Beispiel eine SCSI-Schnittstellenkarte mit SCSI-Festplatte, so kann man daran noch weitere 6 Geräte ohne zusätzlichen Controller anschließen. Voraussetzung dafür ist lediglich, daß die Geräte zwei Anschlüsse besitzen: einen Ein- und einen Ausgang. Einige Hersteller implementieren den SCSI-Anschluß bereits auf der Platine, wie zum Beispiel Apple seit 1984.

7 Geräte an 1 Hostadapter

Inzwischen gibt es vom SCSI bereits mehrere Versionen. SCSI-1 überträgt im asynchronen Modus maximal 2 Mbyte und im synchronen Modus 5 Mbyte Daten pro Sekunde und verwendet dafür ein 50poliges (intern) oder 25poliges (extern) Kabel.

Das leistungsfähigere SCSI-2 gibt es seit 1992. Die Spezifikationen von SCSI-2 lassen eine Übertragungsrate bis zu 40 Mbyte/Sekunde in 8-, 16- oder 32-Bit-Breite zu, wobei sich Geräte mit unterschiedlichen Busbreiten an einen Hostadapter anschließen lassen. Das unter dem Namen »Fast SCSI« vorgestellte Interface erreicht bei synchroner Datenübertragung bis zu 10 Mbyte/Sekunde über einen 8-Bit-Bus mit 10 MHz Taktfrequenz. – Für den 16- und 32-Bit-Transfer ist das Wide SCSI (SCSI-3) vorgesehen, das aber ein 68poliges Kabel benötigt und bis zu 40 Mbyte pro Sekunde überträgt.

SCSI-2

Das »Fast SCSI«

5.7 IBMs serieller Data-Highway

Nicht zufrieden mit den bisherigen Buslösungen ist anscheinend IBM, denn zu den bereits vorhandenen Bussystemen bringt nun der Branchenriese eine eigene Lösung: die Serial Storage Architecture (SSA).

Die heutigen gängigen Bussysteme verwenden meist vielpolige Kupferkabel, deren Entstörung mit zunehmendem Bustakt

Seriell auf Kupfer und Glasfaser

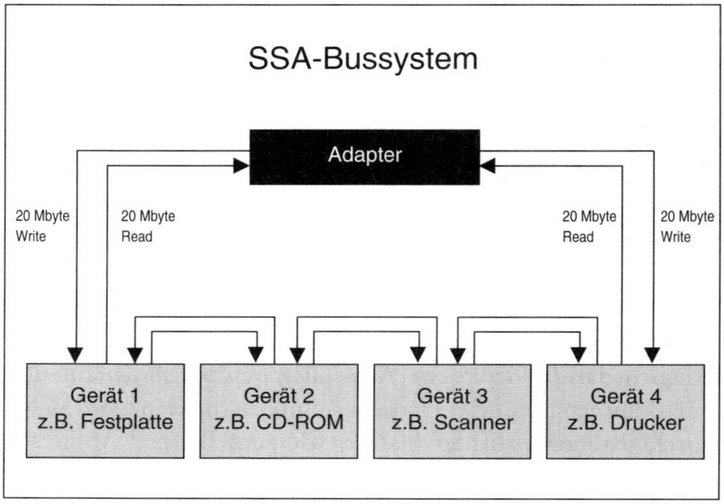

Bild 3.38. Im Gegensatz zum SCSI-Bus können die SSA-Systeme zu Loops verbunden werden

immer komplizierter und damit teurer werden. Man verwendet deshalb immer breitere Datenbusse, um bei möglichst niedriger Taktrate eine hohe Transferrate zu erzielen. Damit steigen die Kabelkosten allerdings wieder und das Ganze wird außerdem noch unhandlich. Beim SSA-Bus werden die Daten im Unterschied zu den anderen Bussystemen nicht parallel, sondern seriell übertragen. Hierbei können sowohl Kupfer als auch Glasfaserkabel zum Einsatz kommen.

Zwei getrennte Kanäle

SSA verfügt sowohl über einen Eingangs- als auch über einen Ausgangskanal und benötigt daher entweder vierpolige Kupferkabel (bis 10 m Länge) oder eine zweiadrige Glasfaserleitung. Klar, daß solche Leitungen einfacher als das sperrige SCSI-Kabel mit verdrillten Leitungen zu handhaben ist.

Im Bild 3.38 erkennt man, daß jedes Gerät, z. B. die SSA-Erweiterungskarte im Rechner, oder die Festplatte mindestens einen Eingangs- und einen Ausgangskanal hat, auf denen Daten mit max. 20 Mbyte in der Sekunde übertragen werden können. Da Eingang und Ausgang simultan (vollduplex) betrieben werden können, verdoppelt sich die Übertragungsrate auf 40 Mbyte/ Sekunde. Sind die SSA-Geräte, wie im Bild 3.38 dargestellt, zu

»Loops« als Sicherung

einem geschlossenen Kreis verbunden (Loop), können die Daten auch noch bei Ausfall einer Verbindung weiter übertragen werden. Das System ist also weitgehend fehlertolerant und versagt auch bei Totalausfall eines Adapters nicht, anders als der SCSI-Bus, bei dem alle Geräte parallel geschaltet sind.

Das Kernstück der SSA-Hardware ist der Serial Interface Chip (SIC), der alle für SSA-Geräte typischen Baugruppen enthält und Fehlerprüfungen sowie die Synchronisation durchführt und die Eingabe/Ausgabe-Schnittstellen zur Verfügung stellt.

6 Schnittstellen

Soft- und Hardware-Schnittstellen

Unter Schnittstellen (in der Fachsprache: Interfaces) versteht man allgemein alle Übergangs- und Verbindungsteile, mit denen selbständig arbeitende Funktionseinheiten eines Computers miteinander verbunden werden können. Die internen Schnittstellen verbinden dabei zum Beispiel die CPU und den Arbeitsspeicher, die externen die Zentraleinheit und die peripheren Geräte, zum Beispiel Tastatur, Bildschirm usw. Alle zusammen nennt man hardwareseitige Schnittstellen. Im Unterschied dazu gibt es aber auch die Software-Schnittstellen. Sie verbinden Programme oder Programmteile miteinander. Dieses Kapitel beschäftigt sich jedoch nur mit den Hardware-Schnittstellen.

Schnittstellen verbinden Computer und Computerteile miteinander

Schnittstellen regeln einerseits den Datenverkehr zwischen den einzelnen Computerteilen, andererseits verbinden sie mehrere Computer miteinander, zum Beispiel im Netzwerkbetrieb. Ja, es gibt sogar Schnittstellen, die unterschiedliche PCs miteinander verbinden können, zum Beispiel industriekompatible PCs mit Großrechnern, Apple- oder Atari-Computern.

Auch die im Gehäuse eingebauten Diskettenlaufwerke und Festplatten sind über Schnittstellen mit der Systemplatine verbunden, wenn auch nicht von außen sichtbar. Spezielle Eingabe/Ausgabe-Bauteile (engl. Input/Output- bzw. I/O-Units), auf denen sich die Steuerelektronik (Controller) befindet, regeln den Datenaustausch. Die Schnittstellen zu den peripheren Geräten, wie etwa Drucker, Bildschirm, Scanner usw., sitzen leicht erkennbar an der Rückseite des Computers. Die internen Verbindungen wurden bereits unter »Bussysteme« beschrieben, hier geht um die Schnittstellen zur Peripherie.

Die Bit-Rate gibt die Geschwindigkeit an

Die Geschwindigkeit, mit der die Daten übertragen werden, nennt man Bit-Rate. Diese Maßeinheit gibt an, wieviele Bits pro Sekunde (bps) über die Datenleitung gehen. Statt »bps« liest man gelegentlich auch das veraltete »Baud« als Maßeinheit, was das gleiche ist. Die gebräuchlichsten Raten für die Datenfernübertragung sind: 300, 1200, 2400, 4800, 9600, 14400, 19200 und 28800. Neben der Schnelligkeit des Senders und des Empfängers ist auch die Qualität der Übertragungsleitung entscheidend. So kann man zwischen Zentraleinheit und

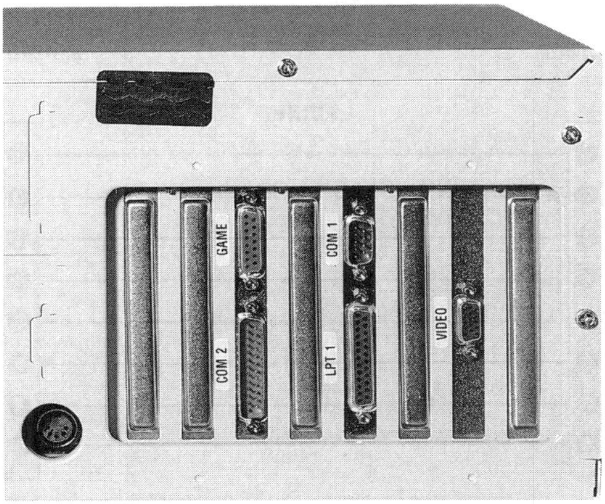

Bild 3.39. Parallele und serielle Schnittstellen am PC-Gehäuse (Foto Eckert)

Peripherie mit 4800, 9600 und 19200 bps senden, bei Übertragungen mit dem Akustikkoppler über die Telefonleitung dagegen nur mit 300, mit dem Modem bis 28800 bps, über einen ISDN-Anschluß und entsprechendem Modem lassen sich bis zu 64 Kbit pro Sekunde transportieren.

Parallele und serielle Schnittstellen

Bei den Schnittstellen unterscheidet man zunächst zwischen parallelen und seriellen. Die parallele Schnittstelle überträgt die einzelnen Bits eines Datenwortes gleichzeitig, die serielle dagegen hintereinander. An der Rückseite des Computergehäuses kann man beide Schnittstellen dadurch unterscheiden, daß die serielle Schnittstelle Stifte im Stecker hat, die parallele dagegen Löcher (siehe Bild 3.39). PCs haben heute standardmäßig ein paralleles und serielles Interface.

Die parallele Schnittstelle

Die Centronics-Schnittstelle

Die bekannteste unter den parallelen Schnittstellen ist die Centronics-Schnittstelle. Sie hat ihren Namen von einem vor ein paar Jahren einmal führenden Druckerhersteller. Heute ist jeder Rechner standardmäßig mit diesem 25poligen Stecker ausgestattet.

Bedingt dadurch, daß die parallelen Schnittstellen 8 Bit (1 Byte) gleichzeitig auf die Reise schicken, arbeiten sie natürlich auch

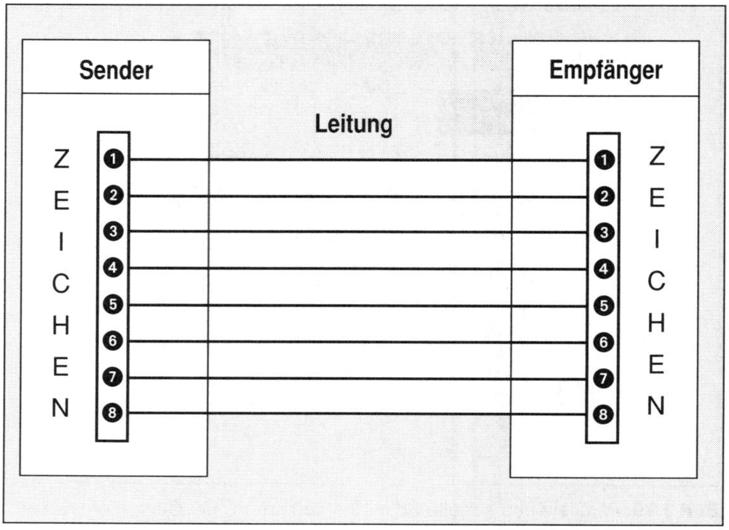

Bild 3.40. Parallele Schnittstelle

schneller als die seriellen. Um dies zu ermöglichen, benötigt die parallele Schnittstelle ein Verbindungskabel mit mindestens acht Leitungen, in Wirklichkeit sind es aber viel mehr, da ja auch noch andere Informationen mit übertragen werden (zum Beispiel Steuersignale). Ein großer Vorteil dieser Schnittstelle ist ihre Normierung: Am Drucker findet man den 36poligen Steckanschluß und am PC den 25poligen Stecker. Das Verbindungskabel muß daher über beide Steckertypen verfügen. Da die Steckerbelegung in beiden Fällen vorgegeben ist, läßt sich die parallele Verbindung relativ leicht und problemlos handhaben. Als problematisch kann sich manchmal die maximal mögliche Länge von ca. 5 m (ansonsten droht Datenverlust) erweisen, wenn zum Beispiel der Drucker in einem anderen Raum stehen soll. Leider hat die Centronics-Schnittstelle noch einen weiteren Nachteil: Sie kann Informationen nur in eine Richtung senden, nämlich vom PC zum Drucker.

Genormte Verhältnisse

Die serielle Schnittstelle

Bit für Bit ...

Im Gegensatz zur parallelen Schnittstelle überträgt die serielle Schnittstelle die einzelnen Bits eines Datenwortes zeitlich

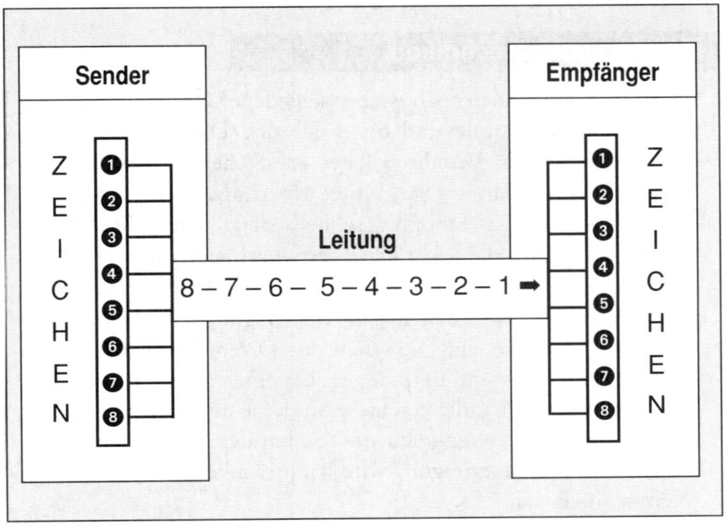

Bild 3.41. Serieller Übertragungsmodus

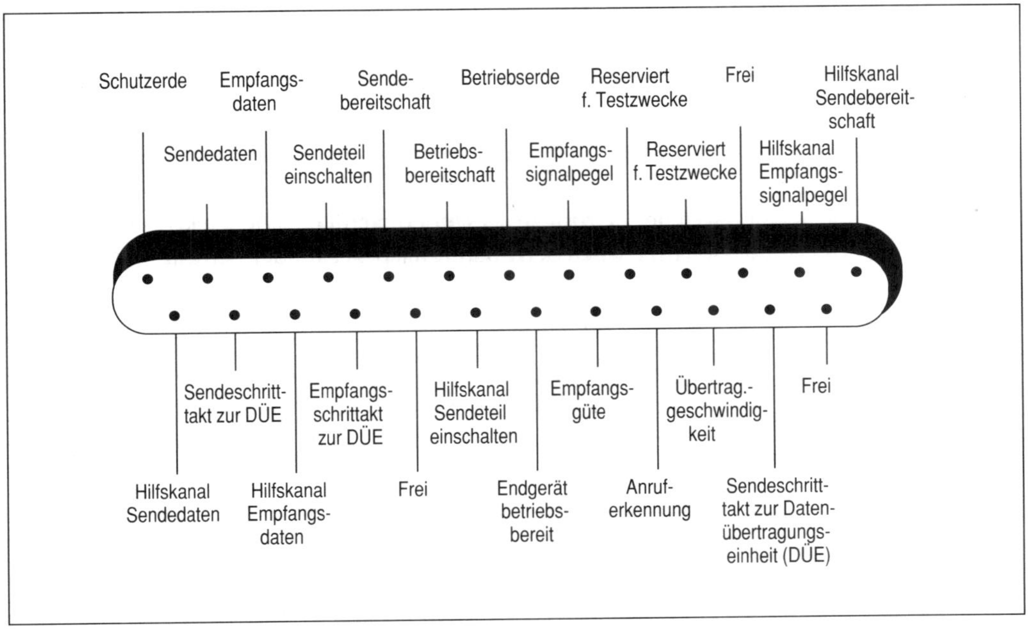

Bild 3.42. RS232C-Stecker mit PIN-Belegung

Übertragungstechniken

Zu alldem gibt es auch noch zwei verschiedene Übertragungstechniken: die asynchrone und die synchrone Datenübertragung. Beim asynchronen Verfahren leitet zur Sicherung des Datenverkehrs ein sogenanntes Startbit die Übertragung eines Bits ein, und ein Kontrollbit (Stoppbit) schließt sie ab. Mit Hilfe dieses Kontrollbits kann die Richtigkeit der Übertragung geprüft werden. Dieses Verfahren ist relativ sicher und preiswert, aber langsam, meist setzt man es zur Übertragung von Daten auf Diskettenlaufwerke ein. Die synchrone Datenübertragung setzt voraus, daß Sender und Empfänger über einen Taktgeber ständig gleichphasig miteinander geschaltet sind. Sie müssen also ständig die gleiche Übertragungsgeschwindigkeit miteinander haben. Die synchrone Datenübertragung wird hauptsächlich in öffentlichen Netzen eingesetzt.

... dafür in beiden Richtungen

nacheinander, dafür aber in beiden Richtungen. Die bekanntesten Vertreter im seriellen Bereich sind die V.24 (nach deutscher Norm) und die RS232C (nach amerikanischer Norm). Der Unterschied zwischen beiden Schnittstellen besteht darin, daß für die V.24 nur die funktionalen Eigenschaften beschrieben sind, für die RS232C darüber hinaus aber auch noch die elektrischen. Die funktionellen Eigenschaften der Schnittstellen legen fest, welche Art von Daten mit welcher Übertragungsgeschwindigkeit über welche Leitungen gesendet werden. Die elektrischen Eigenschaften legen den Spannungspegel auf der Leitung fest. Arbeiten zwei Geräte mit unterschiedlichen Spannungen auf einer V.24, so kann dies zu fehlerhaften Übertragungen führen.

Die genormte RS232C

Personalcomputer sind daher mit der RS232C ausgestattet. Die Bezeichnung RS steht für »Recommended Standard« (Normempfehlung) und deckt praktisch alle Aspekte der Computer- und Modemverbindungen ab. Die RS232C spezifiziert unter anderem Spannungswerte für Signale, die zwischen beiden Einheiten ausgetauscht werden, definiert die Zahl der Leiter je Kabel (25) und ordnet jedem von ihnen und den entsprechenden Polen der Steckverbindung eine Funktion zu (siehe Bild 3.42).

Individuelle Anpassung

Die Verdrahtung der Kabel mit den Anschlüssen des Steckers und die Übertragungsgeschwindigkeit geschieht individuell für die jeweilige Hardware. Die serielle Datenübertragung ist zwar langsamer als die parallele, dafür können damit aber größere Entfernungen überbrückt werden. Die serielle Schnittstelle benötigt zum Betrieb genaue Definitionen, damit sich die verbundenen Geräte überhaupt miteinander verständigen können. Allerdings hat dies auch den Vorteil, daß sich dieses Interface universell einsetzen läßt.

7 Was ist kompatibel?

Überall liest und hört man heute den Begriff »kompatibel«. Was ist denn eigentlich kompatibel bzw. kompatibel zu wem oder was?

Dem Chaos vorgebeugt

Würde jeder Hersteller seine PCs mit eigenen Rechnern und Betriebssystemen bauen, so müßten die Softwarehäuser ihre Programme an jeden PC anpassen. Je nachdem, wie die Softwarehäuser die Verkaufschancen des jeweiligen PCs einschätzen würden, wären dann entsprechend viele oder wenige Programme für dieses Produkt auf dem Markt erhältlich. Gerade eine umfangreiche Softwarebibliothek ist aber Voraussetzung für die Durchsetzungsfähigkeit eines Produktes. Das erkannten natürlich auch die Hardwarehersteller, und so suchte man nach einem gemeinsamen Standard. Zum Standard könnte man nun entweder das beste Produkt machen, oder aber man hängt sich an den Branchenführer, dem man zutraut, daß er sein Produkt auf dem Markt durchsetzt. So war es auch beim PC der Fall. Der Branchenführer war damals die Firma IBM, die ihren PC mit dem Intel 8088 und dem DOS-Betriebssystem von Microsoft ausrüstete. So entschlossen sich nicht nur kleinere, unbekannte Unternehmen, auf diesen Zug zu setzen, sondern auch namhafte, wie zum Beispiel Olivetti, Siemens, Philips, Tandon, Commodore mit der PC-Reihe usw.

Wer bestimmt einen Standard?

Klassengesellschaft

Grob kann man heute demnach die PCs in zwei Klassen einteilen:

1. IBM-kompatible PCs (Industriestandard),
2. nicht-IBM-kompatible PCs.

Unter IBM-kompatibel bzw. Industriestandard versteht man bei PCs im allgemeinen, daß sie einen Prozessor der Fa. Intel haben und auf einem der Betriebssysteme PC-DOS, OS/2 (Fa. IBM), MS-DOS oder Windows (Fa. Microsoft) basieren.

Kompatibel bedeutet aber nicht nur, den gleichen Rechner und das gleiche Betriebssystem zu haben. Man kann hier insgesamt sechs Kriterien unterscheiden:

1. Prozessorkompatibel, das heißt, der PC muß einen Intel-Prozessor der Serien 8086 . . . i486 oder Pentium haben beziehungsweise einen dazu kompatiblen.

2. Betriebssystemkompatibilität. Das verwendete Betriebssystem muß mit MS-DOS und Windows (für Kompatible) oder PC-DOS oder OS/2 (für den IBM-PC) verträglich sein.
3. Datenträgerkompatibel, das heißt, der PC muß die Daten und Programme in gleicher Art und Weise lesen und aufzeichnen können wie der IBM-PC (zum Beispiel auf Floppy-Disk oder Festplatte).
4. Bauteilekompatibel, zum Beispiel Platinen, Steckanschlüsse. Bauteilekompatibilität hat den Vorteil, daß der Benutzer bei Erweiterungen seines PC auf das umfangreiche Angebot der Zulieferindustrie zurückgreifen kann, zum Beispiel auf Coprozessoren, Grafikkarten, externe Speicher etc.
5. Zeichen- und tastaturkompatibel. Der PC muß nicht nur mit dem gleichen erweiterten Zeichensatz und derselben Codierung wie der IBM-PC arbeiten, sondern auch eine funktionell gleiche Tastatur haben.
6. Bildschirm- bzw. videokompatibel. Damit ist sowohl die Schnittstelle selbst als auch der Aufbau des Bildschirmspeichers gemeint.

Clones (Nachbauten)

Soll der PC alle Kategorien erfüllen, so muß er praktisch ein identischer Nachbau des Originals sein. Da aber IBM das PC-DOS-Betriebssystem durch ein Copyright vor dem Nachbau schützen ließ, mußten die anderen Hersteller Routinen zum Umgehen dieses Handicaps entwickeln. Dieser geschützte Programmteil ist das sogenannte BIOS (Basic-Input/Output-System, siehe auch S. 236), das zur Verbindung des eigentlichen Betriebssystems und der Hardware dient. In der Praxis läßt sich mit dieser Einschränkung sehr gut leben, wie zahlreiche kompatible Hardware-Produkte zeigen.

Kapitel 4

So wird der PC komplett: Die Computerperipherie

Geräte für den Dialog mit dem Rechner
Periphere Speichermedien
Drucker für alle Fälle
Für großformatige PC-Anwendungen

1 Geräte für den Dialog mit dem Rechner

Bisher haben wir uns nur damit beschäftigt, was in dem grauen oder beigen Kasten, der Systemeinheit, so alles vor sich geht. Sie kann Daten und Programme vom Datenträger lesen und je nach Ausstattung unterschiedlich schnell verarbeiten, und sie hat Schnittstellen, um mit der Peripherie in Verbindung zu treten. Irgendwann aber müssen wir Daten individuell eingeben oder auf die Verarbeitung steuernd eingreifen.

Dialoggeräte für die Ein- und Ausgabe

Um einen Dialog zwischen Computer und Mensch zu ermöglichen, benötigen wir eine »Mensch-Maschine-Schnittstelle«. Diese hat eine doppelte Aufgabe, nämlich unsere Daten zunächst so zu übersetzen, daß sie der Rechner versteht, und dann das Ergebnis des Computers wieder in eine für uns verständliche Sprache zurückzuübersetzen. Bereits jeder Taschenrechner für DM 9,99 besitzt Dialoggeräte, die Tastatur zur Eingabe und das Display zur Ausgabe. Das ist uns für den PC natürlich zu wenig, da wir umfangreichere Daten zu verarbeiten haben.

Am Anfang des Computerzeitalters gab es lediglich ein Dialoggerät, mit dem man mit dem Computer in Verbindung treten konnte, die sogenannte Konsole. Sie bestand aus Klaviatur und Drucker in einem Gerät. Heute steuern spezielle Programme unzählige Peripheriegeräte. Die wohl bekanntesten und wichtigsten Dialoggeräte sind der Bildschirm, die Tastatur und die Maus.

Bild 4.1. Moderne ergonomische Tastatur (Foto Microsoft)

Bild 4.2. PC-Tastaturen sollten der DIN-Norm 2137, Teil 2 – deutsche Tastatur für Text- und Datenverarbeitung – entsprechen (Foto Cherry)

1.1 Ohne Tastatur geht's nicht

Wozu eine Tastatur?

Trotz aller Bemühungen und Entwicklungen, die Dateneingabe zu erleichtern, bleibt die Tastatur (auch »Keyboard« genannt) nach wie vor das wichtigste Instrument zur Dateneingabe. Die Tastatur erfüllt im wesentlichen zwei Funktionen:

1. Dateneingabe in den Computer,
2. Steuern des Betriebssystems und der Anwendersoftware.

Unterschiede

Auf den ersten Blick gleicht eine Tastatur der anderen. Dennoch gibt es auch hier Unterschiede, und nicht jede Tastatur ist für jeden Anwender geeignet. Da gibt es zum Beispiel die beflissene Sekretärin, die mit flinken Fingern über die Tasten »fliegt«, ebenso wie den Hacker, der im Adler-Suchsystem den Buchstaben einkreist und mit enormer Kraft auf die gefundene Taste niederstürzt. Abgesehen von ergonomischen Ansprüchen, die heute jedes Arbeitsmittel erfüllen muß und die daher auch an Tastaturen gestellt werden, sollte die Lebensdauer und Reparaturanfälligkeit des Keyboards auf eine entsprechende Beanspruchung ausgelegt sein. Bei Billigtastaturen ist das leider nicht immer der Fall: Manche geben schon nach kurzer Zeit ihren Geist ganz auf, oft fallen früher oder später die einzelnen Tasten von der Halterung.

Aber auch bei besseren Tastaturen ist auf einiges zu achten. So zum Beispiel auf die Prellfreiheit. Das heißt, auch beim schnellen Schreiben oder bei einem kräftigen Tastenanschlag darf der Buchstabe nicht mehrmals wiederholt werden, da dies eine ständige Fehlerquelle beim Schreiben wäre.

Für Computer gilt die DIN 2137, Teil 2

Beim Austesten sollte man vor allem bei Tastaturen zweifelhafter Herkunft auch auf die Buchstabenanordnung achten. Sie ist in der Deutschen Industrienorm (DIN) 2137, Teil 1, festgelegt. Danach muß zum Beispiel das Ausrufezeichen über der Ziffer 1 stehen. Ob es sich überhaupt um eine deutsche oder englische Tastatur handelt, erkennt man leicht daran, daß die erste Buchstabenreihe, links beginnend, QWERTZ lautet und im englischen QWERTY. Diese Buchstabenfolge QWERTY erscheint übrigens auch dann auf dem Bildschirm, wenn man zwar eine deutsche Tastatur benutzt, der PC aber einen englischen Tastaturtreiber geladen hat. Für Computer gilt die DIN-Norm 2137, Teil 2, für Text- und Datenverarbeitung.

Die gegliederte Tastatur

Eine ergonomische PC-Tastatur für den professionellen Einsatz sollte nicht im Computer integriert und in fünf Tastenblöcke eingeteilt sein:

1. dem alphanumerischen Tastenblock mit Buchstaben, Ziffern, Sonder- und Steuerzeichen zur Eingabe von Daten, Texten und zur Programmsteuerung.
2. Der Funktionstasten-Einheit aus mindestens 12, besser noch 18 Tasten bestehend. Viele Programme nutzen die Funktionstasten zum Aufruf von Befehlen und erlauben darüber hinaus das Belegen von zusätzlichen Funktionstasten.
3. Dem separaten Cursorblock, der aus vier Pfeiltasten besteht und zum Steuern des Cursors (Markierungspunkt) auf dem Bildschirm gebraucht wird.
4. Der Zehnertastatur mit zusätzlichen Rechenfunktionen, wie sie von Rechenmaschinen her bekannt ist, um Zahlenkolonnen einhändig eingeben zu können.
5. Ein Block mit sechs Tasten zur Stuerung des Cursors (Markierungspfeil oder Lichtpukt) auf dem Bildschirm.

Gewarnt sei vor piepsenden Tastaturen, die einem auf Dauer den Nerv töten können, da sie bei jedem Anschlag freudig Geräusche von sich geben, und vor Folientastaturen. Diese Tastaturart hat keine Tasten im herkömmlichen Sinn, sondern unter einer Folie versteckte Kontaktpunkte, die durch einen Folienaufdruck markiert sind.

1.2 Der Bildschirm

Vernachlässigt?

Was wäre ein Computer ohne Bildschirm? Für unsere heutigen Anwendungen undenkbar. Und dennoch widmen ihm nur wenige Anwender beim Kauf die nötige Aufmerksamkeit. Meist wird er vom Händler irgendwie mit angeboten, so daß man sich nicht weiter darum kümmert. Dabei gibt es hier viele Punkte, die einer näheren Betrachtung wert sind.

Der Bildschirm (auch Monitor oder Terminal genannt) kann entweder in der Systemeinheit integriert sein, wie das bei mobilen PCs hauptsächlich der Fall ist, oder als selbständiges Peripheriegerät an den Computer angeschlossen werden. Letzteres sollte man vorziehen, denn nur so lassen sich Computer und Bildschirm optimal den ergonomischen Bedürfnissen des Menschen anpassen.

Durch eine Steckkarte mit dem PC verbunden

Bildschirme sind normalerweise durch eine zusätzliche Steckkarte mit dem Bus der Systemplatine verbunden. Diese Steckkarte wird häufig auch Grafikkarte, Grafikadapter oder Bildschirmadapter genannt. Oft integrieren Hersteller aus Kostengründen die Grafikkarte auch gleich auf der Hauptplatine. Dadurch erspart man sich die zusätzliche Grafikkarte und braucht keinen freien Steckplatz zu opfern. Dieser auf den ersten Blick vermeintliche Vorteil hat aber auch Nachteile (siehe Kasten).

Abstimmung muß sein

Monitore und Grafikadapter können unterschiedliche Eigenschaften haben und müssen deshalb optimal aufeinander abgestimmt sein. Sonst kann es unter Umständen passieren, daß man zwar eine hervorragende Grafikkarte und den besten Bildschirm erworben hat, als Belohnung dafür aber nichts als eine schwarze Fläche oder ein undefinierbares Flimmern auf dem Bildschirm sieht.

Integrierte Grafikkarten

Manche Herteller integrieren die Grafikkarte in die Systemplatine. So lassen sich zwar schnelle und preiswerte Grafikadapter herstellen, der Käufer ist aber dazu verurteilt, diesen Grafikadapter auch dann mitzubezahlen, wenn er für seine Bedürfnisse nicht ausreicht und er zusätzlich eine leistungsfähigere Grafikkarte erwirbt. In diesem Fall muß er 2 Grafikadapter bezahlen.

Bild 4.3. Farbmonitore mit 14 bis 17 Zoll Diagonale gehören zur Standardausrüstung eines modernen PC (Foto NEC)

Monochrom oder Farbe?

Normale Bildschirme haben, wie ein üblicher Haushalts-Fernseher, eine Kathodenstrahlröhre (CRT = Cathode Ray Tube) für den Bildaufbau. Hierzu wird ein Elektronenstrahl zeilenweise horizontal und vertikal über den Bildschirm geführt und so einzelne Bildpunkte auf der mit Phosphor beschichteten Innenseite des Monitors erzeugt. Beim monochromen (einfarbigen) reicht ein Elektronenstrahl aus, bei farbigen Bildschirmen sind es drei Lichtstrahlen in den Farben Rot, Grün, Blau. Man spricht daher oft auch von RGB-Monitoren bzw. RGB-Anschlüssen. CRT-Bildschirme benötigen einen Stromanschluß und sind durch den Elektronenstrahl bedingt sehr tief.

Für die mobilen Computer verwendet man statt der CRT-Röhre andere Technologien, die den Bau von flachen Bildschirmen erlauben. Diese Bauweise wird in einem separaten Abschnitt etwas später behandelt.

Monochrom

Monochrom (Mono-Display) bedeutet, daß der Monitor Informationen nur einfarbig wiedergeben kann. Das heißt, der

Darauf sollten Sie achten:

Bei Bildschirmen sollten den Anwender vor allem diese Eigenschaften interessieren, denn sie entscheiden über dessen Möglichkeiten und Qualität:

- Monochrome oder farbige Bilddarstellung
- Größe (diagonaler Durchmesser)
- Auflösung (Anzahl der Bildpunkte)
- Bildwiederholfrequenz (wie oft wird der Bildschirm neu beschrieben)
- digitale oder analoge Signalübertragung
- feste oder variable Synchronisation.

Bildschirm zeigt die Schrift auf einem dunklen oder weißen Hintergrund in nur einer Farbe an, zum Beispiel Amber oder Grün auf dunklem Hintergrund oder Schwarz auf weißem Hintergrund (Positivdarstellung). Gute Schwarzweiß-Monitore können auch Graustufen abbilden, wie man sie zum Beispiel zur Darstellung von Halbtonbildern auf dem Bildschirm benötigt.

Farbmonitore

Will man Farben darstellen, so benötigt man einen speziellen Farbmonitor. Farbbildschirme können wie der Haushalts-Fernseher mehrere Millionen Farben wiedergeben; wieviele das sind, hängt allein von der Grafikkarte ab. Ein Grafikadapter, der seine Farbinformationen mit 8 Bit pro Punkt überträgt, kann 256 Farben gleichzeitig darstellen. Benötigt man dagegen für die professionelle Bildverarbeitung die Echtfarbendarstellung (True-Color) mit über 16 Millionen Farben, so muß es schon eine 24-Bit-Karte sein, die natürlich wesentlich teurer ist.

Auch die Größe ist wichtig

Bisher hatten die üblichen Terminals eine Bildschirm-Diagonale von 12 bis 14 Zoll (1 Zoll = 2,54 cm, also 31 bis 36 cm) und reichten für allgemeine Anwendungen im Text- und Datenbankbereich vollkommen aus. Windows-Anwender sollten nicht nur zu Farbbildschirmen greifen, sondern auch zu größeren Bildschirmen. 15 bis 17 Zoll Durchmesser sind hier sinnvoll. Bei Grafik- und DTP-Anwendungen sowie im Dokumentationsbereich sollte man Ganzseiten- bzw. Doppelseiten-Monitore mit 19 bis 21 Zoll Durchmesser verwenden, um ein rationelles Arbeiten zu ermöglichen.

Das Zeilensprungverfahren

Damit manche Monitore eine höhere Auflösung erreichen, wendet man einen Trick an: das Zeilensprungverfahren, engl. Interlace-Mode, wie es auch beim Fernseher Anwendung findet. Dabei baut der Elektronenstrahl das Monitorbild aus zwei aufeinanderfolgenden Halbbildern auf. Hierzu werden im ersten Durchgang alle ungeraden Zeilennummern und im zweiten Durchgang alle geraden auf die Phosphorschicht des Monitors geschrieben. Durch diese Technik kann man eine höhere Auflösung erreichen, allerdings mit dem Nachteil, daß das Bild auf dem Monitor ja eigentlich aus zwei nacheinander aufgebauten Bildern besteht. Das sichtbare Bild wird demnach nur halb so oft aufgebaut wie im Normalmodus (Non-Interlace-Mode). Das wäre nicht weiter schlimm, wenn dadurch nicht das sichtbare Bild deutlich mehr flimmern würde, als das im normalen Modus der Fall ist. Wer will schon solche Flimmerkisten?

Auch der Bildschirm zeigt nur Bildpunkte

Ein weiteres wichtiges Qualitätsmerkmal für den Bildschirm ist die sogenannte Auflösung. Generell muß man davon ausgehen, daß ein Monitor nicht unendlich viele Punkte abbilden kann. Wieviel er darstellen kann, hängt von der Stärke des Elektronenstrahls ab, der die Punkte (Pixel) auf den Bildschirm zeichnet. Je höher sein Auflösungsvermögen ist, desto genauer und deutlicher werden Schriften und Grafiken auf dem Bildschirm abgebildet. Der kleinste Punkt, den man mit einer Elektronenröhre darstellen kann, beträgt 0,2 bis 0,3 mm. Die heute gängigen Monitore erzeugen Bildpunkte mit 0,25 bis 0,31 mm Durchmesser. Unter Auflösung versteht man demnach die Anzahl der Punkte, aus denen sich das Bild auf der Bildschirmoberfläche zusammensetzt, je mehr, desto besser.

Die Anzahl der darstellbaren Punkte ist von der Monitor-Größe abhängig

Aufgrund dieser physikalischen Grenzen hängt die Anzahl der darstellbaren Punkte also auch mit der Größe des Bildschirmes zusammen. Bei einem 20-Zoll-Monitor ergibt sich beispielsweise eine sichtbare Bildbreite von ca. 400 mm und eine Höhe von etwa 300 mm. Bei einem Durchmesser von 0,26 mm pro Punkt errechnen sich somit ca. 1550 x 1150 Pixel. Durch raffinierte Techniken (Videotiming) erreichen einige Fabrikate eine optisch höhere Auflösung, wodurch das Bild jedoch an Schärfe verliert. Für einen 15-Zoll-Monitor ergeben sich nach dieser Rechnung etwa 1024 x 768 Pixel. – Für die Auflösung der einzelnen Zeichen ist allerdings nicht der Bildschirm allein zuständig, sondern hauptsächlich die verwendete Grafikkarte.

Den Augen zuliebe: mindestens 70 Hz

Was sagt nun die Bildwiederholfrequenz aus? Damit das Bild auf dem Bildschirm sichtbar bleibt, muß es in kurzen Abständen neu auf die Oberfläche geschrieben werden. Die Bildwiederholfrequenz gibt Auskunft darüber, wie oft das Bild pro Sekunde geschrieben wird. Die Wiederholfrequenz wird in Hertz (Hz) gemessen und bestimmt die Flimmerfreiheit des Monitors. Oft liest man in den technischen Beschreibungen der Monitore statt Wiederholfrequenz auch Vertikalfrequenz. Je nach Fabrikat reichen die Werte von 50 Hz bis über 100 Hz. Professionelle Farbmonitore sollten deutlich über 70 Hz haben – damit die Augen geschont bleiben. Auch hier gilt: je öfter, desto besser.

Horizontale Frequenz

Meist finden sich bei den technischen Angaben auch noch Werte über die horizontale Frequenz. Sie sagt aus, wieviele Zeilen pro Sekunde geschrieben werden können. Je nach Grafikstandard der eingesetzten Karte reicht die Zeilenfrequenz von 15,75 KHz (KHz = Kilohertz = 1000 Hertz) bis über 100 KHz.

Anpassungsfähig

Damit kommt die Frage auf, wie sich der Monitor an diese unterschiedlichen Frequenzen von der jeweiligen Grafikkarte anpassen kann. Früher waren die meisten Bildschirme Festfrequenz-Monitore, das bedeutet, daß sie nur mit einer Frequenz arbeiten konnten. Das Gegenteil davon sind die Multifrequenz- bzw. Multisync-Monitore. Sie können sich selbständig auf Frequenzen und Auflösungen einjustieren und sowohl digitale als auch analoge Signale verarbeiten. Diese Monitore haben zudem den Vorteil, daß sie bei einem Wechsel der Grafikkarte nicht gleich auch noch ersetzt werden müssen.

Prozessoren steuern die Anpassung

Die heute üblichen Monitore sind mit einer Mikroprozessorsteuerung ausgestattet. Sie erleichtert vor allem die Anpassung an unterschiedliche Frequenzen. Der Prozessor des Monitors ist dabei vom Hersteller bereits auf eine Vielzahl von Standard-Grafikmodi eingestellt und sollte zusätzlich noch die vom Benutzer eingestellten Individualwerte speichern können.

Bild 4.4. Moderner 20-Zoll-Monitor für professionelle DTP- und CAD-Anwendungen (Foto EIZO)

Analog oder digital?

Wichtig ist auch, ob der Monitor digitale oder analoge Signale verarbeitet. Die digitale Übertragung bezeichnet man auch als TTL-Technik. Bei dieser Technik sendet die Karte auf unterschiedlichen Leitungen die Signale für die RGB-Farben Rot, Grün und Blau sowie die vertikale und horizontale Synchronisation und ein Intensitätssignal. Die Anzahl der Drähte entscheidet über die Zahl der darstellbaren Farben: Mit zwei Drähten kann man 4 und mit vier Drähten 16 Farben erzeugen.

Die Analogtechnik arbeitet generell mit 5 Leitungen: Je eine für die RGB-Farben und zwei für die vertikale und horizontale Synchronisation. Die Intensität und damit die Anzahl der Farben bestimmt die stufenlos regelbare analoge Spannung. – Moderne Monitore arbeiten heute überwiegend analog.

So stellt der Computer Zeichen dar

Der Textmodus

In den ersten Jahren nach ihrem Erscheinen konnten PCs nur Texte auf dem Bildschirm darstellen. Der Textmodus erlaubte nur die Darstellung der 256 ASCII-Zeichen, die in einer Matrix aus Einzelpunkten realisiert wurden. Die Buchstaben entsprachen in ihrem Aussehen denen von Schreibmaschinen: jeder Buchstabe hatte dieselbe Breite und konnte auch nur in einer Größe dargestellt werden.

Der Zeichengenerator enthält die Zeicheninformationen

Auch heute noch gibt es einfache Programme – vor allem für Textverarbeitung und Datenbankprogramme – die unter dem Betriebssystem DOS nur auf diese Art arbeiten können. Im Textmodus lassen sich 25 Zeilen zu je 80 Zeichen (Spalten) darstellen. Die jeweilige Zeichenmatrix ist in einem sogenannten Zeichengenerator festgeschrieben. Durch diese Technik kann man zwar grafische Symbole darstellen, aber nur soweit sie als ASCII-Zeichen über die Tastatur erreichbar sind (den entsprechenden Zeichencode findet man in der ASCII-Tabelle). Die einzelnen Punkte auf dem Bildschirm hingegen sind durch diese

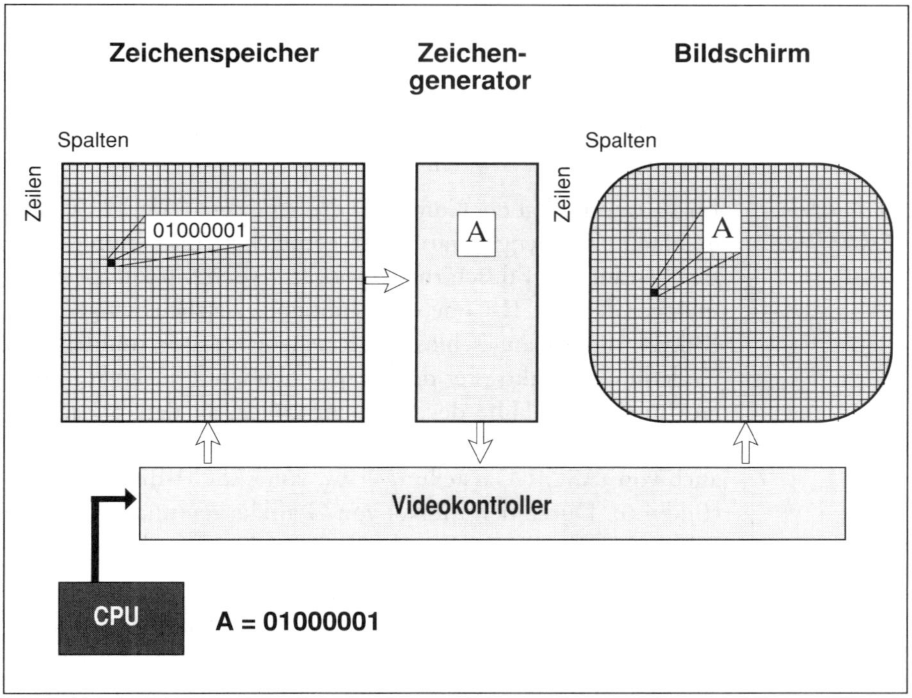

Bild 4.5. Der Weg des Buchstabens »A« von der CPU bis zum Bildschirm

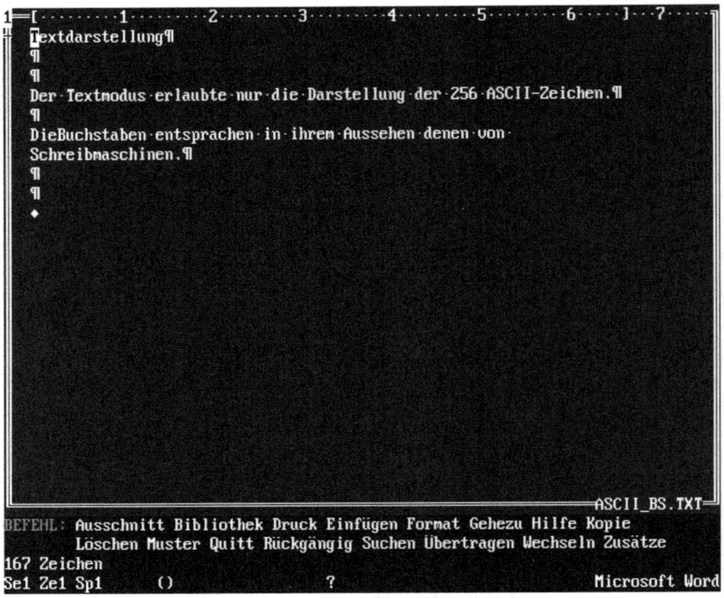

Bild 4.6. Textdarstellung auf dem ASCII-Bildschirm (Word 4)

Technik nicht veränderbar, da die Zeichen immer nur als Ganzes adressiert werden können.

Vom Generator zum Bildschirm

Im Textmodus hat der Computer die benötigten ASCII-Zeichen in einem Zeichengenerator fest gespeichert. Soll nun so ein Zeichen auf dem Bildschirm dargestellt werden, wird im Zeichenspeicher der ASCII-Code des benötigten Zeichens eingetragen (Bild 4.5). Der angeschlossene Zeichengenerator wandelt den Code in das Punktraster des entsprechenden Zeichens um und gibt diesen mit Hilfe des Videokontrollers an den Bildschirm weiter. Man spricht bei dieser einfachen Darstellung von Zeichen auch von »ASCII-Darstellung« bzw. von »ASCII-Bildschirmen« (Bild 4.6). Durch den Einbau von Grafikkarten und zusätzliche RAM- oder EEPROM-Speicher lassen sich weitere Zeichensätze darstellen.

Der Grafikmodus

Im Gegensatz zum Textmodus kann im Grafikmodus jeder einzelne Bildpunkt angesprochen werden. Je nach Art der Grafik reicht das Spektrum vom Setzen und Löschen einzelner Pixel bis hin zur Wahl einer Farbe für einen bestimmten Punkt. Im Grafikmodus

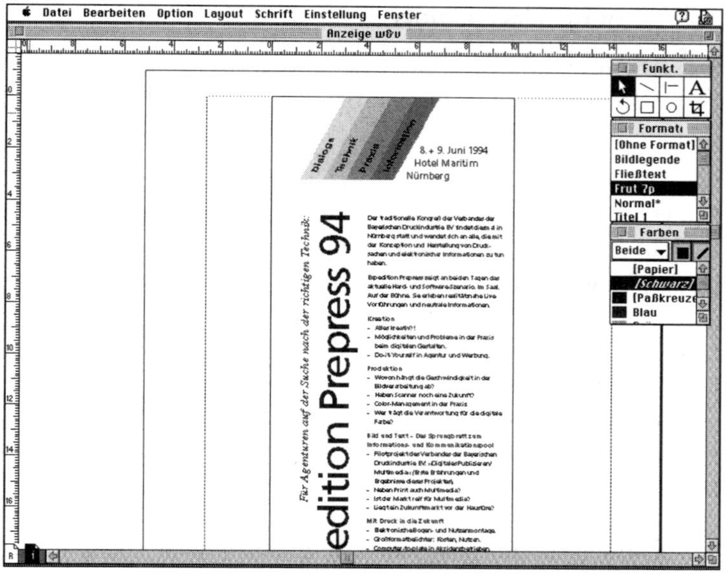

Bild 4.7. WYSIWYG zeigt auf grafischen Bedieneroberflächen nicht nur den Text in Originaldarstellung, sondern auch unterschiedliche Raster

wird die Zahl der Bildpunkte in horizontaler und vertikaler Richtung angegeben.

Auch Buchstaben sind im Grafikmodus nur aus Punkten zusammengesetzt

Zur Grafikdarstellung zählt ebenfalls die WYSIWYG-Darstellung (What You See Is What You Get). Damit ist gemeint, daß man bereits auf dem Bildschirm alles so sieht, wie man es später ausgedruckt bekommt. Buchstaben oder Symbole können also verschieden groß, breit und stark sein (Bild 4.7). Sie werden in diesem Fall zwar wie Buchstaben aufgezeigt, aber nicht als solche behandelt. Alle alphanumerischen Zeichen sind nichts anderes als eine bestimmte Anordnung von Pixeln (Bildpunkten). Computer mit grafischer Bedienungsoberfläche wie zum Beispiel Macintosh, Amiga, Atari und Windows behandeln Buchstaben wie eine Grafik. Um ein einfaches Zeichen auf dem Bildschirm darzustellen, müssen grafische Computer auf sehr komplexe Datenstrukturen (Zeichensätze, Stilarten, Größen usw.) zugreifen. Dafür ist natürlich eine entsprechend schnelle CPU nötig.

Techniken für Flachmänner

Da wohl niemand eine schwere und große CRT-Röhre durch die Gegend schleppen möchte, benötigt man für Laptops, Notebooks und sonstige mobile PCs eine andere Technik für die Darstellung.

Die preiswerte LCD-Technologie

Wegen ihres geringen Stromverbrauchs verwendet man bei mobilen PCs gerne Flüssigkristall-Displays bzw. die LCD-Technik (Liquid Cristal Display). LCD-Bildschirme bestehen im wesentlichen aus zwei Glasscheiben, zwischen denen Flüssigkeitskristalle eingebracht sind. Diese Technik beruht auf dem Drehen von Molekülen in einem elektrischen Feld. Das Drehen bewirkt eine Polarisierung, bei der unterschiedlich viel Licht die Moleküle durchdringen kann. Diese Eigenschaft nutzt man zur Darstellung von hellen und dunklen Punkten. Nachteilig bei diesem Verfahren ist der relativ geringe Kontrast und der sehr enge Winkel, in dem das dargestellte Bild sichtbar ist. Schon bei leicht seitlicher Betrachtung erkennt man den Bildschirminhalt nicht mehr. LCD-Displays verwendet man heute überwiegend nur noch zur monochromen Bilddarstellung.

STN, DSTN und TSTN für Farbdisplays

Das STN-Display (Super Twisted Nematic) entstand aus den einfacheren Flüssigkristallanzeigen und wird überwiegend in einfachere Notebooks als Farbdislplay eingebaut. Auch diese Technik basiert auf einer Schicht von flüssigen Kristallen, die zwischen zwei Glasplatten angeordnet sind. Die Kristalle selbst werden über ein auf die Scheiben aufgedampftes Leitungsgitter gesteuert. Die Nachteile dieser ebenfalls preiswerten Technologie sind fehlende Darstellungsschärfe, geringer Kontrastumfang und eine gewisse Trägheit beim Bildaufbau. Bei schlechten Displays scheinen die Farben sogar ineinander zu verlaufen.

Um die Probleme der passiven Displaytechniken zu beheben, verbesserte man diese Verfahren. Bei der Dual-Scan-Technik, auch DSTN (Dual Super Twisted Nematic) genannt, wird das Bild in zwei Durchgängen – zuerst die obere, dann die untere Hälfte – aufgebaut. Dadurch konnte man die Leuchtkraft erhöhen und einen besseren Lesewinkel erreichen. – Eine weitere Möglichkeit der Qualitätssteigerung ist das TSTN-Display (Triple Super Twisted Nematic), das mit einer weiteren Flüssigkristallschicht und Korrekturfolien arbeitet.

Bild 4.8. Palmtop mit monochromem LCD-Bildschirm (Foto Hewlett-Packard)

Seit Apple 1990 mit einem monochromen Portable auf dem Markt kam, kennt man noch ein weiteres Verfahren, dem man eine große Zukunft voraussagt: das Aktiv-Matrix-Display.

Die Aktiv-Matrix: TFT-Technik für flache Farbbildschirme

Der bekannteste Vertreter der Aktiv-Matrix ist die TFT-Technik. TFT steht für Thin-Film-Transistor (Dünnfilmtransistor). Diese verhältnismäßig teueren Farbdisplays findet man meist nur in Notebooks der oberen Preisklasse. Das Problem des schwachen Kontrastes bei höherer Auflösung überwindet dieses Verfahren dadurch, daß jeder Bildpunkt von einem eigenen Transistor gesteuert wird. Die Aktiv-Matrix kann zudem das einfallende Licht zur Kontraststeigerung verwenden. Die farbige Darstellung erreicht man durch Zusammenfassen der Transistoren zu Dreiergruppen und die Zwischenschaltung je eines Filters für die drei Grundfarben Rot, Grün und Blau. Graustufen- und Farbbildschirme in dieser Technik sind bereits in vielen Notebooks führender Hersteller eingebaut und erreichen eine Auflösung von 640 x 480 Punkten bei 10-Zoll-Bildschirmgröße.

Die modernsten dieser Aktiv-Matrix-Vertreter erreichen an Kontrast, Helligkeit und Farbsättigung beinahe schon die Qualität der CRT-Röhren, ohne jedoch deren Flimmern oder Verzerrungen aufzuweisen. Da es auch noch relativ einfach ist, diese Displays

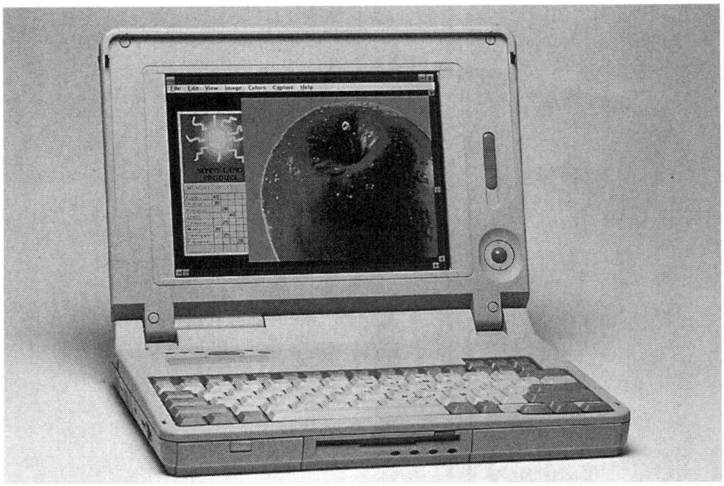

Bild 4.9. Notebook mit TFT-Farbbildschirm (Foto Compaq)

Die Zukunft der Aktiv-Matrix

berührungsempfindlich zu machen, eignen sie sich besonders bei Computern, die durch Fingerberührung oder mit dem Stift Informationen verarbeiten sollen. Einige Experten prophezeien sogar, daß die Aktiv-Matrix in etwa 10 Jahren die klassische CRT-Bildröhre im Computer- und Fernsehmarkt überflügelt. Im Moment sind allerdings die relativ hohen Kosten bei der Farbdarstellung noch ein großes Hemmnis.

Ergonomie

Entsprechend den Empfehlungen der Berufsgenossenschaften geht der Trend bei den Bildschirmen für die Textverarbeitung zu Schwarzweiß-Bildschirmen mit positiver Zeichendarstellung. Der Grund hierfür liegt schwarz auf weiß vor uns: Alle Schriftstücke werden schwarz auf weiß gedruckt. Folglich ist es logisch, daß die Darstellung auf dem Bildschirm ebenso geschieht, denn sonst müßte sich das Auge jedes Mal umstellen, wenn es vom Manuskript zum Bildschirm wechselt. Der Bildschirmdurchmesser sollte mindestens 14 Zoll betragen, alles, was darunter ist, kann man nur als Spielerei betrachten. Der Standard liegt heute bei 14 bis 16 Zoll. Für Anwendungen im Dokumentations- und Desktop-Publishing-Bereich empfiehlt sich eine Ganzseiten-

20 Zoll für die Doppelseitendarstellung

oder gar Doppelseitendarstellung. Allerdings erfordern diese Monitore spezielle Grafikkarten, und nicht jedes Anwendungsprogramm ist in der Lage, solche »Jumbos« zu unterstützen. Es ist daher anzuraten, vor dem Kauf das Wunschprogramm und den entsprechenden Bildschirm miteinander auszutesten.

15–17 Zoll für Windows

Mit der Verbreitung von Windows haben sich die Farbbildschirme immer mehr durchgesetzt. Schwarzweiß-Monitore sind kaum noch zu haben. Allerdings sollte man für Windows Bildschirme mit 15 bis 17 Zoll verwenden.

Inzwischen werben die Hersteller mit der Bezeichnung »strahlungsarm« für ihre Monitore. Welche Arten von Strahlen treten aber bei einem Bildschirm auf?

1. Jede Braunsche Röhre erzeugt in geringem Maß sogenannte »weiche« Röntgenstrahlen, die jedoch kaum meßbar sind und von der Glasoberfläche absorbiert werden.
2. Deutlicher treten dagegen elektrostatische und magnetische Emissionen auf. Da der bilderzeugende Elektronenstrahl stark beschleunigt werden muß, baut sich an jedem Monitor ein elektrostatisches Feld auf. Wie stark der Bildschirm solche elektrostatischen Felder aufbaut, kann man dadurch kontrollieren, indem man ein paar Minuten nach dem Einschalten mit dem Handrücken über die Bildschirmoberfläche fährt. Knistert es oder funkt es sogar dabei, so ist der Monitor sicherlich alles andere als strahlungsarm.
3. Weiterhin erzeugt ein Monitor auch niederfrequente elektrische Felder, die beim Bild- und Zeilenwechsel entstehen. Wie sich diese jedoch auf den Menschen auswirken, ist derzeit noch nicht konkret erforscht.

Die Empfehlung der Schweden: MPR

Die Bezeichnung »strahlungsarm« alleine sagt also wenig aus. Wenn schon derartige Angaben gemacht werden, sollte auch gesagt werden, nach welcher Norm bzw. Empfehlung der Monitor strahlungsarm ist. Führend sind hier die Schweden. Der schwedische National Board for Metrology and Testing (Meß- und Prüfrat) legte hier erstmals Werte fest, denen Monitore entsprechen sollen. Die erste Empfehlung dieses Rates ist unter der Bezeichnung MPR bekannt. Da diese scheinbar nicht ausreichend war, schob man die neue, strengere MPR II nach.

Empfehlungen für den Monitorkauf:

Ein Monitor sollte möglichst folgende Eigenschaften aufweisen:

- Er sollte von der Systemeinheit abgetrennt sein und sich in jede Richtung drehen und neigen lassen.
- Er sollte strahlungsarm nach der schwedischen Empfehlung MPR II und entspiegelt sein.
- Helligkeit und Kontrast sollten sich getrennt einstellen lassen.
- Er sollte eine Bildwiederholrate mit ca. 80 Hz haben und einen Prozessor, der die unterschiedlichen Frequenzen der Standardmodi erkennt und verarbeitet.

Die TCO 92

Inzwischen gibt es sogar eine noch strengere schwedische Empfehlung vom TCO (Dachverband der schwedischen Gewerkschaften): die TCO 92. Welche technischen Spezifikationen den einzelnen Empfehlungen zugrunde liegen, würde hier zu weit führen, zumal das, was gesundheitlich bedenklich ist, nur eine Frage der Definition ist und wissenschaftlich noch nicht als gesichert angesehen werden kann. Das »TÜV-Ergonomie-geprüft«-Zeichen ist das deutsche Pendant zu den »Schwedennormen«.

Kissen- oder tonnenförmige Darstellung

Ein weiterer wichtiger Punkt ist die Darstellungsqualität. So sollten zum Beispiel Quadrate auch bei voller Bildschirmgröße als solche abgebildet werden und nicht kissen- oder tonnenförmig. Bei billigen Monitoren ist dieser Fehler leider oft zu finden, bei Flat-Screens (Monitore ohne gewölbte Oberfläche) tritt dieser Fehler seltener auf.

1.3 Grafikkarten (Grafikadapter)

Der Monitor ohne Grafikkarte ist wertlos

Selbst der beste, mit höchster Auflösung und mit allen Empfehlungen erworbene Monitor nutzt überhaupt nichts, wenn der Bildschirmtreiber und die Grafikkarte fehlen. Der Monitor muß die ankommenden Signale der Grafikkarte interpretieren und darstellen können. Bildschirm und Grafikkarte müssen daher aufeinander abgestimmt sein. Grafikadapter sind üblicherweise Zusatzkarten, die in einen freien Steckplatz der Systemplatine eingesteckt und mit dem Bussystem des Computers verbunden sind. Sie bestimmen hauptsächlich die realisierbare Auflösung auf dem Bildschirm und die Anzahl der darstellbaren Farben. Der Bildschirmtreiber ist eine Software, die die Grafikkarte ansteuert und diese in die Lage versetzt, ihre Möglichkeiten voll auszuschöpfen.

Der Unterschied zwischen DRAM und VRAM

Für die Aufbereitung des Bildes benötigen die Grafikkarten einen eigenen Speicher, der bei einfachen Karten aus DRAMs besteht, die nicht gleichzeitig ein- und ausgelesen werden können. Effektiver, aber auch teurer, sind die speziellen Video-RAMs (VRAM), die simultan Lesen und Schreiben können. Die Kapazität und Ausstattung dieses Speichers – er kann heute mehrere Mbyte groß sein – ist unter anderen Faktoren dafür entscheidend, wie schnell das Bild auf dem Monitor aufgebaut wird. Beim Einsatz von Windows mit seiner grafischen Benutzeroberfläche bekommt dieses Video-RAM eine sehr wichtige Bedeutung. Auch die Anzahl der auf dem Bildschirm darstellbaren Farben ist von der Größe des RAM-Speichers abhängig.

Grafikstandards

Im Laufe der Jahre haben sich eine Reihe von Grafikstandards entwickelt, wie man aus dem Kasten »Adapter-Geschichten« ersehen kann. Die hier besprochenen Standards gelten hauptsächlich für die DOS- und Windows-Welt.

Der VGA-Standard

Noch aktuell ist der VGA-Standard (Video Graphics Adapter) für DOS-Anwendungen in seinen unterschiedlichen Versionen. Im Gegensatz zu den früheren CGA- und EGA-Adaptern, die den Bildschirm digital ansteuerten, versorgt die VGA-Karte den Monitor mit analogen Signalen.

640 x 480 Pixel in 16 oder 256 Farben

Diese Karte erlaubt standardmäßig eine Auflösung von 640 x 480 Punkten. Aus einer Palette von 262.144 Farbtönungen (18-Bit-Farbpalette, siehe auch Kasten »Farbkünstler«, Seite 166) können auf dem Bildschirm mindestens 16 Farben (4-Bit-Grafik), meistens jedoch 256 Farben (8-Bit-Grafik) gleichzeitig dargestellt werden. Um die VGA-Karte in ihrer gesamten Farbvielfalt ausnutzen zu können, ist einerseits am Monitor ein Analogeingang nötig, andererseits benötigt die Grafikkarte 512 Kbyte eigenen Speicher. Außerdem sollte man sich beim Software-Kauf vergewissern, welcher Grafikstandard unterstützt wird.

Adapter-Geschichten

Monochrome Bildschirmadapter

Der einfachste und billigste Adapter war der Monochrom Display Adapter (MDA). Er ließ keine Grafik zu und konnte nur im Textmodus eingesetzt werden. Für Grafiken auf monochromen Bildschirmen entwickelte IBM den Monochrom Graphics Adapter (MGA), dem auch dessen Nachbau, die Hercules Graphics Card (HGC), entsprach. Mit diesen Karten ließ sich fast jeder monochrome Monitor bei einer Auflösung von 720 x 348 Punkten bei Grafik und mit 720 x 350 Pixeln im Textmodus einsetzen. Beide Karten konnten sowohl Zeichen als auch Grafik darstellen. Im Textmodus stand der übliche IBM-ASCII-Zeichensatz* mit allen vordefinierten Zeichen (9 x 14-Punkt-Matrix) zur Verfügung. Der Zeichensatz war Bestandteil des ROM-Speicherbausteins auf der Steckkarte und konnte nicht verändert werden. Im Grafikmodus ließen sich jedoch, für damalige Verhältnisse, hochauflösende Grafiken nur mit langen Bildaufbauzeiten verwirklichen.

Alle monochromen Grafikkarten arbeiteten nur mit einer Bildwiederholfrequenz von 50 Hz, aus ergonomischen Gründen waren sie daher nur für Schrift auf dunklem Hintergrund verwendbar.

Farbgrafikadapter

Der erste Farbgrafikstandard wurde von IBM für die eigenen PCs geschaffen: der CGA-Standard (Color Graphics Adapter). Damit konnten in der einfachen Version 320 x 200 Pixel adressiert und vier Farben – aus 16 möglichen – dargestellt werden; beschränkte man sich auf zwei Farben, ließen sich sogar 620 x 200 Punkte abbilden. Auch die CGA-Adapter hatten einen Text- und einen Grafikmodus.

Der darauf folgende EGA-Standard (Enhanced Graphics Adapter) hatte wesentlich mehr Eigenschaften als der Color Graphics Adapter. Neben der höheren Auflösung von 640 x 350 Punkten konnte er 16 Farben aus 64 Farbabstufungen abbilden. War kein für ihn geeigneter Bildschirmtreiber vorhanden, konnte er sämtliche CGA- und MDA-Modi simulieren; einige Exponate erreichten sogar noch den Hercules-Standard.

Moderne Computer und Betriebssysteme arbeiten heute mit Accelerator-Karten, die einen schnellen Bildschirmaufbau bieten (siehe S. 167).

---

* IBM ergänzte den Standard-ASCII-Code durch eigene grafische Symbole

Bild 4.10. Moderne Beschleunigerkarte für Grafik und Multimedia (Foto Miro)

S-VGA

Von der VGA-Karte gibt es verschiedene Ableger: Nach der Standardausführung kam die S-VGA-Version, die 800 x 600 Bildpunkte in 16 oder 256 Farben aus 262144 Nuancen auf den Bildschirm bringt, sowie ähnliche Adapter, die unter verschiedenen Bezeichnungen erhältlich sind (VGA-Plus, XGA usw.) und über unterschiedliche Eigenschaften verfügen.

Höhere Auflösungen

Viele Karten lösen heute 1024 x 768 und mehr Pixel auf und können bei entsprechendem RAM-Speicher bis zu 16,7 Mio. Farben auf dem Bildschirm zeigen. – Der XGA-Standard (Extended Graphic Array) von IBM kann ebenfalls 256 Farben aus 262144 Farbtönen darstellen, aber bis zu 1280 x 1024 Bildpunkte auflösen. Auch von diesem Standard gibt es unterschiedliche Versionen.

Die hohe Auflösung kommt dem Trend zu den größeren 16- und 17-Zoll-Bildschirmen entgegen. Kleine Bildschirme mit 14 Zoll Diagonale sollten eher im Standardmodus mit 640 x 480 Pixeln betrieben werden und die 15-Zöller mit 800 x 600 Bildpunkten, da sonst die Schriftzeichen bei 14-Zoll-Bildschirmen zu klein ausfallen und nur schwer zu lesen sind.

Die Größe des RAM-Speichers auf einer Grafikkarte sagt nichts über deren Schnelligkeit aus. Sie läßt aber einen Rückschluß

Farbkünstler

Auf einem Schwarzweiß-Bildschirm kann man den Farbwert jedes Bildpunktes mit einem Bit bestimmen, weil nur die Farben schwarz oder weiß gespeichert werden müssen (0 oder 1). Zur Darstellung von 16 Farben benötigt man 4 Bit pro Pixel (2^4), für 256 Farben 8 Bit (2^8). Grafikkarten für den professionellen Bildbereich benötigen 24 Bit (3 Byte) zur Darstellung von 16,7 Mio. Farben (2^{24}). Man spricht dann von Echtfarbendarstellung bzw. von True-Color.
Wer soviele Farben sehen will, benötigt auch viel Speicher auf der Grafikkarte. Bereits für die VGA-Standardauflösung mit 640 x 480 Bildpunkten benötigt man beinahe 1 Mbyte Speicher: 640 x 480 x 3 = 921600 Byte = ca. 1 Mbyte. Die Auflösung von 1024 x 768 Pixeln setzt schon ca. 4 Mbyte Speicher voraus.

Standard-Bildschirmgrößen in der Übersicht

Diagonale in Zoll	Diagonale in cm	Empfohlene Auflösung der Grafikkarte
14	36 / 34*	640 x 480
15	38 / 35*	800 x 600
16	40,5 / 38*	1024 x 768
17	43 / 41*	1024 x 768
20	51/48*	1280 x 1024 und höher

* Für die Darstellung nutzbare Fläche (Durchschnittswerte)

Die Anzahl der darstellbaren Farben ist von der Größe des RAM-Speichers abhängig

darauf zu, wieviele Farben sich auf dem Bildschirm anzeigen lassen. So benötigt eine Grafikkarte für die Standardauflösung mit 640 x 480 Bildpunkten in 16 Farben einen Arbeitsspeicher von 256 Kbyte. Für 800 x 600 Punkte in 256 Farben bedarf es bereits 512 Kbyte, und will man gar die höchste Auflösung mit 1024 x 768 Punkten bei 256 Farben, benötigt man bereits 1 Mbyte Speicher. Effektiv werden bei dieser Auflösung 786 Kbyte Daten hin- und hergeschoben.

Accelerator-Karten

Auflösung, Farbtiefe und Geschwindigkeit gehören zu den wichtigsten Eigenschaften von Grafikkarten, vor allem bei Rechner-Systemen mit grafischer Bedieneroberfläche (z. B. Windows). Herkömmliche Framebuffer (wie z. B. VGA- und S-VGA-Karten), die die gesamte Bildschirmdarstellung über den Datenbus geliefert bekommen, sind den Anforderungen von Windows nicht mehr gewachsen, denn bei ihnen muß der Prozessor des Rechners den gesamten Grafikaufbau übernehmen.
Die Industrie bietet deshalb sogenannte Acceleratorkarten (Accelerator = Beschleuniger) an, bei denen ein eigener Grafikprozessor für den Bildaufbau sorgt. Dieser Prozessor entlastet die CPU des Rechners von langwierigen Rechenvorgängen für den Bildaufbau und kann dies auch noch schneller. Funktionen wie »Linien ziehen« oder »Bildfläche mit Farbe auffüllen« können die Grafikprozessoren selbständig und auch mit höherer Geschwindigkeit als die System-CPU erledigen, die zudem noch entlastet wird und für andere Rechenaufgaben bereitsteht. Schließlich muß die System-CPU ja nur noch kurze Befehle statt ganzer Beschreibungen der Bildpunkte (Bitmaps) an die Grafikkarte senden.
Diese Technik setzt allerdings leistungsfähige Bussysteme (z. B. VESA-Local Bus, PCI usw.) voraus, wie sie im vorhergehenden Kapitel beschrieben wurden.

Der normale VGA-Standard erlaubt nur eine Bildwiederholfrequenz bis 60 Hz, gefordert werden heute 80 Hz und mehr – die Voraussetzung für die Darstellung von schwarzer Schrift auf weißem Hintergrund, wenn das Bild nicht flimmern und die Augen keinen Schaden erleiden sollen.

Intelligente Grafikkarten (Acceleratorkarten)

Grafikkarten senden sehr hohe Datenraten an den Monitor. Das belastet einerseits den Prozessor, andererseits dauert es recht lange, bis die Daten auf dem Bildschirm aufgebaut sind. Abhilfe schaffen hier sogenannte »intelligente Grafikkarten« (Acceleratorkarten = Beschleunigerkarten, siehe auch Kasten). Sie besitzen einen eigenen Prozessor, der wie die Speicherchips auf der Grafikkarte integriert ist. Dieser entlastet den Haupt-Prozessor beim Berechnen der Grafikdaten. Heute verwendet man hauptsächlich

Acceleratorkarten. Der Trend geht sogar dahin, daß diese Karten Multimediafunktionen enthalten.

Monochrom auf Apple und Atari

Die von ihrer Benutzeroberfläche her grafisch orientierten Computer der Firma Apple und der Atari ST-Reihe stellen standardmäßig auf ihren 12-Zoll-Monochrom-Bildschirmen 640 x 480 bzw. 640 x 400 Punkte dar. Der Vorteil der Apple- und Atari-Systeme liegt darin, daß Anwendersoftware, Grafikkarte und Bildschirm sehr gut aufeinander abgestimmt sind.

Farbadapter beim Macintosh

Auch bei der Farbdarstellung kennt man bei den Macintosh-Produkten weniger Probleme, da es nur 8-Bit-Adapter mit 16 oder 256 Farben (je nach Monitorgröße) und 24-Bit-Adapter für 16,7 Mio. Farben gibt. Eine Karte kann für unterschiedliche Bildschirmgrößen verwendet werden. Unterstützt zum Beispiel der Adapter 16,7 Mio. Farben auf einem 13-Zoll-Monitor, so kann die Karte bei einem 20-Zöller immerhin noch 256 Farbnuancen bei voller Auflösung zeigen. An Apple-Systemen lassen sich sogar 2 Bildschirme gleichzeitig anschließen und betreiben.

Großbildschirme für CAD und DTP

Die Großbildschirme im CAD- und DTP-Bereich lösen bei einer Diagonale von 21 Zoll bis zu ca. 2000 x 2000 Pixel auf. Bei diesen Bildschirmen kommt es vor allem darauf an, daß der Anwender eine möglichst große Arbeitsfläche vor sich hat. Im DTP-Bereich kann man beispielsweise auf solch großen Monitoren zwei DIN-A4-Seiten gleichzeitig darstellen.

1.4 Die Maus – der kleine Helfer

Auf die Maus gekommen

Damit ist keineswegs das kleine graue Nagetier gemeint oder die flotte Sekretärin, sondern ein kleines Kästchen – nicht größer als eine Zigarettenschachtel – mit einem, zwei oder drei »Ohren« (Tasten), wobei die meisten Mäuse zwei Tasten haben. Betriebssysteme mit leicht zu erlernender Benutzeroberfläche mit grafischer Darstellung, Ikonen und Pull-down-Menüs, wie z. B. der Apple Macintosh oder Windows 3.1, machen die Maus als Bedienungshilfsmittel unentbehrlich. Heute gibt es kaum noch Programme, die auf dieses »Nagetier« verzichten.

Die Technik der Maus ist relativ einfach. Um sie zu erklären, müssen wir allerdings erst zwischen mechanischen und optischen

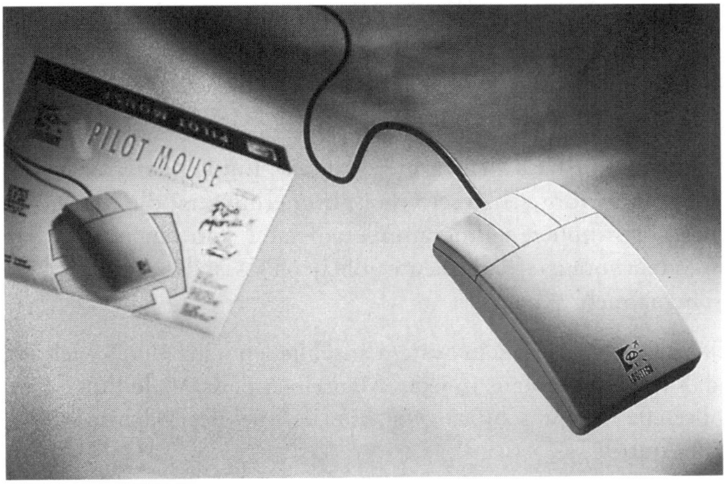

Bild 4.11. Maus mit Bedienungstasten (Foto Logitech)

Die mechanische Maus

Mäusen unterscheiden. Die mechanischen Mäuse haben auf der Unterseite eine frei bewegliche gummierte Kugel. Fährt der Anwender nun mit der Maus über die Tischplatte, wird diese Bewegung in Form von elektrischen Impulsen auf den Bildschirm übertragen und bewegt dort den Cursor bzw. Zeiger.

Die optische Maus benötigt eine Arbeitsfolie

Die optische Maus dagegen funktionert nicht mechanisch, sondern fotoelektrisch und hat keine beweglichen Teile mehr. Das bedeutet, daß sie auf der Unterseite zwei Lämpchen und zwei Fotoelektroden hat, die über eine Stromversorgung gespeist werden müssen. Im Gegensatz zur mechanischen Maus, die keine weiteren Hilfsmittel benötigt, braucht die optische eine spezielle Arbeitsfolie, auf die für den Bediener zum Teil sichtbar ein Raster aufgebracht wurde. Fährt nun die Maus über diesen Raster, errechnet das Programm, wo auf dem Bildschirm nun der Zeiger stehen muß. Damit sind bereits die wesentlichen Unterschiede der Gattung Maus bekannt: Die mechanische Maus unterliegt eher einer Abnutzung bzw. Verschmutzung und benötigt einen gewissen Raum auf dem Schreibtisch, die optische Maus setzt zum Arbeiten dagegen immer ihre Rasterfolie voraus.

Die funkgesteuerte Maus

Wem die Kabel im Wege sind, der sollte sich für eine Maus mit Infrarot- oder Funksignal entscheiden. Die Maus mit Funkkontakt hat dabei den Vorteil, daß kein direkter »Sichtkontakt« zwischen Sender und Empfänger bestehen muß, wie es bei der von der Fernbedienung her bekannten Infrarot-Übertragung der Fall ist.

Generell gilt natürlich immer, daß der Einsatz einer Maus im Programm vorgesehen sein muß. Immerhin setzt die Maustechnik einen höheren Programmieraufwand und einen schnellen Rechner voraus – für die heute üblichen PCs ist das allerdings kein Thema mehr.

Nicht jede Maus paßt in jedes Mauseloch

Wer eine Maus an sein System anschließen will, sollte beachten, daß nicht jede Maus in jedes Mauseloch paßt. Viele PCs haben spezielle Mausanschlüsse, wie zum Beispiel der Macintosh oder die Atari-PCs.

Auch die PCs der kompatiblen Welt sind heute in der Grundausstattung mit einem Anschluß für die Maus versehen. Die meisten PCs haben heute auf der seriellen Schnittstellenkarte einen separaten Maus-Anschluß. Ist dieser nicht vorhanden, kann man die Maus auch an der RS232C-Schnittstelle anschließen. Für ältere Modelle, die keinen eigenen Anschluß haben, bekommt man diesen auf einer Platine, die direkt auf einem freien Steckplatz in der Systemeinheit untergebracht wird und die Maus dadurch mit dem Systembus verbindet (die sogenannte Bus-Maus).

1.5 Andere Steuertechniken

Maus auf dem Rücken: der Trackball

Für enge Platzverhältnisse und mobile PCs

Den Trackball kann man auch als stationäre oder umgekehrte Maus bezeichnen. Hier bewegt sich nicht der Kasten mitsamt der Kugel, sondern die Kugel wird direkt von Hand gesteuert. Der Rest funktioniert wie bei der normalen Maus. Diese Mäuseart ist dann vorzuziehen, wenn wenig oder kein Platz für eine normale Maus vorhanden ist. Bei stationären Computern legt man den Trackball auf den Schreibtisch, bei mobilen Computern wird er vom Hersteller gleich fest in das Gehäuse eingebaut oder als steckbare Einheit neben der Tastatur angebracht.

Bild 4.12. Trackball (Foto Computer 2000)

Der PC geht »stiften«

Steuerung per Lichtgriffel

Vor allem für Anwender, die seltener mit dem Computer arbeiten oder den Umgang mit Mäusen und ähnlichen Tieren scheuen, eignet sich der Lichtgriffel (Lightpen). Er ist kaum größer als ein Kugelschreiber und per Kabel mit dem Computer verbunden. In seiner Spitze befinden sich optische Sensoren, deren Meßwerte an den Computer gesandt werden. Hier werden die eingehenden Signale des Griffels mit den Signalen, die der Rechner an den Bildschirm schickt, verglichen und die Position bestimmt. Mit Hilfe einer kleinen Taste am Griffel kann nun bestimmt werden, daß der Befehl, der an dieser Stelle liegt, ausgeführt wird.

Für tastaturlose PDAs

Bei den kleinen tastaturlosen PDAs, zum Beispiel dem Newton von Apple, können so nicht nur Befehle, sondern auch handschriftliche Notizen über die Bildschirmoberfläche erkannt werden. Diese Notizen digitalisiert und speichert der Rechner zur weiteren Verarbeitung. Allerdings ist hierzu erst ein gewisser »Lernprozeß« für den Computer nötig, damit er die Handschrift lesen und interpretieren kann.

Bild 4.13. Touchscreen-Computer lassen sich mit dem Finger steuern, deshalb sollten die »Menüfelder« entsprechend groß sein (Foto IBM)

Steuerung mit dem Finger: der Touch-Screen

Auch für absolute Computerlaien

Was tut man, wenn man weder Tastatur noch Maus oder andere Hilfsmittel zur PC-Steuerung verwenden will? Man steuert ihn direkt mit den Fingern. Diese Monitore können die Stellen, an denen sie berührt werden, lokalisieren und ein entsprechendes Signal an den Rechner senden. Spezielle Programme erlauben so eine einfache Benutzerführung, bei der jeder Laie ohne Vorkenntnisse mit dem Computer umgehen kann.

Voraussetzung dafür ist, daß die Auswahlmenüs auf der Bildschirmoberfläche so einfach und simpel gestaltet sind, daß man einfach den Anweisungen auf der Bildschirmoberfläche folgen kann. Bisher wurden diese Touchscreens hauptsächlich in der Industrie für einfache Steuerungen von Maschinen eingesetzt. Neuerdings findet der Touchscreen auch gerne im Multimedia-Bereich Verwendung.

So hört der Computer aufs Wort

Spracheingabe

Seit einiger Zeit versucht man, dem Computer unsere Sprache verständlich zu machen. Hierzu müssen die analogen Signale der menschlichen Sprache in digitale Signale umgewandelt werden. Die daraus entstehende Bitfolge untersucht der Computer auf bestimmte Muster, die er bereits gespeichert hat und bildet daraus die Buchstaben und Worte oder führt den angewiesenen Befehl aus. Da die menschliche Sprache aus unterschiedlichen Frequenzmustern besteht und sich zudem die persönliche Aussprache von Mensch zu Mensch unterscheidet, muß dem Rechner erst in einer Trainingsphase die persönliche Aussprache vorgegeben werden, damit er diese erlernen kann. Hier ist man derzeit aber erst noch am Anfang der Entwicklung – die Hersteller von Betriebssystemen arbeiten mit Hochdruck daran.

Sprachausgabesysteme setzt man bereits bei einigen Produkten im Konsumbereich ein, zum Beispiel sprechendes Spielzeug, Uhren, Radios und Autoüberwachungssysteme. Sprechende Computer, die dem Anwender sagen, was er falsch macht, gibt es leider noch nicht.

2 Periphere Speichermedien

Wenn die Festplatte zu klein wird

Moderne Betriebssysteme mit grafischer Oberfläche und deren Anwendungsprogramme benötigen sehr viel Platz auf der internen Festplatte. Dazu kommt noch, daß die mit diesen Programmen erstellten Arbeiten bzw. Dateien selbst ebensoviel Speicherplatz benötigen. Dateien mit 10 bis 15 Mbyte sind keine Seltenheit, wenn sie Grafiken oder gar Bilder enthalten. Was aber tun, wenn man eine Festplatte mit nur 200 bis 300 Mbyte in seinem PC eingebaut hat? Eine weitere Harddisk ließe sich über den betagten AT-Bus noch intern anschließen, aber nur bis ca. 500 Mbyte, denn das ist die derzeitige Grenze, die der IDE-Controller verwalten kann. Wenn die zweite Platte irgendwann wieder nicht mehr reicht oder die Daten gesichert werden müssen (Backup), wird man eine andere Lösung suchen müssen.

Hier bieten sich nun die Wechselplatten in ihren vielfältigen Formen an. Eine Art der Wechselplatten wurde bereits unter »Externe Speicher, Auswechselbare Festplatten« beschrieben. Hier wollen wir uns mit den anderen Speichermedien beschäftigen, die zusätzlich zur internen Festplatte als Ergänzung zum Computer gedacht sind. Die Wechselplatte hat den Vorteil, daß man sie einfach gegen eine andere austauscht, wenn sie voll geschrieben ist, und damit einen fast unbegrenzten Speicherraum zur Verfügung hat. Im Gegensatz dazu eignen sich Magnetbänder eher zur Datensicherung oder zum Datentransport.

Wechselplatten als Ergänzung zur Festplatte

Wesentlich flexibler und schneller in ihrem Schreib- und Leseverhalten als Bänder sind Geräte, die als Datenträger eine Platte haben. Der branchenübliche Erfindungsreichtum der Computerindustrie bescherte uns im Laufe der Jahre eine ganze Reihe unterschiedlicher Wechselplattensysteme. Es gibt heute für jeden Verwendungszweck und jeden Kapazitätsbedarf eine Lösung. Nur darf man nicht voraussetzen, daß diese Lösungen auch noch untereinander kompatibel sind – ganz im Gegenteil. Und damit relativiert sich der Vorteil der wechselbaren Platten. Generell gibt es von jeder hier vorgestellten Lösung Laufwerke, die man extern am Computer anbauen kann, und Laufwerke, die in die Systemeinheit eingebaut werden können. Separate Laufwerke haben den großen Vorteil, daß man sie abwechselnd an mehrere Computer anschließen kann.

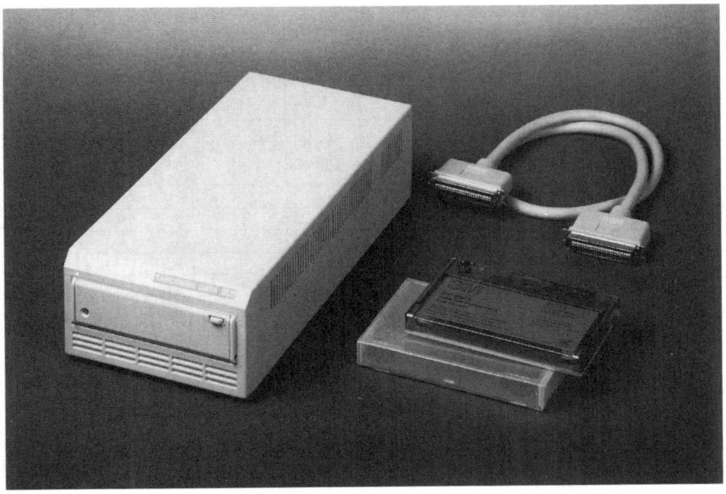

Bild 4.14. Data-Cartridge für die Datensicherung und Langzeitspeicherung (Foto Tandberg)

2.1 Das analoge Magnetband

Analoge Magnetbänder zeichnen sequentiell auf

Während die Diskette die Spuren konzentrisch anordnet, zeichnet das Magnetband in geraden Linien auf. Beim Band werden zusammenhängende Bytes zu einem sogenannten Satz zusammengefaßt und dann in einem oder mehreren Datenblöcken entlang des Bandes aufgezeichnet. Man spricht hier von einer sequentiellen (aufeinanderfolgenden) Verarbeitung. Der Nachteil gegenüber der Plattenspeicherung: Da der Schreib-Lese-Kopf nicht von einer Stelle zur anderen springen kann, erfordert das Auffinden von Daten im ungünstigsten Fall das gesamte Umspulen des Bandes, was schon einmal eine halbe Minute und mehr in Anspruch nehmen kann.

Das Aufzeichnungsverfahren der Industriebänder

Für die normalen Magnetbänder gibt es grundsätzlich zwei verschiedene Aufzeichnungsverfahren. Bei der Neunspuraufzeichnung werden die 8 Bit gleichzeitig von acht Köpfen in verschiedenen Spuren in einer Reihe quer zur Bandrichtung aufgezeichnet (Bild 4.15). Die neunte Spur, die von einem zusätzlichen Kopf beschrieben wird, nimmt das Paritätsbit auf, das zur Fehlererkennung dient. Da für das Lesen und Schreiben eine bestimmte

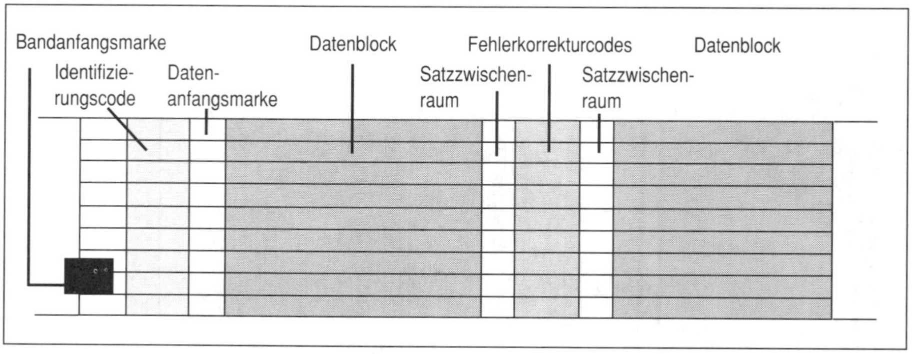

Bild 4.15. Neunspuraufzeichnung mit neun Spurköpfen, die parallel zur Bandlaufrichtung aufzeichnen

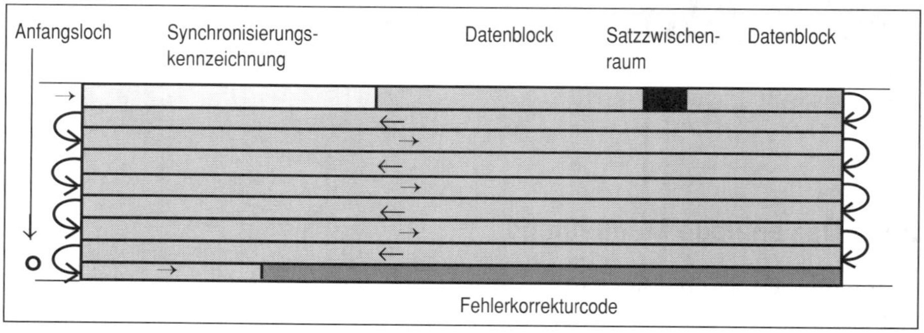

Bild 4.16. Serpentinen-Betrieb: Die Bits werden nacheinander parallel zum Band aufgezeichnet

Bandgeschwindigkeit erforderlich ist, sind die einzelnen Datengruppen durch einen »Satzzwischenraum« getrennt. An diesen datenfreien Stellen kann der Bandantrieb auf die notwendige Geschwindigkeit beschleunigen. Für dieses Verfahren verwendet man überwiegend Halbzollbänder (auch »Industriebänder« genannt).

Der Serpentinen-Betrieb bei Magnetbandkassetten

Das zweite Bandformat ist die Serpentine (siehe Bild 4.16) und wird vorwiegend zum Speichern eines kontinuierlichen Datenstromes verwendet, zum Beispiel zum Archivieren der Daten oder zum Anfertigen von Sicherungskopien der Daten von der Festplatte. Die Bits werden in diesem Fall eines nach dem anderen parallel der Längsrichtung des Bandes aufgezeichnet, und zwar in

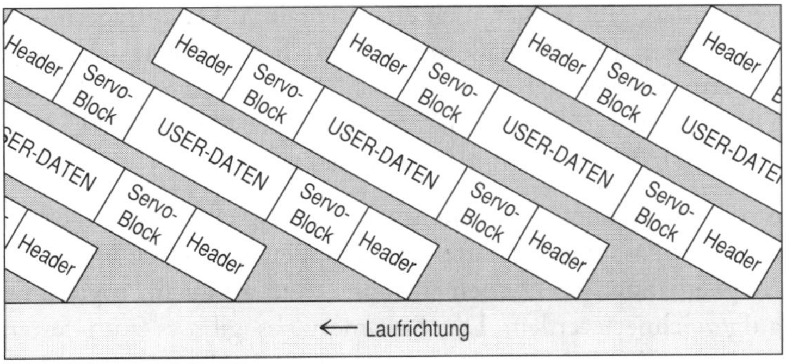

Bild 4.17 a und b. DAT-Streamerband und die Darstellung der Schrägspuraufzeichnung.

Die Daten werden in einem digitalen Schrägspuraufzeichnungsverfahren (Helical-Scan-Technologie) aufgenommen. Eine rotierende Schreib-/Lesetrommel zeichnet die Spuren auf das sich langsam vorwärts bewegende DAT-Band auf.

der einen Spur hin und in der anderen Spur zurück. Ein, zwei oder vier Köpfe schreiben oder lesen, indem sie sich vertikal von Spur zu Spur bewegen. Bedingt durch den geringeren Platzbedarf verwendet man hier Viertelzollbänder.

Data-Cartridges unterliegen dem QIC-Standard

Die auch als Data-Cartridges bekannten Bänder unterliegen dem QIC-Standard (ein Kommitee der wichtigsten Laufwerks- und Backup-Hersteller) und sind in 3.5 und 5.25 Zoll Größe erhältlich.

2.2 Das digitale Band

DAT-Bänder arbeiten mit hohen Aufzeichnungsdichten

Eine ganz andere Technik verwendet der DAT-Streamer (Digital Audio Tape): Die Daten werden hier digital auf das Band geschrieben. 1 bis 4 Gbyte kann man auf diesen Bändern unterbringen. Die 4 oder 8 mm breiten DAT-Bänder eignen sich besonders für die Langzeit-Archivierung. Die aus dem Audiobereich für die digitale Musikaufzeichnung bekannten 74 x 53 mm großen und genormten Kassetten fassen 4 mm breite Bänder. Bis zu 30 Mbyte Daten pro Minute können diese Geräte sichern.

2.3 Datenfresser: der Streamer

Vielfalt der Datenträger

Bandgeräte zur Archivierung, zur Datensicherung und zum Datenaustausch bezeichnet man als Streamer. Da die Streamer, wie bereits beschrieben, unterschiedliche Aufzeichnungsverfahren verwenden, gibt es hier auch eine Vielfalt an Datenträgern und Laufwerken. Die Ausmaße der Magnetbänder richten sich neben der Bandbreite unter anderem auch nach der Länge des Bandes. Die Kassettengröße schwankt zwischen der etwa scheckkartengroßen DAT-Kassette und einer Videokassette.

Interner oder externer Einbau

Streamer zeichnen ihre Daten beim Überspielen kontinuierlich auf, ohne das typische Starten und Stoppen der großen Industrie-Magnetbänder. Es können sowohl Daten als auch Programme aufgezeichnet werden. Die Streamertapes gibt es zum festen Einbau in den PC oder als externes Laufwerk. Hat man mehrere PCs im Einsatz, so ist das externe Laufwerk vorzuziehen, da es sich dann bei Bedarf abwechselnd an verschiedenen Computern einsetzen läßt.

Das Sichern geht so einfach von der Hand wie die Handhabung eines Kassettenrekorders: Nach dem Starten des Sicherungsprogramms wird der gesamte Platteninhalt auf das Magnetband geschrieben, bei 40 Mbyte dauert dies zirka 5 Minuten; die schnellen Vertreter dieser Streamer, wie sie z. B. in Servern verwendet werden, sichern 30 Mbyte und mehr pro Minute.

Streamer fürs Archiv oder als Backup

Generell ist das Sichern von Daten unerläßlich. Gerade der Streamer stellt hier ein einfaches und preiswertes Medium dar. Bedrängt von Wechselplatten und anderen Speichertechniken,

Bild 4.18. Wechselplattenlaufwerk intern und extern (Foto Bernoulli)

wie sie im folgenden beschrieben sind, verwendet man Streamer hauptsächlich dann, wenn der komplette Festplatteninhalt gesichert oder Datenbestände langfristig archiviert werden sollen.

2.4 Die Wechselkassette (Cartridge)

Wechselplatten bis 270 Mbyte

Schon längere Zeit auf dem Markt sind die Wechselkassetten. Im Gegensatz zu den Wechselplattenlaufwerken, bei denen die Platte und die Schreib-Lese-Einheit in einem Gehäuse untergebracht sind, besteht die Wechselkassette nur aus der Platte selbst. Die Cartridge von Syquest und PLI erhält man mit 44 bis 270 Mbyte Speicherkapazität und kann sie zum Teil untereinander austauschen, die Kassetten von Bernoulli sind mit den anderen nicht kompatibel und benötigen ein eigenes Laufwerk. Die Kapazität dieser Kassetten reicht bis 150 Mbyte.

Die Zugriffszeit entspricht fast schon den Festplatten

Interessant bei beiden Probanden ist, daß ihre Zugriffszeit schon die von schlechten Festplatten erreicht: 20 bis 40 ms. Sinnvollerweise schließt man sie deshalb auch an leistungsfähige SCSI-Schnittstellen an. Leider sind diese Datenträger nicht genormt. Auch wenn sie gleich groß sind und in das Laufwerk passen, ist das noch keine Gewähr dafür, daß sie von diesem auch gelesen werden können. Die preiswerteren MO-Platten, wie sie später beschrieben sind, machen diesen Cartridges immer mehr Konkurrenz, da sie immer billiger werden und höhere Kapazitäten haben.

2.5 Optische Speicherplatten

Optische Systeme arbeiten mit Reflexion, Polarisation und Streuung

Mehr und mehr an Bedeutung erlangen die optischen Speichermedien, da sie in letzter Zeit immer billiger und ausgereifter werden. Bei optischen Systemen erfolgt das Lesen und Schreiben durch einen Laserstrahl. Sie verwenden, wie es der Name bereits sagt, optische Verfahren wie Reflexion, Polarisation, Streuung oder Lichtbrechung zum Aufzeichnen oder zum Lesen der Daten.

Auch bei den optischen Verfahren müssen wir wieder analoge und digitale unterscheiden. Nach dem analogen Verfahren funktioniert die Bild- und Videoplatte (Laserdisk), die hauptsächlich zum Aufzeichnen von Spielfilmen, Videosequenzen oder Einzelbildern verwendet wird.

Die digitale Audio-CD

Die digitale Technik ist bereits durch die Audio-CD (CD = Compakt-Disk), die die herkömmliche Schallplatte inzwischen fast ganz verdrängt hat, bestens bekannt und wird heute mit Erfolg auch im PC-Bereich eingesetzt.

Drei unterschiedliche Möglichkeiten zum Beschreiben

Bei optischen Speicherplatten muß man grundsätzlich zwischen drei verschiedenen Möglichkeiten der Beschreibbarkeit unterscheiden:

- durch den Anwender nicht beschreibbar (CD-ROM = Read-Only-Memory)
- durch den Anwender einmal beschreibbar (WORM =Write Once Read Multiple bzw. DRAW = Direct Read After Write)
- durch den Anwender mehrmals beschreibbar (Magneto-optische Disk = MOD).

Ideales Speichermedium für Multimedia

Das neue Anwendungsgebiet »Multimedia« verschafft den optischen Speichern zusätzliche Aktualität. Unter Multimedia versteht man den Einsatz von Daten, Stand- und Bewegtbildern sowie Ton auf einem gemeinsamen Gerät. Dabei sollen die Informationen wahlfrei zur Verfügung stehen und beliebig gemischt werden können. Klassische Einsatzgebiete für Multimedia

Bild 4.19. Die CD-ROM mit 650 Mbyte Kapazität

sind zum Beispiel Lernprogramme und Produktinformationen (Gebrauchsanleitungen). Die dabei anfallende Datenmenge benötigt Speicher mit sehr hohem Fassungsvermögen.

Die Spielarten der CD-ROM

Der bekannteste Vertreter der CDs ist die Audio Compact Disk. Statt der Tonsignale können auf einer Compact Disk nach dem gleichen Prinzip auch Texte und Bilder gespeichert werden. Man spricht dann von einer CD-ROM.

Nur einmal beschreibbar

Die CD-ROM kann, wie der Name schon ausdrückt, nur einmal beschrieben und nicht mehr gelöscht werden. Sie wird wie die handelsüblichen Schallplatten von einer Matrize gepreßt und ist auch schon bei kleineren Stückzahlen wirtschaftlich herzustellen. Sie eignet sich daher in erster Linie zur kostengünstigen Verbreitung von großen Datenmengen, zum Beispiel für Nachschlagewerke und elektronische Datenbanken, die keiner ständigen Aktualisierung unterliegen. Die Speicherkapazität einer CD-ROM-Platte beträgt bei einseitiger Aufzeichnung 550 bis 650 Mbyte. Immer mehr Softwarehäuser gehen heute dazu über, ihre Programme auf CDs zu liefern, da sie billiger herzustellen und handlicher sind.

XA-Standard

Der XA-Standard beschreibt ein spezielles Sektorenformat, das sich von dem Format der herkömmlichen CD unterscheidet und ein ineinander verschachteltes Ablegen von Dateien auf der CD erlaubt. Dadurch ist es möglich, bei Multimedia-Anwendungen (siehe Kapitel 7) praktisch zeitgleich Audio- und Videoinformationen abzuspielen. Der hierzu nötige XA-Controller muß in der Lage sein, die Audiodaten selbständig und ohne den Prozessor zu belasten an ein Gerät zur Soundausgabe weiterzugeben.

Speichert Informationen spiralförmig

Die CD-Platte hat einen Durchmesser von 4.75-Zoll bzw. 12 cm und speichert ihre Informationen auf einer spiralförmigen, von innen nach außen führenden Spur mit Vertiefungen, die ihr bei der Herstellung eingeprägt wurden. Diese Vertiefungen nennt man Pits, die reflektierende Grundebene, in der sich diese Pits befindet, Land. Das Lesen der Vertiefungen erfolgt durch einen fein fokussierten Laserstrahl. Die Pits werden durch eine transparente Schicht hindurch abgetastet. Das Licht wird senkrecht zur Plattenoberfläche eingestrahlt und reflektiert. Trifft der Laserstrahl auf eine Vertiefung, wird er abgelenkt, so daß die Fotozelle dann kein Licht erhält.

Nur einseitig beschrieben

Die Aluminiumschicht wird mit einem Schutzlack versiegelt. Der Körper der CD ist aus Polycarbonat, 1,2 mm dick, und nur einseitig mit Informationen beschrieben. Die Auslesegeschwindigkeit erfolgt mit konstanter Geschwindigkeit. Da der innere Durchmesser der Spur kleiner als der äußere ist, muß die Umdrehungsgeschwindigkeit variiert werden. Die Zugriffszeit kann auch nicht mit der von den Festplatten mithalten und beträgt etwa 150 bis 300 ms, wobei sich auch dieser Wert in letzter Zeit ständig verbessert.

Audio-CD und CD-ROM werden auf die gleiche Weise hergestellt

Die Tiefe eines Pits beträgt 0,1 Mikrometer, dessen Breite 0,6 Mikrometer und der Abstand zwischen den Spuren 1 Mikrometer. Die Länge der Pits variiert von 0,8 bis 3,5 Mikrometer. CD-Audioplatte und CD-ROM werden in gleicher Weise hergestellt und besitzen die gleiche Tiefe der Pits und den gleichen Abstand der Spurenwindungen.

High-Sierra und ISO 9660

Neben den Sektorformaten erfordert die Organisation der Daten auf der CD auch ein bestimmtes Dateisystem, das durch die CD-ROM-Standards nicht definiert ist. So gibt es zum Beispiel CDs mit dem HFS (Hierarchical File System) des Apple Macintosh, die allerdings von auf DOS-basierenden Systemen nicht gelesen werden können. Es lag nahe, einen speziellen Standard für die CD-ROM zu schaffen. So einigte man sich zunächst auf den »High-Sierra-Standard« (benannt nach dem Tagungshotel in Nevada), der der ISO unterbreitet wurde. Mit verschiedenen Modifikationen und Erweiterungen wurde daraus der ISO-9660-Standard, der ein hierarchisches Dateisystem mit Verzeichnissen, Unterverzeichnissen und Pfaden auf maximal 8 Ebenen definiert. Wenn die CD-ROM dem ISO-9660-Standard entspricht, kann sie mit unterschiedlichen Betriebssystemen gelesen werden.

Im Computerbereich ist die spiralförmige Spur in einzelne Sektoren unterteilt, die immer genau die Länge von 43 234 Bits haben. – Der Block einer Audio-CD besteht übrigens aus jeweils 588 16-Bit-Datenwörtern für den rechten und linken Musikkanal. Für eine Sekunde Aufzeichnung benötigt man 75 solcher Blöcke. Bei einer Gesamtkapazität von 270 000 Blöcken ergibt sich eine Aufzeichnungsdauer von 60 Minuten.

Der XA-Modus

Schön wäre es, wenn alle CDs diesem Modus unterliegen würden. Nun gibt es aber für CD-ROMs noch einen zweiten Modus, der auch als XA-Modus bekannt ist (XA = Extended Architecture). Dieser Modus enthält keine Fehlerkorrektur, hat dafür aber Blöcke zu je 2336 Byte. Der XA-Standard kann zwar von einem normalen Laufwerk gelesen werden, zur korrekten Verarbeitung benötigt er aber eine angepaßte Treibersoftware. In einer weiteren Phase soll XA auch den MPEG-Standard umfassen (ein Kompressionsformat für Bewegtbilder). – Die Sektorformate der CD-ROM/XA und der später beschriebenen CD-I sind identisch.

Übertragungsraten

Die CD-Player der ersten Generation konnten nur 150 Kbyte/s übertragen, die zweite Generation erreichte durch Verdoppelung der Drehzahl 300 Kbyte/s, inzwischen gibt es Laufwerke mit 900 Kbyte/s (sechsfache Geschwindigkeit).

Bild 4.20. Bereits ein Fernseher mit angeschlossenem CD-I-Player genügt zum Arbeiten mit der CD-I (Foto Philips)

Die intelligente CD-I

Die CD für interaktive Anwendungen, auch über den Fernseher

Die CD-I (Compact-Disk-Interaktive) ist eine modifizierte CD-ROM und speichert wie diese Musik, Sprache, Text, Grafik, Standbild, animierte Bewegtbilder und digitales Video. Allerdings kann der Benutzer hier, sowohl über den PC als auch über den Fernseher plus Fernbedienung, die gespeicherten Texte, Bilder oder Videos über interaktives Eingreifen steuern. Interaktiv bedeutet, daß man das Geschehen am Bildschirm direkt beeinflussen kann. Er braucht die CD-I dazu nur in das CD-I-Laufwerk einzulegen und das Programm zu starten. Via Fernbedienung befindet er sich nun im Dialog mit seiner CD.

Die Industrie arbeitet daran, daß sich auf einer CD-ROM im sogenannten Bridge-Disk-Format gespeicherte Daten sowohl über den Fernseher (mittels CD-I-Player) als auch via PC (mit eingebautem CD-ROM/XA-Laufwerk) beliebig abrufen und interaktiv betreiben lassen.

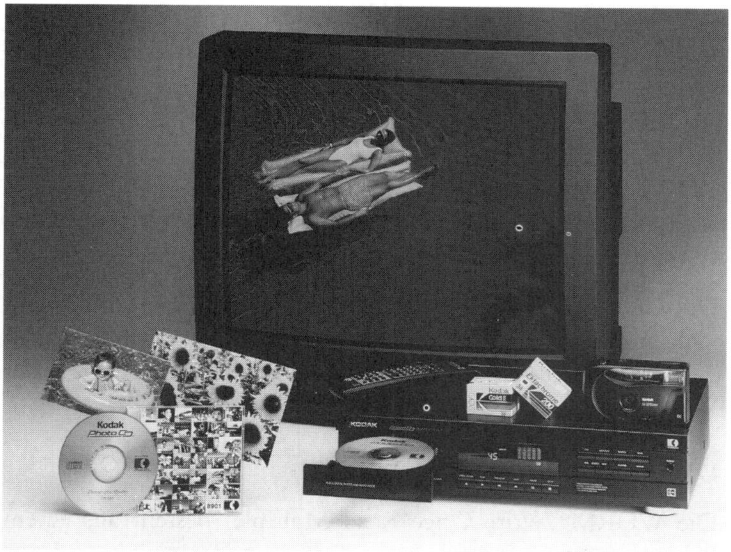

Bild 4.21. Die Photo-CD als idealer Datenträger für Bilder (Foto Kodak)

Die Photo-CD für Bilder

Der Urlaubsfilm auf einer Photo-CD

Die nächste Verwandte in dieser schillernden Gattung ist die Photo-CD zur Abspeicherung und Darstellung von Bildern. Sie bietet die Möglichkeit, bis zu 100 Bilder von einem Diafilm auf eine CD zu übertragen. Diese Bilder kann man, das entsprechende Laufwerk vorausgesetzt, sowohl im Fernseher betrachten als auch im PC bearbeiten und manipulieren. Zur Übertragung vom Dia auf die CD bringt man den Film einfach zu einem entsprechend ausgerüsteten Fotolabor, das die Bilder dann innerhalb weniger Tage mittels Hochleistungsscanner und Schreiblaufwerk überträgt. Da mehr als ein Film auf diese CD paßt, kann die gleiche CD mehrmals zum Bespielen abgegeben werden. Man spricht in diesem Zusammenhang von einer Multisession-Fähigkeit. Bei jedem Überspielen bekommt die CD ein neues Inhaltsverzeichnis. Damit dann alle Dateien auf der CD noch gelesen werden können, muß das Laufwerk multisessionfähig sein. Einmal beschriebene Teile der Photo-CD können nicht noch einmal beschrieben werden.

Von verschiedenen Laufwerken lesbar

Die Bilddaten sind im selben XA-Format wie bei der CD-ROM abgespeichert. Ein spezielles Verzeichnis mit Zusatzinformationen gewährleistet, daß die Daten auch von einem CD-I-Player wiedergegeben werden können. Die Photo-CD läßt sich sowohl im speziellen Photo-CD-Player als auch in CD-ROM und CD-I-Laufwerken lesen. Generell ist die Photo-CD ein ideales Medium, um Farbbilder auf einfache Art und Weise in einen Computer eingeben zu können.

Die von Kodak und Philips entwickelte goldfarbene Disk weicht nicht nur in ihrer Farbe von den anderen CDs ab, sondern auch in ihrer Herstellung. Ihr Herstellungsverfahren gleicht dem der WORM.

Die einmal beschreibbare WORM

Die WORM (Write Once Read Multiple) besteht aus einem Polycarbonatträger, auf dem eine Schicht mit organischem Farbstoff aufgebracht ist. Durch die Einwirkung des Schreiblasers verändert dieser Farbstoff seine Reflexionseigenschaften. Die nächste Schicht besteht aus einer goldfarbenen Verspiegelung, die eine bessere Reflexion als das Aluminum der anderen CDs hat. Eine Schicht mit Schutzlack schützt das Ganze vor äußeren Einflüssen.

Einmal beschreibbar – nicht löschbar

Die WORM ist vom Anwender einmal beschreibbar, aber nicht wieder löschbar und hat damit einen begrenzten Einsatzbereich. Der im Laufwerk eingebaute Laser kann in diesem Fall schreiben und lesen. Für das Schreiben benötigt der Laser jedoch doppelt soviel Energie wie zum Lesen. Die Kapazität einer 5.25-Zoll WORM liegt bei 300 bis 650 Mbyte. Die großen 12-Zoll-Platten (30 cm Durchmesser) speichern beachtliche 6,4 Gbyte Daten.

Für Datensicherung und Archivierung

Dadurch, daß sie nur einmal beschreibbar ist, eignet sie sich vor allem zur Datensicherung und -archivierung. Denkbar wäre auch ihr Einsatz, wenn ein kleiner Personenkreis über denselben Datenstamm verfügen muß, der sich nur von Zeit zu Zeit ändert. Durch das Preis-Leistungs-Verhältnis anderer Technologien fristet die WORM nur noch ein Nischendasein. Die nachfolgend beschriebene MO-Technik ist durch ihre unbegrenzte Wiederbeschreibbarkeit in den meisten Fällen die bessere Lösung.

Bild 4.22. 3.5-Zoll-Laufwerk für MO-Platten bis 230 Mbyte Speicherkapazität (Foto Computer Persönlich)

Unbeschränkt beschreibbar: die MOD

Wie eine Festplatte beschreib- und löschbar

Die magneto-optische Disk (MOD) ist eigentlich eine Weiterentwicklung der CD-ROM und läßt sich bereits wie eine Festplatte beliebig oft beschreiben und löschen. Bei diesem Mischsystem schreibt und liest ein Laserstrahl auf einem speziellen magnetischen Speicherkörper. Durch seine hohe Speicherkapazität ist er als Speichermedium für große Datenmengen, zum Beispiel im Bildbereich oder als Backup-System bei Netzwerken, besonders gut geeignet.

Funktionsweise

Die magnetisierbare Schicht besteht aus einem Material, das bei Zimmertemperatur nicht magnetisierbar ist, jedoch sehr gut bei sehr hoher Temperatur (180° Celsius). Beim Aufzeichnen der Daten erhitzt der Laserstrahl einen winzigen Bereich des magneto-optischen Materials, wodurch diese Stelle magnetisiert werden kann. Mit Hilfe eines Magneten wird die Struktur des heißen Materials entsprechend der zu speichernden Information verändert – ähnlich wie der Tonkopf eines Kassettenrekorders die Metallpartikel auf dem Magnetband ausrichtet. Beim Erkalten der Oberfläche bleiben die Informationen bestehen und können von einem schwächeren Laserstrahl beliebig oft gelesen werden.

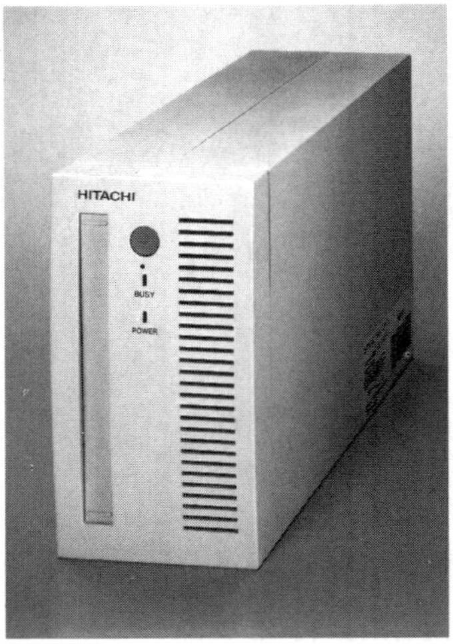

Bild 4.23. 5.25-Zoll-Laufwerk für optische Speicherplatten (Foto Hitachi)

Trotz der scheinbar sehr aggressiven Schreibtechnik bei 180° sind MO-Scheiben viele Millionen mal beschreibbar und haben eine ähnliche Langlebigkeit wie die CDs, da auch bei diesem Verfahren der Schreibkopf keinen Kontakt zur Scheibe hat.

Im 3.5- und 5.25-Zoll-Format

Die MOD erhält man in zwei Ausführungen: Die 3.5-Zoll-Scheibe ist nur einseitig beschreibbar und speichert 128 oder 230 Mbyte Daten. Das 5.25-Zoll-Format faßt insgesamt 650 oder 594 Mbyte auf zwei Seiten, pro Seite also 325 oder 297 Mbyte. Die zweiseitige Speicherung erreicht man dadurch, daß man zwei Scheiben aufeinander klebt. Zum Beschreiben muß das Medium herausgenommen und umgedreht werden. Neuere MOs speichern bis zu 2 Gbyte bzw. 1 Gbyte pro Seite.

ISO-Normen für die MO

Die MO-Disks der verschiedenen Hersteller sind untereinander austauschbar, wenn sie dem jeweiligen Standard entsprechen: Für das 3,5-Zoll-Format mit 128 Mbyte gilt die ISO-Norm 10090 und für 230 Mbyte der ECMA-Standard 201 (European Computer Manufacturing Association), der abwärtskompatibel zu den 128-Mbyte-MOs ist. Im 5.25-Zoll-Bereich gilt die ISO-Norm 10089A für 594 und 650 Mbyte, für 1,3 Gbyte die ECMA 184. Ohne Norm ist bisher das Aufzeichnungsverfahren für 2 Gbyte.

Übertragungsraten

Gute magneto-optische Laufwerke im 3.5-Zoll-Format erreichen Zugriffszeiten von etwa 35 ms, 5.25-Zoll-Laufwerke benötigen um die 90 ms. Die Datenübertragungsrate beim Lesen reicht je nach Fabrikat von 500 Kbyte/s bis ca. 1,5 Mbyte/s. Auf 200 bis 400 Kbyte/s muß man sich allerdings beim Schreiben von Daten beschränken. Als normaler Schreib-Lese-Speicher sind sie damit zwar noch etwas langsam, aber sicher macht die Technik auch hier Fortschritte.

Ein Hindernis für die schnelle Verbreitung der MO-Technik war bisher der relativ hohe Anschaffungspreis für das Laufwerk. Aber seit 1993 geht sowohl der Preis für die Laufwerke als auch für die MO-Datenträger kontinuierlich nach unten. Viele Fachleute prophezeien diesem Medium im wahrsten Sinne des Wortes eine glänzende Zukunft.

2.6 Für mobile PCs: PCMCIA

Unterschiedliche Speichertechnologien

Mit dem Aufkommen der Notebooks, Pencomputer und anderer Winzlinge mußten neue Speichermedien gefunden werden, da die bisherigen zu groß waren und zuviel Strom brauchten. Verschiedene Hersteller entwickelten fast gleichzeitig kleine steckbare Speichermodule, auf denen ganz unterschiedliche Speichertechnologien zum Einsatz kamen: RAM, PROM, EPROM, EEPROM und auch der Flash-Speicher, ein besonderer Vertreter der Halbleiter-Technologie (siehe auch im Kapitel Systemeinheit, Speicher). Was fehlte, war ein brauchbarer Standard.

Um bei tragbaren Computern und dessen Speichermedien eine ähnliche Standardisierung zu erreichen, wie sie heute bei normalen PCs besteht, schuf die Computerindustrie eigens eine Gesellschaft, die sich ausschließlich mit der Standardisierung elektronischer Speicher- und Erweiterungskarten beschäftigt. Die Abkürzung dieses Namens nahm man gleich als Synonym für die verwendete Technik: PCMCIA (Personal Computer Memory Card International Association).

Der Standard für Steckkarten

Der Standard legt die Größe der Karten und die elektrischen Anschlüsse fest und regelt die Grundfunktionen der programmtechnischen Kommunikation mit der Steckkarte. Dem Hersteller bleibt es überlassen, diejenigen Kriterien festzulegen, die die

Bild 4.24. Die PCMCIA-Festplatte mit über 100 Mbyte Speichervolumen (Foto Computer Persönlich)

Arbeitsweise der Karte innerhalb des Computers darstellt. Bei Workstations darf die Karte also anders eingesetzt werden als bei einem Notebook mit Intel-Prozessor.

Der vielseitige Anschluß

Der ersten PCMCIA-Empfehlung 1.0 von 1990, die speziell auf die Speichermedien abzielte, folgte bereits 1991 die PCMCIA 2.0, die weit mehr beinhaltet. Da der Spezifikation auch I/O-Fähigkeiten hinzugefügt wurden, kann man Modems, Faxkarten, Netzwerkadapter und sogar externe Festplatten anschließen. Der Anschluß an eine Dockingstation per PCMCIA wäre ebenso möglich.

Drei starke Typen

Erreicht hat man das unter anderem auch dadurch, daß zwar die Karte mit 85 x 54 mm immer gleich groß ist, aber drei verschiedene Bauhöhen zuläßt: Typ 1 kann max. 3,3 mm stark sein und kommt vor allem für Speichererweiterungen in Betracht, Typ 2 ist 5 mm hoch und Typ 3 erlaubt eine Stärke von 10,5 mm. Ein noch stärkerer Typ mit 18 mm ist zu erwarten. Dünnere Karten können über eine Führungsnut in breitere Steckplätze eingeschoben werden, umgekehrt geht's logischerweise nicht. Alle PCMCIA-Steckkarten haben 68 Pins (Anschlußbeinchen), die in einen speziellen Steckplatz (Socket) geschoben werden.

Bild 4.25. Mit dem PCMCIA-Faxmodem kann man bequem Nachrichten versenden (Foto Dr. Neuhaus)

Beim Start des Rechners oder nach dem Einstecken wird die Karte automatisch erkannt. Die Karte selbst wird von speziellen herstellereigenen Programmen gesteuert.

Breites Angebot

Inzwischen gibt es ein unübersehbares Angebot an Speicher-, Fax-, Modem- und Adapterkarten zum Anschluß an Netzwerke. PCMCIA-Flashspeicherkarten gibt es bis zu 40 Mbyte; PCMCIA-Festplatten im 1.8-Zoll-Format mit 105 Mbyte stellen vorläufig die höchste Speicherkapazität zur Verfügung. Aber auch hier ist das Ende der Fahnenstange noch nicht erreicht, zumal bei entsprechendem Preisverfall die PCMCIA auch zunehmend für die normalen Desktop-Modelle interessant wird – und nicht nur zum Datenaustausch.

3 Drucker für alle Fälle

Die Drucker darf man immer noch als wichtigstes Ausgabemedium bezeichnen. Die bisherige Entwicklung der Drucker (Printer) läuft durchaus konform mit der der PCs: Bei fallenden Preisen steigt die Leistungsfähigkeit.

Probleme bei der Ansteuerung

Generell besteht bei den Druckern das gleiche Problem wie bei den externen Massenspeichern und bei den Bildschirmen: die unterschiedliche Ansteuerung. Um einen Drucker ordnungsgemäß ansteuern zu können, braucht man eine geeignete Schnittstelle (Interface = Hardware) und einen entsprechenden Druckertreiber (Software).

Standard-Schnittstellen

Die Schnittstelle übernimmt den Austausch von Informationen zwischen dem Drucker und dem PC in beiden Richtungen. Über sie teilen der Druckertreiber und das Anwendungsprogramm dem Drucker mit, was wie und wo gedruckt wird. Der Drucker meldet dem PC, wenn neuer Text gesendet werden kann, ob Papier eingelegt und der Deckel geschlossen ist. Obwohl es für die Schnittstellen eine gewisse »Normung« (zum Beispiel die serielle RS 232C- und die parallele Centronics-Schnittstelle, siehe unter Schnittstellen) gibt, tauchen in der Praxis immer wieder Probleme auf. So kann es etwa vorkommen, daß zwar die Stecker zueinander passen, die Verkabelung aber nicht dem Standard entsprechen, oder daß ein falsches Interface im Drucker eingebaut oder die benötigte Schnittstelle am PC bereits anderweitig belegt ist. Nur noch wenige Drucker müssen erst durch winzigkleine DIP-Schalter an das System angepaßt werden. Der Einsteiger kann diesem Dilemma am besten dadurch aus dem Wege gehen, daß er das System komplett aus einer Hand kauft. Die paar Mark, die man beim Kauf durch das eigene Anpassen einsparen kann, stehen in keiner Relation zum benötigten Zeitaufwand, den man im Do-it-yourself-Verfahren benötigt.

Die Aufgabe der »Treiber«

Mit der richtigen Schnittstelle sind nun leider immer noch nicht alle Probleme gelöst. Damit der Drucker die Kommandos der Software versteht, benötigt er einen sogenannten »Treiber«. Der Druckertreiber, den das Betriebssystem enthält, ist meist einfachster Natur und kann weder spezielle Zeichensätze (Courier, Elite, Times usw.), noch verschiedene Schriftarten (kursiv, halbfett) ansprechen. Besitzt die eingesetzte Anwendungssoftware derartige Optionen (Wahlmöglichkeiten), so liefert das Softwarehaus normalerweise geeignete Druckertreiber gleich mit. Einige Programme enthalten mehr als 200 verschiedene Treiber. Das machen die Softwarehäuser nun nicht deshalb, um den Softwarepreis in die Höhe zu treiben, sondern weil teilweise nicht nur für jeden Hersteller ein eigener Treiber geschrieben werden muß, sondern sogar noch für dessen einzelne Produkte. Der beste Drucker mit allen Finessen nutzt daher nichts, wenn seine Fähigkeiten der Software verborgen bleiben.

Computer mit grafischer Bedienungsoberfläche wie der Mac, der Atari und die IBM-kompatiblen mit MS-Windows benötigen nicht für jedes Programm einen separaten Druckertreiber, da die Informationen für die Schriftdarstellung bereits in den Druckerfonts vorhanden sind.

Die Aufgabe des Puffer-Speichers

Verständlicherweise ist die mechanische Schnelligkeit eines Drukkers begrenzt. Der Computer sendet in der Regel seine Informationen schneller an den Drucker, als dieser sie verarbeiten kann. Um diese Diskrepanz auszugleichen, gibt es spezielle Speicherelemente, die man »Puffer« nennt. Dieser Puffer nimmt die Ausgangsdaten des Rechners so schnell auf, wie sie gesendet werden, und legt sie zur Bearbeitung in seinem Speicher ab.

Unterschiedliche Druckverfahren

Um die Unterschiede zwischen den Druckern besser darstellen zu können, müssen wir uns zunächst mit den verschiedenen Druckprinzipien auseinandersetzen. Wir teilen sie danach ein, wie sie ihre Zeichen zu Papier bringen, und erhalten so drei Gruppen:

1. Die Drucker der Gruppe 1 haben das Schriftzeichen als ganzes Element auf dem Schriftträger. Zu dieser Gruppe zählen der Typenraddrucker und die Kugelkopfdrucker, die im PC-Bereich inzwischen bedeutungslos sind.
2. Die Gruppe 2 bilden diejenigen Drucker, die vor dem Druck normalerweise erst die ganze Zeile speichern, bevor sie sie zu Papier bringen, wie zum Beispiel der Nadeldrucker.
3. Die Vertreter der 3. Gruppe bereiten vor dem Druck die komplette Seite auf und drucken dann auf einmal. Nach diesem Verfahren arbeiten zum Beispiel die Laserdrucker, die man gerne auch als Seitendrucker bezeichnet.

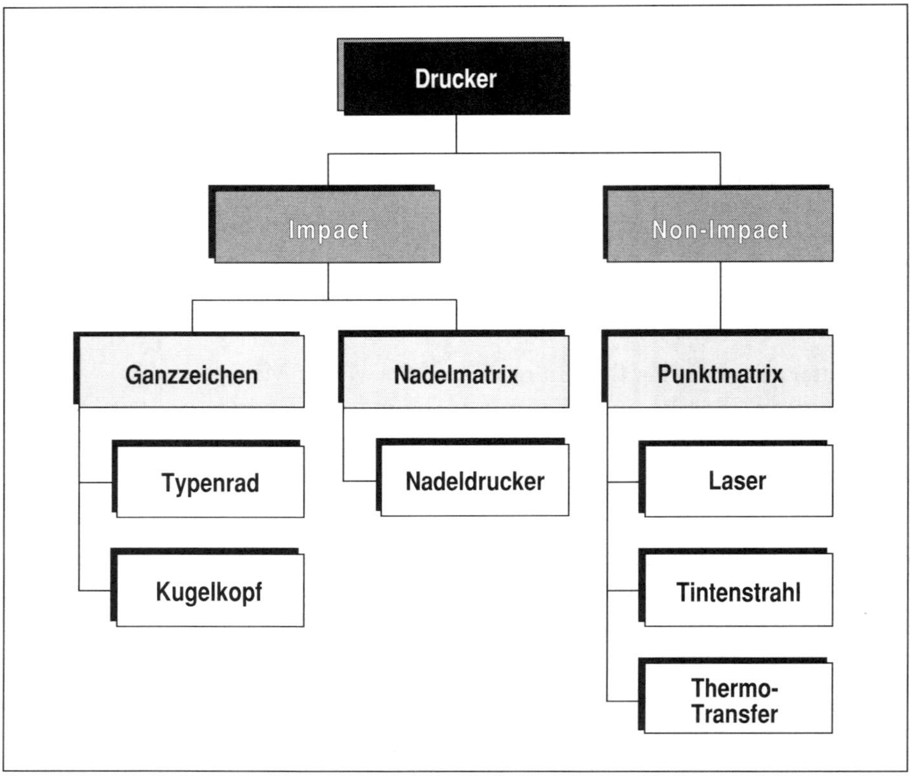

Bild 4.26. Gliederung der Impact- und Non-Impact-Drucker

Vor- und Nachteile

Die Vorteile der Gruppe 1 sind das gestochen scharfe Schriftbild (Korrespondenzqualität) und die Möglichkeit, Durchschläge des Schriftgutes in einem Arbeitsgang zu fertigen. Die Nachteile sind der beschränkte, unflexible Zeichensatz, die enorme Lautstärke, der vergleichsweise hohe Preis und die niedrige Druckgeschwindigkeit.

Die Vorteile der Gruppe 2 und 3 sind vor allem der flexible Aufbau des Schriftzeichens, da jeder Punkt individuell angesteuert werden kann, und die erzielbare hohe Druckgeschwindigkeit. Somit lassen sich verschiedene Zeichensätze, Sonderzeichen und Grafiken ausdrucken. Die Nachteile richten sich in erster Linie nach dem angewandten Druckverfahren. »Ausgefranste« Schriftbilder gibt es bei allen Matrixdruckern dann, wenn zuwenig Druckpunkte dargestellt werden können. Durchschläge kann man zwar mit einem Nadelmatrixdrucker erzeugen, nicht jedoch mit einem Thermotransfer- oder Laserdrucker.

Impact- und Non-Impact-Drucker

Eine andere Art der Einteilung ist heute ebenfalls gebräuchlich, hierbei unterscheidet man zwischen »Impact-« und »Non-Impact«-Druckern. Unter Impact-Printern (Anschlag-Drucker) versteht man Drucker, die mit Hilfe einer Mechanik, zum Beispiel eines Hammers oder einer Nadel, über ein Farbband ein Zeichen auf dem Papier erzeugen (Typenrad-, Kugelkopf- und Nadelmatrixdrucker). Non-Impact-Drucker (anschlaglose Drucker) erzeugen das Schriftbild, ohne einen mechanischen Druck auf das zu bedruckende Material auszuüben. Sie bilden das Zeichen aus einer Punktmatrix mittels verschiedener Technologien auf dem Papier ab, zum Beispiel durch Hitze, kleine Tintentropfen oder unter Verwendung von xerographischen Prozessen.

Größte Verbreitung

Die meiste Verbreitung und auch die größte Auswahl haben heute die Nadelmatrix-, Tinten- und Laserdrucker. Die Vorteile dieser Drucker liegen in der Flexibilität der Zeichendarstellung und den relativ niedrigen Anschaffungskosten. Von diesen Gemeinsamkeiten abgesehen, haben sie unterschiedliche Einsatzgebiete, die durch ihre Bauart bestimmt werden. Doch dazu später.

3.1 Typenraddrucker

Nicht für den PC geeignet

Bei diesem Druckertyp sind die einzelnen Buchstaben, die er darstellen kann, fest auf einem sternförmigen Typenrad befestigt. Soll einer dieser Buchstaben gedruckt werden, dreht ein Motor das Typenrad so lange, bis sich der jeweilige Buchstabe vor einem Hammer befindet und von diesem angeschlagen werden kann. Um das Zeichen auf dem Papier abzubilden, befindet sich zwischen dem Typenrad und dem Papier das Farbband. Es läßt sich immer nur ein Buchstabe drucken. Da jeder Buchstabe immer erneut angefahren werden muß, lassen sich mit Typenraddrukkern keine hohen Druckgeschwindigkeiten erzielen. Für umfangreiche Datenmengen ist er zu langsam, seine Stärke liegt eher in der geschäftlichen Korrespondenz. Also überall da, wo der PC die herkömmliche Schreibmaschine ersetzen soll und ein »repräsentatives« Schriftbild gewünscht wird, zum Beispiel im

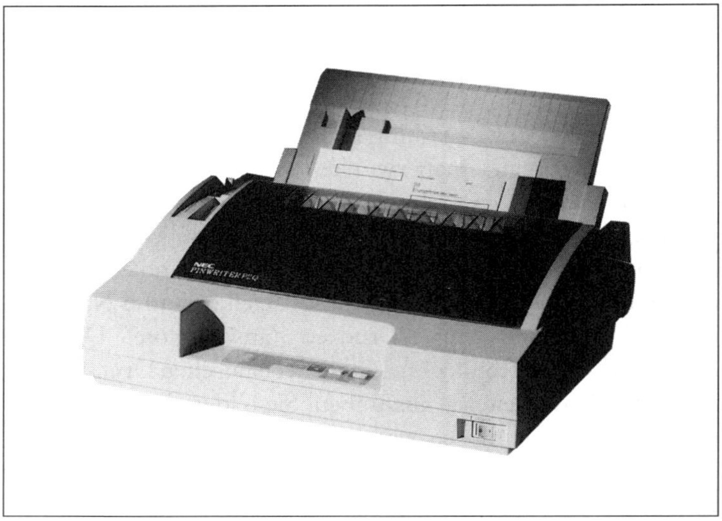

Bild 4.27. Nadeldrucker (Foto NEC)

Chefsekretariat, da das Schriftbild dem einer guten Schreibmaschine entspricht. Mit dem Preisverfall und durch immer bessere Zeichendarstellung der Laser-, Matrix- und Tintendrukker verschwindet dieser Druckertyp mehr und mehr vom Markt.

3.2 Nadeldrucker

Kleine Nadeln erzeugen das Schriftbild

Der Nadeldrucker gehört ebenso wie der Typenraddrucker zu den Impact-Printern und kämpft heute mit den Tinten- und Laserdruckern um die Marktanteile. Im Gegensatz zum Typenraddrucker setzt er sein darzustellendes Zeichen aus lauter einzelnen Punkten zusammen. Beim Matrixdrucker werden kleine Nadeln, die durch einen Bit-Code gesteuert werden, auf ein Farbband gedrückt, das auf dem Papier dann ein entsprechendes Bild sichtbar werden läßt. Die Ansteuerung der einzelnen Nadeln geschieht direkt durch das Anwenderprogramm, wenn es im Grafikmodus arbeitet.

Speichert eigene Schriftfonts

Manche Textverarbeitungs- und Datenbankprogramme, die unter DOS und im Textmodus arbeiten, sprechen nicht die einzelnen Nadeln des Druckers an, sondern senden nur den Code

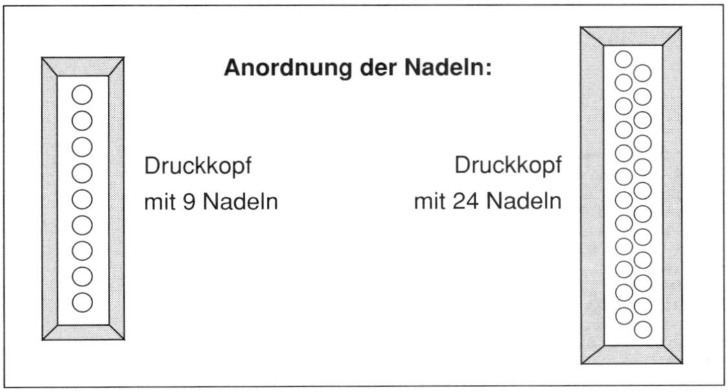

Bild 4.28. Anordnung der Nadeln bei 9- und 24-Nadeldruckern

für das ganze Zeichen. Aus diesem Grund hat jeder Matrixdrucker den zum jeweiligen Zeichen gehörenden Bitcode in einem EPROM gespeichert. In diesem Modus stellt der Drucker auch nur die Zeichen dar, die er in diesem EPROM gespeichert hat. Über zusätzliche Schriftkarten kann man die Schriftauswahl vergrößern. – Programme, die unter Windows laufen, behandeln Schrift wie Grafik, und sind daher nicht auf die eingebauten Schriften des EPROMS festgelegt. Sie senden im Grafikmodus die einzelne Bitstruktur der Zeichen an den Drucker.

Die Anzahl der Nadeln entscheidet auch über die Schriftqualität

Die Darstellungsqualität des Ausdrucks ist abhängig von der Anzahl der Punkte, aus denen sich ein Zeichen zusammensetzt. Unterster Standard sind 9 Nadeln, die besseren bieten bereits 24 Nadeln – Drucker mit 9 Nadeln nimmt man nur noch für einfachste Anwendungen. Die Nadeln stehen im Druckkopf untereinander angeordnet in einer oder mehreren Reihen nebeneinander. Bei Druckern mit 9 Nadeln stehen die Nadeln in einer Reihe untereinander, und Druckerköpfe mit 24 Nadeln haben zwei Reihen mit je 12 Nadeln (siehe Bild 4.28). Im Idealfall erzeugen dann 24 Punkte in einer Spalte einen senkrechten Strich. Da die Punkte nur winzigklein sind und ineinander übergehen, erscheinen sie dem Auge wie eine Linie. Damit das Kind nun wieder gleich einen Namen hat, nennt man dies NLQ-Darstellung (Near Letter Quality = Korrespondenzschrift, Schönschrift). Manche Hersteller bezeichnen diese Darstellung einfach als LQ-

Schriftarten und Druckgeschwindigkeiten

* 12 Zeichen pro Zoll im Superschnelldruck – 216 Zeichen pro Sekunde
* 20 Zeichen pro Zoll im Kleindruck - 180 Zeichen pro Sekunde
* 17 Zeichen pro Zoll im Kleindruck - 154 Zeichen pro Sekunde
* 15 Zeichen pro Zoll im Schnelldruck - 135 Zeichen pro Sekunde
* 12 Zeichen pro Zoll im Schnelldruck - 144 Zeichen pro Sekunde
* 10 Zeichen pro Zoll im Schnelldruck – 180 Zeichen pro Sekunde
* 20 Zeichen pro Zoll in Briefqualität
* 15 Zeichen pro Zoll in Briefqualität
* **15 Zeichen pro Zoll in Briefqualität – 90 Zeichen pro Sekunde**
* **12 Zeichen pro Zoll in Briefqualität – 72 Zeichen pro Sekunde**
* **10 Zeichen pro Zoll in Briefqualität – 60 Zeichen pro Sekunde**
* **schmale Proportionalschrift in Briefqualität**
* **Proportionalschrift in Briefqualität – 77 Zeichen pro Sekunde**

Jede dieser Schriftarten gibt es außerdem noch in beliebigen Kombinationen von doppelter oder dreifacher Breite. doppelter Höhe, Fettschrift, *Kursivschrift*, unterstrichener Schrift, Hochstellung und Tiefstellung. Mit entsprechender Software kann man auch noch ~~Durchstreichen~~, SCHREIBEN IN VERSALIEN oder doppeltes Unterstreichen dazunehmen.

Daß dies *wirklich* in beliebigen KOMBINATIONEN geht, sehen Sie entweder hier, oder sonst vielleicht an diesem *B*eispiel.

Positionierung

Vertikal: **3, 4, 6 oder 8 Zeilen pro Zoll oder auf 1/360 Zoll genau programmierbar**
Horizontal: **360 Punkte pro Zoll**

Bild 4.29. Verschiedene Darstellungsmöglichkeiten eines Nadeldruckers (NEC-Handbuch)

Der Draft- und NLQ-Modus

Darstellung. Inzwischen gibt es bereits Drucker mit 48 Nadeln und einer Auflösung von 360 x 360 Punkten pro Zoll.

Die Druckgeschwindigkeit der Nadeldrucker reicht von etwa 80 Zeichen pro Sekunde bis über 600 Zeichen pro Sekunde. Doch solche Angaben sind mit Vorsicht zu genießen, wie auch sonst in der EDV. Viele Drucker unterscheiden zumindest zwischen Schnelldruckmodus (Draft) und NLQ-Modus, manche sogar noch einem Modus mit hoher Dichte, der irreführenderweise genau zwischen den beiden anderen liegt. Gemeint ist damit folgendes: Der Drucker unterscheidet zwischen drei verschiedenen Darstellungsqualitäten und drei verschiedenen Geschwindigkeiten. Die höchste Geschwindigkeit erreicht er im Schnelldruckmodus, dafür ist die Schriftqualität entsprechend schlecht. Besser wird sie erst mit »hoher Dichte«, dafür läßt aber die Geschwindigkeit rapide nach. Ganz miserabel sieht es mit der Druckgeschwindigkeit bei der NLQ-Darstellung aus, unter Umständen erreicht man dann nur ein Drittel oder gar nur ein Viertel der Geschwindigkeit des Schnelldruckmodus.

Vor- und Nachteile

Als Vorteile können wir die geringen Anschaffungskosten und die Verwendung von handelsüblichem Papier verbuchen. Ebenso wie beim Typenraddrucker lassen sich auch mit dem Nadeldrucker Durchschläge herstellen. Was ihn vor allem gegenüber dem Typenraddrucker hervorhebt, ist einmal die Darstellung x-beliebiger Zeichen und die Grafik- und Farbfähigkeit. Viele Nadeldrucker bieten darüber hinaus die Möglichkeit, zusätzliche Kassetten mit speziellen Zeichensätzen nachzurüsten (zum Beispiel Gothic-Schriften, griechische Zeichensätze usw.). Bei der Gestaltung mancher Schriftstücke entsteht der Wunsch, Überschriften größer darzustellen. Auch da zeigt ein echter Nadeldrucker seine Stärke und nimmt einfach die doppelte Schriftgröße (zumindest annähernd). Nachteilig wirkt sich die starke Geräuschentwicklung des Nadeldruckers aus, besonders wenn er in der Nähe des Arbeitsplatzes steht oder wenn gerade Telefongespräche geführt werden.

Behandlung von Endlosformularen

Zum Verarbeiten von Endlosformularen benötigt man zusätzlich einen »Formulartraktor«. Das ist ein besonderer Druckeraufsatz, der rechts und links eine Stachelwalze hat, um das Papier mit Hilfe der Lochränder zu transportieren. Nun gibt es Traktoren, die nur einen Vorwärtsgang haben, und solche, die vor- und zurückfahren können. Die ersten nennt man unidirektionale und die zweiten bidirektionale Traktoren. Für die üblichen Text- und Datenbankanwendungen reicht der unidirektionale Traktor in der Regel aus, nebenbei ist er auch der billigere. Durchschläge erhält man beim Endlospapier dadurch, daß man statt des üblichen Einfachpapiers durchschreibefähiges mehrlagiges Endlospapier verwendet, wie es im Fachhandel erhältlich ist.

Der Formulartraktor kann wiederum kein normales Briefpapier automatisch einziehen. Dazu wird ein »Einzelblatteinzug« benötigt, der nach jedem Seitenwechsel ein neues Blatt einzieht. Aber

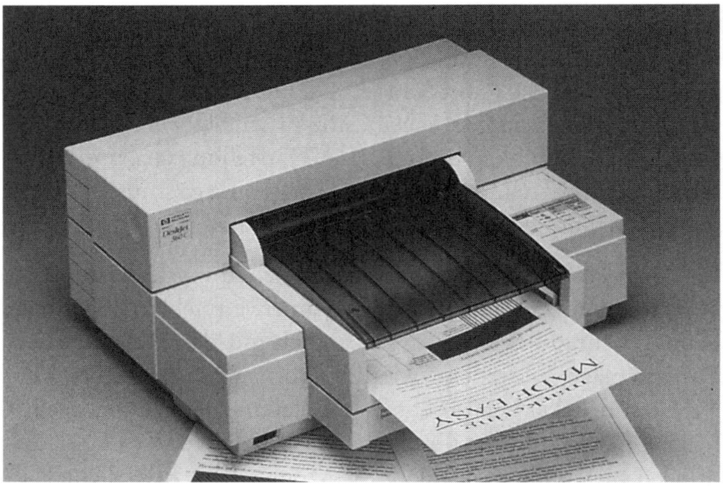

Bild 4.30. Tintenstrahldrucker mit 300 x 300 dpi, Schwarzweiß oder Farbe (Foto Hewlett-Packard)

Einzugsschächte für den Büroalltag

auch hier gibt es Unterschiede: Einzelblatteinzüge mit einem, zwei oder drei Schächten, letzterer ist natürlich sehr vielseitig einsetzbar. Haben zum Beispiel Blatt 1 und 2 eine verschiedenartige Gestaltung, wie es bei mehrseitigen Schreiben üblich ist, so liegt in Schacht 1 die erste Seite und in Schacht 2 die zweite; Schacht 3 nimmt dann noch den Briefumschlag auf, sofern dieser separat beschriftet wird und kein Adreßfenster hat. Benötigt man Durchschläge, läßt man sich von der Druckerei spezielle Durchschreibesätze anfertigen und legt sie in den Schacht ein. Allerdings sollten diese nicht aus zu vielen Blättern bestehen, da sonst vor allem billigere Schächte Probleme mit dem Einzug haben.

Kriterien

Geschwindigkeit, Anzahl der Nadeln, Breite des bedruckbaren Papiers (DIN A4 hoch oder quer), Anzahl der gespeicherten Schriftarten, Papiertransportsysteme, Kapazität des Zwischenpuffers und die Art der Schnittstelle beeinflussen im wesentlichen den Preis des Druckers.

3.3 Tintenstrahldrucker

Ein naher Verwandter des Nadeldruckers ist der Tintenstrahldrucker, der sich immer größerer Beliebtheit erfreut. Im Gegensatz zum Nadeldrucker, der die Zeichen mittels (lautem)

Anschlag auf das Papier bringt, arbeitet der Tintenstrahldrucker auf elektrostatische (leise) Weise und gehört damit zu den Non-Impact-Druckern. Ebenso wie beim Nadeldrucker setzen sich die Zeichen aus einzelnen Punkten zusammen, die in diesem Fall jedoch von den einzelnen Düsen erzeugt werden. Moderne Tintenstrahldrucker benötigen auch kein teures Spezialpapier mehr wie früher, ihnen genügt normales Schreibmaschinenpapier.

Zwei unterschiedliche Verfahren

Tintenstrahldrucker basieren auf zwei unterschiedlichen physikalischen Prinzipien. Die Piezo-Technik nutzt in erster Linie elektrische Impulse, die Bubble-Jet-Technik arbeitet mit Hitze und Gas. Gemeinsames Ziel beider Techniken ist es, einen Tintentropfen gesteuert auszugeben.

Gesteuerte Tröpfchenbildung

Die Technik der gesteuerten Tröpfchenbildung nennt man Drop-on-Demand. Sie erzeugt nur die Tintentropfen, die auch zu Papier gelangen sollen. Für den industriellen Einsatz gibt es noch eine andere, weniger verbreitete Methode, die mit einem permanenten Tintenstrahl arbeitet.

Bubble-Jet- und Piezo-Verfahren

Alle Düsendrucker für den Einsatz im PC-Bereich funktionieren nach dem Drop-on-Demand-Verfahren. Bubble-Jet gilt als billiger in der Herstellung, was die Piezo-Technik durch eine höhere Geschwindigkeit und Lebensdauer ausgleicht. Ein Bubble-Jet-Druckkopf hält laut Hersteller 200 Millionen Zeichen, ein Piezo-Kopf erreicht eine Lebensdauer von 2 Milliarden pro Düse.

Die Bubble-Jet-Technik

Bubble-Jet arbeitet mit Druckkopfdüsen, die etwa halb so stark wie ein Haar sind. Ein Druckkopf besteht aus 48, 64, 128 oder 256 Düsen mit Thermoelementen und Elektroden. Bei einigen Druckern ist der Tintenbehälter in den Druckkopf integriert. Ist der Tintenvorrat verbraucht, muß der gesamte Kopf gewechselt werden. Durch moderne Werkstofftechnik ist es gelungen, daß diese Druckköpfe bis zu 200 Mio. Zeichen halten und nur noch der Tintenbehälter ausgewechselt werden muß.

Die Piezo-Technik

Piezo-Druckköpfe sind wesentlich langlebiger, da sie aus Hartkeramik bestehen, und arbeiten auch schneller. Auch bei Piezo-Elementen zur Tropfenerzeugung gibt es Varianten. Die meisten Hersteller verwenden Piezo-Röhrchen, die einen Tintenkanal umschließen. Je nach Druckermodell finden 9, 12, 18, 24 oder mehr Elemente Anwendung. Gute Vertreter dieser Technik spritzen aus 64 Kanälen. Die Tinte wird bei diesem Verfahren einfach nachgefüllt.

Verbrauchsmaterial

Im übrigen benötigen beide Verfahren natürlich eine Spezialtinte, die einen entsprechenden Preis hat. Der ist hauptsächlich dafür verantwortlich, wie teuer eine gedruckte Seite ist: 4 bis 10 Pfennig für die Textseite bzw. 30 bis 80 Pfennig für eine Farbgrafik sollte man veranschlagen, je nach Druckverfahren und Tintenpreis.

Tintenstrahldrucker sind mittlerweile als preiswerte Farbdrucker unter 1000 DM erhältlich. Sie verwenden Patronen mit den Farben Schwarz, Gelb, Cyan und Magenta (siehe auch Kasten Farbspiele) zur Farbdarstellung. Die Lebensdauer einer nachfüllbaren Patrone beträgt je nach Verfahren und Farbintensität der Druckseite etwa 500 bis 3000 Seiten. Vor allem für farbige Grafiken und Präsentationen eignen sie sich gut.

Angenehm leise Arbeitsweise

Der Tintendrucker arbeitet fast geräuschlos und schnell und läßt sich so gut in einem Büro unterbringen, ohne die Mitarbeiter mit Lärm zu belästigen. Mit einer Auflösung von derzeit 300 oder 600 dpi (Punkten pro Zoll, 1 Zoll sind 2,54 mm) eignen sich die »Tintenspritzer« natürlich auch sehr gut für Grafik. Die Schriftqualität gleicht sich immer mehr der des Laserdruckers an. Durch den Preisverfall der letzten Zeit (qualitativ gute Tintenstrahldrukker gibt es bereits zum Preis eines Nadeldruckers) machen sie den Nadlern immer mehr Konkurrenz. Ein wichtiger Nachteil gegenüber den »Nadlern« bleibt ihnen jedoch weiterhin: Sie können immer nur Originale, aber keine Durchschläge erzeugen, was sie manchmal von vornherein disqualifiziert.

3.4 Thermotransfer- und Thermosublimationsdruck

Trend zur Farbe

Reichte anfangs im Computer-Bereich die einfarbige Darstellung noch aus, so hat sich das inzwischen drastisch geändert. Von farbigen Präsentationen im Geschäftsbereich bis zur Farbbildverarbeitung mit über 16 Mio. Farben erstreckt sich hier das Spektrum der Anwendungen. Reicht für Präsentationen noch das Tintenstrahlverfahren, so ist es bei Farbbildern nur ungenügend.

Verfahren

Gute und farbintensive Ausdrucke liefert das Thermotransferverfahren. Hier wird eine Farbfolie unter einem Thermodruckkopf

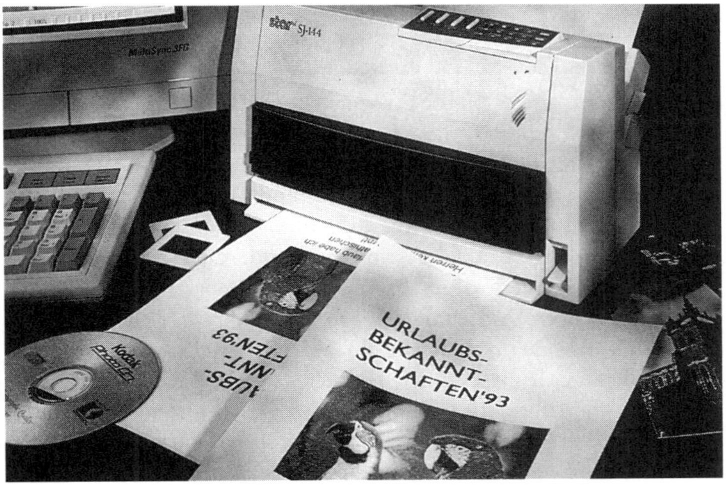

Bild 4.31. Preiswerter Thermotransferdrucker mit Farbausgabe (Foto Star)

durchgeführt, der mit vielen Hundert Heizelementen bestückt ist. Wird ein Heizelement angesteuert und dessen Kopf erhitzt, so schmilzt die Farbschicht in der Folie und wird auf das Papier, das durch eine Anpresswalze an die Folien angedrückt wird, übertragen. Die Farbstoffmenge richtet sich nach der Hitze-Intensität des Heizelementes. Die Farbfolie hat in verschiedenen Zonen die Farben Schwarz, Gelb, Magenta und Cyan. Durch das Überlagern von Farbschichten können damit die gewünschten Farbtöne erzeugt werden. Die nach diesem Verfahren hergestellten Farbbilder kann man leicht an ihrem Oberflächenglanz erkennen.

Man erreicht zwar mit dieser Technik keine hundertprozentige Farbechtheit, doch immerhin eine Vorstellung von der Größe, Farbe und Wirkung des Bildes.

Inzwischen gibt es Thermotransferdrucker zum Preis eines guten Tintendruckers. Durch das teuere Farbband sind sie hauptsächlich für farbige Arbeiten brauchbar, da ein einfarbiger Ausdruck im Vergleich zu den anderen Druckverfahren viel zu teuer ist. Deshalb verwendet man sie überwiegend als Videoprinter oder zum Ausdrucken von Bildern aus digitalen Fotoapparaten.

Thermosublimationsverfahren

Eine noch bessere Qualität erreicht man mit dem Thermosublimationsverfahren, das dem Thermotransferdruck sehr ähnlich ist.

Farbspiele

Bildschirme benötigen zur Farbdarstellung die Farben Rot, Grün und Blau. Mischt man diese Farbtöne, so ergibt das Weiß. Durch die Mischung der Farben Rot und Blau erhält man Magenta, Rot und Grün erzeugen Gelb, aus Grün und Blau bekommt man Cyan. Man nennt dies die additive Farbmischung. Diese Farbdarstellungsart gilt für selbstleuchtende Objekte, zum Beispiel für Lichtquellen.
Bei der farbigen Darstellung auf Papier benötigt man eine andere Technik. Aus dem klassischen Buch- und Offsetdruckverfahren (mit dem auch dieses Buch gedruckt wurde) kennt man seit langem die subtraktive Lichtmischung. Hier nimmt man die Farben Gelb, Magenta und Cyan, die durch Zusammendruck ein »schmutziges« Schwarz ergeben. Um reines Schwarz drucken zu können, nimmt man zusätzlich noch Schwarz als Extrafarbe. Druckt man nun Magenta und Gelb übereinander, so ergibt das Rot, Cyan und Gelb ergeben Grün, Cyan und Magenta ergänzen sich zu Blau.

Benötigt Spezialpapier

Hier wird allerdings das Wachs verdampft und dringt in ein Spezialpapier ein und löst dort eine chemische Reaktion aus. (Der Begriff Sublimation bezeichnet den Wechsel eines Aggregatzustandes von der festen zur gasförmigen Form.) Das Wachs wird hierzu beinahe auf 400 Grad Celsius erhitzt. Dieses Verfahren wird ausschließlich zur Herstellung von Farbbildern genutzt und erreicht bisher die höchste Qualität mit brillianten Farben und fließenden Farbabstufungen. Man spricht hier bereits von fotorealistischer Bildwiedergabe, weil fast die Qualität von Farbbildern erreicht wird. Sublimationsdrucker sind allerdings sehr, sehr langsam. Ein Bild benötigt mehrere Minuten, bis es fertig gedruckt ist. Thermosublimationsdrucker sind etwa doppelt so teuer wie Thermotransferdrucker.

3.5 Laserdrucker

Die Möglichkeiten der bisher beschriebenen Druckertypen reichen bei weitem nicht aus, um alle Wünsche nach Qualität und

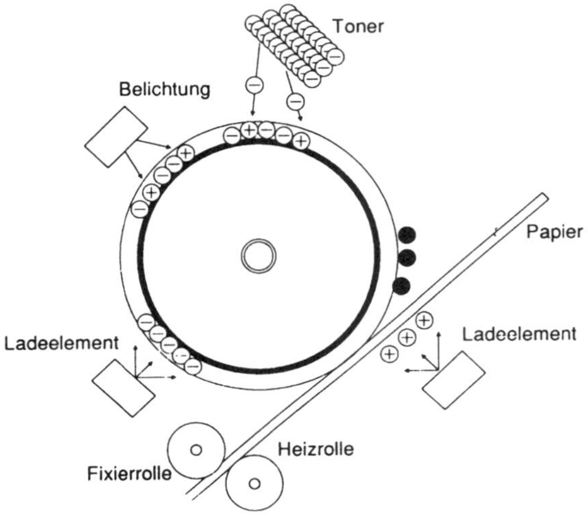

Bild 4.32. Funktionsprinzip des Laserdruckers

Schnelligkeit zu erfüllen. Selbst die Darstellungsqualität und Schnelligkeit der sehr guten Tinten- und Nadel-Drucker in sogenannter NLQ-Qualität kann nicht immer den Anforderungen genügen. Laserdrucker bieten neben dem derzeit besten Schriftbild auch für den professionellen Einsatz im Büro die erforderliche Schnelligkeit. Sie funktionieren nach dem gleichen Prinzip wie die xerografischen Fotokopierer.

Funktionsprinzip

Auch der Laserdruck gehört zu den anschlaglosen Verfahren. Hier schreibt ein Laserstrahl über ein aufwendiges Spiegelsystem Lichtpunkte auf eine Fotoleitertrommel. Darauf wird ein Spannungsfeld erzeugt, das die Tonerteilchen anzieht. Das nun gleichmäßig an der Trommel vorbeigeführte Papier übernimmt diese Tonerteilchen, ein Hitzeelement schmilzt anschließend den Toner auf dem Papier ein (Bild 4.32).

Seitenorientierte Arbeitsweise

Das Mischen von Text und Grafik auf einer Seite ist mit diesem Druckertyp genauso möglich wie die Darstellung von typografischen Schriften. Laserdrucker arbeiten seitenorientiert, das heißt, daß der Laserdrucker vor dem eigentlichen Ausdruck die ganze Seite berechnet. Je nach Produkt können Laserdrucker heute 300, 400, 600, einzelne Vertreter dieser Technologie sogar 1200 Punkte pro Zoll auflösen. Die 300- und 600-dpi-Drucker (dpi = dots per inch, 1 inch ist 2,54 cm) sind derzeit weit verbreitet und finden sowohl Zuhause als auch im Büro ihren Einsatz. Die 1200-dpi-Drucker benötigt man überwiegend im Bereich der grafischen Industrie. Je mehr Punkte ein Drucker auflöst, desto sauberer sind die Konturen von Schrift und Grafik und desto mehr Details lassen sich abbilden. Die rasche Verbreitung der Laserdrucker hat dafür gesorgt, daß sie inzwischen unter 2000 DM kosten. Das Ende dieses Preisverfalls ist sicher noch nicht erreicht. Laserdrucker haben eine hohe Druckleistung, die bei einfacheren Geräten bei 4 bis 6 Seiten pro Minute liegen, und bei den schnelleren bis zu 20 Seiten DIN-A4-Seiten pro Minute reichen. Diese Druckgeschwindigkeiten erreicht man aber nur dann, wenn eine Seite mit gleichem Inhalt mehrmals gedruckt wird. Bei wechselndem Seiteninhalt sinkt die Druckleistung überproportional.

Drastischer Preisverfall

Breite Palette

Der Markt bietet unterschiedliche Geräte für die verschiedenen Bedürfnisse an, so daß man hier auf erhebliche Qualitäts- und Leistungsunterschiede stößt: in der Auflösung, der Druckgeschwindigkeit, den Schrift- und Grafikmöglichkeiten. Auch die Größe des Arbeitsspeichers ist von immenser Bedeutung, wenn man nicht nur Text, sondern auch Grafiken drucken will.

Die Arbeitsweise des Laserdruckers

Um zu verstehen, warum der Laserdrucker einen so großen Arbeitsspeicher benötigt, muß man sich seine Arbeitsweise vor Augen führen. Laserdrucker müssen die Seite vor dem Ausdruck berechnen. Dazu muß die Darstellung jedes Pixels (schwarz oder weiß) auf der später zu druckenden Seite bereits im Arbeitsspeicher festgelegt werden. Eine DIN-A4-Seite mit einer Druckfläche von 19 x 28 cm hat bei einer Auflösung von 300 dpi (=118 Linien/cm) ca. 7,4 Millionen Bildpunkte. Da jeder Bildpunkt mit einem Bit gespeichert wird, benötigt man alleine für die interne Speicherung einer Grafikseite ca. 1 Mbyte Arbeitsspeicher. Hat ein Laserdrucker nur 512 Kbyte Arbeitsspeicher und soll eine ganze Grafikseite drucken, so bricht er nach der Hälfte der Seite ab, weil sein Speicher voll ist. Wer viele und große Grafiken drucken muß, sollte seinen Druckerspeicher auf 1 bis

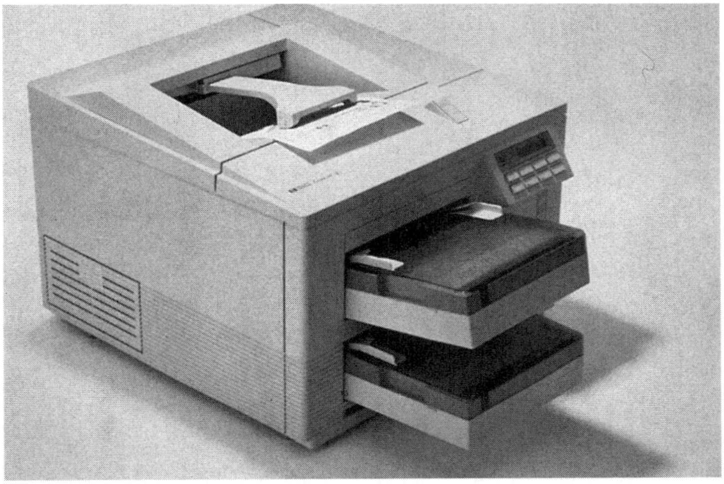

Bild 4.33. Laserdrucker mit Doppelseitendruck (Foto Hewlett-Packard)

2 Mbyte ausbauen, bei 600-dpi-Druckern sind 4–6 Mbyte empfehlenswert. Wer allerdings immer nur Text druckt, kommt auch mit 512 Kbyte Arbeitsspeicher aus. Einige Hersteller, wie zum Beispiel Brother, setzen spezielle Komprimierungsverfahren ein, so daß auch mit 512 Kbyte Speicher eine ganze Seite gespeichert werden kann.

Seitenbeschreibungssprachen

Wie bereits festgestellt, berechnen Laserdrucker vor dem Ausdrucken die komplette Seite. Bei Laserdruckern haben sich hierfür zwei Standards zur Seitenbeschreibung durchgesetzt: erstens PostScript von der Firma Adobe, und zweitens HP PCL-5 von Hewlett-Packard (PCL = Printer Control Language) im Büro- und Heimbereich. Die Seitenbeschreibungssprache legt fest, an welcher Stelle auf dem Papier die sichtbaren Punkte für Text, Grafik oder Rasterpunkte gedruckt werden sollen.

Jeder PostScript-Laserdrucker hat eine eigene CPU

Was viele Anwender nicht wissen: in jedem PostScript-Laserdrucker steckt ein veritabler Computer mit Betriebssystem, Prozessor, Arbeitsspeicher und einer Seitenbeschreibungssprache (z. B. PCL oder PostScript). Neben dem verwendeten Druckwerk hängt die Geschwindigkeit des Laserdruckers auch vom Prozessor und dem Arbeitsspeicher ab. Schnelle Laserdrucker haben daher RISC-Prozessoren und große Arbeitsspeicher. (Weitere Informationen über PostScript finden Sie in Kapitel DTP.)

Bild 4.34. Dieses Halbtonbild ist ein Originalausdruck von einem 600-dpi-Laserdrucker von Apple, der fotografisch übertragen wurde. Das selbe Bild wurde auf Seite 60 zum Vergleich auf einem Laserbelichter ausgegeben

Die Auswahl

Welcher Typ nun der geeignete ist, hängt von der Anwendung und deren Anforderungen ab. Der Preisunterschied zwischen den beiden Druckertypen ist sehr beachtlich und beträgt, bedingt durch die aufwendigere Technik und die Lizenzgebühren, die der Druckerhersteller an Adobe zahlen muß, zur Zeit immerhin 500 bis 1000 DM. Geht es nur um einfache Textverarbeitung, kann man sicherlich auf PostScript verzichten. Nötig ist sie allerdings dann, wenn komplexe Text- und Grafikelemente sowie Halbtonbilder in einer Seite bearbeitet werden sollen, wie dies zum Beispiel in der grafischen Industrie der Fall ist. Vor allem dann, wenn diese Seiten auf verschiedenen Geräten (zum Beispiel Laserdrucker oder Laserbelichter) ausgegeben werden. So besteht oft die Anforderung, fertige Seiten aus einem DTP-Programm sowohl über einen Laserdrucker auf Papier als auch über einen Laserbelichter mit hoher Auflösung auf Filmmaterial auszugeben.

Das hardware-unabhängige PostScript

Schon frühzeitig hatten sich die Firmen Apple und einer der größten Hersteller von Fotosatz-Systemen, die Firma Linotype-Hell AG, für die PostScript-Sprache entschieden. Inzwischen sind viele weitere Hersteller auf diesen Zug aufgesprungen, so daß PostScript zu einem »Standard« geworden ist. PostScript-Dateien können nur dann auf einem Belichter ausgegeben werden, wenn dieser über einen PostScript-»Raster-Image-Prozessor (RIP)« verfügt. Ohne RIP muß der Text mühsam konvertiert werden, die Übernahme von Grafiken in verschiedene Ausgabemedien ist unmöglich. Die Kosten des Raster-Image-Prozessors für ein Fotosatz-System betragen zur Zeit immerhin noch zirka 40.000 DM.

Unterschiedliche Kartuschen

Ein weiteres Kriterium für die Auswahl eines Laserdruckers ist die Lebensdauer der Selentrommel, auf der die einzelnen Bitmuster zunächst aufgezeichnet werden. Bei manchen Geräten ist die Selentrommel in die Tonerkartusche mit eingebaut und wird praktisch bei jedem Trommelwechsel erneuert. Andere Systeme haben die Trommel und den Toner getrennt, so daß dieser separat nachgefüllt werden kann. Auch hier lohnt es sich, genaue Vergleiche anzustellen, um die Verbrauchsmaterialien möglichst gering zu halten.

3.6 LED-Drucker

Enge Verwandtschaft zum Laserdrucker

Eine positive Entwicklung zeigt sich bei den LED-Druckern. Hier wird das Schriftbild nicht mit dem Laserstrahl erzeugt, sondern durch winzige Leuchtdioden (LED = Light Emitting Diode). Ansonsten ist die Arbeitsweise die gleiche wie beim Laserdrucker: Im Rechner wird die komplette Seite aufbereitet, die LED-Einheit schreibt die Informationen auf eine Trommel, die an der belichteten Stelle elektrisch geladen wird und Tonerteilchen anzieht. Das dadurch entstandene Schriftbild wird auf Papier übertragen und durch Hitze fixiert.

Jede Diode erzeugt einen Punkt

Hat der Laserdrucker lediglich eine einzige Lichtquelle, die über einen Polygonspiegel gesteuert wird, so benötigt der LED-Drukker eine Unmenge von Lichtquellen, die über die ganze Belichtungsbreite verteilt sind. Bei einem LED-Drucker mit einer Auflösung von 300 dpi sind etwa 2500 Leuchtdioden über die ganze Breite fest montiert. Außer der Fotoleitertrommel gibt es dafür keine beweglichen Teile. Ansonsten hat der LED-Drucker die gleichen Vor- und Nachteile wie der Laserdrucker.

Leider wird in der Praxis nicht immer korrekt zwischen LED- und Laserdruckern unterschieden. So kann es durchaus vorkommen, daß ein Händler einen LED-Drucker als Laserdrucker vorstellt.

4 Für großformatige PC-Anwendungen: der Plotter

Auch im Zeitalter der Laser- und Matrixdrucker hat der Plotter nach wie vor seine speziellen Einsatzgebiete. Immer dann, wenn es auf Zeichengenauigkeit, große Papierformate und farbige Darstellungen ankommt, ist er zur Zeit noch unersetzbar.

Für großformatige Pläne und Konstruktionszeichnungen

Plotter sind hochwertige, computergesteuerte Zeichensysteme. Sie werden überall dort eingesetzt, wo bisher manuell mit Zeichenstift und Reißbrett Pläne und Konstruktionszeichnungen erstellt wurden, etwa bei Architekten und in den Entwicklungsbüros der Industrie.

Plotter arbeiten mit dem Stift nach dem Vektorverfahren

Plotter zeichnen mit einem Stift direkt auf Papier, Karton oder Folie. Dabei wird dieser von Punkt A nach Punkt B geführt, vordefinierte Punkte werden also mit einer Linie verbunden. Man nennt dies »das Vektorverfahren«. Im Gegensatz zu den Nadel- oder Laserdruckern besteht die jeweilige Linie nun nicht aus einzelnen Punkten, sondern sie wird – wie beim manuellen Zeichnen auch – in einem Strich gezogen. Der Vorteil bei diesem Verfahren liegt darin, daß schräge Linien auch wie schräge Linien aussehen und nicht wie eine Treppe. Besonders auffällig wird dies bei Rundungen. Betrachtet man zum Beispiel Tortendiagramme von Matrixdruckern etwas genauer, so fällt ganz deutlich der »Lego-Effekt« auf. Das heißt, der Kreis und die schrägen Linien sehen aus, als ob sie aus lauter kleinen Lego-Steinchen zusammengesetzt wären. Das Vektorverfahren bringt eine wesentlich bessere und vor allem genauere Ausgabequalität.

Die Zeichengeschwindigkeit bestimmen der Antriebsmotor und der Pen-Zyklus. Darunter versteht man die Zeit, die zum Heben und Senken des Plotterstiftes gebraucht wird. Wird ein farbiges Ausgabeprodukt gewünscht, so muß der Plotter eine programmgesteuerte Wechselvorrichtung für die Zeichenstifte haben.

Generell setzten sich bei den Plottern zwei grundverschiedene Konstruktionsarten durch: Flachbett- und Trommelplotter.

Der Flachbettplotter

Die bekannteste und älteste Plotterart ist der Flachbettplotter, vereinzelt auch Tischplotter genannt. Wie der Name schon sagt, zeichnet er auf eine ebene Unterlage. Der Zeichenstift wird bei dieser Konstruktionsart waagrecht in zwei Richtungen geführt. Dabei bezeichnet man die eine Richtung als X-Achse und die andere als Y-Achse. Für jede Bewegungsrichtung ist ein eigener Antriebsmotor nötig, dessen Schnelligkeit und Genauigkeit die Qualität des Plotters ausmachen. Die maximale Zeichengröße wird von den Ausmaßen des Zeichenbrettes bestimmt. Ein weiterer Nachteil des Flachbettplotters ist die benötigte Stellfläche. Diese kann jedoch durch Kippständer etwas verringert werden.

Der Trommelplotter

Beim Trommelplotter liegt das zu bearbeitende Material auf einer beweglichen Trommel. Die X-Achse wird durch Vor- und Rückwärtsbewegungen der Trommel gesteuert, die Y-Achse durch die seitliche Bewegung des Zeichenstiftes. Da die Trommel eine nicht unerhebliche Masse darstellt, muß der Antriebsmotor stärker ausgelegt sein und genauer arbeiten. Dafür kann man mit dem Trommelplotter nahezu unendlich lange Zeichnungen erstellen, da er mit Endlospapier arbeitet. Lediglich die Breite der Zeichnungen ist von der Plotterbreite abhängig. Vor allem da, wo überwiegend großformatige Pläne erstellt werden, ist dieser Plottertyp vorzuziehen, zumal er auch einen geringeren Platzbedarf hat.

Schnellübersicht – Vor- und Nachteile der einzelnen Druckverfahren

Impact-Drucker	Non-Impact-Drucker
Typenraddrucker	**Thermodrucker**
+ durchschlagfähig	+ grafikfähig
+ sehr gute Schriftqualität	+ gute Druckqualität
– langsam	+ farbige Ausgabe möglich
– teuer	– keine Durchschläge
– laut	– langsam
– keine Grafik	– teuer
– Schriftauswahl beschränkt	– Spezielle Thermofarbbänder notwendig
Nadel-Matrixdrucker	**Tintenstrahldrucker**
+ schnell	+ schnell
+ preiswert	+ preiswert
+ Schriften ladbar (je nach Typ)	+ leise
+ universell einsetzbar	+ grafikfähig
+ grafikfähig	+ gute Schriftqualität
+ farbige Ausgabe möglich	– keine Durchschläge
+ durchschlagfähig	– teure Tintenpatronen
± Schriftqualität ausreichend	– störanfällig bei unsachgemäßer Behandlung
– laut	
– ausgefranstes Schriftbild	
	Laser- und LED-Drucker
	+ leise
	+ gute bis sehr gute Schriftqualität
	+ grafikfähig
	+ schnell
	+ PostScriptfähig
	– höhere Anschaffungs- und Druckkosten
	– keine Durchschläge

Das Betriebssystem – Bindeglied zwischen Hardware und Anwendersoftware

Kapitel 5

Die Software fürs System: Systemsoftware
Steiniger Anfang: Die DOS-Familie
Mehr als nur eine Betriebssystem-Erweiterung: Windows
WindowsNT
OS/2 von IBM
Das Betriebssystem von Apple
Das Unix-Betriebssystem

Bisher haben wir uns mit dem Computer selbst, seinem Aufbau und seinen Leistungsunterschieden, sowie mit der dazugehörigen Peripherie beschäftigt. Nun wird sich niemand einen Computer kaufen, um ihn sinnlos in der Ecke stehen zu lassen – obwohl böse Zungen behaupten, daß so mancher PC reinem Imagedenken sein Dasein zu verdanken hat.

Wer hingegen seinen Computer im täglichen Alltag für bestimmte Aufgaben einsetzen möchte, auch wenn es nur Computerspiele sind, der benötigt unbedingt zwei verschiedene Programme, die völlig unterschiedliche Aufgaben haben:

1. eine Systemsoftware, mit der die Hardware gesteuert wird,
2. eine auf das jeweilige Aufgabengebiet zugeschnittene Anwendungssoftware.

Erst die Software macht den Computer zum Arbeitsmittel

Ohne Software ist der Computer lediglich »ein Stück dummes Blech«, erst die Software macht ihn zu einem interessanten Arbeitsmittel. Die Systemsoftware nennt man umgangssprachlich auch Betriebssystem (zum Beispiel MS-DOS, OS/2); spricht dagegen jemand einfach von Software, meint er in der Regel die Anwendungssoftware (zum Beispiel Word, dBase).

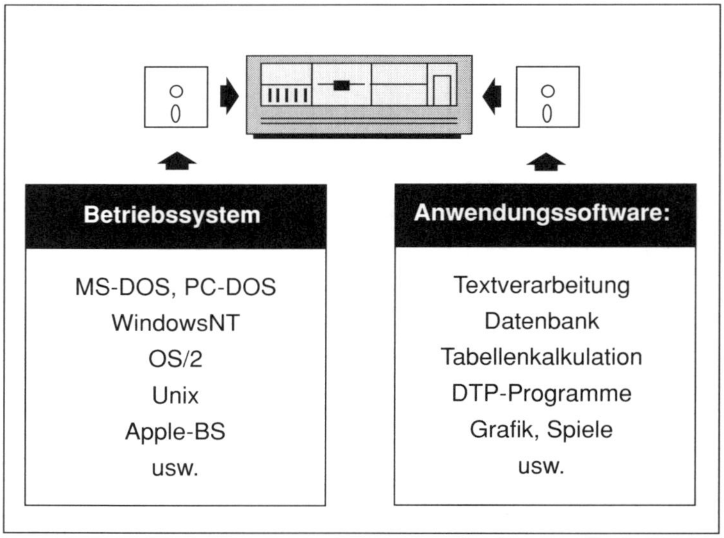

Bild 5.1. Nur mit Betriebssystem und Anwendungssoftware ist der PC komplett

1 Die Software fürs System: Systemsoftware

Das benötigte Betriebssystem ist von der CPU abhängig

Die Bedeutung des Betriebssystems wird durch den Anwender meist unterschätzt. Sicher auch deshalb, weil es in der Regel mit dem Computer einfach mitgekauft und oft bereits vorinstalliert ist. Aber erst das Betriebssystem verleiht dem PC die Gabe, überhaupt einen Befehl ausführen zu können. Da das zu verwendende Betriebssystem hauptsächlich vom eingesetzten Rechner (CPU) abhängig und zum Teil sogar im ROM-Speicher fest »eingebrannt« ist, wird es vereinzelt auch zur Hardware gezählt. Generell hat sich jedoch die Betrachtungsweise durchgesetzt, daß man das Betriebssystem zur Software zählt. Dafür spricht auch, daß der weitaus größte Teil des Betriebssystems bei PCs nicht fest im ROM-Speicher einprogrammiert ist, sondern erst nach dem Einschalten des PC von einem externen Datenträger in den internen Arbeitsspeicher eingelesen wird.

Das »Urlade-Programm«

Den Teil des Betriebssystems, der im ROM-Speicher auf der Platine fest installiert ist, nennt man »Urlade-Programm« (Bootstrap-Loader) oder auch »Firmware«. Er ist dafür verantwortlich, daß der Computer nach dem Einschalten das Betriebssystem einlesen (laden) kann. Der etwas seltsam klingende Begriff »Bootstrap« (Schuhriemen) soll besagen, daß der Rechner nun die Schuhe anzieht, damit er laufen bzw. arbeiten kann.

Für den Anwender ist die Aufgabe des Betriebssystems etwas schwer zu verstehen, denn er kann damit weder Texte erstellen noch Rechenoperationen ausführen oder eine Grafik zeichnen. Anders ausgedrückt, Hardware und Betriebssystem sind für sich allein genommen noch immer kein komplettes System. Erst das entsprechende Anwendungsprogramm versetzt den Computer in die Lage, komplexe Aufgaben zu bewältigen.

Der Manager des Computers

Das Betriebssystem könnte man auch als den »Manager« des Computers bezeichnen. Es organisiert die Vorgänge im Innern des Rechners und sorgt dafür, daß alles wie geplant abläuft. Nach dem Einlesen des Betriebssystems stehen alle Regeln und Befehle für das Arbeiten fest. Nur wenn man diese Regeln und Befehle kennt und beachtet, ist ein ungestörtes Arbeiten möglich. Bei fehlerhaften Eingaben oder unbekannten Befehlen verweigert der Rechner die Arbeit.

1.1 Das Betriebssystem

Die Aufgaben des Betriebssystems

- definiert die Voreinstellung der Hardware nach dem Einschalten
- steuert und überprüft die Ein- und Ausgabe zum Bildschirm, zur Tastatur, zu externen Speichern, zum Drucker usw.
- sucht, sendet und liest Daten vom externen Speicher
- überprüft freie Speicherplätze im internen und externen Speicher
- organisiert die Speicherung der Daten auf den Datenträgern
- steuert den Programmablauf
- überwacht und steuert die Zusammenarbeit der einzelnen Systemkomponenten
- versetzt den PC in die Lage, Anwendungsprogramme abzurufen und mit ihnen zu arbeiten.

Die Leistungsfähigkeit des Betriebssystems ist für die effektive Leistung des PC fast genauso entscheidend wie die Hardware. Benutzerführung, Datensicherheit und Datendurchsatz bestimmen in hohem Maße das Betriebssystem. Zu seiner Klassifizierung kann man folgende Eigenschaften unterscheiden:

Klassifikation

1. Die Anzahl der Anwender, die das Betriebssystem bzw. den PC gleichzeitig nutzen können. Dabei unterscheidet man zwischen Einbenutzer-Systemen (Single-User-Systemen) und Mehrbenutzer-Systemen (Multi-User-Systemen).
2. Die Anzahl der »gleichzeitig« ablauffähigen Anwenderprogramme. Kann immer nur ein Programm in den Speicher geladen werden, handelt es sich um ein Single-Tasking-System, kann das Betriebssystem jedoch mehrere Programme im Zugriff halten, nennt man es Multitasking-System.

Grundsätzlich sind beide Kriterien voneinander unabhängig und können in beliebigen Kombinationen miteinander auftreten. Das bekannteste und am weitesten verbreitete Betriebssystem, MS-DOS (Microsoft Disk Operating System) bzw. PC-DOS (Personal Computer Disk Operating System) bei IBM-Computern, ist übrigens ein Single-User/Single-Tasking-System.

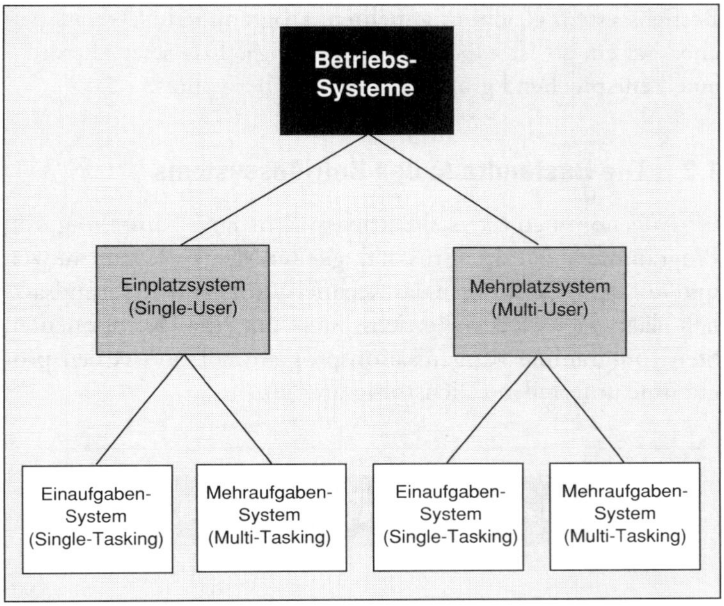

Bild 5.2. Klassifizierung der Betriebssysteme

PCs können per Netzwerk verbunden werden

Der Bezeichnung »Personalcomputer« entsprechend liegt es natürlich nahe, daß ein persönlicher Computer nur als Einbenutzer-System ausgelegt ist. Die Anforderung, einen PC mehrbenutzerfähig zu machen, scheint daher zunächst unsinnig. Sind jedoch in einem Unternehmen oder gar in einer Abteilung mehrere PCs im Einsatz, wächst rasch der Wunsch, gemeinsam auf alle Programme und Daten zugreifen zu können. Das erspart einerseits, daß für jeden PC eine eigene Software gekauft werden muß (sofern eine entsprechende Netzwerk-Lizenz mitgekauft wurde) und andererseits das oft lästige Hin- und Herkopieren von gemeinsamen Datenbeständen, was vor allem auch die Korrektur und Aktualität der Datenbestände vereinfacht. Natürlich setzt die Verbindung mehrerer PCs miteinander auch ein entsprechendes Netzwerk (siehe Kapitel 8) voraus.

Gleichzeitiges Arbeiten mit mehreren Programmen

Bei speziellen Aufgaben kann der Wunsch oder die Notwendigkeit entstehen, daß gleichzeitig mehrere Programme geöffnet sein müssen, etwa um Datenbestände aus verschiedenen Programmen zu vergleichen, zu mischen oder zu übernehmen. Kann ein

Betriebssystem gleichzeitig mehrere Programme im Arbeitsspeicher halten, so ist es »multitaskingfähig«. Das setzt allerdings einen entsprechend großen Arbeitsspeicher voraus.

1.2 Die Bestandteile des Betriebssystems

Steuer- und Arbeitsprogramme

Genaugenommen ist das Betriebssystem eine Sammlung von Programmen, die die Grundfähigkeiten der Hardware nutzen und mit dieser zusammen das Rechnersystem bilden. Grundsätzlich läßt sich jedes Betriebssystem in die Komponenten Steuerprogramme (Organisationsprogramme) und Arbeitsprogramme unterteilen (Dienstprogramme).

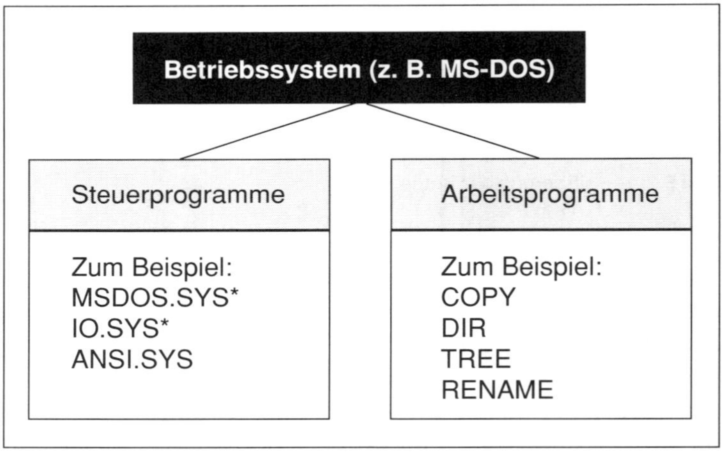

Bild 5.3. Einteilung des Betriebssystems in Arbeits- und Steuerprogramme

Steuerprogramme

Aufgaben der Steuerprogramme

Die Steuerprogramme (Organisationsprogramme) steuern den gesamten Programm- und Datenaustausch im Rechner. Sie unterstützen somit die Fähigkeiten des Steuerwerkes. Den Leistungsumfang erkennt man an den möglichen Betriebsarten (Ein- oder Mehrbenutzer-Betrieb, Netzwerkfähigkeit usw.).

---

* Diese beiden Programm-Dateien werden in der Regel nicht auf dem Bildschirm angezeigt, da sie sogenannte versteckte Dateien sind. Alle anderen sind im DOS-Verzeichnis aufgelistet.

Arbeitsprogramme

Zu den Arbeitsprogrammen gehören die Dienstprogramme und die notwendigen Programme zur Software-Erstellung.

Aufgaben der Utilities

Die Dienstprogramme (Utilities) haben die Aufgabe, Hilfsarbeiten und Bedienungstätigkeiten am Rechner zu erleichtern. Mit den Dienstprogrammen muß sich der Anwender vertraut machen, damit er den Rechner sinnvoll nutzen kann. Sie umfassen vor allem die folgenden Operationen:

- Dateioperationen (Ausführen, Laden, Kopieren, Löschen, Umbenennen)
- Anzeigeoperationen (Dateiliste Kurz, Lang, Alle, Teilweise, Programme, Sortiert nach Namen, Datum, Größe, Erweiterung)
- Externspeicherverwaltung (Systemdiskette erstellen, Diskette formatieren, Verzeichnis erstellen, Verzeichnis wechseln, Datenträger benennen)
- EVA-Vorgaben (Tastaturbelegung, Monitorbetriebsart, Datenübertragungsanschluß, interne Speichereinteilung).

Für die Erstellung von Anwendersoftware sind spezielle Programme erforderlich. Zu den Programmen zur Software-Erstellung zählen:

- Textverarbeitungsprogramme (Editor)
- Übersetzerprogramme (Assembler, Compiler, Interpreter)
- Bindeprogramme (Linker)
- Startprogramme (Lader).

1.3 Benutzerführung und Arbeitsweise

Moderne Computer sollen leicht zu bedienen sein

Computer sind inzwischen Massenware geworden. Dadurch bedingt ist der Anteil der EDV-Profis unter den PC-Anwendern rückläufig. Computer werden heute von jedermann zur Lösung bestimmter Aufgaben eingesetzt. Dieser »jedermann« interessiert sich mehrheitlich nicht dafür, wie der Computer im einzelnen funktioniert, sondern möchte ohne viel Computerwissen zum gewünschten Ziel kommen, auch bei komplexen Programmen.

COPY A:Beispiel.TXT C:

Mit diesem Befehl veranlaßt der Anwender, daß der Rechner die Datei »Beispiel« vom Textverarbeitungsprogramm »WORD« von der Diskette in Laufwerk »A« auf die Festplatte »C« kopiert.

DEL C:\WORD\DOK\BERICHT.TXT

Dieser Befehl löscht im Hauptverzeichnis von »WORD« die Arbeitsdatei »Bericht.TXT« im Unterverzeichnis »DOK« (DOK steht für das Wort Dokumente, das allerdings aus 9 Buchstaben besteht – DOS erlaubt aber nur 8 Buchstaben für die Bezeichnung von Verzeichnissen, daher die Abkürzung).

Bild 5.4. Bei codeorientierten Betriebssystemen muß der Anwender jeden Befehl alphanumerisch eingeben

Die Väter der grafischen Bedieneroberfläche

Nach der noch sehr umständlichen Benutzerführung der früheren Großrechner sowie der Mini- und Personalcomputer, der sogenannten »ersten« Generation, beschritt erst Anfang der 80er Jahre Xerox mit der grafischen Benutzeroberfläche Smalltalk neue Wege. Apples Lisa-Computer und dessen Nachfolgemodell Macintosh waren die ersten Großserienmodelle, die die Benutzerführung durch eine grafische Bedieneroberfläche revolutionierten: Statt Kommandos über die Tastatur einzugeben, konnte der Anwender einfach per Maus, Ikonen und Rollmenüs die gewünschte Funktion anklicken.

Gegenüberstellung

Am deutlichsten sieht man die Unterschiede in der Bedienerführung, wenn man die prinzipielle Arbeitsweise eines kommando- bzw. codeorientierten Betriebssystems einem grafisch orientierten gegenüberstellt. Als kommandoorientiertes Betriebssystem dienen der IBM- bzw. Industriestandard, PC-DOS bzw. MS-DOS, der gleichzeitig die Gruppe der herstellerunabhängigen Betriebssysteme vertritt, und das grafisch orientierte Betriebssystem von Apple, das für die herstellerspezifischen Betriebssysteme steht. Die Betriebssysteme für den Atari ST und den Commodore Amiga sind in der Benutzerführung und Ausführung mit dem Apple-Betriebssystem vergleichbar, lediglich die Symbole (Icons) sind von System zu System verschieden.

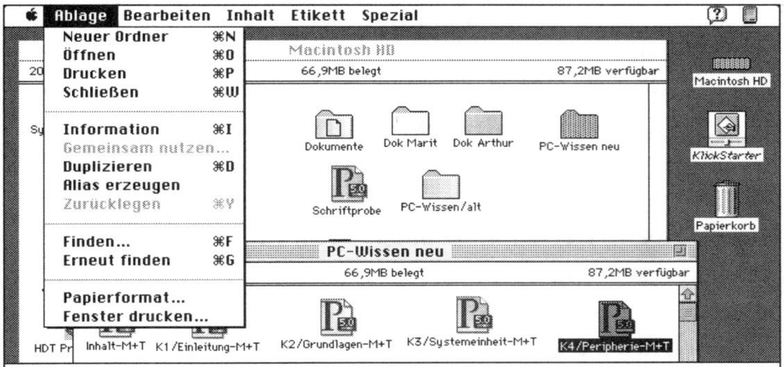

Mit der Maus wird einfach das Menü »Ablage« geöffnet und der gewünschte Befehl angeklickt. – Will man dagegen eine Datei löschen, aktiviert man das Dateisymbol und zieht dieses in den Papierkorb.

Bild 5.5. Grafische Oberflächen, hier am Beispiel Apple Macintosh, erlauben ein Arbeiten ohne das Auswendiglernen von Befehlen

Die DOS-SHELL

Seit der Version 4.0 erlaubt das DOS-Betriebssystem neben der Code-Eingabe auch die Steuerung mit Maus, Menü- und Dialogfeldern. Auch wenn man hier noch nicht von richtigen grafischen Oberflächen reden kann, so ist doch zumindest die Bedienungsweise etwas vereinfacht worden. Wer allerdings mit dieser Oberfläche arbeiten will, der muß sie erst mit dem Befehl »DOS-SHELL« aktivieren. Und wer bei DOS-Systemen keinesfalls auf die grafische Oberfläche verzichten will, dem steht ja immerhin noch Windows 3.1 zur Verfügung.

PC-Betriebssysteme verwenden die hierarchische Datei-Struktur

Bevor wir uns die Unterschiede anschauen, müssen wir zunächst noch etwas Gemeinsames der Betriebssysteme festhalten. Alle heute auf dem Markt vorhandenen PC-Betriebssysteme verwenden eine hierarchische Dateiverzeichnisstruktur mit Haupt- und Unterverzeichnissen. Die Notwendigkeit eines strukturierten Inhaltsverzeichnisses mag zwar auf den ersten Blick nicht so recht einleuchten, wird jedoch sofort verständlich, wenn man bedenkt, daß auf einer Festplatte nach längerem Arbeiten mehrere hundert Dateieintragungen gespeichert sein können. Wer will da noch eine bestimmte Datei finden? – Die Einteilung in Haupt- und Unterverzeichnisse ist besonders für die Übersichtlichkeit der Datenspeicher, inbesondere der Festplatte, von Vorteil, denn Betriebssysteme und Anwendungsprogramme bestehen nicht nur aus einer Datei. So enthält zum Beispiel allein das MS-DOS-Betriebssystem fast hundert Dateien. Auch die Anwendungsprogramme stehen dieser Dateien-Sintflut kaum nach. Würde man nun das Betriebssystem und etwa zwei Anwendungsprogramme gleichzeitig in einem Inhaltsverzeichnis abspeichern, wären das möglicherweise um die dreihundert Verzeichniseintragungen! Wer kann da noch bestimmen, welche Datei zu welchem Programm gehört?

Codeorientierte Betriebssysteme

Die Baumstruktur von DOS-Betriebssystemen

Die Art und Weise, wie die einzelnen Betriebssysteme die Haupt- und Unterverzeichnisse anlegen, ist trotz optischer Unterschiede gleich. PC- beziehungsweise MS-DOS-Betriebssysteme verwenden die sogenannte »Baumstruktur«. Das bedeutet, daß ausgehend vom Hauptstamm (Betriebssystem) die Hauptäste (Anwendungsprogramme) folgen, aus denen beliebig viele Unteräste (Arbeits- oder Dateiverzeichnisse) hervorgehen können. – Nehmen wir beispielsweise an, auf einem PC sind das Betriebssystem, zwei verschiedene Anwenderprogramme und diverse Arbeitsdateien gespeichert. Die Baumstruktur auf der Festplatte könnte dann wie in Bild 5.6 aussehen.

Ordnung auf allen Ebenen

Die oberste Ebene auf der Festplatte bildet das Betriebssystem mit den internen Befehlen – die Schnittstelle zwischen Computer und Anwendungsprogrammen. In der Ebene darunter liegen die externen Dateien des Betriebssystems und die Anwendungsprogramme, man kann sie daher auch als Programmebene bezeichnen, und in der dritten Ebene liegen die Arbeitsdateien, zum Beispiel Rechnungen, Briefe etc. Bei Bedarf lassen sich so auf jeder Ebene ganze Verzeichniseinträge löschen, kopieren, sichern oder aktualisieren. So könnte zum Beispiel relativ einfach das Textverarbeitungsprogramm gegen eine neuere Version oder ein ganz anderes Textprogramm ersetzt werden. Im letzteren Fall wären natürlich die Arbeitsdateien in der dritten Ebene auf das neue Programm anzupassen.

Code- bzw. kommandoorientierte Betriebssysteme

Was kann man nun unter einem code- bzw. kommandoorientierten Betriebssystem verstehen? Nach dem Einschalten des PC sieht der Anwender zunächst einmal auf dem Bildschirm ganz links oben nur ein winziges »C« mit einem »>«-Zeichen, dem

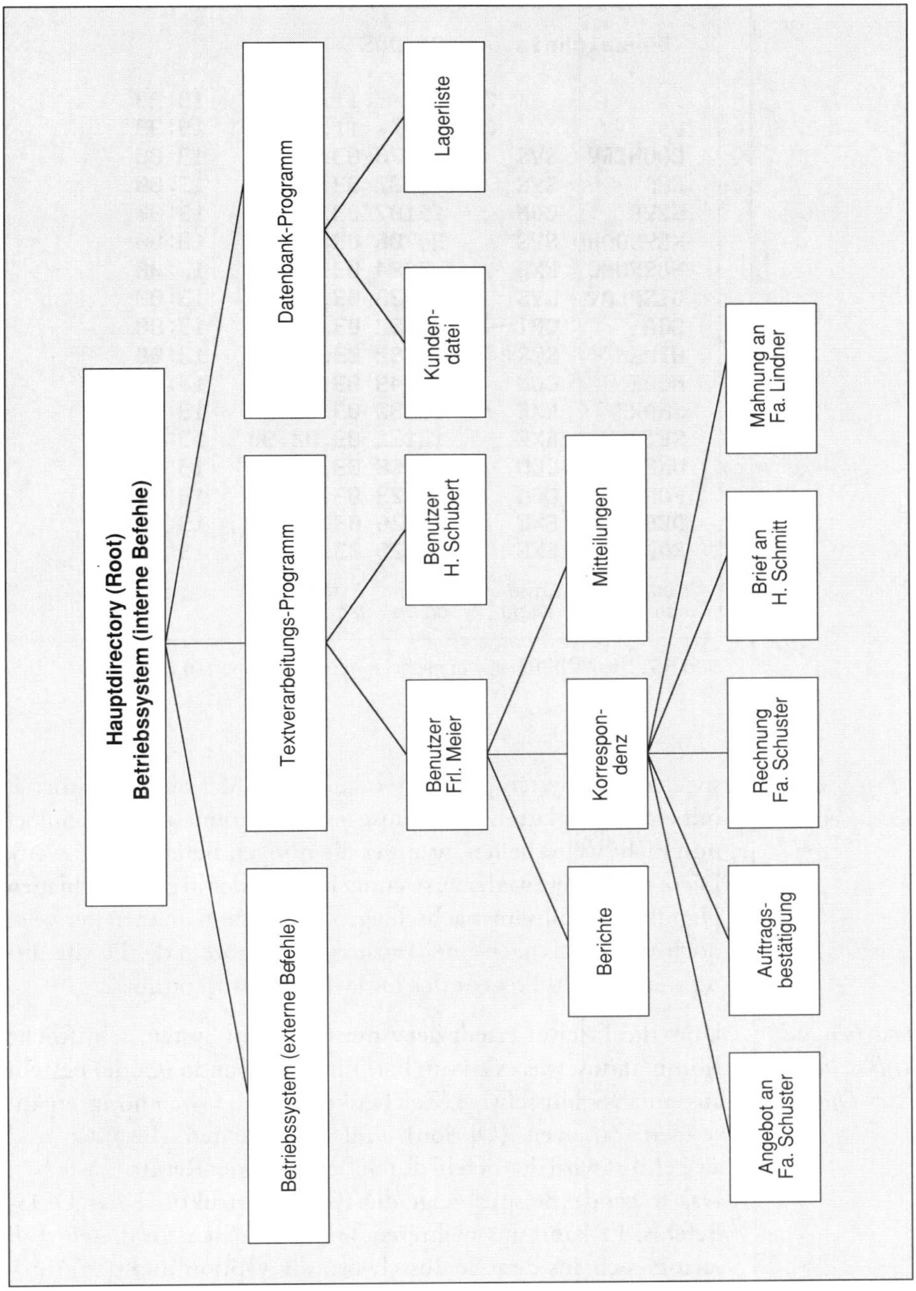

Bild 5.6. Hierarchisches Dateisystem (z. B. MS-DOS)

```
 Verzeichnis von C:\DOS

.              <DIR>      11.11.91   19:33
..             <DIR>      11.11.91   19:33
COUNTRY  SYS        17078 03.02.90   13:00
EGA      SYS         4932 03.02.90   13:00
KEYB     COM        15107 03.02.90   13:00
KEYBOARD SYS        34706 03.02.90   13:00
NLSFUNC  EXE         7084 03.02.90   13:00
DISPLAY  SYS        15826 03.02.90   13:00
EGA      CPI        58882 03.02.90   13:00
HIMEM    SYS        11792 03.02.90   13:00
MODE     COM        24049 03.02.90   13:00
SHARE    EXE        10992 03.02.90   13:00
SETVER   EXE        12131 03.02.90   13:00
UNFORMAT COM        19968 03.02.90   13:00
FORMAT   COM        34223 03.02.90   13:00
DEBUG    EXE        21226 03.02.90   13:00
EDLIN    EXE        13026 03.02.90   13:00
```

Dateiname · *Erweiterung* · *Dateigröße* · *Erstellungstag* · *Uhrzeit*

Bild 5.7. Das DOS-Inhaltsverzeichnis im codeorientierten Modus

Vor dem Erfolg steht das Auswendiglernen

sogenannten Systemprompt (vorausgesetzt, der Benutzer arbeitet mit einer Festplatte). Alle Mäuse der Welt können dem Benutzer nun nicht weiterhelfen, wenn er die nötigen Befehle nicht weiß. Diese muß er entweder auswendig lernen oder in einem schlauen Handbuch mühsam nachschlagen. Nun muß man fairerweise noch sagen, daß nach einer Faustregel 80 Prozent der PC-Benutzer mit etwa 20 Prozent der DOS-Befehle auskommen.

Befehle bestehen aus einem Schlüsselwort und einer Option

Über die Tastatur erteilt der Anwender dem System schriftliche Kommandos, was es zu tun hat. Ein Kommando (Code) besteht aus einem Schlüsselwort (Zeichenkette) und, soweit nötig, ergänzenden Zusätzen (Option) und Argumenten. Beendet und ausgeführt wird der Befehl durch Betätigen der Return-Taste (↵). Das folgende Beispiel zeigt die typische Struktur eines DOS-Befehls. Er kann aus mehreren Teilen bestehen. In diesem Fall setzt er sich aus dem Schlüsselwort, der Option und den Argumenten zusammen.

Schlüsselwort	Option	Argumente	↵

Kommandostruktur

Das Kommando DIR / W A:*.TXT listet zum Beispiel alle Dateien von Laufwerk A mit der Erweiterung (Extension) TXT auf dem Bildschirm auf. Die Option »/W« bedeutet, daß das Verzeichnis mehrspaltig auf dem Bildschirm angezeigt wird.

Grafisch orientierte Oberflächen

Wie ein Aktenschrank mit Ordnern gegliedert

Etwas einfacher erscheint die Dateiverwaltung beim Apple-System. Sie läßt sich am ehesten mit einem Aktenschrank vergleichen. Anders als beim DOS-Betriebssystem liegen hier, optisch leicht erkennbar, Betriebssystem, Programmordner und Anwendungsdateien in der ersten Ebene nebeneinander, ohne daß die Ordnung und Übersichtlichkeit verlorengehen. Man packt schlicht und einfach das Betriebssystem und die Hilfsdateien in den Systemordner, die Programme in den entsprechend bezeichneten Programmordner und die Arbeitsdateien in eigene Ordner, die sich wiederum in mehrere »Unterordner« einteilen lassen (Bild 5.8).

Die Anordnung von Betriebssystem, Anwendungsprogramm und Arbeitsdateien auf einer Ebene ist bei derartigen Betriebssystemen nicht allein deshalb ohne Umstände möglich, weil die verschiedenen Dateien grafisch gut gegliedert sind, sondern auch, weil man zum Öffnen einer Arbeitsdatei nicht erst umständlich das Programm selbst und dann erst die Arbeitsdatei aufrufen muß, wie es bei MS-DOS üblich ist.

Arbeiten ohne strenge Kodierungen

Beim Apple-Betriebssystem klickt der Benutzer einfach mit der Maus die gewünschte Arbeitsdatei an, das dazu benötigte Programm wird vom System selbst geöffnet. Der Vorteil bei diesem Verfahren liegt vor allem darin, daß sich der Anwender bis zum Öffnen der gewünschten Datei keinen einzigen Befehl merken muß, wenn er einmal den Umgang mit der Maus erlernt hat. Nicht nur die Dateiorganisation wird beim Apple-Betriebssystem so einfach gehandhabt, sondern das ganze Konfigurieren der Hard- und Software. Hier muß sich der Anwender nicht erst umständlich mit den Konfigurationsdateien »CONFIG.SYS« und »AUTOEXEC.BAT« herumschlagen, sondern er steuert das System einfach mit Symbolen, Pull-down-Menüs und Maus (Bild 5.9).

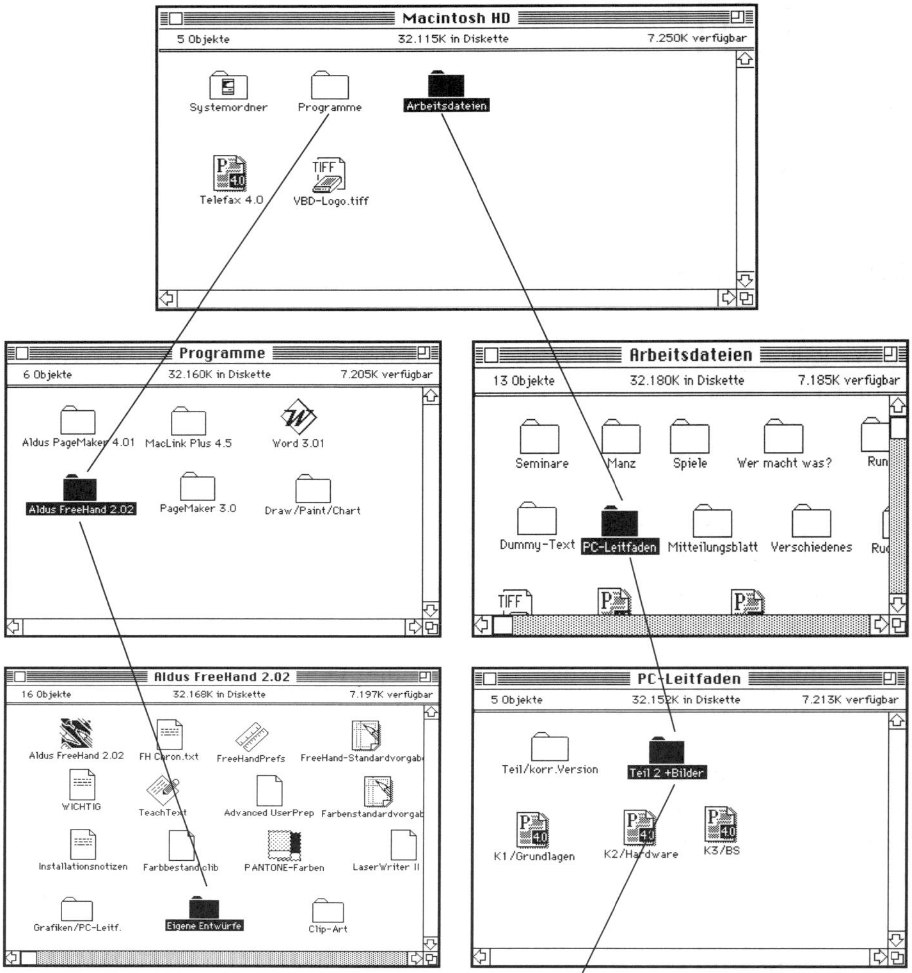

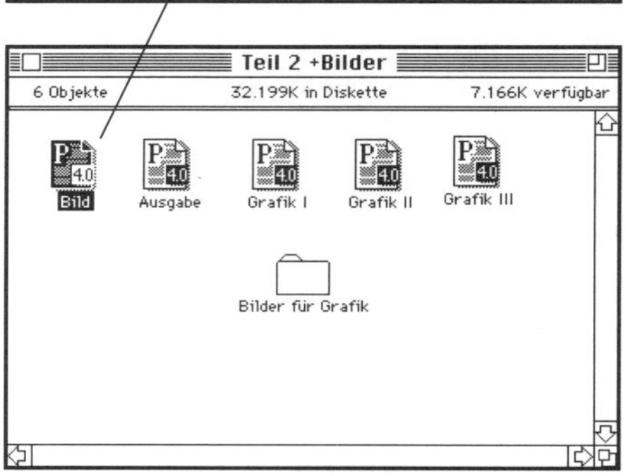

Bild 5.8. Das hierarchische System der Apple-Dateiverwaltung: Die 1. Ebene ist der Archivschrank mit den Schubladen Systemordner, Programme und Arbeitsdateien. Die 2. Ebene könnte man als Schubladen des Archivschrankes bezeichnen. In diesem Beispiel wird gerade die Schublade Arbeitsdateien geöffnet. Hier befinden sich die Akten (3. Ebene) des PC-Leitfadens. Holt man die Akte Teil 2 + Bilder und schlägt sie auf, kann man in die einzelnen Schriftstücke einsehen (Ebene 4). Während der Anwender die gewünschte Grafik anklickt, öffnet das Betriebssystem automatisch das entsprechende Grafikprogramm, hier »Aldus Freehand« (links)

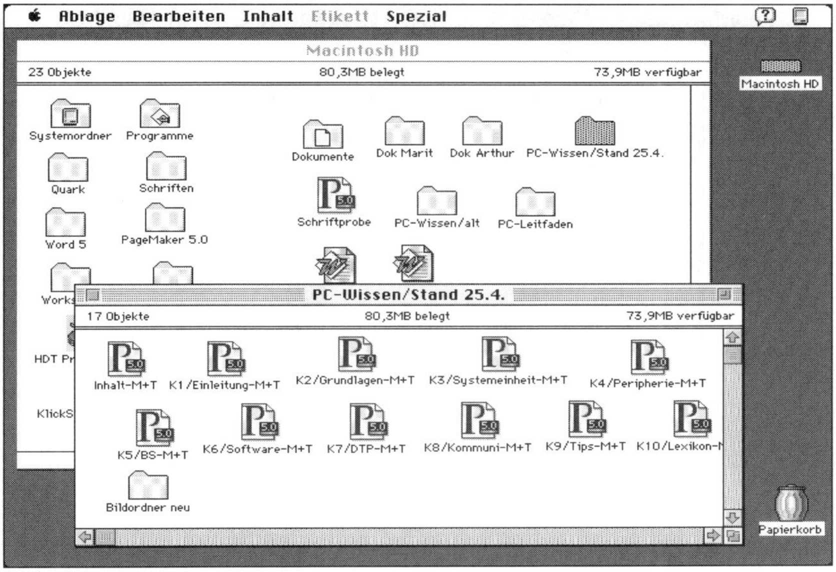

Der Aufbau der grafischen Benutzeroberfläche des Apple Macintosh:

- Das Bild oben zeigt in der ersten Zeile die Menüs Ablage, Bearbeiten usw. der Bedieneroberfläche am Apple Macintosh und zwei geöffnete Fenster.
- Diese Menüleiste enthält die Namen der jeweils zu einem Programm gehörenden Befehlsmenüs. Unser Bild zeigt die zum Betriebssystem gehörenden Menüs Ablage, Bearbeiten, Inhalt, Etikett und Spezial. Hinter dem Apfel-Symbol verbergen sich Untermenüs zur Einstellung der Hardware sowie einige Zusatzprogramme.
- Das geöffnete Fenster stellt grafisch Struktur und Inhalt der Festplatte dar. Der hervorgehobene Ordner trägt den Namen »PC-Wissen/Stand 25.4.«. Durch Anklicken mit der Maus wird dieser Ordner sofort geöffnet und zeigt die enthaltenen Dateien.
- Das Sinnbild »Macintosh HD« (rechts oben) bezeichnet hier die Festplatte. Sobald eine Diskette eingelegt wird, erscheint dafür ebenfalls ein Sinnbild auf dem Bildschirm. Das Symbol des jeweils aktiven Laufwerks wird hervorgehoben.
- Die Titelleiste eines Fensters zeigt den Namen des geöffneten Datei- oder Programmordners. Die Zeile darunter enthält die Anzahl der enthaltenen Objekte sowie den belegten und freien Speicherplatz auf dem Datenträger.
- Durch Anklicken mit der Maus kann das Fenster verschoben werden. Faßt man das Symbol im rechten unteren Eck des Fensters mit dem Mauszeiger an, läßt sich die Fenstergröße ganz nach Wunsch vergrößern oder verkleinern.
- Die weißen Bildrolleisten im geöffneten Fenster rechts außen und unten erscheinen mit Raster hinterlegt, wenn mehr Informationen enthalten sind, als im Fenster dargestellt werden kann.

Bild 5.9. Die Bedienungsoberfläche des Apple Macintosh

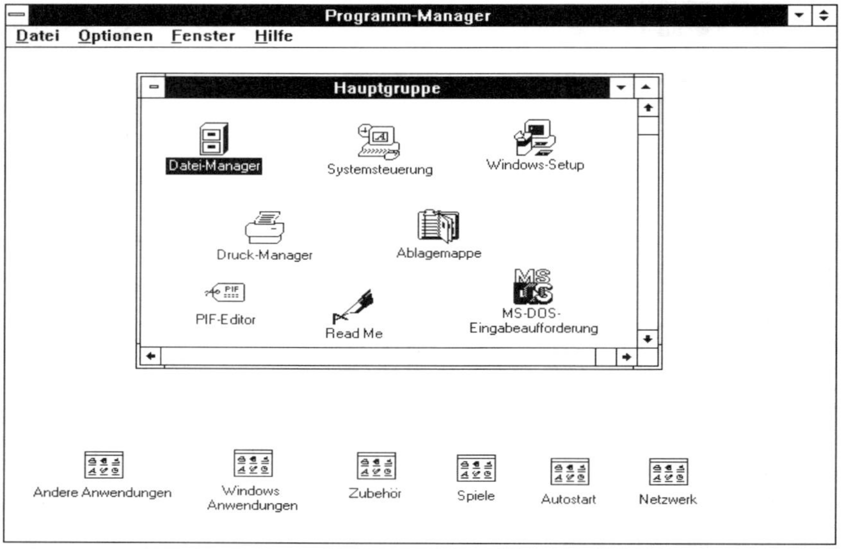

Die Bedienungsoberfläche von Windows 3.1:

- Das Startbild von Windows 3.1 ist in Gruppen eingeteilt. Das Bild oben zeigt das geöffnete Fenster »Hauptgruppe« mit dem Datei-Manager, der Systemsteuerung, dem Druck-Manager, der Ablagemappe, dem Setup-Programm und die Möglichkeit zur Rückkehr in die code-orientierte Befehlseingabe (»DOS-Eingabeaufforderung«).
- Die Symbole im unteren Bildteil stehen für die Programmgruppen Andere Anwendungen, Windows-Anwendungen, Zubehör, Spiele und Netzwerk. Diese Gruppen kann der Anwender frei zusammenstellen und jederzeit korrigieren.
- In der Menüleiste erscheinen wie beim Apple die Namen des zum Betriebssystem oder zu einem Anwendungsprogramm gehörenden Befehlsmenüs. Dabei entspricht zum Beispiel das Menü Datei von Windows in etwa dem Menü Ablage des Apple-Systems.
- Auch bei Windows können die Fenster vergrößert, verkleinert und verschoben werden. Klickt man mit der Maus in das Symbol ▲ im Fenster rechts oben, erscheint das geöffnete Fenster als Vollbild, das heißt, es füllt den ganzen Bildschirm aus.
- Bildrolleisten können in den Fenstern erscheinen, wenn mehr Informationen enthalten sind, als in einem einzigen Fenster dargestellt werden kann. In diesem Beispiel hat das Fenster »Hauptgruppe« rechts und unten eine Bildrolleiste.
- Sowohl bei Windows als auch beim Apple lassen sich die Startmenüs auswählen. So könnte Windows auch gleich mit dem geöffneten Fenster »Datei-Manager« starten.

Bild 5.10. Bedienungsoberfläche von Windows 3.1

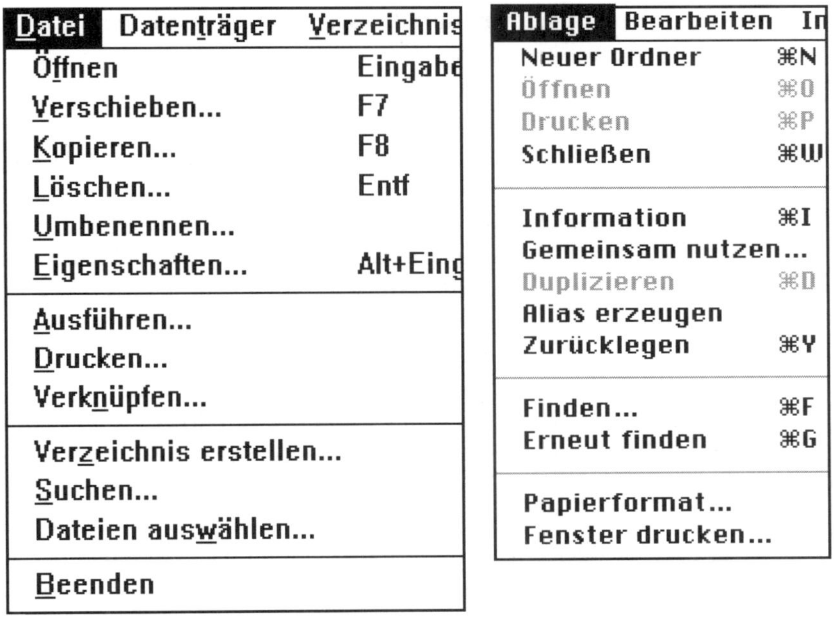

Sowohl das Betriebssystem von Apple als auch Windows kann über Pull-down-Menüs gesteuert werden. Klickt man mit der Maus das gewünschte Menü (zum Beispiel »Datei« oder »Ablage«) an, klappen die Menüfenster auf und zeigen die Auswahl. Durch erneutes Anklicken kann nun der entsprechende Befehl ausgewählt und ausgeführt werden.

Beide Fenster zeigen aber auch die Möglichkeit, wichtige Befehle direkt per Tastenkombination ohne Maus ausführen zu lassen. In der Regel funktioniert das mit Hilfe von Funktions-, Control- und Alt-Tasten. Der Mac verwendet anstelle der Funktions- die -Taste.

Bild 5.11. Pull-down-Menüs von Windows (links) und Macintosh (rechts)

Maus und Pull-down-Menüs

Erst ab der Version 4.01 bietet DOS dem Anwender mit der DOS-Shell eine bedienungsfreundlichere grafisch »angehauchte« Oberfläche mit Pull-down-Menüs und Maussteuerung. Mit der Version 5.0 wurde die Bedieneroberfläche optisch noch weiter verbessert und überarbeitet. Der Anwender muß seitdem nicht mehr alle Befehle auswendig kennen, sondern kann mit Hilfe der Maus die gewünschten Operationen einfach anklicken (siehe auch Bild 5.13, Seite 239 und Bild 5.14, Seite 240).

Betriebssystem-Ergänzungen für DOS

Auch für DOS-Anwender gibt es grafische Oberflächen. Lange Zeit kannte man nur die sogenannten grafischen »Betriebssystemaufsätze bzw. -ergänzungen«. Das waren spezielle Programme, die quasi über das DOS-Betriebssystem gestülpt wurden. Die bekanntesten Betriebssystemaufsätze waren »Windows 3.x« (Bild 5.10) von Microsoft und »GEM« von Digital Research. Sie glichen in ihrer Funktionsweise und ihrem Aussehen den anderen grafisch orientierten Betriebssystemen und benötigten ebenso wie diese einen entsprechend schnellen Rechner. Um Mißverständnissen vorzubeugen, »GEM« und »Windows« waren natürlich mehr als nur grafische Bedienungsoberflächen, sie halfen dem Betriebssystem DOS auch über einige Schwächen hinweg (siehe auch unter »2.6 Die Betriebssystemerweiterung für DOS: Windows 3.x«). So konnte Windows zum Beispiel den Hauptspeicher des PC besser ausnutzen als DOS. Windows enthielt zusätzlich noch ein Text-, ein Mal-, ein Terminalprogramm und zwei Taschenrechner. GEM wurde übrigens auch im Atari-Computer als Bedieneroberfläche für dessen Betriebssystem TOS eingesetzt, ist heute aber im PC-Bereich bedeutungslos.

Inzwischen wurde Windows 3.x durch Windows 95 (siehe auch »3 Endlich selbständig: Windows 95«) abgelöst. Unter Windows 95 laufen beinahe alle DOS-Programme, so daß auch hier der DOS-Anwender eine grafische Bedienungsoberfläche zur Systemsteuerung hat.

2 DOS und Windows 3.x

2.1 Die Entwicklung zum Standard-Betriebssystem

Brachte die Standardisierung des PC

Der Siegesszug der Personalcomputer ist sicherlich der Tatsache zu verdanken, daß sie ein einheitliches, herstellerunabhängiges Betriebssystem hatten. Das ermöglichte den Softwarehäusern, mit ihren Programmen eine breite Anwendermasse zu erreichen. Die PC-Hersteller verwendeten für ihre eigenen Rechner einfach das selbe DOS-Betriebssystem wie der damals vermeintliche Branchenprimus IBM.

Der Vater der Disk-Operating-Systeme (DOS)

Der erste 1977 von Apple vorgestellte komplette Computer arbeitete mit dem Betriebssystem ProDOS und verwendete die Programmiersprache Basic zur Programmentwicklung. Die Besonderheit dieses Betriebssystems war, daß es nicht mehr komplett im ROM des Computers gespeichert war, sondern sich zum größten Teil auf einer Diskette befand. Lediglich ein kleiner Betriebssystemkern war noch fest im ROM-Speicher abgelegt, der dafür verantwortlich war, daß das restliche Betriebssystem ordentlich von der Disk gelesen werden konnte. Erst beim Booten (Laden und Starten) las der PC die Daten von der Diskette in seinen Arbeitsspeicher ein. Alle heutigen Betriebssysteme funktionieren nach diesem Prinzip, auch wenn sie nun statt von der Disk von der Festplatte booten. ProDOS darf man also getrost als den Vater der Disk-Operating-Systeme (DOS) betrachten.

Leichter Update

Natürlich dauert das Starten des Computers durch dieses Verfahren länger, als wenn sich das Betriebssystem komplett im ROM befindet. Der große Vorteil besteht aber darin, daß man beliebige Versionen des Betriebssystems in den Computer einlesen kann und immer die neueste Version des Betriebssystems anwenden kann. So kann man mit dem einmal erworbenen PC möglichst lange up-to-date bleiben.

CP/M stand bereits 1976 zur Verfügung

An dieser Stelle sollte man auch das Betriebssystem CP/M (Control Programm for Microcomputer) nicht vergessen, das bereits 1976 fertig entwickelt war, bevor der erste PC überhaupt in den Markt kam. CP/M war bei den 8-Bit-Computern weit verbreitet und stützte sich auf eine breite Palette von Anwendungsprogrammen. CP/M 86, die Weiterentwicklung dieses Betriebssystemes für die 16-Bit-Prozessoren, konnte allerdings nicht mehr die Verbreitung des Vorgängers erreichen. Der Grund hierfür war die folgende Geschichte.

IBM und andere Hersteller schufen den Industriestandard

Obwohl lange Zeit das CP/M-Betriebssystem Standard im 8-Bit-Bereich war und bei Digital Research mit dem CPM-86 ein Betriebssystem für die 16-Bit-CPUs zur Verfügung stand, entschied sich IBM bei der Markteinführung seines PC für das DOS-Betriebssystem der Firma Microsoft. Da sich im Laufe der Zeit auch die überwiegende Anzahl der übrigen Hardware-Hersteller (zum Beispiel Olivetti, Compaq, Hewlett-Packard, Siemens usw.) für MS-DOS entschieden, nahm dieses Betriebssystem zusammen mit PC-DOS und dem späteren DR DOS die Rolle eines Industriestandards ein.

MS-DOS wurde jedoch nicht von der Firma Microsoft entwikkelt, sondern von Tim Paterson bei Seattle Computer Products für die Intel-Rechner 8086/8088. Mitte 1980 kam es als QDOS-86 in den Markt. Microsoft erwarb die Rechte an diesem Produkt und nannte es MS-DOS (Microsoft-Disc-Operating-System).

MS-DOS oder PC-DOS?

MS-DOS ist das Betriebssystem für Intel-Prozessoren, von der alten 8-Bit-Generation bis hin zu den modernen 32-Bitern. IBM erwarb für seine PCs die Rechte von MS-DOS und stellte es 1981 als PC-DOS (Personalcomputer-Disc-Operating-System) gemeinsam mit dem PC 1 der Öffentlichkeit vor. PC-DOS und MS-DOS sind also praktisch miteinander identisch. Der Unterschied in den Bezeichnungen liegt lediglich darin, daß das Betriebssystem PC-DOS heißt, wenn es auf einem IBM-Rechner läuft und MS-DOS, wenn es auf einem zum IBM-Rechner kompatiblen System betrieben wird. Allerdings unterscheiden sich einige Befehle in ihrer Definition voneinander.

Das DOS von Digital Research

Digital Research entwickelte mit DR DOS ein zu MS-DOS kompatibles Beriebssystem. Alle Programme, die unter MS-DOS lauffähig sind, kann man unter DR DOS einsetzen, auch bei der Hardware gibt es kaum Unterschiede. Obwohl DR DOS oft etwas mehr bot als MS-DOS und einen geringeren Preis hatte, konnte es sich vom gesamten DOS-Kuchen nur ein 15 Prozent großes Stück abschneiden. 1991 wurde Digital Research vom Netzwerkhersteller Novell übernommen, und damit auch DR DOS. Novell DOS 7 war das erste, vollständig unter Novell entwickelte DOS-Betriebssystem.

Eine Version nach der anderen

Wie die Hardware und die Anwenderprogramme entwickelte sich auch das DOS-Betriebssystem im Laufe der Zeit weiter. Um die jeweilige Entwicklungsstufe der Programme zu deklarieren, ist es bei den Softwarehäusern üblich, die Programme mit Zusatznummern zu versehen. So entstanden dann Bezeichnungen wie DOS 1.0, 1.25, 2.0, 2.01, 2.11, 3.0, 3.2, 3.3, 4.01 etc. Das erscheint auf den ersten Blick zwar verwirrend, hat aber Methode: Generell kann man davon ausgehen, daß Programmversionen mit unterschiedlichen Ziffern vor dem Punkt sich stark im Befehls- und Leistungsumfang unterscheiden (zum Beispiel 2.0, 3.0, 4.0). Diese Änderungen werden auch als Upgrade bezeichnet.

Da nun niemand unfehlbar ist, schleichen sich immer wieder kleine Fehler in die neuen Programmversionen ein. Oft kommen dann auch noch Anwenderwünsche dazu, die eine Korrektur oder Ergänzung der jeweiligen Programmversion erfordern. Die Ziffern hinter dem Punkt geben also an, um die wievielte Änderung der jeweiligen Programmversion es sich handelt (zum Beispiel 3.1, 3.2, 3.3 usw.). Das gilt übrigens auch für alle anderen Betriebssysteme sowie die im Kapitel 6 beschriebenen Anwenderprogramme. Die jeweils gültige Version des auf dem Rechner gestarteten Programms wird nach dem erfolgten Start auf dem Bildschirm angezeigt.

Die erste Version, MS-DOS 1.0, konnte zum Beispiel noch keine Daten auf einer Festplatte abspeichern, das gelang erst mit der Version 2.0. Diese konnte außerdem auch das Inhaltsverzeichnis in Haupt- und Unterverzeichnisse einteilen, was beim Einsatz von Festplatten auch unbedingt nötig war. Ab Version 3.0 unterstützte MS-DOS den Netzwerkbetrieb, der jedoch erst ab der Ausführung 3.1 voll funktionsfähig war. Nachdem IBM bei Erscheinen der PC/2-Serie die 5.25-Zoll-Disketten gegen die kompakten und handlichen 3.5-Zoll-Disketten ausgetauscht hatte, verarbeitet PC- bzw. MS-DOS seit 3.2 auch 3.5-Zoll-Disketten.

Ab Version 4.0 fiel die Beschränkung der Festplattenkapazität auf 32 Mbyte, und DOS erhielt eine bedienerfreundlichere grafisch angehauchte Oberfläche mit Maussteuerung. Die verbesserte Version 4.01 zeigt auf der linken Seite des Bildschirmes die Verzeichnisstruktur der Festplatte, auf der rechten die Dateien an. Zudem wurden auch die Pull-down-Menüs verbessert.

Die Version 5.0 hatte vor allem eine wesentlich verbesserte Verwaltung des Arbeitsspeichers, ein anwenderfreundlicheres Installationsprogramm, formatierte 2,88-Mbyte-Disketten und konnte mehrere Programme gleichzeitig offenhalten.

2.2 Das MS-DOS-Betriebssystem

Die drei Hauptteile

Wer bis Mitte der 90er Jahre einen industriekompatiblen PC kaufte, bekam meistens entweder MS-DOS oder PC-DOS (bei IBM) gratis mitgeliefert, ob er wollte oder nicht. Auch das erklärt die frühere Marktführung dieser Betriebssysteme. Grundsätzlich kann man DOS in drei Teile gliedern:

Das BIOS

1. Dem BIOS (Basic Input/Output-System = Grundprogramm für die Ein- und Ausgabe) mit dem Bootstrap-Loader: Dieser Programmteil wird als erstes nach dem Einschalten des PC ausgeführt (definierter Anfangszustand im ROM-Speicher). Das BIOS enthält alle Teile des Betriebssystems, die für die grundlegende Steuerung der Hardware verantwortlich sind. So zum Beispiel das Übertragen von Daten auf externe Speicher oder den Transport von Befehlen zur Tastatur oder zum Bildschirm. Das BIOS ist fest als ROM-Speicher im Rechner eingebaut und wird in der Regel vom Hersteller der Hardware geschrieben. Bei manchen Computern ist es daher sinnvoll, das mit der Hardware gelieferte Betriebssystem zu verwenden, da BIOS und Betriebssystem aufeinander abgestimmt sein müssen (zum Beispiel bei IBM). Nach dem erfolgreichen Start liest das BIOS die versteckten Dateien IO.SYS und MS-DOS.SYS von einem Datenträger in den RAM-Speicher ein.

Das BDOS

2. Dem BDOS (Basic-Disc-Operating-System = Grundprogramm für die Disketten-Organisation): Dieser Programmteil enthält den organisatorischen Teil des Betriebssystems zur Verwaltung des Arbeitsspeichers und der Dateien (Daten und Programme) auf Disketten oder Festplatten. Das BDOS findet Dateien mit dem gesuchten Namen, öffnet und schließt Dateien, verwaltet das Inhaltsverzeichnis, wechselt das Laufwerk usw.

Der COMMAND.COM

3. Dem COMMAND.COM: Die COMMAND.COM-Datei (Commando-Interpreter) interpretiert die eingegebenen Befehle, überprüft, ob es sich um einen zulässigen Befehl handelt, und führt ihn aus. Die COMMAND.COM-Datei ist die Schnittstelle des Betriebssystems zum Benutzer und führt dessen Befehle aus. Sie enthält die immer verfügbaren Teile des Betriebssystems (interne Befehle).

Der Systemstart

Nach dem Booten wird die Hardware überprüft

Nach dem Einschalten weiß der Prozessor genau, wo er mit dem Arbeiten beginnen muß: Er sucht die Boot-Routine im BIOS und prüft die vorhandene Hardware. Der Anwender sieht das am Bildschirm, wenn die BIOS-Version angezeigt und der vorhandene Speicherplatz hochgezählt wird. Dabei wird der Speicher aber nicht gezählt, sondern auf seine Funktionsfähigkeit geprüft. Danach kontrolliert der Prozessor noch die vorhandenen Diskettenlaufwerke.

Die Suche nach den SYS-Dateien

Im Anschluß daran versucht das BIOS, das Betriebssystem entweder von der Diskette oder der Festplatte zu laden. Dabei geht es immer in dieser Reihenfolge vor. Das bedeutet, daß immer zuerst das Diskettenlaufwerk nach dem Betriebssystem abgesucht wird und dann erst die Festplatte. Auf diesen Datenträgern sucht das BIOS nun nach den beiden versteckten Dateien IO.SYS und MSDOS.SYS. Nach deren Einlesen übergibt das BIOS ihnen das Oberkommando.

Auf PCs können unterschiedliche Betriebssysteme laufen

Welches Betriebssystem dann eingelesen wird, ist dem Rechner eigentlich egal. Ob das nun MS-DOS, DR DOS, WindowsNT, OS/2 oder Unix ist, spielt keine Rolle. Entscheidend ist, daß es den gestellten Anforderungen genügt. Daher ist es möglich, daß auf einem PC unterschiedliche Betriebssysteme eingesetzt werden können!

Die CONFIG.SYS-Datei lädt die Treiber für die installierte Hardware

Nach dem Einlesen der versteckten Dateien ruft das Betriebssystem als erstes die Konfigurationsdatei CONFIG.SYS auf, um deren Befehle auszuführen. Da jeder Computer unterschiedlich konfiguriert sein kann (Bildschirme, Maus, Speicherspezifikationen, Grafikkarten usw.), muß DOS auf diese Hardware angepaßt werden. Dazu dient die Datei CONFIG.SYS. Hier werden Treiber für die Geräte eingebunden, die man für die Kommunikation mit dem Computer benötigt, zum Beispiel Tastatur, Bildschirm, Grafikkarte usw. Diese Treiber ermöglichen erst die Kommunikation zwischen den Geräten und dem Prozessor.

Damit das Betriebssystem mit dem Anwender in Verbindung treten kann, wird nun der Befehlsinterpreter COMMAND.COM geladen. Er führt die eingegebenen Befehle aus und hält die Verbindung zwischen Anwender und Computer.

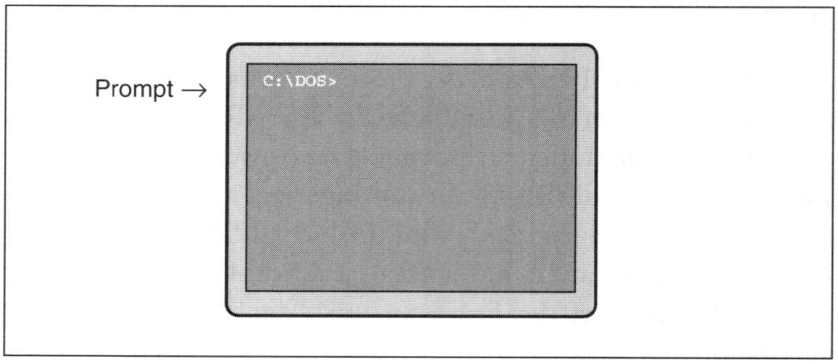

Bild 5.12. Ohne Kenntnisse der einzelnen Befehle geht bei DOS im Eingabemodus gar nichts

Die AUTOEXEC.BAT definiert die Eigenschaften der Hardware

Nach dem Einlesen sucht der COMMAND.COM nach einer Datei mit dem Namen AUTOEXEC.BAT, um die darin enthaltenen Befehle auszuführen. Dieses Stapelverarbeitungsprogramm definiert die Eigenschaften der jeweils angeschlossenen Geräte. Hier können aber auch Schnittstellen angepaßt und spezielle Anweisungen für die Software hinterlegt werden, zum Beispiel der Aufruf der Bedieneroberfläche DOS-SHELL.

Danach ist DOS bereit zur Eingabe

Wenn alle Befehle abgearbeitet sind, meldet sich das Betriebssystem entweder mit der Eingabeaufforderung (siehe Bild 5.12) oder mit der DOS-SHELL, wenn diese mit dem entsprechenden Befehl in der AUTOEXEC.BAT aufgerufen wurde.

Das Betriebssystem DOS ist nun bereit zur Entgegennahme von Befehlen durch den Anwender.

Die DOS-Betriebssystemoberfläche DOS-SHELL

Seit der Version 4.0 kann DOS mit der Maus gesteuert werden

Seit der Version 4.0 hat DOS eine zeichenorientierte Bedienungsoberfläche, die mit Pull-down-Menüs und Maus gesteuert werden kann. Microsoft nennt diese Bedieneroberfläche DOS-SHELL. DOS meldet sich auf Wunsch also nicht mehr mit der mageren Laufwerksbezeichnung, sondern mit einem Menü. Dies erlaubt dem Anwender, die Organisation und den Umgang mit seinen Daten leichter zu bewerkstelligen. Eingefleischte EDV-Freaks brauchen jedoch keine Angst zu haben, wenn sie wollen, können sie nach wie vor umständlich ihre Kommandos eingeben. DOS ist zumindest hier flexibel.

Die DOS-SHELL läßt sich grob in vier Bereiche gliedern. Der oberste Teil zeigt die Menüs Datei, Option, Anzeige, Verzeichnis und Hilfe. Die Zeile darunter sagt, auf welcher Ebene des hierarchischen Verzeichnisses sich der Anwender gerade befindet. Die Symbole in der folgenden Zeile zeigen die vorhandenen Laufwerke an, das aktuelle wird negativ dargestellt.

Die Fenster für das hierarchische Verzeichnis und die Dateien

In der Mitte liegen die Fenster Verzeichnisstruktur und das Dateienverzeichnis. Das Fenster Verzeichnisstruktur zeigt grafisch die Struktur der Festplatte mit den jeweiligen Unterverzeichnissen. Wird das gewünschte Verzeichnis angeklickt, erscheinen im Fenster daneben die gespeicherten Dateien. Hier kann der Anwender dann die benötigte Datei aussuchen.

Das Fenster Hauptgruppe

Der Editor

Das Fenster Hauptgruppe enthält die installierten Hilfs- und Dienstprogramme. Mit dem Befehl »Eingabeaufforderung« kann der Anwender die DOS-SHELL verlassen und in die kommandoorientierte Befehlseingabe zurückkehren. Mit dem Editor lassen sich einfache Textprogramme erstellen und die CONFIG.SYS und AUTOEXEC.BAT leicht anpassen. Wer Programme für DOS schreiben möchte, dem hilft das Programmierwerkzeug MS-DOS QBasic.

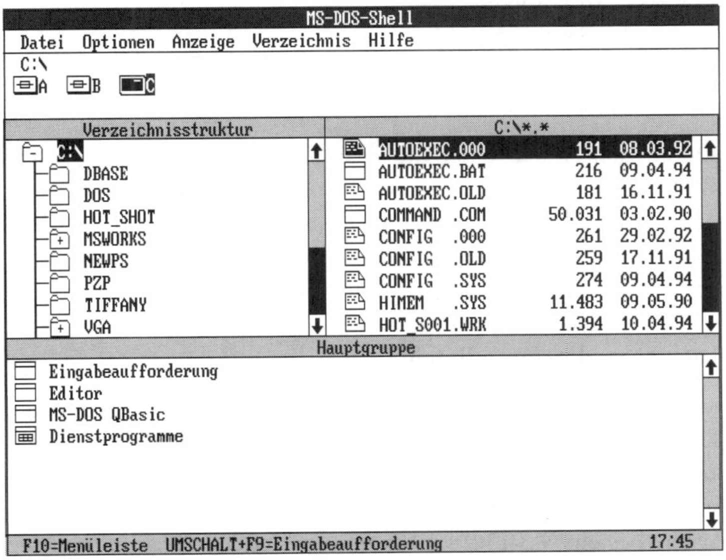

Bild 5.13. Die DOS-SHELL von MS-DOS (Startbild)

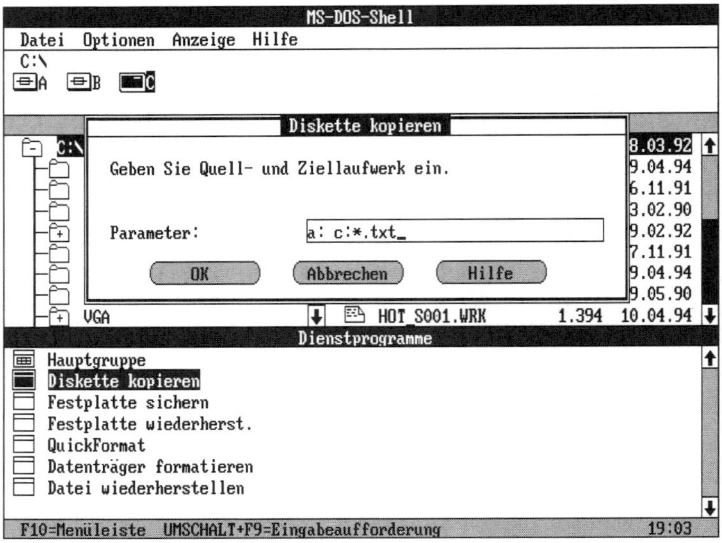

Bild 5.14. Die Dialogbox »Diskette kopieren« in der Bildmitte

Das Menü »Dienstprogramme«

Unter dem Menü »Dienstprogramme« stehen verschiedene Anwendungen, die dem Anwender den Umgang mit dem Computer erleichtern sollen, zum Beispiel

- Disketten kopieren
- Festplatte sichern
- Festplatte oder Datei wiederherstellen
- Datenträger formatieren

Durch den Aufruf einer dieser Funktionen erscheint auf dem Bildschirm die entsprechende Dialogbox, in die der Anwender nun seine Befehle eintragen muß. Das Bild 5.14 zeigt die Dialogbox »Diskette kopieren«. Die Voreinstellung, von Laufwerk A nach B zu kopieren, kann natürlich jederzeit geändert werden.

Interne und externe Befehle

MS-DOS ist relativ umfangreich, sowohl was die Anzahl der Dateien als auch die Speicherkapazität betrifft. Um diesen Speicherbedarf möglichst niedrig zu halten und um den Hauptspeicher nicht mit unnötigen Teilen des Betriebssystems zu belasten, besteht MS-DOS aus zwei verschiedenen Dateitypen: den internen (Betriebssystem-Kern) und den externen Befehlen. Der

Unterschied zwischen den beiden Befehlsarten ist der, daß die internen Befehle gleich beim Laden (Booten) des Betriebssystems in den Arbeitsspeicher geladen werden, die externen Befehle aber erst dann, wenn der Anwender sie anfordert. Die internen Befehle sind in der COMMAND.COM-Datei enthalten, die externen Befehle (Programme) in eigenen Dateien, man nennt sie auch Dienstprogramme. Kennen muß man diese Befehle unbedingt dann, wenn man kommandoorientiert arbeitet und wenn man die CONFIG.SYS- und die AUTOEXEC.BAT-Dateien entsprechend anpassen wil.

Interne Befehle können sofort ausgeführt werden, externe erst nach Anforderung

Interne Befehle

Die internen Befehle sind Bestandteil des COMMAND.COM-Programms. Sobald MS-DOS geladen ist, können sie jederzeit ausgeführt werden. Interne Befehle sind zum Beispiel:

COPY = kopiert Dateien (Programme und Daten)
DIR = zeigt die Dateinamen in einem Verzeichnis an
PATH = benennt den Weg zu einem Unterverzeichnis

Externe Befehle

Externe Befehle sind Dienstprogramme, die vor der Ausführung erst von der Festplatte in den Arbeitsspeicher (RAM) geladen werden. Das Laden übernimmt die COMMAND.COM-Datei bei der Befehlseingabe automatisch. Typische externe Befehle sind:

BACKUP = sichert Dateien auf Diskette oder Festplatte
DOSSHELL = startet die grafische Oberfläche von DOS
FORMAT = formatiert einen Datenträger
KEYB = lädt einen Tastaturtreiber
MEM = zeigt die Speicherbelegung an
PRINT = gibt Dateien auf dem Drucker aus

2.3 MS-DOS, die Sechste ...

Die Vorteile der Version 6.x

Mitte 1993 löste die Version 6.0 ihren Vorgänger ab und hatte vor allem ein Virenschutzprogramm und die Datenkompression als wesentlichste Verbesserungen. MS-DOS 6.2 erschien bereits 9 Monate später, bot mehr Funktionalität und weniger Mängel als 6.0. Beide Versionen wiesen gegenüber 5.x folgende Vorteile auf:

- Ein integriertes Datenträger-Komprimierungsprogramm vergrößert den verfügbaren Speicherplatz auf dem verwendeten Datenträger (Festplatten und Disketten)
- Ein Speicheroptimierungsprogramm, das Gerätetreiber und speicherresidente Programme aus dem konventionellen Speicher in den hohen Speicherbereich verlagert
- Ein verbessertes Backup zur Datensicherung
- Das Anti-Virus-Programm, das über 800 Viren erkennt
- Einen Schutzmechanismus aus drei Ebenen gegen versehentliches Löschen von Daten
- Ein Defragmentier-Programm, das die Speicherung der Dateien auf der Festplatte reorganisiert und damit die Zugriffszeit verbessert.

2.4 Die verschiedenen Speicherarten des DOS-Betriebssystems

DOS kann nur 640 Kbyte Arbeitsspeicher verwalten

Mit der Einführung des PC 1 von IBM mit den Intel-Prozessoren 8086/8088 wurde der für den Anwender nutzbare Arbeitsspeicher des DOS-Betriebssystems – und nur um das geht es hier – auf 640 Kbyte festgelegt. Die ersten Anwendungsprogramme für diese PCs kamen damals überwiegend noch mit 128 bis 256 Kbyte aus. Immer größer werdende Ansprüche an die Programme und eine verbesserte Benutzerführung ließen den Bedarf an Speicherkapazität schlagartig steigen. Besonders Tabellenkalkulationsprogramme und integrierte Software-Pakete, die aus verschiedenen Programmteilen bestanden, zum Beispiel aus Textverarbeitung, Datenbank, Grafik, sowie Kommunikationssoftware benötigten viel Arbeitsspeicher.

Mit 20 Adreßleitungen kann man nur 1 Mbyte Speicher ansprechen

Die Größe des Speicherbereiches hängt aber nicht nur vom Betriebssystem, sondern auch davon ab, wie viele Adreßleitungen der Prozessor hat. Die Intel-Prozessoren 8086 und 8088 hatten 20 Adreßleitungen (im Gegensatz zum 16- bzw. 8-Bit-Datenbus) und konnten damit nur 1 Mbyte (2^{20}) direkt adressieren. Von diesem einen Mbyte blieben für den Programm- und Datenspeicher nur 640 Kbyte übrig. Die restlichen 384 Kbyte wurden größtenteils für andere Speicherbereiche reserviert: zum Beispiel die ROM-Routinen des Betriebssystems (BIOS-ROM), den Video-Speicher und den Disketten- und Festplattencontroller.

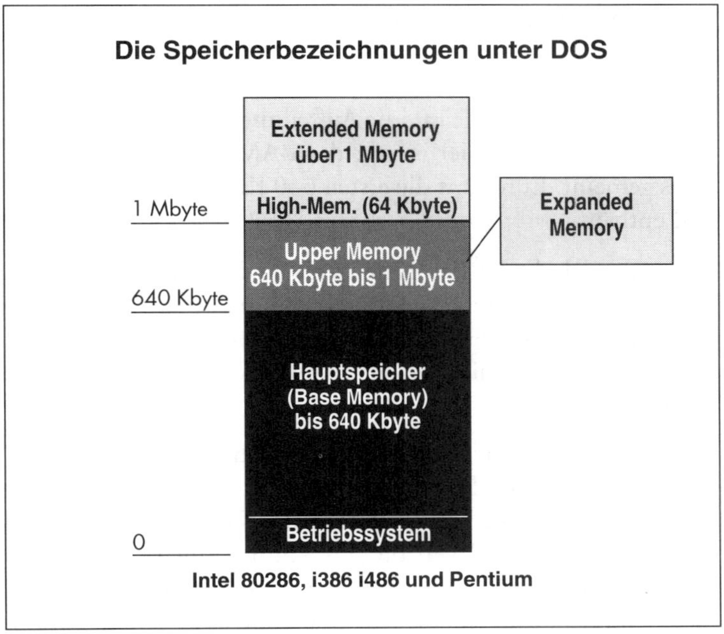

Bild 5.16. Interne Speicheraufteilung und -bezeichnung bei PCs mit dem DOS-Betriebssystem und den Prozessoren 80286, i386, i486 und Pentium

Standen im Prospekt Angaben wie »Hauptspeicher 640 Kbyte«, so hatte der PC in Wirklichkeit 1 Mbyte, aber nur 640 Kbyte davon waren für den Anwender nutzbar.

Speicherbezeichnungen

Um die verschiedenen Speicherteile auseinanderhalten zu können, hat man ihnen spezielle Namen gegeben, englische versteht sich (siehe Bild 5.16):

- Base Memory (auch Arbeits-, Haupt- oder konventioneller Speicher genannt); hier werden auch Teile des Betriebssystems abgespeichert
- Upper Memory (oberer Speicherbereich zwischen 640 Kbyte und 1 Mbyte)
- High-Memory (unterer Teil des Erweiterungsspeichers)
- Extended Memory (XMS, Erweiterungsspeicher)
- Expanded Memory (EMS, Expansionsspeicher = ausgeweiteter Speicherraum; wird heute nur noch bei Programmen verwendet, die nicht unter Windows eingesetzt werden).

Die DOS-Standardspeicher

Der Hauptspeicher

Die Aufteilung des Hauptspeichers

Seine Aufgaben und die interne Aufteilung wurden bereits unter Kapitel 3.3 erklärt. Hier ist nur der RAM-Teil des Hauptspeichers gemeint. Er nimmt die ersten 640 Kbyte Speicherplatz ein und enthält

- den Bereich des Betriebssystems im niedrigsten Teil des Basisspeichers, in den auch Gerätetreiber installiert werden können
- den Bereich, der nach dem Laden des Betriebssystems übrigbleibt und in den die jeweiligen Anwenderprogramme geladen werden.

Unter den DOS-Betriebssystemen können Anwenderprogramme nur innerhalb der unteren 640 Kbyte ablaufen. Diese Beschränkung wird manchmal auch die 640-Kbyte-Grenze genannt. Ab der DOS-Version 5.0 können auch die anderen Speicherbereiche wesentlich besser mitbenutzt werden, die entsprechende Hardware natürlich vorausgesetzt.

Hoher Speicherbereich (Upper Memory)

Der halbe Speicherbereich steht den Anwendungsprogrammen nicht zur Verfügung

Der zwischen 640 Kbyte und 1 Mbyte adressierbare Speicher wird Upper Memory genannt. Dieser Speicher ist 384 Kbyte groß und für die Anwenderprogramme nicht verfügbar. In diesem Speicherbereich liegen auch die diversen Gerätetreiber für den Bildschirm, die Festplatte und das ROM-BIOS (siehe Bild 5.18). Da dieser Speicherbereich dem Anwender nicht direkt als Speicherbereich zur Verfügung steht, wird er bei der Angabe der Hauptspeichergröße immer unterschlagen. Ist zum Beispiel der Haupt- oder Arbeitsspeicher mit 640 Kbyte angegeben, so hat der PC in Wirklichkeit:

640 Kbyte Hauptspeicher + 384 Kbyte Upper Memory
= 1024 Kbyte (1 Mbyte).

Über spezielle Speicherverwaltungsprogramme lassen sich bei Systemen mit 386er- und neueren Prozessoren verschiedene Gerätetreiber und speicherresidente Programme auch in diesem Bereich installieren, zum Beispiel diejenigen, die zum Betreiben einer Maus oder einer Netzwerkkarte benötigt werden. Da man diese normalerweise in den konventionellen Speicher lädt, beschränken sie dort den Anwenderprogrammen den Speicherplatz.

Nur für DOS-Freaks: Die Zusatzspeicher unter DOS

Die folgenden Ausführungen sind eher für den technisch Interessierten. Für den Einsteiger ist es nicht erforderlich, daß er sich hier tiefer einarbeitet, wenn er seinen PC beim Händler konfigurieren läßt. Er bekommt seinen PC dann so geliefert, daß er optimal eingerichtet ist – so sollte es zumindest sein.

Um die Einschränkungen des Betriebssystems DOS zu umgehen, schuf man das Expanded Memory (EMS) und das Extended Memory (XMS). Für den Anwender lassen sich diese Speichererweiterungen nur dann einsetzen, wenn die Programme entsprechend ausgelegt sind.

Expanded Memory – EMS (Expansionsspeicher)

Lotus, Intel und Microsoft schufen den LIM-EMS-Standard

Eine Möglichkeit, die 640-Kbyte-Grenze zu überwinden, besteht darin, einen sogenannten Expansionsspeicher zu verwenden. Die dafür nötigen Spezifikationen wurden von Lotus, Intel und Microsoft geschaffen und LIM EMS genannt. LIM steht für die Anfangsbuchstaben der drei Herstellerfirmen und EMS für Expanded Memory Specification. Die letzte Spezifikation 4.0 beschreibt die Verfahrensweise, wie ein Programm auf bis zu 32 Mbyte Speicherplatz außerhalb des konventionellen Speichers zugreifen kann.

Bei Computern mit 8086/8088-Prozessoren und älteren ATs war der EMS nur mit speziellen Erweiterungskarten (zum Beispiel dem Intel Above Board) und der dazugehörigen Software möglich.

Ab Version 5 kann DOS aus einem Erweiterungsspeicher einen Expansionsspeicher machen

Wer über einen 386er- oder 486er-PC mit Extended-Speicher (XMS, siehe weiter unten) verfügt, kann mit dem ab DOS 5.x oder 6.x mitgelieferten Gerätetreiber EMM 386 aus seinem Erweiterungsspeicher (XMS) einen Expansionsspeicher machen (siehe Bild 5.17). Das heißt, der EMM386 simuliert im XMS den EMS. Das ist vor allem dann angebracht, wenn ältere eingesetzte Programme nur den Expanded-Speicher ansprechen können oder diesen gar erfordern.

Der Erweiterungsspeicher (Extended Memory)

286er-CPUs können bis 16 Mbyte, 386er und 486er bis 4 Gbyte adressieren

Computer mit den Prozessoren 80286, i386, i486 und dem Pentium können mehr als 1 Mbyte RAM-Speicher direkt (linear) adressieren. Der Prozessor 80286 hat 24 Adreßleitungen und kann damit den Adreßraum bis 16 Mbyte (2^{24}) ansprechen. Die Prozessoren i386, i486 und der Pentium können theoretisch sogar bis 4 Gbyte (Gigabyte, 1 Gbyte = 1024 Mbyte) adressieren, da sie 32 Adreßleitungen haben (2^{32}). Das »untere Mbyte« bleibt auch bei ihnen unter DOS so organisiert wie bei den 8086/8088ern.

Der Real-Mode

Der Protected-Mode

Werden 80286er, 386er oder spätere Prozessoren unter DOS eingesetzt, so nutzen sie von diesen 24 bzw. 32 Adreßleitungen auch nur 20. Man nennt diese Betriebsart auch den »Real-Mode« (siehe unter Windows 3.1). Dadurch wahrt man die Kompatibilität zu den 8086/8088-Prozessoren, mit dem Nachteil, daß diese inzwischen fast 15 Jahre alten Zöpfe die Leistungsfähigkeit des DOS-Betriebssystems und der modernen Prozessoren erheblich senken. Arbeiten die Prozessoren dagegen im sogenannten »Protected-Mode«, nutzen sie alle zur Verfügung stehenden Leitungen und können den vollen Speicherraum adressieren. Das Extended Memory wird dann als ganz normaler Speicher genutzt. Bei Computern, die mit diesen Prozessoren ausgestattet sind, befinden sich die für den Zugriff auf das Extended Memory notwendigen Verwaltungs-Routinen bereits im BIOS. Programme, die sich dieser Routinen nicht bedienen, können das XMS auch nicht ansprechen.

Wenn bei den 286-, 386- und i486-Prozessoren von 1-Mbyte-Hauptspeicher die Rede ist, so ist damit 1 Mbyte verfügbarer Arbeitsspeicher gemeint, also der übliche Bereich bis 640 Kbyte und der Extended-Bereich mit 384 Kbyte (640 + 384 Kbyte = 1024 Kbyte = 1 Mbyte).

Das Extended Memory kann einen größeren Speicherbereich ansprechen

Das Extended Memory (XMS), das auch als Erweiterungsspeicher bezeichnet wird, kann Arbeitsspeicher mit 1 Mbyte und mehr direkt ansprechen. Dieser Speichertyp setzt allerdings einen 80286-Prozessor oder einen höheren voraus. Das XMS-Protokoll (Extended Memory Specification), das von Lotus, Intel und Microsoft gemeinsam entwickelt wurde, ist eine Standard-

Speicheraufteilung beim Expanded Memory

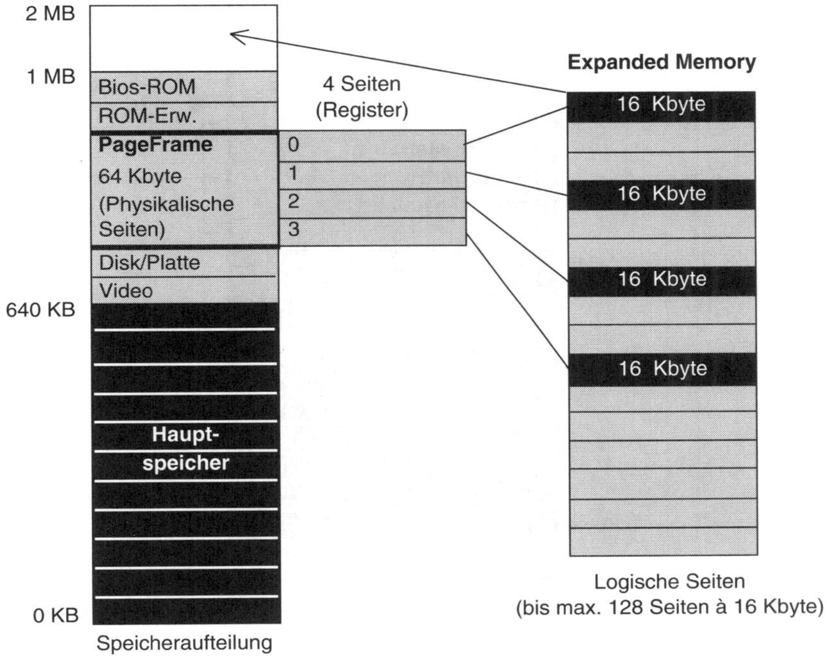

Der LIM/EMS-Standard funktioniert folgendermaßen (nach diesem Verfahren arbeiteten übrigens schon der Heimcomputer Apple II und das CP/M-Betriebssystem): Im 384 Kbyte großen Systembereich (also zwischen 640 Kbyte und 1 Mbyte) sind zwei Bereiche für ROM-Erweiterungen reserviert. Expanded Memory nutzt einen Ausschnitt dieses Bereiches dadurch, daß es hier statt ROM nun RAM »einblendet«. Diesen Bereich nennt man Page-Frame (Seitenrahmen), die dazugehörenden Seiten »physikalische Seiten«, und die auf der EMS-Karte (oder im XMS-Speicher simulierte EMS) befindlichen Seiten bezeichnet man als »logische Seiten«. Die Koordination, also das Lesen, Speichern und die Zuordnung der logischen Seiten zu den physikalischen Seiten, ist nun Aufgabe der Software.

Zunächst wird also im Bereich über 640 Kbyte ein 64 Kbyte großes Fenster (Page-Frame) aus vier Seiten zum zusätzlichen Speicher (dem Expanded Memory) geöffnet. Der zusätzliche Speicher wird in 16-Kbyte-Segmente unterteilt (Logical Pages). Das bedeutet, daß immer nur ein 64 Kbyte großer Teil (4 Blöcke à 16 Kbyte) des zusätzlichen Speichers direkt verfügbar ist. In der Praxis merkt der Anwender davon allerdings nichts, da EMS immer den gerade vom Programm benötigten Teil des zusätzlichen Speichers zur Verfügung stellt (Paging-Verfahren).

Bild 5.17. Speicheraufteilung unter DOS mit Expanded Memory

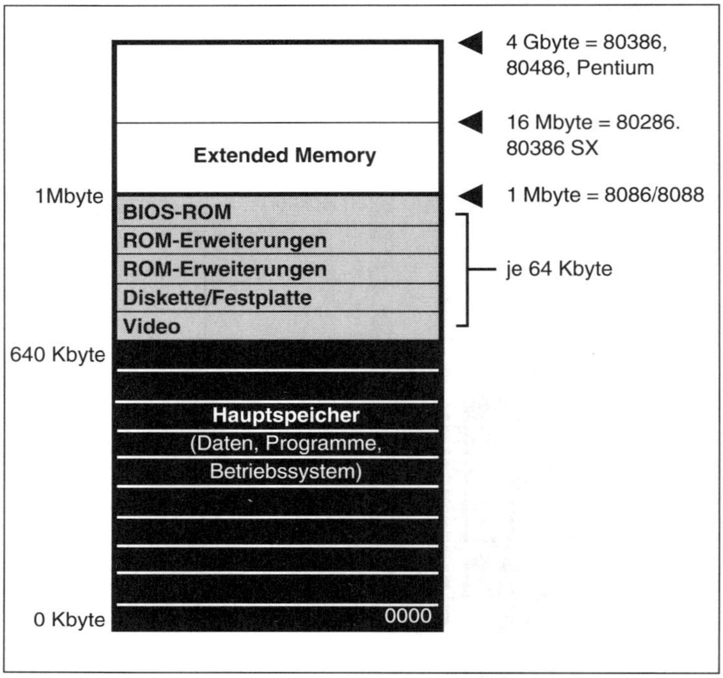

Bild 5.18. Speicheraufteilung der Intel-Prozessoren 80286–80486 und Pentium mit Extended Memory unter MS-DOS

Schnittstelle, die den Bereich zwischen 640 Kbyte und 1 Mbyte (Upper Memory) und den unteren Teil des Zusatzspeichers (High Memory) sowie den Zusatzspeicher selbst zur Verfügung stellt. 80286er können wie gesagt auf bis zu 16 Mbyte Speicher zugreifen, 386er- und 486er-Prozessoren auf theoretische 4 Gbyte (4096 Mbyte)!

Windows und für Windows entwickelte Programme nutzen das Extended Memory

Damit die Programme die höheren Adressen im XMS-Speicher erreichen können, müssen sie über entsprechende Anweisungen verfügen. Nicht alle erhältlichen Programme können daher den Extended Speicher nutzen. Windows 3.x und neuere, für Windows entwickelte Programme sprechen auch diesen Bereich an.

Um mit diesem Erweiterungsspeicher arbeiten zu können, muß ein spezielles Programm, der Erweiterungsspeicher-Manager, installiert werden. Dieser verhindert, daß unterschiedliche Programme denselben Teil des XMS-Speichers gleichzeitig belegen. DOS 5.0 und spätere Versionen enthalten den XMS-Manager HIMEM. Er entspricht den XMS-Spezifikationen von Lotus, Intel und Microsoft.

Das High Memory

Als High Memory bezeichnet man die ersten 64 Kbyte im unteren Teil des Zusatzspeichers (siehe Bild 5.16). Auch dieser Speicherbereich ist nur für einen 80286 oder höheren Prozessor mit einem Zusatzprogramm verfügbar. Gelegentlich wird dieser Speicherbereich auch als High Memory Area (HMA) bezeichnet. Die neueren DOS-Versionen ab 5.0 verlegen Teile des Betriebssystems in diesen Bereich und schaffen so zusätzlichen Platz im konventionellen Speicher.

Virtuelles Laufwerk (RAMDrive)

Virtuelle Laufwerke erhöhen die Verarbeitungsgeschwindigkeit

Mit Hilfe von speziellen Treiberprogrammen kann ein Teil des Systemspeichers zum Emulieren eines schnellen Festplattenlaufwerks umfunktioniert werden, das heißt, im RAM-Speicher wird ein Festplattenlaufwerk simuliert, in das der Rechner seine Daten ablegen und lesen kann. Virtuelle Laufwerke erhöhen die Verarbeitungsgeschwindigkeit, da die CPU schneller auf den RAM-Speicher als auf die Festplatte zugreifen kann.

2.5 DOS 7 von Novell

Berücksichtigt man die vielen Millionen installierten PCs älterer Bauart, so gibt es hier nach wie vor einen großen Markt für DOS. Denn diese Rechner mit den 80286- und i386-Prozessoren mit 16 bis 25 MHz, die meist nur 1 oder 2 Mbyte Arbeitsspeicher haben und 40-Mbyte-Festplatten, sind für Windows nicht ausreichend. Außerdem hat sich so mancher Anwender an sein altes DOS-Anwendungsprogramm gewöhnt und mag gar nicht auf dessen Windows-Version umsteigen.

Novell DOS 7 ist der Nachfolger von DR DOS

Dies hat womöglich Novell bewogen, relativ spät ein wesentlich verbessertes DOS-Beriebssystem zu entwickeln und es Anfang 1994 auf den Markt zu bringen. Novell DOS 7 ist die Weiterentwicklung des DR DOS-Betriebssystems von Digital Research. Durch seine integrierten Netzwerkeinrichtungen ist es besonders für Büros interessant, in denen mehrere ältere PCs ohne große

Integrierte Netzwerk-Software

Kosten vernetzt werden sollen. DOS 7 enthält das ebenfalls Anfang 1994 vorgestellte Netzwerk »Personal NetWare« von Novell, den Nachfolger von NetWare-Light. Personal NetWare ist zwar auch als eigene Version erhältlich, aber in vollem Umfang und ohne Einschränkungen in DOS 7 enthalten.

Personal NetWare ist ein Peer-to-Peer-Netzwerkbetriebssystem. Jeder PC kann dabei sowohl als Client, wie auch als Server operieren, der seine Ressourcen den angeschlossenen Clients zur Verfügung stellt (mehr Informationen über Peer-to-Peer-Netze steht im Kapitel Kommunikation). Selbstverständlich enthält DOS 7 auch Einrichtungen zum Anschluß an andere bestehende Netzwerke.

Einfache Installation und Bedienung

DOS 7 besteht natürlich nicht nur aus dem Netzwerkteil, sondern bietet auch noch andere Vorteile gegenüber anderen DOS-Betriebssystemen. Bereits bei der Installation zeigt sich, daß Novell an einem einfachen Umgang mit dem Betriebssystem gelegen ist. So erfolgt nicht nur die Installation vollkommen menügesteuert, sondern auch ein späteres Aktualisieren, wenn DOS 7 an neue Hardware angepaßt werden muß (Bildschirm, Speicher usw.). Kopiert man bei der Installation das gesamte Betriebssystem mit allen Hilfs- und Lernprogrammen, so benötigt DOS 7 15 Mbyte Speicher auf der Festplatte – gut, daß es bei der Installation je nach Auswahl der zu kopierenden Dateien anzeigt, wieviel Speicher benötigt wird und wieviel dann noch zur Verfügung steht.

Auch die AUTOEXEC.BAT- und CONFIG.SYS-Datei motifiziert DOS 7 selbst, was vor allem Anfänger sehr entlastet. Je nach Vorgabe können dabei alte Einstellungen beibehalten oder für eventuell auftretende Schwierigkeiten gespeichert werden. Auf Wunsch paßt sich DOS 7 selbst an die vorhandene Hardware an und stellt die Speicherverwaltung optimal ein.

Integrierte Komprimierung

Weiterhin enthält DOS 7 ein Programm zur Festplattenkomprimierung (ähnlich wie MS-DOS), das vor allem für Besitzer kleinerer Festplatten wichtig ist, da sich der Kauf einer größeren Festplatte dadurch eventuell vermeiden läßt. Entscheidet sich der Anwender, seine gesamte Festplatte zu komprimieren, so wird ein zusätzliches, unkomprimiertes kleines Laufwerk auf dieser Festplatte installiert, auf der die benötigten Boot-Dateien zum Rechnerstart unkomprimiert abgelegt werden.

Multitasking unter DOS

Um mehrere Programme gleichzeitig öffnen zu können, enthalten andere DOS-Versionen bisher nur den sogenannten »Task-Switcher«. Allerdings mußte hierzu das zuerst geöffnete Programm stillgelegt werden – von einer Hintergrundverarbeitung also keine Rede. Eigentümern von Rechnern mit 80286-Prozessoren bleibt auch unter DOS 7 nur diese Möglichkeit, für 386er- und höhere PCs bietet sich hier erstmals unter DOS Multitasking an – völlig ohne Windows. Man kann also zum Beispiel im Hintergrund Dateien ausdrucken und im Vordergrund weiter mit einem Programm arbeiten.

Viele Hilfsutensilien

Wie inzwischen üblich, enthält auch DOS 7 verschiedene Hilfsprogramme (Utilities), die dem Anwender das Leben leichter und sicherer machen sollen. Letzterem dient zum Beispiel das Virenschutzprogramm »Search & Destroy« und »Fastback« zur Datensicherung. Da Novell-DOS auch eine Netzwerksoftware integriert hat, bietet es die dazu nötigen Einrichtungen wie zum Beispiel den Paßwortschutz.

DOS 7 von Novell unterstützt natürlich auch Windows 3.x und Windows für Workgroups, wie andere DOS-Betriebssysteme eben auch.

2.6 Die Betriebssystemerweiterung für DOS: Windows

Grafische Bedieneroberfläche (GUI)

Bei der Beschreibung des DOS-Betriebssystems konnte man feststellen, daß die Befehle teilweise sehr abstrakt sind und dem Anwender in ihrer Struktur und Zuammensetzung bekannt sein müssen, wenn er Kommandos eingeben will. Der Wunsch nach einer grafischen Benutzeroberfläche (engl. Graphical User Interface = GUI) für die Computer mit dem DOS-Betriebssystem wurde daher mit der Zeit immer größer. Das erkannten auch Microsoft und Digital Research. Microsoft entwickelte das Programmpaket Windows und Digital Research GEM (Graphics Environment Manager). Beiden Applikationen gemeinsam war die Forderung, dem Benutzer ein leichtes Einarbeiten und Bedienen ohne spezielles Computerwissen zu ermöglichen.

Funktionelle Erweiterung von DOS

GEM und Windows haben unter dem MS-DOS-Betriebssystem dieselben Aufgaben: Sie sollen einerseits das für grafische Applikationen unzureichende Betriebssystem funktionell erweitern und andererseits die für Grafikanwendungen geräteunabhängigen Schnittstellen für die Ein- und Ausgabe schaffen. Während GEM bei den Amiga-Systemen von Commodore und vor allem bei den Atari-PCs mit dem TOS-Betriebssystem (Tramiel Operating System) seinen Einsatz findet, konnte es sich im DOS-Bereich nicht durchsetzen. Hier hat sich Windows als Standard etabliert.

Windows benötigt DOS als Betriebssystem

Windows ist mehr als nur eine grafische Benutzeroberfläche und enthält Funktionen, die weit über die Beschränkungen des DOS-Betriebssystems hinausgehen. Nur mit Windows gemeinsam kann DOS die Möglichkeiten der modernen Prozessoren überhaupt einigermaßen nutzen, weshalb es auch hier gleich nach den DOS-Betriebssystemen vorgestellt wird. Damit sind wir auch gleich beim Nachteil von Windows: Da es kein eigenständiges Betriebssystem ist, muß es immer über das »beschränkte« DOS mit der Hardware kommunizieren, womit sein Leistungsspektrum von vornherein schon wieder eingeschränkt ist.

Der Name »Windows« steht übrigens für Fenster (bzw. Displays), die charakteristisch für grafische Bedieneroberflächen sind. Den Benutzern von Apples Macintosh wird die Erscheinungsweise von Windows auf Anhieb bekannt vorkommen: Sie gleichen sich wie Zwillinge. Das wiederum hat dazu geführt, daß sich Microsoft und Apple deswegen vor Gericht wiederfanden.

Viele Fenster in Windows

Unter Windows lassen sich ebenso wie auf dem Mac oder dem OS/2-Betriebssystem mehrere Fenster gleichzeitig öffnen und in ihrer Größe verändern. In solchen Fenstern kann man nun verschiedene Anwendungen oder Darstellungen hinterlegen, zum Beispiel verschiedene Programme, Dateien und/oder Hilfsutensilien wie Uhr, Taschenrechner geöffnet halten. Windows wird vom Anwender mit Symbolen, Menüs und überwiegend mit der Maus gesteuert.

Windows und / oder DOS?

Die Aufgabe von Windows innerhalb des Industriestandards mag auf den ersten Blick für den Anwender etwas verwirrend sein. Wann setzt man also MS-DOS alleine und wann zusammen mit

Windows ein? Die Antwort gibt vor allem der verwendete Prozessor: DOS ist immer noch ein auf den 8086/8088-CPUs basierendes Betriebssystem und nützt die Möglichkeiten der heutigen Prozessoren nicht voll aus. Auf den alten CPUs wären Betriebssysteme mit grafischer Oberfläche viel zu langsam. Da es aber auch heute noch viele Millionen Computer mit diesen alten CPUs gibt, hält Microsoft an MS-DOS fest, das auch in der neuen 6er-Version eine einfache Bedienerführung und eine eingeschränkte Speicherverwaltung hat.

Die wesentlichen Vorteile von Windows haben sich erst im Laufe der Zeit entwickelt, wie nachfolgend beschrieben wird.

Von Windows/286 zu Windows 3.1

Die ersten Versionen

Die erste Version hieß Windows/286 und wurde für die 80286er-CPUs entwickelt und lief unter DOS 3.3. Der Nachfolger Windows/286 2.10 unterstützte die Intel-Rechner 8086 bis 80386 und basierte auf DOS 4.01. In dieser Ausführung war Windows bereits in der Lage, das Extended Memory mit 64 Kbyte zusätzlichem Arbeitsspeicher und Expanded Memory zu nutzen. Allerdings wurden die Möglichkeiten der 386er-Prozessoren nicht richtig genutzt. Das geschah erst mit Windows/386, das durch die 32-Bit-Adressierung einen größeren Speicherbereich ansprechen konnte. Nun war es auch möglich, mehrere 8086er-CPUs zu emulieren, womit das Vorhandensein mehrerer Prozessoren vorgetäuscht wurde (virtuelle Maschinen). Trotz all dieser Vorteile konnte sich Windows nicht so richtig durchsetzen, da es für Laien relativ schwer zu installieren war und auch die Software-Industrie zu wenig windowsspezifische Software schrieb.

Durchbruch

Erst als 1990 Windows 3.0 vorgestellt wurde, brach eine richtige Windows-Euphorie aus. Die Integrationsfähigkeit von verschiedenen Anwendungsprogrammen, einheitliche Druckertreiber, leichtere Installationsroutinen, eine verbesserte Speicherverwaltung und viele weitere Verbesserungen führten dazu, daß auch die Softwarehäuser endlich speziell für Windows konzipierte Programme herstellten. Nach den Angaben von Microsoft wurden über 10 Millionen dieser Version verkauft. Allerdings klagten viele Anwender, daß ihr Rechner zu langsam und auch sonst noch nicht alles zum Besten sei. So folgte bereits 1992 die Ausgabe 3.1 von Windows.

Windows 3.1 und Windows für Workgroups 3.11

Auch für Einzelplatz-PCs sehr interessant

Die Nachfolgeversionen von Windows 3.0 sind 3.1 und Windows für Workgroups 3.11, das für Einzelplatz-PCs genausogut geeignet ist und gegenüber Windows 3.1 viele Vorteile besitzt. Beide Programme benötigen nach wie vor ein DOS-Betriebssystem zum Betrieb. Deshalb muß man zum Betrieb eines Rechners erst einmal das Betriebssystem DOS und dann Windows installieren. Da für den Anwender nicht einzusehen ist, warum er umständlich zwei verschiedene Betriebssysteme erwerben und aufeinander abstimmen muß, ist es also an der Zeit, daß das Betriebssystem der 90er Jahre (so Microsoft über Windows) endlich die Funktionen eines Betriebssystems integriert und selbständig wird. Es dauerte immerhin bis 1995, bis Microsoft diese Forderung erfüllte.

Unterstützt die alten 8086/8088-CPUs nicht mehr

Windows 3.1 und 3.11 für Workgroups unterstützen die alten 8086/8088-CPUs nicht mehr und operieren am besten im erweiterten 386er Mode (andere Bezeichnungen für diese Betriebsart sind Enhanced Mode oder Protected Mode). Bis zu 16 Mbyte RAM verwaltet Windows direkt. Weiterer Speicherplatz läßt sich bei Bedarf durch einen virtuellen (scheinbaren) Speicher auf der Festplatte einrichten.

Einfachere Anpassung

Mußte unter DOS noch jedes Programm einzeln auf die verwendete Hardware (zum Beispiel Drucker, Scanner und Bildschirme) angepaßt werden, so ist das bei Windows nicht mehr notwendig. Es stülpt sich sozusagen über die Anwenderprogramme und steuert alle Geräte zentral.

Multitasking

Durch Multitasking kann man mit Windows mit mehreren Programmen gleichzeitig arbeiten (siehe Kasten auf Seite 256). Die Fenstertechnik erlaubt das gleichzeitige Öffnen mehrerer Programme und das Umschalten von einem Programm zum anderen. Diese Fenster lassen sich vergrößern, verkleinern und beliebig auf dem Bildschirm plazieren.

Die Betriebsmodi von Windows 3.x

Der Standard-Mode

Dieser Modus setzt mindestens einen AT-Rechner (80286) mit 1 Mbyte Hauptspeicher voraus. Hier durchbricht Windows die 640-Kbyte-Beschränkung von DOS und kann auf den gesamten verfügbaren Erweiterungsspeicher bis 16 Mbyte zugreifen. Der Erweiterungsspeicher (Extended Memory) ist im Grunde einfach als Erweiterung des Hauptspeichers anzusehen. In diesem Modus können sowohl mehrere Windows-Anwendungen gleichzeitig ablaufen, als auch zwischen DOS-Programmen umgeschaltet werden.

Der 386er-Mode (Protected Mode)

Diese für Windows optimale Betriebsart setzt mindestens einen 80386-SX-Prozessor oder einen höheren mit 2 Mbyte RAM voraus. Auch hier können mehrere Windows-Programme betrieben und zwischen DOS-Programmen umgeschaltet werden. Die virtuelle Speicherverwaltung lagert Daten zeitweilig auf die Festplatte aus, wenn der RAM-Speicher nicht ausreicht.

Der Real-Mode

Diese Betriebsart wurde nur bis zur Version 3.0 unterstützt, Windows 3.1 läuft nicht mehr unter diesem Modus. Er wurde speziell für die 8086/8088-CPUs entworfen, die mit maximal 640 Kbyte Arbeitsspeicher ausgerüstet waren.

Bildschirmdarstellung

Auch die Darstellung auf dem Bildschirm wurde wesentlich anders als bei DOS-Anwendungsprogrammen. Diese verwenden für die Zeichendarstellung den Zeichengenerator des PC und sind auf dessen Möglichkeiten beschränkt. Bei Windows-Programmen können hingegen viele Schriftarten und -größen geladen und auch auf dem Bildschirm dargestellt werden. Aber nicht nur Schriften lassen sich originalgetreu auf dem Monitor darstellen, sondern auch Grafiken und Bilder, Tabellen und Formeln. Stimmt die Darstellung auf dem Bildschirm auch noch mit dem Ausdruck überein, so nennt man dies WYSIWYG-Darstellung (What you see is what you get, was sinngemäß so viel bedeutet wie: Was man auf dem Bildschirm sieht, ist das, was der Drucker ausgibt).

Multitasking

Oft spricht man davon, daß Windows multitaskingfähig ist. Von Multitasking spricht man dann, wenn ein Rechner mehrere Aufgaben gleichzeitig erledigen kann. Das ist zum Beispiel dann der Fall, wenn im Vordergrund mit der Textverarbeitung gearbeitet wird und im Hintergrund ein Datenbankprogramm umfangreiche Werte sortiert. Prinzipiell unterscheidet man zwischen kooperativem und preemtivem Multitasking.

Kooperatives Multitasking

Hier bestimmt nicht das Betriebssystem über die Aufteilung der Prozessorzeit, sondern die Anwendungsprogramme selbst. Windows 3.x verwendet diese Art von Multitasking. Deshalb müssen sich die Programme genau an ganz bestimmte Regeln halten. Erst wenn ein Programm eine Betriebssystemfunktion aufruft, hat Windows die Möglichkeit, dem anderen Programm im Hintergrund Prozessorzeit zuzuweisen. Die Bezeichnung kooperatives Multitasking deutet ja schon darauf hin, daß sich die Programme kooperativ verhalten müssen.

Preemtives Multitasking

Bei diesem Prinzip wird jedem Programm vom Betriebssystem für eine bestimmte Zeit Prozessorleistung zur Verfügung gestellt, die die Programme hintereinander nutzen. Ist die Zeit abgelaufen, wird dem nächsten Programm der Prozessor zugeteilt. Das preemtive Multitasking verhindert, daß ein Programm selbständig bestimmt, wie lange es den Prozessor beansprucht oder ihn gar über längere Zeit nicht mehr freigibt. Windows 95 unterstützt preemtives Multitasking.

Menügesteuerte Installation

Neben all diesen technischen Finessen wurde auch die Installation von Windows auf dem PC durch das menügesteuerte Setup-Programm wesentlich verbessert. Es erkennt von selbst nicht nur den eingebauten Prozessor, sondern auch Bildschirm, Tastatur, Maus, Speichergröße und Festplatte. Auch die Anpassung der Druckertreiber und die Aktualisierung der CONFIG.SYS und AUTOEXEC.BAT-Dateien übernimmt Windows selbst.

Der Programm-Manager

Nach dem Programmstart erscheint der »Programm-Manager« auf dem Bildschirm (Bild 5.19). Dieser zeigt alle Programme als

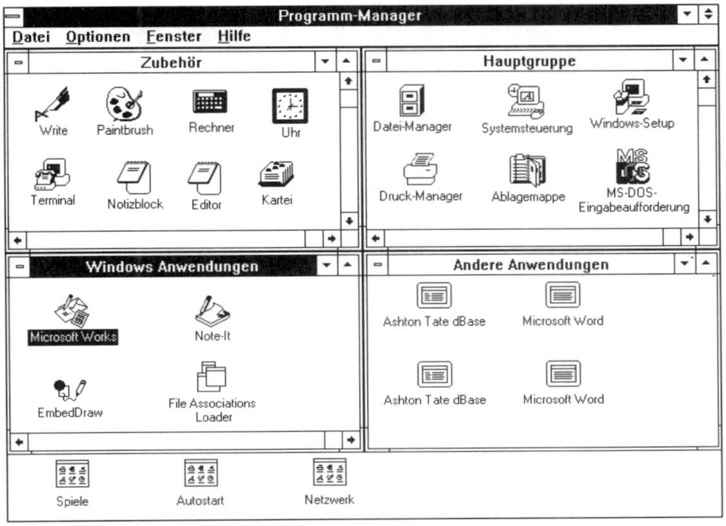

Bild 5.19. Der Programm-Manager von Windows für Workgroups 3.11

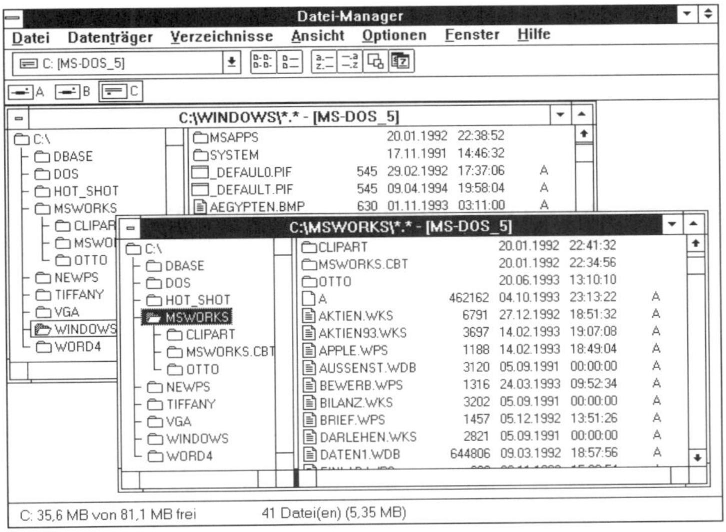

Bild 5.20. Der File-(Datei-)Manager

Symbole in seinem Fenster an. Nach dem Wechsel in den »Datei-Manager« (Bild 5.20) zeigt dieser zunächst die Verzeichnisstruktur des aktuellen Laufwerks in grafischer Form. Mit Hilfe der

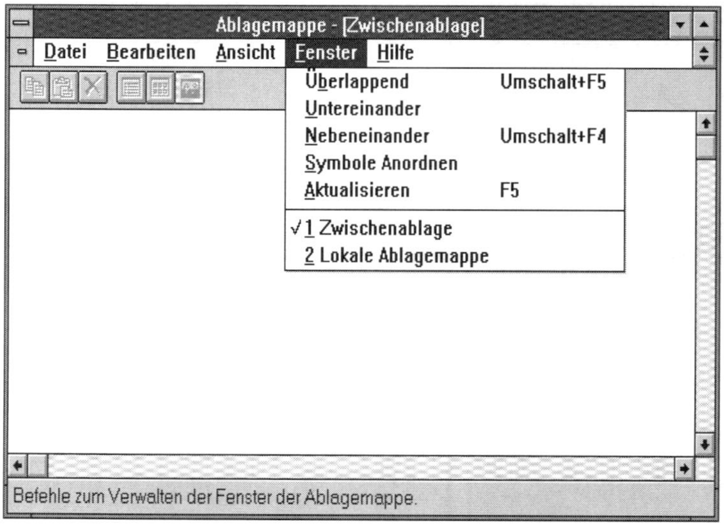

Bild 5.21. In der Ablagemappe lassen sich Daten dauerhaft oder vorübergehend speichern

Maus klickt der Anwender nun einfach in das Verzeichnis, dessen Dateien er in einem neuen Fenster sehen möchte.

Die Zwischenablage

Die einfachste Art und Weise, einen Text, eine Grafik, ein Bild oder sonstige Daten von einem Programm in ein anderes zu kopieren geht über die Zwischenablage. Hat man zum Beispiel eine Zeichnung mit Paintbrush erstellt und möchte sie im Textverarbeitungsprogramm Write zusammen mit einem Text ausdrucken, so kopiert man die Zeichnung einfach im Paintbrush in die Zwischenablage und holt sie im Programm Write wieder heraus.

Windows bietet darüber hinaus aber noch zwei weitere Möglichkeiten für die Verbindung von Programmen und Dateien, die in vielen Fällen wesentlich bequemer und auch sehr sinnvoll sind:

Der dynamische Datenaustausch

1. Mit DDE (Dynamic Data Exchange = Dynamischer Datenaustausch) werden die Daten nicht einfach von einem Programm in ein anderes kopiert, sondern nur ein Verweis auf die einzufügende Grafik oder Datei angegeben. Ein Beispiel hierfür ist die Einbindung einer Geschäftsgrafik aus einem Tabellenkalkulationsprogramm in ein Textdokument eines Textverarbeitungsprogramms. Durch die-

sen Verweis werden Text und Grafik auf dem Bildschirm sichtbar und als ganze Seite ausgedruckt. Wird nun die Grafik in ihrem Erzeugerprogramm geändert, so wird sie automatisch im Textverarbeitungsprogramm aktualisiert.

Verknüpfte und eingebundene Objekte

2. Eine andere Verfahrensweise bietet OLE (Object Linking and Embedding = Objekte verknüpfen und einbinden). Objekte sind auch hier Grafiken, Bilder, Teile eines Textdokumentes usw. Das Verknüpfen von Dokumenten geschieht ähnlich wie beim DDE. Im Unterschied zu DDE kann bei der OLE-Verknüpfung jedoch die eingeführte Datei direkt in dem Programm geändert werden, in dem sie eingebunden ist. Alle Änderungen werden auch in der Originaldatei ausgeführt. Als Beispiel nehmen wir hier eine Datenbank mit einer Warenliste und verknüpfen diese mit einem Dokument eines Textverarbeitungsprogrammes. Stellen wir im Textverarbeitungsprogramm fest, daß die Warenliste geändert werden müßte, so kann das sofort an Ort und Stelle gemacht werden. Alle im Textverarbeitungsprogramm eingegebenen Korrekturen werden nun auch im Datenbankprogramm geändert.

Die Zubehörprogramme

Windows 3.1 enthält zudem einige Zubehörprogramme, die den Einstieg und den Umgang mit dem Computer erleichtern sollen. Mit Windows 3.1 erwirbt man gleichzeitig:

- ein relativ einfaches Textverarbeitungsprogramm namens »Write«, mit dem man mehr als nur die Schreibmaschine ersetzen kann;
- das farbige Malprogramm »Paintbrush« in der Windows-Version zum Erstellen von Zeichnungen und Grafiken;
- verschiedene elektronische »Schreibtischutensilien« wie Taschenrechner, Notizblock, Uhr, Karteikasten, Kalender und einen Makrorecorder. Mit seiner Hilfe können Tastaturanschläge und Mausklicks aufgezeichnet und damit für wiederkehrende Arbeiten gespeichert werden;
- das Kommunikationsprogramm »Terminal«, mit dem man Daten per Modem versenden oder holen kann (zum Beispiel aus einer elektronischen Mailbox).
- Gegenüber der 3.0-Version bietet Windows jetzt auch Einbindung von Ton- und Videoinformationen. So kann man jetzt auch Multimedia-Anwendungen nutzen (neben Text, Bild und Grafik also auch Video- und Tonsequenzen).

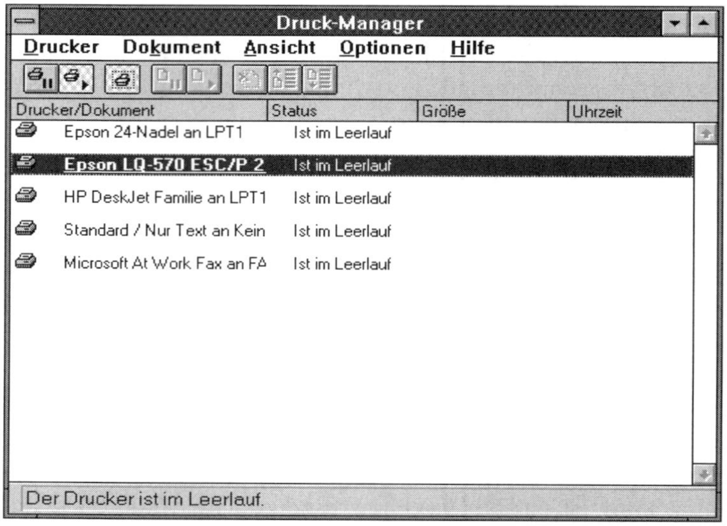

Bild 5.22. Im Fenster »Druck-Manager« legt man fest, auf welchem Drucker das Dokument ausgegeben werden soll

Schreiben und Malen mit Windows: Write und Paintbrush

Gerade für den Einsteiger enthält Windows 3.x zwei Programme, mit denen man sich anfangs gut behelfen und den PC erlernen kann: Write und Paintbrush. Das massenhafte Angebot an Software macht es gerade für den Anfänger unmöglich, das für ihn Geeignete auf Anhieb zu finden. Schön, wenn man dann mehr oder weniger gratis Programme zum Probieren hat, um den eigenen Bedarf etwas genauer spezifizieren zu können.

Windows für Workgroups

Die Vorteile gegenüber Windows 3.1

Windows für Workgroups 3.11 bietet auch bei einer Einzelplatzinstallation neben dem oben genannten Zubehör weitere Funktionen und Verbesserungen an, die sicher für einen Umstieg von Windows 3.1 auf die Workgroup-Version sprechen, zum Beispiel:

- Durch zusätzliche 32-Bit-Module wird der Zugriff auf Festplatten und Dateien deutlich schneller.
- Der Datei-Manager wurde erweitert. Er ist nun auch zentrales Schaltpult zur Freigabe und Verbindung zu Netzwerken und hat eine frei konfigurierbare Symbolleiste.

- Der Druckmanager bietet zusätzliche Netzfunktionen (Freigabe und Nutzung von Netzwerkdruckern).
- 3.11 enthält bereits die komplette Software für ein Peer-to-Peer-Netzwerk (siehe auch Kapitel Kommunikation); ein Zukauf externer Netzprogramme ist nicht erforderlich.
- Für die Terminplanung steht das Programm »Schedule+« zur Verfügung. Dieser integrierte Planer kann sowohl im Netzwerk als auch bei Einzelplätzen eingesetzt werden.
- Mit »At Work PC Fax« kann man Nachrichten aus dem Computer direkt in einen anderen Computer oder ein normales Faxgerät versenden – ein Faxmodem natürlich vorausgesetzt.

Die Netzwerkfunktionen von Windows für Workgroups 3.11

Der PC im Netz

Der persönliche Computer ist zwar nicht mehrplatzfähig, dafür aber netzwerkfähig. Da PCs sich in den Betrieben mittlerweile mit unglaublicher Geschwindigkeit vermehrt haben, besteht natürlich der Wunsch, diese auch miteinander zu verbinden. Einerseits um Daten auszutauschen, andererseits um auf große Datenbestände oder Drucker gemeinsam zugreifen zu können. Microsoft unterstützt dies mit einem einfachen, aber preiswerten Netzwerk und bietet hierfür Windows für Workgroups, das sich weitgehend selbst installiert. Man benötigt allerdings noch Windows-kompatible Netzwerkkarten und die Verkabelung.

Dateien können gegen Lesen und Überschreiben geschützt und die angeschlossenen Peripheriegeräte, zum Beispiel Drucker, CD-ROM oder Faxkarten, von jedem PC erreicht werden. Das Netzwerk wirkt hierbei immer im Hintergrund. Man kann also mit seinem PC weiterarbeiten, während er gleichzeitig von anderen Teilnehmern genutzt wird.

Die elektronische Post, Microsoft Mail, verwaltet interne Mitteilungen, die aus den verschiedensten Objekten bestehen können (Texte, Bilder, Grafiken usw.). Mitteilungen lassen sich auch direkt aus den Anwendungsprogrammen heraus versenden.

Hardware-Voraussetzungen

Erst ab den 386er-Prozessoren einsetzbar

Wer Windows 3.x installieren will, benötigt mindestens einen i386SX-Prozessor, da der 80286 nicht mehr unterstützt wird – sicher eine gute Entscheidung, denn auf einem 80286 wäre Windows sowieso zum Einschlafen.

4 bis 8 Mbyte Hauptspeicher und eine große Festplatte

Die Voraussetzung für ein effektives Arbeiten mit Windows ist ein PC mit einem 386er- oder noch besser einem 486er-Prozessor, mindestens 4 Mbyte RAM-Speicher. Will man mit mehreren Programmen gleichzeitig arbeiten, sind 8 Mbyte und mehr allerdings empfehlenswert. Ein monochromer VGA-Bildschirm hat bei den heutigen Bildschirmpreisen kaum noch einen Sinn, zumal Windows erst durch Farbe mit einem 15-Zoll-Monitor so richtig ansprechend wird. Eine Maus und eine ausreichend dimensionierte Festplatte (heute sind 500 Mbyte bis 1 Gbyte und eine kurze Zugriffszeit unter 15 ms üblich) gehören ebenso zur Standardausrüstung bei Windows. Windows selbst benötigt für die Installation auf der Festplatte etwa 10 bis 15 Mbyte freien Speicherplatz, nimmt man noch einen eventuell benötigten virtuellen Speicher an, so muß man für Windows selbst ca. 20 Mbyte rechnen. Geht man davon aus, daß die Windows-Anwendungsprogramme ebensoviel Speicher benötigen und auch deren erzeugte Dateien ebenfalls sehr verschwenderisch mit der Speicherkapazität umgehen, so kann die Festplattenkapazität nicht groß genug sein. Vor allem dann, wenn man auch Videos bearbeiten möchte.

3 Endlich selbständig: Windows 95

Der Standard der Vergangenheit

Etwa 15 Jahre hat das Betriebssystem MS-DOS bzw. PC-DOS die Rechner mit Intel-Prozessoren und deren Kompatible beherrscht. Bei den Fortschritten, die die Computerhardware in dieser Zeit gemacht hat, ist das mehr als erstaunlich! So mußte DOS auch mit vielen Krücken an die moderne Hardware angepaßt werden. Die bisherige Betriebssystemerweiterung Windows konnte zwar die Einschränkungen von DOS größtenteils umgehen, war aber für die heutigen schnellen Prozessoren durch die überwiegende 16-Bit-Struktur auch zu langsam. Immerhin ist Windows auch schon ca. 10 Jahre alt. Es war also dringend erforderlich, für die modernen, leistungsfähigen Prozessoren endlich ein adäquates Betriebssystem zu schaffen, das von DOS unabhängig war. Da IBM mit OS/2 bereits über ein solches verfügte, mußte auch Microsoft aktiv werden.

Windows 95 und WindowsNT

Es wurde also Zeit, daß DOS und Windows 3.x in den Ruhestand gehen. Der Nachfolger für beide heißt Windows 95. Im Gegensatz zum bisherigen Windows ist »Win 95« ein eigenständiges Betriebssystem, das ohne DOS auskommt und speziell für die 32-Bit-Prozessoren geschaffen wurde. Das bedeutet aber gleichzeitig, daß der Rechner mindestens mit einer i386-CPU (oder einer höheren) ausgestattet sein muß. Im Gegensatz zu WindowsNT (siehe S. 270), das auf verschiedenen Rechnerplattformen eingesetzt werden kann, verlangt Windows 95 unbedingt eine Intel-CPU oder eine dazu kompatible.

Kompatibilität

Unter Windows 95 kann man natürlich auch alle bisherigen Windows-Anwendungsprogramme weiter verwenden. Und zur Beruhigung aller, die daneben noch ihre vorhandenen DOS-Programme weiter nutzen wollen: Unter Windows 95 laufen nach wie vor auch DOS-Programme. Und wer sich absolut nicht von seinen liebgewordenen DOS-Befehlen trennen will, der kann eine DOS-Box öffnen und darf nach wie vor umständlich per Tastatur seine DOS-Befehle eingeben. Im wesentlichen bleiben die alten Befehle erhalten, einige sind jedoch erweitert worden und neue hinzugekommen. Selbst mehrere DOS-Programme können gleichzeitig angewendet werden. Windows 95 kommt

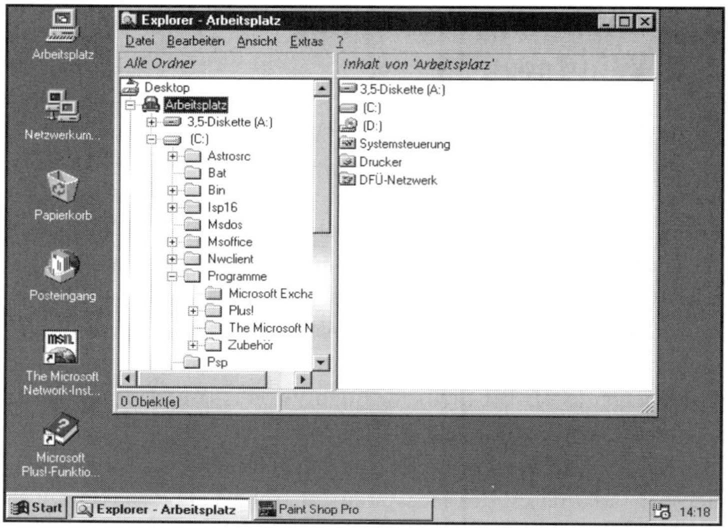

Bild 5.23. Windows 95 präsentiert sich mit einer neuen Schaltzentrale. Der Explorer löst den Programm- und Dateimanager ab

zwar ohne DOS-Betriebssystem aus, basiert aber dennoch in seiner Grundstruktur auf diesem Betriebssystem und ist daher auch zu diesem kompatibel.

Durchgängige Speicheradressierung

Windows 95 ist ein 32-Bit-Betriebssystem und nutzt nun alle Möglichkeiten, die die derzeitigen Prozessoren heute bieten. Zu den vielen Vorteilen der 32-Bit-Technologie gehört auch, daß man nun endlich den gesamten Arbeitsspeicher linear (durchgängig) adressieren kann. Beim Vorgänger mußte man den Arbeitsspeicher erst in mehrere Sektoren zerlegen und über spezielle Treiber ansprechen. Die durchgängige Adressierung beschleunigt nicht nur den Zugriff, sondern ist auch unanfälliger für Fehler und bereitet weniger Schwierigkeiten.

Die neue Bedienungsoberfläche von Windows 95

Dreidimensionelle Darstellung

Bereits die optische Erscheinung von Windows 95 setzt sich deutlich von den bisherigen Versionen ab. Anwender von Windows 3.x werden erkennen müssen, daß hier kaum etwas so geblieben ist, wie es war. Völlig neu gestaltet und strukturiert im 3D-Look, soll Win 95 neue Käufer locken. Was allerdings so neu aussieht, ist teilweise schon vom Apple-Betriebssystem oder OS/2 bekannt.

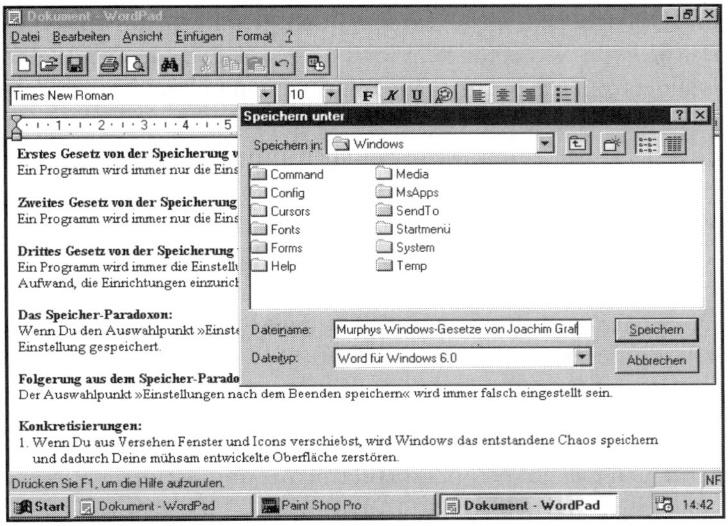

Bild 5.24. Bis zu 255 Zeichen und auch Wortzwischenräume dürfen Dateien jetzt enthalten

Neue Programm- und Dateiorganisation

Das neue Windows unterscheidet nicht mehr so drastisch zwischen Programmen und Daten wie bisher. Wie bei anderen Betriebssystemen hat jetzt jede Datei ein eigenes Icon. Jede Anwendung hat nun dasselbe Icon wie das dazugehörende Programm, soweit es installiert ist. Bei Win 95 dürfen die Dateinamen jetzt bis zu 255 Zeichen lang sein und auch Wortzwischenräume enthalten – bisher war man auf acht Zeichen und eine dreistellige Erweiterung beschränkt. Wen diese bisherigen Erweiterungen der Dateinamen immer störte, der kann jetzt aufatmen: Sie erscheinen nur noch auf ausdrücklichen Wunsch des Anwenders. Allerdings können nur neue, speziell für Win 95 entwickelte Anwendungsprogramme diese Neuerung nutzen. Neben den Datei-Attributen können auch weitere Informationen wie Autorennamen, Schlüsselwörter oder sogar eine Zusammenfassung des Dateiinhaltes abgelegt werden. So kann man dann Win 95 nach Dateien mit einem bestimmten Inhalt suchen lassen, wenn man den Dateinamen nicht mehr weiß.

Organisiert wie ein Büro

Wie beim Apple-Betriebssystem organisiert Win 95 die Dateien und Programme in Ordnern, die auch ineinander verschachtelt sein dürfen. Die ganze Benutzeroberfläche (zum Beispiel Fenster und Dialogboxen) sind dreidimensional gestaltet, wie man es zum Beispiel von Word für Windows oder von Excel kennt. Einige Dialogboxen haben zudem mehrere Schichten (ähnlich wie Karteikarten), von denen jede direkt anwählbar ist. Auch die objektorientierte Bedienungsweise fand bei Win 95 Einzug: Darunter versteht man, daß nicht mehr die Menüs im Vordergrund stehen, sondern die Dateien (Objekte), egal ob es sich nun um Dokumente oder Programme handelt. Sobald man ein Objekt mit der Maus anklickt, zeigt Windows direkt neben dem Symbol ein auf das Objekt zugeschnittenes Menü, das nur solche Funktionen enthält, die auf dieses Objekt zutreffen.

Auch der vom Apple Macintosh bekannte Papierkorb findet sich in Win 95 wieder. Per Drag and Drop (ziehen und fallen lassen) kann man hier auf besonders einfache Art und Weise nicht mehr benötigte Dateien löschen.

Für den komfortablen Datenaustausch

Bereits von Windows 3.x ist OLE (Object Linking and Embedding), mit dem man mittlerweile recht einfach Daten austauschen kann. Die zweite Generation von OLE kennt man bereits von Excel 5.0 und Word für Windows 6.0. Durch OLE muß man nicht mehr zwischen den Anwendungen hin und her wechseln, um ein Dokument zu bearbeiten.

Plug and Play

Dem Setzen von Jumpern und dem Bestimmen von I/O-Adressen bei der Hardware-Konfiguration sagt Win 95 ebenfalls den Kampf an: Plug and Play heißt die Technologie, die das ermöglichen soll. Durch diese intelligente Technik soll das Betriebssystem in der Lage sein, die eingebaute Hardware (zum Beispiel Erweiterungskarten oder CD-Laufwerke) selbständig zu erken-

Drag and Drop

Bereits von anderen Betriebssystemen ist das »Drag and Drop«-Verfahren (ziehen und fallen lassen) bekannt, das jetzt auch Windows bietet. Damit ist gemeint, daß man ein Symbol mit der Maus anklickt und auf ein anderes Symbol legt und dadurch eine entsprechende Aktion auslöst. Zum Beispiel läßt sich ein Dokument einfach löschen, wenn man sein Symbol in das des »Mülleimers« bewegt.

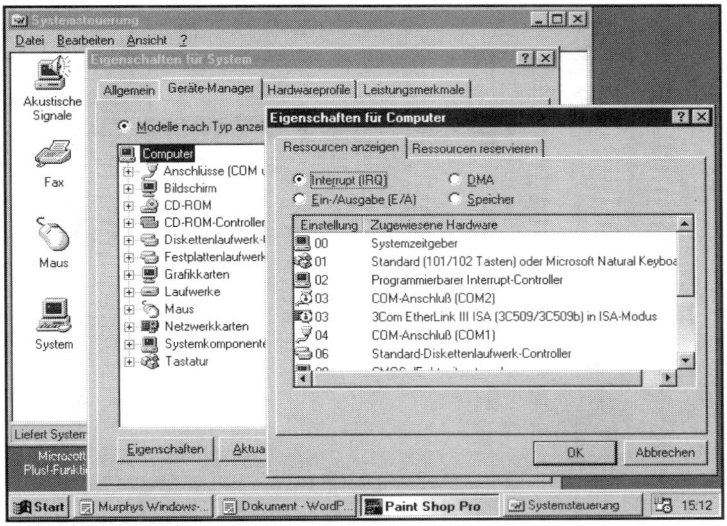

Bild 5.25. Einfache Konfiguration der Hardware

nen und zu konfigurieren. Das setzt aber voraus, daß das BIOS und die eingesetzte Hardware, also zum Beispiel die Erweiterungskarte, ebenfalls die Plug-and-Play-Technik unterstützen.

Multitasking und Multithreading

Multitasking

Endlich bekam Windows jetzt auch ein vernünftiges Multitasking: Windows teilt nun jedem Programm bestimmte Zeitscheiben mit, die es zur Verarbeitung brauchen darf. Diese Zeitscheiben sind für jedes Programm nur wenige Millisekunden lang. Erst wenn dieser Zeitrahmen verstrichen ist, wird auf ein anderes Programm umgeschaltet. Man nennt dies »preemptives Multitasking«. Auch diese für Windows neue Art, mehrere Programme gleichzeitig zu nutzen, erhöht die Betriebssicherheit. Bei den älteren Windows-Versionen bestimmten die Programme selbst, wie lange sie die Ressourcen des Rechners nutzen wollten. Das führte häufig zu Problemen, ja manchmal zu »Abstürzen« des Rechners. Allerdings kommt das preemptive Multitasking erst dann zum Tragen, wenn es von der Anwendungssoftware unterstützt wird.

Multithreading

Eine weitere Neuerung ist das sogenannte Multithreading, das innerhalb einer Anwendung mehrere unabhängige und gleichzei-

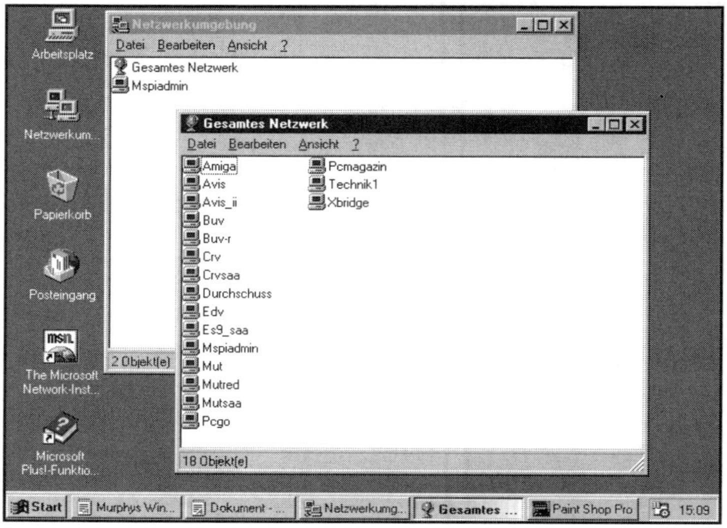

Bild 5.26. Per Mausklick erfolgt der Zugriff auf Netzrechner

tige Prozesse erlaubt: So könnte zum Beispiel beim Arbeiten mit einem Textverarbeitungsprogramm gleichzeitig Text eingegeben, ein anderes Dokument im Hintergrund gedruckt und in einem weiteren Dokument die Rechtschreibung geprüft werden. Aber auch hier gilt: Die Anwendungsprogramme müssen diese Möglichkeiten erst bieten!

Netzwerk

Leistungsfähiges Netzwerk

Auch Windows 95 bietet ein Peer-to-Peer-Netzwerk, wie man es bereits von Windows für Workgroups kennt, also ohne dedizierten (ausdrücklichen) Server. Durch die internen 32-Bit-Treiber wird das Netzwerk sogar schneller und robuster. Durch die neue Bedieneroberfläche reicht in der Regel ein Mausklick, und eine Verbindung wird hergestellt oder getrennt. Ebenso leicht ist die Konfiguration des Netzwerkes: Die Funktion »Netzwerk« erlaubt auf einfache Weise die Installation und Konfiguration der Netzwerkkarte und der Softwarekomponenten. So schlägt zum Beispiel Windows bei der Installation der Netzwerkkarte selbst eine mögliche Konfiguration vor.

Schutz durch Kontrollworte

Natürlich hat das Netzwerk auch entsprechende Schutzmechanismen gegen unerlaubte Eingriffe: Ist der Zugriff auf eine

Datei durch ein Kennwort geschützt, erscheint eine Dialogbox auf dem Bildschirm, in die das Kennwort eingetragen werden muß. Jeder, der Ressourcen zur Verfügung stellt, hat die Möglichkeit, für Schreib- und Lesezugriffe unterschiedliche Paßwörter zu vergeben. Dadurch kann man festlegen, ob die Daten nur gelesen oder auch geändert oder gelöscht werden dürfen.

Was Windows 95 sonst noch bietet

Windows Zubehör

Wie bereits bei Windows 3.x liefert Microsoft auch bei Win 95 einige Zubehörprogramme kostenlos mit:

- Für einfache Textverarbeitung dürfte das kleine Programm Wordpad wohl ausreichen, da es gegenüber Write von Windows 3.x um einige Funktionen erweitert wurde. Wordpad kann die Daten im Winword-6.0- oder als RTF-Format speichern.
- Das von Windows 3.x bekannte Malprogramm Paintbrush wurde in Paint umbenannt und um einige Funktionen erweitert.
- Unter dem Begriff Multimedia sind alle Unterprogramme aus den Bereichen Sound, Video und die Steuerung der Multimedia-Hardware untergebracht.
- Microsoft Exchance ist die Kommunikationszentrale für eingehende und ausgehende Post jeder Art.
- Natürlich gibt es auch für den Spieltrieb wieder einige kleine Spiele: Freecell, Hearts, Minesweeper und Solitär – und für den Ulk im Netzwerk ist mit Rumor auch gesorgt.
- Winpad besteht aus Kalender, Adressenverwaltung, Terminplaner und Notizbuch.

Hardware-Voraussetzungen für Windows 95

Windows 95 stellt an die Hardware die gleichen Anforderungen wie sein Vorgänger Windows 3.x und DOS: Microsoft setzt zwar lediglich einen i386 SX und 4 Mbyte voraus, in der Praxis sollten es aber mindestens ein i386DX mit 33 MHz oder besser noch ein i486 oder Pentium und 8 Mbyte Arbeitsspeicher sein.

Zum Schluß sei noch einmal betont, daß man erst mit den neuen, speziell für Windows 95 geschriebenen, Anwendungsprogrammen und der Plug-and-Play-Hardware alle Stärken dieses neuen Betriebssystemes nutzen kann.

4 WindowsNT

WindowsNT – das völlig andere Betriebssystem

Um von vornherein eventuellen Verwechslungen vorzubeugen: WindowsNT (NT steht für New Technology = neue Technologie) ist nicht das Nachfolgeprodukt von Windows 3.x oder Windows 95, sondern ein völlig neu entwickeltes Betriebssystem. Microsoft nutzte bei der Einführung lediglich die Popularität des damaligen Windows 3.x (wovon über 40 Millionen Exemplare verkauft wurden) und hoffte, dadurch das neue Produkt besser im Markt plazieren zu können.

Hardwareunabhängiges Betriebssystem

Der entscheidende Unterschied zu den bisher vorgestellten Windows-Versionen ist wohl der, daß NT hardwareunabhängig ist. Im Gegensatz zu Windows 95 läuft es nicht nur mit den Intel-Prozessoren x86 und dessen Nachbauten, sondern auch auf Workstations und den neuen RISC-CPUs Alpha von DEC, R 4000 von Mips und dem Power-PC-Prozessor aus der Allianz von IBM/Apple/Motorola.

Microsoft und Intergraph realisierten WindowsNT für die Intel x86-, Mips-R-4000- und die DEC-Alpha-Prozessoren. Weitere Anpassungen übernehmen andere Partner von Microsoft, zum Beispiel Motorola auf die PowerPC-CPUs. Microsofts Bestrebungen gehen dahin, daß WindowsNT für jede leistungsfähige 32- und 64-Bit-Plattform verfügbar ist.

Echtes 32-Bit-Betriebssystem

WindowsNT ist ein echtes 32-Bit-Betriebssystem, in der Sprache C programmiert und kann dadurch ähnlich wie Unix auf andere Prozessor- und Systemstrukturen angepaßt werden. Dazu gestaltete man den Betriebssystemkern so, daß WindowsNT etwa bei der Speicherverwaltung möglichst die vorhandene Hardware ausnutzt. Dafür wurde ein flexibel erweiterbares Eingabe-/Ausgabesystem vom Betriebssystem-Kern abgetrennt, das die Zugriffe zur Peripherie steuert.

Trotz der vielen internen Neuerungen gleicht das neue Windows dem alten 3.x äußerlich in seiner Erscheinungsweise. Für die alten Windows-Anwender wurde die Bedienungsoberfläche im wesentlichen gleich gestaltet und auch die Programmierer von Windows-Anwendungen finden eine vertaute Programmierschnittstelle. Wichtig für den Anwender ist dabei, daß auch

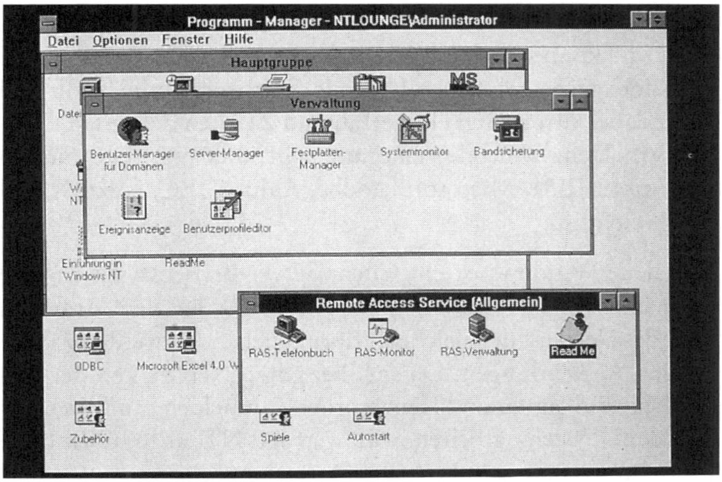

Bild 5.27. Diese Oberfläche von WindowsNT täuscht eine Ähnlichkeit mit Windows 3.1 vor, die gar nicht besteht

DOS-, Windows-3.x- und OS/2-Anwendungsprogramme unter WindowsNT laufen.

DOS-, Windows-3.x- und OS/2-Programme laufen unter NT

Alle im Lieferumfang von Windows 3.x enthaltenen kleineren Programme wie Write und Paintbrush enthält auch WindowsNT. Auch die Systemsteuerung über Programm- und Datei-Manager erfolgt wie bei Windows 3.x. Das Öffnen von Menüs, das Verschieben von Fenstern und die Benutzung der Dialogelemente unterscheiden sich nur unwesentlich von der bekannten Version. Sonst sind aber alle guten Eigenschaften vom 16-Bit-Windows übernommen worden: OLE- und DDE-Verknüpfungen, Zwischenablage und Multimedia-Eigenschaften wurden beibehalten.

Preemptives Multitasking

Dennoch gibt es bei der Handhabung einige positive Unterschiede: So kann man zum Beispiel jederzeit im Multitasking-Betrieb von einer Anwendung zur anderen wechseln, auch wenn die gerade aktive beim Bildaufbau, beim Laden von Dateien oder intern am Rechnen ist. Ermöglicht wird dies durch das preemptive Multitasking-Verfahren, wie es bereits unter Windows 3.1 beschrieben wurde.

16-Bit-Unicode

Bisher verwendete Windows den ASCII/ANSI-Zeichensatz mit 8 Bit und konnte dadurch 256 Zeichen darstellen. WindowsNT enthält dagegen den neuen Unicode-Zeichensatz mit 16 Bit und kann daher theoretisch einige Tausend Zeichen darstellen (2^{16} = 65536). Dem Unicode-Abkommen gehören wichtige Firmen wie Apple, IBM, Microsoft, Adobe, Aldus, DEC, Next, Novell und weitere an.

Netzwerkfähig

Das neue Windows ist ein Client/Server-Betriebssystem (siehe auch unter LAN-Netzwerke, Kapitel 8.3.3), bei dem Anfragen über das Netz mit der gleichen Priorität behandelt werden wie die lokalen Anwendungen. Da sich bei guten Netzwerken der Anwender mit Namen und Kennwort erst anmelden muß, wenn er mit dem System arbeiten will, verfügt NT auch über diese Einrichtungen: Systemkritische Operationen, wie etwa Plattensicherung, Kopieren und Löschen von Dateien oder auch das Abschalten des Systems und Netzwerkzugriffe, lassen sich weitgehend gegen Unbefugte absichern.

Mit WindowsNT Advanced Server, der Server-Version von NT, bekommt man die komplette Netzsoftware für ein Server-Netzwerk. Bereits vorhandene Systeme können in das Netz eingebunden werden. In seiner Leistungsfähigkeit kann man es etwa mit der Novell NetWare oder dem Betriebssystem Unix vergleichen.

Das Betriebssystem für den »Power-User«

WindowsNT ist nicht für den Durchschnittsanwender, sondern für den »Power-User« gedacht, dessen Hardware-Plattform bisher die Workstations mit dem Unix-Betriebssystem waren. Das zeigen auch schon die Anforderungen an die Hardware:

Rechner mit einer schnellen 486DX-CPU, einem Pentium oder einer RISC-CPU sind Voraussetzung für NT. Der Arbeitsspeicher sollte über 12 Mbyte verfügen. Da das Beriebssystem selbst schon 40 Mbyte auf der Festplatte belegt (aus diesem Grund wird NT ausschließlich auf einer CD-ROM geliefert), sollte diese etwa 500 Mbyte haben. Nach den Plänen von Microsoft werden Windows 95 und Windows NT nicht separat weiterentwickelt, sondern zukünftig zusammengeführt.

5 OS/2 von IBM

Für einige Unruhe in der Fachwelt sorgte IBM im April 1987 mit der Vorstellung der neuen PC/2-Modelle (Personal Computer 2), die mit einem neuen Betriebssystem ausgeliefert wurden: BS/2 (Betriebssystem 2). BS/2 entstand somit lange vor WindowsNT in gemeinsamer Entwicklungsarbeit von Microsoft und IBM. Microsofts Version bekam die Bezeichnung OS/2 (Operating System 2). Aus Marketinggründen einigte man sich später dann doch auf die gemeinsame Bezeichnung OS/2. Die Gründe, warum beide Firmen bereits 1987 ein neues Betriebssystem für die Intel-Prozessoren entwickelten, waren dieselben die zu WindowsNT führten. Die Versionen 1.x von OS/2 basierten auf den 80286-CPUs von Intel und waren daher reine 16-Bit-Betriebssysteme.

Später Start

Leider konnte sich OS/2 nicht so richtig durchsetzen, obwohl es bereits wesentlich mehr bot als das damalige DOS-Betriebssystem. Einer der Gründe für diesen Mißerfolg war die Tatsache, daß die ersten Versionen nicht kompatibel zu DOS waren und damit kaum Software für den Anwender zur Verfügung stand, denn die Softwarehäuser warteten erst einmal den Erfolg des neuen Betriebssystems ab. Der Erfolg eines Betriebssystems ist aber abhängig von den verfügbaren Programmen. Aus dieser Tatsache haben beide Hersteller ihre Lehren für die Zukunft gezogen.

Ein weiteres Hindernis für die Verbreitung von OS/2 waren damals auch die dafür anfallenden hohen Hardware-Kosten, denn OS/2 benötigte viel Arbeitsspeicher, schnelle Prozessoren und große Festplatten. Die Preise für diese Produkte fielen aber erst Anfang der 90er Jahre auf ein erträgliches Niveau.

OS/2 wurde ständig verbessert. Allerdings gab Microsoft die Entwicklung dieses Betriebssystems im Laufe der Zeit auf und überließ es IBM, die es zur heutigen Reife brachten. Microsoft nutzte Ihre Erfahrung aus diesem Projekt für WindowsNT.

Version 2.0, der Durchbruch?

Mitte 1992 stellte dann IBM die selbst entwickelte neue Version OS/2 2.0 vor. Sie war ein echtes 32-Bit-Betriebssystem und kann alle Intel-Prozessoren ab dem 386SX unterstützen. Das bedeutet

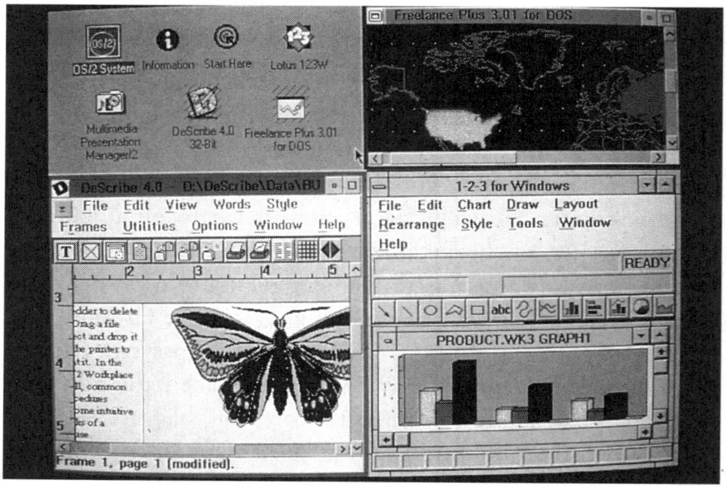

Bild 5.28. Die neu gestaltete Bedieneroberfläche von OS/2 in der Version 2 gehört zu den objektorientierten grafischen Oberflächen

natürlich auch, daß der Arbeitsspeicher bis zu 4 Gbyte adressierbar war. Vor allem konnte jetzt 2.0 alle DOS- und Windows-Programme sowie die alten OS/2-Programme verarbeiten. Dies veranlaßte IBM mit folgenden Slogan für ihr Produkt zu werben: »Ein besseres DOS als DOS, ein besseres Windows als Windows, ein besseres OS/2 als OS/2«. Wie gesagt: Das war die Meinung von IBM!

Alles unter einem Dach: DOS, Windows 3.x und OS/2

Dem Anwender bot sich jedenfalls damit die Möglichkeit, mit einem Betriebssystem Anwendungsprogramme von drei verschiedenen Betriebssystem-Plattformen zu verwenden. Dabei stellt OS/2 den DOS-Programmen mehr Arbeitsspeicher als das DOS-Betriebssystem zur Verfügung. Bei Windows-Programmen kann man entweder zur Windows-Oberfläche umschalten und von dort die Programme starten, oder die Programme in einem Windows-Fenster direkt auf der OS/2-Oberfläche laufen lassen.

Bereits Ende 1994 überraschte IBM mit der neuen Version 3, die nun »OS/2 Warp« hieß. Warp kam somit fast ein Jahr früher auf den Markt als Windows 95 und bot neben der 32-Bit-Struktur preemtives Multitasking und eine verbesserte Hardware-Erkennung bei der Installation. Multimedia-Peripherie, wie Soundkarten und CD-ROM-Laufwerke, fanden eine weitreichende Unter-

Multithreading (auch Multiple Threads genannt)

Multithreading ist eine verfeinerte Art des Multitasking. Es versetzt das Betriebssystem in die Lage, die verfügbare Rechenzeit nicht nach einem festen Zeitintervall, sondern dynamisch dorthin zu verteilen, wo sie gerade benötigt wird. Während man unter Multitasking das Nebeneinanderlaufen mehrerer verschiedener Programme versteht, sind Threads die kleinsten Teileinheiten, die nebeneinander laufen können.

Innerhalb einer Tabellenkalkulation könnte also zum Beispiel eine Tabelle neu berechnet und gleichzeitig eine davon unabhängige Grafik erstellt werden. Programme, die sich dieser ausgefeilten Technik bedienen, erreichen eine deutlich höhere Leistung.

stützung. Den ständigen Kritikpunkt, daß es für OS/2 zu wenig Software gäbe, entkräftete IBM mit einem ganzen Bündel kostenloser Software, die jedem OS/2 beiliegt (der sogenannte »Bonus Pak«).

Ebenso wie Windows 95 unterstützt OS/2 Warp 32-Bit-Programme, preemtives Multitasking, Multithreading und die Möglichkeit, auf bis zu 4 Gbyte Arbeitsspeicher zuzugreifen. Der Datenaustausch erfolgte bereits ab Version 2.1 zwischen DOS-, Windows- und OS/2-Programmen problemlos über die bereits von Windows bekannte OLE- und DDE-Technik. Auch die Cut-and-paste-Funktion wurde integriert. Sie kann über verschiedene Systemwelten hinweg eingesetzt werden. So können zum Beispiel Bilder aus einem DOS-Programm einfach in ein OS/2-Dokument kopiert werden.

Grafische Benutzeroberfläche und Fenstertechnik

Warp hat eine gegenüber den Vorversionen geänderte Benutzeroberfläche: die Workplace-Shell (WPS). Auch sie basiert auf der Fenstertechnik mit Maussteuerung und Menütechnik. Sie ähnelt auf den ersten Blick der Oberfläche von Windows: Die Hauptbestandteile dieser Oberfläche werden als Symbole dargestellt. Das können sowohl Dateien, Programme oder Ordner sein, in denen wiederum weitere Dateien oder Ordner untergebracht sein können. Will man ein Objekt bearbeiten, genügt ein Doppelklick mit der Maus auf das Symbol, und die Datei und das dazugehörende Programm werden automatisch geöffnet. Man spricht daher von einer objektorientierten Oberfläche. Diese Technik ist nicht neu, sondern wird bereits seit Erscheinen des ersten Apple Macintosh erfolgreich praktiziert.

Anbindung an Großrechner

Ebenso wie Windows ist auch Warp netzwerkfähig. Genügt die Kommunikation im PC-Netz nicht, kann über den Kommunikationsmanager eine Verbindung zu Großrechner aufgebaut werden. Diese Eigenschaft ist besonders in größeren Betrieben sehr wichtig, da PC mehr und mehr an Zentralrechner angeschlossen werden.

Bonus Pak

Jedem OS/2 Warp liegt kostenlos ein Bonus Pak bei. So bekommt der Anwender nicht nur ein Betriebssystem, sondern gleichzeitg folgende Anwendungsprogramme:

- IBM Works besteht aus einem Textverarbeitungsprogramm (mit allen wesentlichen Funktionen), einer Datenbank, einem Tabellenkalkulationsprogramm, einem Diagramm-Modul und einer Berichtsausgabe.
- Der Personal Information Manager (PIM) umfaßt die wichtigsten Bestandteile eines gewöhnlichen Büros: Termin- und Monatsplaner, Kalender, Notizblock, Telefon- und Adreßregister.
- Fax-Works ist eine vollständige Software, die Faxdokumente aus anderen Programmen heraus verschicken kann. Ankommende Faxe werden gedruckt oder auf der Festplatte gesichert.
- Für den Einstieg in die elektronische Kommunikation legt IBM auch entsprechende Terminalprogramme bei: Telefonanschluß und Modem vorausgesetzt, hat man Zugang zum Compuserv Information Manager oder zur Internet Software (z.B. Gopher, Ultimedia Mail/2). Auch der Btx-Decoder Opalis ist enthalten.
- Unterstützung für Multimedia findet man ebenfalls kostenlos im Bonus Pak: Mit dem Multimedia Viewer können Bilder, Audiodateien, Animationen und Videochips betrachtet und angehört werden.

6 Das Betriebssystem von Apple

Nicht alle PC-Hersteller verwenden die Intel-Prozessoren für ihre Produkte. Vor allem Apple und Atari setzten von Anfang an auf die CPUs von Motorola, aber auch Commodore mit der Amiga-Reihe. Für Motorola-Prozessoren war aber DOS ungeeignet, so entwickelte man eigene Betriebssysteme.

Leichte Benutzerführung von Anfang an

Apples Philosophie war schon 1984 bei der Vorstellung des ersten Macintosh 128 ersichtlich: Der Computer sollte möglichst von Jedermann ohne EDV-Kenntnisse genutzt werden können. So konnte man den Macintosh durch seine grafische Bedieneroberfläche mit Maus und Pull-down-Menüs steuern. Diese Art der Benutzerführung ist auch heute noch das Vorbild für die anderen grafischen Benutzeroberflächen.

Das Grundprinzip dieses Systems liegt darin, daß jede Eingabe eine sichtbare Auswirkung und der Benutzer stets den Überblick über sein Tun hat. Das Betriebssystem des Macintosh unterscheidet sich von anderen dadurch, daß die Benutzerschnittstelle fest im ROM »eingebrannt« ist. Daher müssen alle für den Mac geschriebenen Programme mit immer der gleichen Benutzerführung vorliebnehmen, sicher zum Wohle des Anwenders. Ein weiterer Vorteil des Macintosh-Betriebssystems liegt darin, daß der Benutzer gar nicht so richtig merkt, wo das Betriebssystem aufhört und die Befehle für das Anwenderprogramm anfangen, denn alle Programme funktionieren nach dem selben Schema und sehen gleich aus.

Die Bedieneroberfläche erinnert an die Büroumgebung

Bild 5.29 auf der folgenden Seite zeigt die Bedieneroberfläche mit zwei geöffneten Fenstern. Klickt man im Fenster »Macintosh HD« den Ordner »PC-Wissen/MM« an, erscheint dieses Fenster mit den darin enthaltenen Dateien und Unterordnern. Öffnet man mit dem Mauszeiger eine der Anwendungsdateien, so wird sowohl die Datei selbst als auch das dazugehörende Programm geöffnet. Neuerdings nennt man diese alte Methode »objektorientierte Oberfläche«. Die oberste Zeile zeigt die Menüs Ablage, Bearbeiten, Inhalt, Spezial und Farbe. Weitere Angaben über die Bedienerführung grafischer Oberflächen sind hier überflüssig, da sie bereits am Kapitelanfang und bei den anderen Betriebssystemen hinreichend beschrieben wurden.

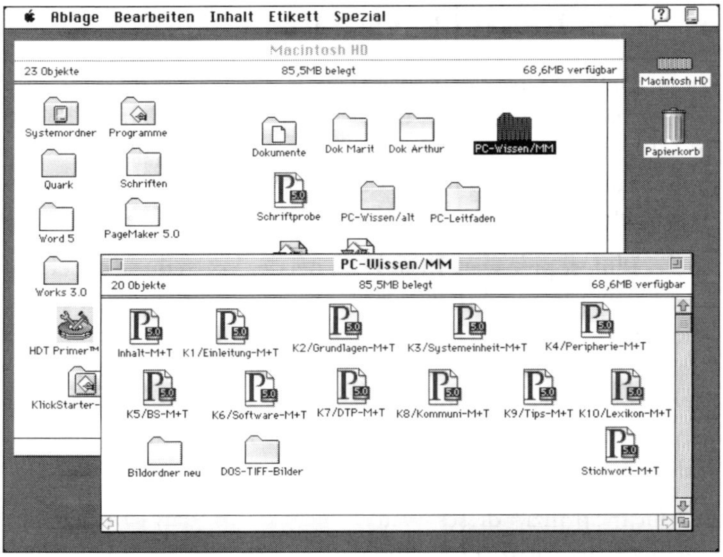

Bild 5.29. Die Bedieneroberfläche von Apples Macintosh gilt auch heute noch als vorbildlich

4 bis 8 Mbyte Hauptspeicher für den Mac

Alle Macintosh-Systeme (vom Macintosh Plus bis zu den Quadra-Modellen) basieren auf den untereinander codekompatiblen 680x0-Prozessoren von Motorola. Somit sind alle Programme innerhalb der Macintosh-Familie kompatibel. Das System 7.x ist ein 32-Bit-Betriebssystem und derzeit die aktuelle Version. Wie bei den anderen 32-Bit-Systemen kann man zwar mit 4 Mbyte Arbeitsspeicher auskommen, für die tägliche Praxis empfehlen sich jedoch mindestens 8 Mbyte.

Im Gegensatz zu DOS und Windows ließ sich der Arbeitsspeicher schon immer ohne Soft- und Hardwaretricks voll ausnutzen. Bereits seit Erscheinen des ersten Macintosh 1984 arbeitet er mit einem 3.5-Zoll-Diskettenlaufwerk, das in der heutigen Version 1,4 Mbyte (formatiert) an Daten fassen kann. Auch die Größe der Festplatte unterliegt keinerlei Beschränkungen.

Eine Besonderheit ist das FDHD-Diskettenlaufwerk (neuerdings Superdrive genannt), das nicht nur Mac-Dateien mit 800 Kbyte und 1,4 Mbyte schreiben und lesen kann, sondern auch DOS-Disketten mit 720 Kbyte und 1,44 Mbyte. Mit einem Hilfsprogramm, z.B. »PC Exchange«, lassen sich so

Dateien von DOS- und Windows-Programmen in den Mac einlesen und verarbeiten. Umgekehrt ist es ebenso möglich, Apple-Dateien auf eine DOS- oder Windows-Diskette zu schreiben und sie in diesen Systemen weiter zu verarbeiten.

Das Betriebssystem: System 7.x

System 7 erlaubt nur das kooperative Multitasking, die Anwendungen müssen also von sich aus die Kontrolle an das Betriebssystem zurückgeben. Natürlich enthält auch System 7 entsprechendes Zubehör, wie zum Beispiel Uhr, Rechner, Notizblock und Hypercard. Die Einstiegsmodelle der Performa-Serie werden darüber hinaus mit dem dem Programm-Paket Works (von Microsoft oder Claris) ausgeliefert.

Netzwerk

Netzwerkfunktionen sind durch die Netzwerksoftware »Filesharing« und durch Apple-Talk oder die Ethernet-Schnittstelle standardmäßig ohne Aufpreis vorhanden. Wo aus Kostengründen ein Netzwerkserver nicht in Frage kommt oder wo kein hoher Datenaustausch innerhalb eines kleineren oder größeren Netzwerkes geschieht, kann Filesharing als preiswerte Netzwerksoftware eingesetzt werden, da nur noch die Verkabelung fehlt. Unter Filesharing läßt sich jeder Mac innerhalb eines kleineren Netzes als Fileserver (Anbieter von Programmen und/oder Daten) für kleinere Arbeitsgruppen einrichten.

Für den echten Serverbetrieb bietet Apple mit der AppleShare-Netzwerksoftware und speziellen Servern ebenfalls Alternativen zu den bisher bekannten Netzwerklösungen. Mit AppleShare öffnet man sich gleichzeitig den Zugang zu anderen Systemwelten, einschließlich der IBM-Großrechner.

Einer der Erfinder von DTP

Nachdem für den Macintosh schon sehr früh eine leistungsfähige grafische Bedieneroberfläche zur Verfügung stand, suchte die Firma nach einer Anwendung, die andere Computer nicht bieten konnten. Zusammen mit den Firmen Aldus und Adobe, die die Software lieferten, brachte Apple Mitte der 80er Jahre ein DTP-System (DTP = Desktop Publishing, bedeutet soviel wie Druckkerei auf dem Schreibtisch) auf den Markt und verblüffte damit die Konkurrenz.

Das einmalige an diesem System war, daß man auf dem Bildschirm verschiedene Schriftarten und -größen und die gesamte Gestaltung der Seite so betrachten konnte, wie sie später aus dem

Drucker kam. Gleich fand man dafür wieder einen Begriff: WYSIWYG: What you see is what you get. Alle heutigen grafischen Betriebssysteme haben diese Darstellungsweise übernommen. Apple aber verhalf diese Technik zu einer dominierenden Stellung in der Druckindustrie, bei Verlagen und Agenturen. Denn nach und nach wurden die DTP- und Bildverarbeitungs-Programme, und natürlich auch die Apple-Systeme immer professioneller. Inzwischen setzt Apple verstärkt auf Multimedia-Anwendungen und rüstet seine Macs bereits serienmäßig mit entsprechenden Einrichtungen aus.

System 7 für den PowerPC

Neue CPU-Generation für die Macintosh-Reihe

10 Jahre hatten die verschiedenen Motorola-CPUs der 680x0-Reihe ihre Dienste im Macintosh getan, bis Apple im März 1994 eine neue Prozessor-Generation auf RISC-Basis vorstellte: den Power-PC – eine Gemeinschaftsproduktion von Apple/IBM/Motorola. Zur selben Zeit stellte Apple gleich 3 Modelle mit dem PowerPC-Chip vor. Die neuen Geräte erhielten die Bezeichnung »Power Macintosh« und waren durch Ziffernfolgen voneinander zu unterscheiden: 6100/60, 7100/66 und 8100/80. Die Rechner, die durch die vierstellige Zahl am Anfang bezeichnet werden, unterscheiden sich in der Gehäuseart, dem tatsächlichen und möglichen weiteren Ausbau. Die letzten Ziffern stehen praktisch für die Taktfrequenz des PowerPC-Prozessors.

Windows-Emulation

Zuerst wurde das bisher bekannte System 7 dem PowerPC angepaßt, so daß alle bisherigen Mac-Programme auch auf dem Power Macintosh laufen konnten. Das weiterentwickelte Betriebssystem 7.5 von Apple wurde gegenüber der Version 7 wesentlich geändert und verbessert. Allerdings ist es noch immer kein spezielles Betriebssystem für die RISC-CPUs und läuft auch auf den 680x0-Prozessoren von Motorola. Immerhin kann man aber über die Zusatzsoftware »SoftWindows« DOS- und Windows-Software auf dem Apple verarbeiten.

Entwicklung

Zusammen mit IBM arbeitet Apple mit Hochdruck an einem neuen Betriebssystem (Pink), das die verschiedenen Betriebssystemplattformen integrieren soll. Wann das »sagenumwobene« Betriebssystem auf den Markt kommen soll, ist vorerst noch ungewiß.

7 Das Unix-Betriebssystem

Das »ewig zukünftige« Betriebssystem für Mikrocomputer heißt Unix. Bereits seit Jahren wird es unter Fachleuten als »das« Betriebssystem der Zukunft proklamiert. Auf breiter Basis hat es sich bis heute jedoch nicht durchgesetzt, sondern eher bei Großcomputern und Workstations. Unix unterscheidet sich von den bisher vorgestellten Betriebssystemen vor allem dadurch, daß es von Haus aus ein Mehrplatz- und Multitasking-Betriebssystem ist. Die Anzahl der Benutzer kann von wenigen einzelnen bis weit über 100 Anwender reichen.

Geschichte

Die Entwicklung von Unix begann bereits 1969 in den BELL Laboratories in New Jersey, der bekannten Forschungsstätte von AT&T. Ein Softwareentwickler dieser Firma, Ken Thompson, war mit dem Betriebssystem seiner Digital Equipment PDP-7 unzufrieden und schuf ein neues Betriebssystem. Parallel dazu entwickelte ein anderer Mitarbeiter dieser Firma eine eigene Programmiersprache, die man »C« nannte. Alle bis dahin fertigen Teile des Betriebssystems Unix wurden auf die neue Programmiersprache »C« umgeschrieben. Das Ganze konzipierte man so, daß möglichst wenige Programmteile auf die Hardware abgestimmt werden mußten. Damit war auch die Forderung erfüllt, Unix auf möglichst vielen Rechnern lauffähig zu machen. Soll Unix auf einem anderen Rechner implementiert werden, muß für den jeweiligen Rechner nur ein entsprechender C-Compiler (Übersetzer) geschrieben werden. Das ist zwar immer noch aufwendig, aber wesentlich einfacher als das Schreiben eines neuen Betriebssystems. Die Entwicklung von Unix begann demnach nicht auf Personalcomputern, sondern auf dem System PDP-7 bzw. dessen Nachfolger PDP-11. Inzwischen gibt es eine große Zahl von Varianten, die alle nicht voll kompatibel miteinander sind. Mehrere Firmen haben ihre eigenen Unix-Versionen unter ähnlich klingenden Namen entwickelt (Xenix, Sinix, AIX, Solaris SCO-Unix usw.).

Vorzüge

Unix zeichnet sich durch folgende Fähigkeiten aus:

- Mehrbenutzer- und Multitasking-Fähigkeit
- Netzwerkfähig, durch entsprechende Kommunikationseinrichtungen

- durch modularen Aufbau anpassungsfähig
- Portabilität, da zu über 90% in der Programmiersprache C geschrieben und dadurch unabhängig vom Rechnertyp
- enthält viele Dienstprogramme
- ist als firmenunabhängiger, offener Standard akzeptiert
- leistungsfähige Benutzerschnittstellen
- hohe Zuverlässigkeit.

Schwachstellen

Eine der Schwachstellen von Unix war anfangs die Bedieneroberfläche. Da dieses Betriebssystem von Softwareentwicklern in erster Linie für eigene Zwecke geschaffen wurde, dachte man bei der Festlegung der Befehlsstruktur noch nicht an den späteren Endanwender. Das macht schon allein die Befehlsfülle deutlich: Unix kennt über 200 Befehle und Teilprogrammaufrufe, alle natürlich in englischen Wortkürzungen. MS-DOS-Benutzern, die mit der Version 2.11 oder einer höheren arbeiten, sind einige Befehle von Unix bereits bekannt (zum Beispiel CD, DATE, MKDIR, RMDIR etc.), ebenso die Dateistruktur mit Haupt- und Unterverzeichnissen. Zusammen mit X-Windows bietet sich auch für die Unix-Derivate eine benutzerfreundliche Oberfläche.

Unix-Derivate

Etwa 1980 entwickelte Microsoft ein Betriebssystem auf der Basis von Unix und nannte es Xenix. Dieses Betriebssystem sollte die speziellen Eigenschaften der PCs besser nutzen und im Gegensatz zu MS-DOS mehrbenutzer- und mehrprogrammfähig sein, das heißt, mehrere Benutzer können auf denselben Rechner und dieselben externen Speicher und sonstigen Einrichtungen zugreifen. Ebenso wie MS-DOS ist auch Xenix untergliedert: in einen Betriebssystemkern, der sofort nach dem »Hochfahren« des Computers zur Verfügung steht, und in externe Programmteile, die erst mit dem Befehlsaufruf geladen werden. Xenix wurde von Microsoft an die Firma SCO (Santa Cruz Operation) abgetreten, die es unter SCO-Unix verteibt.

Das Logon-Verfahren

So wie die modernen Netzwerklösungen für PCs (Kapitel 8, Netzwerke) verwendet auch Unix das sogenannte Logon-Verfahren mit Kennworteingabe. Das bedeutet, daß sich der Benutzer des Systems erst durch die Eingabe eines Kennwortes als »berechtigt« ausweisen muß. Dazu vergibt man bei der Installation des Systems verschiedene Prioritäten, zum Beispiel der Benutzer A darf auf alle Programme und Daten zugreifen, Benut-

Bild 5.30. Die Sparc-Workstation mit integrierter ISDN-Schnittstelle (Foto Sparc)

Berechtigungen

zer B darf nur bestimmte Daten bearbeiten, Benutzer C darf nur bestimmte Dateien lesen usw. Dadurch erfüllt Unix auch die Forderung des Datenschutzes, da nur berechtigte Personen auf alle Daten zugreifen können. So kann zum Beispiel eine Sekretärin nicht in der Lohnliste »herumschnüffeln« oder der Lagerist in den Verkaufsstatistiken. Genausogut kann natürlich auch das Löschen von Daten durch unbefugte Personen unterbunden werden.

Höhere »EDV-Weihen«

Bei der Entscheidung für das Betriebssystem Unix muß sich der Anwender darüber im klaren sein, daß er den relativ einfach zu handhabenden Bereich der PCs verläßt und in höhere Gefilde der EDV eindringt. Da diese Betriebssysteme noch nicht die Verbreitung wie PC-Betriebssysteme haben und ein teureres Equipment voraussetzen, steht natürlich auch weniger Software zur Auswahl. Auch der Preisrahmen, mit dem eine Unix-Lösung zu realisieren ist, sprengt den PC-Rahmen erheblich. Dafür erhält man aber ein sehr leistungsfähiges Mehrplatz- und Mehrprogramm-System.

Für Wordstations und Server

Das Einsatzgebiet dürfte sich daher auch zukünftig auf hochleistungsfähige PCs und Workstations konzentrieren, die zum Beispiel im Konstruktionsbereich oder bei der Bildverarbeitung Anwendung finden. Ein weiterer Schwerpunkt für Unix ist der Einsatz auf Servern, wenn verschiedene Betriebssystemplattformen integriert werden sollen und hohe Datenbestände anfallen. Aus diesen Einsatzbereichen kann man bereits schließen, daß der benötigte Arbeitsspeicher etwa zwischen 32 und 256 Mbyte liegen wird.

Das Einsatzspektrum von Unix erstreckt sich auf beinahe alle heute verfügbaren Prozessoren: 386er- und Pentium-CPUs von Intel, Motorola-Prozessoren, diverse RISC-Prozessoren von Motorola, Sun, Mips,DEC sowie für die herstellereigenen Zentraleinheiten von Siemens-Nixdorf, IBM und DEC usw.

Unix für den PC-Bereich bieten folgende Firmen an: SCO-Unix (Santa Cruz Operation), AIX (IBM), Ultrix oder OSF1 von Digital Equipment), UNIXware (Novell), Solaris (Sun), Apple-A/UX (Apple) und viele weitere.

Die Software – Vermittler zwischen Mensch und Computer

Kapitel 6

1 Einsatzbereiche

Zuerst die Soft-, dann die Hardware aussuchen

Was nützt schon der schnellste PC mit allen Raffinessen, wenn es für das Prachtstück keine geeignete Anwendungssoftware gib? Es empfiehlt sich daher dringend, vor dem PC-Kauf zuerst die geeignete Software zu suchen. Leider ist es in der Praxis oft umgekehrt. Da kauft man als erstes einen PC irgendeines namhaften Herstellers in der Hoffnung, dafür schon eine geeignete Software zu finden. Die Enttäuschung ist dann groß, wenn das gewünschte Programm spezielle Hardware-Anpassungen voraussetzt (zum Beispiel Grafikkarten, Bildschirm, Speichergröße usw.), die dann aufwendig und kostspielig nachgerüstet werden müssen. Oder, noch schlimmer, nach dem Kauf der Hardware stellt sich heraus, daß das »Wunsch-Programm« nur auf einem bestimmten PC mit einem speziellen Betriebssystem läuft. Also: zuerst die Software, dann die Hardware aussuchen!

Über Maiglöckchen und Wollmilchsauen

Mit Software ist hier jetzt endlich die Anwendungssoftware gemeint, das ist diejenige Software, die man zum Lösen einer bestimmten Aufgabe benötigt, nicht das Betriebssystem. Die erste und wichtigste Frage auf dem Weg zur »richtigen« Software ist: »Was will ich damit machen?« Doch damit fangen die Probleme in der Praxis gleich an, denn jeder möchte natürlich möglichst viel mit seinem Programm bewerkstelligen. Das führt dann dazu, daß man entweder »karierte Maiglöckchen« oder die vielzitierte »eierlegende Wollmilchsau« sucht.

Oder: Der Kleinwagen mit der Ladefläche eines LKWs

Überträgt man die üblichen Wünsche des Softwaresuchenden auf ein Auto, so würde das etwa so aussehen: Es sollte die Ladefläche und Nutzlast eines 7,5-Tonners haben, die Schnelligkeit eines Sportwagens, 40 Sitzplätze, das Aussehen eines Sportcoupés, Größe, Benzinverbrauch und Preis eines Kleinwagens. Wen wundert's, daß es dieses Auto (Software) wohl nie geben wird. Also: Bescheidenheit tut not.

Sehen wir uns also zunächst einmal an, was es auf dem Markt so alles zu kaufen gibt (Bild 6.1). Allein schon die Eingruppierung der Software in bestimmte Sparten läßt ahnen, wieviel unzählige Möglichkeiten zur Bewältigung der eigenen Wunschvorstellungen vorhanden sind.

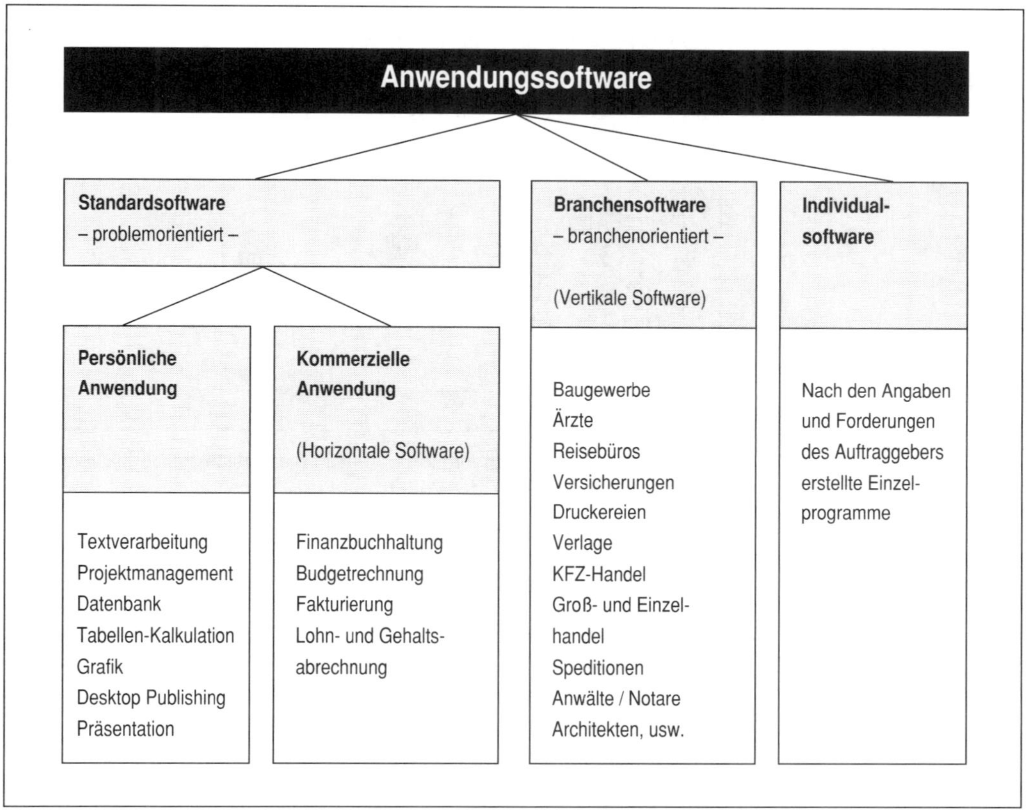

Bild 6.1. Gliederung der Anwendungssoftware

1.1 Standardsoftware

Die Gliederung der Standardsoftware

Da gibt es zunächst die Standardsoftware. Sie ist problemorientiert und branchenunabhängig und läßt sich daher in großen Stückzahlen vermarkten. Die Standardsoftware kann man ebenfalls in zwei Gruppen aufteilen:

1. In Anwendungen, die auf die persönlichen Bedürfnisse zugeschnitten sind, wie zum Beispiel das Berarbeiten von Texten und Dokumenten, das Erstellen von Zeichnungen, die Material- und Lagerverwaltung mit Datenbanken usw.
2. Kommerzielle Programme: Lohn- und Gehaltsabrechnung, Finanzbuchhaltung, Budgetrechnung usw.

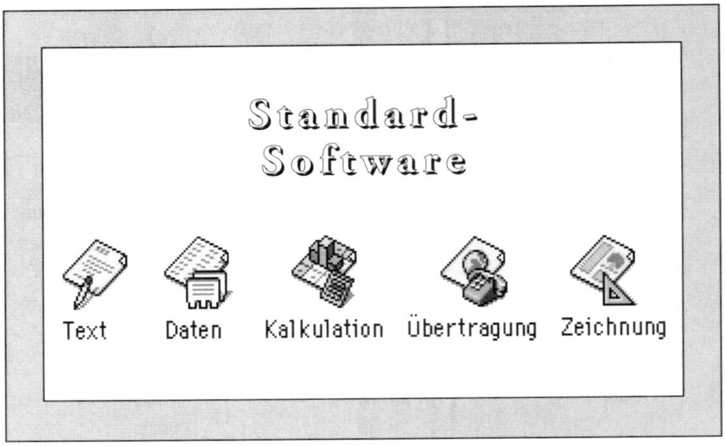

Bild 6.2. Preiswerte Standardsoftware trug wesentlich zur Verbreitung des Personalcomputers bei

Breites Angebot

Ein Hauptgrund für die Verbreitung der Personalcomputer ist sicherlich, neben dem technischen Fortschritt, das breite Angebot von preiswerter Standardsoftware. Diese wiederum wurde erst durch den sogenannten IBM- bzw. Industriestandard möglich, da hierdurch eine entsprechende Anzahl von Abnehmern gewährleistet werden konnte. Weltweit schätzt man das Angebot der Standardsoftware auf einige zigtausend, wobei der Hauptanteil sicher der persönlichen Anwendung zuzuordnen ist. Dabei lassen sich diese Programme ebenfalls in verschiedene Aufgabengebiete einteilen. Die wesentlichsten Gruppen sind:

Eingruppierung

1. Textverarbeitungsprogramme,
2. Datenbankprogramme,
3. Tabellenkalkulation,
4. Businessgrafik (für Diagramme),
5. Kommunikationsprogramme,
6. Integrierte Programme bzw. Programm-Pakete (sie enthalten in der Regel alle oder zumindest einige der unter 1 bis 5 beschriebenen Aufgabengebiete),
7. Desktop-Publishing-Programme,
8. Grafikprogramme (zum Malen und Zeichnen)
9. Multimedia (Autorenprogramme).

Darüber hinaus gibt es noch weitere Gruppierungen, deren Aufführung hier jedoch zu weit führen würde. Wie bereits an anderer Stelle gesagt: Es gibt heute fast kein Problem oder Problemchen mehr, für das es nicht irgendwo ein Programm gäbe. Andererseits gibt es natürlich Software, die sich nicht so eindeutig in die vorgenannten Gruppen einteilen läßt, sondern deren Aufgabenbereich sich über mehrere dieser Gruppen erstreckt. Generell kann man sagen, daß es für die Gruppe der persönlichen Anwendungen qualitativ und quantitativ genügend Software gibt.

Programme für alle Fälle

1.2 Branchensoftware

Dem gegenüber stehen die branchenorientierten Programme, die spezielle Lösungen für einzelne Branchen bieten. Diese Software setzt für den Programmierer viel interne Kenntnis der jeweiligen Branche voraus. Durch die Spezialisierung lassen sich natürlich nicht die Stückzahlen wie bei den Standardprogrammen absetzen, daher sind sie auch vergleichsweise teuer. Branchenpakete gibt es zum Beispiel für Ärzte, Steuerberater, Rechtsanwälte, Architekten, Druckereien, Verlage, Ingenieur-Büros usw.

Für spezielle Berufssparten

Warum überhaupt Branchensoftware? Sieht man einmal von bestimmten Aufgabenstellungen ab, die branchenunabhängig sind und eher von der zu bewältigenden Aufgabe abhängen (wie zum Beispiel Textverarbeitung, Lohn- und Gehaltsabrechnung), gibt es aber auch Aufgabenbereiche, die nur innerhalb einer Branche gleich sind. Zum Beispiel Terminplanung, Kalkulation, Auftrags- und Leistungsrechnung usw. Diese Aufgabenbereiche sind eher branchen- als tätigkeitsabhängig. So kalkuliert ein Kfz-Betrieb sicher nach anderen Kriterien als ein Bäcker; oder die Auftragsabrechnung in einem chemischen Industriebetrieb ist grundsätzlich anders als in einer Druckerei usw. Zu allem Überfluß sind auch innerhalb einer Branche nicht alle Betriebe gleich. Sie unterscheiden sich zunächst einmal in der Größe, in der Produktionstiefe, in der Lagerhaltung, im Personalaufwand, in der Auftrags- und Leistungsrechnung, in den Produktionsanlagen usw. Es ist also klar, daß nur gute Branchenkenner in der Lage sind, solche anforderungsgerechten Programme zu schreiben. Branchenpakete wurden früher nur von Herstellern der »mittle-

Warum benötigt man Branchensoftware?

ren Datentechnik« angeboten, den Mehrplatz- bzw. Bürocomputerherstellern (wie zum Beispiel CTM, Kienzle, IBM, Philips, Nixdorf, Siemens usw.). Erst in letzter Zeit, da die PCs zunehmend leistungsfähiger und netzwerktauglich sind, wird zunehmend Branchensoftware auf PCs implementiert. Es ist daher verständlich, daß das quantitative und qualitative Angebot guter Software im PC-Bereich anfangs noch recht mager war, jedoch zunehmend Fortschritte macht. Leider muß man auch feststellen, daß im vorhandenen Software-Angebot eine Reihe von amateurhaften Eigenentwicklungen, die selbst einer wohlwollenden Prüfung nicht standhalten, auf der Suche nach Abnehmern sind.

Wichtig: Dokumentation und Schulung

Zu allem Überfluß gibt es für diese Programme sehr oft auch keine Dokumentationen oder Bedienungshandbücher. Von so manchem Softwarehaus kann sogar weder eine vernünftige Schulung oder Einweisung noch eine laufende Programmpflege garantiert werden. Der Anwender muß sich hier vor Augen halten, wie es mit der Pflege und Weiterentwicklung (bzw. zuerst einmal Fertigstellung) des Programms aussieht und wie es um die Zukunftsaussichten des Softwarehauses bestellt ist.

Integration

Ein weiteres Problem der Branchensoftware ist bei einigen Programmen noch die Integration. So wie sich die Hardware von einfachen Anfängen bis zur jetzigen Leistungsfähigkeit gesteigert hat, so müssen auch die Programme entsprechend verbessert werden. Genügte es anfangs noch, ein kleines Kalkulationsprogramm zu schreiben und als Einzelprodukt zu verkaufen, so sind heute mehr und mehr die Branchenpakete gefragt. Das heißt, Daten aus der Kalkulation werden in ein Textverarbeitungsmodul übernommen oder zum Soll-Ist-Vergleich in der Leistungsrechnung herangezogen usw. Der Anwender sollte also von vornherein klarstellen, welche Daten er wo braucht und in welcher Art er sich die Auswertung vorstellt.

2 Anforderungen an die Software

Das Schreiben von Programmen erfordert ein geplantes und systematisches Vorgehen und ist nicht weniger aufwendig als die Entwicklung eines Hardwareprodukts. Die Entwicklungszeit einer professionellen Software rechnet man in Mannjahren, das ist die Zeit, die ein Mann brauchen würde, wenn er das Programm alleine schreiben müßte. Es ist daher verständlich, daß so manches Softwarehaus mehrere hundert Mitarbeiter hat. Schließlich muß das fertige Produkt in relativ kurzer Zeit zur Verfügung stehen und nicht erst, wenn bereits eine ganz neue PC-Generation auf dem Markt ist.

Nur klar konzeptionierte und fehlerfreie Programme sind Arbeitserleichterungen

Dabei genügt es einfach nicht, Programme möglichst schnell zusammenzuschustern und auf den Markt zu werfen, denn der Anwender will ein klar konzeptioniertes und fehlerfreies Produkt. Wie die Praxis zeigt, ist das heute bei den renommierten Softwareschmieden fast kein Problem mehr. Oft stellen die Softwarehäuser Vorversionen ihrer Programme Händlern und Zeitschriften zur Prüfung und Vorführung zur Verfügung, die dann schon mal Schwachstellen im Vorfeld aufdecken. Die volle Gebrauchsfähigkeit muß das Programm aber erst in der Praxis beweisen.

Eigenschaften

Qualitativ hochwertige Software sollte folgende Eigenschaften besitzen (die Reihenfolge stellt keine Gewichtung dar):

1. Programme müssen zuverlässig und standfest sein, das bedeutet, sie führen alle richtigen Eingaben korrekt aus. Dabei dürfen keine fehlerhaften Interpretationen im Programm entstehen, die falsche oder gar keine Ergebnisse produzieren.
2. Von der Software erwartet man auch ein bestimmtes Maß an Robustheit. Fehlerhafte Eingaben, Bedienungs- und Übertragungsfehler sollten von ihr erkannt werden und dürfen nicht zu negativen Auswirkungen oder Programmabstürzen führen.
3. Software muß leicht bedienbar sein. Die heutigen schnellen Rechner und grafischen Benutzeroberflächen erlauben eine komfortable Bedienung über Menü- oder Grafik-Führung. Das Auswendiglernen von Programmbefehlen sollte auf ein Minimum begrenzt, aber nicht vollkommen unmöglich sein, so daß der Anwender mit fortschreitendem Kenntnisstand oft benötigte Befehle alternativ direkt eingeben kann.

4. Die Funktionsweise der Software muß möglichst eindeutig und klar definiert sein. Je geringer der Aufwand des Bedieners bei der Eingabe ist und je einfacher das Programm gesteuert werden kann, desto besser ist es für den Benutzer.
5. Die Software sollte möglichst effizient programmiert sein, damit sie möglichst wenig Speicherplatz im Arbeitsspeicher benötigt.
6. Anwendungssoftware sollte weitgehendst anpassungsfähig sein. Da die Software praktisch die Schnittstelle zwischen Computer und Mensch darstellt, sollte sie auch auf beide zugeschnitten werden können. Sie sollte sich daher der Arbeitsweise des Menschen anpassen und nicht umgekehrt. Auf der anderen Seite sollte sie sich aber auch an die Hardware angleichen lassen, zum Beispiel an verschiedene Drucker, Bildschirme, Kommunikationseinrichtungen usw.
7. Branchensoftware muß man auch ohne Programmierkenntnisse und ohne das Systemhaus mit den eigenen Betriebsdaten füttern können.
8. Eine gute Dokumentation bzw. ein gutes Handbuch (natürlich in deutscher Sprache) sind ein unbedingtes Muß für ein Qualitätsprogramm.

Qualitätsbeurteilung

Ansonsten ist die »Qualität« eines Programms nur schlecht oder gar nicht zu beurteilen, insbesondere was den Leistungsumfang angeht. Was für den einen hervorragend geeignet ist, kann für den anderen völlig unbrauchbar sein, weil er eben aufgrund seines Arbeitsgebietes ganz andere Forderungen an die Software stellen muß. Daher sind auch Empfehlungen von Bekannten und Freunden mit Vorsicht zu genießen. Etwas besser sind da schon die Produktbeschreibungen in Computer-Fachzeitschriften. Doch auch dort ist Vorsicht geboten. Denn bei den Autoren der Fachzeitschriften gibt es ebenfalls verschiedene »Qualitäten«:

1. Da ist die Gruppe jener fachkundigen Autoren, die dank ihres Wissens und ihrer Fachkompetenz ein Produkt beurteilen, den Einsatzschwerpunkt eines Programms erkennen und dessen Vor- und Nachteile herausarbeiten können.
2. Dann gibt es natürlich auch Autoren, die zwar bemüht sind, denen aber die Fachkompetenz fehlt oder die in der Praxis noch nie an einem PC gesessen haben. Solche Artikel sind

wertlos, teilweise aber so geschickt aufgebaut, daß es für den Anfänger schwer ist, sie von den unter 1. genannten Artikeln zu unterscheiden.

3. Wie auch sonst üblich, gibt es natürlich auch im Computerbereich von den Soft- oder Hardwareherstellern bezahlte Autoren, die einen Artikel unter ihrem Namen veröffentlichen und damit den Eindruck der »Neutralität« zu erwecken versuchen. Damit man glaubwürdig wirkt, werden eben noch ein paar (nebensächliche) Nachteile beschrieben, und der Leser glaubt an eine echte produktneutrale Beschreibung.
4. Manche Hersteller versuchen solche Umwege erst gar nicht, sie lassen einfach hauseigene Mitarbeiter die Artikel verfassen, die Fachzeitschriften sind ja heute für jedes Manuskript dankbar. Im Prinzip ist gegen derartige Programmvorstellungen ja nichts einzuwenden, wenn sie klar als herstellerbezogen erkannt werden können.

Referenzadressen

Doch zurück zum Problem Software. Wir hatten bereits festgestellt, daß neben Bekannten und Freunden auch Fachzeitschriften nicht immer zur Entscheidungsfindung beitragen können, die Aussagen von Software-Verkäufern aber ebensowenig. Das einzige, auf was man sich verlassen kann, sind die eigenen Hände und Augen. Wer also weiß, was das benötigte Programm alles können soll, ist am besten damit beraten, wenn er das in Frage kommende Programm selbst austesten kann. Bei der Branchensoftware kann man sich zusätzlich vom Hersteller Referenzadressen nennen lassen, bei denen man sich das jeweilige Programm ansehen kann. Diese Referenzadressen dienen eher als Entscheidungshilfe, wenn man es dabei nicht bei einem Telefonanruf bewenden läßt, sondern sich das Ganze an Ort und Stelle ansieht. Natürlich kann man einen solchen Aufwand nicht für ein Standardprogramm für 1.500 DM betreiben, aber für eine Branchensoftware, die zum Teil weit über 10.000 DM kostet, sollte man schon etwas Zeit und Geld investieren.

Gütegemeinschaft Software e.V.

Um einen Beitrag zur Verbesserung der Softwarequalität zu leisten und den Markt transparenter zu gestalten, wurde die »Gütegemeinschaft Software e.V.« mit Sitz in Frankfurt gegründet. Sie ist ein Zusammenschluß von Anwendern und Hard- und

Softwareherstellern, die einheitliche Prüf- und Gütebestimmungen formuliert. Produkte, die diesen Prüfbestimmungen entsprechen, erhalten dann das RAL-Gütezeichen des »Deutschen Institutes für Gütesicherung und Kennzeichnung«.

Die Softwareprüfung selbst wird jedoch von autorisierten Prüfstellen vorgenommen, zum Beispiel von den Technischen Überwachungsvereinen (TÜV), der Firma Bertelsmann DV, GPS Ulm und DTU-Frankfurt. Damit eine neutrale, technisch exakte und objektive Prüfung gewährleistet ist, müssen sich die Prüfstellen einer Kontrolle durch die Gesellschaft für Mathematik und Datenverarbeitung (GMD) unterziehen.

Was wird geprüft?

Natürlich können diese Stellen nicht prüfen, ob das jeweilige Programm für Ihre spezielle Aufgabe geeignet ist und alle möglichen Hardware-Kombinationsmöglichkeiten berücksichtigen, aber sie können die funktionellen Eigenschaften eines Programms begutachten. Geprüft werden auch nur solche Programme, für die alle nötigen Unterlagen bereitgestellt werden können. Also das Programm selbst, die Produktbeschreibung, die Dokumentations- und Schulungsunterlagen. Halbfertige Programme haben da erst gar keine Chance.

Die wichtigsten Prüfkriterien sind dabei: Funktionsumfang und Übersichtlichkeit der Software, Hinweise auf Installations- und Anwendungsvoraussetzungen, Güte des Bedienungshandbuches (Beschreibung und Struktur), Hardwareverträglichkeit, Softwaremängel und -fehler, Beachtung der gesetzlichen Vorschriften (zum Beispiel bei der Finanzbuchhaltung).

Auch wenn derartige Gütezeichen keine hundertprozentige Gewähr für die geprüfte Software darstellen, sind Produkte mit diesem Zeichen denen ohne vorzuziehen, vor allem, wenn die Programme den gesetzlichen Vorschriften entsprechen müssen.

Individualprogramme

Das beste Programm für den Anwender wäre natürlich ein ganz auf die persönlichen bzw. betrieblichen Bedürfnisse geschriebenes Individualprogramm, doch das wäre unbezahlbar. Standardprogramme und Branchenpakete sind daher vorzuziehen. Man muß sich wohl oder übel damit abfinden, nur ein weitgehendst geeignetes Programm zu finden, auch wenn es eine Reihe von Funktionen enthält, die man »nie« brauchen wird, dafür jedoch vermeintlich wichtige Eigenschaften fehlen. Entscheidend ist lediglich, daß das Programm alle unbedingt erforderlichen Leistungskriterien erfüllt.

2.1 Software-Ergonomie

Forderungen an die bedienerfreundliche Software

Die Forderung nach einer bedienerfreundlichen Software macht das Problem des Umgangs mit dem Computer offenkundig. Wer jemals mit MS-DOS, einer älteren Textverarbeitungs- oder Datenbanksoftware gearbeitet hat, kennt das Handikap der kommandoorientierten Software: Der Computer wartet auf eine ganz genaue alphanumerische Befehlseingabe! Ist in dieser Befehlskette auch nur ein Zeichen falsch, passiert außer einer Fehlermeldung überhaupt nichts. Der Einsteiger (und natürlich auch den Profis) blieb es nicht erspart, alle notwendigen Kommandos auswendig zu lernen.

Das entspricht natürlich keineswegs den Anforderungen an einen menschen- und bedienungsfreundlichen Computer. Die Art und Weise, wie sich ein Programm steuern läßt und den Benutzer führt, ist entscheidend für eine gute Software-Ergonomie.

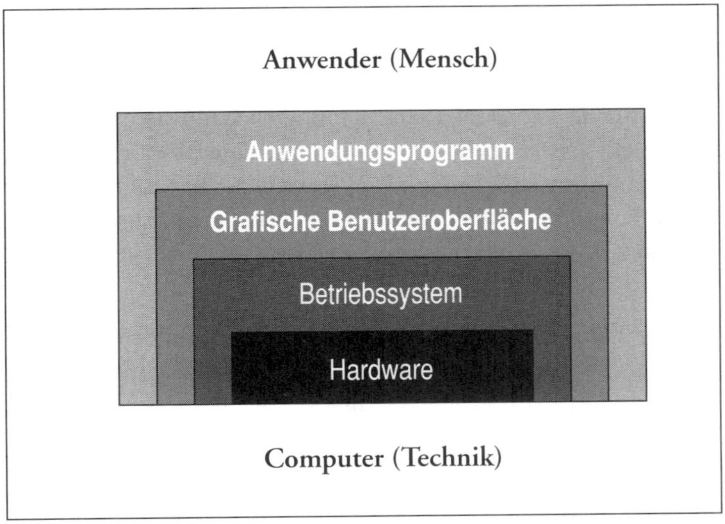

Bild 6.3. Die grafische Benutzeroberfläche ist die Mensch-Maschine-Schnittstelle zwischen dem Computer und dem Anwender

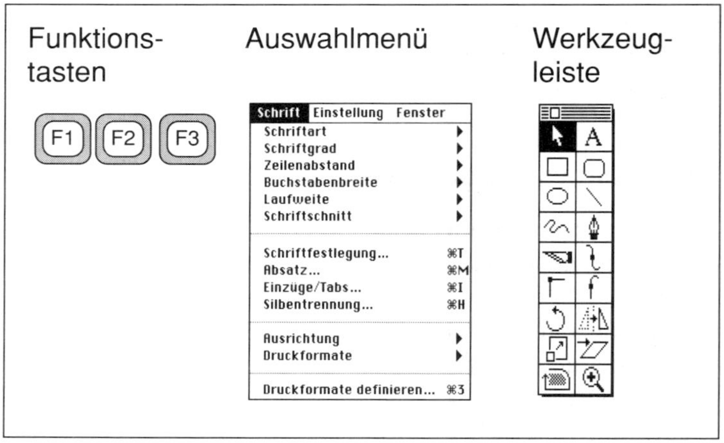

Bild 6.4. Moderne Software läßt dem Anwender die Wahl, wie er seine Befehle eingeben will

Eine bedienerfreundliche Software ist so ausgelegt, daß sie dem Anwender keine Datenverarbeitungskenntnisse abverlangt. Dies erreicht man am einfachsten über Auswahlmenüs. Ob ein Menüfeld nun über Funktionstasten, Maus, Stift oder Fadenkreuz und Tablett ausgewählt wird, ist nicht so entscheidend. Wichtiger ist eine saubere Struktur des Menüs.

Wahlmöglichkeiten

Allerdings sollte dem Anwender die Wahl überlassen bleiben, wie er seine Befehle eingibt. Mit Maus und Menütechnik erzielt man zwar schnelle Lernerfolge und kann auch dann den Computer noch leicht beherrschen, wenn man nicht dauernd damit arbeitet, beim ständigen Umgang mit ihm stößt man aber auf bestimmte Grenzen, was die Schnelligkeit der Befehlseingabe betrifft. Direkte Eingabe über Funktionstasten oder Befehlskürzel ist und bleibt vorerst der kürzeste und schnellste Weg.

Grafische Benutzeroberfläche

Über grafische Benutzeroberflächen – oft auch mit dem Wortungetüm »Graphical User Interface (GUI)« bezeichnet – steht bereits im Kapitel »Betriebssysteme« das Wesentliche. Halten wir hier noch zusammenfassend fest, daß fast alle neueren Beriebssysteme und Anwenderprogramme über eine grafische Benutzeroberfläche verfügen. Leider hat sich bisher noch kein einheitlicher Standard für alle Plattformen durchgesetzt. Apple, Windows, OS/2 und die Unix-Welt haben jeweils eigene Oberflächen.

3 Der Weg zur geeigneten Software

Computer für jedermann

Zu Zeiten der Großcomputer bediente nur speziell ausgebildetes Fachpersonal diese Anlagen. Im PC-Bereich ist das grundsätzlich anders, hier sitzen oft Computerlaien, wie zum Beispiel Manager, Sachbearbeiter oder die Sekretärin vor dem Computer. Verständlich, daß sich die Anforderungen an die Programme vollkommen geändert haben. Daher muß in zunehmendem Maße auf die Benutzerfreundlichkeit geachtet werden, denn der Computer ist ja nur das Arbeitsmittel, das zu einem bestimmten Ergebnis führen soll, und kein Selbstzweck. Programme, bei denen der Bediener erst lange Codelisten auswendig lernen mußte, gehören der Vergangenheit an. Eine benutzerfreundliche Bedieneroberfläche wird üblicherweise vorausgesetzt.

3.1 Aufgabenbeschreibung

Schrittweises Vorgehen

Bevor man sich mit der Softwareauswahl beschäftigt, müssen zunächst einmal Hausaufgaben erledigt werden. Fein heraus ist natürlich der, der sich erst einmal ein Programm zum Üben oder Spielen kaufen will, denn er braucht sich lediglich für das gewünschte Aufgabengebiet zu entscheiden. Schwieriger wird das ganze Unterfangen für den, der ein bestimmtes Problem lösen muß oder will. Hier bietet sich folgende Vorgehensweise an:

1. Beschreiben Sie zunächst auf einem einfachen Blatt Papier, was für Probleme Sie lösen wollen und welches Ergebnis Sie erwarten. Das muß noch nicht zu detailliert sein, ein Gesamtüberblick genügt.
2. Überlegen Sie, wo dabei Probleme auftauchen könnten, und halten Sie diese ebenfalls schriftlich fest. Heben Sie beide Unterlagen gut auf. Wenn es später um Detailfragen geht, kann es sein, daß man vor lauter Kleinkram das ursprüngliche Ziel aus den Augen verliert.
3. Die Aufgaben und Probleme werden anschließend detailliert beschrieben und strukturell gegliedert, zum Beispiel Kundenverwaltung, Textverarbeitung, Rechnungswesen, Dokumentationsverarbeitung, Kalkulation, Auftragsabrechnung usw.
4. Welche Daten stehen dabei miteinander in Beziehung bzw. beeinflussen sich gegenseitig. Damit stellen Sie eine Bezie-

hung der Daten zu angrenzenden Bereichen her, die für die Integrationsfähigkeit der späteren Software unbedingt erforderlich ist, und verhindern Insellösungen.

5. Erstellen Sie dazu das entsprechende Mengengerüst. Zum Beispiel: Wie viele Kunden und Aufträge sind zu verwalten, wie viele Kalkulationen fallen im Durchschnitt wöchentlich/monatlich an, wie viele Briefe, Rechnungen, Mahnungen verlassen täglich das Haus, wie viele Artikel müssen gespeichert werden usw.

Stärkt das Problembewußtsein

Mit der Aufgaben- und Zielbeschreibung wird zweierlei bezweckt: Erstens wird bei der Ausführung der Punkte 1 bis 5 das Problembewußtsein gestärkt, und Sie werden auf besonders kritische Punkte aufmerksam gemacht. Zweitens können Sie die so erworbenen Kenntnisse bei Vorführungen direkt in gezielte Fragen umwandeln.

3.2 Erstellung des Anforderungskatalogs oder der Checklisten

Checkliste oder Anforderungskatalog

Aus der Aufgaben- und Zielbeschreibung entwickeln Sie nun einen eigenen Anforderungskatalog bzw. eine Checkliste, die alle wichtigen Punkte im Detail enthält. Für kleinere und einfachere Aufgabengebiete reicht sicherlich das Checklisten-Verfahren vollkommen aus. Für komplexe Einsatzbereiche und besonders dann, wenn die Lösung in Richtung Branchensoftware geht, ist das Erstellen eines eigenen Anforderungskatalogs besser.

Detailplanung

In detaillierter Form werden alle notwendigen Programmanforderungen beschrieben, gegebenenfalls können sie noch durch gewünschte Zusatzanforderungen ergänzt werden. So könnte zum Beispiel der Hauptpunkt Texterfassung noch eine Rechtschreibprüfung enthalten, die aber nicht unbedingt als Entscheidungskriterium dienen sollte. Im Checklistenverfahren und bei durchschnittlichen Anforderungen kann man leicht und übersichtlich darstellen, welches Programm die jeweils gestellten Anforderungen am besten erfüllt. Geordnet nach Programmen bzw. Programmteilen (zum Beispiel Texterfassung, Kalkulation, Auftrags- und Leistungsrechnung) baut man den Anforderungskatalog nach Haupt- und Unterpunkten auf.

Der Anforderungskatalog Textverarbeitung

Der Anforderungskatalog sollte alle für Sie wichtigen und unentbehrlichen Funktionen enthalten. Selbstbeschränkung tut hier allerdings Not, da der Umfang der Aufstellung sonst völlig ausufert. Hier ein Beispiel für ein Textverarbeitungs-Programm:

Hauptpunkt:	**Texterfassung**
Unterpunkte:	– WYSIWYG-Darstellung – Silbentrennung deutsch / englisch – Textbausteine – Wünschenswert: Rechtschreibprüfung
Hauptpunkt:	**Textgestaltung**
Unterpunkte:	– halbfett / kursiv – Proportionalschrift – benötigte Schriftgrößen – wieviele Schriftarten
usw.	usw.

Schwierige Auswahl

Schwieriger wird da die Auswahl für ein Branchenpaket. Da hier weitergehende Anforderungen an die Programme gestellt werden, muß auch noch beschrieben werden, welche Ergebnisse der jeweilige Programmteil erbringen soll. So ist zum Beispiel zu überlegen, ob die betriebliche Leistungsstatistik monatlich, quartalsweise oder jährlich ausgewiesen werden soll oder ob die Kosten- und Leistungsrechnung kunden-, auftragsgruppen- und/ oder abteilungsspezifisch vom Programm erbracht werden muß.

3.3 Die Entscheidung

Vergleiche

Jede Vorbereitung hat einmal ein Ende und sollte zu einem konkreten Ergebnis führen. Es ist daher an der Zeit, die eingeholten Angebote zu vergleichen, soweit sie überhaupt miteinander vergleichbar sind.

Mit größtem Unwillen wird man nun feststellen, daß an jeder Lösung etwas anderes auszusetzen ist: »Ja wenn ich von dem

Programm das ... und von dem Programm das ... verwenden könnte! Das wäre mein Programm!« So oder ähnlich geht es jedem, der sich ein möglichst maßgeschneidertes Programm aussuchen will. Man muß also klare Prioritäten setzen. Welcher Programmteil ist unbedingt nötig, weniger notwendig oder überflüssig. Bei Standardsoftware läßt sich kaum etwas am Programm verändern, es sei denn, die Kenntnisse des Händlers gehen über das durchschnittliche Händlerniveau hinaus und er kann spezi-elle Zusatzprogramme anbieten, die das gewünschte Anforderungsprofil erfüllen.

Änderungswünsche

Anders verhält es sich bei den Branchenpaketen, da hier das Programm in der Regel von kleinen, flexiblen Softwarehäusern geschrieben wurde. Halten sich die Änderungswünsche in einem vertretbaren Rahmen, so sollte der Programmierer in der Lage sein, die Änderungswünsche auch auszuführen. Den letzten Ausschlag für die Kaufentscheidung sollte eine zumindest zufriedenstellende Vorführung geben.

Vorbereitungen

In der Praxis ist es ratsam, dem Händler vor dem Einholen eines Angebotes in einem persönlichen Gespräch die Aufgaben und Ziele der geplanten Neuanschaffung darzulegen und die selbst ausgearbeiteten Unterlagen zur Verfügung zu stellen. Das erspart beiden Seiten Unannehmlichkeiten, dem Händler falsche Vorbereitungen und dem Anwender eine falsche Beratung. (So sollte es wenigstens sein.) Auch kann dann das Softwarehaus nicht nachträglich sagen, es habe von dieser oder jener Anforderung nichts gewußt.

4 Die Textverarbeitung

4.1 Prinzipielle Funktionen moderner Textverarbeitungsprogramme

Überschaubares Angebot

Die stärkste Umsatzgruppe der PC-Software ist die Textverarbeitung, was sich auch in dem unübersehbaren Angebot niederschlägt. Die Softwarehäuser sind bemüht, ständig neue Programme oder verbesserte Programmversionen anzubieten. Einerseits kann man vor der Angebotsfülle nur die Hände über dem Kopf zusammenschlagen, andererseits muß man jedoch eingestehen, daß die neueren Programme bzw. verbesserten Versionen immer leistungsfähiger und bedienerfreundlicher werden. Viele Bemerkungen und Anregungen, die hier auf die Textverarbeitung bezogen sind, gelten im übrigen auch für alle anderen Programme und werden dort nicht mehr wiederholt.

Kauf mit oder ohne Beratung

Die Preisskala der professionellen Software für die Textverarbeitung erstreckt sich zwischen 600 DM und 1200 DM, wobei natürlich die Grenzen nach oben offen sind, schließlich kommt es auch darauf an, *wo* man das Programm kauft und welcher Service dahintersteckt. Es ist klar, daß ein Programm bei einem Software-Versandhandel billiger als bei einem Fachhändler ist, da hier weder Personal noch Geräte zum Vorführen bereitgehalten werden müssen und auch keine Beratung erfolgt. Der Käufer sollte sich also im klaren sein, daß er im Versandhandel bei eventuellen Schwierigkeiten mit keinerlei Hilfe rechnen kann. Das gilt natürlich nicht nur für die Software, sondern für den gesamten Computerbereich.

Leistungsfähige Programme

Textverarbeitung war schon immer eine Domäne der Bürocomputer bzw. der Computersysteme der sogenannten »Mittleren Datentechnik« (teilweise auch als Mehrplatzsystem bezeichnet). Auf diese umfangreichen Erfahrungen und Anforderungen aus diesem Bereich konnte man bei der Konzeption der Textverarbeitungsprogramme für PCs aufbauen. So ist es zu erklären, daß in relativ kurzer Zeit sehr leistungsfähige Programmpakete auf den Markt kamen. Begünstigt wurde diese Entwicklung noch durch die steigende Leistungsfähigkeit und den Preisverfall der PC-Hardware sowie deren zunehmende Netzwerkfähigkeit.

Was ist Textverarbeitung?

Bevor wir näher in die Details gehen, ist zunächst zu klären, was Textverarbeitung überhaupt ist. Ad hoc wird jeder natürlich behaupten: Texte erfassen, korrigieren und ausdrucken. Das mag richtig und auch der einfachste Nenner sein. Bei näherer Betrachtung verbirgt sich aber viel mehr dahinter. Das erklärt auch die Masse der angebotenen Programme und daß so viele Programme auch Abnehmer finden.

Der Büroalltag

Da gibt es zunächst die einfachen Anwendungen, das heißt, es soll, wie zuvor beschrieben, nur einfacher Text erfaßt, korrigiert und ausgedruckt werden. Doch dann will man noch Rechnungen schreiben, also muß das Programm die vier Grundrechenarten beherrschen und Prozente ausrechnen können. Sollen vielleicht auch noch Serienbriefe erstellt werden (das ist ein Brieftext, der in gleicher Form an mehrere verschiedene Adressen geht), so braucht das Programm eine Adreßdatei oder muß zumindest Adressen aus anderen Programmen übernehmen können. Im Büroalltag ist es Praxis, daß die tägliche Korrespondenz nicht immer völlig neu diktiert und geschrieben, sondern aus einzelnen ähnlichen Briefen zusammengestellt wird, aus sogenannten Textbausteinen. Also sollte das in Frage kommende Programm auch diese Arbeitsweise unterstützen.

Weitere Kriterien

Wer umfangreiche Berichte, Dokumentationen oder gar Handbücher erstellt, wird wieder andere Kriterien an ein Textverarbeitungsprogramm stellen: automatischer Seitenumbruch und Silbentrennung, Darstellen und Verarbeiten von verschiedenen Schriftarten und -größen, Korrekturprogramm usw.

Nun möchte ich niemandem wünschen, daß er mit einem Programm arbeiten muß, das allen Anforderungen gleichermaßen gerecht wird. Es wäre wahrscheinlich heillos unübersichtlich, und nur Computerfachleute könnten es verstehen. Denn hier entsteht ein klarer Zielkonflikt: Einerseits sollen die Programme möglichst einfach zu bedienen sein, andererseits sollen sie möglichst alle Funktionen beinhalten. In der Praxis sieht es nun so aus, daß man ein einfach strukturiertes und mit wenigen Funktionen belastetes Programm viel schneller erlernt als ein vielfach verzweigtes und vollgepfropftes – aber auch dementsprechend schneller an dessen Grenzen stößt.

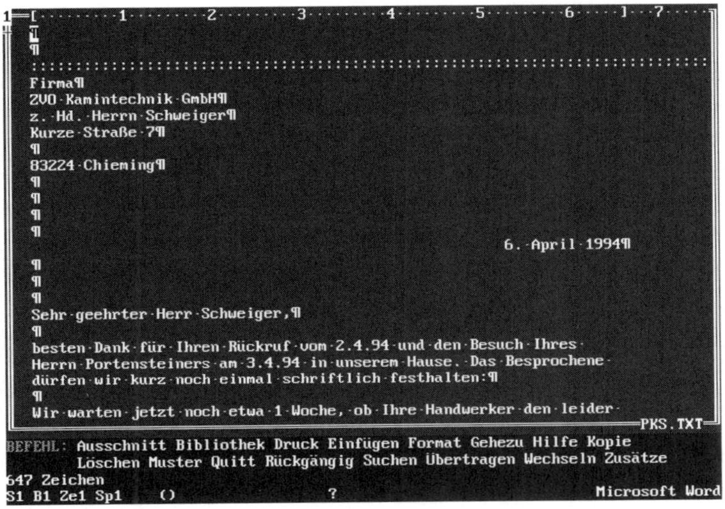
Firma¶
ZVO·Kamintechnik·GmbH¶
z.·Hd.·Herrn·Schweiger¶
Kurze·Straße·7¶
¶
83224·Chieming¶
¶
¶
¶
¶
6.·April·1994¶
¶
¶
¶
Sehr·geehrter·Herr·Schweiger,¶
¶
besten·Dank·für·Ihren·Rückruf·vom·2.4.94·und·den·Besuch·Ihres·
Herrn·Portensteiners·am·3.4.94·in·unserem·Hause.·Das·Besprochene·
dürfen·wir·kurz·noch·einmal·schriftlich·festhalten:¶
¶
Wir·warten·jetzt·noch·etwa·1·Woche,·ob·Ihre·Handwerker·den·leider·

Bild 6.5. Textdarstellung mit einem älteren Textverarbeitungsprogramm (zum Beispiel Word 4)

Auf jeder Hardware einsetzbar?

Nicht jedes Textverarbeitungsprogramm ist gleichermaßen auf allen Computern einsetzbar. Soweit noch keine Hardware vorgegeben ist, kann man bei der Softwareauswahl frei entscheiden. Steht die Hardware jedoch bereits fest, klärt man zunächst einmal, welche Programme für diesen Typ angeboten werden.

Zielgruppen

Textverarbeitungsprogramme können sowohl einzeln als solche angeboten werden (zum Beispiel Word, WordPerfect usw.) als auch im Paket mit anderen Programmteilen = Integrierte Pakete (zum Beispiel Lotus Works, Works für Windows, Framework usw.) oder auch nur für eine bestimmte Zielgruppe (TEX = Textverarbeitungsprogramm für wissenschaftliche Formeln; Desktop Publishing, usw.). Bei der integrierten Software ist der Textverarbeitungsteil in der Regel nicht so leistungsfähig wie bei den reinen Textverarbeitungsprogrammen (hierzu mehr in diesem Kapitel unter Integrierte Software). Die Programme für spezielle Zielgruppen haben wiederum Schwachpunkte, wenn es um einfache Erlernbarkeit und Bürokorrespondenz geht. Es ist daher hier zwingend erforderlich, genau zu definieren, wofür das Programm benötigt wird und welche Funktionen unbedingt nötig bzw. nur wünschenswert sind.

4.2 Leistungskriterien Textverarbeitung

Entsprechend den unterschiedlichen Anforderungen in der Praxis und der jeweiligen Zielgruppe weisen die Textverarbeitungsprogramme erhebliche Unterschiede sowohl im Funktionsumfang als auch in der Bedienerführung auf. Es ist daher unmöglich, Programme allgemein mit dem Prädikat »gut« oder »schlecht« zu beurteilen, entscheidend ist einzig und allein, ob ein Programm für das geplante Aufgabengebiet geeignet ist. Dem Anwender ist daher nur zu raten, sich einen Anforderungskatalog zusammenzustellen, der die folgenden Punkte gegenüberstellt.

Technische Daten

Hardware-Voraussetzungen

Dieser Punkt ist sehr wichtig, da Sie hier nicht nur erfahren, ob die Software dem Industriestandard entspricht oder nur auf einem speziellen Computersystem lauffähig ist, sondern auch, welche technischen Voraussetzungen der Computer erfordert (Prozessor, Größe des Arbeitsspeichers, Grafikkarte etc.). Entspricht das Programm dem Industrie-(IBM-)Standard, dann können Sie weitere Programme für andere Aufgaben aus einer großen Softwarebibliothek auswählen. Im anderen Fall notieren Sie sich unbedingt den Namen des notwendigen PC und die Herstellerfirma sowie das Betriebssystem. Da manche Softwarepakete eine bestimmte Betriebssystem-Version voraussetzen, ist außer dem Namen auch die Versions-Nummer wichtig (zum Beispiel MS-DOS 5.0 oder 6.2). Stellt das Programm zudem noch spezielle Anforderungen an die Größe des Arbeits- oder externen Speichers, sollten Sie auch das notieren. Auch eine spezielle Grafikkarte ist ein weiteres wichtiges (eventuell teures) Kriterium.

Einweisung und Dokumentation

Was hierbei zu beachten ist, wurde bereits in diesem Kapitel unter »Anforderungen an die Software« erörtert. Zu ergänzen bleibt lediglich, daß ein Lernprogramm auf Diskette zwar nützlich, eine professionelle Schulung aber in jedem Fall besser und effektiver ist, denn Rückfragen beantworten oder Zusatzerklärungen geben kann nur geeignetes Schulungspersonal.

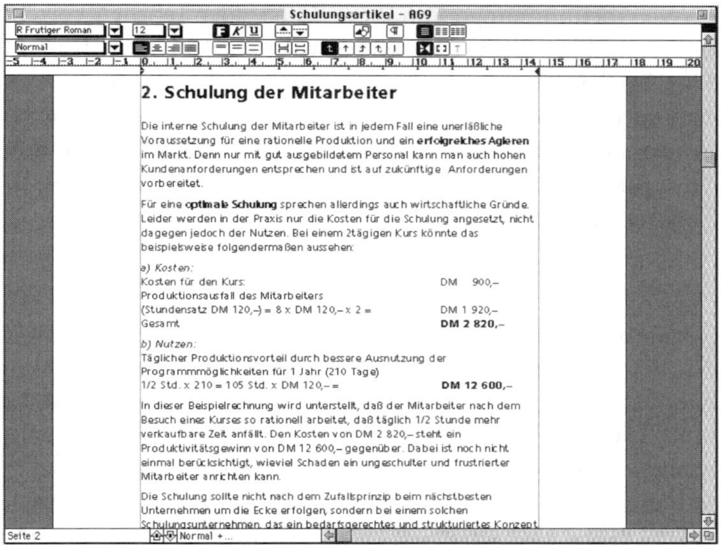

Bild 6.6. Textverarbeitung mit WYSIWYG-Darstellung erleichtert das Arbeiten

Bedienerführung und Bildschirmdarstellung

Was bei der Bedienerführung und der Bildschirmdarstellung zu beachten ist, finden Sie im Kapitel 5 »Betriebssysteme« und in diesem Kapitel unter »Software-Ergonomie«. Ein Beispiel für eine gute Benutzerführung und Bildschirmdarstellung zeigt Bild 6.6.

Datenverwaltung

Sicherheitskopien

Ein gutes Textverarbeitungsprogramm erstellt beim ersten Aufruf einer Datei eine Sicherungskopie von dieser. Das hat den Vorteil, daß bei einem versehentlichen Löschen von Textpassagen oder falscher Bearbeitung noch auf die Urfassung der Datei zurückgegriffen werden kann.

Importieren und Exportieren

Soll das Textverarbeitungsprogramm auch Daten von anderen Programmen übernehmen können, muß es in der Lage sein, diese Dateien korrekt zu interpretieren und zu verarbeiten. In der Praxis kommt es bei manchen Anwendungen vor, daß Bilder aus Grafikprogrammen oder Tabellen aus Kalkulationsprogrammen im Text integriert werden müssen. Prüfen Sie daher genau, ob das

Textverarbeitungsprogramm diese Bilder oder Tabellen korrekt einliest und in einem Arbeitsgang zusammen mit dem Text auf dem Drucker ausgibt. Fragen Sie auch, mit welchen Programmen der Datenaustausch möglich ist. Wollen Sie andererseits Dateien aus dem Textverarbeitungsprogramm in ein anderes Programm übernehmen, muß es zumindest die eigenen Dateien im ASCII-Code ausgeben können.

Cursorbewegungen

Steuerungsmöglichkeiten

Gerade beim Korrigieren und Formatieren von Texten führt man den Cursor oft über weitere Strecken, zum Beispiel vom Bildschirmanfang zum Bildschirmende oder vom Textanfang zum Textende. Vor allem bei längeren Texten ist letzteres sehr zeitaufwendig, wenn das Programm über keine »Sprungbefehle« verfügt. Neben der Schnelligkeit, mit der sich der Cursor bewegt, kommt es also auch auf sein gezieltes Steuern an. Auch wenn eine Maus zur Programmsteuerung eingesetzt wird, sollte die Cursorsteuerung über die Tastatur möglich sein, damit man beim Korrigieren nicht ständig zwischen Tastatur und Maus wechseln muß; das beschleunigt das Auffinden der nahe beieinanderliegenden Korrekturstellen.

Texterfassung/Textverarbeitung

Die meisten Programme lassen dem Bediener die Wahl, beim Korrigieren entweder vorhandenen Text zu überschreiben oder durch Umschalten Textpassagen einzufügen. Diese Wahlmöglichkeit sollte eigentlich in keinem Programm mehr fehlen.

Funktionen

Ebenso notwendig sind die unterschiedlichen Löschmöglichkeiten für Buchstaben, ganze Wörter, Zeilen, Sätze und Absätze durch nur einen einzigen Tastendruck. Da dabei versehentlich etwas gelöscht werden kann, sollte das Programm auch eine Möglichkeit haben, das zuletzt Gelöschte wieder rückgängig zu machen. Ein weiterer wichtiger Faktor bei der Textbearbeitung ist das Verschieben und Kopieren von Textausschnitten, da Textumstellungen in der Praxis sehr häufig vorkommen. Hilfreich dabei ist es, wenn sich Texte in einem elektronischen »Papierkorb« zwischenlagern und bei Bedarf wieder aufrufen lassen.

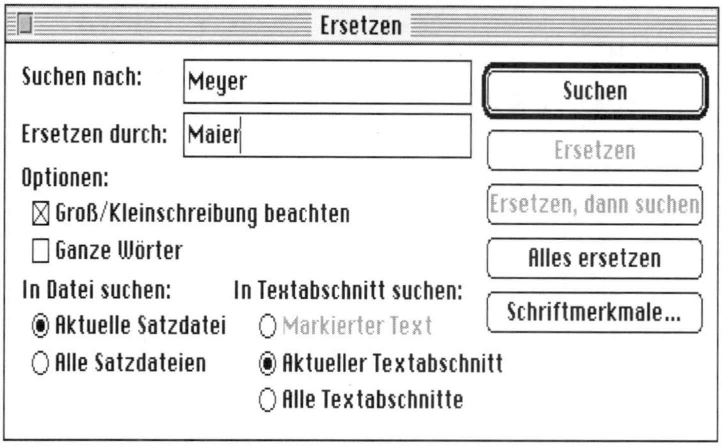

Bild 6.7. Suche/Ersetze-Funktion

Suchen und Ersetzen

Wie oft kommt es vor, daß ein Begriff oder Name falsch verstanden und dann immer wieder in gleicher Weise fehlerhaft erfaßt wurde. Als Beispiel dazu: In einem Dokument steht zwanzigmal das Wort »Processor«, richtig müßte es jedoch »Prozessor« heißen, oder »Maier« statt »Meyer«. Hat das Programm nur eine »Suche und Ersetze«-Funktion, können mit einem Befehl die zwanzig falschen »Maier« durch den richtigen »Meyer« ersetzt werden. Wurde dagegen einmal »Maier« und ein anderes Mal »Mayer« geschrieben, sollte die »Suche und Ersetze«-Funktion auch mit einem »Joker« arbeiten können, das heißt, anstelle des »i« oder »y« sagt man dem Programm: Suche »Ma*er« und ersetze durch »Meyer«. Der Stern steht für ein x-beliebiges Zeichen. Damit sucht das Programm alle »Maier« und alle »Mayer« und ersetzt sie durch »Meyer«. (Allerdings würde in diesem Fall auch das Wort »Maler« durch »Meyer« ersetzt.)

Textformatierung (Gestaltung)

Darstellungsformen

Neben linksbündigem, rechtsbündigem und zentriertem Satz sollte das Textprogramm auch Blocksatz beherrschen (Blocksatz nennt man die Darstellungsform, bei der alle Zeilen wie in diesem Buch gleich breit sind). Wer gerne mit verschiedenen Satzbreiten arbeitet, benötigt einen frei einstellbaren Rand, da sonst jede Satzbreite nur über Tabulatoren eingestellt werden kann. Wer viel

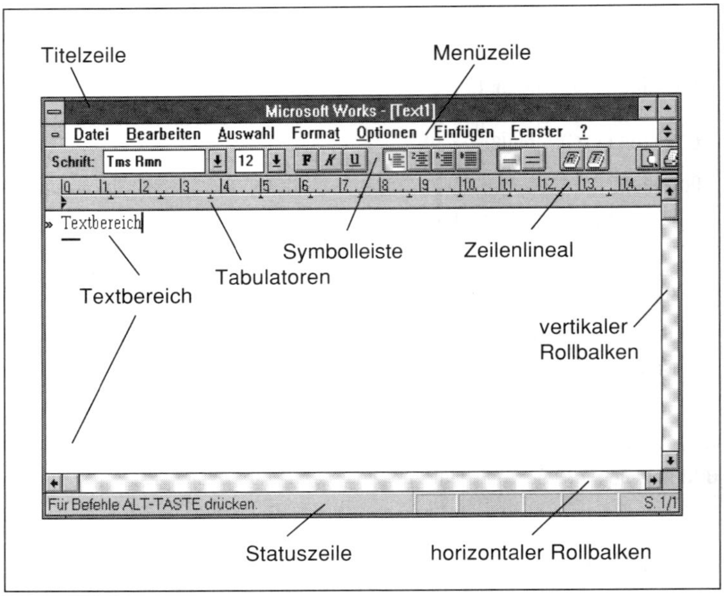

Bild 6.8. Bildschirmdarstellung von Works mit Erkärungen zu einzelnen Symbolen

mit tabellarischen Ziffernaufstellungen arbeiten muß, der sollte darauf achten, daß das Programm die Dezimaltabellen untereinander einordnet.

Automatischer Seitenumbruch

Bei längeren Dokumenten ist es unerläßlich, daß die Software die Seiten automatisch umbrechen und numerieren (paginieren) kann, insbesondere wenn man öfter nachträglich bei der Korrektur Textteile hinzufügt oder herausnimmt. Zu einem vernünftigen Umbruchprogramm gehört natürlich auch das Verwalten von Kopf- oder Fußzeilen, die das Programm nach Definition bereitstellt.

Silbentrennprogramme

Einfache Textverarbeitungsprogramme arbeiten nach dem Konzept, daß sie am Zeilenende ganze Wörter in die nächste Zeile nehmen, wenn die Zeilenbreite überschritten wird. Um einen unschönen Flatterrand der Zeilen zu vermeiden, bieten gute Programme neben der manuellen Trennung auch noch ein Silbentrennprogramm an, das Wörter automatisch – mehr oder weniger richtig – trennt. Bessere Programme bieten darüber

Die übliche Schreibmaschinen-Schrift

Helvetica, 10 Punkt

Helvetica kursiv, 10 Punkt

Helvetica fett, 10 Punkt

Schreibschrift, 12 Punkt

Times, 10 Punkt

Times, 16 Punkt

Times, 24 Punkt

Bild 6.9. Textverarbeitungsprogramme mit grafischer Bedieneroberfläche können unterschiedliche Schriftschnitte exakt darstellen und ausdrucken

hinaus auch noch ein Ausnahmelexikon, in dem man alle Trennungen richtig abspeichern kann, die das Programm üblicherweise falsch trennt. Den Gipfel des Trennkomforts hat man dann erreicht, wenn man auch noch dem Silbentrennprogramm untersagen kann, an bestimmten Stellen zu trennen.

Linien und Sonderzeichen

Mit Windows-Textverarbeitungsprogrammen kann man Linien und Rahmen zeichnen und mit Hilfe von Zusatzfonts auch Sonderzeichen in seinen Text integrieren. Beim Austausch von Daten mit anderen Programmen ist darauf zu achten, daß das Programm über entsprechende Import- und Exportfilter verfügt.

Druck

Ohne Druckertreiber geht nichts

Ein meist von Laien unterschätztes Kriterium bei Programmen sind die Druckertreiber. Aber wofür die ganze Mühe bei der Erfassung, wenn zum Schluß das Endprodukt (zum Beispiel Brief, Rechnung, Dokument) nicht vernünftig ausgedruckt werden kann. Es ist demnach vorteilhaft, wenn das Programm für möglichst viele und speziell für den von Ihnen favorisierten

Druckertreiber

Um die umfangreichen Möglichkeiten der modernen Textverarbeitungsprogramme auch auf einem Drucker ausgeben zu können, benötigt man ein auf den Drucker abgestimmtes Zusatzprogramm, das die Programmbefehle in seine Sprache übersetzt. Derartige Programme nennt man Druckertreiber.

Beim Kauf eines Textverarbeitungsprogrammes (und auch bei allen anderen Anwendungsprogrammen) werden in der Regel zwar sehr viele Druckertreiber mitgeliefert, der Käufer sollte sich jedoch vergewissern, daß auch für seinen Drucker der spezifische Treiber vorhanden ist – nur ein speziell abgestimmter kann alle Möglichkeiten eines Druckers ausnutzen.

Drucker einen Treiber besitzt. Das Programm sollte auch in der Lage sein, die im Drucker verfügbaren Schriften per Menü anzuwählen. Leider ist dies nicht bei allen Programmen so; dann muß der Bediener umständlich die Befehle im Drucker-Handbuch heraussuchen und über die Tastatur die ganzen Steuerbefehle für den Drucker eintippen. Weitere Kriterien für den Ausdruck sind das Vorhandensein von Proportionalschrift (Buchstaben in unterschiedlicher Breite), das Drucken von Texten im »Hintergrund«, während am PC weitergearbeitet werden kann, und das Ausdrucken von bestimmten Seiten, wenn nicht der ganze Text benötigt wird. Vor allem im Bürobereich ist es wichtig, daß die Anzahl der gewünschten Kopien frei wählbar ist und daß Einzelblätter automatisch vom Drucker eingezogen werden können. Wer Dokumente auf unterschiedlich gestalteten Seiten ausdrukken will, sollte auch auf die Anzahl der anwählbaren Einzugsschächte achten.

Drucken im »Hintergrund«

Sonderfunktionen

Wer häufig umfangreichere Dokumentationen und Handbücher erstellen will, dem hilft das »automatische« Erzeugen von Inhaltsverzeichnissen und Stichwortregistern (Sachregister), die das Programm dann auch noch entsprechend alphabetisch sortiert.

Steuerdatei

Nr.	Anrede	Vorname	Nachname	Straße	PLZ	Ort
1	Sehr geehrter Herr	Walter	Schmid	Robert-Koch-Str. 11	83707	Bad Wiessee
2	Sehr geehrte Frau	Maria	König	Rietzgartenstr. 124-126	88131	Bodolz
3	Sehr geehrte Frau	Anna	Hupf	Richard-Wagner-Platz 4	17248	Ellerholz
4	...	...	...	...	...	...

+ Datei mit Brieftext

Vorname Nachname
Straße
PLZ Ort

Einladung

Anrede Nachname !

Für die Treue unserer Kunden möchten wir mit einem großen Sommerfest danken und Sie

= Serienbrief

Walter Schmid
Robert-Koch-Str. 11
83707 Bad Wiessee

Einladung

Sehr geehrter Herr Schmid

Für die Treue unserer Kund
einem großen Sommerfest danken und Sie

Maria König
Rietzgartenstr. 124-126
88131 Bodolz

Einladung

Sehr geehrte Frau König!

Für die Treue unserer Kunde
einem großen Sommerfest danken und Sie

Anna Hupf
Richard-Wagner-Platz 4
17248 Ellerholz

Einladung

Sehr geehrte Frau Hupf!

Für die Treue unserer Kunden möchten wir mit einem großen Sommerfest danken und Sie

Bild 6.10. Für Serienbriefe benötigt man eine Adressen- und eine Textdatei

Textbausteine und Makros

Weitere Möglichkeiten bietet die Textbausteinverwaltung bei Standardbriefen. Mit dieser Methode lassen sich aus bereits vorformulierten und gespeicherten Textteilen neue »individuelle« Briefe zusammenstellen; das erspart Diktier- und Erfassungszeit. Nahe Verwandte der Textbausteine sind »Makros«. Das sind vom Anwender selbst definierbare, gespeicherte Kombinationen von Befehlsfolgen und Texten, mit deren Hilfe bestimmte Abläufe automatisiert werden können. Wenn das Textverarbeitungsprogramm schon keine Textbausteinverwaltung hat, sollte es mindestens das Arbeiten mit Makros erlauben.

Serienbriefe

Vor allem im geschäftlichen Bereich kommt man ab und zu in die Verlegenheit, einen bestimmten Text an mehrere Personen zu schicken (zum Beispiel Werbebriefe, Einladungen usw.). Mit einer Serienbriefeinrichtung läßt sich dies äußerst komfortabel erledigen. Dazu wird der Urtext um sogenannte »Halter« ergänzt. In diese Halter trägt das Programm später automatisch die gewünschten Ergänzungen ein, zum Beispiel Adresse, Anrede, Datum usw. Einmal erfaßt, kann so der Text an beliebig viele Adressaten geschickt werden. Im ungünstigsten Fall müssen jedoch all diese Adressen einmal in einer vordefinierten Art geschrieben werden. Diese Daten sind dann eben nur für die Serienbrieffunktion tauglich.

Adreßverwaltung

Manche Programme bieten allerdings eine richtige Adressenverwaltung, ähnlich einer Datenbank an. Somit lassen sich diese Adressen auch nach bestimmten Kriterien sortieren, oder aber es können bestimmte Adressen ausgefiltert werden (zum Beispiel alle Adressen in München usw.). Die dritte Möglichkeit ist, daß man Adressen von einem anderen Programm (zum Beispiel einer Datenbank) übernimmt. In diesem Fall sollte man sich genau vergewissern, daß beide Programme aufeinander abgestimmt sind.

Rechenoperationen

Besteht in einem Programm die Möglichkeit, Rechenoperationen auszuführen, so lassen sich damit auch Rechnungen, Lagerlisten und ähnliches herstellen. Insbesondere im Bürobereich ist diese Einrichtung sehr sinnvoll. Für die Herstellung von Dokumenten, Gutachten, Handbüchern usw. benötigt man meistens die Fußnotenverwaltung, damit beim Umbruch (Seitenjustierung) des Textes die Fußnoten bei dem dazugehörigen Hinweis stehen.

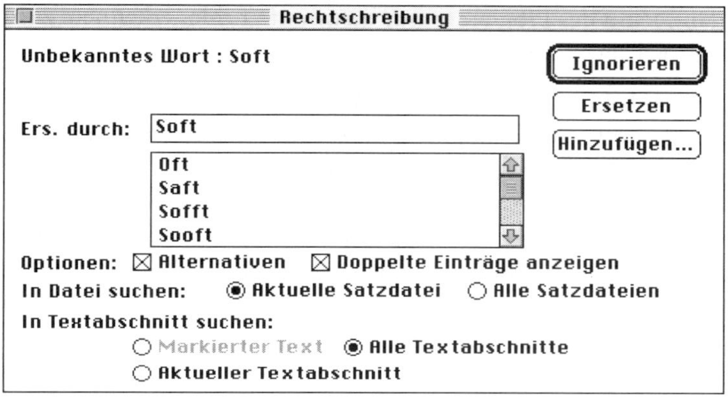

Bild 6.11. Dieses Bild zeigt ein Programm im Korrektur-Modus. Nachdem es in seinem Wörterbuch das englische Wort »Soft« nicht gefunden hat, macht es Vorschläge für andere Wörter

Rechtschreibhilfen

In Anzeigen und Verkaufsgesprächen werben die Firmen gerne mit sogenannten Korrekturprogrammen (englisch = Spell-Chekker). Diese Programme bzw. Programmteile sollen in der Lage sein, einen Text auf Rechtschreibfehler zu prüfen. In der Praxis ist dies wohl eher Wunsch als Realität. Nicht alles, was aus den USA zu uns kommt, ist auch hier sinnvoll. Dank der einfacheren Grammatik und der einheitlichen Kleinschreibung (außer Eigennamen und am Satzanfang) sind solche Programme bei englischen Texten gut verwendbar. Aber wie sieht es bei der deutschen Sprache aus?

Fast alle Korrekturprogramme arbeiten mit einem Lexikon, in dem zigtausend Wörter eingetragen sind. Jedes Wort, das da fehlt, wird sofort als Fehler deklariert. Nun kann man sich vorstellen, wie oft das Korrekturprogramm anhält und einen Fehler meldet, wenn es auch nur 50.000 Wörter gespeichert hat, und dies, obwohl kein wirklicher Fehler vorlag. Man sollte daher unbedingt darauf achten, daß das Stammlexikon möglichst groß und »lernfähig« ist. Unter lernfähig versteht man, daß das Programm neue Wörter in sein Verzeichnis aufnehmen kann. Wer zum Beispiel immer Schriftstücke für ein spezielles Gebiet erstellt, seien es technische, chemische oder medizinische Texte, der wird für seine Themen eine eigene Wortsammlung anlegen, die ihm das Arbeiten mit einem Rechtschreibprogramm erleichtert. Aber selbst dann kann das Programm nur bestimmte Fehler erkennen: zum Beispiel »bestimte« statt bestimmte, »trei« statt drei usw.

Lohnt der Aufwand?

Andere Fehler, wie zum Beispiel Wortverstellungen, Fehler in der Groß- und Kleinschreibung bzw. Zusammen- und Getrenntschreibung, richtiggeschriebene, aber falsch plazierte Wörter (Kreis statt Greis) usw. kann natürlich keiner dieser Spell-Checker erkennen. Der Text muß also sowieso korrekturgelesen werden. Wem darüber hinaus der zeitliche Mehraufwand für das zusätzliche elektronische Lesen gerechtfertigt erscheint, der kann sich mit diesen Programmen weiter vergnügen.

4.3 Standardtextprogramme

Die meisten derzeit auf dem Markt erhältlichen Textverarbeitungsprogramme gibt es für den Industriestandard MS-DOS und Windows. Einige dieser Programme sind jedoch auch in speziellen Ausführungen für den Apple Macintosh, Atari ST und Commodore Amiga erhältlich.

Marktführer

Marktführer sind zur Zeit die Produkte Word und WordPerfect mit amerikanischer Herkunft. Aber auch deutsche Programme, wie zum Beispiel Tex-Ass oder StarWriter können sich schon viele Jahre im Markt behaupten.

Die folgende Aufstellung soll nur einen kleinen Überblick geben, sie ist keinesfalls vollständig. Weltweit schätzt man die Anzahl der Textverarbeitungsprogramme auf über 150! Da sich zudem auch noch die Versionsnummern der einzelnen Programme ständig ändern, ist es sinnlos, hier genauere Angaben zu machen oder gar Versionsnummern zu nennen, denn was heute gilt, ist morgen schon falsch.

Überblick

Word für MS-DOS und für Windows (Microsoft)
WordPerfect (WordPerfect Corporation)
WordStar und Legacy (Micropro Int.)
Ami Pro (Lotus Development)
Euroscript (North American Software Corporation)
StarWriter (Star Division, Lüneburg)
Tex-Ass-Windows Plus (b + s multisoft, Bochum)
AFS-Text (AFS, Offenbach)

5 Datenbanksysteme

5.1 Was ist ein Datenbanksystem?

Datenbank-Systeme

Was Textverarbeitung ist, braucht man nicht erst lange zu erklären – aber ein Datenbanksystem? Leider spielt uns auch hier die Definition einen Streich, denn hier wird meistens ein Begriff für zwei verschiedene Dinge gebraucht:

1. In der Informatik bezeichnet man ein Datenbanksystem (englisch = data base management system) als ein Programm oder Programmpaket zur organisierten Sammlung von untereinander in Beziehung stehenden Informationen oder Daten. Man spricht dabei auch von einem Datenverwaltungssystem oder Datenbankverwaltungssystem.

Datenbanken

2. Vor allem im PC-Bereich, in PC-Zeitschriften und PC-Büchern, verwendet man aus Nachlässigkeit oder Unwissenheit statt des Begriffs Datenbanksystem nur das Wort Datenbank. Eine Datenbank ist jedoch etwas ganz anderes, nämlich die Informationen, die in einem Datenbanksystem gespeichert sind (zum Beispiel wissenschaftliche Informationen, Literatur, juristische Daten oder auch Kundeninformationen, Lagerbestände usw.). Datenbanksysteme hingegen sind die Programme, die das Abspeichern und Handhaben solcher Datenbanken ermöglichen. Beispiele für Datenbanken sind:

   - JURIS (eine Sammlung von Gesetzestexten und Urteilen)
   - ZEVIS (Daten über alle in der Deutschland zugelassenen Fahrzeuge)
   - Datenbank Druck und Papier (Informationen für den Druck- und Verlagsbereich)
   - Chemical Abstract (Chemische Informationen)
   - Meditec (Medizinische Technik – Apparatebau)
   - ABC der Deutschen Wirtschaft (Einkaufsführer).

Bekannte Datenbanksysteme im PC-Bereich sind zum Beispiel: dBase IV, Paradox, FileMaker, Foxpro, MS-Access, Omnis 7, F&A und viele weitere.

5.2 Aufgaben der Datenbanksysteme

Von der Karteikarte zum Datenbanksystem

Die einfachste Art einer Datenbank ist zum Beispiel eine Kundenkartei. Genauso wie bei den manuell mit Karteikarten geführten Kundenkarteien, legt auch das Datenbanksystem (DB-System) von jedem Kunden eine elektronische Karteikarte an. Diese kann sowohl die komplette Anschrift (Kundennummer, Vorname, Zuname, Postleitzahl, Ort, Telefonnummer, Ansprechpartner usw.) des Kunden wie auch weitergehende Informationen enthalten. Das könnten zum Beispiel die vom Kunden bisher bestellten Artikel, der Umsatz, die Betriebsgröße, seine Branche und ähnliche Informationen sein (siehe auch Bild 6.13). Nach dem Anlegen eines solchen Datenblatts für jeden Kunden haben wir bereits eine kleine Kunden-Datenbank.

Typische Sortierkriterien und Abfragen für eine Datenbank sind zum Beispiel sein:

Sortierkriterien

- Sortiere alle Kunden nach dem Abc.
- Sortiere alle Kunden nach dem Abc und nach Ortsalphabet.
- Zeige alle Kunden aus dem Postleitzahlgebiet 8000 mit mehr als 10.000 DM Umsatz.
- Welche Kunden haben bisher unseren Artikel »Endlospapier« gekauft?
- Oder umgekehrt: Welche Kunden haben bisher den Artikel »Endlospapier« noch nicht bestellt?
- Welche Artikel bestellen bei uns Betriebe mit mehr als 1000 Beschäftigten im Postleitzahlgebiet 8 (Bayern) aus der EDV-Branche mit mehr als DM 10 Mio. Umsatz?

Adressenverwaltung

Zur Erstellung einer einfachen Kunden-Datenbank, wie die in Bild 6.12 gezeigte, würde eigentlich auch eine gute Adressenverwaltung ausreichen, wie sie heute in leistungsfähigen Textverarbeitungsprogrammen bzw. integrierten Softwarepaketen enthalten ist. Da mit dem Essen bekanntlich der Appetit wächst, sind solche Adreßverwaltungen jedoch mit ihrer Leistungsfähigkeit schnell an ihren Grenzen angelangt. Im bisherigen Beispiel müßten die vom jeweiligen Kunden bestellten Artikel und der Umsatz immer manuell eingetragen werden, damit die Angaben aktuell sind. Schließlich bestehen zwischen der Kundendatei und den anderen Abteilungen des Hauses keinerlei Verbindungen. Echte PC-Datenbanksysteme bieten heute schon weit mehr.

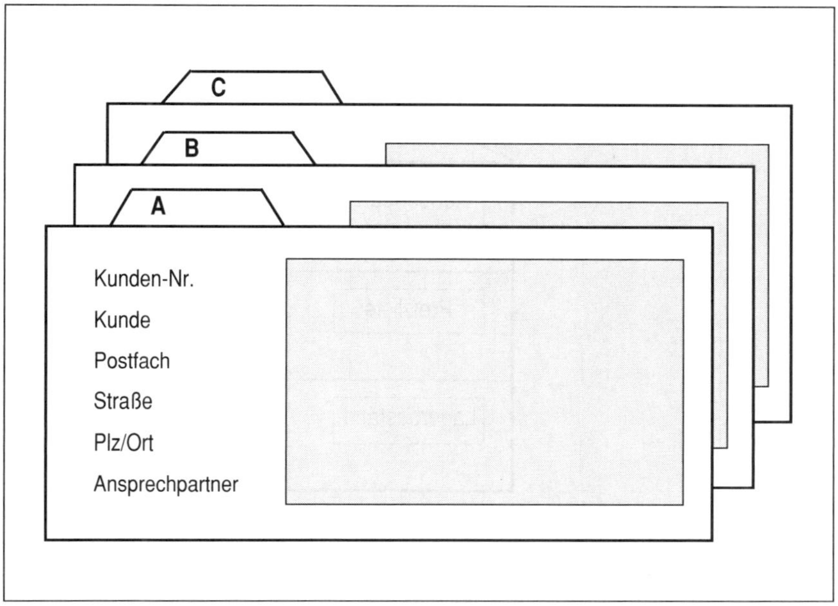

Bild 6.12. Eine manuelle Kundenkartei mit Karteikarten

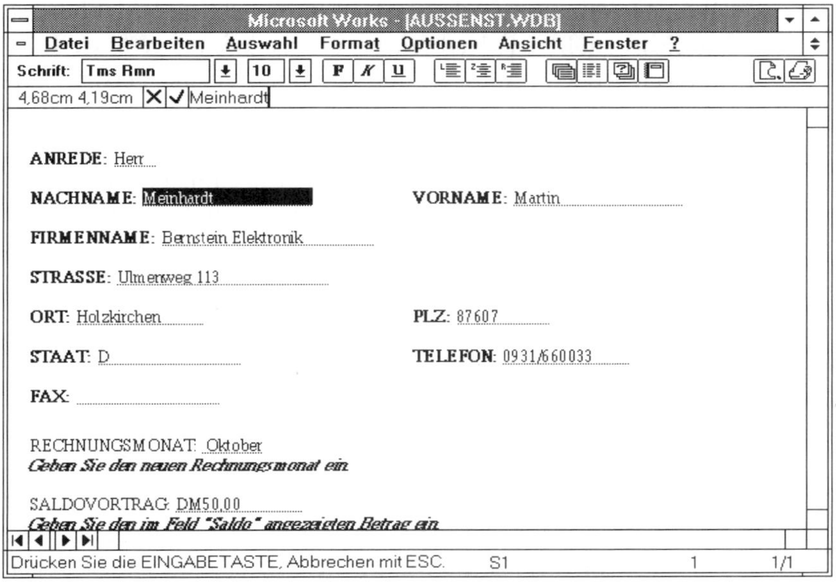

Bild 6.13. Darstellung einer Datenbank-Anwendung auf dem Bildschirm

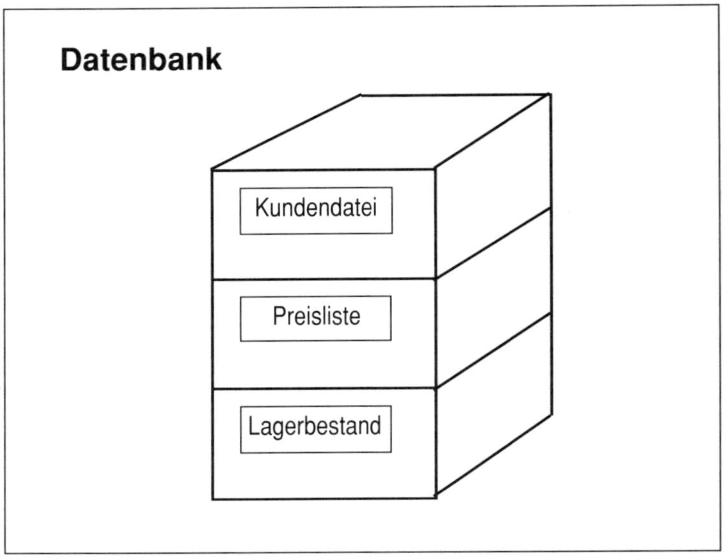

Bild 6.14. Datenbank mit Kunden-, Preis- und Lagerbestandsdatei

Ein Beispiel: In einem Unternehmen fallen in der Verwaltung täglich die unterschiedlichsten Aufgaben an. So müssen zum Beispiel Auftragsbestätigungen, Rechnungen und Mahnungen geschrieben, Materialverbrauchs- und Lagerlisten geführt, Rechnungen gebucht, Auftrags- und Leistungsstatistiken erstellt werden. Umständlich und zeitaufwendig wäre es nun, wenn jede Abteilung ihre eigenen Grunddaten erstellen und pflegen würde. Eine Forderung an die EDV besteht darin, einmal erfaßte Daten für alle Anwendungen zur Verfügung zu stellen. Nehmen wir zum Beispiel einen kleinen Betrieb mit einer Datenbank, die aus Kunden-, Preis- und Lagerbestandsdatei besteht (siehe Bild 6.14). Jede dieser Dateien aus der Datenbank hat einen anderen Aufbau.

Datensätze und Felder

Auf Personalcomputern verwendet man heute sogenannte relationale Datenbanksysteme, in denen die Daten in Tabellenform gespeichert werden. Eine Datenbank besteht aus einer oder mehreren solcher Tabellen, die Dateien (Datenbankdateien) genannt werden. Zusammengehörende Daten einer Tabelle stehen jeweils in einer Zeile, man bezeichnet sie als Datensatz. Die Tabelle kann aus beliebig vielen, gleichartig aufgebauten Zeilen (Datensätzen) bestehen. Die einzelnen Elemente eines Datensat-

Dateiauszug

Kunden-Nummer	Name	Ort	Straße	Telefon
1	Software GmbH	20030 Hamburg	Elbestraße 1	(0 40) 81 14–20
2	Hardware AG	62000 Frankfurt	Römerturm 20	(0 69) 494 80
3	Computershop	80050 München	Hansastraße 11	(0 89) 111 222

Datensatz

Datenfeld:
Datenfeldname: Ort
Datenfeldlänge: 15 Zeichen

Bild 6.15. Aufbau einer Datei

zes bezeichnet man als Felder, die mit einem Feldnamen definiert werden. Je nach Datenbanksystem können den Feldern unterschiedlich viele Attribute zugeordnet werden, zum Beispiel die Feldlänge und der Feldtyp (nur Zahlen, nur Text, nur Datum usw.).

Verknüpfungen

Die zusammengehörenden Daten, die in verschiedenen Dateien (Tabellen) stehen, kann man über gleiche Inhalte in einem gemeinsamen Feld miteinander verknüpfen.

In Bild 6.16 haben wir drei verschiedene Dateien in einer Datenbank definiert und können mit ihnen arbeiten. Bleibt man dabei innerhalb einer Datei, so ist das Aufrufen, Ändern und Ablegen von Informationen noch einfach. Soweit kann jeder Laie in relativ kurzfristiger Zeit die Befehlssprache des Datenbanksystems erlernen, zumal die Programme immer bedienungsfreundlicher werden.

Anwendung

Der Anwender kann jetzt in der Kundendatei die Adressen abspeichern, ändern, neue hinzufügen, überflüssige löschen, nach Orten oder Alphabet sortieren usw. Das gleiche gilt auch für die Preisliste. Hier können die Artikel nach Nummern oder Alphabet geordnet, Preisänderungen vorgenommen und Artikel gelöscht oder hinzugefügt werden. Selbstverständlich läßt sich die Preisliste auch in verschiedenen Formen beliebig oft ausdrucken. Auch den Lagerbestand kann man manuell auf dem laufenden halten, das heißt, alle aus dem Lager entnommenen und wieder nachbestellten Artikel werden über die Tastatur eingegeben. So erhält man immer eine aktuelle Übersicht. Immerhin, diese Verfahren sind sicherlich besser als der Zettelkasten oder gar keine Kunden-, Preis- oder Lagerlisten.

Organisation

Richtig interessant wird eine Datenbank aber erst dann, wenn die verschiedenen Dateien miteinander in Beziehung stehen. Ein Beispiel: In unserem beschriebenen Unternehmen bestellt der Kunde »Software GmbH« 20 Packungen Disketten à 10 Stück und 10 Kartons Endlospapier à 1000 Blatt. Der Sachbearbeiter, der die Bestellung bearbeitet, schreibt jetzt lediglich die Rechnung an die »Software GmbH«. Dazu ruft er einfach mit einer Tastenkombination und der Taste 1 (für Kundennummer 1) deren Anschrift auf das Rechnungsformular auf dem Bildschirm sowie die Nummern der bestellten Artikel. Da das Programm alle benötigten Angaben bereits in den verschiedenen Dateien enthält, kann es von selbst die Preise für die bestellten Artikel und den Endbetrag inklusive Mehrwertsteuer ermitteln. Da nun wiederum eine Verbindung der abgerufenen Mengen auf dem Rechnungsformular besteht, korrigiert das Programm automatisch auch den Lagerbestand. Sollte nun der nächste Sachbearbeiter für eine neue Bestellung 100 Diskettenpäckchen benötigen, so meldet ihm das Programm, daß nur noch 97 auf Lager sind.

Selbstprogrammierung

Diese beschriebene Anwendung macht den Sinn und Zweck einer Datenbank deutlich. Leider hat die EDV hier aber vor den Erfolg den Schweiß gesetzt, denn um einen derartigen Arbeitsablauf zu erhalten, muß man das Datenbanksystem programmieren können. Datenbankprogramme stellen immer nur ein Grundgerüst für den Aufbau von Datenbanken zur Verfügung und eine Befehlssprache, in der man entsprechende Hilfsprogramme erstellen kann. Je komplexer die Anwendungen, desto umfangreicher werden die Hilfsprogramme. Bei höheren Anforderungen kann man ruhig schon die Vorsilbe »Hilfs« weglassen und von Programmen sprechen. Aber – soll ein Laie gleich solche Programme entwickeln? Wenn ja, in welcher Zeit? Ist das noch wirtschaftlich?

Datenbank

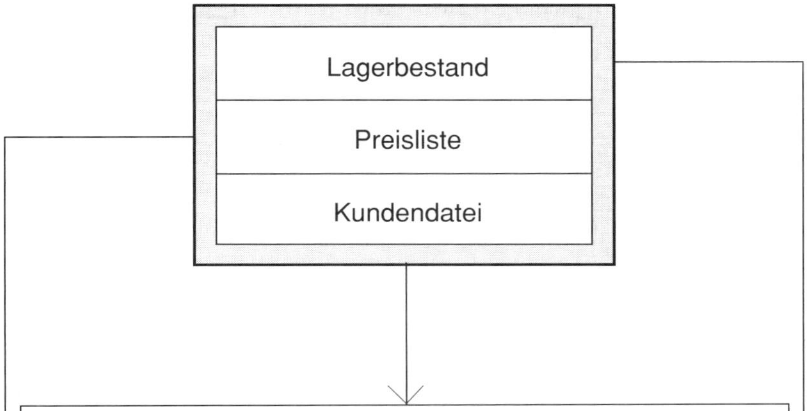

Kundendatei:

Kunden-Nummer	Name	Ort	Straße	Telefon
1	Software GmbH	20030 Hamburg	Elbestraße 1	(0 40) 81 14–20
2	Hardware AG	62000 Frankfurt	Römerturm 20	(0 69) 494 80
3	Computershop	80050 München	Hansastraße 11	(0 89) 111 222

Preisliste:

Artikel-Nr.	Bezeichnung	Verpackungseinheit	Preis je Einheit
111	Druckerpapier	1000 Blatt	DM 20,–
112	Farbbänder	1 Stück	DM 28,–
113	Disketten	10 Stück	DM 16,–

Lagerbestand:

Artikel-Nr.	Lagerbestand	Nachbestellen ab	Lagerort	Letzter Verkauf
111	480	200	H 4	29.04.93
112	54	15	L 6	02.02.93
113	117	80	D 1	04.05.93

Bild 6.16. Der Aufbau der Datenbank eines Beispiel-Betriebes mit Kundendatei, Preisliste und Lagerbestandsliste. Bei relationalen Datenbanken lassen sich alle drei Dateien miteinander verbinden

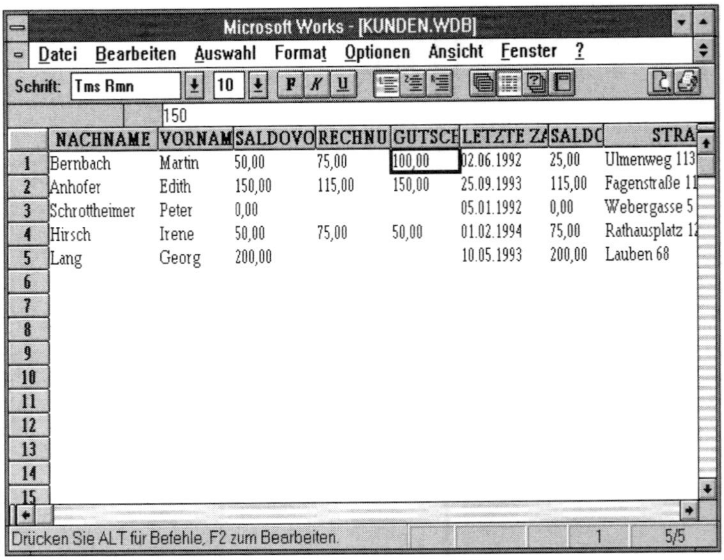

Bild 6.17. Bedieneroberfläche eines Datenbanksystems mit geöffneter Datei

Oder sollte man derartige Programme nicht von einem Fachmann erstellen lassen?

Grundlage vieler Branchenpakete

Übrigens, viele der sogenannten »PC-Branchenpakete« basieren auf einem Datenbanksystem. Das Verdienst derartiger Softwarehäuser ist es also, daß sie für Sie das Programmieren übernommen haben. Prüfen Sie deshalb, ob es für Ihre Bedürfnisse nicht schon ein geeignetes Programm gibt. Die eingesparte Programmierzeit rechtfertigt sicher einen (wesentlich) höheren Kaufpreis.

6 Tabellenkalkulation

Was sind Tabellenkalkulationsprogramme? Im Gegensatz zu Datenbank- oder Textverarbeitungsprogrammen, die dem Umfeld der Groß- und Minicomputer entstammen, entstanden die Tabellenkalkulationsprogramme erst durch das Aufkommen der PCs. Ähnlich wie man mit einem leeren Blatt Papier oder einem vorgedruckten Formular, einem Bleistift und einem Taschenrechner Kalkulationen oder Berechnungen durchführt, arbeiten auch die Tabellenkalkulationsprogramme – nur eben komfortabler, schneller und genauer.

Die Arbeitsweise der »Spreadsheets«

Am besten stellt man sich das Blatt Papier so vor, daß es durch senkrechte und waagrechte Linien in eine Vielzahl von Zellen eingeteilt ist (siehe Bild 6.18). Zur jeweiligen Definition erhalten die senkrechten Spalten einen Buchstaben und die waagerechten Zeilen eine Nummer. Natürlich könnten auch anstelle von Buchstaben und Nummern die Vergabe von Begriffen (Kosten, Unkosten, Gewinn etc.) stehen. Wie auf einem Schachbrett kann man so jede einzelne Zelle der Tabelle ansprechen.

Die Arbeitsweise eines Tabellenkalkulationsprogramms (englisch = spreadsheet) entspricht in etwa dem manuellen Ausfüllen eines

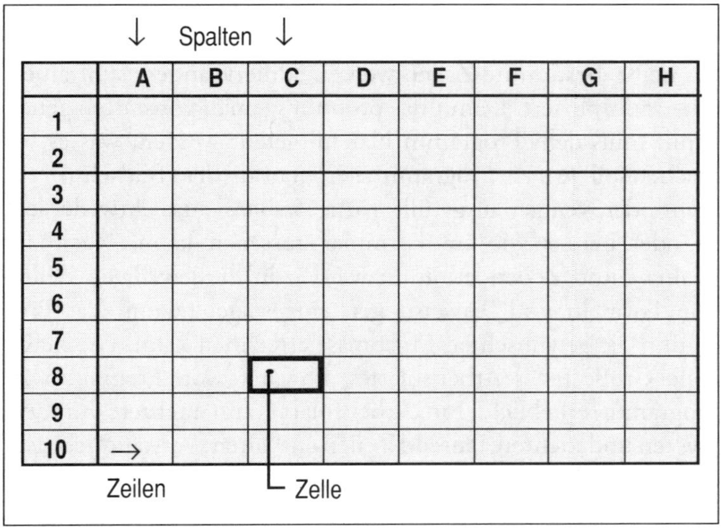

Bild 6.18. Das Arbeitsblatt eines Tabellenkalkulationsprogramms

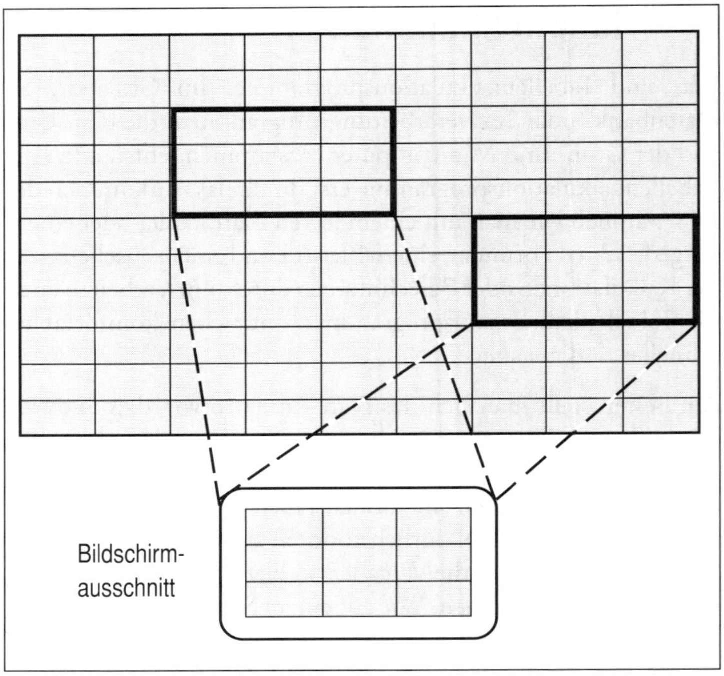

Bild 6.19. Bei größeren Arbeitsblättern besteht die Möglichkeit, individuelle Ausschnitte des Arbeitsblattes am Bildschirm anzusehen

Formulars und dessen Ausrechnen mit einem Taschenrechner; das heißt, bestimmte Zellen werden addiert, andere subtrahiert oder multipliziert. Damit das ordnungsgemäß vonstatten gehen kann, muß dem Programm klar mitgeteilt werden, was es wo machen soll. Je nach Programm sieht man auf dem Bildschirm ein mehr oder weniger ausgefülltes »Arbeitsblatt«, das entweder leer ist oder bereits wie ein Formular aussehen kann. Nach der Spalten- und Zeilendefinition werden in die jeweiligen Zellen nun Formeln und Anweisungen eingetragen, damit das Programm die gewünschten Ergebnisse errechnen kann. Die maximale Größe eines Arbeitsblattes schwankt von Programm zu Programm erheblich. Ein Arbeitsblatt kann mehrere hundert Spalten und mehrere tausend Zeilen enthalten. Verständlich also, daß man nicht das gesamte Formular auf dem Bildschirm zeigen kann, sondern immer nur einen Ausschnitt, der sich wie in einem Fenster verschieben läßt. Selbstbeschränkung ist daher oberstes

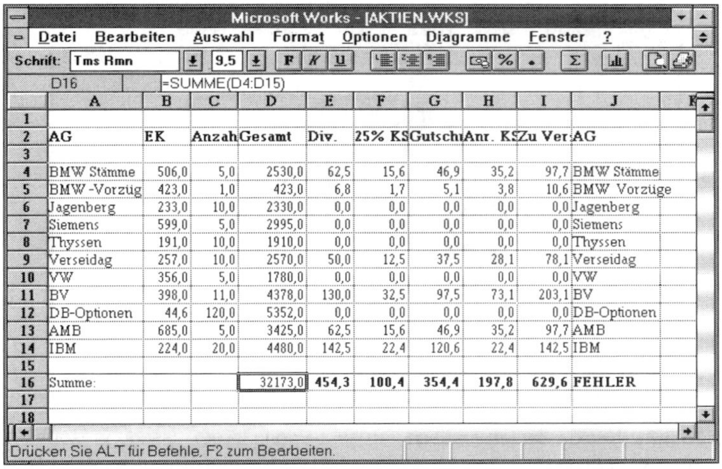

	A	B	C	D	E	F	G	H	I	J
1										
2	AG	EK	Anzah	Gesamt	Div.	25% KS	Gutschı	Anr. KS	Zu Ver	AG
3										
4	BMW Stämme	506,0	5,0	2530,0	62,5	15,6	46,9	35,2	97,7	BMW Stämme
5	BMW -Vorzüg	423,0	1,0	423,0	6,8	1,7	5,1	3,8	10,6	BMW Vorzüge
6	Jagenberg	233,0	10,0	2330,0	0,0	0,0	0,0	0,0	0,0	Jagenberg
7	Siemens	599,0	5,0	2995,0	0,0	0,0	0,0	0,0	0,0	Siemens
8	Thyssen	191,0	10,0	1910,0	0,0	0,0	0,0	0,0	0,0	Thyssen
9	Verseidag	257,0	10,0	2570,0	50,0	12,5	37,5	28,1	78,1	Verseidag
10	VW	356,0	5,0	1780,0	0,0	0,0	0,0	0,0	0,0	VW
11	BV	398,0	11,0	4378,0	130,0	32,5	97,5	73,1	203,1	BV
12	DB-Optionen	44,6	120,0	5352,0	0,0	0,0	0,0	0,0	0,0	DB-Optionen
13	AMB	685,0	5,0	3425,0	62,5	15,6	46,9	35,2	97,7	AMB
14	IBM	224,0	20,0	4480,0	142,5	22,4	120,6	22,4	142,5	IBM
15										
16	Summe:			32173,0	**454,3**	**100,4**	**354,4**	**197,8**	**629,6**	**FEHLER**
17										
18										

Bild 6.20. Bildschirmdarstellung eines Tabellenkalkulationsprogramms

Gebot, das Arbeitsblatt sollte nur so groß sein, daß es noch »überschaubar« bzw. »handhabbar« ist.

Nicht für einmalige, kleine Rechenaufgaben konstruiert

Aus dieser Arbeitsweise kann man bereits erkennen, daß es sinnlos bzw. eine Spielerei ist, einmalige kleine Aufgaben mit einem PC und einem Tabellenkalkulationsprogramm lösen zu wollen. Hier werden auch künftig Bleistift und Taschenrechner schneller sein.

Für komplexe, sich ändernde Berechnungen

Der Einsatz derartiger Programme rechnet sich aber immer dann, wenn komplexe Berechnungen immer wieder mit verschiedenen Zahlen anfallen. Der Grundaufbau des Arbeitsblattes mit Formeln und Anweisungen bleibt wie gehabt, bzw. man ändert nur einige Zellen, die alten Zahlen ersetzt man durch die neuen, und schon kann das Ergebnis ausgegeben werden.

Hilfreiche Abfragen

Sehr hilfreich sind Tabellenkalkulationsprogramme bei sogenannten »Was wäre, wenn...«-Abfragen, die man zum Beispiel bei Finanzierungsentscheidungen mit unterschiedlichen Zins- und Laufzeitberechnungen anstellen kann – oder man benutzt sie als Entscheidungshilfe für Neuinvestitionen, indem man verschiedene Nutzungs- und Beschäftigungsgrade zugrundelegt, um einen erreichbaren Stundensatz zu ermitteln.

Weitere Einsatzgebiete sind zum Beispiel Kunden-, Verkäufer- oder, gerade auch im Privatbereich, Aktienstatistiken.

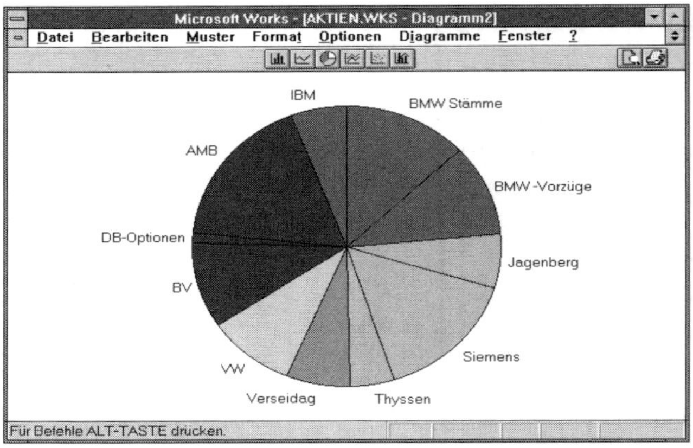

Bild 6.21. Nackte Zahlen grafisch verpackt sind in ihrer Aussage wesentlich schneller zu erfassen

Ein Bild sagt mehr als tausend Worte ...

Manchmal kann man sich unter einem Berg von nackten Zahlen nur wenig vorstellen. Besser ist es, wenn man diese Zahlen optisch aufbereitet und als Säulen-, Kurven- oder Kuchengrafik serviert bekommt. Dadurch werden Zusammenhänge klar, die man durch die Zahlen allein gar nicht erkannt hätte. Die meisten Tabellenkalkulationsprogramme können ihre Daten daher entweder selbst als Grafik verarbeiten oder an andere Programme weitergeben (exportieren), die das Zahlenmaterial optisch aufbereiten. Umgekehrt ist es genauso möglich, Daten aus einer Datenbank in ein Tabellenkalkulationsprogramm zu übernehmen (importieren), um entsprechende Ausarbeitungen durchzuführen, die in einem Datenbankprogramm zu umständlich und zu aufwendig zu realisieren wären. Obwohl sich die Tabellenkalkulationsprogramme in ihrer prinzipiellen Arbeitsweise sehr ähnlich sind, gibt es doch einige Unterschiede in ihrem Leistungsumfang.

Unterschiede

Die vier Grundrechenarten sowie Wurzel-, Logarithmen- und Exponentialberechnungen dürften wohl als Standard zu betrachten sein. Wer jedoch das Programm in speziellen Teilbereichen, wie zum Beispiel Statistik, Finanzrechnung, Terminplanung usw. einsetzen will, sollte sich vergewissern, daß das Programm hierfür entsprechende Sonderfunktionen bereitstellt.

Bekannte und verbreitete Tabellenkalkulationsprogramme sind: Excel, Lotus 1-2-3, QuattroPro usw.

7 Grafikprogramme

Breites Einsatzgebiet

Mit dem Computer kann man heute die unterschiedlichsten Grafiken erzeugen. Am untersten Ende der Skala steht da die sogenannte Business-Grafik, und am oberen Ende, soweit dies überhaupt definierbar ist, stehen künstlich erzeugte Farbbilder, ja sogar Computerfilme (zum Beispiel Jurassic Park). Ob in der Verwaltung, in Gestaltung und Werbung, Verkauf, Konstruktion – überall findet man heute mit Hilfe des Computers erzeugte Bilder. Jedem Fernsehzuschauer sattsam bekannt sind sicher auch die Computergrafiken (Animationen) der Fernsehanstalten, die als Pausenfutter oder als Hilfsmittel für die Trickgestaltung aus dem Fernseher nicht mehr wegzudenken sind.

Um überhaupt in der Lage zu sein, ein geeignetes Programm zu finden, muß man schon genau wissen, in welchem »Schubfach« der Grafikprogramme man überhaupt zu suchen hat. Entsprechend ihren Anwendungen kann man die Grafikprogramme in folgende Kategorien einteilen:

Business-Grafikprogramme (Geschäftsgrafiken)

Die optische Darstellung von nackten Zahlen

Sie setzen manuell eingegebene oder von Datenbank- oder Tabellenkalkulationsprogrammen errechnete Daten in eine grafische Form um; das kann sowohl eine Kuchen-, Säulen-, Linien- als auch eine Flächengrafik sein (siehe Bild 6.22). Der Vorteil dieser Programme liegt zum einen darin, daß eine visualisierte Darstellung optisch leichter erfaßbar ist als reine Zahlenkolonnen, und zum anderen darin, daß es keine andere konventionelle Methode gibt, so schnell und genau Zahlenreihen grafisch umzusetzen und darzustellen. Beliebte Anwendungen hierfür sind zum Beispiel Gewinn- und Verlustdarstellungen, Wahlergebnisse, Verkaufszahlen, Börsenkurse usw.

Beschränkte Gestaltungsmöglichkeiten

Der Einfluß des Gestalters beschränkt sich hier auf die Auswahl der Darstellungsart (Säulen-, Liniengrafik usw.), der Darstellungsgröße und -form (gestrichelte oder durchgezogene Linie, gerasterte oder schraffierte Flächen, Farbauswahl usw.). Solche Programme kann jedermann nutzen, sie setzen keinerlei künstlerische Ambitionen voraus. Die Programme sind sowohl einzeln (zum Beispiel Chart oder Harvard Graphics) wie auch als Be-

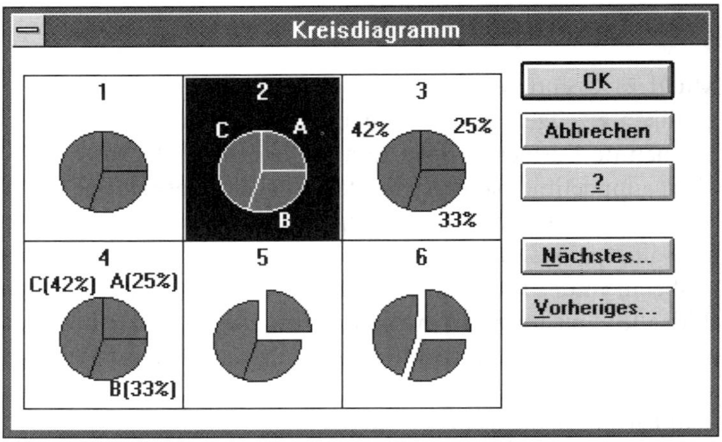

Bild 6.22. Business-Grafik; verschiedene Darstellungsmöglichkeiten einer Torten- bzw. Kuchengrafik

standteil von Tabellenkalkulations- oder integrierten Programmen (Excel, Lotus 1-2-3, WingZ, Works usw.) zu erwerben.

Mal- und Zeichenprogramme

Der Künstler unter den Grafikprogrammen

Was man so als »Hobbymalen« bezeichnen könnte, sind die Mal- bzw. Paintprogramme. So wie man auf konventionelle Art mit Pinsel und Papier eine Freihandzeichnung erstellt, ermöglicht das der PC mit einem Malprogramm. Neben diesen üblichen Funktionen stellen diese Programme auch »Sprühdosen«, verschiedene Rasterflächen und Linienstärken, Radiergummi usw. zum Malen bereit. Da hier vom Programm überhaupt nichts vorgegeben wird, liegt die ganze Erstellung der Grafik im wahrsten Sinne des Wortes in den Händen des Anwenders. Ein gewisses Maß an künstlerischem Können ist also Voraussetzung. Zu erkennen sind diese Programme meist an der Bezeichnung »Paint«, zum Beispiel Deluxe Paint, GEM-Paint, MacPaint und das in Windows enthaltene Paintbrush, siehe auch nebenstehende Erklärung im Kasten. Ein typischer Vertreter der Malprogramme ist in Windows 3.x enthalten: Paintbrush. Dort stehen auch weitere Beschreibungen zu Malprogrammen.

Für technische Zeichnungen

Wer dagegen eher technische Zeichnungen erstellen muß, wie zum Beispiel Grundrisse oder Explosionszeichnungen, der sollte

Punkt oder Strich – Pixel oder Vektor

Bei den Grafikprogrammen unterscheidet man neben ihrem Einsatzbereich (Malen, Zeichnen, Konstruktion) zwei prinzipielle Arbeitsweisen, je nachdem, wie sich das Bild zusammensetzt:

- Die objektorientierte Grafik (auch Vektorgrafik genannt),
- die bildpunktorientierte Grafik, die man auch Pixelgrafik nennt.

Oft kann man schon aus dem Namen des Programmes die verwendete Technik erkennen. Vektorprogramme führen meist die Bezeichnung »Draw« im Namen (zum Beispiel Windows-Draw oder Mac-Draw), während Pixelprogramme in der Regel mit »Paint« (Paint = Malen) gekennzeichnet sind, zum Beispiel Paintbrush, Windows-Paint. Der Unterschied zwischen Vektor- und Pixelprogrammen läßt sich am einfachsten an einer Linie erklären:

Beim Vektorverfahren ist sie als Objekt nachträglich vergrößer- und verkleinerbar, da sie lediglich aus Anfangs- und Endkoordinaten (Standposition) sowie der Festlegung der Linienstärke besteht. Alle drei Angaben können nachträglich mit wenig Aufwand korrigiert bzw. verändert werden. Die Linie kann somit nur im Ganzen verändert werden, nicht jedoch der einzelne Bildpunkt der Linie.

Anders bei der bildpunktorientierten Linie. Sie läßt sich im nachhinein nicht als Ganzes verkleinern oder vergrößern. Diese Linie besteht aus lauter aneinandergereihten einzelnen Bildpunkten, die in ihrer Menge und durch ihre Position letztendlich eine Linie ergeben. Dafür ist aber jeder einzelne Punkt veränderbar.

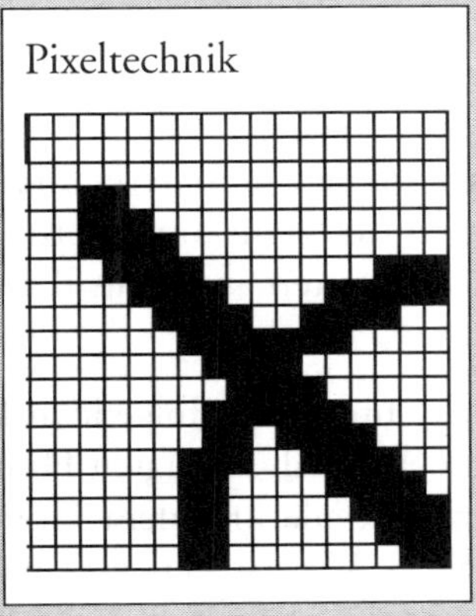

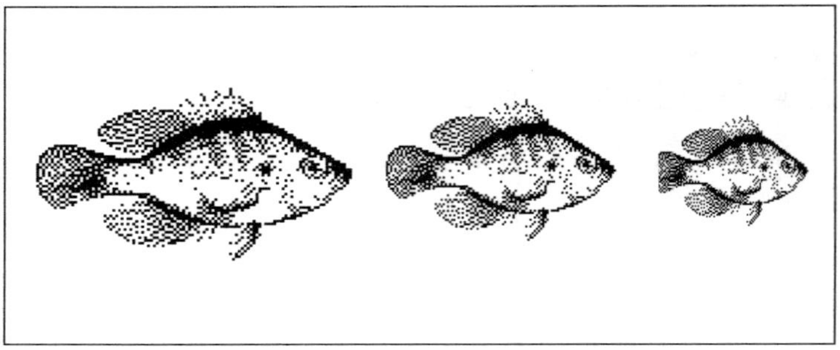

Bild 6.23. Anwendungsbeispiel für ein Paint-Programm

sich besser nach technisch-orientierten Zeichenprogrammen umsehen. Sie erlauben das Zeichnen wie auf einem Zeichenbrett, zeigen automatisch die Bemaßung des Objektes beim Zeichnen und bieten einen Hintergrundraster als Zeichenhilfe.

Auch für künstlerisch Unbegabte

Mit etwas Geschick lassen sich einfache technischen Zeichnungen auch von einem Laien bewerkstelligen. Im Gegensatz zu den »künstlerisch« orientierten Paint-Programmen wenden sich die technisch orientierten eher an Architekten, Ingenieure oder Konstrukteure. Die meisten dieser Programme führen die Bezeichnung »Draw«, zum Beispiel Draw Plus, DrawPerfect, MacDraw, Windows-Draw usw.

Professionelle Grafikprogramme (Grafik/Design)

Breites Einsatzgebiet

Der Einsatzbereich dieser Programme liegt da, wo bisher Grafiker, Reinzeichner, Illustratoren, Setzer, Maler und freie Künstler manuell ihre Zeichnungen bzw. Druckvorlagen herstellten. Anstelle von Bleistift und Pinsel nutzen sie nun die Computergrafik. Wo liegt nun aber für diese Gruppe der Vorteil beim computerunterstützten Zeichnen? Dies läßt sich am besten an einem Beispiel darstellen:

Nehmen wir an, es soll eine Reinzeichnung aus folgenden Elementen erstellt werden: Einem mit Airbrush erzeugten Hintergrundverlauf, einer großen Überschriftzeile und dem Produkt selbst (in der Mitte der Grafik plaziert). Unterstellen wir einmal, daß bis dahin der konventionelle und der computerunterstützte Weg die gleiche Zeit in Anspruch nimmt.

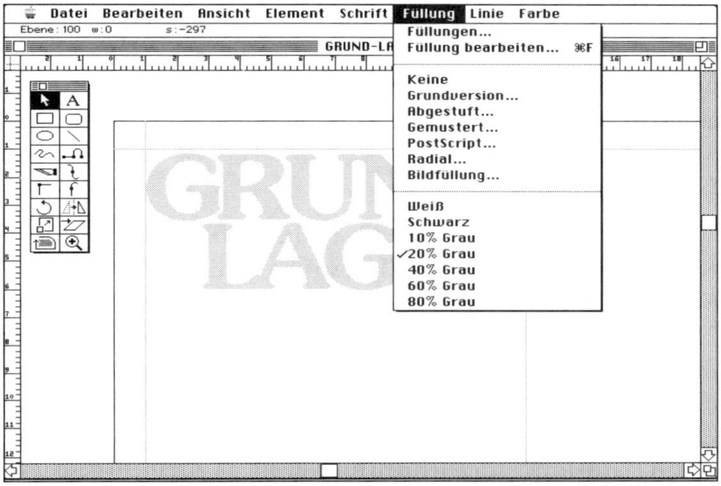

Bild 6.24. Das Zeichenbrett von Aldus Freehand mit dem Fenster *»Füllung«*, links oben im Fenster ist die »Werkzeugbox« zu sehen, aus der man die gewünschte Funktion auswählen kann

Was aber passiert, wenn der Kunde plötzlich einen anderen Hintergrundverlauf, eine andere Farbgebung, eine andere Überschrift oder das gezeigte Produkt in einer anderen Größe oder an einem anderen Platz auf dem Bild haben will?

Arbeits- und Kostenersparnis

Mit der konventionellen Methode muß die gesamte Grafik neu erstellt werden, für den Computer sind diese Änderungen jedoch eine Angelegenheit von wenigen Minuten. Einmal im Computer erstellte Zeichnungen lassen sich jederzeit wieder editieren und modifizieren, wodurch der erneute Aufbau der gesamten Grafik erspart bleibt. Kurz gesagt, der Vorteil der Computergrafik liegt nicht so sehr in der Erstellung, sondern mehr in den Korrektur- und Gestaltungsmöglichkeiten. Mit wenigen Handgriffen können so dem Kunden unterschiedlich gestaltete Vorlagen gezeigt werden.

Programme für den semiprofessionellen und unteren professionellen Bereich sind bereits ab etwa 1000 DM zu haben, zum Beispiel Corel Draw, Publishers Paintbrush, Designer, Aldus Freehand, Adobe Illustrator usw. Hochwertige (und auch teure) Programme wie Techex oder die Graphic Paintbox können sich nur spezialisierte Betriebe leisten.

Die Ausbildung ist wichtig

Gerade bei den zum Bereich Grafik/Design gehörenden Programmen muß man bedenken, daß sie zwar von jedermann erlernt werden können, der Umgang mit ihnen jedoch entsprechend ausgebildete und begabte Anwender erfordert.

CAD-Programme

Spezialgebiete

Weitere Einsatzgebiete für Computergrafik findet man in Konstruktionsbüros. Was der Konstrukteur hier bisher mit Reißbrett und Zeichenstift zu Papier brachte, erledigt er heute mit Hilfe von CAD-Programmen. Hochentwickelte Techniken wie im Automobil- oder Flugzeugbau sind ohne CAD kaum noch denkbar. CAD (Computer Aided Design = computerunterstütztes Entwerfen) ermöglicht es, Gegenstände aus verschiedenen Perspektiven zu zeichnen und dies dann zu einem geschlossenen Ganzen zusammenzufügen. Dadurch entsteht am Computer ein Bild des Werkstücks, das sich in verschiedene Perspektiven drehen läßt und aus allen Blickwinkeln betrachtet werden kann.

CAD-Programme

Auch im PC-Bereich lassen sich mit einem CAD-Programm und mit Hilfe der bekannten geometrischen Körper relativ leicht Gebrauchsgegenstände zusammensetzen, formen, berechnen und konstruieren. So bestehen Autos zum Beispiel überwiegend aus geraden Kanten, kreisrunden Rädern, runden oder viereckigen Scheinwerfern und ähnlichem mehr. Soweit dem Zeichner durch das Programm derartige geometrische Formen zur Verfügung stehen, kann er mit einfachen Mitteln schnell ein Auto zeichnen. Das zunächst etwas eckige und klobige Modell läßt sich durch Feinarbeit dem tatsächlichen Aussehen angleichen. Für Personalcomputer und den semiprofessionellen Bereich gibt es mittlerweile eine größere Auswahl an Programmen, wie zum Beispiel AutoCAD, AutoSketch, Cad/2, Design CAD, WinCAD, Drafix CAD usw.

Firmen, die CAD-Programme zum Konstruieren von Gebrauchsgegenständen täglich in der Praxis einsetzen, arbeiten natürlich mit ganz ausgefeilten Programmen und leistungsfähigen Computern. Da kann die Investitionssumme schon einmal die Millionengrenze überschreiten. Allerdings ist es dann auch möglich, mit verschiedenen Formen zu experimentieren, Silhouetten zu entwerfen, in die »künstlichen Autos« Menschen hineinzusetzen, oder einen Crash zu simulieren usw. Professionelle CAD-Programme sind nicht nur sehr teuer, sondern auch sehr spezialisiert, das heißt für ein bestimmtes Aufgabengebiet entwickelt. So gibt es zum Beispiel außer für die bereits genannten Anwendungsgebiete auch CAD-Programme zur Entwicklung von integrierten Schaltkreisen. Diese Programme bieten dann von vornherein bestimmte Sonderzeichen und Strukturen, die in späteren Bauplänen immer wieder auftauchen.

Was heute beim Flugzeugbau, im Maschinenbau, in der Automobil- und Elektronikindustrie bereits Alltag ist, wird in zunehmendem Maße auch in anderen Bereichen Einsatz finden.

8 Software im Paket

Unter MS-DOS gab es nur zwei Arten von Programmen: Einzelprogramme, die eine ganz spezifische Aufgabe erledigten, und integrierte Softwarepakete, die aus einzelnen Programmbausteinen mit jeweils unterschiedlichen Funktionen bestanden. Bekannte Vertreter dieser Gattung waren und sind Lotus 1-2-3, Symphony, Open Access, Framework, Works und andere.

Flexibilität

Mancher Anwender benötigte kein umfangreiches Spezialprogramm für Einzelanwendungen, sondern ein möglichst flexibles mit universellen Einsatzmöglichkeiten. Die bisher besprochenen Einzelprogramme waren alle schwerpunktmäßig auf ein Anwendungsgebiet spezialisiert, zum Beispiel nur für Textverarbeitung oder nur für Datenbanken oder nur für Grafiken usw.

Für häufig wechselnde Aufgaben

Anders war das bei den integrierten Programmen. Sie wendeten sich an den Anwender mit häufig wechselnden Aufgaben. Wer also einerseits Briefe schrieb, andererseits Analysen ausarbeitete, dann Berichte mit Auszügen aus Datenbanken, Grafiken und Tabellen erläuterte, für den waren die integrierten Softwarepakete eine Alternative, zumal er dann nicht die Befehle und Eigenarten von vier oder fünf Programmen kennen und deren Handbücher lesen mußte. Jeder, der öfter mit verschiedenen Programmen arbeitete, wußte, wie hinderlich und umständlich es ist, wenn jedes dieser Programme eine eigene Benutzerführung und eine eigene Befehlssyntax hat.

Geringerer Befehlsumfang

Überlegungen wie »Wie war denn noch der Befehl für dies oder jenes im Programm XY?« oder die Eingabe von falschen Befehlen, die zwar an sich richtig waren, aber ein anderes Programm betrafen, waren da an der Tagesordnung. Bei integrierten Programmen hingegen arbeitete der Anwender nicht nur mit gleichen, sondern auch mit weniger Befehlen. Denn viele Befehle, die zwar dieselbe Funktion ausführen, aber in jedem Programm anders heißen, wurden bei integrierten Programmen logischerweise nur einmal gebraucht.

Datenkompatibilität

Unter Datenkompatibilität verstand und versteht man auch heute noch die Möglichkeit, Daten (das können außer Zahlen auch Texte und Grafiken sein) von einem Programmteil in einen anderen zu übernehmen und dort weiterzubearbeiten. Wer zum

Beispiel Daten aus einer Datenbank in eine Tabellenkalkulation übernehmen mußte, die Ergebnisse aus dieser Arbeit optisch in einer Geschäftsgrafik darstellen sollte und dann auch noch einen Geschäftsbericht schreiben mußte, in dem sowohl die effektiven Zahlenreihen als auch deren grafische Darstellung klar ersichtlich waren, wußte, welche Probleme bei einzelnen Standardprogrammen hier in der Praxis auf ihn zu kamen.

Programmbausteine

Diese integrierten Pakete setzten sich in der Regel aus allen oder zumindest mehreren der folgenden Module zusammen:

- Textverarbeitung
- Datenbankprogramm
- Tabellenkalkulation
- Geschäftsgrafik
- Kommunikation (Datenübertragung)

Alle diese Programmteile gab es auch als sehr leistungsfähige einzelne Standardprogramme. Wozu dann also noch integrierte Softwarepakete? Für die DOS-Welt waren die universellen Einsatzmöglichkeiten nicht so selbstverständlich wie bei den neuen Windows-Programmen, da die Einzelprogramme noch nicht den heutigen Leistungsumfang hatten.

Vorteile

Vor allem die Übernahme von Daten von einem Programm in ein anderes war sehr schwierig, da die Daten-Kompatibilität eher ein Fremdwort war. Nicht zuletzt war da auch noch der Preisvorteil, denn ein integriertes Paket war wesentlich billiger als das Zukaufen von lauter Einzelprogrammen. Allerdings schaffte man es nicht, alle Programmteile gleichermaßen stark zu gestalten, so daß jedes integrierte Paket einen Schwerpunkt hatte und die anderen Programmodule eher einen Zusatzcharakter hatten. Einige Programme legten zum Beispiel den Schwerpunkt auf die Datenbank, andere auf die Tabellenkalkulation.

Programme werden immer universeller einsetzbar

Mit Beginn der Windows-Ära begann auch eine Entwicklungswut unter den Programmierern. Den guten alten Programmen wurden immer mehr und mehr Funktionen implementiert. Textverarbeitungsprogramme können zeichnen und Adressen verwalten, Tabellenkalkulationsprogramme Grafiken erstellen usw. Mit dem Kauf von zwei oder drei gezielten Programmen kann man den Bedarf besser abdecken als mit den integrierten

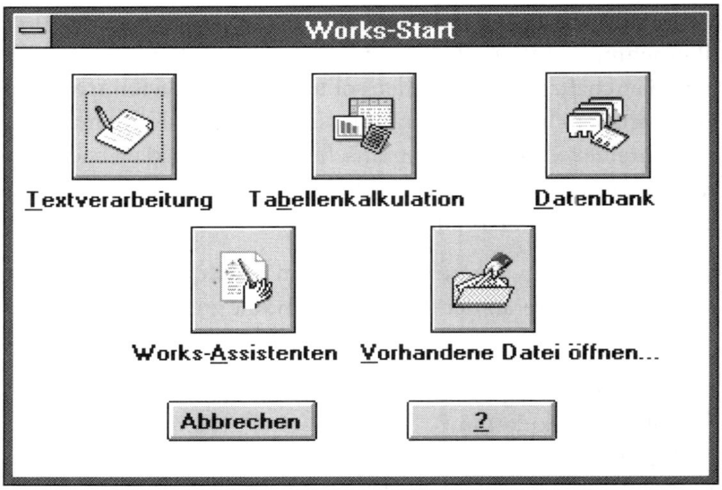

Bild 6.25. Die Programmauswahl von Works für Windows

Paketen. Über Standardformate lassen sich heute auch wesentlich leichter Daten aus unterschiedlichen Programmen miteinander mischen. Die Existenzberechtigung der alten integrierten Pakete war zumindest in Frage gestellt, vor allem wenn man die »Office Pakete« dagegen hält. Doch darüber später mehr.

Integrierte Pakete

Die »Light-Version«

Die Verbreitung der Personalcomputer im Privatbereich und der Kampf um Marktanteile der Softwarehäuser waren unter anderem ausschlaggebend für eine neue Art von integrierten Softwarepaket(ch)en. Die Softwarehäuser entnahmen Teile aus ihren Standardprogrammen und bildeten daraus kleine preiswerte Softwarepakete, die sich auch ein Privatmann leisten konnte. Die Programmbefehle und die Benutzeroberfläche dieser Pakete gleicht den Ursprungsprogrammen oft bis aufs Detail. Viele Computerhersteller und auch freie Händler legen diese Softwarepaketchen heute ihren Produkten kostenlos bei. Der Kunde hat den Vorteil, daß er sich erst einmal mit diesem Programm behelfen kann und auch erkennt, wo er sich ein leistungsfähigeres Programm zulegen muß. So bindet man Kundschaft an sich, denn wer sich einmal in ein Programm eingearbeitet hat, wird beim Kauf eines leistungsfähigeren Programmes nicht den Hersteller

Auf Kundenfang

wechseln. – Einige Programmfenster in diesem Kapitel entstammen dem »Prográmmchen« Works von Microsoft, dessen Ursprung Word für Windows und MS-Excel unverkennbar sind.

Beispiele

Typische Verteter dieser integrierten Programme sind zum Beispiel: MS-Works für Windows (Microsoft), Lotus Works (Lotus), Claris Works (Claris), Window Works (Wordstar) und viele weitere. Sie sind bereits für unter DM 400 erhältlich. Natürlich entsprechen diese Billigversionen im Leistungsumfang nicht ihren großen Vorgängern, wer aber keine zu hohen Anforderungen an ein besonderes Anwendungsgebiet stellt, sondern ein Allroundprogramm sucht, der sollte sich diese Pakete auf jeden Fall näher ansehen.

Mit Kommunikationsmodulen

Selbst diese kleinen Softwarepakete erlauben die Kommunikation der Computer untereinander oder erschließen die Netze der Telekom. So kann man zum Beispiel durch Datenfernübertragung Kontakte mit anderen Datenbanken oder Mailboxen knüpfen, Texte und Daten über die Datennetze der Bundespost per Akustikkoppler oder Modem zu anderen Computern senden oder von denen empfangen. Einige Hersteller und Softwarehäuser bieten sogar die Möglichkeit, über ihre firmeneigene Mailbox Tips und Tricks für die eigenen Produkte oder Programme abzurufen oder Erfahrungen mit anderen Anwendern auszutauschen.

Office-Pakete

Marketingmaßnahmen

Einen weiteren Verfall der Softwarepreise verursachte auch eine geschickte Marketingmaßnahme der Firma Microsoft: Ein Softwarepaket mit der Bezeichnung »MS-Office« beinhaltet die Programme Word für Windows, Excel, MS-Powerpoint und MS-Mail zu einem Preis, den man früher bei einem Händler für das einfache DOS-Word auf den Ladentisch legen mußte. Die Office-Pro-Version bietet zusätzlich noch die Datenbank Access.

Inzwischen bieten auch andere Firmen Office-Pakete an:

- Novell Office (Paradox, Quattro Pro, WordPerfect)
- Lotus Smartsuite (Ami Pro, Lotus 1-2-3, Organizer, Freelance, Approach)
- Comfo PC, Siemens-Nixdorf (Comfodesk, Comfotex, Comfoform mit integriertem Comfobase, Comfotalk/-fax)

9 Hinweis

Orientierunghilfe

Generell ist es natürlich nicht möglich, in diesem Rahmen für alle Anwendungen Hinweise und Empfehlungen zu geben. Im übrigen wurden nur dann Einzelprogramme vorgestellt, wenn es dem Verständnis diente. Da ständig neue oder verbesserte Produkte auf den Markt kommen, wurden auch keine speziellen Empfehlungen für einzelne Programme gegeben. Es könnte schließlich passieren, daß das, was bei dem einen Programm als besonders negativ empfunden wurde, in der neuen Version wesentlich verbessert ist, oder daß bei einem anderen Programm der zur positiven Beurteilung führende Funktionsteil nicht mehr vorhanden ist. Die jeweils genannten Produktnamen sollen dem Leser lediglich zur Orientierung dienen, in welche Kategorie die einzelnen Programme einzuordnen sind. Wer aktuelle Programmbeschreibungen sucht, der findet in den diversen Computer-Zeitschriften eine ergiebige Quelle.

Software für Spezialanwendungen

Spezielle Softwarebeschreibungen für DTP und Multimedia finden Sie im folgenden Kapitel 7.

DTP und Multimedia

Kapitel 7

Was ist DTP und Multimedia?
Die Druckerei auf dem Schreibtisch – DTP
Die multimediale Welt

1 Was ist DTP und Multimedia?

Bisher beschäftigten wir uns mit den »klassischen« Einsatzgebieten des Personalcomputers, also z.B. mit der Textverarbeitung, mit Datenbankprogrammen, Kalkulationen, aber auch mit Mal- und Zeichenprogrammen. Die rasante technische Entwicklung betraf aber in den letzten Jahren nicht nur den PC an sich, sondern auch seine Peripherie und seine Einsatzmöglichkeiten.

Neue Einsatzbereiche

Weitere Erfindungen wie Laserdrucker, Seitenbeschreibungssprachen, Erweiterungskarten für Ton- und Videointegration sowie leistungsfähige Grafikkarten für die Bildschirme eröffnen dem PC heute Einsatzbereiche, an die vor zehn oder fünf Jahren noch niemand glauben mochte.

Das Integrationssystem

So sieht man heute den PC nicht mehr als isolierten Computer, sondern mehr und mehr als Integrationssystem, mit dem man Texte, Bilder, Grafiken, Tonsignale und Bewegtbild (Video) zu einem Produkt verschmelzen kann (siehe Bild 7.1) – und das zu durchaus erschwinglichen Preisen.

Natürlich gab es diese Anwendungsgebiete schon lange vor dem PC. In der grafischen Industrie hatte man sehr teure Satz- und Reprosysteme, mit denen man Bücher, Zeitschriften, Kataloge und sonstige Drucksachen herstellte, in Fernseh- und Rundfunkanstalten verfügte man über teures Ton- und Filmequipment, Konstrukteure in der Industrie hatten eigene Computersysteme, Grafiker und andere künstlerische Personen zeichneten gar noch mit der Hand. Jeder konnte für sich sehr gut arbeiten, ein Zusammenführen der einzelnen Arbeiten war aber nur äußerst umständlich oder gar nicht möglich.

Heute ist das grundsätzlich anders. Mit entsprechendem Ausbau des PCs lassen sich alle diese unterschiedlichen Daten (auch Ton und Video lassen sich digital abspeichern), in einem einzigen Produkt integrieren und auf einem gemeinsamen Datenträger ausgeben.

Am Anfang der Entwicklung

Hier stehen wir momentan erst am Anfang einer Entwicklung, denn diese integrierten Anwendungen – auch Multimedia genannt – setzen leistungsfähige Computer und Betriebssysteme voraus. Diese sind zwar heute bereits käuflich, aber noch zuwenig

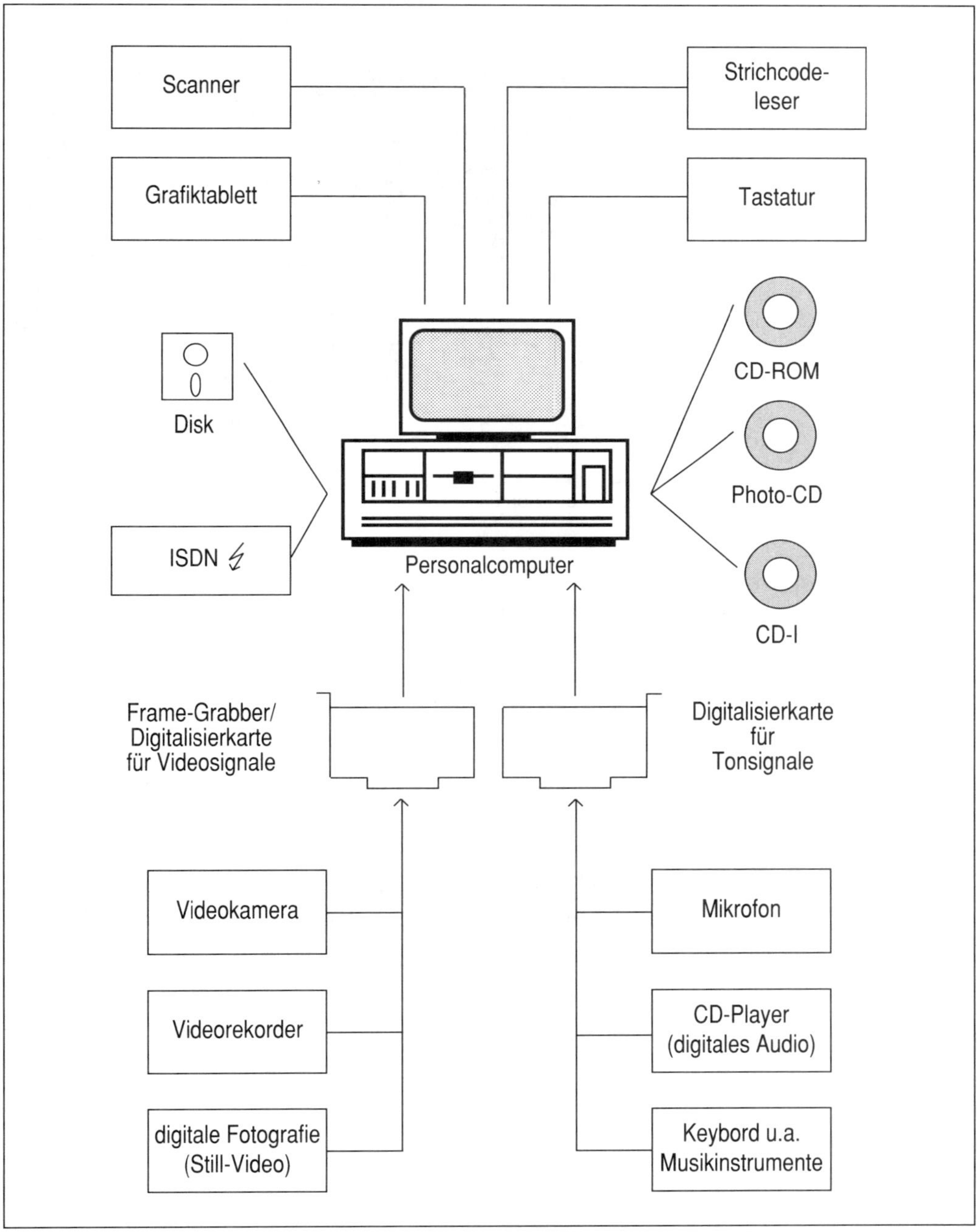

Bild 7.1. Über entsprechende Schnittstellen kann man den PC an individuelle Bedürfnisse anpassen

Bild 7.2. Leistungsfähiges DTP- und Multimedia-System mit CD-ROM-Laufwerk (Foto Apple)

Gute Hardware-Ausstattung ist Voraussetzung

verbreitet – Multimedia setzt aber gut ausgestattete PCs mit schnellen Bussystemen, Grafikkarten und CD-ROM-Laufwerken voraus. Mit dem weiteren Preisverfall und den gleichzeitig immer leistungsfähiger werdenden Computern werden sich diese universell einsetzbaren PCs immer mehr durchsetzen und damit eine Basis für die Verbreitung für Multimedia schaffen.

Multimedia, die konsequente Weiterentwicklung

Multimedia ist die konsequente Weiterentwicklung der Desktop-Publishing-Systeme (DTP). Versteht man unter DTP die Herstellung und Integration von Text, Grafik und Bild, so fügt Multimedia noch Ton- und Bewegtbildsequenzen (zum Beispiel Video) hinzu. Nach diesem Baustein-Schema ist auch dieses Kapitel aufgebaut, so kann man Teil für Teil aneinanderfügen.

2 Die Druckerei auf dem Schreibtisch – DTP

Mit den modernen Textverarbeitungsprogrammen, die unter Windows oder einer anderen grafischen Benutzeroberfläche laufen, lassen sich private und geschäftliche Schriftstücke wie z.B. Briefe, Verträge, Dokumente usw. sehr vielfältig gestalten. Einige dieser Programme können sogar schon Bilder und Grafiken in ihren Text einbinden. Dennoch reichen die Funktionen dieser Programme für die Gestaltung und Herstellung von Büchern, Zeitschriften, Katalogen usw. nicht aus.

Apples erstes DTP-System

Bereits Mitte der 80er Jahre, als die Textverarbeitungsprogramme unter DOS noch nicht über die heutigen Gestaltungsmöglichkeiten verfügten, brachte Apple das erste DTP-System auf den Markt. DTP steht für Desktop-Publishing, was soviel wie »Drukken oder Verlegen am Schreibtisch« bedeutet. Dieses DTP-System bestand aus mehreren Einzelkomponenten:

Die Komponenten

1. Hardware:
– dem Computer Apple Macintosh
– dem Laserdrucker (mit der Druckeinheit von Canon)

2. Software:
– dem Layoutprogramm Aldus PageMaker
– der Seitenbeschreibungssprache PostScript von Adobe

Auch von Laien leicht bedienbar

Alle vier Produkte waren optimal aufeinander abgestimmt und ermöglichten auch dem Laien einen problemlosen Umgang mit dem PC. Vor allem konnte dieses System beinahe schon soviel wie die damals sehr teuren Fotosatz-Systeme in der grafischen Industrie, die nur von Experten und nach langer Einarbeitung bedient werden konnten.

Weil die neuen DTP-Systeme nun so preiswert und leicht zu bedienen waren, glaubte man, daß nun jeder Manager, jede Sekretärin, jeder Autor und jeder Handwerker seine Druckerzeugnisse selbst herstellen könnte.

Inzwischen hat Apples DTP-System mannigfache Konkurrenz bekommen. PageMaker, QuarkXPress und viele andere DTP-Programme sind nicht mehr exklusiv für Apple Macintoshs, sondern auf vielen weiteren Betriebssystem-Plattformen lauf-

PostScript ist der Standard

fähig. Auch die Seitenbeschreibungssprache PostScript hat sich als Standard voll durchgesetzt. Allerdings zeigt sich inzwischen , daß der Umgang mit Layoutprogrammen wie etwa dem PageMaker doch nicht so leicht zu handhaben ist, wie ursprünglich versprochen wurde. Mit der Zeit wurden nämlich die Anforderungen an die Programme immer höher, und damit verschwand teilweise auch die leichte Bedienbarkeit.

Bevor wir weiter in diese Thematik einsteigen, ist es für das bessere Verständnis leichter, wenn man sich die Bestandteile einer normalen Seite einer Zeitschrift oder eines Prospektes einmal ansieht.

2.1 Die Struktur einer Modellseite

Bild 7.3 zeigt einen typischen Seitenaufbau, der sowohl einem Werbeprospekt als auch einer Zeitschrift entnommen sein könnte.

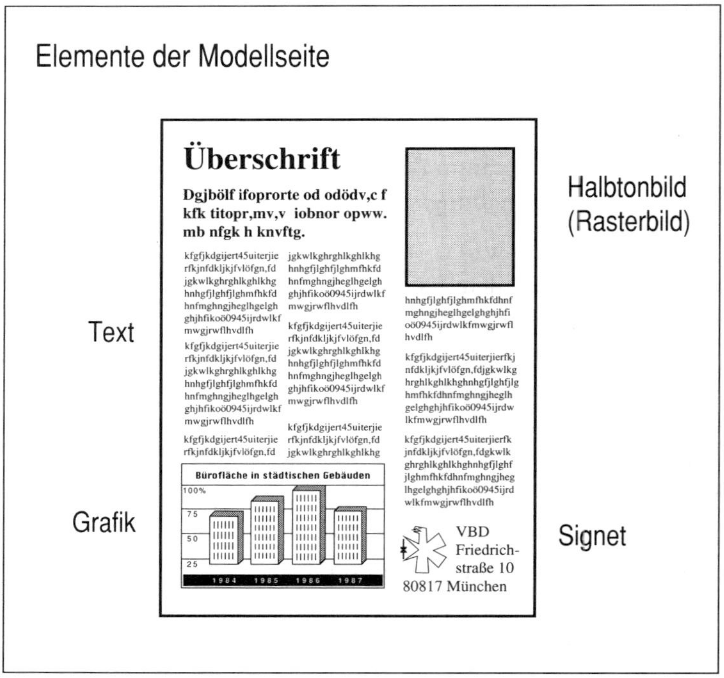

Bild 7.3. Beispielhafte Prospekt- oder Zeitschriftenseite

Die Seitenelemente

Die Seite weist folgende Elemente auf:

- Überschrift,
- Untertitel,
- Spaltentext,
- Grafik,
- Halbtonbild,
- Signet.

Layoutprogramme integrieren

Für die Herstellung von Text, Grafik und Bildern verwendet man unterschiedliche Hard- und Software. Wie Texte und Grafiken erstellt werden, haben wir bereits besprochen. Bilder »liest« man über einen Scanner in den Computer ein und bearbeitet sie in einem Bildverarbeitungsprogramm (z.B. Photoshop) weiter.

Alle diese einzelnen Seitenelemente müssen nun in einem Layout-Programm integriert und auf Laserdrucker oder -belichter auf Papier oder Film ausgegeben werden (Bild 7.4).

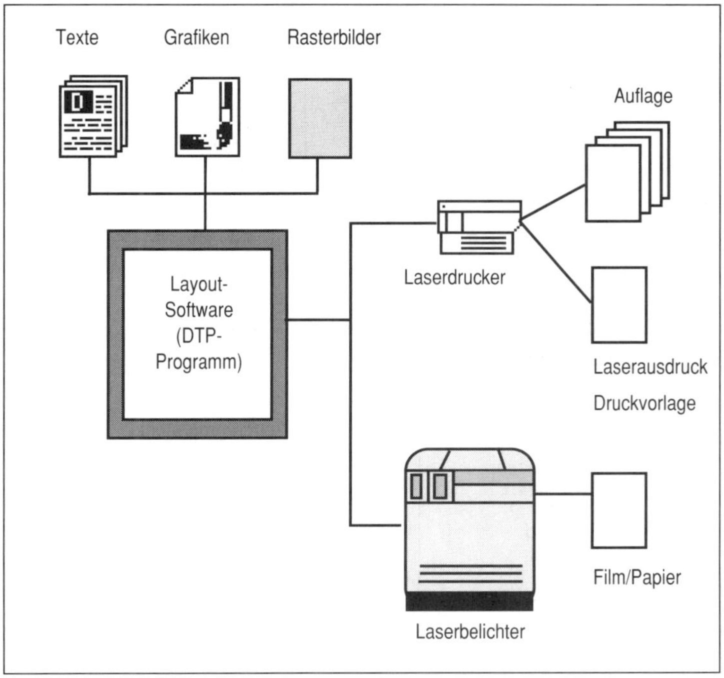

Bild 7.4. Der Herstellungsweg einer DTP-Publikation

2.2 Die Werkzeuge zur Herstellung einer Publikation

Das maßgeschneiderte DTP-System

DTP-Systeme haben ein Standard-Betriebssystem. Dadurch ist es möglich, innerhalb des jeweiligen Betriebssystems (z.B. Apple oder Industriestandard) aus unzähligen Programmen das richtige auszuwählen. Zudem läßt sich durch geschicktes Auswählen aus den einzelnen Gruppen ein maßgeschneidertes System zusammenstellen. Das Bild 7.5 zeigt, aus welchen Programmen ein komplettes DTP-System bestehen kann. Die aufgelisteten Namen stehen nur stellvertretend für alle anderen Programme.

Vorteile dieser »Baustein-Technik«:

Vorteile

1. Auswahl aus einer großen Palette von Anwendungssoftware,
2. unzählige Kombinationsmöglichkeiten der Software,
3. reicht ein Programm nicht mehr aus, muß nur dieses ersetzt werden,

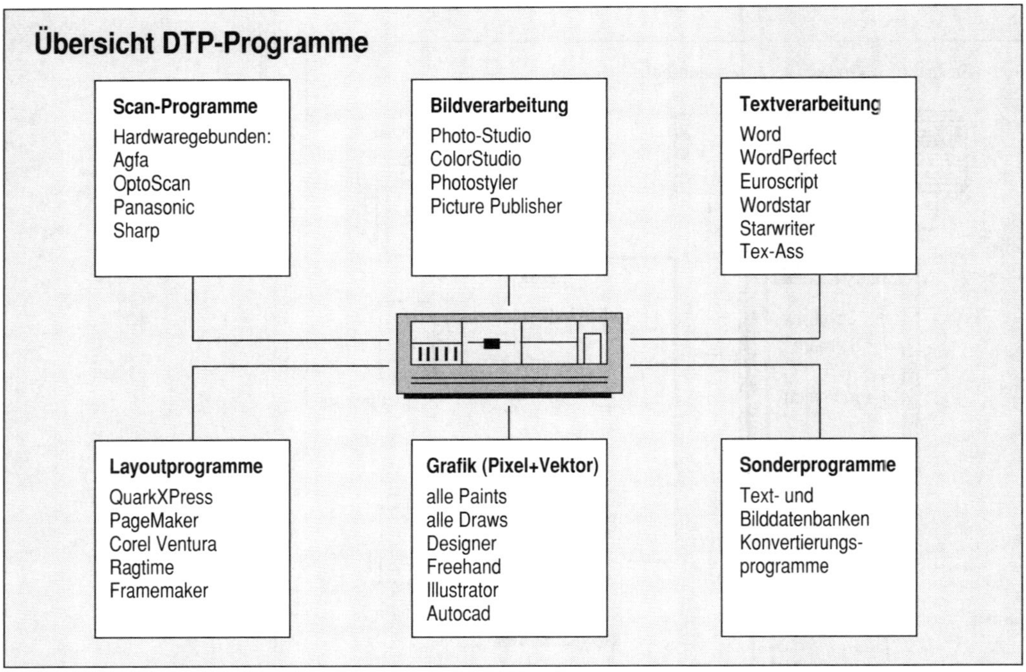

Bild 7.5. Desktop-Publishing-Systeme zeichnen sich durch einen modularen Aufbau aus:
- der Anwender kann aus unzähligen Standardprogrammen auswählen
- freier Datenaustausch unter den meisten Programmen

4. ständig kommen neue, leistungsfähigere Programme hinzu,
5. gegen geringes Entgelt läßt sich problemlos ein Programm gegen ein anderes ersetzen.

Nachteile:

Nachteile

1. Da jedes Programm von einem anderen Softwarehaus ist, muß man jedes einzelne erst erlernen und »erarbeiten«.
2. Jedes Programm ist in sich geschlossen, d.h. es muß, bevor man damit arbeiten kann, erst geöffnet werden. Will man mehrere Programme gleichzeitig öffnen, benötigt man einen entsprechend großen Hauptspeicher,
3. Bei Grafiken und Bildern speichert man in der Regel auch die Urversion, da nachträgliche Korrekturen nur hier möglich sind und nicht auf der fertig umbrochenen Seite. Die gezeigte Musterseite könnte so im ungünstigsten Fall aus vier Jobs bestehen: umbrochene Seite, Grafik, Signet und Halbtonbild.
4. Im PC-Bereich kann man in der Regel damit rechnen, daß innerhalb einer Jahresfrist ein bis zwei Programmrevisionen kommen. Updates kosten kosten zwischen 150,– und 600,– DM, je nach Umfang der Programmänderung.

Typische DTP-Programme

Um die Musterseite von Bild 7.3 elektronisch produzieren zu können, benötigt man folgende Programme:

- Ein Scanprogramm zum Einscannen der Halbton- und Strichvorlagen.
- Wenn das Halbtonbild verändert werden soll (Bildausschnitt, Gradation, Retusche) benötigt man ein Bildbe- und -verarbeitungsprogramm.
- Für die Herstellung von Zeichnungen ist ein Grafikprogramm erforderlich.
- Ein Layoutprogramm, um bereits erfaßte Texte einlesen und umbrechen zu können. Das Layoutprogramm übt darüber hinaus eine Integrationsfunktion aus.

2.3 Der Umgang mit Text in Textverarbeitungs- und Layoutprogrammen

Wie wir bereits im Kapitel Software gesehen haben, benötigt man Textverarbeitungsprogramme hauptsächlich für Geschäftskorrespondenz oder zur Herstellung von Dokumenten. Journalisten und Autoren erfassen ihre Texte ebenfalls mit diesen Programmen, um sie dann zur weiteren Bearbeitung dem Verlag oder der Setzerei zu übergeben. Prinzipiell gelten alle im Kapitel Software unter Textverarbeitung gemachten Aussagen auch für den DTP-Bereich und müssen hier nicht wiederholt werden. Sollen die erfaßten Daten später in ein DTP-System übernommen und verarbeitet werden, so muß dieses die Daten auch lesen können (Betriebssystem!), wofür entsprechende Übernahmefilter nötig sind. Idealerweise sollte das Layoutprogramm den Text von Textverarbeitungsprogrammen mit allen Formatierungen und Auszeichnungen (z.B. Zeilenabstände, Fett, Kursiv, Schriftgrößen, Tabulatoren usw.) ohne manuellen Eingriff übernehmen können. Damit entfällt ein späteres manuelles Nachbearbeiten des Textes. Feste Zeilenschaltungen (»Return-« bzw. »Wagenrücklauftaste«) dürfen nur am Absatzende, bei Überschriften und Leerzeilen eingegeben werden, da sonst das Layoutprogramm den Text nicht neu ausschließen kann. Handelt es sich nur um einfachen Text, ist dieser Weg durchaus gangbar.

Übernahmefilter für den Textimport

Der kleinste gemeinsame Nenner

Personalcomputer benutzen in der Regel den 8-Bit -Zeichencode und können daher 256 verschiedene Zeichen und Steuersignale kodieren. Zieht man davon die Steuersignale und die Grafikzeichen ab, so bleibt nur noch etwa die Hälfte für Buchstaben übrig. Besonders bei wissenschaftlichem Satz und bei Fremdsprachen wird das zum Problem – entweder fehlen die Zeichen ganz, oder es müßte mit Tastaturtreibern anderer Länder gearbeitet werden. So fehlen im ASCII-Code unter anderem zum Beispiel die dänischen Buchstaben Ø, Œ, œ und die Zeichen ® und ©. Sofern das Layoutsystem über die fehlenden Zeichen verfügt, kann man bei der Erfassung im Textverarbeitungsprogramm dafür Zeichenkombinationen verwenden, die im restlichen Text nicht vorkommen. Über die integrierte Suche/Ersetze-Funktion des Layoutprogramms werden diese Zeichen dann gegen die benötigten ausgetauscht.

Wichtige Funktionen bei der Bearbeitung von Texten

Inhaltsverzeichnisse und Stichwortregister

Bei vielen Publikationen wie etwa Dokumenten, Lehr- und Sachbüchern steht am Anfang ein Inhaltsverzeichnis und zum Schluß ein Sachregister. Beide werden nach Fertigstellung des Produktes erstellt.

Markierte Textpassagen werden in Verzeichnissen gesammelt

Viele Textverarbeitungs- und Layoutprogramme unterstützen den Anwender bei der Erstellung solcher Verzeichnisse. Allerdings setzt das voraus, daß bei der Texterfassung die Stichwörter und Überschriften bereits markiert werden. Mit dem entsprechenden Befehl zieht dann das Programm die markierten Begriffe heraus und ordnet sie dann anhand der speziellen Vorgaben nach Ziffernfolge oder alphabetisch ein.

Korrektur- und Rechtschreibhilfen

Probleme mit der Rechtschreibung

Ein großes Übel bei der Texterfassung ist das Einschleichen von Fehlern. Das können beispielsweise reine Tippfehler (falsche, verdrehte, doppelte oder fehlende Buchstaben), aber auch orthographische Fehler sein (Groß-/Kleinschreibung, Zusammen- und

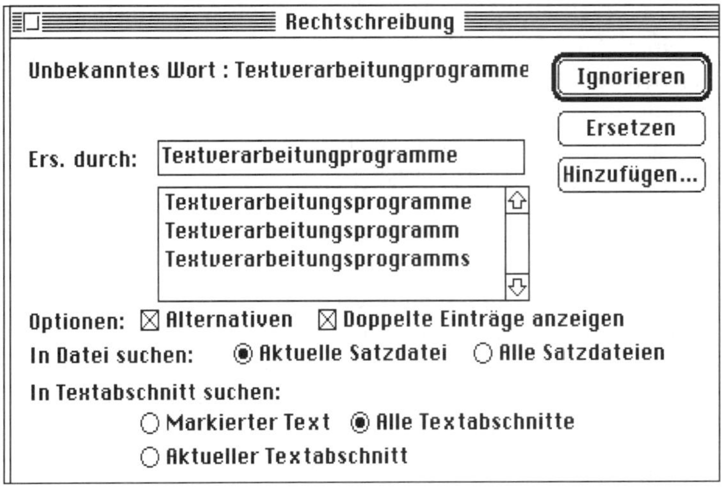

Bild 7.6. Rechtschreibhilfe des Programms PageMaker 5.0. Hier markiert das Programm das Wort »Textverarbeitungprogramme« als falsch und zeigt drei Vorschläge zur Auswahl

Getrenntschreibung, Grammatik-, Zeichensetzungs- und Stilfehler). Da diese Fehler ständig Ärger und unnötige Arbeit (Korrekturlesen) verursachen, war es klar, daß sich die Software-Häuser dieser Problematik annehmen und entsprechende Produkte entwickeln würden. Was hierbei zu beachten ist, steht im Kapitel 6 unter Leistungskriterien Textverarbeitung.

Generell sei gesagt, daß kein Korrekturprogramm das Korrekturlesen ersetzen kann. Rechtschreibhilfen können lediglich die Zahl der Tippfehler verringern!

2.4 DTP-Programme für Layout und Seitenherstellung

Für den Seitenumbruch

DTP wurde erst durch die sogenannten Layout- bzw. Umbruchprogramme möglich. Mit ihnen lassen sich Texte, Bilder und Grafiken zu einer kompletten Seite zusammenstellen. Bearbeitet man mehrseitige Dokumente wie z.B. Bücher, Zeitschriften, Hausmitteilungen usw., so stellt man mit diesen Programmen das Dokument seitenweise zusammen. Im Fachjargon heißt das »Seitenumbruch«.

Das erste DTP-Programm

Das erste DTP-Programm mit breiter Marktakzeptanz war der PageMaker der Fa. Aldus Inc. für den Apple Macintosh. Es kam zu einer Zeit auf den Markt, als Fotosatzsysteme nur ASCII-Zeichen auf dem Bildschirm darstellen konnten, kaum grafische Gestaltungsmöglichkeiten hatten oder Bilder zu integrieren verstanden und nur über kodierte Befehle zu steuern waren. Und gerade hier setzte der PageMaker ein.

WYSIWYG macht DTP für jedermann möglich

Da er im Gegensatz zu den Satzsystemen nicht speziell für die Druckindustrie konzipiert wurde, mußte er einfach zu bedienen sein und die Seite so auf dem Bildschirm zeigen, wie sie später aus dem Laserdrucker kam. Dafür fand man auch gleich wieder einen neuen Begriff: WYSIWYG (What you see is what you get). Diese Technik hat sich inzwischen im ganzen Computerbereich durchgesetzt. Damit sollte es jedem – von der Sekretärin bis zum Manager – möglich sein, Druckerzeugnisse herzustellen.

So ist es dann auch verständlich, daß die typografischen Möglichkeiten der DTP-Programme anfangs sehr zu wünschen übrig

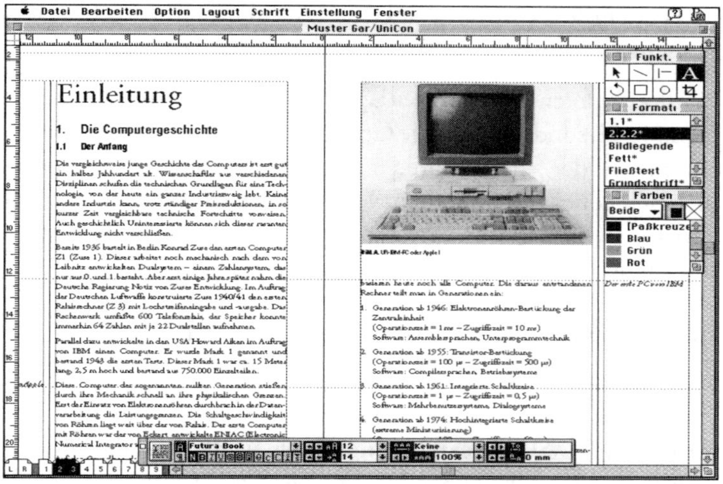

Bild 7.7. Die Zusammenführung von Text und Bild mit einem Layoutprogramm

ließen. Inzwischen haben sie sich zwar den Anforderungen der Anwender angepaßt, aber dadurch einiges von ihrer ursprünglichen Einfachheit verloren.

Abgrenzungsprobleme

Heute fällt eine Abgrenzung der Leistungsfähigkeit von Layoutprogrammen nicht nur untereinander schwer, sondern auch gegenüber den Grafik- und Textverarbeitungsprogrammen. So haben alle »Layoutis« Funktionen, mit denen man Elemente zeichnen, Raster hinterlegen, Texte erfassen und bearbeiten kann, Suche/Ersetze-Funktionen, Silbentrennprogramme und manche sogar Korrekturmodule.

Seiten- und rahmenorientierte Arbeitsweise

Bei den Layoutprogrammen unterscheidet man grob zwischen seitenorientierter Arbeitsweise für den kreativ-gestalterischen Zweck und der rahmenorientierten Arbeitsweise, die mehr Automatismen für die Verarbeitung umfangreicher Dokumente hat.

Bei den ersteren kann man die Elemente beliebig und direkt an Ort und Stelle verändern und so lange auf der Seite umherschieben, bis die Seite fertig ist. Dafür beschränken sich die Angaben für das Seitenlayout auf das Allernotwendigste und auf solche Eigenschaften, die auf allen Seiten gleich sind. Immerhin lassen sich getrennte Layouts für linke und rechte Seiten vorgeben. Ein typischer Vertreter dieser Arbeitsweise ist der PageMaker.

Bei der anderen Programmart gibt der Rahmen nicht nur den Satzspiegel, sondern auch die Gestaltung des Textes und Platzhalter für Bilder und Grafiken vor. Auf einer Seite können unterschiedliche Rahmen in verschiedenen Größen mehrfach vorhanden sein. QuarkXPress und Framemaker stehen hier stellvertretend für diese Arbeitstechnik.

Im- und Exportfilter für den Datenaustausch

Importfilter

Sehr hohe Anforderungen an ein Layoutprogramm werden beim Zusammenführen von Text, Bild und Grafik gestellt. Daß unformatierter ASCII-Text übernommen werden kann, ist eine Selbstverständlichkeit. Schwieriger wird es, wenn alle Gestaltungsmerkmale wie Schriftart, -größe, Zeilenabstand, Tabulatoren und dergleichen zu übernehmen sind. Hier helfen dann nur für das jeweilige Programm geschriebene Importfilter. Leider zeigt sich in der Praxis, daß es nur für wenige Programme derartige Filter gibt, z.B. für Word, WordPerfect usw.

Am Suffix erkennt man das Quellprogramm

Welches Programm den Text erstellt hat, erkennt man entweder am sogenannten Suffix; das ist die 3- (DOS und Windows) oder 4-stellige (Macintosh) Erweiterung nach dem Dateinamen.

Trägt die Datei z.B. den Namen »Kapitel.TXT«, so läßt sich daraus schließen, daß sie mit Word hergestellt wurde, da Word das Suffix »TXT« verwendet. Word für Windows trägt übrigens die Bezeichnung »DOC« und Word Perfect »WPX«. Dateien vom Macintosh kann man leicht am Symbol erkennen, das zugleich detailliert darstellt, welche Programm-Versionsnummer die Datei erzeugt hat.

Grafiken und Bilder haben ähnlich wie die Textdateien eigene »Formate«. Auch hier gibt wieder das Suffix die entsprechende Auskunft über ihre Herkunft. Malprogramme haben in der Regel die Erweiterung »PIC« (für DOS und Windows) oder »PICT« (für Mac). Weitere oft verwendete Standardformate wie z.B. TIFF für Halbtonbilder oder EPS als universelles Austauschformat werden später unter Bildverarbeitung bzw. PostScript behandelt.

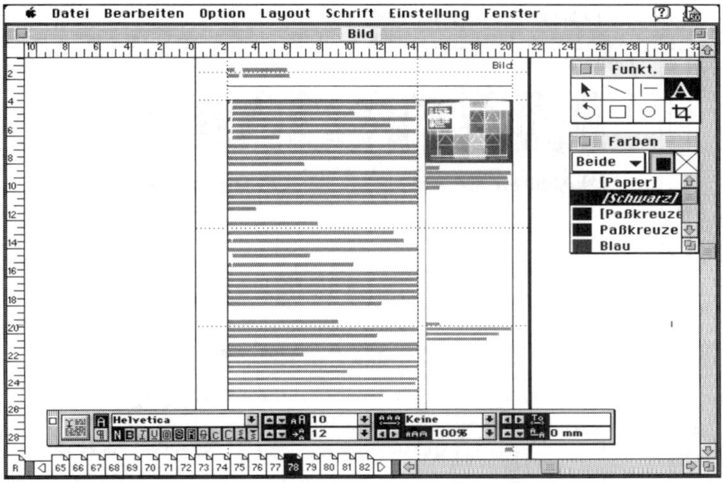

Bild 7.8. Bildschirm von PageMaker mit Musterseite und Funktions-/Farb-/Meßpalette

Was aber geschieht, wenn nach dem Umbruch noch Textveränderungen vorkommen? Dann hat man zwei unterschiedliche Dateien:

1. die korrigierte Fassung des Textes im Umbruchprogramm,
2. den unkorrigierten Text im Quellprogramm*.

Auswirkungen von Korrekturen auf die Quelldatei

Bei Layoutprogrammen sollte man darauf achten, daß sie Textänderungen in die Quelldatei zurückübertragen können. Das ist dann nötig, wenn man von dem korrigierten und umbrochenen Text unbedingt für andere Zwecke die letzte korrigierte Fassung braucht. Sonst muß man entweder die Korrektur in der Quelldatei ausführen und den korrigierten Text neu umbrechen oder die endgültige Fassung im Layoutprogramm mit Hilfe entsprechender Filter auslagern.

Exportfilter

Immerhin verfügen manche Layoutprogramme für diesen Zweck über sogenannte Exportfilter, das heißt, sie können die gespeicherten Daten in einem für ein anderes Programm lesbaren Format abspeichern. Für die Exportfilter gilt ansonsten das gleiche wie für die Importfilter.

* Quellprogramme nennt man die Programme, die die ursprüngliche Datei erzeugt haben.

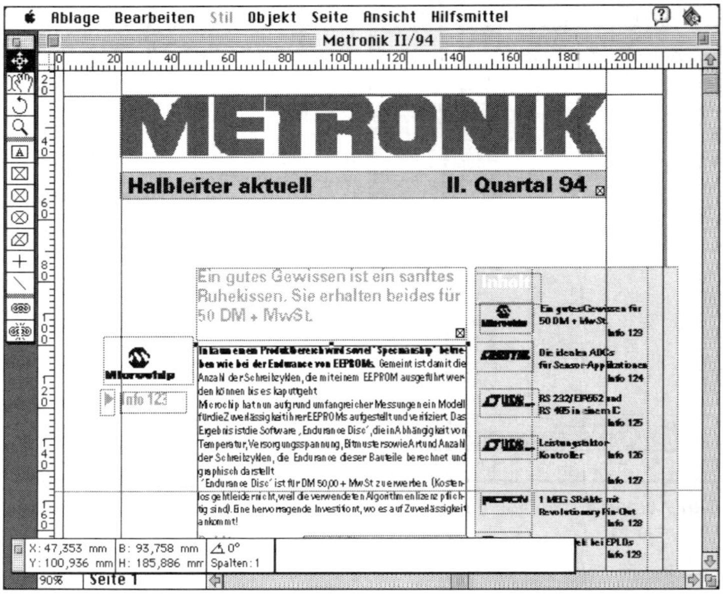

Bild 7.9. Bildschirm von QuarkXPress mit Musterseite und Erweiterungen

Die Marktführer

Unter den »Layoutis« haben derzeit zwei Programme eine marktbeherrschende Stellung:

- QuarkXPress
- PageMaker

Unterschiedliche Einsatzgebiete

QuarkXPress hat sich in der Druckindustrie, bei Verlagen und Agenturen voll durchgesetzt, da seine typografischen Möglichkeiten und seine Genauigkeit und Arbeitsweise am ehesten den professionellen Ansprüchen genügen. Der PageMaker dagegen erfreut sich im Industrie- und Bürobereich großer Beliebtheit, da er relativ leicht zu erlernen ist und auch bei nur sporadischer Anwendung leicht beherrschbar bleibt. Beide Programme erhält man sowohl als Windows- oder Mac-Version, wobei ihre Funktionsweise in beiden Welten vollkommen identisch sind. Das bedeutet: Wer die Version einer dieser Systemwelten kennt, kann auch die andere bedienen, ohne neue Befehle erlernen zu müssen.

Natürlich gibt es in beiden Computerwelten weitere Layout- und Umbruchprogramme, wie zum Beispiel Corel Ventura, Framemaker, Ragtime usw. Besonders für Anwender mit weniger Ansprüchen eignen sich die preiswerteren semiprofessionellen Programme, wie zum Beispiel GST Pressworks, MS Publisher, BeckerPage und viele weitere.

Die Werkzeuge von QuarkXPress

Die rahmenorientierte Arbeitsweise

Das Programm QuarkXPress unterscheidet sich vom PageMaker dadurch, daß es rahmenorientiert arbeitet. In der Praxis heißt das, bevor man einen Text schreiben will, muß man erst eine Textfläche definieren, für ein Bild muß man erst einen Bildrahmen ziehen. Für den Einsteiger spielt diese Arbeitsweise beim Erlernen keine Rolle, von Umsteigern vom PageMaker erfordert dies jedoch ein Umdenken.

Die Vorteile

Die Vorteile des rahmenorientierten Arbeitens liegen auf der Hand: Das Seitenlayout kann über die Rahmen gestaltet und festgelegt werden. Die Rahmen (Positionierungskoordinaten und Größenangaben) sind auf den 1000tel Millimeter genau positionierbar und dies nicht nur per Maus, sondern auch über die Tastatur.

Werkzeuge und Meßpaletten

Hierfür stellt QuarkXPress dem Anwender verschiedene Werkzeuge und Meßpaletten zur Verfügung, wie sie im Bild 7.10 dargestellt sind. Natürlich können in jedem DTP-Programm die einmal eingestellten Parameter für Schrift, Linien, Bilder usw. jederzeit wieder geändert und dadurch das Aussehen eines Dokumentes wesentlich verändert werden.

Der Unterschied

Generell kann natürlich jeder den Umgang mit einem DTP-Programm erlernen. Die Raumaufteilung, der Umgang mit den Schriftarten und -größen will dagegen erlernt sein, da sonst katastrophale Druckerzeugnisse entstehen – wie man sie derzeit immer wieder sehen muß – zum Beispiel in Computerzeitschriften als Anzeigen von Händlern, die ihre Anzeigen selbst gestalten. Hier hat man dann Mühe, das Produkt zu finden, das sie in ihrem Chaos anbieten.

Vorgefertigte Layoutseiten

Dieses Problem haben auch die Software-Hersteller erkannt. für viele Programme gibt es daher inzwischen vorgefertigte Layoutseiten, in die der Anwender nur noch seinen Text eingeben muß.

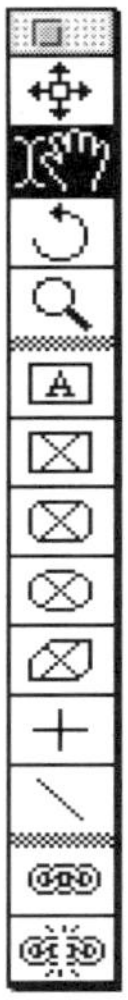

In der linken oberen Ecke des Bildschirmes stellt QuarkXpress dem Anwender eine Werkzeugbox zur Verfügung. Durch Anklicken mit der Maus wählt er die gewünschte Funktion aus. Er kann damit einen Text- oder Bilderrahmen ziehen, die Darstellungsgröße verändern, gerade oder schräge Linien ziehen, Gegenstände rotieren lassen und vieles mehr.

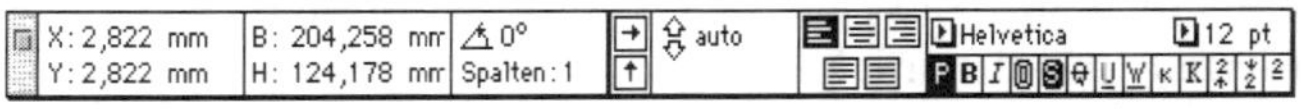

Im Textmodus zeigt QuarkXpress in einer Meßpalette alle wichtigen typografischen Angaben, wie beispielsweise Schriftart und -größe, Schriftauszeichnung usw.

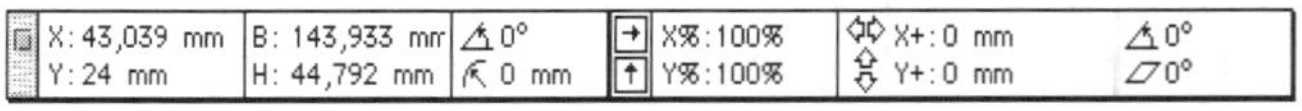

Beim Ziehen eines Bildrahmens wird die Kontrollpalette für die Bildangaben mit Rahmengröße, Rotationseinstellungen, Vergrößerungs- oder Verkleinerungsfaktor usw. eingeblendet.

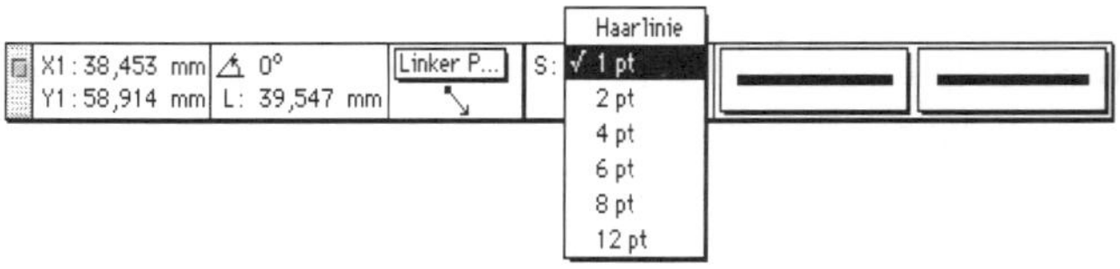

Die Meßpalette für die Linienangaben mit Pull-down-Menü für die Linienstärke zeigt die Linienlänge, Koordinaten, Linienwinkel usw.

Bild 7.10. Die Werkzeugbox und Meßpalette von QuarkXPress

2.5 Die bunte Welt der Grafiken und Illustrationen

Einen Einblick in die Mal-(Paint-) und Zeichen-(Draw-)programme konnten wir bereits im Kapitel Software gewinnen. Da Zeichnungen und Illustrationen jedes gedruckte Medium beleben, wollen wir uns hier noch etwas weiter umsehen, zumal solche Programme auch im Multimedia-Bereich eingesetzt werden.

Paintprogramme

Betrachten wir zunächst die spezifischen Besonderheiten. Mit einem Paintprogramm lassen sich Strichzeichnungen und Gemälde wie auf einem Skizzenblock bzw. wie auf einer Leinwand erstellen. Das Generieren erfolgt mit Freihandlinien oder mit wenigen vorhandenen Grundfiguren wie z.B. Rechteck, Kreis. Korrekturen sind, wie im täglichen Leben, nur mit dem Radiergummi oder durch Übermalen möglich. Theoretisch läßt sich also mit einem Paintprogramm jede grafische Darstellung und auch jedes Bild erzeugen.

Drawprogramme

Bei den Drawprogrammen hat man es aber bei manchen Darstellungen viel einfacher. Besteht eine Zeichnung vor allem aus Linien (Vektoren, siehe Seite 360), so ist ein Drawprogramm besser geeignet. Alle Vektoren und auch aus Vektoren bestehende Grundfiguren lassen sich mit einem Befehl generieren, manipulieren und löschen. Das lästige Arbeiten mit dem Radiergummi entfällt also. Weitere Vorteile bieten die Manipulierungsfunktionen, zum Beispiel: Drehen, Verschieben, Scalieren und Kopieren. Bei den Drawprogrammen gibt es aber nicht die Möglichkeiten, die ein Pinsel bietet.

Illustrationsprogramme

Als Besonderheit der Illustrationsprogramme ist die Möglichkeit der Flächenfüllung von generierten Pfaden, auch mit PostScriptmustern, und der Vektorisierung einer Pixelgrafik zu nennen. Darüber hinaus sind auch vielfache Elemente für die Schriftgestaltung vorhanden. Ein Illustrationsprogramm umfaßt also fast alle Komponenten von Paint und Draw.

CAD-Programme

Dagegen stellt ein CAD-Programm eine Erweiterung eines Drawprogrammes um die erforderlichen technischen Darstellungselemente dar. Dazu gehören vor allem Normsymbole und die Bemaßung. Bei dreidimensionalen CAD-Systemen sind gegebenenfalls Schattierungs- und Farbeffekte (z.B. Glanz) wie bei einem Illustrationsprogramm vorhanden.

Möglichkeiten und Einsatzgebiete

Paintprogramme finden ihren Einsatz vor allem für einfache grafische Darstellungen als Freihandzeichnung und bei einfachen Gemälden. Mit Drawprogrammen lassen sich alle Liniengrafiken hervorragend erzeugen. Soll aber eine Darstellung besser wirken, so verwendet man Illustrationsprogramme. Dabei hat man auch die Möglichkeit, ein abgetastetes Bild als digitale Vorlage zu verwenden. CAD-Programme finden ihren Einsatz vornehmlich bei der Herstellung einer technischen Zeichnung.

Anforderungen

Zwischen allen Grafikprogrammen sollte aber die Möglichkeit des Datenaustausches bestehen, damit vorhandene Daten weiterverwendet werden können.

... an Paintprogramme

Da Paintprogramme teilweise zum Lieferumfang der grafischen Betriebssystemerweiterungen und Betriebssysteme gehören, sind die dort erforderlichen Werte zu beachten. Dazu gehören in der Regel als Eingabegerät die Tastatur und die Maus, als Verarbeitungseinheit ein ausreichender Prozessor (z.B. Intel 80486, Motorola 68040) mit mindestens 8 Mbyte als interner Speicherkapazität und ein farbiger Bildschirm sowie eine Grafikkarte mit mindestens 256 Farben. Da Farbgrafiken einen großen Speicherplatz benötigen, sind je nach Größe 150 Kbyte bis 1 Mbyte als externer Speicherplatz vorzusehen. Die Ausgabe der Bilder erfolgt über Laserdrucker oder Farbprinter.

... an Illustrationsprogramme

Bei Illustrationsprogrammen sollte zusätzlich ein Scanner vorhanden sein, um Vorlagen zur Weiterverarbeitung bzw. als Mustervorlage übernehmen zu können. Das Datenvolumen von Illustrationen erreicht die Größenordnung der Paintprogramme und noch mehr. Deshalb ist der erforderliche externe Speicherplatz reichlich zu bemessen. Zum Erreichen einer möglichst farbgetreuen Bildschirmdarstellung ist eine 24-Bit-Karte einzusetzen. Damit wird für jeden Bildschirmpunkt je Grundfarbe ein Byte verwendet. Die Gesamtzahl an möglichen Farben erhält man nun zu 256 mal 256 mal 256 = 16,7 Millionen Farben. Ausgabegeräte sind Farbdrucker und Laserbelichter.

... an CAD-Programme

Für CAD-Programme gelten ähnliche Aussagen wie bei den Drawprogrammen. Da aber der Befehlsumfang der CAD-Programme weit umfangreicher ist, arbeitet man sehr gerne mit

Bild 7.11. Beispiel aus einem Illustrationsprogramm

einem Tablett als Eingabegerät. Dadurch läßt sich die einzelne Aktion schneller ausführen, da man nicht durch viele Menüstufen »wandern« muß. Ausgabegeräte sind hier vor allem Plotter, Farb- und Laserdrucker.

So unterscheiden sich die Grafikdaten

An der Art der Bildschirmdarstellung erkennt man die Arbeitsweise

Bei der Generierung einer Grafik und bei der Bildverarbeitung muß man sich folgende Fragen stellen: Was sehe ich eigentlich auf dem Bildschirm? Welche Informationen hat der Computer über diese Grafik? Mit welcher Arbeitstechnik wurde sie erstellt, und wie liegen die Daten vor? Was kann man im weiteren Arbeitsverlauf noch mit ihr anstellen?

Zur Beantwortung dieser Fragen müssen wir etwas tiefer in die Materie der Computergrafik einsteigen und uns mit zwei grundsätzlichen, aber grundverschiedenen Darstellungstechniken beschäftigen, die der Computer dem Anwender zur Verfügung stellt: der Vektortechnik und der Rastertechnik.

Vektor- und Pixelprogramme

Schon der Name eines Grafikprogramms erlaubt die Zuordnung zu einer dieser Techniken. Vektorprogramme werden meist Drawprogramme (Draw = Zeichnen) genannt, während für Rasterprogramme häufig der Name Pixel- oder Paintprogramm

(Pixel = Picture Element, Paint = malen) verwendet wird. Die Unterschiede liegen in der Art und Weise der Datenspeicherung. Dadurch erhält man auch andere Möglichkeiten der Grafikmanipulation und Darstellung auf den unterschiedlichen Ausgabegeräten (siehe Bilder 7.12 und 7.13).

Die Rastertechnik

Bei der Rastertechnik steht dem Rechner eine feste Anordnung von Bildpunkten zur Verfügung. Jeder Punkt kann dabei unterschiedlich eingefärbt werden. Wenn nun mehrere Punkte die gleiche Farbe haben, so kann für das menschliche Auge daraus eine Linie entstehen. Für den Rechner sind es aber weiterhin nur Bildpunkte. Der Pixelabstand ist dabei bestimmt durch die Auflösung des Bildschirmes bei der Grafikgenerierung oder durch die Abtastfeinheit des Scanners bei der Bilderfassung. Die Rastertechnik ist also der Bildtechnik nahe verwandt.

Die Vektortechnik

Anders sieht es bei der Vektortechnik aus. Wenn ein Vektorprogramm eine Linie erzeugt, speichert der Rechner die Koordinaten der beiden Endpunkte ab, durch die die Linie bestimmt wird. Zusätzlich werden noch die Informationen über Linientyp und Linienfarbe gespeichert. Der Rechner hat also die Information: Dies ist eine Linie.

Die Illustrationsprogramme kennen beide Techniken, und darüber hinaus haben sie noch die Möglichkeiten zur Vektorisierung von gescannten Bildern. Diese Technik wird als Pixel-Vektor-Konvertierung bezeichnet.

Bildmanipulation

Unterschiedliche Korrekturmöglichkeiten

Da ein Vektorprogramm alle gezeichneten Vektoren permanent im Speicher hält, verliert man die entsprechenden Vektordaten auch dann nicht, wenn ein Objekt ganz oder teilweise durch später gezeichnete Bildelemente verdeckt wird. Es lassen sich also alle Objekte, ob verdeckt oder nicht, nachträglich bearbeiten. Dabei ist nicht nur ein Verschieben, sondern auch Vergrößern und Verkleinern, Dehnen und Stauchen und Drehen der Objekte möglich. Ein Objekt wird dabei meist durch den Befehl Gruppieren erzeugt. Wenn eine Grafik erstellt wird, legt der Rechner alle Vektordaten und Objektdaten in einer Liste in der Reihenfolge der Erstellung ab. Diese Liste wird bei einem neuen Bildaufbau abgearbeitet. Es ist aber ein Leichtes, die Vektoren und Gruppen

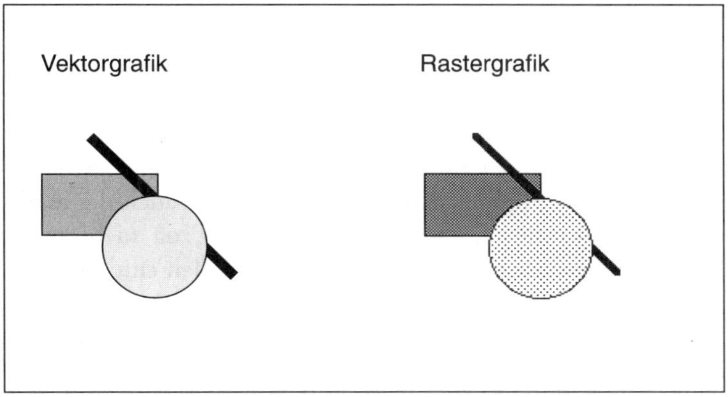

Bild 7.12. Darstellung der Vektor- und Rastergrafik

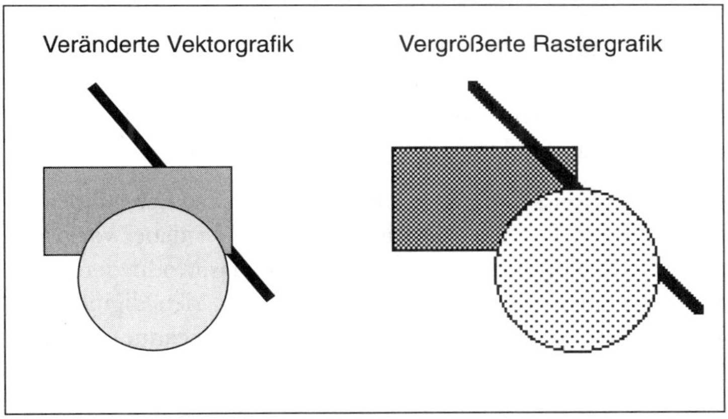

Bild 7.13. Vergrößerte Raster- und manipulierte Vektorgrafik

auch innerhalb der Liste zu verschieben, um sie so nach vorne oder nach hinten zu bringen.

All diese Bearbeitungsmöglichkeiten stehen in dieser Form für Rasterprogramme nicht zur Verfügung. Einige Programme bieten zwar die Möglichkeit, neue Bildelemente auf eine Art Zwischenspeicher zu sichern, von wo aus sie sich auf dem Gesamtbild darstellen lassen, ohne daß die Bilddaten (= Farbwerte) zerstört werden. Nach dem Positionieren und Einfügen an einer Stelle des ursprünglichen Bildes sind die dort bisher vorliegenden Bildinformationen für immer verloren.

Auflösung

Rasterprogramme sind an die Bildschirmauflösung gebunden

Der entscheidende Unterschied zwischen beiden Grafiktechniken liegt in der Auflösung. Dabei sind die Rasterprogramme an die Bildschirmauflösung bei der Generierung gebunden. Wenn also der Bildspeicher eine Auflösung von z.B. 640 mal 480 Bildpunkten zur Verfügung stellt, so bestimmt dies auch die maximale Ausgabeauflösung für eine Rastergrafik, da nicht mehr Informationen über das erstellte Bild vorhanden sind als eben diese 640 mal 480 Farbwerte.

Die Vektorgrafik ist unabhängig vom Bildschirm

Die Vektorgrafik ist dagegen in ihrer Auflösung variabel, da sich die Vektoren in ihrer Länge beliebig verändern lassen. Wenn also eine Vektorgrafik auf dem Bildschirm dargestellt werden soll, rechnet das Programm die Vektoren in eine Größe um, die in das Raster des Bildspeichers paßt. Daraus ergibt sich, daß die Monitorausgabe beider Programme gleich gut ist. Einen Unterschied merkt man erst beim Vergrößern oder bei der Ausgabe auf einem höher auflösenden Ausgabegerät, wie es die folgende Ausgabe einer Pixel- und Vektorgrafik auf einem Ausgabegerät zeigt.

Das breite Einsatzgebiet der Illustrationsprogramme

Die Illustrationsprogramme umfassen Möglichkeiten aus beiden Programmen. Für die grafische Gestaltung ist dabei vor allem noch das Erzeugen von Farbverläufen und das Modifizieren von Schriften zu nennen. Darüber hinaus lassen sich digitalisierte Vorlagen weiterverarbeiten, die entweder eingescannt oder über eine Videokamera (Videorecorder, Still-Video) eingelesen wurden. Man kann davon ausgehen, daß solche digitalisierten Vorlagen dem Rechner in gerasterter Form vorliegen und sich somit dem Zugriff von Vektorprogrammen entziehen. Wenn also solch eine Vorlage retuschiert werden soll, so kann dies nur mit einem Bildverarbeitungsprogramm auf der Basis der Rastertechnik geschehen, wie es auch unter Kapitel 7.2.6, Seite 369, beschrieben wird.

CAD- und 3-D

Da CAD-Programme von ihrem Wesen und ihrer Datenstruktur her Drawprogramme sind, gilt alles bisher Gesagte auch für CAD-Programme. Im 3-D-Bereich gilt dies aber nicht mehr uneingeschränkt. Dort werden die Körper durch Schattierungen und im Spezialfall durch Lichteffekte plastischer dargestellt. Man erhält somit wieder eine Pixelbildschirmdarstellung, während die Datenstruktur der Vektoren erhalten bleibt.

Objektorientierte Programme

Neben den reinen Vektor- und Rasterprogrammen existiert noch der Begriff der objektorientierten Programme. Bei diesen Programmen liegen nicht nur die einzelnen Vektoren in Tabellen vor, sondern das Objekt besteht dabei aus einer vollständigen Beschreibung der Grafik und zusätzlich aller erforderlichen Daten.

Solch eine objektorientierte Beschreibung ist über PostScript möglich. Sie wird auch als Standarddatenaustauschformat für Text, Layout und Grafik über alle Rechnergrenzen hinweg eingesetzt.

Datenaustausch

So wie der Datenaustausch im Textbereich möglichst über alle Texte gewährleistet sein soll, so möchte man den Datenaustausch der Grafik zwischen allen Rechnern und Programmen und allen Ausgabegeräten wie Bildschirm, Plotter, Drucker und Belichter erreichen. Da aber jedes Programm, neben der grundsätzlichen Unterscheidung in Pixel und Vektor, ein eigenes Datenformat hat, ist dies nicht so einfach. Zur Lösung bieten sich drei Wege an.

Verwenden von Import- und Exportfiltern

Jedes Programm bietet eine Reihe von Import- und Exportfiltern an. Damit können die Daten der Programme verarbeitet werden, für die Importfilter vorhanden sind. Für die Übertragung der fertigen Grafik in andere Anwendungen sind die Exportfilter zuständig. Ein Teil dieser Filter ist standardmäßig vorhanden, während ein Teil zusätzlich zu installieren ist. Dieses Verfahren ist sehr aufwendig, da jedes Programm über eine Vielzahl dieser Filter verfügen muß. Die Liste auf der folgenden Seite zeigt einige der derzeitigen Standardformate.

Standardformate

Als Standardformat, auch für die Grafik, bietet sich vor allem PostScript an (siehe Seite 373). Im Bereich CAD gibt es die Standardformate DXF (Drawing Exchange Format) für den Austausch von Zeichnungen am PC, IGES (Initial Graphics Exchange Spezification) zum Datenaustausch an Großrechnern und an PCs und speziell für die Datenausgabe auf Plottern HPGL (Hewlett Packard Graphic Language).

Man kann aber auch die Standardformate einer grafischen Benutzeroberfläche (z.B. MacPaint, PICT am Apple MacIntosh) als Weg in diese Richtung ansehen. Leider gilt dieser Standard nur

Tabelle einiger Import-/Export-Filter	
Standardformat	Programme bzw. Formate
PCX	PC Paintbrush, Pixeldatei
TIFF	Tag Image File-Format (Pixeldatei)
PIC	Pictureformat von Lotus 1-2-3
PIF, GDF	IBM Mainfraimes Grafikformate
AI	Adobe Illustrator
CGM	Harvard, Freelance, Designer
GEM	Artline
DXF	Drawing Exchange Format (CAD)
HPGL	Hewlett Packard Grafic Language
PICT	Apple Picture Format
EPS	Encapsulated PostScript
WMF	Windows-Metafile
SCD	SCODL-Dateien für AGFA-Diabelichter

wieder für eine Oberfläche und ist nicht geeignet zum Datenaustausch an unterschiedlichen Rechnersystemen. Dafür ist, neben PostScript und den CAD-Formaten, noch TIFF (Tag Image File-Format) geeignet. Dieses findet vornehmlich im Bereich der Pixelgrafik Anwendung und ist aber auch das Standardformat für die Bildverarbeitung. Eine ausführlichere Beschreibung wird im Kapitel 4 gegeben. Das jeweilige Format erkennt man an der Dateierweiterung oder an der Piktogrammdarstellung in einer anders gearteten grafischen Oberfläche.

2.6 Der Umgang mit Bildern

Zum Einlesen von Originalvorlagen

Neben Texten, Daten und Grafiken müssen oft auch fertige Zeichnungen, Bilder oder Firmensignets im Computer verarbeitet werden. Zur Eingabe dieser Vorlagen in den Rechner verwendet man ein optisches Lesegerät: den Scanner. Die eingelesenen Daten speichert der Computer dann als eigene Datei, meist in einem Standardformat (TIFF = Tag Image File-Format). Um diese Bilder nun zu verarbeiten, zum Beispiel Ausschnitt oder Größe ändern, Graustufen- oder Farbkorrektur usw., benötigt man wiederum eine spezielle Bildverarbeitungssoftware, beispielsweise Photoshop.

Bild 7.14. Der Flachbettscanner zum Einlesen von Vorlagen (Foto Ricoh)

Die Arbeitsweise des Scanners

Die intelligenten Kopierer

Vereinfacht ausgedrückt »fotokopiert« der Scanner die Vorlage in den PC-Speicher. Die in einem Bild enthaltenen Informationen werden in elektrische Impulse umgewandelt und zum Computer geschickt. Der Computer verarbeitet diese Impulse weiter und speichert sie als »Bit«-Muster (Bit-Map) ab. Mit entsprechenden Programmen kann dann der Anwender Größenveränderungen vornehmen oder, bei Halbtonvorlagen (Schwarzweiß-Fotografien), den Graustufenbereich (Hell-/Dunkeltöne) korrigieren.

Arbeitsweise

Im einzelnen sieht der Vorgang des Einscannens zum Beispiel so aus: Unter einer Glasplatte bewegt sich ein Wagen, auf dem starke Lichtquellen (LEDs = Licht ausstrahlende Dioden) befestigt sind. Sie strahlen die Vorlage von unten an, von dieser wird das Licht zurück reflektiert und in die Aufnahmeoptik, den »Bildabtaster«, umgelenkt. Das Prinzip, mit dem dieser arbeitet, heißt CCD (Charge-Coupled Device = Speicherbaustein, der auf Ladungsspeichern basiert) und wird auch in Videokameras zur Aufnahme verwendet. Hier werden mit Hilfe eines Wandlers die optischen Zeichen (Lichtinformationen) in elektrische Signale umgewandelt. Durch das zeilenweise Abscannen der Vorlage entsteht ein digitales »Abbild« aus vielen einzelnen Punkten (Raster). Per Datenkabel gelangen die Informationen in den Computer und lassen sich dort mit Hilfe der Scannersoftware auf dem Bildschirm darstellen und bearbeiten.

Die Punktmuster können ganz unterschiedlicher Natur sein, ganz nach Scan-Vorlage und Endprodukt. Dabei unterscheidet man zwischen

- Strichvorlagen (Bilder ohne Graustufen: Skizzen, Zeichnungen, Text usw.),
- einfarbigen Bildern (Bilder mit vielen Graustufen) und
- Farbbildern.

Strichvorlagen

Halbtonvorlagen

Farbvorlagen

Bei Strichvorlagen muß sich der Scanner nur merken, ob hier ein Wert (schwarz) vorliegt oder nicht (weiß). Dafür reicht ihm ein Bit zum Kodieren der Information völlig aus. – Schwieriger wird dies bei Halbtonvorlagen. Hier werden für jeden einzelnen Bildpunkt mehrere Informationen benötigt. Jede Bitkombination entspricht dabei einer bestimmten Graustufe. Legt man als Informationseinheit 2 Bit zugrunde, lassen sich bereits 4 verschiedene Graustufen unterscheiden, bei 4 Bit sind es bereits 16, bei 6 Bit 64 und bei 8 Bit 256 Graustufen. Damit haben wir bereits ein wesentliches Unterscheidungsmerkmal für Scanner: die Zahl der möglichen Graustufen. Sie wird entweder in der absoluten Anzahl ausgedrückt (zum Beispiel 16, 64 oder 256) oder in Bit-Werten (1-Bit-Scanner, 8-Bit-Scanner). Bei der Bestimmung der Farbtiefe ist es ähnlich: Mit einer 8-Bit-Peripherie kann man nur 256 Farbtöne unterscheiden. Für professionelle Anwendungen ist dies jedoch zu wenig. Man verwendet hier 24-Bit-Systeme (3 x 8 Bit für die Farben Rot, Grün und Blau), mit denen man 16,7 Millionen Farben realisieren kann.

Dithering

Das Rastern der Bilder (engl. Dithering) kann sowohl sofort beim Einlesen erfolgen als auch nachträglich. Das erste Verfahren hat den Nachteil, daß die gescannten Vorlagen später nicht mehr proportional vergrößert oder verkleinert werden können. Allerdings läßt sich der Bildausschnitt später noch bestimmen (Breite und Höhe).

Die Auflösung beim Scannen

Ein weiteres wichtiges Merkmal ist die Auflösung. Sie gibt an, bis zu welcher Feinheit Details vom Scanner noch erkannt werden.

Die Maßeinheit hierfür ist dpi (dots per inch = Punkte pro Zoll). Die einfacheren Scanner lösen mindestens 300 dpi auf, bessere 600 dpi, 800 dpi und mehr. Bei 300 dpi sind das Punktgrößen bis 0,0846 mm, bei 800 dpi bis 0,0317 mm.

Die Spielkiste

Die billigste Möglichkeit, zu einem Scanner zu kommen, ist der sogenannte Handscanner, der eher einer überdimensionierten Maus als einem Scanner gleicht. Er ist nur der Vollständigkeit wegen erwähnt, da er ausschließlich in den Bereich der Hobbyanwendungen gehört.

Walzenscanner

Neben den beschriebenen Flachbettscannern gibt es im professionellen Bereich auch noch die Walzenscanner (Rundbettscanner). Sie haben einen festmontierten Lesekopf, die Vorlage wird mittels einer Trommel an diesem Lesekopf vorbei transportiert und dabei zeilenweise abgetastet. Der Nachteil dieser Methode ist der, daß die Vorlage flexibel sein muß und nicht zusammengeklebt sein darf, da sich sonst die Papierteile lösen und verschieben oder gar im Scanner hängenbleiben können.

Flachbettscanner

Im Gegensatz zu den Walzenscannern erlauben die Flachbettscanner auch das Abscannen von Vorlagen mit festem Körper, zum Beispiel ein Buch oder ein aufgezogenes Bild. Selbst zusammengeklebte Vorlagen kann ein Flachbettscanner einlesen. Manche Scanner können mit Hilfe entsprechender Zusatzgeräte auch Dias und transparente Vorlagen einscannen.

Auch Scanner sind ohne Software wertlos

Auch bei Scannern ist die Hardware ohne Software wertlos! Ein Teil der Software ist dafür verantwortlich, daß die Informationen ordnungsgemäß zum PC gelangen, dort abgespeichert werden können und ein spezielles Dateiformat erhalten. Das gebräuchlichste ist hier das TIF-Format (Tag Image File), das von vielen Bildverarbeitungs- und DTP-Programmen verarbeitet werden kann. Ein anderer Teil der Scannersoftware ermöglicht dem Anwender, die gespeicherten Bilder zu bearbeiten. Hierfür gibt es aber auch spezielle Bildbearbeitungsprogramme, die über die Möglichkeiten der Scannersoftware weit hinausgehen.

OCR-Lesegeräte (Texterkennung)

Auch im Computerzeitalter arbeiten viele Autoren und Büros noch mit Schreibmaschinen. Oder es müssen Bücher, Zeitschriftenartikel oder sonstige schriftliche Dokumente, die bereits in

Papierform vorhanden sind, in ein Computersystem eingelesen und verarbeitet werden. Das bedeutet im Normalfall: Alle Texte müssen neu erfaßt werden.

Einen Ausweg bietet hier die Texterkennung. Global gibt es zweierlei Systeme zu unterscheiden:

Spezialisierte OCR-Geräte

1. Die speziellen OCR-Lesegeräte (Optical Character Recognition = optische Zeichenerkennung), die eigens für diese Aufgabe entwickelt wurden. Kosteten die Vertreter dieser Gattung vor etwa zehn Jahren noch über 100.000 DM, so sind sie heute bereits für ungefähr ein Zehntel dieses Preises erhältlich.

Scanner mit OCR-Software

2. Scanner, die zum Einscannen von Bildern eingesetzt und durch ein OCR-Programm (Optical Character Recognition-Software) umfunktioniert werden. OCR-Programme verwenden den gleichen Scanner, wie er für die Bildverarbeitung eingesetzt wird. Wer also bereits für diesen Zweck einen Scanner hat, muß sich nicht noch einen weiteren, sondern lediglich ein Texterkennungsprogramm zulegen.

Die Funktionsweise des Scanners beim Einscannen von Textvorlagen ist bei der üblichen Scansoftware und bei der OCR-Software die gleiche, jedoch mit einem wesentlichen Unterschied: Scanner mit normaler Scan-Software behandeln die Schriftzeichen wie eine Abbildung. Für sie ist ein Buchstabe ebenfalls eine Grafik. Das hat den Nachteil, daß der Buchstabe als solcher nicht erkannt wird.

OCR-Geräte und -Programme erkennen einzelne Buchstaben

Dagegen können OCR-Programme (und auch -Lesegeräte) beim Einlesen die einzelnen Buchstaben erkennen. Der eingelesene Buchstabe wird als normales ASCII-Zeichen erkannt und verarbeitet. Mit einem Textverarbeitungs- oder DTP-Programm kann dann sogar der Inhalt der Texte verändert werden. Allerdings gilt es hier noch einige Stolpersteine zu überwinden. So müssen die meisten Programme zur Zeit noch das Dechiffrieren erlernen. Das heißt, in einem »Erkennungstraining« muß dem Programm erst erklärt werden, was die unlesbaren Buchstaben bedeuten. Läuft das Programm aber über unkenntliche Buchstaben einfach hinweg, so müssen im Korrekturlauf alle Fehler beseitigt werden.

Doppelte Verwendung

Der Vorteil der OCR-Programme gegenüber den OCR-Geräten liegt klar auf der Hand: Der Scanner kann sowohl für die

Bildverarbeitung als auch für die Texterkennung verwendet werden. Softwareverbesserungen oder auch ein neues besseres Programm erfordern nur eine neue Software und kein komplettes neues System.

So kann man Bilder bearbeiten

Bildbearbeitungsprogramme

Die eingescannten Bilder können durch Bildbearbeitungsprogramme in ihrem Aussehen völlig verändert werden. Das geht soweit, daß man sie mit der Originalvorlage kaum noch identifizieren kann.

Leistungsfähige, professionelle Programme wie beispielsweise der Photoshop, Colorstudio usw. bieten viele Möglichkeiten an:

Einsatzbereiche

- Größen- und Positionsveränderungen: Damit lassen sich Bilder vergrößern oder verkleinern, Proportionen verändern, kopieren, spiegeln, drehen usw.
- Manuelle Retusche: Sie läßt sich wiederum in vier wesentliche Funktionsblöcke unterteilen:
  – Spritzpistolenretusche: Über die Airbrushtechnik kann man bestimmte Bildbereiche verändern. Manche Programme bieten hierfür die Zeichenkohle oder einen Pinsel, um bestimmte Effekte ausführen zu können.
  – Konturbearbeitung: Hierfür stehen Filter zur Verfügung, mit denen man Bildkonturen verwischen, schärfer machen oder auf andere Weise verändern kann.
  – Transplantieren von Bildteilen: Das Transplantieren ist eine Funktion, mit der sich Bildteile von einer Stelle des Bildes auf eine andere Bildstelle kopieren lassen. Der Bereich wird dabei über ein Auswahlrechteck oder über eine Freihandbegrenzung bestimmt.
  – Retuschierwerkzeuge: Mit den Retuschierwerkzeugen lassen sich punktuelle Korrekturen ausführen. Retuschierwerkzeuge sind der Radiergummi, das Füllwerkzeug, der Pinsel, der Bleistift, der Grafik-Tampon, die Zeichenkohle, der Wassertropfen und der Wischfinger. Damit lassen sich Arbeiten wie in einem Paintprogramm ausführen. Zur Kontrolle läßt sich diese Arbeit in bis zu 1600%-Vergrößerung ausführen. Bei dieser Vergrößerung arbeitet man auf Pixelebene.

- Bildmontage und Maskenerstellung: Damit meint man das Freistellen und Um- oder Ineinanderkopieren von Bildteilen, beispielsweise das Herauskopieren einer Person aus dem (verregneten) Hintergrund und das Einkopieren in einen anderen (sonnigen) Hintergrund – auf diese Art schönt man künstlich so manche Werbeprospekte.
- Graustufen- bzw. Farbkorrektur: Bei Schwarzweißbildern kann man den Verlauf der Graustufen beeinflussen und so ein Bild heller oder dunkler erscheinen lassen. Bei Farbbildern läßt sich die gesamte »Farbigkeit« des Bildes verändern. Ist zum Beispiel im Original ein Rotstich, so kann dieser beseitigt werden. Wem jedoch die Farben der gescannten Vorlage überhaupt nicht gefallen, der kann das Bild selbst in neuen Farben erstrahlen lassen.

Das universelle Bildformat

Das Standardformat TIFF

Das Standarddatenformat für den Bereich der Bildverarbeitung am PC ist TIFF (Tag Image File-Format). Dieses Universalformat beschreibt Strich- und Halbtondarstellungen und dies auch in Farbe. Entwickelt wurde diese Bildbeschreibung von den Firmen Aldus und Microsoft. In der traditionellen Informationsverarbeitung liegen Daten und Texte bei der Verarbeitung in kodierter Form, d.h. als fest definiertes Zeichen oder Symbol, vor. Jedes verwendete Zeichen, z.B. ein Buchstabe, hat eine eindeutig festgelegte Form sowohl in der maschineninternen Darstellung (z.B. ASCII) wie auch in der Bildschirmanzeige und Druckerausgabe. In der Welt der nicht kodierten Informationen gibt es nur punktförmige Anordnungen mit dualen Darstellungen. Es hängt wesentlich von dem Abstand der Punkte ab, wie das menschliche Auge die Informationen erkennt. Daher ist die Anzahl der Bildelemente (engl. Picture Elements) pro Längen- oder Flächeneinheit die charakteristische Größe für die Qualität des Bildes.

Angaben zur Auflösung

Man nennt diese Größe das Auflösungsvermögen, gemessen in Bildelementen pro Zoll. Übliche Angaben für die Auflösung sind ppi (picture elements per inch) und vor allem dpi (dots per inch) bzw. lpi (lines per inch). Diese wesentlichen Angaben und darüber hinaus noch weitere sind im Bildbeschreibungsformat TIFF festgelegt.

So werden Halbtonbilder ausgedruckt oder belichtet

Die optische Täuschung

Bei der Herstellung von Rasterbildern müssen wir unterscheiden zwischen der Auflösung der Laserdrucker und -belichter und der Auflösung in den Halbtonzellen. Für den Rechner oder Drucker/Belichter besteht die Halbtonzelle aus einer bestimmten Anzahl von Pixeln, die Grauwerte durch optische Täuschung simulieren. Durch die Art ihrer Zusammensetzung enthält die Halbtonzelle (Dithermatrix) ihre Konturinformationen. Da Laserdrucker/-belichter entsprechend ihrer Auflösung aber nur Punkte gleicher Größe belichten können, faßt man mehrere Belichterpunkte zu Halbtonzellen zusammen (siehe Bild 7.15). In der digitalen

Grauwert 0% | Grauwert ca. 50% | Grauwert 100%

Mit einer Halbtonzelle aus 5 x 5 Punkten lassen sich bei 60 lpi 25 Grauwerte darstellen

Bild 7.15. Darstellung verschiedener Grauwerte und deren Anordnung (Dithermatrix) in der Halbtonzelle

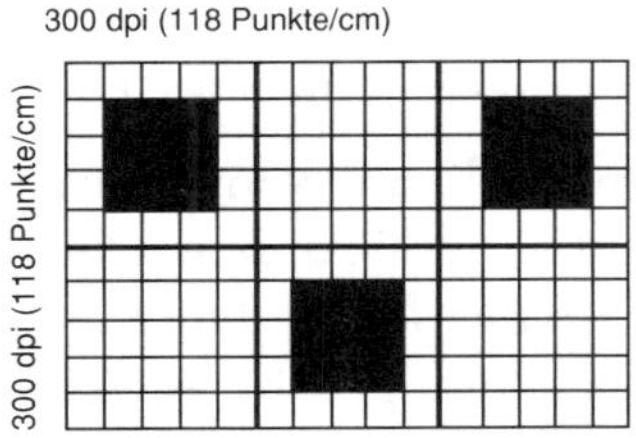

a) Gittermatrix (Ausschnitt) eines Laserdruckers mit 118 x 118 Punkten/cm = 13 924 Punkte/cm². Die schwarze Fläche sind gefüllte Pixel bei 60 lpi (5 x 5 Rasterpunkte) und ca. 36% Deckung

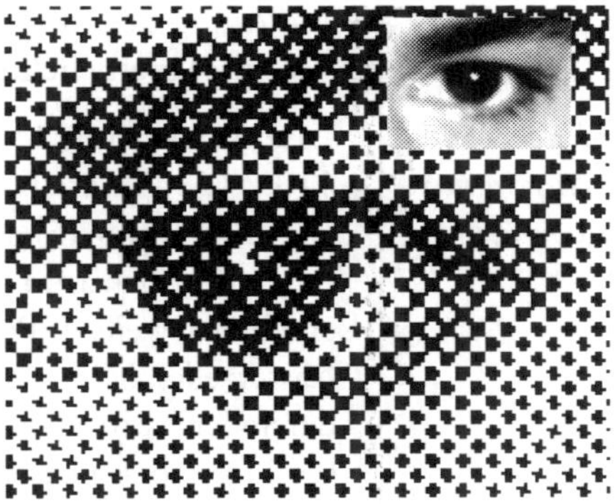

b) Vergrößerte elektronische Halbtonzellen

Bild 7.16a + b. a) Dieses Bild zeigt 6 Halbtonzellen eines 300-dpi-Laser-druckers (118 Punkte/cm). Er kann bei einem 24er Raster (60 lpi) nur 5 x 5 = 25 Graustufen + Weiß darstellen. b) In der Vergrößerung wird die Struktur der elektronischen Halbtonzellen sehr deutlich

Bild 7.17. Laserbelichter als Ausgabegerät für Text, Grafik und Bild (Foto Linotype-Hell)

Rasterung gibt es verschiedene Formen von Halbtonzellen und deren Anordnung von dots bzw. Punkten in der Dithermatrix (runde, elliptische, quadratische). Zur besseren Veranschaulichung verwenden wir die quadratischen Rasterzellen.

Das Ausgabegerät bestimmt die Größe der Halbtonzellen

Wer aber bestimmt die Größe der Halbtonzelle und deren Gittermatrix sowie die Pixelgröße? Die Pixelgröße ist allein von der Auflösung des Ausgabegerätes abhängig. Die physikalische Größe der Halbtonzellen und die Gittermatrix werden sowohl von der Auflösung des Ausgabegerätes als auch von der Rasterweite bestimmt. Laserbelichter arbeiten zum Teil mit mehr als 3000 dpi.

Laserdrucker mit 300 dpi erreichen nur 25 Graustufen

Laserdrucker mit 118 Punkten/cm Auflösung können maximal 118 x 118 Punkte pro Zentimeter (300 x 300 dpi) drucken. Ein 24er Raster (60 lpi) hat 24 Linien pro Zentimeter. Teilt man diese durch die höchstmögliche Druckerauflösung (118 : 24 = 4,92), so ergeben jeweils 5 Punkte in der Höhe und in der Breite eine Rasterzelle. Mit 5 x 5 Punktzellen kann man 25 Grauwerte darstellen. Ein 24er Raster hat einen Punktdurchmesser von 0,42 mm. Beim Laserdrucker errechnen sich 10 : 118 = 0,085 mm je Pixel. 5 Rasterzellen eines 24er Rasters ergeben dann 0,42 mm (5 x 0,085). Würde man auf einem Laserdrucker ein Bild mit 60er Raster (152 lpi) ausdrucken, so bekäme man nur 2 x 2 = 4 Graustufen, und die Rasterzelle wäre nur 1,67 mm groß.

Laserbelichter erreichen 256 Graustufen

Da sich weder mit 4 noch mit 25 Graustufen Halbtonbilder in akzeptabler Güte erzeugen lassen, benötigt man Ausgabegeräte mit höherer Auflösung. Laserbelichter bieten sich hier als Lösung an, da sie überwiegend 500 Punkte/cm (1270 dpi) bis 1000 Punkte/cm (2540 dpi) auflösen können. Ein Quadratzentimeter wird denmach aus 250 000 oder 1 Million Pixel aufgebaut.

Die Seitenbeschreibungssprache PostScript

Die Aufgabe von PostScript

Im Gegensatz zu den Nadeldruckern, die zeichen- bzw. zeilenweise arbeiten, muß der Laserdrucker oder -belichter die gesamte Druckseite vor der Ausgabe im Speicher aufbauen. Dazu benötigen diese Ausgabegeräte eine eigene Intelligenz (Prozessor) und einen entsprechend großen Arbeitsspeicher. Um die Seite aber überhaupt aufbauen zu können, muß das Ausgabegerät die ankommenden Daten lesen und interpretieren können. Hierfür behilft man sich mit einer Seitenbeschreibungssprache (page description language). Sie hat die Aufgabe, genau festzulegen, an welcher Stelle auf dem Papier oder Film die sichtbaren Bildpunkte für Texte, Grafiken oder Raster gedruckt werden sollen.

Die universelle Seitenbeschreibungssprache

PostScript ist eine dieser Seitenbeschreibungssprachen. Sie hat sich mittlerweile als hardwareunabhängiger Standard etabliert und verbindet unterschiedliche Eingabe- und Ausgabesysteme miteinander. Um zu wissen, welchen Vorteil PostScript damit überhaupt bietet, muß man sich vergegenwärtigen, daß Text-, Grafik-, Bildverarbeitungs- und Layoutprogramme intern mit ihrer eigenen Programmiersprache arbeiten. Die so erstellten und gespeicherten Dateien lassen sich in dem jeweiligen Programm jederzeit aufrufen und editieren. PostScript sorgt nun dafür, daß alle Programme ihre Texte, Grafiken und Bilder in einem einheitlichen Datenformat auf ein beliebiges Gerät ausgeben können. PostScript-Dateien werden in der Regel nicht vom Anwender programmiert, sondern vom jeweiligen Anwenderprogramm. Sollen fertige Dateien nun gedruckt oder belichtet werden, muß erst der entsprechende PostScript-Treiber aufgerufen und die Seiteninformationen in PostScript umgewandelt werden.

Ein mit einem PostScript-RIP (Raster-Image-Prozessor) ausgestatteter Laserdrucker oder -belichter kann die ankommenden Daten lesen und aufbereiten. Herstellerfirma und maschinen-

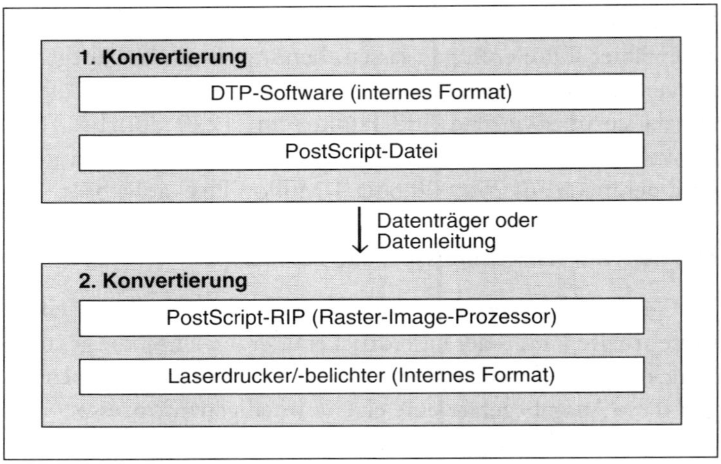

Bild 7.18. PostScript-Konvertierung

PostScript ist Hardware-unabhängig

interne Befehle des Ausgabegerätes spielen somit keine Rolle, denn der vorgeschaltete PostScript-RIP konvertiert die ankommenden Daten in die gerätespezifische Maschinensprache und gibt sie in der gewünschten Auflösung aus. Es spielt also keine Rolle, wer das Ausgabegerät hergestellt hat und ob es ein Laserdrucker oder Laserbelichter ist.

Die Aufgaben des RIP

Den Prozessor, der im Laserdrucker/-belichter das PostScript-Programm in Bildpunkte umrechnet, nennt man RIP. Wie der Name bereits aussagt, erzeugt er eine Rasterstruktur aus Punkten, Bitmap, für das Ausgabegerät.

Mit PostScript kann man auch programmieren

PostScript ist allerdings auch eine Programmiersprache. Mit ihr lassen sich grafische Elemente programmieren, manipulieren und auf einem Ausgabegerät (Monitor, Laserdrucker/-belichter) darstellen. Die Grundelemente sind Punkte, Linien und Kreise sowie Kurven und kubische Elemente. Eine PostScript-Seite darf viele unterschiedliche Elemente enthalten. Innerhalb eines allgemeinen Koordinatensystems können in sich geschlossene Seiten, Seitenteile oder Objekte rotiert, vergrößert, verkleinert, spiegelbildlich verdreht, verzerrt, beschnitten, gefüllt oder teilweise überlagert werden.

3 Die multimediale Welt

Multimedia ist nichts Neues

In diesem Kapitel hatten wir uns bisher mit Text, Bild und Grafik auseinander gesetzt. Das Ziel unserer Bemühungen war darauf gerichtet, eine druckfertige Datei (= Mittler oder Mittel) für das Medium Papier herzustellen. Neben dem Papier als Informationsträger kennen wir aber noch die Medien Tonträger (Sprache, Musik) und Bewegtbilder (Film, Video, Trickfilme usw.). Diese Medien sind also nicht neu, sondern schon lange bekannt. Wer kennt nicht die »Multimediashow« von Onkel Herbert, der im Italienurlaub Hunderte von Dias am Strand geschossen hat und diese nun mit Diaprojektor, Musik und Mikrofon zum Entsetzen der Verwandtschaft vorführt? Das ist zwar ein sehr einfaches Beispiel für einen multimedialen Vortrag, zeigt aber, daß Multimedia an sich nichts Neues ist. Neu an Multimedia ist aber, daß man alle diese Medien auf einem PC digitalisieren, integrieren und manipulieren kann.

Konsequente Fortführung

Nimmt man beispielsweise eine Zeitschrift als Print-Medium, so enthält diese in ihrer ursprünglichen Form bereits Texte, Bilder und Grafiken. Ergänzt man diese noch mit Tonsequenzen (z.B. gesprochene Zitate) und Videoclips (z.B. in Musikzeitschriften), so hat man bereits ein Multimedia-Produkt. Gestaltet sich das Ganze noch interaktiv, so daß der Leser nicht nur von einer Seite zur nächsten blättern kann, sondern sich auch kreuz und quer durch logische Verknüpfungen und Stichworte bewegen kann, so spricht man von einem interaktiven Medium. Da man das allerdings nicht mehr drucken kann, benötigt man andere Datenträger mit entsprechender Speicherkapazität. Nur in wenigen Fällen reicht hier eine Diskette mit 1,4 Mbyte aus, da Ton- und Videosequenzen einen sehr hohen Speicherbedarf haben. Als beinahe idealer Datenträger hat sich hier die CD-ROM in ihrer vielfältigen Erscheinungsform durchgesetzt. Mit ca. 650 Mbyte Speichervolumen, geringen Herstellungs- und Vertiebskosten sowie guter Umweltverträglichkeit hat sie gute Voraussetzungen, der Datenträger für Multimedia zu werden.

Hoher Speicherbedarf

Gemeinsamkeiten

Da Multimedia-Applikationen schon viele Elemente der gedruckten Medien enthalten, ist es folgerichtig auch logisch, daß sich beide Einsatzgebiete miteinander decken: Das Pendant zur Infobroschüre ist das örtlich festinstallierte POI-System (Point of

Information), und einen Werbeträger bezeichnet man im Multimedia-Jargon als POS-Applikation (Point of Sales). Für elektronische Lernhilfen, Lehrbücher oder Trainingsunterlagen fand man das Kürzel CBT (Computer Based Training). Digitale Bücher, Lexika usw. nennt man neudeutsch Elektronic Book.

Analogien in der Produktion

Die Analogien zwischen Multimedia und Druckerzeugnissen legen die Vermutung nahe, daß es auch in der Produktion Parallelen gibt. Und so ist es auch: Was für DTP das Layoutprogramm bedeutet, stellt für Multimedia das Autorensystem dar, das eine integrierende und den Anwender führende Rolle spielt. Auch sonst benötigt man teilweise dieselben Programme, zum Beispiel für die Erzeugung von Grafiken, Bildern und Illustrationen. Für eine professionelle Herstellung einer Multimediaproduktion muß man 10 bis 15 Programme beherrschen!

Hohe Ansprüche an die Hardware

Aus diesen Ausführungen kann man schon ersehen, daß ein gewöhnlicher Standard-PC diesen Anforderungen nicht gewachsen ist. Viele Verkäufer verschweigen das gerne, um Kunden nicht abzuschrecken oder später Nachfolgegeschäfte machen zu können. Opas AT-Bus und eine einfache VGA-Grafikkarte kann man bei Multimedia vergessen, vor allem wenn man Videosequenzen über den PC laufen lassen will, da sich die Bilder sonst eher im Stop-and-Go-Betrieb bewegen. Besser geeignet sind hier PCs mit einer Accelerator-Grafikkarte, die mindestens 256 Farben bei 640 x 480 Punkten darstellen kann, sowie die leistungsfähigeren Bussysteme (z.B. VESA-Local- oder PCI-Bus) und ein SCSI-Hostadapter, an dem sich bis zu sieben interne oder externe Geräte (CD-ROM, Scanner, MO-Laufwerke usw.) anschließen lassen.

Vielleicht haben Sie sich bei der Beschreibung der Prozessoren und deren Leistungsfähigkeit gewundert, wozu überhaupt derartig schnelle CPUs gebraucht werden. Für einfache Windows-Anwendungen reichen die 486 SX-CPUs völlig aus, und für den Power-User stehen Pentium und PowerPC zur Verfügung. Die Prozessorhersteller könnten sich also zurücklehnen und sich aufs Geldverdienen konzentrieren, wenn nicht immer wieder neue, nach hoher Leistung verlangende Anwendungen forciert würden. Eines dieser neuen Anwendungsgebiete ist Multimedia, für das der Prozessor gar nicht schnell genug und die Festplatte nicht groß genug sein kann.

3.1 Die Hardware für Multimedia

Aus der breiten Definition von Multimedia kann man bereits ersehen, daß die Anforderungen an ein leistungsgerechtes Computersystem ebenso schwierig zu beschreiben sind. Geht man davon aus, daß man neben Text, Grafik und Bild auch Tonsequenzen und Bewegtbilder integrieren will, so benötigt ein PC folgende zusätzliche Hardware (siehe auch Bild 7.19):

Hardware-Voraussetzungen

- Hauptspeicher mit mind. 32 Mbyte
- Festplatte mit mindestens 500 Mbyte, besser 1 Gbyte
- externes, wechselbares Speichermedium
- CD-ROM-Laufwerk
- Soundkarte
- Aktivlautsprecher
- Videokarte
- Videorekorder
- je nach Bedarf noch Scanner und Videokamera

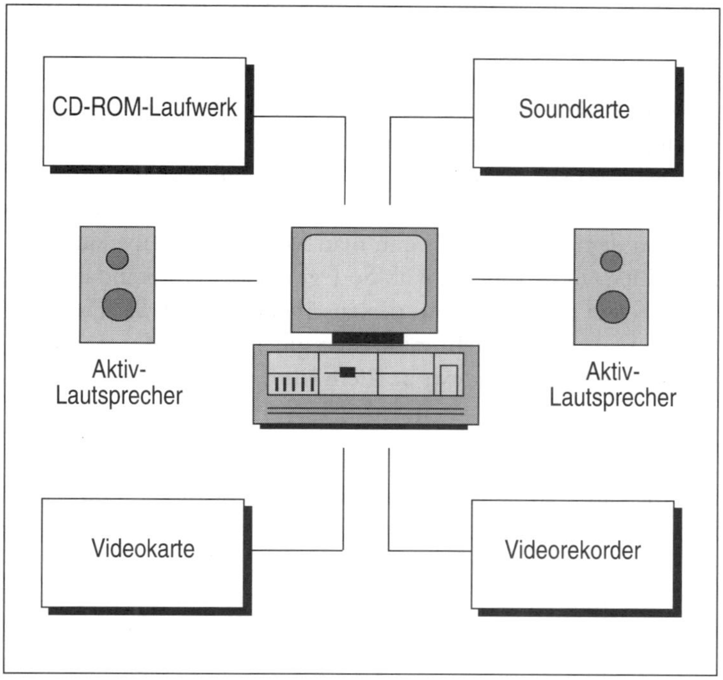

Bild 7.19. Modell eines Multimedia-PC

Multimedia-Produktion oder -Konsument?

Um keine Mißverständnisse aufkommen zulassen, die beschriebene Hardware braucht der Anwender nur dann, wenn er selbst Multimedia-Applikationen herstellen will. Wer lediglich einen Multimedia-Datenträger abspielen will, kommt auch ohne Videokarte, Videokamera und mit 8 Mbyte Hauptspeicher und einer kleineren Festplatte aus. Geht es nach dem Willen der Hersteller, sollen sich Multimedia-Anwendungen im Lauf der kommenden Jahre zum Haupteinsatzgebiet von privat genutzten Computern entwickeln.

MPC – der Multimedia-PC

Microsofts MPC-Mindestanforderungen

PCs, die für Multimedia eingesetzt werden, müssen einige Mindestanforderungen erfüllen. Aus diesem Grund hat die Firma Microsoft in Zusammenarbeit mit einigen anderen Herstellern eine Reihe von Standards festgelegt und entwickelt, die ein multimedialer PC erfüllen sollte. Geräte, die dieser Empfehlung entsprechen, dürfen die Bezeichnung MPC (Multimedia-PC) führen. Die wichtigsten Elemente, die in den MPC-Spezifikationen über die Ausstattung eines Standard-PC hinausgehen, sind die Soundkarte und das CD-ROM-Laufwerk, sowie weitere Angaben über Prozessorleistung, Treibersoftware usw. Da diese Spezifikationen Ende der achtziger/Anfang der neunziger Jahre geschaffen wurden, sind sie durch die heutige Technik überholt. Ein MPC-Aufkleber auf dem Computer ist also keinesfalls mehr ein Gütesigel, sondern eher eine Art Mindestanforderung, die ein Computer erfüllen muß, wenn man Multimedia-Anwendungen auf seinem PC abspielen will. So legt der MPC1-Standard zum Beispiel fest, daß ein PC mindestens über einen 386 SX-Prozessor (die es heute nicht mehr zu kaufen gibt) und 2 Mbyte Hauptspeicher (die für Windows zu klein sind) verfügen muß.

Nur eine Mindestanforderung zum Abspielen von MM-Applikationen

CD-ROM-Laufwerk

Für Multimedia unerläßlich

Auf die Einsatzmöglichkeiten und Unterschiede der CD-ROM und anderer optischer Datenträger wurde bereits in Kapitel 4 über die Computerperipherie hingewiesen. Für Multimedia ist besonders wichtig, daß das Laufwerk multisessionfähig ist, damit es auch die Photo-CD lesen kann. Dieser Bildträger ist für Multimedia fast unerläßlich, denn einfacher und billiger als über die Photo-CD kann man Bilder nicht in den Computer einlesen.

Für Multimedia gilt es zu beachten, daß das Laufwerk den Standards MPC1 oder MPC2 entspricht. Für Laufwerke legt MPC1 eine Übertragungsrate von mindestens 150 Kbyte fest, MPC2 erhöht diesen Wert auf 300 Kbyte. Sinnvoll sind für Multimedia aber eher Laufwerke mit möglichst hoher Übertragungsrate (derzeit ca. 900 Kbyte).

Die Soundkarte für Tonsequenzen

Wandelt analoge Daten in digitale um

Wer Musik, Sprache und Klänge in sein Multimedia-Produkt einbinden will, benötigt zunächst einmal eine Soundkarte, die analoge Audiosignale in digitale Daten umwandelt und diese auch wieder als analoge Signale ausgeben kann. Auch für derartige Karten gibt es natürlich einen Pseudo-Standard: der sogenannte Soundblaster-Standard. Weiterhin benötigt man eine Software, die von der Karte gelieferte Daten aufzeichnet und deren Nachbearbeitung zuläßt, z.B. das im Lieferumfang von Video für Windows enthaltene Wave Edit.

Eigenschaften

Genau wie bei Text- und Grafikkarten gibt es auch hier wieder Unterschiede, denn auch Soundkarte ist nicht gleich Soundkarte. Man unterscheidet zunächst zwischen 8-Bit- und 16-Bit-Datentiefe. Jede Soundkarte hat mindestens zwei Eingänge: einen für Musik (Line) und einen für Sprache (Mikro). Wer gerne Klänge mischt, der kann die Fähigkeiten des Klangrekorders von Windows nutzen. Dort gibt es unter anderem den Menüpunkt »Datei einmischen«. Allerdings enthalten die meisten Soundkarten im Lieferumfang eine Mixer-Software, die in der Regel über die Möglichkeiten des Windows-Klang-Rekorders hinausgeht.

Spracheingabe

Wer Sprache digitalisieren will, braucht ein Mikrofon und einen ruhigen Raum – als lästige Quelle störender Hintergrundgeräusche erweist sich hier oft der PC selbst bzw. dessen Lüfter, deshalb sollte man beim Kauf auf einen möglichst geräuscharmen Lüfter achten.

Musik

Musik läßt sich leicht über das CD-ROM-Laufwerk und die Musik-CDs in bester Qualität einspielen. Aber Vorsicht: Wer von handelsüblichen Musik-CDs Tonsequenzen übernimmt, darf dies nur für private Zwecke tun. Für den kommerziellen Einsatz muß man unbedingt darauf achten, daß dafür GEMA-Lizenzen gezahlt werden müssen.

Datenkompression

Video- und Tonsequenzen sind in digitaler Form wahre Speicherfresser. Damit man mit ihnen dennoch auf einem PC arbeiten kann, werden sie auf einen Bruchteil ihres Umfanges komprimiert. Alle bekannten Kompressionstechniken lassen sich in zwei Klassen einteilen: Entweder sie komprimieren verlustlos oder mit Verlust. Im ersten Fall gehen während des Kompressionsvorganges keine Daten verloren, so daß nach dem Dekomprimieren die Daten in ihrer ursprünglichen Form wieder zur Verfügung stehen. Allerdings erreicht man hierbei nur Kompressionsraten von 2:1 – für Video und Ton völlig unzureichend. Daher arbeiten die Kompressionssysteme in diesem Bereich mit dem Verlustverfahren. Man verzichtet also auf Genauigkeit zugunsten kleinerer Dateien. Dabei geht man davon aus, daß die meisten Anwender den Verlust kleiner Details, besonders beim Betrachten von Videosequenzen, gar nicht bemerken. Durch diese Methode erreicht man Kompressionsraten bis zu 180:1. Alle komprimierten Bilder müssen natürlich wieder dekomprimiert werden, bevor sie der Rechner auf dem Bildschirm ausgibt.

Ein Standardverfahren für die Kompression von Standbildern ist JPEG (Joint Photographic Experts Group), das nach dem Komitee, das diesen Standard schuf, benannt ist. Unter JPEG wird jedes Bild unabhängig vom anderen komprimiert. Werden diese Bilder nacheinander wie ein Film abgespielt, so bezeichnet man dieses Verfahren als »Motion-JPEG«.

Für Videosequenzen mit Ton findet die Datenkompression nach dem MPEG-Standard (Motion Picture Experts Group) zunehmend Verbreitung. Durch einen Algorithmus, der die Bildinhalte miteinander vergleicht, muß hier nur jedes fünfte bis zehnte Bild aufgezeichnet werden. Mit diesem Verfahren kann man auch qualitativ hochwertige Videos auf CD-ROMs abspeichern. Ein weiteres, von Intel entwickeltes Kompressionsverfahren ist Indeo, das vor allem von Windows unterstützt wird.

Da Bild- und Tonkompression in Echtzeit mit Software alleine zur Zeit noch kaum zu bewerkstelligen sind, gibt es hierfür spezielle Videokarten, die meist auf dem MPEG-Standard basieren. Allerdings beherrschen nicht alle auf dem Markt erhältlichen Karten das Abspielen und Aufnehmen in Echtzeit gleichermaßen.

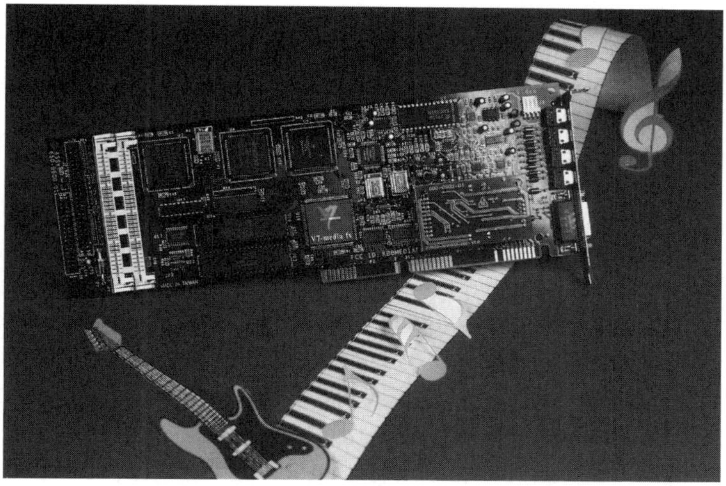

Bild 7.20. Die Soundkarte ermöglicht das Einspielen von Tonsequenzen (Foto Spea)

Akustische Effekte

Weniger problematisch ist das Arbeiten mit akustischen Effekten, die man zum Teil selbst erzeugen oder per CD erwerben kann. Derartige CDs mit allen erdenklichen Effekten und Klängen führt heute beinahe jedes gute Musikfachgeschäft.

Framegrabber, Video-Overlay-Boards

Quellen für bewegte Bilder

Mit der Entwicklung immer leistungsfähigerer PC-Plattformen und Peripheriegeräten reifte auch der Wunsch, Computerbildern das Laufen beizubringen, Videosequenzen in Computeranwendungen zu integrieren oder gar den Computer als Schnittplatz für Videofime zu verwenden. Als Quelle für derartige Bewegtbilder kommen Videokamera, Videorekorder, Signale von der Fernsehantenne und auch Bildplatten in Frage. Natürlich ist die Umwandlung eines Videosignals in den PC nicht ganz so einfach wie man annehmen möchte.

Breites Leistungsspektrum

Die Möglichkeiten der eingesetzten Videokarte entscheiden darüber, ob man eine Videosequenz in einem Windowsfenster laufen lassen, eine Grafik vom PC auf dem Fernseher betrachten, bestehende Videos mit einem Titel versehen oder den PC gar als kompletten Schnittplatz für Videofilme verwenden kann. Bis vor ein oder zwei Jahren war die dafür notwendige Hardware so teuer, daß sie die Kosten eines PC überschritten hat. Inzwischen bekommt man für etwa einen halben Tausender die Chance, in die multimediale Videowelt eintauchen zu können – z.B. durch eine Overlay-Karte zum Betrachten von Videos. Allerdings ist das Leistungsspektrum der einzelnen Videokarten so breit gefächert, daß es dem Einsteiger schwer fallen wird, überhaupt nur eine Orientierung zu bekommen. Wer nicht mit klaren Vorstellungen von dem, was er will, in ein Geschäft geht, der wird sicherlich nicht mit der richtigen Karte nach Hause gehen. Die folgenden Beschreibungen sollen deshalb auch eher Anreiz sein, sich näher zu informieren.

Das Datenformat für Audio/Video

Das Datenformat für digitales Video unter Windows nennt sich AVI (Audio Video Interleaved), die Dateien erkennt man dementsprechend an der Endung ».avi«. Da dieses Datenformat unabhängig ist, kann man Video-für-Windows-Dateien auf anderen Computern, z.B. dem Apple Macintosh, abspielen. AVI-Dateien bestehen aus Einzelbildern (Frames), die nacheinander aufgerufen werden. Die Bezeichnung »Interleaved« beschreibt das Aufzeichnungsverfahren, das der Lese- und Schreibkopf der Festplatte beim Speichern berücksichtigen muß, damit die Daten kontinuierlich aneinandergereiht werden können.

Apples Systemerweiterung für Video nennt sich Quicktime. Damit kann man vertonte Bewegtbilder im Macintosh verarbeiten. Ebenso wie sein Windows-Pendant ist auch Quicktime plattformübergreifend angelegt bzw. bietet Apple eine spezielle Version von Quicktime für Windows.

Um ein Video im Computer überhaupt digitalisieren zu können, benötigt man eine entsprechende Steckkarte, die diese Arbeit übernehmen kann. Sie ist die Schnittstelle zwischen Computer und Videoquelle (z.B. Rekorder oder Kamera).

Videodigitalisier- und Video-Overlay-Karten

Die Framegrabber

Die Aufgabe der Videodigitalisier-Karten, auch Framegrabber genannt, besteht darin, PAL-Signale (vom Fernseher oder Videorekorder bzw. -kamera) zu digitalisieren und einzelne Schnappschüsse für eine weitere Verwendung auf der Festplatte oder einem anderen Massenspeicher abzulegen. Bei diesen Karten wird das Videosignal ständig digitalisiert und über den Systembus zum

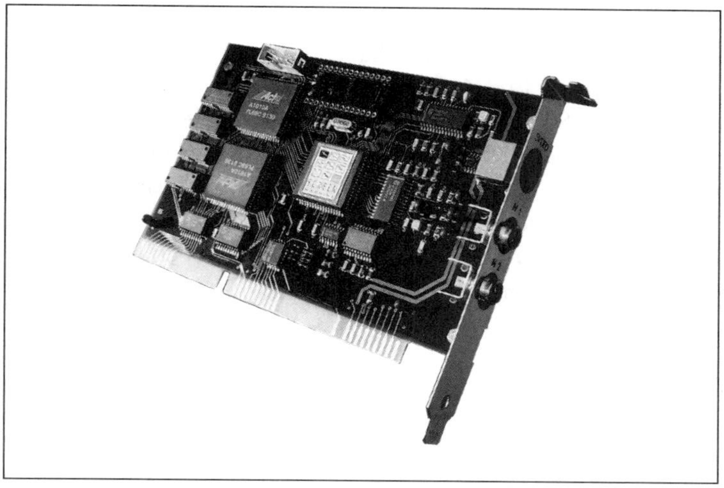

Bild 7.21. Videokarte für die Umwandlung von PAL-Signalen in digitale Daten (Foto Fast)

Prozessor gesandt, der die Information dann verarbeitet. Da CPU und Karte in der Regel nicht schnell genug sind, das Videobild in Echtzeit darzustellen, erhält man bei der Wiedergabe eher ruckartige Bewegungen.

Overlay-Karten bieten mehr

Overlay-Karten bieten gegenüber den einfacheren Framegrabbern mehr Komfort und einen besseren Bildlauf, denn hier wird dem VGA-Bild das TV-Signal in einem Fenster überlagert und in Echtzeit dargestellt. Da bei den Overlay-Karten das Fernsehbild mit dem VGA-Signal synchronisiert wird, müssen die meisten Overlay-Karten über den Feature Connector mit der Grafik-Karte verbunden werden. Dadurch kann die Overlay-Karte einen bestimmten Bereich in das VGA-Bild einblenden.

Weniger ist oft besser

Wer nicht gerade Studioqualität mit 32-Bit-Farbtiefe benötigt, für den reichen die derzeitigen Videokarten mit 24 Bit auch im professionellen Bereich aus, immerhin lassen sich damit 16,7 Millionen Farben darstellen – mehr können auch Bildbearbeitungsprogramme nicht realisieren. Sollen die eingefangenen Sequenzen dagegen ausschließlich auf dem PC Verwendung finden, so sollte man sich mit 8- oder 12-Bit-Farbtiefe zufrieden geben, da so viel Speicherplatz gespart werden kann.

Unklare Abgrenzung

Der Übergang von den Framegrabbern zu den sogenannten Moviegrabbern ist nicht ganz klar abgrenzbar. Im ersten Fall geht es nur um das Einfangen eines Bildes, im zweiten um eine Bildsequenz. Schwammig ist die Abgrenzung deshalb, weil auch Framegrabber und Overlay-Karten Sequenzen aufnehmen können, wenn sie über eine entsprechende Software verfügen. Wichtig ist allerdings, ob die Karte die von der PAL-Norm bekannte Rate von 25 Bildern pro Sekunde bei einer Bildgröße von 320 x 240 Punkten erreicht.

Videomanipulation

Wer Videobilder professionell bearbeiten und wieder ausgeben will, benötigt eine Spezies dieser Highendprodukte, deren Preise allerdings auch eher »highend« sind.

Fast schon ein komplettes Schnittstudio

Eine ganz spezielle Rolle spielt in diesem Bereich die Video Machine von der Fa. Fast: Mit dieser Karte erwirbt man gleichzeitig einen kompletten Videoschnittplatz, mit dem man zwei Videoquellen zusammenmischen, sie mit Titeln versehen und Tonsignale zumischen kann – der Traum aller Videoamateure. Die preiswerteste Version (Video Machine Lite) gibt es bereits für ca. 5.500,– DM, die Vollversion kostet immerhin schon um die 8.000,– DM.

Bild 7.22. Mit der Video Machine von Fast kann man interaktiv Videos mischen und schneiden (Foto Fast)

Gute Ausstattung

Die Video Machine bietet eine reichhaltige Bibliothek von verschiedenen Schnitt- und Überblendeffekten, die bisher nur sehr teuren Studiogeräten vorbehalten waren. Über die Schnittstelle steuert man die angeschlossenen Videogeräte oder geht in ein professionelles Studio, das über entsprechende Geräte verfügt und das Mischen der Szenen und Clips übernimmt, wenn die eigene Hardware nicht ausreicht. Da die Video Machine nur die Steueraufgaben übernimmt und die eigentlichen Videosignale beim Schnitt direkt von der Videoquelle zum Aufnahmerecorder übermittelt werden, unterliegt die erzielbare Qualität ausschließlich den eingesetzten Videogeräten.

Für den semiprofessionellen Bereich

Der Multimedia-Markt unterliegt einer noch stärkeren Veränderung als der übrige Computermarkt. Was gestern noch »State-of-the-Art« war, ist nicht erst morgen, sondern schon heute veraltet. Gerade für die Digitalisierung von Videos kommen laufend neue Produkte auf den Markt. Was gestern noch preislich unerschwinglich war, kann man heute zu moderaten Preisen kaufen. Für den Amateur- und semiprofessionellen Bereich muß man derzeit noch ca. 1.500,– DM bis 2.000,– DM für den digitalen Schnittplatz ausgeben – mit sinkender Tendenz. Von den vielen Herstellern seien hier Firmen wie Fast und Miro stellvertretend für die anderen genannt.

Boards zur Aufzeichnung und Nachbearbeitung von digitalen Videos auf der Festplatte sind z.B. Movie Machine II, FPS 60 (beide von Fast), miroVideo DC1plus und die DC 20 für den PCI-Bus (beide von Miro). Wichtig ist bei derartigen Karten, daß sie nicht nur den Weg vom Video-Rekorder zum Rechner beschreiten, sondern auch die bearbeiteten Videosequenzen wieder auf den Videorekorder ausgeben können.

Beim Kauf muß man sich danach erkundigen, ob das in Frage kommende Board die Videos gleich komprimiert oder ob dafür extra eine Erweiterung oder gar eine zusätzliche Karte benötigt wird. Ebenso wichtig ist die dazugehörende Software. Das Programm Adobe Premiere hat sich als digitales Schnittpult hier beinahe schon als eine Art Standard durchgesetzt.

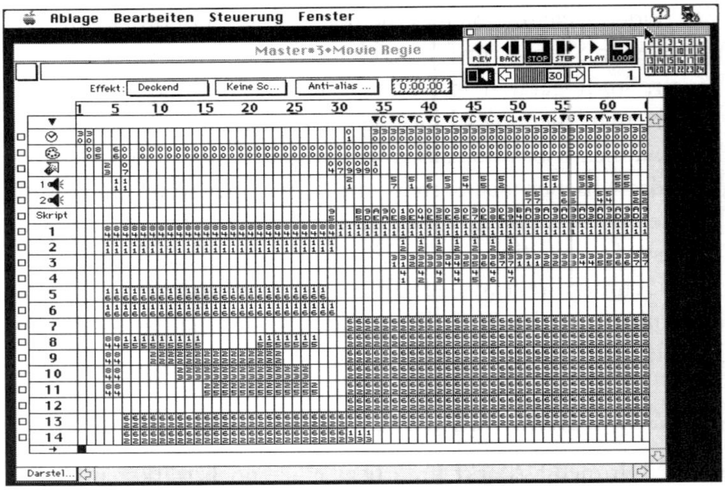

Bild 7.23. Bildschirmoberfläche vom MacroMind Director mit Werkzeugbox und Strukturplan einer Anwendung

3.2 Autorensysteme integrieren die verschiedenen Techniken

Autorensysteme zur Bedienerführung und Integration

Alle bisher besprochenen Techniken für sich sind aber immer noch nicht Multimedia, sondern lediglich unterschiedliche Medien auf dem PC. Man benötigt also eine Software, die Texte, Bilder, Grafiken, Ton- und Bewegtbildsequenzen integrieren kann. Derartige Programme nennt man Autorensysteme. Ähnlich wie mit DTP-Programmen stellt man damit die zur Verfügung stehenden Medien zu aufeinanderfolgenden (Bildschirm-)Seiten zusammen. Das bedeutet, daß man vorbereitete Elemente importiert, plaziert und miteinander verknüpft.

Das Drehbuch ist entscheidend

Hierzu bedarf es allerdings eines genauen »Drehbuchs«, in dem festgelegt wird, wie sich die Bildschirmseite aufbauen soll (welches Element also wann und wo gezeigt wird), wie von einer Seite zur nächsten gesprungen werden kann, wie die Verknüpfungen innerhalb der Texte sein sollen usw. Man kann z.B. festlegen, daß das Programm automatisch zu einer bestimmten Bildschirmseite blättert, wenn der Anwender ein bestimmtes Symbol auf Seite Soundso anklickt. Oder man definiert, daß beim Anklicken eines Stichwortes (z.B. dem Namen eines Musikers) dessen Musikstück

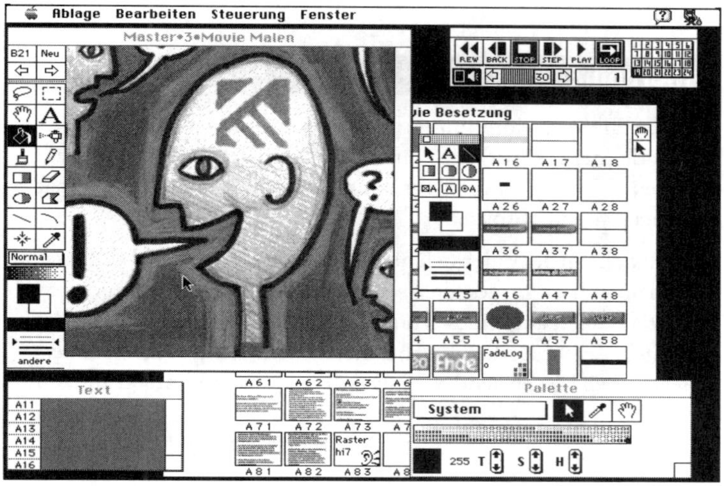

Bild 7.24. Beispiel einer Multimedia-Anwendung

abgespielt wird. Was wann passiert, ist voll der Phantasie und dem Drehbuch des Autors überlassen.

Unter den Autorensystemen gibt es einige, die eine Programmiersprache beinhalten und damit nahezu alle Möglichkeiten des PC ausnutzen können – allerdings mit erheblichem Aufwand und mit guten Programmierkenntnissen. Andere arbeiten mit grafischer Benutzeroberfläche und objektbezogen (zum Beispiel unter Windows oder beim Macintosh, siehe Bild 7.23).

Ein wichtiges Kriterium bei der Auswahl eines Autorensystems ist zu beachten: Es sollte Video für Windows, Quicktime und MCI (Media Control Interface) unterstützen, mit dem sich alle möglichen externen Geräte ansteuern lassen, z.B. das CD-ROM-Laufwerk.

Die Zielgruppe ist entscheidend

Bevor man allerdings seiner Fantasie freien Lauf läßt, muß man sich fragen, für wen man die Multimedia-Applikation überhaupt schaffen will. Beschränkt man sich z.B. nur auf die Apple-Anwender, so ist man in seiner Kreativität wesentlich freier als in der Windows-Welt, da es für den Apple weniger und engere Standards gibt. Soll das Multimedia-Produkt hingegen auf möglichst vielen PCs mit Industriestandard laufen, empfiehlt es sich,

> **Morphing**
>
> Mit Hilfe von Morphing-Programmen kann man aus einzelnen Standbildern künstliche Verwandlungsszenen erzeugen. Diese lassen sich zu einem Film zusammenfassen und im AVI-Format speichern und abspielen.
>
> So kann man bei Videos Szenenübergänge oder -wechsel eleganter und interessanter gestalten. So könnte man zum Beispiel den harten Übergang eines Vorspanns durch das Einblenden des Folgebildes wesentlich weicher erscheinen lassen. Oder man versetzt einen Gegenstand in einen völlig anderen Hintergrund.

die bereits eingangs besprochene MPC-Norm zu berücksichtigen, denn in diesem Fall macht sie eher Sinn als beim PC-Kauf. Sie schreibt für multimediafähige Windows-PCs eine Grafikkarte mit 640 x 480 Bildpunkten bei 256 Farben vor. Das ist zwar bei Fotos nicht gerade berauschend, gewährleistet aber, daß die Anwendung auf möglichst vielen PCs läuft.

Die MPC2-Empfehlung

Etwas mehr Anforderungen an die Hardware stellt die MPC2-Empfehlung, die bei gleicher Auflösung 65.536 Farben vorsieht. Diese technischen Daten sind vor allem bei der Gestaltung der Seiten und bei Bildern wichtig, damit man bereits bei der Bearbeitung sieht, was der Endanwender für einen Eindruck von der Applikation hat, wenn er nicht über einen Highend-PC verfügt.

Kommunikation und Vernetzung

Kapitel 8

Kommunikationseinrichtungen
Die Datenfernübertragung
Lokale Netzwerke

1 Kommunikationseinrichtungen

Der elektronischen Kommunikation gehört die Zukunft

Die Datenkommunikation wird zukünftig mehr und mehr mit Hilfe der Computer abgewickelt. Dazu gehören auch das Zusammenwachsen der Bürokommunikation und der reibungslose Datenaustausch zwischen den Computern unterschiedlicher Hersteller. Damit der Austausch funktioniert, müssen Übertragungstechniken bereitstehen, die über das »babylonische (Computer-)Sprachgewirr« hinweg den richtigen Adressaten finden und richtig interpretiert werden können. Die bisherigen Standardisierungsbemühungen der Hersteller haben leider bisher noch keine umfassende Lösung gebracht, die alle gleichermaßen zufriedenstellt. Dennoch bieten sich bereits heute Wege und Lösungsmöglichkeiten, Texte, Bilder und Daten zwischen den Computern auszutauschen.

1.1 Netzwerkklassen

Bevor wir uns mit den speziellen PC-Kommunikationsmöglichkeiten beschäftigen, müssen wir zunächst die verschiedenen Arten der Netzwerktechnik gliedern. Dabei gehen wir zunächst von der »natürlichen« Ausdehnung der Netze aus. Allgemein unterscheidet man vier verschiedene Netzwerkklassen:

GAN = Global Area Network

Weltumspannend

Dieses Netz arbeitet weltumspannend und verbindet die Rechner auf verschiedenen Kontinenten miteinander. Üblicherweise verwendet dieses Netz einen Satelliten zum Datentransport. GAN-Netze können sowohl öffentliche Netze als auch firmeneigene Netzwerke sein, zum Beispiel VNET von IBM.

WAN = Wide Area Network

Innerhalb der Länder und Kontinente

Mit diesem Netz sind die Rechner in einzelnen Ländern innerhalb eines Kontinents oder innerhalb der Landesgrenzen miteinander verbunden. Das Transportieren der Daten übernimmt hier ein Metall- oder Glasfaserkabel. Mit einem Zwischennetzkoppler können WAN-Netze zu GAN-Netzen gekoppelt oder selbst GAN-Netze werden. Beispiele für WAN-Netze sind: die verschiedenen öffentlichen Dienstnetze der Bundespost (Datex-, Telefon- und Direktrufnetz bzw. das neue ISDN-Netz, EURONET usw.).

MAN = Metropolitan Area Network

Für Ballungsräume

Sie sollen zukünftig innerhalb eines Stadtgebiets (Ballungsraums) den Netzwerkbedarf abdecken. Man verspricht sich davon eine höhere Übertragungsgeschwindigkeit als bei den WAN-Netzen. Diese Netzart wird vor allem in den USA eingesetzt (zum Beispiel im Ballungsraum Los Angeles), ist für Deutschland jedoch weniger interessant.

LAN = Local Area Network

Innerhalb der Grundstücksgrenze bzw. des Firmengeländes

Diese Netze sind nur lokal innerhalb einer Grundstücksgrenze oder eines Firmengeländes erlaubt und zählen nicht mehr zu den öffentlichen Netzen, daher unterliegen sie auch nicht mehr deren Vorschriften. Zum Datentransport verwendet man überwiegend ein Koaxial- oder Glasfaserkabel. LAN-Netze können direkt oder über WAN oder MAN miteinander verbunden werden. Beispiele hierfür sind IBM-Token-Ring, Ethernet usw.

1.2 Öffentliche Datennetze für die Datenkommunikation

Das Angebot der Telekom

Zur elektronischen Übertragung über größere Entfernungen von Daten, Texten, Bildern und Sprache bietet die Telekom dem Interessenten zur Zeit ein eher verwirrendes Angebot an Übertragungsnetzen an. Neben dem Fernseh- und Rundfunknetz, das für die geschäftliche Datenkommunikation nicht geeignet ist, stehen drei Übertragungsnetze zur Verfügung:

1. Das Fernsprechnetz mit dem Telefax- und Btx-Dienst.
2. Das Integrierte Daten- und Fernschreibnetz (IDN) mit den Telex-, Datex-, Teletex- und (teilweise) dem Btx-Dienst.
3. Das digitale ISDN-Netz, das beide Datennetze integriert (siehe auch Bild 8.1).

Dieses digitale Netz ist in Deutschland schon sehr verbreitet und wird in naher Zukunft bundesweit für jeden verfügbar sein.

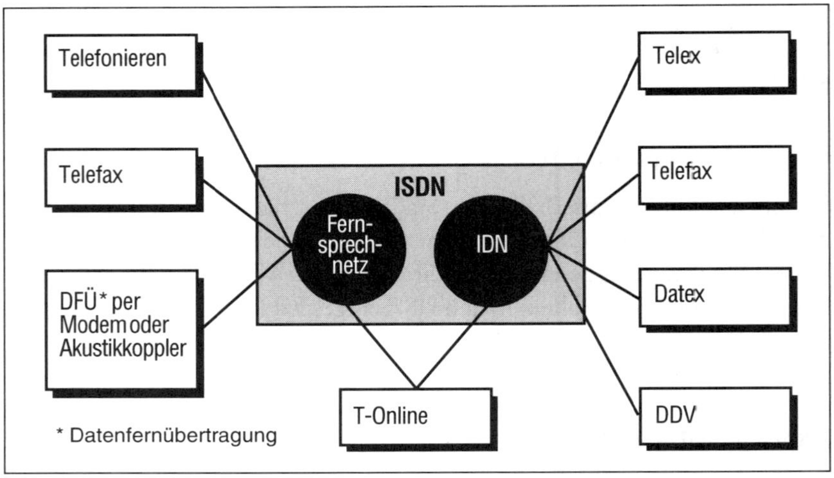

Bild 8.1. Übersicht der Datennetze und Dienste der Telekom

Datenübermittlung im Fernsprechnetz

Das analoge Fernsprechnetz

Obwohl das Fernsprechnetz speziell für die Sprachübertragung (Telefonieren) geschaffen wurde, wird es bereits seit den 60er Jahren für die Datenübermittlung mitverwendet. Da es sich hier um ein analoges Datennetz handelt, benötigt man zur Datenübertragung allerdings zusätzlich zum Telefon ein Modem (= Kunstwort aus Modulator/Demodulator) oder einen Akustikkoppler. Die Transfergeschwindigkeiten für Modems auf den üblichen verdrillten Kupferleitungen des Telefonnetzes reichen bis 28 800 Bit/s, beim Akustikkoppler nur bis 2400 Bit/s. Die meisten Anwendungen erfolgen im Dialogverkehr mit wechselnden Partnern bei kleinen Datenmengen.

Weite Verbreitung

Der Vorteil der Datenübermittlung per Telefon ist die weite Verbreitung und schnelle Verfügbarkeit des Telefons. Als Nachteile gelten die begrenzten Übertragungsgeschwindigkeiten, die Fehlerhäufigkeit und der sehr langsame Aufbau der Verbindung im Telefonnetz.

Bildschirmtext/ Telekom online

Bildschirmtext, seit September '95 in T-Online integriert, ist ein interaktiver Kommunikationsdienst der Telekom. Er kann sowohl für den wechselseitigen Informationsaustausch zwischen Privatpersonen als auch zwischen Geschäftspartnern eingesetzt

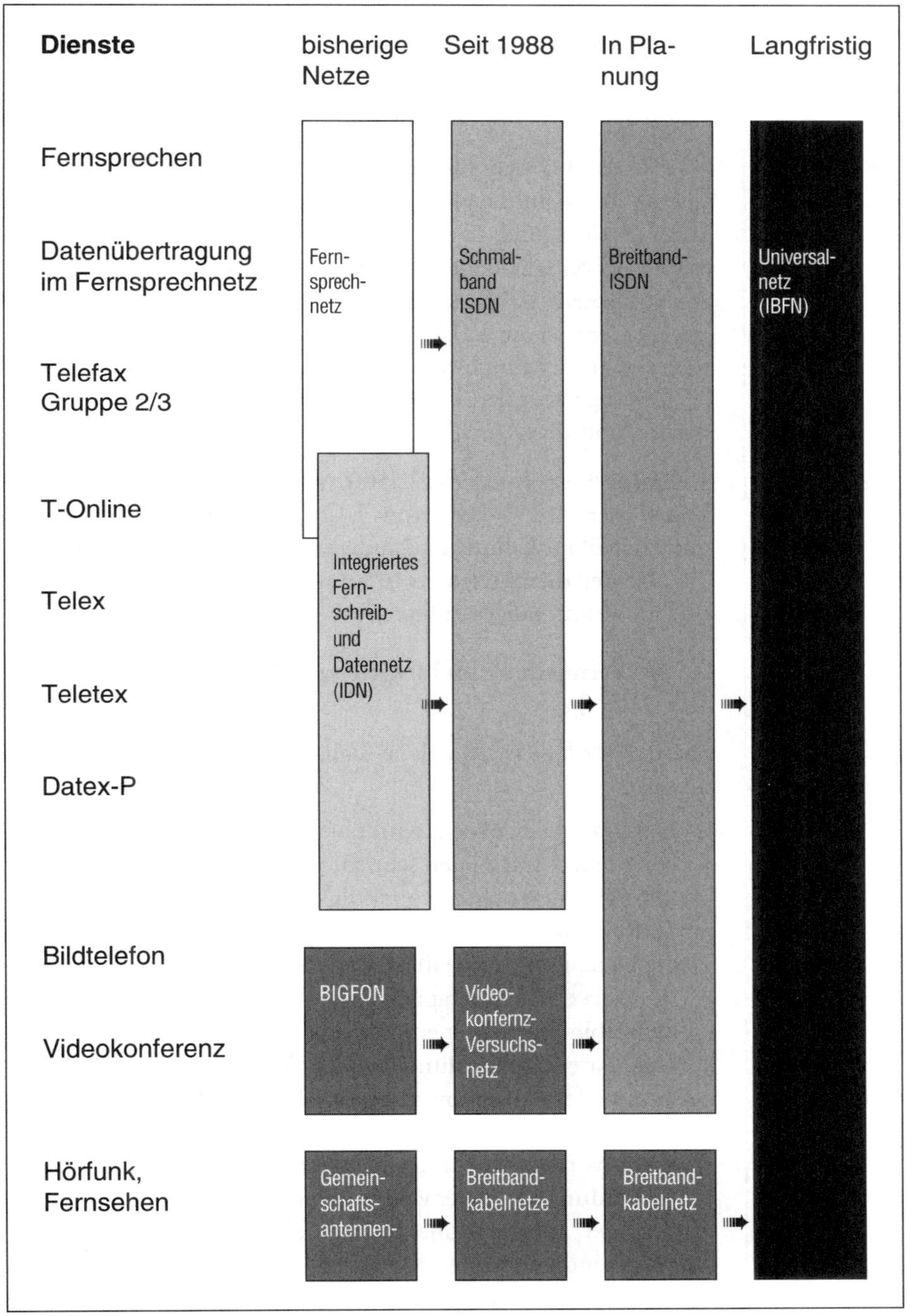

Bild 8.2. Entwicklung der Kommunikationsnetze

werden. Neben einem Telefonanschluß benötigt der Teilnehmer nur noch eine Anschlußbox (Modem), die er für ein paar Mark bei der Telekom mieten kann, und eine Kennung (für die Zugriffsberechtigung und Gebührenrechnung).

Anschluß externer Rechner

Über Datex-J (J steht für Jedermann), so der Name des Leitungsnetzes für T-Online, hat der Teilnehmer auch Zugang zum Datex-P-Netz und kann so externe Datenbanken abfragen. Neben der Möglichkeit, Informationsseiten aus dem T-Online-Dienst abzurufen, können über das Datex-Netz auch sogenannte externe Rechner angeschlossen werden, z.B. für Buchungen, oder auch als Zugang zum Internet-Netz. Inzwischen gibt es auch viele PC-Lösungen für den Telekom-Dienst: Ein handelsüblicher PC erhält damit den Anschluß an das Telekom-Netz.

Anbieter und Nutzer

Anfang 1996 gab es etwa 2.500 Anbieter und über 1 Million Teilnehmer. Der Vorteil von T-Online liegt einerseits in der einfachen Handhabung und andererseits in den geringen Kosten. Ein Nachteil dieses Dienstes ist immer noch der langsame Seitenaufbau, wenn man T-Online nicht über ISDN betreibt.

Datenübermittlung im Integrierten Daten- und Fernschreibnetz (IDN)

Die digitalen Netze der Telekom

Dieses Netz faßt verschiedene digitale Teilnetze der Bundespost zusammen:

1. Das digitale Telexnetz wurde ursprünglich zur Übertragung von kurzen und eiligen schriftlichen Nachrichten geschaffen. Die Übertragungsgeschwindigkeit beträgt allerdings nur 50 Bit/s, was etwa 400 Zeichen pro Minute entspricht. Für die Datenkommunikation spielt daher dieses Netz kaum eine Rolle, da eine Übertragung zu langsam und zu teuer wäre (für die Verbindungsdauer entfallen die üblichen Telefongebühren).

Die Datendirektverbindung

2. Die Datenübermittlung per DDV (= Datendirektverbindung) erfolgt über eine fest geschaltete Leitung (Standleitung im IDN-Netz); so stehen beide Datenendgeräte ständig und exklusiv miteinander in Kontakt. DDV ist die klassische Verbindung für Datenverarbeitungsanlagen, die ständig miteinander Informationen austauschen. Die Übertragungsgeschwindigkeiten reichen bis zu 1,92 Mbit/s. Das Direktrufnetz ist digital aufgebaut, die Anschlußgeräte müssen eine

international genormte Schnittstelle aufweisen. Der Hauptvorteil des Direktrufnetzes gegenüber dem Telefonnetz ist seine wesentlich bessere Betriebssicherheit. Vor allem Banken und Rechenzentren benutzen diese Datenübertragung.

3. Speziell für die Datenkommunikation über Wählverbindungen wurde das Datex-P-Netz (Kunstwort aus Data exchange) geschaffen. Das Datex-P-Netz transportiert die Daten nicht über eine feste physikalische Leitung, sondern über eine sogenannte virtuelle (zeitweise) Verbindung. Dabei werden die Daten jeweils zu Datenpaketen zusammengefaßt, mit einer Adresse versehen und mit hoher Geschwindigkeit durch das Netz befördert. Die Übertragungsgeschwindigkeit liegt bei 64.000 Bit/s. Ein wesentlicher Vorzug dieses Dienstes ist es, daß auch Geräte unterschiedlicher Geschwindigkeitsklassen miteinander korrespondieren können. Aus vielen internen Netzwerken kann man über sogenannte Gateways auf das öffentliche Datex-P-Netz zugreifen. *Datex-P*
4. Teletex verknüpft elektronische Schreibmaschinen, Bürotextsysteme oder auch Personalcomputer über das öffentliche Netz miteinander. Dabei bleibt die ursprüngliche Funktion des Systems bestehen, ihm wird jedoch zusätzlich noch die Eigenschaft eines Briefkastens angehängt. So läßt sich ein im eigenen Büro erfaßter Text sofort in das Büro des Empfängers senden und dort ausdrucken. Dies erfolgt im Speicher-zu-Speicher-Verkehr über die öffentlichen Netze. Teletex konnte sich nie so richtig durchsetzen. Durch die modernen Modem-und Faxkarten für PC ist diese Technik beinahe überholt. *Teletex*
5. Telefax (Fernkopieren) hat, bedingt durch den enormen Preisverfall, in der letzten Zeit eine enorme Verbreitung gefunden. Waren Ende 1987 lediglich 84.000 Anschlüsse registriert, so benutzt heute schon jeder halbwegs moderne Betrieb diese Einrichtung. Auch in Privathaushalten finden die Faxgeräte mehr und mehr Einzug. Faxgeräte sind für wenig Geld zu erwerben und kosten im Unterhalt nur die Telefoneinheiten für den Versand der Dokumente. Faxgeräte bieten dem Betreiber sehr viele Vorteile und sparen sogar noch Kosten, wenn man Briefe statt mit der Gelben Post über Fax versendet. Die Vorteile von Telefax: *Telefax*

Die Vorteile von Telefax

- Schneller Versand von Angeboten, Korrespondenz, Bestellungen usw., geringere Gebühren als bei der Gelben Post.
- Der Empfänger hat die Unterlagen sofort nach dem Absenden verfügbar.
- Faxgeräte können nicht nur Daten, sondern auch Grafiken und Bilder (eingeschränkt), handschriftliche Dokumente, Tabellen und Formulare übertragen.
- Aufgrund des Sende- und Empfangsprotokolls kann jeder Teilnehmer kontrollieren, wann das Dokument abgesandt bzw. empfangen wurde.
- Durch den Einbau von Faxkarten kann man direkt von PC zu PC Faxe versenden.

ISDN-Netz

Das umfassende digitale Netz

Das digitale ISDN-Netz (Integrated Services Digital Network = dienstintegriertes digitales Fernmeldenetz), das das Fernsprechnetz und die integrierten Daten- und Fernschreibnetze zu einem Netz zusammenfaßt, bietet neue Wege der Datenkommunikation. Über ISDN können digitale Geräte direkt, also ohne Modem, miteinander kommunizieren. Durch ISDN ist endlich auch mit dem bisherigen Netz-Wirrwarr mit unterschiedlichen Gebühren und Anschlüssen Schluß. Nach neunjähriger Planungs- und Entwicklungszeit begann man Anfang 1989, ISDN schwerpunktmäßig in einigen Städten einzuführen. Inzwischen ist ISDN flächendeckend in Deutschland ausgebaut.

Zwei unabhängige 64-Kbit-Kanäle

Alle bereits bestehenden Telekommunikationsdienste lassen sich über ISDN abwickeln. Voraussetzung für die flächendeckende Verbreitung ist allerdings, daß das bisherige analoge (langsame) Telefonnetz auf die schnelle Digitaltechnik umgestellt wird. ISDN ist nicht nur schneller, sondern außerdem noch billiger als die bisherigen Netze und bringt qualitative Verbesserungen. Die Übertragungskapazität verteilt sich bei einem Basisanschluß auf zwei Datenleitungen mit je 64 Kbit/s und eine Steuerleitung mit 16 Kbit/s. Eine Datenleitung kann sowohl unabhängig von der anderen genutzt werden als auch durch Bündelung zusammen. Neben dem erwähnten Basisanschluß gibt es auch sogenannte Primäranschlüsse mit 30 Kanälen zu je 64 Kbit/s. Primäranschlüsse stellen dem Nutzer eine Übertragungsrate von insgesamt 2 Mbit zur Verfügung.

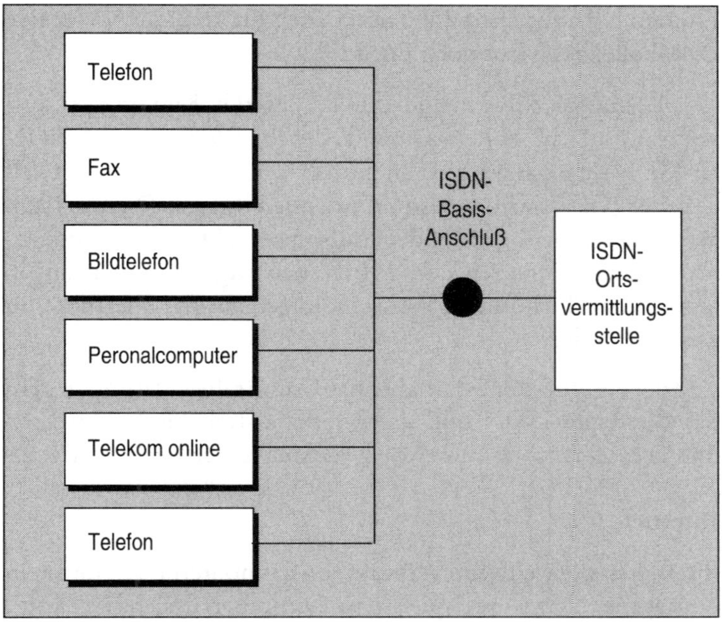

Bild 8.3. An einem ISDN-Hauptanschluß kann man bis zu 8 Endgeräte anschließen (2 davon sind gleichzeitig nutzbar)

Zeit- und entfernungs-abhängige Kosten

Die neuen digitalen Dienste kosten weniger und sind leistungsfähiger. Da die Daten im ISDN wesentlich schneller als bisher übertragen werden, muß der Kunde für die kürzere Benutzungszeit auch weniger zahlen. Die Kosten für ISDN bestehen aus der Grundgebühr (DM 64,–) und einer Nutzungsgebühr wie beim Telefon. Es spielt also keine Rolle mehr, ob der Benutzer telefoniert oder Daten überträgt; ausschlaggebend ist nur die Dauer und die Entfernung der Verbindung.

Ein Anschluß für acht Geräte

An einem einzigen ISDN-Anschluß können bis zu acht Endgeräte mit völlig verschiedenen Funktionen hängen. So. z.B. auch PCs, die mit Hilfe von ISDN-Einsteckkarten miteinander verbunden werden können.

Euro-ISDN

Zur Zeit gibt es noch zwei unterschiedliche ISDN-Anschlüsse: das nationale ISDN und Euro-ISDN. Beide unterscheiden sich durch die unterschiedlichen Protokolle: das alte, nationale ISDN verwendet das TR6-Protokoll, das neuere Euro-ISDN das DSS1-

Protokoll. Bis zum Jahr 2000 unterstützt die Telekom noch beide Protokolle, dann nur noch Euro-ISDN.

Das zukünftige Breitband-ISDN

Das derzeitige Schmalband-ISDN, das mit Kupferkabel auskommt, soll in naher Zukunft durch ein Breitband-ISDN (B-ISDN) ergänzt werden. Dieses setzt leistungsfähige Lichtwellenleiter (Glasfaser) voraus und integriert weitere Dienste (zum Beispiel Bildtelefon und Videokonferenzen). Damit rücken Farbfax, Videokonferenzen und weitere neuartige Dienstleistungen (zum Beispiel Multimedia-Anwendungen aus der Steckdose) in greifbare Nähe.

Das zukünftige Universalnetz

Endziel der Bundespost ist aber das Universalnetz IBFN, in dem das Breitband-ISDN und das Breitband-Kabelnetz (Hörfunk- und Fernsehnetz) zu einem Netz vereint werden (siehe Bild 8.2).

Internet

Internet ist der weltweite Verbund von Computernetzen und kein homogenes Netz wie beispielsweise Compuserve (siehe Lexikon). Internet hat auch keine zentrale Organisation, die alles steuert und regelt. Es entstand 1969, als das US-Verteidigungsministerium aus Sicherheitsgründen militärische Computer miteinander vernetzte. In den 70er und 80er Jahren weitete man die Nutzung dieses Netzes auf den universitären Bereich aus, und Studenten und Wissenschaftler aus aller Welt klinkten sich ein.
Seit 1990 gewinnt Internet immer mehr Teilnehmer, auch private. Heute gibt es weltweit ca. 30 Millionen Nutzer, die mit verschiedenen Protokollen (z. B. TCP/IP etc.) auf die vielen Rechner im Internet zugreifen. Die für den Zugang zum Internet eingesetzte Software ist davon abhängig, welches Protokoll auf dem Rechner eingesetzt wird, mit dem man sich verbinden lassen möchte. Für den Anwender wird in letzter Zeit jedoch immer mehr der Zugang ins World Wide Web (auch kurz WWW oder W3 genannt), einen Teil des Internet, über den sogenannten Web-Browser populär. Neben den vielen Datenbanken, die über Internet zur Verfügung stehen, können die Anwender auch untereinander weltweit kommunizieren.

2 Die Datenfernübertragung

2.1 Einige Grundbegriffe

Verbindet Computersysteme miteinander

Die Aufgabe der Datenfernübertragung ist es, Informationen mit Hilfe von öffentlichen Netzen über räumliche Entfernungen hinweg zu transportieren. Darüber hinaus ermöglicht sie den Zugriff auf andere Computersysteme oder die Verbindung zu Datenbanken. Die Datenübertragung kann also die Verbindung zwischen zwei Computern zum Datenaustausch herstellen oder abgelegte Informationen aus anderen Computern abrufen.

Durch den zunehmenden Einsatz von Personalcomputern in der Wirtschaft ergibt sich ein breites Anwendungsgebiet zum Datenaustausch der PC-Anwender untereinander. Dabei unterscheidet man zwischen zwei verschiedenen Übertragungsarten:

1. Terminalmodus
2. Übertragungsmodus

Der Terminalmodus

Im Terminalmodus verhält sich der angeschlossene PC völlig unintelligent, das heißt, er verarbeitet die eingegebenen Daten nicht selber, sondern steht mit einem Hostsystem (Zentralrechner) über die öffentlichen Netze in direkter Verbindung. Die Tastatureingaben werden per Datenleitung zum Host transportiert und lösen dort entsprechende Arbeitsvorgänge aus. Das Ergebnis wird in gleicher Weise wieder zurücktransportiert und auf dem Terminal angezeigt.

Der Übertragungsmodus

Im Übertragungsmodus sendet man bereits erfaßte Daten von einem Computer zum anderen, dabei kann jeder Computer Sender oder Empfänger sein. Dabei verhält sich jeder Computer wie ein intelligentes System. Als Transportmittel stehen für die Datenfernübertragung die bereits erläuterten Netze der Telekom zur Verfügung. Beim Anschluß an die öffentlichen Netze muß beachtet werden, daß die Telekom hierbei eine Monopolstellung einnimmt. Alle Geräte, die an dieses Netz angeschlossen werden sollen, müssen von ihr zugelassen sein und eine entsprechende Zulassungsnummer, die sogenannte BZT-Nummer (Bundesamt für Zulassungen der Telekommunikation), vorweisen. Allerdings sind auch hier Geräte auf dem Markt, die für bestimmte Dienste angeboten werden, jedoch keinerlei Zulassung der Telekom besitzen. Bei Verwendung dieser »schwarzen Ware« muß man damit rechnen, daß neben dem Einzug derselben auch noch eine empfindliche Geldstrafe droht.

Die Übertragungsarten

Serielle und parallele Übertragung

Daten kann man bei der Datenfernübertragung sowohl seriell als auch parallel senden. Gegenwärtig überwiegen noch die seriellen Übertragungsarten, da hierfür nur eine Leitung gebraucht wird. Ihr Nachteil besteht darin, daß alle Bits, die zusammen ein Zeichen ergeben, zeitlich getrennt und hintereinander übertragen werden. Der sendende und der empfangende Computer müssen wissen, in welcher Reihenfolge die Bits transportiert werden. Der Rechner nimmt dann intern die Umwandlung auf parallele Verarbeitung vor.

Im Gegensatz zur seriellen Übertragung werden bei der parallelen alle Bits, die zur Darstellung eines Zeichens benötigt werden, gleichzeitig übertragen. Deshalb sind bei dieser Übertragungsart immer mindestens acht Leitungen erforderlich.

Auch wenn beide Rechner mit einem Modem ausgestattet sind, wandelt das Modem die digitalen Informationen in akustische – also analoge – Signale um, wenn die Übertragung auf dem Fernsprechnetz erfolgt. Trotzdem sind hier wesentlich höhere Übertragungsraten möglich, da die Umgebungsgeräusche, die zum Beispiel bei einem Akustikkoppler zu erheblichen Störungen führen können, ausgeschlossen sind. Preiswertere Modems erreichen immerhin Übertragungsraten bis zu 9600 Bit/s, die teureren Hochleistungsmodems übertragen mittlerweile bis 28 800 Bit pro Sekunde..

Die Betriebsarten

Mit Betriebsart bezeichnet man die Richtung der Datenübertragung zwischen Sender und Empfänger. Man unterscheidet dabei zwischen Simplex-, Halbduplex- und Duplex-Betriebsart.

Die Einbahnstraße

Die Simplex-Betriebsart erlaubt die Übertragung der Daten von einem Sender zu mehreren Empfängern. Der Empfänger hat keine Möglichkeit, Daten zurückzuübertragen. Rechner und Drucker verkehren üblicherweise im Simplex-Betrieb.

Wechselverkehr

Im Halbduplex-Betrieb werden Daten zwischen zwei oder mehreren Kommunikationspartnern im Wechsel übertragen. Hier findet ein echter Dialog statt. Es muß zwar feststehen, wer Empfänger und wer Sender ist, intelligente Modems erkennen das aber selbst, so daß der Bediener hier nicht gefordert ist.

Gleichzeitiger Datenaustausch

Der Duplex-Betrieb erlaubt den gleichzeitigen Nachrichtenaustausch zwischen mehreren Kommunikationspartnern. Jeder Teilnehmer muß seine Sende- und Empfangseinrichtung gleichzeitig betreiben können, und die Übertragungsgeräte müssen für eine gleichzeitige Übertragung in beide Richtungen geeignet sein.

Die Übertragungssteuerung

Bei der Datenübertragung gilt es, mehrere Störfaktoren auszuschließen. Um Nachrichten nicht verstümmelt oder gar völlig undefinierbar zu erhalten, werden sie synchronisiert. Der Datenfluß kann durch Protokolle bei schlechten Leitungen gestoppt und erneut aufgenommen werden. Fehlerhaft übertragene Informationen sendet man wiederholt. Grundsätzlich unterscheidet man zwei verschiedene Übertragungssteuerungen: die synchrone und die asynchrone.

Synchrones Verfahren

Synchrone Verfahren übertragen einzelne Datenblöcke. Das synchrone Verfahren nach dem BSC-Protokoll wird dabei von den Steuerzeichen »SYN« und »ETB« begrenzt. Den Start der gesamten Übertragung übernimmt das Steuerzeichen »STX« (Start of Text), und das Schlußzeichen »ETX« (End of Text) beendet sie. Eine andere Art der synchronen Datenübertragung ist das im Datex-P-Netz verwendete HDLC-Protokoll. Synchrone Verfahren erfordern ein genaues Protokoll zwischen den beiden Geräten und einen höheren technischen Aufwand, der sich natürlich auch im Preis niederschlägt.

Asynchrone Verfahren

Bei der asynchronen Übertragung wird jedes Zeichen einzeln gesendet, damit es der Empfänger erkennen kann. Jedes zu sendende Zeichen erhält ein sogenanntes Startbit und wird mit einem Stoppbit abgeschlossen. Vor dem Stoppbit wird ein Prüfbit (das sogenannte Paritybit) eingefügt. Die Synchronisation zwischen beiden Systemen erfolgt so für jedes Zeichen neu. Diese Art ist das einfachste Übertragungsverfahren, die Anforderungen sind daher sehr gering. Allerdings ist sie zeitaufwendiger, da mehr Bits übertragen werden müssen.

Das ISO/OSI-Referenzmodell

Eine wichtige Voraussetzung beim elektronischen Datenaustausch zwischen verschiedenen Computer- und Peripheriesystemen sind einheitliche Regeln und Nachrichtenformate. Seit einigen Jahren bemühen sich internationale Normungsgremien, hier einen einheitlichen Standard zu schaffen. Auf dem Gebiet der lokalen Netze sind die bekanntesten Gremien IEEE (Institute for Electric and Electronic Engineering), ECMA (European Computer Manufacturing Association) und ISO (International Standards Organisation), deren Aufgabe nun darin besteht, das komplexe Modell eines Kommunikationsablaufs in Einzelschritte zu zerlegen und Normungsvorschläge zu erarbeiten.

Die Aufgabengebiete, die ein Netzwerk abzudecken hat, können in Arbeitsebenen eingeteilt werden. Fast jede herstellerspezifische Architektur hat einen derartigen Aufbau. Das von der ISO verabschiedete OSI-7-Schichten-Referenzmodell (OSI = Open Systems Interconnection) stellt einen Normierungsvorschlag dar, der auf sieben aufgabenbezogenen Schichten basiert.

Die sieben Schichten des OSI-Modells zerlegen also das komplexe Gebiet der Kommunikationsabwicklung, von der Definition der physikalischen Leitung über die Transferprotokolle bis zur Mensch-Maschine-Kommunikation in überschaubare Teilaufgaben. Grob lassen sich die Schichten in transportorientierte (1 bis 4) und anwendungsorientierte Ebenen (5 bis 7) gliedern. Die Leistungen und Dienste der einzelnen Ebenen gegenüber den anderen sind klar definiert, wie aus der gegenüberstehenden Auflistung erkennbar ist.

Der Vorteil des OSI-Protokolls ist, daß es einen leistungsfähigen und zuverlässigen Standard bildet, und man traut ihm für die Zukunft eine dominierende Rolle zu.

Derzeit halten sich noch nicht alle Hersteller an dieses Protokoll, denn um dieses ISO-Modell haben sich unterschiedliche Normierungsgruppen gebildet, die jeweils eigene Standards und eine unterschiedliche Anzahl von Ebenen vorgeschlagen haben. Diese Normen und Standards findet man in den jeweiligen LAN-Spezifikationen wieder.

Das 7-Schichten-Modell

Schicht 1: Physikalische Schicht (Bitübertragungsschicht)
Sie umfaßt die Bitübertragung und die Hardware des übertragenden Mediums; zum Beispiel Netzwerkschnittstellenkarten.

Schicht 2: Datenverbindungsschicht
Sie gewährleistet die Sicherheit der Datenverbindung und ermöglicht die Sychronisierung und Fehlerbehandlung eines Datenstroms. Diese Ebene ist vor allem bei lokalen Netzwerken sehr wichtig. – Typische Protokolle dieser Ebene sind HDLC (siehe nächste Seite) und Ethernet.

Schicht 3: Vermittlung, Netzwerkschicht
Hier wird der Transportweg für die Daten ausgewählt und gesteuert. Verschiedene Transportnetze werden hier gekoppelt und die Daten weitervermittelt.

Schicht 4: Transportschicht
Die Transportschicht ist für die Errichtung, Steuerung und Beendigung der Transportverbindung zuständig.

Schicht 5: Kommunikationssteuerung, Sitzungsschicht
Hier liegt die Software für die Kommunikation zwischen Anwender und System. Sie sorgt für die Aufnahme, Duchführung und Beendigung einer Sitzung.

Schicht 6: Darstellungsschicht
Auf dieser Schicht werden die Anwenderdaten umgesetzt, gleichgültig, um welche Art von Daten es sich handelt (Text, Bild usw.)

Schicht 7: Verarbeitung, Anwendungsschicht
Auf dieser Ebene arbeitet der Anwender. Er sieht sein Programm und seine Daten und kann mit ihnen arbeiten.

Schicht	System 1	System 2
7	Anwendungsschicht	Anwendungsschicht
6	Darstellungsschicht	Darstellungsschicht
5	Sitzungsschicht	Sitzungsschicht
4	Transportschicht	Transportschicht
3	Netzwerkschicht	Netzwerkschicht
2	Leitungsschicht	Leitungsschicht
1	Physikalische Schicht	Physikalische Schicht

Leitung

Das Protokoll

Die Aufgabe des Protokolls

Telefonieren zwei menschliche Gesprächspartner miteinander, so ist neben einer funktionierenden Leitung eine für beide verständliche Sprache Voraussetzung. Beim Dialog von digitalen Geräten ist das ähnlich: Der Inhalt der Daten, ob Text, Bild oder sonstige Daten, ist bei der Datenübertragung von untergeordneter Bedeutung. Es kommt vielmehr darauf an, daß der Empfänger die Daten Bit für Bit richtig erhält und auch die Informationen, wie diese zu interpretieren sind. Aus diesen muß der Empfänger interpretieren können, welche Bedeutung den einzelnen Bits zukommt. Diese gemeinsame Sprache nennt man in der EDV Protokoll.

Das Protokoll ist also eine festgelegte Vereinbarung, nach der zwei Kommunikationspartner ihren Datenaustausch vornehmen. Sonst könnte es zum Beispiel zu Datenverlusten kommen, wenn ein Sender weiter Daten schickt, ohne daß der Empfänger sie verarbeiten kann.

Das XON/XOFF-Protokoll

Das einfachste Protokoll ist das XON/XOFF-Protokoll. Der Datenfluß wird dabei von beiden Steuerzeichen (XON und XOFF) geregelt. Dabei steht XON für das Einschalten und XOFF für das Beenden der Übertragung. Kann nun der Empfänger keine Daten mehr aufnehmen, so übermittelt er dem Sender ein XOFF-Signal und nach Beseitigung der Probleme ein XON-Signal zur Fortsetzung der Übertragung. Beide Geräte tauschen die Protokolle selbständig aus.

Das X-Modem

Im asynchronen Übertragungsbereich ist bisher das X-Modem-Protokoll am meisten verbreitet. Beim X-Modem geht das Protokoll über die reine Datenflußkontrolle hinaus und sorgt für die automatische Fehlerkorrektur. Wie beim XON/XOFF-Protokoll benötigen beide Geräte dasselbe Protokoll. Die Daten werden jeweils in 128-Byte-Blöcke zerlegt und mit Blockprüfziffern versehen. Tritt eine Störung in der Übertragung auf, wird der fehlerhafte Block erneut gesendet. Die Numerierung der Blöcke sorgt dafür, daß beim Empfänger nicht zwei Blöcke mit der gleichen Nummer ankommen.

Das HDLC-Protokoll

Inzwischen hat sich für die synchrone Datenübertragung das HDLC-Protokoll (High Level Data Link Control) durchgesetzt.

Dabei hat jeder Datenblock den gleichen Aufbau. Blockanfang und -ende werden durch ein Bitmuster gekennzeichnet. Dieses achtstellige Bitmuster, jeweils vor und nach dem Block gesendet, gewährleistet eine hohe Übertragungssicherheit.

2.2 Datenübertragung mit Akustikkoppler und Modem

Da die Datenübertragung mit Akustikkoppler und Modem gerade für Personalcomputer sehr interessant ist, wollen wir uns deren Möglichkeiten etwas näher ansehen.

Übertragung per Telefonleitung

Beide Geräte verwenden aus Kostengründen die Telefonleitung als Transportmittel. Hierzu wird zwischen dem Rechner und dem Telefonnetz entweder eine Modembox oder ein Akustikkoppler installiert. Der Vorgang ist in beiden Fällen derselbe: Elektrische (digitale) Impulse werden in akustische (analoge) umgewandelt und per Telefonnetz übertragen.

Modem steht für Modulator/ Demodulator

Der Ausdruck Modem steht für Modulator und Demodulator, was nichts anderes heißt, als daß entweder digitale Signale in analoge oder, umgekehrt, analoge Signale in digitale umgewandelt werden.

Die Übertragungsgeschwindigkeit reicht bei Akustikkopplern bis zu 18000 Zeichen in der Minute (2400 Bit/s). Einfachere

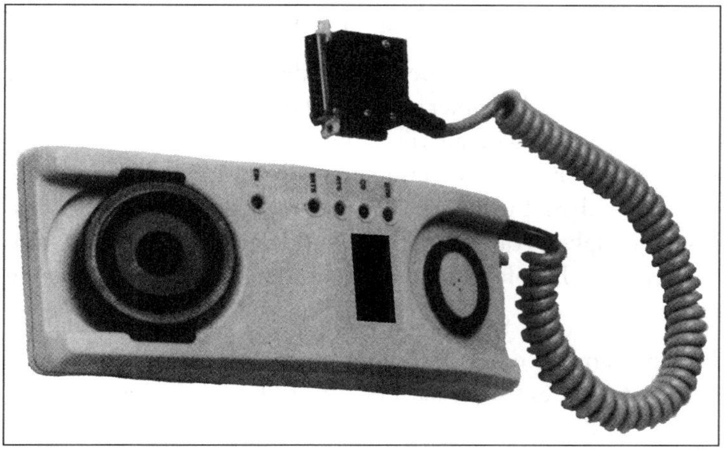

Bild 8.4. Ein Akustikkoppler

Bild 8.5. High-Speed-Modem mit Sende- und Empfangsbetrieb (Foto Dr. Neuhaus)

Übertragungsraten

Modems erreichen Übertragungsraten bis zu 9.600 Bit/s (V.32-Standard), moderne Hochleistungsmodems 14 400 bis 28 800 Bit/s. Schnellere Modems und Standards sind bereits in der Entwicklung; für Textübertragungen reichen die derzeitigen jedoch allemal. Da während der Datenübertragung der übliche Telefontarif gilt, eignen sich diese Übertragungsarten nur für geringe Informationsmengen, vor allem, wenn die Kommunikationspartner mehrere hundert Kilometer auseinander liegen. Wer größere Datenmengen mit festen Partnern regelmäßig austauscht, sollte eher die Lösung im Datex-Bereich suchen.

Der Akustikkoppler

Die einfachste und flexibelste Art der Datenfernübertragung bietet der Akustikkoppler. Die Bedienung ist denkbar einfach: Der Telefonhörer wird auf die Muscheln des Kopplers gelegt und dieser eingeschaltet. Mit Hilfe einer Kommunikationssoftware und nach dem Einstellen der entsprechenden Übertragungsgeschwindigkeit (Bit pro Sekunde) und der Kanalzuteilung, also Senden oder Empfangen, kann man den Übertragungsvorgang starten.

Immer dann, wenn Flexibilität und Mobilität (wechselnde Standorte) gefragt sind, hat der Akustikkoppler seine Berechtigung. Für den stationären Einsatz eignet sich ein Modem aber besser, da es schneller und sicherer ist.

3 Lokale Netzwerke

3.1 Allgemein

Gefahr für die Mittlere Datentechnik

Lange Zeit führte der PC ein Eigenleben, voneinander isoliert existierte jeder für sich so vor sich hin. In Betrieben verbreitete er sich rasant und löste die Mittlere Datentechnik immer mehr ab, bis man feststellte, daß die nicht miteinander verbundenen Einzelplätze auch sehr viele Nachteile hatten. Es gab keine gemeinsamen Datenbestände mehr, jeder PC benötigte entsprechende Speichermedien und Peripheriegeräte, an eine Anbindung an hausinterne Großrechner war gar nicht zu denken. Diese Umstände weckten etwa Ende der achtziger Jahre bei den Anwendern den Wunsch, die PCs miteinander zu verbinden. Die Industrie ließ sich nicht lange bitten und entwickelte Netzwerke, mit denen man sowohl PCs untereinander als auch mit anderen Computern verbinden konnte.

Lokale Netzwerke (LAN)

Unter PC-Netzwerken versteht man die Verbindung zwischen Computern und Peripheriegeräten, in dem jeder mit jedem kommunizieren bzw. auf dessen Daten und Programme zugreifen kann. PC-Netzwerke gehören zur Kategorie der LAN (Lokal Area Network) und können daher nur innerhalb eines Gebäudes oder Firmengeländes betrieben werden. In vielen größeren Betrieben sind sie bereits seit längerem Wirklichkeit. Dank preiswerter Netzwerklösungen, wie sie die heutigen Betriebssysteme bieten (zum Beispiel Windows für Workgroups, Novell DOS 7, OS/2, WindowsNT usw.), rentiert es sich bereits, zwei Rechner für wenig Geld miteinander zu verbinden. Nach oben sind der Vernetzung kaum Grenzen gesetzt. So kann man etwa alle Rechner einer Abteilung miteinander vernetzen, alle vernetzten Abteilungen wiederum gegenseitig verbinden, ja selbst mehrere vernetzte Inhouse-Netze können über die öffentlichen Einrichtungen der Telekom miteinander kommunizieren, wenn es sein muß, sogar weltweit.

Vorteile eines LAN

Wo sind nun die Vorteile eines Netzwerksystems? Für eine Vernetzung sprechen hauptsächlich organisatorische Gründe und die Einsparung von Kosten für Soft- und Hardware: So wird beispielsweise die Kapazität der PCs bzw. deren Festplatten für individuelle Anwendungen freigehalten. Man denke dabei an umfangreiche Datenbestände, die mehrere Hundert Megabyte verschlingen und einer ständigen Betreuung bedürfen (Organisation und Pflege), aber auch an teure Peripheriegeräte, die mehrfach genutzt werden können (Hochleistungsdrucker, zusätzliche Speichermedien). Auch die Softwarebeschaffung und -pflege spricht für Netzlösungen, denn die meisten Standardprogramme gibt es als Netzwerkversion. Das erspart viel Verwaltungsaufwand bei der ständigen Pflege und Aktualisierung, wenn die Programme auf einem Server bereitgestellt wird. Unabdingbar ist ein Netz, wenn mehrere Personen oder Abteilungen mit denselben Daten arbeiten müssen, da nur so ein aktueller Datenbestand möglich ist. Ein weiterer Vorteil liegt darin, daß man auch einfach ausgestattete PCs in den Verbund einbauen und dadurch deren Einsatzmöglichkeiten verbessern kann.

Die elektronische Post

Sind alle Rechner über Netz miteinander verbunden, kann dieses auch als zusätzliches Kommunikationsmittel (E-Mail = elektronische Post) eingesetzt werden. Durch diese elektronische Nachrichtenübermittlung läßt sich nicht nur Papier, sondern auch Zeit einsparen – vor allem in größeren Betrieben.

Verbindung unter Gleichberechtigten: Peer-to-Peer

Gleichberechtigte Arbeitsplätze

Für kleinere und einfachere Netzwerke bietet sich die Peer-to-Peer-Verbindungen an, wie sie sich zum Beispiel mit Windows für Workgroups oder Personal NetWare von Novell realisieren lassen. Hier sind die Arbeitsplätze gleichberechtigt. Jeder kann sowohl Arbeitsstation sein als auch Daten und Peripherie für andere bereitstellen. In einer solchen Vernetzung entsteht eine Arbeitsgruppe oder, wie man in Amerika sagt, ein »Workgroup-System« von Peer-to-Peer-Teilnehmern. »Peer-to-Peer« ist der Soziologensprache entnommen und bedeutet dort gleichwertig, also ein gleichberechtigter Zugang zum Informationsträger. Bei Bedarf lassen sich auch mehrere Peer-to-Peer-Netze miteinander verbinden. Dadurch, daß jeder Rechner alles anbieten darf und alles nutzen kann, entsteht ein hoher Verwaltungsaufwand, da auf jedem Rechner festgehalten werden muß, wer welche Ressourcen (Drucker, Dateien usw.) nutzen darf und wer nicht. Das heißt, auf jedem Rechner müssen Zugriffsberechtigungen für alle am Netz angeschlossenen Benutzer eingerichtet und bei Bedarf geändert werden, allein deshalb ist diese Lösung nur für kleine Netze interessant.

Client und Server

Gemeinsame Nutzung von Daten, Programmen und Geräten

Wie wir eingangs bereits festgestellt haben, ist der Hauptgrund für die Einrichtung eines Netzwerkes die gemeinsame Nutzung von Programmen, Daten und Peripheriegeräten. Um dieses Ziel zu erreichen haben die meisten Netzwerke eine zentrale Einheit, über die die einzelnen Zugriffe der Benutzer auf Software, Daten und Peripherie geregelt werden. Diese Einheit nennt man Server.

Die Aufgaben des Servers

Das Netzwerk wird durch hochfahren (starten) des Servers gestartet. Er sorgt dafür, daß alle gemeinsamen Zusatzeinrichtungen allen Teilnehmern zur Verfügung stehen. Server können entweder ausschließlich für die Verwaltung des Netzwerkes eingesetzt werden oder auch zusätzlich als Arbeitsstation (wie bei den Peer-to-Peer-Netzen). Bei vielen Netzwerkteilnehmern und hohen Datenbeständen wird man den Server ausschließlich zur Netzwerksteuerung einsetzen. Seine einzige Aufgabe besteht dann darin, alle für die Teilnehmer zugänglichen Daten und Programme bereit zu stellen und die für alle zur Verfügung stehenden peripheren Geräte zu verwalten. Alle Arbeitsstationen, die an diesem Server angeschlossen sind und sich dessen Einrichtungen bedienen, nennt man Clients.

Funktionsprinzip der PC-Netzwerke

Aufgabenverteilung

Im Normalfall ist in einem PC ein Prozessor für die Ausführung eines Programms zuständig, und ein Benutzer kann mit dem PC arbeiten, ein klassisches Einplatz-System also. Bei Mehrplatz-Systemen dagegen ist zwar auch nur eine CPU und ein Arbeitsspeicher vorhanden, diese können jedoch von mehreren Anwendern benutzt werden. Die CPU kann hier aber jedem Anwender immer nur einen bestimmten Teil ihrer Rechenzeit widmen.

Bei einem PC-Netzwerk hingegen wird das Programm über einen Kommunikationskanal aus einem allgemeinen Speicher (File-Server) in den lokalen Speicher des PC geladen. Die Daten selbst bleiben zunächst im Speichermedium des File-Servers. Für die Programmausführung ist der lokale Rechner verantwortlich. Die benötigten Daten werden bei Bedarf jeweils vom File-Server abgerufen und über das Netzwerk übertragen. Im Idealfall geht das so schnell, daß der Benutzer gar nicht merkt, daß die Daten nicht in seinem PC gespeichert sind. Der Vorteil eines PC-Netzes gegenüber einem Mehrplatz-System (außer dem Preisvorteil natürlich) ist der, daß jeder Anwender mit seinem eigenen Rechner arbeitet; beim Mehrplatz-System dagegen muß er sich einen Rechner mit mehreren Benutzern teilen.

Die Bestandteile eines LAN

Nun kann man nicht einfach die PCs mittels Kabel untereinander verbinden und hat dadurch schon ein Netzwerk. Jedes Netzwerk besteht aus der

- Netzwerk-Software und der
- Netzwerk-Hardware.

Die Aufgaben der Hardware

Dabei stellt die Netzwerk-Hardware die physikalische Verbindung dar und die Netzwerk-Software – das Netzwerk-Betriebssystem – die Funktionen, die zum Betrieb eines Netzwerks nötig sind. Solche Funktionen sind zum Beispiel: File-Serving, Print-Serving und Drucker-Spooling, Sicherheitsabfragen für Paßworteingabe und Dateischutz sowie elektronische Post. Das PC-LAN-Betriebssystem legt sich wie ein Mantel über die Betriebssysteme der Arbeitsstationen. Bei jedem Befehl aus dem DOS- oder Anwendungsprogramm muß das LAN-Betriebssystem unterscheiden, ob der Befehl für den lokalen PC oder für das LAN bestimmt ist. Lokale Befehle werden sofort an das lokale Betriebssystem übergeben, während Befehle, die für das LAN bestimmt sind, entweder vom LAN-Betriebssystem oder seinen Zusatzfunktionen verarbeitet werden.

Bisher dominierende Stellung

Bei den LAN-Betriebssystemen hat die Firma Novell mit ihrem NetWare eine ähnlich dominierende Stellung wie Intel unter den Prozessoren. Netware unterstützt DOS-, Windows-, Mac- und OS/2-Arbeitsplätze sowie auch die Workstations von Sun, IBM, HP und viele weitere. Natürlich bieten auch IBM, Microsoft und Apple eigene Netzwerk-Software an. Eine spezielle Beschreibung dieser Netze würde ein ganzes Buch füllen.

Übertragungsgeschwindigkeiten

Ein wesentlicher Faktor für die schnelle Kommunikation der PCs untereinander ist die Übertragungsgeschwindigkeit. PC-LANs arbeiten mit Übertragungsraten zwischen 230 Kbit (Localtalk von Apple) und 10 Mbit/s (z.B. Ethernet). Da hier allerdings weitere Extrabits für Protokollzwecke anfallen, erreichen die Netzwerke nicht ganz die Schnelligkeit des internen Datenbusses, sind aber wesentlich schneller als die übrigen externen Datenübertragungswege.

Zum Vergleich: Die interne Geschwindigkeit des AT-Datenbusses im PC beträgt 4 bis 5 Megabit pro Sekunde (Mbit/s), die Übertragungsrate vom PC zum Drucker 9600 Bit/s und beim Modem bis zu 14.400 Bit/s.

Beispiele

Solche nackten Zahlen lassen sich schlecht vorstellen. Nehmen wir daher ein konkretes Beispiel: Ein kleines Textdokument besteht aus 20 Seiten mit 60.000 Zeichen (Buchstaben mit Wortzwischenräumen). Da bekanntlich jedes Zeichen aus 8 Bit besteht, sind das immerhin 480.000 Bit. Senden wir das Dokument über ein Modem, müssen wir für jedes Byte zu Protokollzwecken zwei weitere Bits dazurechnen, das ergibt insgesamt 600.000 Bit. Bei einer Übertragungsgeschwindigkeit von 300 Bit/s würden wir 2000 Sekunden bzw. etwas mehr als 33 Minuten benötigen, bei einer Geschwindigkeit von 2400 Bit/s immerhin noch 250 Sekunden bzw. über vier Minuten.

Bei der Datenübertragung auf dem AT-Bus entfällt ein Kontrollbit, so sind bei unserem Beispiel lediglich noch 540.000 Bit zu transportieren. Die Übertragungszeit dauert dann nur noch ungefähr eine Zehntelsekunde.

3.2 Netzwerk-Topologien

Mit »Topologie« bezeichnet man die Anordnung der Verbindungen zwischen den einzelnen Computern. Bei der Vernetzung innerhalb eines Gebäudes (Inhouse-Bereich) unterscheidet man hauptsächlich zwischen drei Netzarten: dem Bus-, Stern- und Ring-Netzwerk. Darüber hinaus gibt es noch Untergruppen, die eine Mischung aus diesen Grundarten darstellen, zum Beispiel das vermaschte Netz und die Baumstruktur.

Die Bus-Topologie

Wenn alle am gemeinsamen Strang »ziehen«

Wenn alle Computer an einem gemeinsamen Kabel angeschlossen sind, spricht man von einem Bus-Netzwerk (siehe Bild 8.6). Es ist das heute am meisten verwendete. Das Bus-Netz koppelt

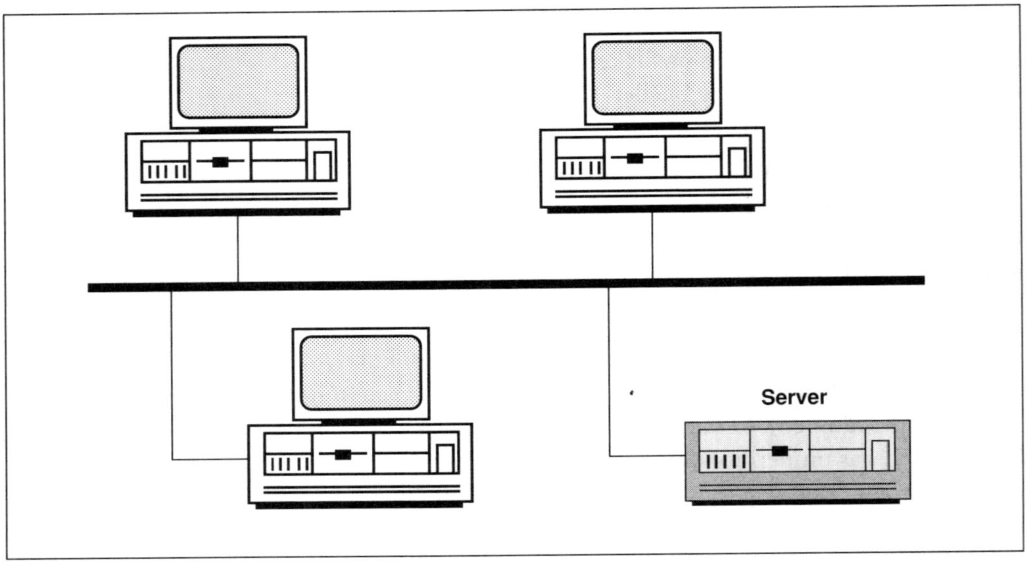

Bild 8.6. Netzwerk mit Bus-Struktur

In alle Richtungen

eine Reihe von Knoten mit den angeschlossenen Rechnern, jedoch ohne einen Ring zu bilden. Die Informationen werden von einem sendenden Knoten nach allen Richtungen fortgesetzt und vom Zielknoten empfangen. Dabei kann die Nachricht von allen angeschlossenen Teilnehmern mitgehört werden.

Vor- und Nachteile

Die Vorteile dieser Topologie: Das Transportmittel (Kabel) besteht aus einem passiven Medium, neue Stationen können ohne weitere Kabelkosten angeschlossen werden, direkte Sendung von der Quelle zum Ziel, keine Störung bei Ausfall einer Station. – Nachteil: Auf der Leitung darf immer nur eine Nachricht unterwegs sein.

Zugriffsverfahren

Das Zugriffsverfahren CSMA/CD (Carrier Sense Multiple Access/Collision Detection) enthält unter anderem eine Strategie zur Behandlung von möglichen Kollisionen, das heißt, daß die sendewilligen Stationen den »Bus« abhorchen können, um festzustellen, ob er frei ist. Ein weiteres Verfahren, TCP/IP (Transmission Control Protocol/Internet Protocol), gewährleistet den Auf- und Abbau der Verbindung zwischen Sender und Empfänger und sorgt für die korrekte Adressierung der Information und deren Aufteilung in einzelne Datenpakete.

Oft verwendete Netzwerke mit Bus-Struktur sind zum Beispiel Ethernet, das von diversen Herstellern angeboten wird (z.B. Novell), und das IBM-PC-Network.

Die Stern-Topologie

Zentrale Vermittlerstation

Die Stern-Struktur braucht einen zentralen Vermittler (siehe Bild 8.7). Alle Nachrichten laufen über einen zentralen Knoten, der die Weiterleitung an die Zieladresse übernimmt. Diesen Knoten bildet üblicherweise ein Zentralrechner, auf den eine Reihe von Terminals zugreifen. Auf diesem Zentralrechner können auch Nachrichten für die einzelnen Teilnehmer hinterlegt werden. Eine direkte Verbindung zwischen den einzelnen Teilnehmern besteht in der Regel allerdings nicht. Zu den Stern-Netzwerken mit File-Server zählt man unter anderem auch Arcnet, das nach dem Token-Passing-Verfahren arbeitet.

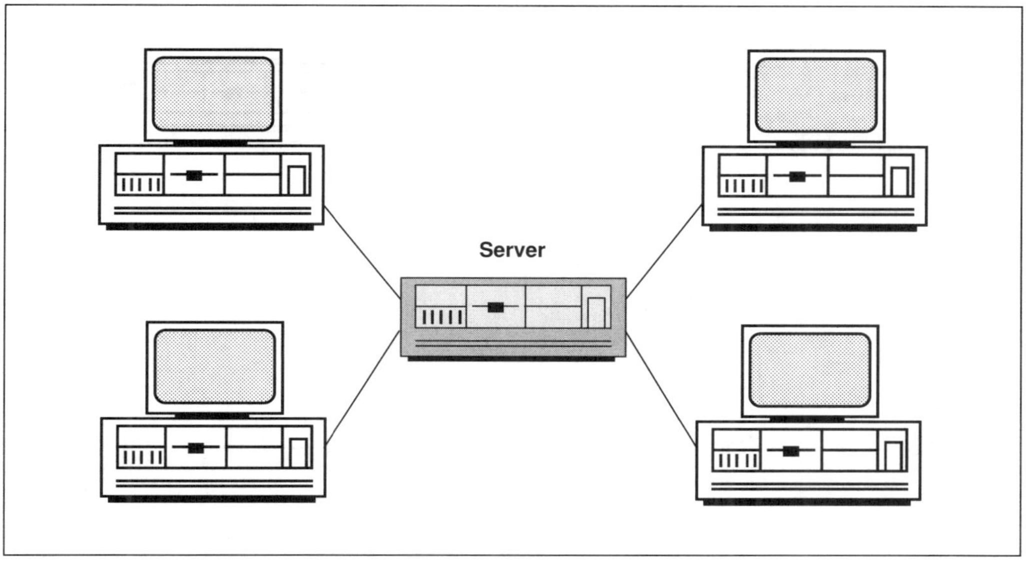

Bild 8.7. Netzwerk mit Stern-Struktur

Vor- und Nachteile

Die Vorteile des Stern-Netzes: leicht erweiterbare Struktur, geringe Leitungsanzahl, leichte Erweiterungsmöglichkeit, kaum Störung bei Ausfall einer Station. – Nachteile: Totalausfall des Netzwerks bei Ausfall des Zentralrechners, kapazitätsbegrenzt, hohe Kosten für den Zentralrechner bei großen Netzwerken, je nach Gebäudeart aufwendige Verkabelung, da von jedem Teilnehmer eine einzelne Leitung zum Zentralrechner gelegt werden muß.

Die Ring-Topologie

Immer im Kreis herum

Eine bedeutendere Netzwerk-Topologie ist das Ringnetz (siehe Bild 8.8), das die Nachrichten, wie der Name schon sagt, von der Quelle zum Ziel rundschickt. Die Knoten auf der Strecke nehmen eine Zwischenspeicherung der aufgenommenen Nachricht vor und leiten sie dann weiter. Man sollte sich aber ein solches Ringsystem nicht als Teilstreckennetz, in dem eine Nachricht immer ganz zwischengespeichert wird, vorstellen, sondern eher

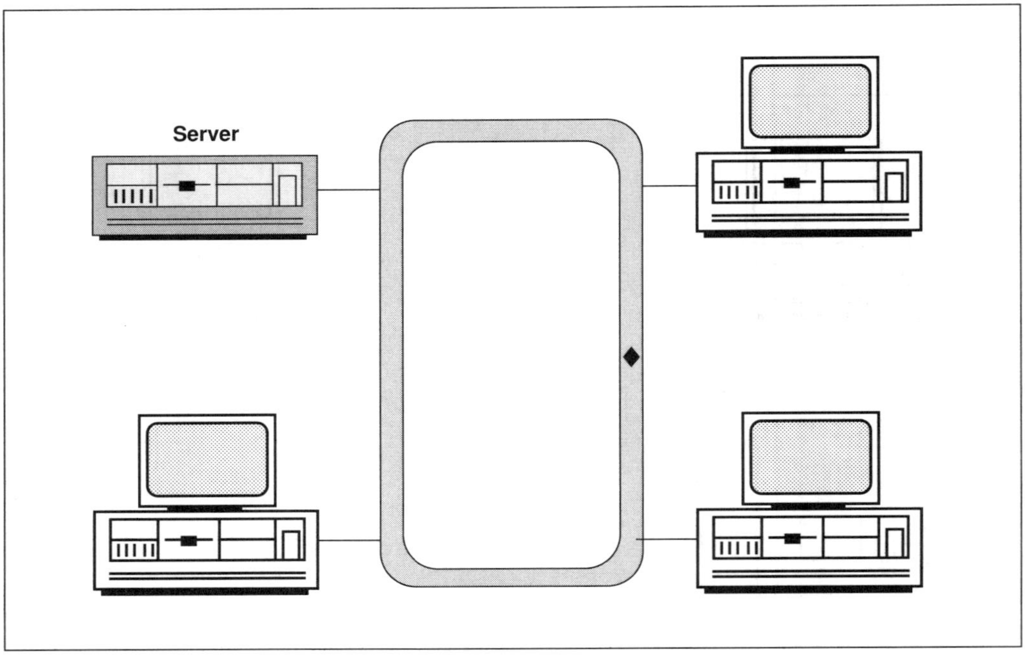

Bild 8.8. Netzwerktechnik mit Ring-Struktur

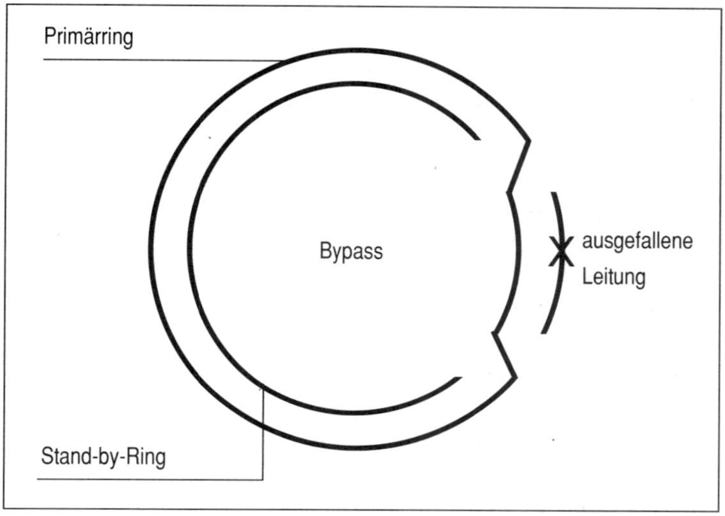

Bild 8.9. Ringnetz mit Stand-by-Leitung

als Ringschieberegister. In der Regel verfügt das Ringnetz über keinen zentralen Knoten, sondern verbindet die einzelnen Geräte im Kreis miteinander. Die »Intelligenz« des zentralen Knotens wird dabei auf mehrere Peripheriegeräte verteilt. Bekannteste Beispiele eines Ringnetzes sind der IBM-Token-Ring mit 4 oder 10 Mbit/s Übertragungsgeschwindigkeit. Vorteile des Ringnetzes: leicht erweiterbare Struktur, geringe Leitungsanzahl, leichte Erweiterung, Zentralstation nicht unbedingt erforderlich, sehr gute Protokolle über den Datentransport.

Token-Ring ist im Gegensatz zu Ethernet ein aktives LAN, bei dem jede Station als Verstärker wirkt. Ringleitungsverteiler mit Brückenfunktion verhindern, daß immer alle Stationen am Netz eingeschaltet sein müssen.

Für Notfälle: die Stand-by-Leitung

Nachteile: Totalausfall bei Ausfall einer Leitung, wenn das Netzwerk nur einfach aufgebaut ist; die Übertragungsdauer einer Nachricht ist abhängig von der Anzahl und Entfernung der einzelnen Stationen. Der erste Nachteil läßt sich dadurch beseitigen, daß man entweder für die ausgefallene Leitung eine »Stand-by-Leitung« schaltet, oder man kann die ausgefallene Station mit einem Bypass-Relay umgehen (siehe Bild 8.9).

3.3 Das gehört zu einem LAN

Verteilte Aufgaben

Zu jedem Netzwerk gehören zumindest einmal zwei Arbeitsplätze (PC oder Workstations), entsprechende Peripherie (Drukker, eventuell externe Speichermedien etc.), Kabelverbindungen, Netzwerkkarten und ein netzwerkfähiges Betriebssystem. Die Verbindung zwischen zwei Arbeitsstationen erfolgt über die dort eingebauten Netzwerkkarten und die Kabel. Diese Karte sendet und empfängt die Daten via Netzwerkkarten-Treiber und wandelt diese in eine Form um, so daß sie sich über das Netzwerkkabel transportieren lassen. Das Betriebssystem organisiert die Daten und regelt die Zugriffe. Je nach Aufbau des Netzwerkes (Peer-to-Peer- oder Server-Prinzip) ergänzt das LAN noch ein separater Server, auf dem ein zentrales Netzwerkbetriebssystem läuft.

Übertragungsmedien

Basisband und Breitband

Auch bei den LAN-Übertragungsmedien unterscheidet man nach Basisband- und Breitbandsystemen. Basisbandverbindungen sind einfache Busnetze, die nur eine einzige Nachricht gleichzeitig übertragen können. Bei der Breitbandübertragung dagegen kann man mehrere Daten gleichzeitig übertragen, da das Band in mehrere Kanäle unterteilt wird. Hierfür eignen sich besonders Koaxial- und Glasfaserkabel.

Verdrillte Kupferkabel

Das einfachste und billigste Kabel ist das verdrillte Kupferkabel, wie man es vom Fernsprechnetz kennt und das zu den Basisbändern gehört. Dieser Kabeltyp erlaubt in LAN-Netzwerken nur langsame Übertragungsraten von maximal 1 Mbit/s. Bis zu 16 Mbit/s erreichen die verdrillten Kupferleitungen dann, wenn die Adern im Gegensatz zum normalen Telefonkabel einzeln abgeschirmt sind (z.B. beim Tokenring-Netzwerk von IBM).

Koaxialkabel

Als Basis- und Breitbandsystem kann man das Koaxialkabel einsetzen. Es besteht aus zwei getrennten Kupferleitungen. Um die innere Leitung liegt eine Isolierung und darüber (wie ein Schlauch) der äußere Leiter. Diese Leitungsart ist sehr gut gegen äußere Störungen abgeschirmt und erreicht theoretisch bis zu 300 Mbit/s. Bei Netzwerken kennt man zweierlei Ausführungen: Das erste Kabel für Ethernet war ein dickes, gelbes Kabel (Yellow Cable) und für Entfernungen bis zu 500 m geeignet. Dieses Kabel ist auch unter der Bezeichnung »10Base5« bekannt, die 10 steht für die Übertragungsleistung von 10 Mbit/s, Base ist ein Kürzel für die Basisbandübertragung, und die 5 bezeichnet die maximale Länge von 500m. Genauer gesagt: Ein Kabelsegment darf nicht länger als 500 m sein. Danach muß ein Verstärker (Repeater) folgen, der die Signale verstärkt. Maximal 5 Segmente sind zulässig. Dieser Kabeltyp ist zwar das zuverlässigste Koaxialkabel, aber auch das teuerste und unflexibelste, was seine Verlegung sehr erschwert. Deshalb setzte sich bald das Thin-Ethernet-Kabel durch, ein halb so dickes, einfach abgeschirmtes Koaxialkabel. Dieser dünne Kabeltyp kann bis zu Entfernungen von etwa 185 m verwendet werden. Dieses Kabel kennt man auch unter der Bezeichnung »Chepernet« oder »10Base2« (die 2 steht hier für 200 m, in der Praxis lassen sich jedoch nur maximal 185 m verwirklichen).

Glasfaserkabel

Beim Glasfaserkabel werden die Informationen mit Laserlicht übertragen. Das Licht wird durch eine spezielle Verteilung der Brechzahl (über den Querschnitt) und durch die Totalreflektion an den Innenwänden der Kabel über weite Strecken sehr genau geführt. Die Umwandlung der elektrischen Signale erfolgt durch einen Laser und umgekehrt über Fotozellen. Übertragungsgeschwindigkeiten mit 2,5 Gbit/s verwendet die Telekom auf diesem Kabeltyp, bei lokalen Netzwerken erreicht man derzeit etwa 100 Mbit/s. Glasfaserkabel sind vor allem auch deshalb interessant, da sie abhörsicher sind und unempfindlich gegenüber elektrischen Störeinflüssen.

Durch ihr hohes Leistungsvermögen und ihre Sicherheit sind sie nicht nur für die hausinternen Anwendungen interessant, sondern auch für die öffentliche Datenfernübertragung. Allerdings verhindern hier die hohen Kosten eine schnelle und flächendeckende Ausbreitung.

Infrarot für die kabellose Vernetzung

Eine Möglichkeit für die kabellose Vernetzung bietet Infrarot, das sich allerdings nur in geschlossenen Räumen verwenden läßt. Ähnlich wie bei der Fernbedienung des Fernsehers werden hierbei Daten mit diffusem Infrarotlicht übertragen, das von Wänden reflektiert und von einem Sensor erfaßt wird. Mit dieser Technik kann man zum Beispiel Daten von einem PC zu einem Drucker oder zu einem mobilen PC übertragen.

LAN-Standards

Beispiele

Aus den hier aufgezeigten Grundlagen bildeten sich im Laufe der Zeit gewisse Standards. Die heute verbreitesten Netzwerk-Einsteckkarten sind Ethernet, Token-Ring und Arcnet. Letztere galt lange Zeit als preiswerteste Alternative, um PCs miteinander zu vernetzen – aber auch als langsamste. Beides hat sich in letzter Zeit geändert: Ethernet-Karten sind sehr preiswert geworden, Arcnet-Karten wesentlich schneller. Allerdings ist die Installation von Arcnet etwas komplizierter. Da die einzelnen Netzwerkanschlüsse sternförmig auf einen zentralen Knoten zusammenlaufen, wird zusätzlich ein sogenannter Active-Hub (Signalverstärker) benötigt, der die einzelnen Leitungsstränge zusammenfaßt (er ist aber nicht so teuer wie sein Name suggerieren könnte, sondern schon für einige Hunderter erhältlich). Arcnet ist demnach kein echtes Sternsystem, wie in der Topologie beschrieben, sondern eine Mischung aus Stern- und Baumstruktur.

Ethernet – der Standard

Einer der ältesten Netzwerkstandards ist Ethernet. Dieser wurde bereits Anfang der 80er Jahre von DEC, Intel und Xerox vorgestellt. Daraus läßt sich auch leicht schließen, daß seine Konstrukteure damals noch nicht an die Vernetzung von PCs dachten,

Bild 8.10. Die Ethernetkarte gehört zu den verbreitetsten Netzwerkkarten (Foto Kingston)

sondern an Großcomputer oder Minirechner. Heute gilt Ethernet sozusagen als »Volks-Netzwerkkarte« und ist aus dem PC-Bereich nicht mehr wegzudenken. Ethernet hat folgende Eigenschaften: Topologie: Bus; Zugriffsmethode: CSMA (siehe auch unter Bussysteme); Kabel: Koax-Basisband; Übertragungsrate: 10 Mbit/s.

Token-Ring

Der dritte weit verbreitete Standard ist Token-Ring. Diese Technik wird vor allem dann eingesetzt, wenn es um eine Anbindung an die IBM-Groß- oder Minirechner geht.

Der NE-2000-Standard von Novell

Wer sich mit Netzwerken beschäftigt, liest gelegentlich »NE-2000-kompatibel«. Hierbei handelt es sich um einen von der Fa. Novell eingeführten Ethernet-Adapter, der für mehrere Busvarianten (z.B. ISA, EISA usw.) angeboten wird. Er ist besonders auf die von Novell angebotene Netzwerksoftware abgestimmt. Für Windows für Workgroups, OS/2 oder andere Netzwerke spielt dieser Standard kaum eine Rolle.

Local-Talk von Apple

Besonders leicht zu installieren ist das Local-Talk von Apple, da es serienmäßig bereits eingebaut ist. Es basiert auf normalem Kupferdraht, ist nicht besonders schnell (230 Kbit/s), aber sehr preiswert, da kostenlos. Es gehört von seiner Struktur her zu den Bussystemen und zur Kategorie der einfachen Peer-to-Peer-Netze. Die teureren Apple Quadra-Modelle haben darüber hinaus serienmäßig eine Ethernetkarte eingebaut und können so in bestehende andere Netze integriert werden.

Netzwerktreiber

Ohne Treiber-Software wertlos

Natürlich reicht es nicht, einfach eine Netzwerkkarte einzustekken und die Netzwerksoftware zu installieren. Zu jeder Netzwerkkarte gehört noch ein entsprechender Treiber, da die Karte selbst über keinerlei Basisinformationen verfügt. Dieser Netzwerktreiber wird so installiert, daß er sich mit dem Einschalten des PC selbst lädt.

Netzwerk-Software

Die Aufgaben der Netzwerk-Software

Ein komplett installiertes Netzwerk ist natürlich sinnlos, wenn keine Anwendungen darauf gefahren werden. Nimmt man aber eine normale PC-Software, so kann man diese zwar über das

Netzwerk laden, aber nur wie auf einem Einplatz-PC nutzen. So könnte zum Beispiel in einem Adressenpool jeder PC-Benutzer auf die Stammadressen zugreifen, sie verändern und kopieren. Wenn aber mehrere Benutzer gleichzeitig auf eine Datei zugreifen und diese verändern, hat der gewonnen, der seine Datei zuletzt abspeichert! Um dies zu verhindern, haben netzwerkfähige Programme eine »Locking«-Funktion. Das bedeutet, daß beim Aufruf einer Datei durch einen Anwender diese für alle anderen gesperrt wird.

Sicherungsmechanismen

Bei einem Mehrbenutzer-System mit Zentralrechner und einfachen Terminals ist dies ziemlich einfach zu realisieren, da alle Teilnehmer nur mit einem Rechner arbeiten und auf ein Programm zugreifen. Schwieriger wird es bei PC-Netzwerken, weil hier in der Regel jeder Benutzer in seinem PC eine eigene Programmversion hat. In diesem Fall übernimmt also nicht das Anwendungsprogramm das Locking, sondern das übergeordnete Netzwerk-Betriebssystem. Inzwischen gibt es jedoch auch netzwerkfähige Anwenderprogramme, die das File-Locking enthalten.

Ein weiteres Problem ist der Informationsschutz bzw. die »Zugriffskontrolle«. Die Netzwerk-Software muß so aufgebaut sein, daß man dem Anwender verschiedene Berechtigungen zuteilen kann. So hat in einem »vernetzten« Unternehmen keiner aus den technischen Abteilungen oder etwa eine Schreibkraft in der Lohn- und Gehaltsabrechnung etwas zu suchen. Die Software muß also eine Logik enthalten, die jedem Teilnehmer bestimmte Rechte und Beschränkungen einräumt. Voraussetzung dafür ist natürlich, daß sich der Anwender vorher mittels eines Paßwortes identifizieren muß.

Das Angebot

Das Angebot an Netzwerksoftware ist heute für den Laien kaum überschaubar. Es reicht von einfachen Peer-to-Peer-Lösungen bis zu den hochleistungsfähigen Unix-Betriebssystemen. Ob ein spezielles Novell-Netzwerk, Windows für Workgroups, WindowsNT, OS/2, Appletalk oder AppleShare oder ein sonstiges Netzwerkbetriebssystem besser ist und warum, kann hier nicht erläutert werden, da dieses Buch noch umfangreicher würde. Wer sich hierüber detailliert informieren möchte, für den gibt es in diesem und anderen Verlagen genügend Fachliteratur.

Tips zum PC-Kauf

Kapitel 9

Vorbereitungen
Praktische Tips für den Kauf

1 Vorbereitungen

1.1 Die verschiedenen Käufercharakteristiken

Endlich steht der Entschluß fest! Ein Personalcomputer muß her! Aber welcher? Mit welcher Software? Die Entscheidung ist schwer. Schließlich hat man nicht nur die Qual der Wahl, sondern muß auch noch mit der eigenen Persönlichkeit bzw. persönlichen Wünschen, Vorgehensweisen, Temperament und Forderungen in Einklang kommen. Erfahrungsgemäß lassen sich (nicht nur) die PC-Käufer wie folgt einteilen:

Der Unerschrockene

Er kauft im nächstbesten Computershop oder läßt sich den PC über den Versandhandel zuschicken. Hier hat er zwar die Gewähr, zu Tiefstpreisen einzukaufen, bekommt dafür aber auch keine oder nur wenig Beratung und Service. Wehe, wenn es dann zu Komplikationen kommt oder wenn Reparaturen nötig werden! Er ist auf dem besten Weg zum Computerfreak – oder zum frustrierten PC-Anwender!

Der Gutgläubige

Dieser Typus läßt sich von Freunden, Bekannten oder Kollegen Empfehlungen geben. Das hat allerdings auch Nachteile: Paßt deren Lösung wirklich zu seinem Problem. Und wer gibt schon gerne zu, daß er sich verkauft hat . . . Vorsicht also: Vertrauen ist gut, Kontrolle ist besser.

Der Unermüdliche

Er kreist von Händler zu Händler und läßt sich diverse Systeme und Programme vorführen, um zum Schluß überhaupt nicht mehr zu wissen, welches System nun für ihn geeignet ist.

Der Gewissenhafte

Selbiger überlegt sich, für was er den PC überhaupt einsetzen will, erstellt daraufhin eine Anforderungsliste, in die er sorgsamst einträgt, was sein PC unbedingt können muß, was er können sollte und was sonst noch wünschenswert wäre. Das setzt allerdings voraus, daß er überhaupt weiß, was er mit der entsprechenden Software alles anstellen kann (im wahrsten Sinne des Wortes).

Anmerkung: Es soll übrigens auch Mitmenschen geben, die bereits vor Jahren mit der Erstellung der Anforderungsliste begonnen haben und die damit heute noch nicht fertig sind.

1.2 Die fünf Schritte

Sicher versucht jeder, der etwas Neues, noch Unbekanntes kauft, möglichst einfach, schnell und sicher das Geeignete zu finden. Aber den für alle geeigneten, richtigen Weg gibt es leider nicht. Dazu sind die Käufercharakteristiken zu verschieden. Was für den einen zu aufregend und zu umständlich ist, kann für den anderen genau richtig sein. Die folgenden Schritte sind daher lediglich eine Empfehlung und sollten auf die eigene Vorgehensweise abgestimmt werden.

1. Schritt

Zuerst informieren, dann investieren!

Für alle Kaufwilligen gilt: zuerst informieren, dann investieren! Mit dem Erwerb und dem Lesen dieses Buches sind Sie bereits auf dem besten Weg. Sie haben sicher bis zur letzten Seite durchgehalten und haben jetzt einen Überblick, was überhaupt mit dem PC möglich ist, welche Hard- und Software-Konfigurationen es gibt, wie der PC arbeitet usw. Gespräche mit Kollegen und Freunden sind eine wertvolle Ergänzung, ebenso das Lesen von Computerzeitschriften. Den größten Fehler, den Sie machen können, ist der, einem Verkäufer unwissend und unvorbereitet in die Hände zu fallen.

2. Schritt

Anforderungs- und Checklisten

Sie stellen fest, welche Anwendungsgebiete für Sie in Frage kommen, wie zum Beispiel Textverarbeitung, Datenbank, Desktop Publishing usw. (siehe auch Kapitel 6, Software). Anschließend erstellen Sie mit Hilfe der Checklisten, wie in diesem Buch empfohlen, für jedes Anwendungsgebiet eine Anforderungsliste für die Soft- und Hardware. Das Erstellen von

Checklisten hat den Vorteil, daß man bereits beim Ausfüllen auf die Problematik des jeweiligen Anwendungsgebietes hingewiesen und zu einem strukturierten Arbeiten gezwungen wird. Schon allein dies rechtfertigt den Aufwand. Die Checklisten sollten allerdings nicht zu umfangreich sein, da sie sonst unübersichtlich und kaum handhabbar werden.

3. Schritt

Auf zur »Life-Show«

Genug der Theorie! Da Sie nun hoffentlich wissen, was Sie wollen, wird es Zeit zur »Live-Show«. Dazu kann man entweder eine der großen Messen, zum Beispiel die CeBIT in Hannover, die Systems in München oder die Orgatechnik in Köln oder, noch besser, eine der zahlreichen regionalen Ausstellungen besuchen. In allen Fällen erhält man »gefahrlos« einen Überblick über die Hardware und die vorhandenen Programme und deren Arbeitsweisen.

Aber Vorsicht mit Fragen wie »Ist das das beste Programm für Textverarbeitung?« oder »Welcher Computer ist der beste?«. Grundsätzlich kann man davon ausgehen, daß jeder Hersteller die besten PCs baut, jedes Softwarehaus die beste und anwendungsfreundlichste Software schreibt, und selbstverständlich vertreibt jeder Händler nur die allerbesten Produkte. Wenn dies nicht so wäre, wäre sicher irgend etwas falsch. Sparen Sie sich also solche Fragen! Versuchen Sie lieber, die Unterschiede zwischen den Produkten festzustellen. Lassen Sie sich die in Frage kommenden Systeme vorführen. Achten Sie darauf, welches Programm und welcher PC Ihren Bedürfnissen und Ihrer Arbeitsweise am nächsten kommt.

4. Schritt

Die engere Wahl

Aufgrund der Messe- und Ausstellungsbesuche wird eine engere Wahl getroffen. Zur Unterstützung können jetzt noch PC-Zeitschriften zu Rate gezogen werden. Hat man Glück, wird da gerade das entsprechende Produkt beschrieben oder getestet. Darüber hinaus kann man sich auch ein ähnliches Programm bei Bekannten oder Kollegen ansehen und vorführen lassen, das schärft den Blick für mögliche Probleme oder fehlende Eigenschaften.

Fünf wichtige Schritte zur Entscheidungsfindung

1. Zuerst informieren (zum Beispiel durch Literatur und Gespräche).
2. Erstellen der Anforderungsliste.
3. Besuch von Messen und Ausstellungen.
4. Engere Auswahl treffen.
5. Aussuchen der geeigneten Händler.

5. Schritt

Wo kaufen?

Der entscheidende! Wenn Sie zu den Computerfreaks, den Bastlern, den Unerschrockenen, Unbelehrbaren oder einfach zu denen gehören, die einen möglichst billigen PC suchen, so gehen Sie zu einem Cash-Markt, einem Großmarkt oder zum Versandhandel und bestellen da.

Die Auswahl des Händlers

Für alle übrigen gilt, daß der Auswahl des Händlers besondere Aufmerksamkeit gebührt. Verkaufen kann schließlich jeder. Aber kann er das gewünschte Produkt auch vorführen? Kennt er das Programm genauer, so daß man bei Rückfragen auch Auskunft und Hilfe bekommt? Hält er für das Programm auch Schulungen ab? Wie ist das mit dem Service? Hat er Referenz-Systeme installiert?

Bevor man nun beginnt, alle fraglichen Händler abzuklappern, sollte man sich über Fachbücher, PC-Zeitschriften, das Branchenfernsprechbuch und sonstige geeignete Literatur die entsprechenden Adressen heraussuchen; teilweise helfen dabei auch die jeweiligen Berufsverbände. Von jedem Händler legt man sich am besten eine eigene Karteikarte mit Adresse, Telefonnummer, Datum und Ansprechpartner an. Per Telefon können nun die ersten Kontakte geknüpft werden. In der Regel merkt man ziemlich schnell, ob es dem Händler nur auf eine schnell verdiente Mark ankommt oder ob er auch bereit ist, Beratung und Service zu bieten. Mit dem Händler, mit dem Sie näheren Kontakt aufnehmen wollen, vereinbaren Sie am besten gleich einen Vorführtermin. Sagen Sie aber ganz deutlich, was Sie sehen wollen.

Somit kann sich der Händler bereits vorher mit Ihrem Problem auseinandersetzen und nach der richtigen Lösung suchen. Er hat dann auch keine Ausrede mehr, wenn er schlecht vorbereitet ist oder das entsprechende Programm gerade nicht parat hat. Sollte dies dennoch eintreten – vergessen Sie ihn! Was während des Vorführtermins zu berücksichtigen ist, finden Sie in diesem Kapitel unter 1.4.

1.3 Die 15 Fragen an den Händler

Natürlich gibt es kein Universalrezept, wie man den geeignetsten Händler findet. Auch mit guten Fachhändlern wird man gelegentlich Ärger haben, es gilt jedoch, diesen in einem erträglichen Maß zu halten. Die folgenden Fragen sollen Ihnen lediglich dabei helfen, seriöse Händler von denen zu trennen, die eher in den Bereich der Geschichtenerzähler, Scharlatane oder in einen türkischen Basar gehören.

Eine klare Aufgabenbeschreibung ist Voraussetzung

Bevor Sie jedoch mit Ihren Fragen beginnen, sollten Sie dem Händler klipp und klar sagen, wofür Sie Hard- und Software brauchen, was Sie sich bis jetzt angesehen haben, welche Programme aus welchen Gründen nicht in Frage kommen.

Die folgenden Fragen sind überwiegend für den geschäftlichen Bereich gedacht und weniger für den privaten Anwender, der nur einen möglichst preiswerten PC sucht. Die Fragen 1–9 gelten für Standardsoftware, die Fragen 10 bis 15 sollten Sie nur dann stellen, wenn Sie sich für Branchensoftware interessieren:

1. Frage: Auf welche Problemlösungen sind Sie spezialisiert?

Der Hansdampf in allen Gassen ist out

Die Anzahl der Anwendungsmöglichkeiten für PCs und Programme ist heute nicht mehr überschaubar. Seriöse Händler versuchen daher, sich auf einige ausgesuchte Problemlösungen zu beschränken, diese dafür aber zu beherrschen. Gerade in der EDV ist der Hansdampf in allen Gassen »out«. Es gibt heute für jedes Anwendungsgebiet zig verschiedene Standardprogramme, dazu kommen noch unzählige Branchenpakete, Desktop-Publishing-Programme und horizontale Software. Das ist keine Software für das älteste Gewerbe der Welt, sondern branchenunabhängige

Standardsoftware für die Finanzbuchhaltung, Lohn- und Gehaltsabrechnung usw. Einem Händler, der sich für alles zuständig fühlt, müssen Sie daher mit größter Vorsicht begegnen. Natürlich kann er jede Software besorgen, ob er sie dann aber auch kennt, ist mehr als fraglich.

2. Frage: Welche Hardware-Hersteller vertreten Sie?

Spezialisierung

Hier ist im Prinzip das gleiche zu sagen wie bei der Software. Die meisten Händler haben sich auf einige Hersteller spezialisiert, um einen entsprechenden Service bieten zu können. Weiß man, welche Produkte der Händler vertritt, kann man seinen Argumentationen leichter folgen (und sie sich auch eher erklären). Verständlicherweise werden viele Händler auf die Produkte schimpfen, die sie nicht führen.

3. Frage: Installieren Sie das PC-System komplett in meinem Haus?

Zeitersparnis

Sie sollten sich nicht damit zufriedengeben, daß Sie so etwa 4–6 Kartons mit Hard- und Software angeliefert bekommen und diese dann selbst auspacken (das wäre ja das wenigste) und auch noch installieren dürfen (was wesentlich schlimmer ist). Mit der Installation ist nicht nur das Verkabeln der Hardware gemeint, sondern vor allem auch das Überspielen und Prüfen der Software auf den PC. Als Ungeübter können Sie dadurch jede Menge Zeit verlieren.

4. Frage: Warten und reparieren Sie das Computersystem?

Der Service danach

Nun sind PCs heute generell nicht sehr störanfällig. Erfahrungsgemäß streiken sie aber gerade dann, wenn sie am dringendsten gebraucht werden. Schnelle Hilfe ist dann vonnöten. Davon abgesehen, wohin wollen Sie Ihren PC bei einem Defekt denn sonst bringen, wenn nicht zu Ihrem Händler? Übrigens bedürfen einer speziellen Wartung heute eigentlich nur noch die großen Industrie-Laser- und Typenraddrucker.

5. Frage: Ist im Preis eine Grundeinweisung enthalten?

Die Einweisung

Wenn Sie noch keinerlei Erfahrung mit einem PC haben, diesen aber vor der eigentlichen Schulung erhalten oder gar auf eine spezielle Schulung ganz verzichten, sollten Sie für die ersten Schritte mindestens eine halb- oder ganztägige Einweisung in Anspruch nehmen (notfalls gegen Bezahlung).

6. Frage: Bieten Sie eine ausführliche Schulung an (eventuell auch kostenpflichtig)?

Meistens unterschätzt: der Schulungsaufwand

Die Einarbeitung in die jeweiligen Programme dürfen gerade Anfänger nicht unterschätzen. Je nach Programm sollte man mindestens zwei bis drei Schulungstage veranschlagen. Gehen Sie jedoch nicht davon aus, daß Sie dann das Programm vollkommen beherrschen. Eine solche Schulung versetzt Sie lediglich in die Lage, mit Hilfe des Handbuches alleine weiterzukommen. Je nach Umfang des Programms kann die Einarbeitungszeit bis zum routinemäßigen Beherrschen bis zu sechs Monate dauern.

7. Frage: Haben Sie eine entspechende Hard- und Software-Konfiguration bereits installiert oder wenigstens vorführbereit in Ihrem Hause?

Referenzadressen

Auch wenn der Händler hundertmal schwört, daß die Konfiguration keine Probleme aufwirft, glauben Sie nur, was Sie sehen! Kompatibel ist eben nicht immer hundertprozentig kompatibel. Mal paßt das Programm nicht zum PC, mal hat das Programm keinen Treiber für den gewünschten Drucker, mal paßt die Grafikkarte nicht usw. (nähere Einzelheiten hierzu in den Kapiteln 3 und 4). Ein seriöser Händler wird ohnehin zuerst selbst ausprobieren, was er Ihnen verkaufen will.

8. Frage: Welches ist die aktuelle Version meines Programms, und werde ich laufend über Programm-Revisionen (Updates) unterrichtet?

Aktuelle Programmversionen

Nicht genug damit, daß fast täglich neue Programme auf dem Markt erscheinen, die Softwarehäuser geben von Zeit zu Zeit auch neue Programmversionen heraus. Handelt es sich dabei um kleine Verbesserungen, so erkennt man diese allgemein an der Ziffer nach dem Punkt, zum Beispiel 1.1, 1.2, 1.3 usw. Erhält das Programm dagegen wesentliche Veränderungen oder wird der gesamte Leistungsumfang vergrößert, so läßt sich das an der ersten Ziffer feststellen, zum Beispiel 1.0, 2.0, 3.0 usw. Bei Angeboten von Händlern sollte man übrigens auch dies berücksichtigen: Entspricht die angebotene Software wirklich der aktuellen Programmversion, und was kostet es mich, mein Programm zukünftig zu aktualisieren?

9. Frage: Gibt es vom gewünschten Programm ein deutsches Handbuch?

Englische oder deutsche Version

Viele Händler werden diese Frage mit einer Gegenfrage beantworten: »Können Sie denn kein Englisch?« Damit wir uns richtig verstehen, auch wenn Sie die englische Sprache beherrschen, gibt es gute Gründe, die gegen so ein Programm sprechen. Wenn es nämlich schon kein deutsches Handbuch gibt, gibt es in der Regel auch keine deutsche Programmversion, das heißt, daß die Textverarbeitungsprogramme oft weder über die Vokale »ä«, »ö«, »ü« oder das »ß« verfügen, noch ein deutsches Silbentrennprogramm besitzen. Datenbanken können beim alphabetischen Sortieren die Umlaute oder das ß nicht einordnen und hängen sie an den Schluß des Alphabets an usw.

Außerdem – wenn man nicht gerade sehr fit im Englischen ist, bedeutet das Lesen der vielen Computer-Fachbegriffe eine Qual und eine längere Einarbeitungszeit.

10. Frage: Kennen Sie spezielle Programme für meine Branche (zum Beispiel Ärzte, Versicherungsagentur, Makler, Druckerei etc.)?

Programme von Insidern

Nicht immer genügt die sogenannte Standard-Software den jeweiligen Erfordernissen, insbesondere nicht bei Klein- und Mittelbetrieben. Für sie ist es besser, auf solche Programme zurückzugreifen, die von Insidern speziell nur für ihre Branche geschrieben wurden. Mit solchen Programmen können Sie sich in der Regel sehr viel Geld und Zeit sparen, da diese Programme die Wünsche und Erfordernisse der jeweiligen Branche eher erfüllen und eine spezielle umfangreiche Anpassung überflüssig machen. Standardprogramme, zum Beispiel Datenbankprogramme, sollte man nur dann an den eigenen Betrieb anpassen, wenn im eigenen Haus ein EDV-Spezialist vorhanden ist. Aber auch dann rentiert sich ein genauer Kostenvergleich mit einer fertigen Branchensoftware.

11. Frage: Arbeiten Sie mit Softwarehäusern zusammen, die für meine Branche geeignete Programme haben?

Kompetenzen klären!

Gelegentlich arbeiten Händler auch mit speziellen Softwarehäusern zusammen oder können zumindest einen Kontakt zu ihnen herstellen. In diesen Fällen ist es sehr wichtig, zu wissen, wer für was zuständig und wer bei Rückfragen Ihr Gesprächspartner ist. Ihr erster Gesprächspartner sollte in diesen Fällen dann nicht der Händler, sondern das entsprechende Softwarehaus sein! Wenn Sie mit diesem nicht klarkommen, erübrigt sich eventuell das weitere Verhandeln mit dem Händler.

12. Frage: Könnten Sie oder Ihr Softwarehaus gegebenenfalls Programmanpassungen vornehmen?

Wer paßt die Programme an?

Auch in Branchenprogrammen müssen in der Regel kleine Anpassungen vorgenommen werden, da die Bedürfnisse von Betrieb zu Betrieb sehr unterschiedlich sind. Klären Sie also, wer die Programmänderungen durchführt und nach welchem Modus das berechnet wird. Lassen Sie sich dies schriftlich geben, sonst kann es Ihnen passieren, daß sie weit mehr bezahlen müssen als vorher vereinbart. Versprechungen in die hohle Hand sind gegenstandslos!

13. Frage: Was kann ich selbst am Programm verändern?

Was kann man selbst ändern?

Ein sehr wichtiger Punkt gerade bei Branchenpaketen sind die eigenen Anpassungsmöglichkeiten der Programme. Bei manchen Programmen kann es vorkommen, daß Sie einen Softwareberater brauchen, wenn sich die Stundensätze im Betrieb ändern, eine neue Kostenstelle angehängt oder ein neuer Mitarbeiter eingestellt bzw. entlassen werden soll. Ist das anwenderfreundlich? Lassen Sie sich außerdem immer vorführen, wie solche Anpassungen durchzuführen sind.

14. Frage: Haben Sie eine ausführliche Leistungsbeschreibung Ihres Programms?

Mit dieser Frage können Sie zwei Fliegen mit einer Klappe schlagen:

1. Die ausführliche Leistungsbeschreibung hilft Ihnen beim Soll-Ist-Vergleich des Programms mit Ihrer Anforderungs- und Checkliste. So kann man leicht erkennen, welche geforderten Punkte erfüllt werden und wo ein Defizit herrscht.
2. Man soll es zwar nicht glauben, aber es ist Tatsache: Es gibt Softwarehäuser, die mit halbfertigen Programmen an den Kunden herantreten und diesem ihr unfertiges Produkt verkaufen wollen. Meist existiert dann natürlich auch keine Leistungsbeschreibung des Programms. Vorsicht also, wenn man sich um die Herausgabe der Leistungsbeschreibung mit irgendwelchen fadenscheinigen Ausflüchten herumdrücken will. Ein seriöser Händler oder ein seriöses Softwarehaus werden, vor allem wenn sie ein gutes Programm anzubieten haben, gerne eine entsprechende Leistungsbeschreibung zur Verfügung stellen.

Der Soll-Ist-Vergleich

Leistungsbeschreibungen helfen beim Aussortieren unseriöser Angebote

Mit der Leistungsbeschreibung sind übrigens nicht die farbigen Hochglanzprospekte mit ihren dürftigen Aussagen gemeint, sondern eine detaillierte Beschreibung der Programmteile, eventuell mit Bildschirmabbildungen und Musterausdrucken ergänzt.

15. Frage: Können Sie mich bei der Umstellung der Ablauforganisation in meinem Betrieb unterstützen?

Anpassung an den Arbeitsablauf

Die meisten Anwender glauben, daß es mit dem Kauf und der Schulung für Hard- und Software getan ist. Der sinnvolle, rationelle Einsatz von Textverarbeitung, Datenbanken oder auch Desktop Publishing hängt wesentlich von der speziell auf die Programme zugeschnittenen Arbeitsablaufplanung ab. Das umfaßt nicht nur den Arbeitsplatz PC selbst, sondern fängt beim Chef und dessen geänderter Denkweise, zum Beispiel dem Diktat, an und hört erst bei der Postversandstelle auf. Anstelle des Händlers sollten Sie eventuell hierfür die Hilfe eines branchennahen Beraters vorziehen.

1.4 Was man bei einer Vorführung beachten sollte

Die Vorbereitung bestimmt die Qualität der Vorführung

Die beste Möglichkeit, ein Programm kennenzulernen, bietet eine ausführliche Vorführung. Sie sollten ihr daher Ihre besondere Aufmerksamkeit widmen. Die Qualität der Demonstration hängt wesentlich von Ihrer Vorbereitung ab – und der des Händlers. Durch unvorbereitete Demonstrationen bekommen Sie selten die Informationen, die Sie eigentlich haben wollten, sie führen in der Regel zu Fehlkäufen. Was der Verkäufer bei der Vorführung noch in schillernden Worten anpries, entpuppt sich später in der Praxis häufig als recht umständlich oder als unüberwindbares Hindernis.

Zielkonflikte

Nun muß man grundsätzlich davon ausgehen, daß jede Demonstration einen Zielkonflikt darstellt: Auf der einen Seite stehen Sie. Sie wollen möglichst umfassend und neutral beraten werden. Deshalb reservieren Sie auch genügend Zeit für die Besprechung. Auf der anderen Seite steht der Händler. Sein Interesse ist es, mit möglichst wenig Aufwand einen größtmöglichen Gewinn zu erzielen. Er wird außer Ihnen auch noch andere Kunden haben, denen er etwas verkaufen will. Sein legitimes Interesse ist es also, möglichst wenig Zeit für Sie aufzuwenden. Für beide Seiten ist es daher ratsam, bestmöglich vorbereitet an die Vorführung heranzugehen.

Die tägliche Praxis

Leider sehen in der täglichen Praxis die Demonstrationen so aus: Ein(e) Vorführdame oder -herr sitzt am Computer und vollführt in unnachahmlicher Geschwindigkeit irgendwelche geheimnisvollen Befehle oder rast in unglaublicher Geschwindigkeit mit der Maus auf der Schreibtischplatte umher und öffnet damit auf dem Bildschirm Rollfenster um Rollfenster. Das wirkt natürlich auf jeden Beobachter. Zu allem Überfluß steht dann noch der Verkäufer im Hintergrund und redet auf die Interessenten ein, als wäre er Auktionator bei Sotheby. Eine kritische Programmbegutachtung ist da vollkommen unmöglich.

Machen Sie's deshalb einfach so: Schicken Sie den Verkäufer zum Kaffeetrinken, und bitten Sie die Dame oder den Herrn, die Geschwindigkeit zu mäßigen und das Getane zu erläutern!

Standardvorführungen sind überflüssig

Eine weitere sehr verbreitete Unart der Vertriebsleute ist es, alle Demonstrationen nach dem gleichen Strickmuster abzuhalten. Gnadenlos werden dem Interessenten alle Vorteile des Systems vorgeführt, egal ob er es versteht oder nicht. So werden auch all die Programmteile ausführlich erläutert, die der Interessent gar nicht benötigt, nur weil eben das Programm hier seine Stärken hat.

Keine fertigen Musterarbeiten vorführen lassen

Damit wiederum kann man natürlich die Schwächen der anderen Programmteile überspielen. Doch damit noch nicht genug! Es werden vorgefertigte Musterarbeiten gezeigt, die immer nach dem gleichen Schema bearbeitet werden, damit Probleme bei der Vorführung erst gar nicht auftauchen. Kein Programmabsturz, keine Programmängel treten zum Vorschein, auf Kundenwünsche geht man gar nicht erst ein. So lassen sich selbst unfertige (getürkte) Systeme verkaufen.

Die drei Arten der Vorführung

Vorführungen auf Messen

1. Allgemeine Information und Angebotsübersicht. Diese Art der Vorführungen schaut man sich auf den großen Messen, wie zum Beispiel der CeBIT, Systems, Orgatechnik usw., oder auf den diversen regionalen Ausstellungen oder Hausmessen der Händler bzw. Hersteller an. Da man bei solchen Demonstrationen meistens eine Reihe von Mitinteressenten um sich stehen hat, kann dies nur der oberflächlichen Information dienen.
   Da die Vielfalt des Angebotes auf den großen Fachmessen heute kaum noch überschaubar ist, sollten Sie lieber die regionalen Ausstellungen und Hausmessen der Händler und Hersteller aufsuchen. Hier können Sie dann schon eher eine Vorauswahl für Ihr System treffen.

Einzelvorführungen

2. Vergleich der Einsatz- und Leistungsfähigkeit der Programme. Diesen Vergleich können Sie natürlich nur dann anstellen, wenn es sich um eine Einzelvorführung speziell für Sie und Ihre Mitarbeiter handelt. Bestehen Sie also darauf! Lassen Sie sich nicht auf Sammelvorführungen mit fremden Personen ein. Ist der Händler uneinsichtig – nun, es gibt auch noch andere. Im übrigen gilt natürlich das bisher Gesagte.

Informationsseminare

3. Seminare. Eine neue Variante der Vorführung ist inzwischen das sogenannte Seminar geworden. Unter diesem Deckmantel versuchen inzwischen einige Händler, ihre Produkte an den Mann zu bringen. Nun ist generell nichts dagegen zu sagen, wenn sie offiziell auch als solche deklariert werden. Sie sind dann sinnvoll, wenn Sie ein oder zwei Programme in die engere Auswahl gezogen haben und sich nicht sicher über deren Leistungsfähigkeit sind. Kulante Händler vergüten übrigens die Seminargebühr beim Kauf eines Systems.

Vorbereitung der Vorführung

Zu den bisher beschriebenen Vorbereitungen sollten Sie noch weitere treffen:

Wer nimmt teil?

1. *Wer aus dem eigenen Haus nimmt an der Vorführung teil?* Meist ist es sinnvoll, wenn man die unmittelbar Betroffenen bei der Entscheidungsfindung mit heranzieht. Sie können sich dann später eher mit dem Produkt identifizieren und zeigen mehr Einsatzbereitschaft, wenn es um knifflige Probleme geht.

Vertreter des Softwarehauses

2. *Wer nimmt von der Hardware- und Software-Seite teil?* Stellen Sie sicher, daß am besten von beiden Seiten ein kompetenter Stellvertreter dabei ist. Vor allem bei Branchenpaketen ist es unerläßlich, daß ein Vertreter des Softwarehauses anwesend ist, um auftretende Fragen an Ort und Stelle klären zu können. Er ist schließlich der einzige, der Ihnen sagen kann, wie lange er für die von Ihnen gewünschten Anpassungen und Änderungen braucht und was sie kosten.

Anwendungsschwerpunkte herausstellen

3. *Was wollen Sie sehen?* Ziehen Sie den eigenen Anforderungskatalog und Ihre Checklisten zu Rate. Stellen Sie die Schwerpunkte Ihrer Anwendung heraus. Studieren Sie vor dem Händlerbesuch die Programm- bzw. die Leistungsbeschreibung und schreiben Sie gleich die fehlenden Eigenschaften und die vermeintlichen Vorteile heraus. Diese Fragen sollten dann bei der Vorführung speziell geklärt werden.

Während der Vorführung

Selbst den Ablauf bestimmen

Bestimmen Sie den Ablauf der Vorführung selbst, und stellen Sie Ihre Fragen dann, wenn sie Ihnen einfallen. Bitten Sie die Verkäufer, gleich zur Sache zu kommen, und nicht erst große Ausschweifungen zu machen. Glauben Sie nur das, was auf dem Bildschirm oder dem Druckerprotokoll zu sehen ist.

Verkaufen ist heute ein schwieriges Geschäft. Die Konkurrenz nimmt ständig zu, die Rendite eher ab. Dafür werden die Ausreden immer phantasiereicher, wenn das System fehlerhaft oder ungenügend ist. Vorsicht also bei diesen oder ähnlichen Aussagen:

Scheinargumente

- Wir haben nur eine Vorführversion, die neue Programmversion ist aber fehlerfrei (oder unterwegs).
- Erweiterungen und Ergänzungen sind kein Problem, das haben wir schon öfter gemacht.

- Das funktionierte gestern noch.
- Dieser Programmteil ist zufällig nicht auf der Platte.
- Ich habe mich erst vor zwei Tagen in das Programm eingearbeitet.
- Unser Spezialist ist heute leider nicht im Hause, und ich bin für andere Programme zuständig.
- Dazu bräuchten wir eine andere Hardware, die uns aber leider gerade nicht zur Verfügung steht.
- Dieses Problem kann man leicht durch einen anderen Arbeitsablauf in Ihrem Hause umgehen.

Manche gewiefte Verkäufer versuchen durch EDV-Chinesisch von auftretenden Problemen abzulenken. Sie ergehen sich dann in detaillierte technische Einzelbeschreibungen, die für Sie als Anwender völlig unwichtig sind.

Nach der Vorführung

Vor- und Nachteile auflisten

Erfahrene Käufer wissen heute, daß man weder auf einer Messe oder Ausstellung noch nach einer Vorführung sofort einen Kaufvertrag unterschreibt. Listen Sie zunächst die Vor- und Nachteile sowie fehlende Eigenschaften des Computersystems auf. Notieren Sie, was Ihnen besonders gefallen hat. Lassen Sie sich ein neues detailliertes Angebot unter Berücksichtigung Ihres Mengengerüstes und Ihrer Änderungswünsche ausarbeiten. Besprechen Sie mit Ihren Mitarbeitern, was sie von diesem System halten, und notieren Sie deren Wünsche und Vorschläge.

Demoversionen

Demoversionen von Standardprogrammen

Ein derartiger Aufwand ist natürlich nur für umfangreiche Branchenpakete vertretbar. Wer dagegen nur ein handelsübliches Standardprogramm für Textverarbeitung, Grafik usw. sucht, dem bieten die Softwarehäuser gegen ein paar Mark Schutzgebühr sogenannte Demoversionen. Sie entsprechen in etwa dem Leistungsumfang der Normalversionen, erlauben aber nicht den Ausdruck von Dokumenten.

2 Praktische Tips für den Kauf

Generell ist es natürlich schwierig, allgemein gültige Empfehlungen für den Computerkauf zu geben. Das liegt unter anderem daran, daß die Wünsche, Anforderungen, Temperamente und sonstigen persönlichen Eigenschaften eines jeden Kaufwilligen zu unterschiedlich sind. Um überhaupt ein Gefühl für die Kosten zu bekommen, sind zu jeder nachstehenden Empfehlung auch die ungefähren Preise angegeben. Sie beziehen sich, soweit nicht anders vermerkt, auf die sogenannten Händlermarken, wie sie in vielen Ladengeschäften, im Versandhandel und Kaufhäusern zu finden sind. Die Preise entsprechen dem Stand von Anfang 1996 und können bei Erscheinen dieses Buches schon Makulatur sein.

Unterscheidungsmerkmale

Gerade innerhalb des Industriestandards sollte man bedenken, daß sich die Rechner nicht so sehr an den üblichen Dingen wie Gehäuse oder Prozessor unterscheiden, sondern mehr an den Teilen, die zur Optimierung der Leistungsfähigkeit dienen, zum Beispiel Hauptspeicher, Cache-Speicher, Festplatte, Bus, Controller, Grafikkarten, Bildschirm usw. Für den Laien ist es daher im allgemeinen sehr schwierig, sich ein genaues Bild vom Computermarkt zu machen. Da Bücher logischerweise nicht so aktuell wie Zeitschriften sein können, sollen die folgenden Ausführungen daher nur auf die generelle Problematik hinweisen.

Rasante Entwicklungsgeschichte

Bevor man sich für einen Computer entscheidet, sollte man sich die bisherige Entwicklung auf diesem Gebiet vor Augen halten. Der PC ist zwar erst etwa 15 Jahre alt, seine ungeheure Entwicklung ist aber einzigartig. Die Aufstellung auf der Seite 437 verdeutlicht, daß ein fünf Jahre alter PC technisch längst überholt ist und eine völlig neue Generation Einzug gehalten hat.

2.1 Wenn's der Industriestandard sein soll

Bedingt durch den rasanten Preisverfall in der Computertechnik könnte sich jeder für ein paar hundert Mark heute einen Rechner kaufen, für den man vor 15 Jahren noch über DM 15.000 bezahlen mußte – wenn es ihn noch zu kaufen gäbe. Denn derartige PCs mit einer 8088- oder 8086-CPU gibt es längst nicht mehr.

PC-Leistungsdaten 1981, 1986, 1991, 1996:

	1981	1986	1991	1996
Prozessor-Typ	8088/8086	80286	386/486	Pentium Pro
Taktfrequenz	4,77 MHz	8–12 MHz	33–50 MHZ	150–200 MHz
Arbeitsspeicher	16 Kbyte	640 Kbyte	4 Mbyte	4 Gbyte
Datenbus	8 Bit	16 Bit	32 Bit	64 Bit
Speicherzugriff	200 ns	150 ns	70 ns	60 ns
Externe Speicher	160 Kbyte	20–40 Mbyte	300–500 Mbyte	über 1 Gbyte
Auflösung (Bildpunkte)	320 x 200	640 x 350	1024 x 768	1024 x 768
Darstellbare Farben	4 aus 16	16 aus 64	256 aus 262144	16,7 Mio.

Nicht mehr aktuell

Auch die 80286er- und die 386er-CPUs sind bereits vom Markt verschwunden, da sie den heutigen Anforderungen nicht mehr entsprechen und auch gegenüber den schnelleren Modellen nur unwesentlich billiger wären, zumal die Kosten für alle anderen Rechnerteile wie beispielsweise Gehäuse, Festplatte, Hauptspeicher, Monitor und Tastatur vom Prozessor unabhängig sind. Aufgrund der bisherigen Entwicklung sollte man eher dazu neigen, eine Klasse höher einzusteigen als momentan nötig, soweit es die finanzielle Lage erlaubt.

Die drei Hauptteile des PC

Grundsätzlich besteht ein Rechnersystem aus den drei Hauptteilen

- Motherboard (Hauptplatine) mit CPU, Hauptspeicher usw.
- Festplatte
- Grafiksystem (Karte und Bildschirm).

Die Leistung des Gesamtsystems ist entscheidend

Die Kunst des Herstellers besteht nun darin, ein in sich harmonisches Gesamtsystem zusammenzubauen, bei dem alle Systemteile aufeinander abgestimmt sind. Es hat keinen Sinn, zum Beispiel einen 486er-Rechner mit 66 oder gar 100 MHz mit einer 160-Mbyte-Platte mit 20 ms Zugriffszeit und einer Datentransferrate von 600 Kbyte/sec. auszustatten. Hier hätte man an der falschen Ecke gespart, weil der Rechner ständig auf die Daten von der Festplatte warten muß. Außerdem würde die Installation von Windows und eines Windows-Anwenderprogramms die Speicherkapazität der Festplatte beinahe sprengen.

Das Gehäuse

Die Gehäuseausführung eines PC ist vordergründig eine reine Ermessens- bzw. Platzfrage. Für fast alle Rechnerklassen gibt es Gehäuse in flacher Ausführung (Slimline), normaler Ausführung (Desktop), kleinem hochstehendem Gehäuse (Mini-Tower) und großem hochstehendem Gehäuse (Tower). Egal, für welches man sich auch immer entscheidet: Wichtig ist einzig und allein, wie viele freie Steckplätze dem Anwender zum weiteren Ausbau zur Verfügung stehen, denn jedes weitere anzuschließende Gerät (CD-ROM, Drucker, Netzwerkkarte, Modem usw.) benötigt unter Umständen eine eigene Schnittstelle.

Beim Industriestandard unterscheidet man die Systeme hauptsächlich nach dem eingesetzten Prozessortyp. Bis auf wenige Ausnahmen (zum Beispiel AMD, Cyrix) ist der Prozessor dabei in der Regel von der Firma Intel.

Der Einstieg: Der i486 und Kompatible

Nur noch eine Frage der Zeit

Immer leistungsfähigere Anwendungsprogramme und die große Verbreitung von Windows, das erst unter einem leistungsfähigen Prozessor richtig in Fahrt kommt, verlangen nach schnellen Prozessoren. Hier bietet sich ein 486er mit 100 MHz oder ein »kleiner« Pentium an. Allerdings benötigt man unter Windows auch einen entsprechend großen Hauptspeicher mit mindestens 8 Mbyte, besser wären 16 Mbyte. Stellt man zwischen den Rechnern eine größere Preisdifferenz fest, so sollte man genau vergleichen, wo hier gespart wurde: zum Beispiel bei der Festplatte, beim Hauptspeicher oder der Grafikkarte.

Um die 2000 DM kostet heute so ein Computer, komplett mit Festplatte, Grafikkarte und 14-Zoll-Bildschirm. Wichtiger als der eingesetzte Prozessor ist aber die Gesamtabstimmung des Computers. Mit entscheidend ist, welche Festplatte, Controller, Grafikkarte, Hauptplatine und welches Bussystem verwendet werden und ob das System über einen zusätzlichen Cache-Speicher verfügt. Mit Hilfe dieses Cache-Speichers werden die

Systemkonfiguration

Zugriffe des Prozessors auf den »langsameren« Hauptspeicher reduziert. Die Größe des Cache-Speichers sollte zwischen 128 und 256 Kbyte liegen. Der 486er und der Pentium haben zwar bereits einen Cache-Speicher integriert, doch durch den zusätzlichen externen Cache läßt sich die Leistung des Gesamtsystems weiter steigern. Hauptspeicher mit 4 Mbyte und Festplatten mit 350 bis 500 Mbyte gehören bei diesen Systemen zum Standard – mit steigender Tendenz. Wer bei seinem Rechner auf eine gute Performance Wert legt, der sollte vor dem Kauf einschlägige Zeitschriften studieren, die in regelmäßigen Abständen Rechnersystemen auf den Zahn fühlen. Der normale Anwender wird diese Unterschiede innerhalb einer Rechnerklasse im täglichen Gebrauch nur selten wahrnehmen.

Kann die CPU ausgetauscht werden?

Entscheidet man sich für einen Computer der Einstiegsklasse, so sollte man außerdem auch darauf achten, daß die Systemplatinen so konstruiert sind, daß man entweder durch Austauschen des Prozessors (mit Hilfe des ZIF-Sockels) oder durch das zusätzliche Einstecken einer Overdrive-CPU in den Overdrive-Sockel den Rechner hochrüsten kann.

Grafikadapter und Bildschirm

Oft haben die Einstiegsrechner den Grafikadapter auf dem Board integriert. Das ist zwar für den Hersteller preiswert in der Produktion, kann aber für den Anwender dann teuer werden, wenn der eingebaute Grafikadapter nicht den gestellten Ansprüchen genügt und eine leistungsfähigere Grafkkarte dazugekauft werden muß. Ansonsten hat man zwei Grafikkarten bezahlt. Das Bussystem sollte mindestens ein VESA-Localbus sein, damit die Daten auch schnell genug vom Prozessor zum Bildschirm transportiert werden können. Ein einfacher ISA-Bus genügt den Anforderungen nicht mehr, und ISA-Grafikkarten gibt es bereits kaum noch zu kaufen. Damit sind wir bei der völlig unverständlichen Sitte der Hersteller und Händler, auch heute noch Computersysteme mit 14-Zoll-Bildschirmen zu verkaufen! Generell gilt: 14-Zoll-Bildschirme kann man nur bei reinen DOS-Anwendungen verwenden. Jeder, der mit Windows liebäugelt, sollte zumindest einen 15-Zoll-Bildschirm wählen. Oder er muß sich darüber im klaren sein, daß er nur mit einer Auflösung von 480 x 640 Punkten arbeiten kann. Man kann es gar nicht deutlich genug sagen, daß die Bildwiederholfrequenz nicht unter 70 Hz liegen darf, wenn man einen Augenschaden vermeiden will. Gerade bei den »Billigangeboten« wird meist am Bildschirm gespart, wie zahlreiche Tests in den Zeitschriften immer wieder zeigen. Hier ist es sinnvoller, die »Flimmerkiste« aus dem Angebot herausnehmen zu lassen und durch einen besseren Bildschirm zu ersetzen!

Aktueller Standard: der Pentium

Rechen-Power für den privaten und beruflichen Einsatz

Durch den drastischen Preisverfall der Prozessoren wurden die Rechner mit einem Pentium immer beliebter. Es ist bereits abzusehen, daß der Pentium die 486er-CPUs über kurz oder lang ganz ablöst – spätestens wenn der Nachfolger des Pentium auf den Markt kommt, denn drei Prozessor-Generationen wird Intel kaum produzieren. Bei der Wahl des Rechners sollte aus technischer Sicht auch keine Rolle spielen, ob er hauptsächlich privat oder beruflich genutzt wird, wichtig ist einzig und alleine, wofür der Computer benötigt wird. Allerdings spielt das zur Verfügung stehende Budget eine entscheidende Rolle. Wer sparen muß, hat die Wahl, entweder ein halbes oder ein dreiviertel Jahr zu warten (dann ist das Gewünschte bestimmt entsprechend im Preis gefallen), oder er erwirbt einen Rechner mit der benötigten Power und kauft die anderen Komponenten (zum Beispiel den größeren RAM-Speicher oder das CD-ROM-Laufwerk) später. Wer beispielsweise gerne Computerspiele auf seinem PC einsetzt oder sich zukünftig mit Multimedia-Anwendungen beschäftigen will, darf am Prozessor nicht sparen, und CD-Laufwerke werden nicht nur immer billiger, sondern auch schneller.

Die Konfiguration

Sinnvoll sind so leistungsfähige Computer aber nur dann, wenn auch Grafikkarte, Monitor und Bussystem auf die Leistung der CPU abgestimmt sind. Eine Acceleratorkarte mit 2 bis 4 Mbyte RAM, ein 17-Zoll-Monitor und ein PCI-Bussystem sind in dieser Klasse angebracht. Die Festplatten mit EIDE-Controller und 650 Mbyte bis 1 Gbyte sind vorläufig noch Stand der Technik. Auch hier bewegen sich die Kapazitäten nach oben.

Vor allem sollte man auch auf die Anzahl der freien Steckplätze achten, wenn man später eine CD-ROM, ein Fax-Modem, weitere externe Speicherlaufwerke oder eine Netzwerkkarte nachrüsten will.

Festplatten

Gerade bei Computern mit sehr schnellen Prozessoren sollte man der Leistungsfähigkeit der Festplatte besondere Aufmerksamkeit widmen, damit die CPU nicht ständig auf Daten warten muß. Die Performance einer Festplatte ist abhängig von ihrer Zugriffszeit (sie sollte möglichst unter 15 ms betragen) und der Datentransferrate (bis zu 5 Mbyte/sec.). Bessere Festplatten verfügen heute über eine EIDE-Schnittstelle bzw. -Controller, die solche Datentransferraten erst ermöglichen.

Die Kapazität der Festplatten ist überwiegend von der Anwendung abhängig. Generell sollte man jedoch bedenken, daß beim Einsatz von Windows und dessen speziellen Anwendungsprogrammen die Untergrenze 400 bis 600 Mbyte sein sollte, da diese Programme selbst schon viel Speicherplatz auf der Festplatte benötigen. Außerdem haben Festplatten mit höherer Kapazität meist auch eine schnellere Zugriffszeit.

Das Grafiksystem

Wichtige Kriterien für ein Grafiksystem sind unter anderem die Zeilenfrequenz, die Auflösung, der Grafikstandard und die Synchronisation. Die vertikale Frequenz, auch Bildwiederholfrequenz genannt, sollte keinesfalls unter 70 Hz betragen; für das Auge angenehm und bei längerem Arbeiten am Bildschirm dringend zu empfehlen sind Werte ab 80 Hz. Für leistungsfähige Rechnersysteme bieten sich hier die Acceleratorkarten an, die über einen eigenen Grafikprozessor verfügen. Achtung: Nicht jede Karte paßt auf jeden Bus, daher vorher erkundigen, über welchen Bus der Rechner seine Daten transportiert.

Der Bildschirm sollte zumindest der MPR-II-Empfehlung entsprechen, und sich über einen eingebauten Prozessor an unterschiedliche Frequenzen anpassen lassen. Sicherlich bekommt man einen einfachen 14-Zoll-VGA-Farbmonitor fast geschenkt, dafür aber eventuell auch ein Augenleiden. Auch wer seinen PC nur wenig nutzt, sollte sich einen vernünftigen 15-Zoll-Bildschirm zulegen. Für den professionellen Einsatz scheiden Billigprodukte jedoch von vornherein aus, da hier meist längere Zeit am Bildschirm gearbeitet wird. Unter Windows sollte der Bildschirm am besten eine Diagonale von 17 Zoll aufweisen.

Bussystem

Für Rechner mit 486er- und schnelleren CPUs reicht der AT-Bus längst nicht mehr. Neuere Busarchitekturen, wie der VESA-Local- oder PCI-Bus sind daher notwendig. Besonders als Daten-Highway zwischen Prozessor und Grafikkarte eignen sie sich hervorragend und sind mittlerweile unverzichtbar.

Für Power-User:
Pentium, PowerPC und die RISC-Prozessoren

DTP-, CAD- und Multimedia-Anwender benötigen Power

Immer dann, wenn große Datenmengen verarbeitet werden sollen und hohe Rechenleistung gefordert ist, kann der Rechner nicht schnell genug sein. Also zum Beispiel bei CAD-Anwendungen, bei Multimedia, im DTP-Bereich bei der Bearbeitung von farbigen Bildern oder auch beim Einsatz als Netzwerkserver. Sicher leuchtet jedem ein, daß hier der Benutzer nicht minutenlang warten kann, bis der Rechner ein Farbbild mit 30 Mbyte Datenvolumen neu berechnet und auf dem Bildschirm aufbaut.

Die Ausstattung ist mitentscheidend

Aus dieser Aufgabenstellung resultiert auch, daß solche Computer ganz anders ausgestattet sein müssen. Generell setzt man hier den schnellsten verfügbaren Prozessor ein. Das kann heute der Pentium Pro mit 200 MHz und morgen dessen Nachfolger sein. Mehr und mehr verwendet man hier aber auch die RISC-CPUs (zum Beispiel den PowerPC, eine Gemeinschaftsentwicklung von Apple, IBM und Motorola).

Mit mindestens 32 Mbyte Hauptspeicher, Festplatten mit über 1 Gbyte (bis zu mehreren Gbyte), 17- oder 20-Zoll-Monitor, entsprechendem PCI-Grafikadapter und zusätzlichen Wechselplatten kosten qualitativ hochwertige Systeme gleich 10.000 bis 20.000 DM bei nach oben offener Preis- und Zubehörliste. Dafür bieten diese PCs der Spitzenklasse auch Alternativen beim Betriebssystem (z.B. WindowsNT, Unix, Apple).

Um das System möglichst ausbaufähig zu gestalten, sollte es einen SCSI-Adapter enthalten, da sich an diesem bis zu sieben weitere externe Geräte anschließen lassen.

2.2 Apple-Computer

Beispielhafte Bedienerführung

Von Anfang an zielte Apple mit seinen Produkten auf den professionellen Bereich. Um jedoch Marktanteile zu gewinnen und durch entsprechende Stückzahlen überhaupt überleben zu können, bietet Apple seit einigen Jahren auch im unteren Preissegment Rechner an. Beispielhaft sind bei den Apple-Systemen die Bedienerführung und die Kompatibilität von Hard- und Software. Vor allem die nachträgliche Konfiguration von zusätzlichen Geräten ist auch für Einsteiger sehr leicht zu bewerkstelligen.

Die Performa-Reihe für den Privatbereich

Für den Privatbereich bietet Apple die Performa-Reihe, die man bereits unter 2000 DM mit Harddisk, einem 14-Zoll-Farbmonitor und einem integrierten Programm erhält. Prinzipiell sind alle Apple-Systeme nicht nur sehr gut verarbeitet, sondern auch reichhaltig ausgestattet und haben gute deutsche Bedienungshandbücher, was man von vielen Industrie-Rechnern nicht behaupten kann. Nur in der Performa-Reihe bietet Apple noch Rechner mit den Motorola-68040-Prozessoren, alle anderen Computer sind mit einer PowerPC-CPU ausgestattet.

Besonders bei Druckereien, Verlagen und Agenturen beliebt

Bereits bei den Systemen des untersten Preissegments hat der Anwender Zugriff auf die gesamte für die Mac-Serie lieferbare Software (ca. 5000 Programme). Besonders geeignet ist der Mac für Anwender, die – und wenn auch nur entfernt – mit Grafik- und Bildverarbeitung zu tun haben, denn bei aller Bescheidenheit darf der Macintosh von sich behaupten, der Urgroßvater des Desktop Publishing zu sein. Das ist vor allem durch die große Softwareauswahl auf diesem Gebiet und der Verbreitung des Macintosh in Druckereien, Verlagen und Agenturen gewährleistet.

Für den professionellen Bereich

Die Profireihe nennt sich Power Macintosh, seit Apple seine Produktpalette mit dem PowerPC-Chip ausstattet. Rechner mit den schnellen PowerPC-Prozessoren sind heute nur noch unwesentlich teurer als die auf Intel basierenden Rechner, vor allem wenn man die komplette Ausstattung beider Systemwelten miteinander vergleicht. So sind z.B. beinahe alle Apple-Computer standardmäßig mit einer SCSI-Schnittstelle ausgestattet.

2.3 Wo kauft man seinen PC?

Die Einkaufsquellen

Nicht nur die Produktpalette ist für den Anwender verwirrend, sondern auch die mannigfachen Möglichkeiten des Einkaufs. Generell kann man seinen PC über folgende Einkaufsquellen beziehen:

Der Fachhandel

1. Die Produkte namhafter Hersteller werden größtenteils über den Fachhandel vertrieben (z.B. Compaq, NEC, Apple, Siemens-Nixdorf, IBM, Olivetti usw.). Da anscheinend der Verkauf über den Fachhandel nicht die erhofften Stückzahlen bringt, bieten einige dieser Hersteller ihre Rechner der unteren und mittleren Leistungsklasse auch über Computerläden an.

Der Direktversand durch den Hersteller

2. Andere Hersteller wählen den direkten Weg zum Kunden über den Computerversand, zum Beispiel: Dell Computer, Digital Equipment, Gateway, ALR und viele andere.
   Diese Einkaufsquelle unterscheidet sich von der erstgenannten dadurch, daß einerseits das Preis-Leistungs-Verhältnis besser ist, da der Zwischenhandel entfällt, und andererseits die Wartung des Rechners durch den mobilen Service des Herstellers direkt erfolgt und nicht über einen Händler.

Computershops

3. Computershops suchen ihre Kunden mit den sogenannten No-Names bzw. Händlermarken. Für diese Computer kauft der PC-Händler die jeweiligen Teile von verschiedenen Herstellern und baut sie zu einem Komplett-System zusammen. Zuletzt erhält das Gehäuse noch einen Aufkleber mit einem Phantasienamen und »fertig ist die Kiste«. Zahlreiche Tests in namhaften Computerzeitschriften wiesen nach, daß diese Systeme weder langsamer noch schlechter als die Markengeräte sein müssen – ganz im Gegenteil. Diese Anbieter vertreiben ihre Produkte sowohl regional über Ladengeschäfte als auch überregional in Computerzeitschriften.
   Dieser Vertriebsweg setzt sich mit zunehmendem Wissen der Anwender mehr und mehr durch und hat bereits heute alle anderen überholt. Besonders der Privatmann kann hier für relativ wenig Geld leistungsfähige Rechner erstehen.

Kaufhäuser und Großmärkte

4. Kaufhäuser und Großmärkte. Sie kaufen in der Regel komplette Geräte von den unter 3. genannten Händlern oder von Markenherstellern ein und vertreiben sie entweder unter dem gleichen Namen wie diese oder unter einem eigenen. Allerdings sollte man gerade bei dieser Gruppe kritisch nachfragen, wer denn im Fall des Falles die Reparaturen ausführt.

Wo man seinen PC kauft, ist Einstellungssache. Der private Anwender sollte in den Gruppen 2 bis 4 einen geeigneten Händler finden. Im geschäftlichen Bereich wird sich die Auswahl auf die Gruppen 1 bis 3 erstrecken, da auch bei den unter 3. genannten Händlern inzwischen 24- oder 48-Stunden-Service und gute Qualität geboten werden. Wer dagegen meint, daß auf seinem PC ein standesgemäßes Etikett kleben muß und wer sich von namhaften Firmen beraten lassen und deren Service in Anspruch nehmen will, für den kommen nur die Gruppen 1 und 2 in Frage.

Kapitel 10

Von A bis Z: Lexikon

A

Ablaufdiagramm *(Flußdiagramm)*
Es zeigt grafisch die organisatorische und logische Aufeinanderfolge eines Datenflusses oder eines Programmablaufes. Man unterscheidet zwischen *Datenflußplan, *Programmablaufplan und Befehlsdiagramm.

Add-Ons
Hilfs- oder Zusatzprogramme für Standard-Software.

Adresse
Die EDV unterscheidet zwischen drei verschiedenen Adreßarten: Daten-, Programm- und Geräteadressen. Sie sind in der Regel numerisch angegeben. Normalerweise versteht man unter einer Adresse die Nummer zum Auffinden eines Speicherplatzes im *Arbeitsspeicher oder Datenträger. Über die Adresse hat man Zugriff zur Speicherposition von Daten.

Akustikkoppler
Damit können Daten aus einem Computer per Telefon zu einem anderen Computer übertragen werden. Hierzu müssen die *digitalen Signale aus dem Computer in *analoge für das Fernsprechnetz umgewandelt werden.

Algorithmus
Rechenvorgang, der nach einem bestimmten Schema abläuft.

Alphanumerisch
Aus Buchstaben, Ziffern und Sonderzeichen bestehende Zeichenfolgen.

Analog
Darstellen eines Wertes durch eine diesem Wert entsprechende physikalische Größe; zum Beispiel: Kodierung und Text sind im Prozessor *digital gespeichert. Zur optischen Erkennung werden die Daten umgewandelt und grafisch auf dem *WYSIWYG-Bildschirm sichtbar dargestellt. Einen ähnlichen Vorgang kennt man bei elektronischen Uhren.

ANSI *(American National Standards Institute)*
Normenausschuß in den USA, ähnlich wie der DIN-Ausschuß in der Bundesrepublik.

Anwendungssoftware
Darunter versteht man Programme, die zum Lösen spezieller Probleme und Anforderungen dienen.

Applikation
Bedeutet: Anwendung. Überbegriff für die Anwendungssoftware sowie sich daraus ergebende Regeln und Anwendungsvorschriften.

Arbeitsspeicher *(Hauptspeicher)*
Der Arbeits- oder Hauptspeicher besteht aus frei programmierbaren Halbleiterelementen, den *RAMs, die dem Anwender als Programm- und Datenspeicher zur Verfügung stehen.

ASCII
Abkürzung für: American Standard Code for Information Interchance = Amerikanischer 7-Bit-Standard-Code für die Anordnung der Zeichen innerhalb eines Zeichensatzes auf freiwilliger Basis, der inzwischen international anerkannt wird. Der mit ASCII kodierbare Zeichenumfang besteht aus Groß- und Kleinbuchstaben, Ziffern und Sonderzeichen. Da es sich um einen amerikanischen Standard handelt, unterliegen die deutschen Umlaute »ä«, »ö«, »ü« und das »ß« nicht der internationalen ASCII-Norm.

---

* Sternchen vor einem Begriff weisen darauf hin, daß dieser an anderer Stelle eigens beschrieben wird.

Assembler *(Assemblierer)*
Übersetzt die in der Assembler-Programmiersprache geschriebene *Anwendersoftware in die Maschinensprache des Computers.

Asynchron
Im Gegensatz zur *synchronen Datenübertragung sind Sender und Empfänger nicht gleich getaktet. Es ist daher nötig, im Start-Stopp-Betrieb zu senden, damit der Empfänger erkennt, wann die Übertragungsprozedur beginnt und wann sie beendet ist.

ATM *(Adobe Type Manager)*
Dient zur besseren Schriftdarstellung auf IBM-kompatiblen und Macintosh-Computern.

Attribut
Steht für Eigenschaften. Bei *relationalen Datenbanken meint man damit die kleinste Informationseinheit, zum Beispiel einen Feldinhalt.

Auflösung
Bezeichnet die Anzahl der Punkte, die ein Gerät darstellen kann, z.B. der Bildschirm oder der Drucker. Die Angaben erfolgen pro Zoll oder pro Zentimeter.

Aufwärtskompatibel
Als aufwärtskompatibel versteht man weiterentwickelte Hard- oder Software, die noch grundlegende Eigenschaften (Attribute) der Vorgängerversion enthalten.

Auto-Repeat
Tastaturfunktion bei elektronischen Tastaturen: Solange die betreffende Taste gedrückt bleibt, wird der Buchstabe wiederholt.

B

Back up
1. Hardware: Reservesystem, das bei Ausfall des Hauptsystems zur Verfügung steht, um die Produktion bzw. die Verwaltung aufrechtzuerhalten.
2. Software: Sicherungskopie eines Datenbestandes, um bei Bedienungs-, Material- oder Verarbeitungsfehlern nicht den gesamten Datenbestand neu erfassen zu müssen.

Basic *(Beginners All Purpose Symbolic Instruction Code)*
Eine verbreitete Programmiersprache. Ideal für Anfänger und Gelegenheitsprogrammierer, da sie sich relativ leicht erlernen läßt. Zur Bewältigung von komplexen Aufgaben allerdings weniger geeignet.

Batch
Stapelverarbeitung. Programme und Daten werden dem Rechner als Ganzes übergeben und werden vom Betriebssystem der Reihe nach abgearbeitet.

Baud
Veralterte Bezeichnung für die Geschwindigkeit bei der Datenübertragung. Sie sagte aus, mit welcher Geschwindigkeit digitale Daten vom Computer per Datenleitung übertragen werden können. Heute gibt man die Übertragungsgeschwindigkeit mit Bit pro Sekunde an.

Befehl
Der Befehl ist die kleinste Funktionseinheit eines Programms. Befehle sind genau definiert und müssen exakt in der vorgeschriebenen Form eingegeben werden.

Benchmark
Testprogramm zur Überprüfung der effektiven Rechnerleistung.

Betriebssoftware
Siehe *Betriebssystem.

Betriebssystem
Erst das Betriebssystem versetzt den Computer in die Lage, zu arbeiten. Das Betriebssystem übernimmt die Steuerung und Verwaltung der internen Rechnerfunktionen, es legt auch Daten auf freie Diskettenplätze und sorgt für das Wiederauffinden. Bis zum Erscheinen des IBM-PC war das CP/M-Betriebssystem am weitesten verbreitet. Mit dem IBM-PC entstand die sogenannte »Industrienorm« *MS-DOS (auch als PC-DOS bekannt).

Bidirektional
Mit diesem Begriff wird meist eine bestimmte Art von Schnittstellen definiert: Die bidirektionale Schnittstelle überträgt Daten in beide Richtungen.

Bidirektionaler Drucker
Bezeichnung für die Eigenschaft eines Druckers (zum Beispiel Matrixdrucker), in beide Richtungen zu drucken, also sowohl beim Vor- als auch beim Rücklauf.

Bildplatte *(Videoplatte)*
Zeichnet im Gegensatz zur *CD-ROM *analoge Bildsignale in Form von kleinen Löchern entlang einer spiralförmigen Spur auf. Bei einem Durchmesser von 30 cm hat die Bildplatte 54.000 Spuren.

Bildschirmtext *(Btx)*
Frühere Bezeichnung von Telekom online.

Binär
Beim Binär-System werden alle Zahlen, Zeichen und Daten durch die Zeichen 0 und 1 dargestellt.

BIOS *(Basic Input/Output System)*
Grundinformationen für den PC, ohne die er nicht starten kann. Sorgt dafür, daß das Betriebssystem eingelesen wird.

Bit *(binary digit)*
Kleinste elektronische Einheit, die nur zwei Zustände hat:
0 = aus.
1 = ein.
Alle in der Datenverarbeitung verwendeten Zeichen müssen daher durch eine Kombination von Einsen und Nullen darstellbar sein. 8 Bit ergeben 1*Byte, zum Beispiel Buchstabe D = 11000100. Insgesamt kann man mit 8 Bit 256 Zeichen darstellen.

Bitmap
Als Bitmap bezeichnet man eine aus Bildpunkten zusammengesetzte Seite, gleich welchen Inhalts. Laserdrucker bauen z.B. eine komplette Seite (Text und Grafik) aus einzelnen Bildpunkten auf. Diese Seitenstruktur bezeichnet man als »Bit-Landkarte (Bitmap)«.

Block
In der Regel eine festgelegte Länge von Datensätzen (records) auf dem Magnetband. Die Blocklänge ist eine definierte Anzahl von Datensätzen.

Board
Mit Board oder auch Platine bezeichnet man Bauteile eines Computers, auf dem analoge und digitale Bauelemente vereinigt sind. So enthält zum Beispiel das Motherboard die CPU, interne Speicher, Ein-/Ausgabeschnittstellen usw.

Booten
Selbständiges Laden eines Programms (zum Beispiel Betriebssystem) nach dem Einschalten (oder »Reset«) des Computersystems.

bpi *(bit per inch)*
Gibt Aufschluß über die Zeichendichte bei magnetischen Datenträgern, z.B. beim Magnetband.

Breitbandnetz
Übertragungsnetz mit einer Bandbreite, die über dem Fernsprechnetz liegt, zum Beispiel das Fernsehnetz (300 bis 3400 Hz).

BZT-Nummer
Vom »Bundesamt für Zulassungen der Telekommunikation« erteilte Zulassungsnummer für private Geräte, die an öffentliche Fernmeldewege oder -einrichtungen angeschlossen werden können. Es ist strafbar, Geräte ohne BZT-Zulassung an das Telekomnetz anzuschließen.

Bus *(Bussystem)*
Das Leitungssystem innerhalb des Rechners, das für den Transport der Daten und Informationen zwischen Sender und Empfänger verantwortlich ist.

Business Grafik
Umsetzung von unübersichtlichen Zahlenkolonnen in leicht verständliche grafische Darstellungen (zum Beispiel Säulen- oder Kreisdiagramm).

Byte
Besteht in der Regel aus 8 *Bit. Es bildet die kleinste adressierbare Speicherstelle. Mit einem Byte kann man zum Beispiel jeweils eines von 256 möglichen alphanumerischen Zeichen darstellen.

C

C
Höhere *Programmiersprache. Bekannt wurde diese Programmiersprache durch die zunehmende Verbreitung des *Mehrplatzbetriebssystems *Unix, das fast ausschließlich in C geschrieben ist.

Cache
Sehr schneller Zwischenspeicher (SRAM). Beschleunigt das Lesen aus Massenspeichern oder die Arbeitsgeschwindigkeit des Prozessors, da die Daten hier schneller gelesen und gespeichert werden können als in den normalen DRAMs.

CAD *(Computer-Aided-Design)*
Darunter versteht man die EDV-unterstützte Konstruktion. CAD kann neben dem Erstellen von Berechnungen und Zeichnungen auch die kaufmännischen Gesichtspunkte berücksichtigen. Durch den Einsatz des CAD-Systems können mit wenigen Änderungen schnell und sicher Varianten oder Korrekturen an einer Konstruktion vorgenommen werden.

CAI *(Computer-Assisted-Instruction)*
1. Spezielle Lehrtechnik für das computerunterstützte Erlernen von bestimmbaren strengen Abläufen (z.B. Geräteeinweisung, Programmierung).
2. Im Industriebereich versteht man darunter: Computer Aided Industry = Computer-unterstützte (assistierte) Industrie. Man meint damit ein Konzept für den Informationsverbund innerhalb eines Unternehmens, bestehend aus Fertigungsplanung, Konstruktions- und Produktionsplanung usw.

CAM *(Computer-Aided-Manufacturing)*
Allgemeiner Computereinsatz in der Fertigung. Umfaßt in der Regel auch die Steuerung und Überwachung von Maschinen und den Materialfluß.

Cartridge
Transportables Speichermedium, meist in Form einer Kassette.

CCITT
(Comité Consultativ International Télégraphique et Téléphonique)
Internationaler beratender Ausschuß für den Telegrafen- und Fernsprechdienst mit Sitz in Genf.

CD-I *(Compact-Disk-ROM)*
Digitaler Datenträger, der nicht selbst beschreibbar ist. Wurde von Philips und Sony als integriertes Abspielmedium für Multimedia entwickelt. Der Anwender kann ihren Inhalt auf einem handelsüblichen Fernseher betrachten.

CD-ROM
(Compact Disk-Read Only Memory)
Nicht löschbarer, digitaler Datenträger mit 12 cm Durchmesser, auf dem Text, Grafik, Bild, Ton und Bewegtbilder gespeichert werden können.

Centronics-Schnittstelle
*Parallele, 36polige Schnittstelle; wird hauptsächlich zur Verbindung von Computer und Drucker verwendet. Im Gegensatz zur *IEEE-Schnittstelle kann nur ein Drucker angeschlossen werden.

CEPT *(Conférence Européenne des Administrations des Postes et des Télécomunications)*
Europäischer Zusammenschluß der Postverwaltungen; verantwortlich für die Festlegung von Standards und Richtlinien, insbesondere für *Bildschirmtext.

Chip *(Mikrochip)*
Halbleiterbaustein aus integrierten Schaltungen. Auf einem nur ca. 10 mm großen und 0,5 mm dicken Siliziumplättchen sind Hunderttausende von integrierten Schaltungen enthalten.

CIM *(Computer Integrated Manufacturing)*
Rechnergestütztes integriertes Fertigen. Bezeichnet im engeren Sinne eine Teilfunktion, nämlich die des Fertigungsprozesses. Neuerdings wird CIM vermehrt als Sammelbegriff der datenmäßigen Integration des gesamten Unternehmens verwendet. CIM umfaßt den koordinierten Einsatz der EDV zur flexiblen Automation des gesamten Produktionssystems. CAD, CAM, CAQ (rechnergestützte Qualitätssicherung) usw. sind demnach Teilbereiche von CIM.

CISC-Prozessoren *(Complex Instruction Set Computing)*
Diese Prozessoren arbeiten mit einer großen Anzahl von Befehlssätzen, die sie allerdings in ihrer Schnelligkeit behindern. Mit dieser Technik sind alle gängigen Standard-CPUs von Intel und Motorola (80x86, Pentium und 680x0) konstruiert.

Client
In der Regel versteht man darunter einen Arbeitsplatzrechner (z.B. PC), der per Netzwerk an einen *Server angeschlossen ist.

Cobol *(Common Business Oriented Language)*
Höhere Programmiersprache, die hauptsächlich im kaufmännischen Bereich eingesetzt wird. Ehemals für Großcomputer geschrieben, wird Cobol inzwischen auch auf den leistungsfähigen Mikrocomputern angewandt.

COM
Bezeichnung für die *serielle Schnittstelle im PC.

Compiler
Programm, das die Programmiersprache in Maschinensprache übersetzt. Das übersetzte (kompilierte) Programm kann nach dem Linken beliebig oft aufgerufen und benutzt werden.

Compuserv
Compuserv ist ein amerikanisches Unternehmen, das Datennetze zur Informationsgewinnung (z.B. Wirtschaftsdienste) und Foren zur Kommunikation mit einzelnen Personen oder Gruppen in aller Welt zur Verfügung stellt. Compuserv ist über Knotenrechner, die weltweit in vielen Großstädten stehen (z.B. auch in München und Berlin), erreichbar. Der Zugang zu diesen Rechnern erfolgt über das Telefonnetz per Computer, Modem und Terminalprogramm. Compuserv selbst stellt hierfür auch eigene Software zur Verfügung. Compuserv bietet dem Nutzer sowohl die Möglichkeit zur Kommunikation per E-Mail im eigenen Netz als auch mit anderen Netzen (z.B. Internet, AT&T-Mail usw.).

Controller
Rechnerteil, kontrolliert und steuert die richtige Abarbeitung von Befehlen in der richtigen Reihenfolge. Übernimmt zum Beispiel die Kontrolle und Steuerung der *Magnetplatte oder des Drukkers.

Coprozessor
Zusätzlicher Prozessor, der den Hauptprozessor bei mathematischen Aufgaben unterstützt, z.B. bei der Bildbearbeitung oder Tabellenkalkulation. Andere Bezeichnungen für den Coprozessor: Fließkomma-, Floatingpoint-Prozessor.

CP/M *(Control Program for Microcomputers)*
*Betriebssystem für PCs mit 8-Bit-Prozessoren. CP/M war das erste standardisierte Betriebssystem für die Prozessortypen 8080 und 8085 von Intel sowie den Z 80 von Zilog.

CPS *(Character Per Second)*
Gibt die Druckerschnelligkeit in Zeichen pro Sekunde an.

CPU *(Central Processing Unit)*
Siehe auch Zentraleinheit. Vereinfacht bezeichnet man heute den Prozessor ebenfalls als CPU.

CRT *(Cathode Ray Tube)*
Kathodenstrahlröhre, die je nach Konstruktion sowohl darstellen (Bildschirm) als auch schreiben (Fotosatzbelichter) kann.

Cursor
Schreibmarke, die zum Anzeigen der Schreibstelle am Bildschirm dient.

D

Datei
Einheit von zusammengehörigen Daten, die zum Beispiel in einer *Datenbank gespeichert sein können.

Datenbank
Eine Sammlung von Informationen (Daten) in einer computer- bzw. programmgesteuerten Form. Diese Daten können, Texte, Bilder oder sonstige Informationen sein und nach unterschiedlichen Kriterien sortiert werden.

Datenbus
Teil des Bussystemes von Personalcomputern, auf dem Daten oder Befehle transportiert werden.

Datenfernverarbeitung *(DFV)*
Übertragen und Verarbeiten von Daten per Datenleitung von Ort A zu Ort B. Man unterscheidet zwischen Online- (Dialog) und Offline-Datenfernverarbeitung. Bei der Dialogverarbeitung antwortet der angeschlossene Rechner sofort, während bei der Offline-Verarbeitung die Daten zuerst gespeichert und dann zu einem beliebigen Zeitpunkt bearbeitet werden.

Datenflußplan
Während der Vorarbeiten zur Programmerstellung erarbeitet man den organisatorischen Datenflußplan, der erforderlich ist, um eine Aufgabe zu bewältigen. So wird festgelegt, welche Eingabe-, Speicher- und Ausgabesysteme des EDV-Systems aktiv an der Ausführung des Programms beteiligt sind. Der Datenflußplan zeigt also den Fluß der Daten unter Einbeziehung der am Programmablauf beteiligten Geräte (Speicher).

Datex *(Kunstwort für Data exchange)*
Datenübertragungsverfahren im digitalen Übertragungsnetz der Bundespost mit verschiedenen Übertragungsgeschwindigkeiten. Man unterscheidet zwischen Datex-P und Datex-J.
Datex-P: Das »P« steht hier für »Paketvermittlung«. Bildlich kann man sich das so vorstellen, als ob zwischen zwei Städten ein Transportband aufgebaut wäre und jeder, der eine Information verschicken will, legt sein Informationspaket auf dieses Band. So können mehrere Anwender das Band gleichzeitig nutzen.
Datex-J: Über dieses Netz transportiert *Bildschirmtext seine Daten.

DDV *(Datendirektverbindung)*
Festgeschaltete Verbindung (Standleitung) zwischen zwei Hauptanschlüssen.

Debugger
Dienstprogramm zur Fehlersuche und zum Testen von Computerprogrammen.

Decoder
Ein Gerät, das die Umwandlung von elektronischen Informationen oder Codes vornimmt und zwar so, daß ein anderes Gerät diese verarbeiten kann.

Desktop
Grafische Darstellung einer Schreibtischoberfläche auf dem Bildschirm zur Bedienerführung anhand sogenannter *Icons, beispielsweise die Bedienerführung beim Macintosh von Apple oder bei Windows.

Desktop Publishing
Man meint damit das »Drucken oder Verlegen am Schreibtisch«. Das heißt, daß sich mit einem Personalcomputer, diversen Spezialprogrammen und einem Tischlaserdrucker Druckvorlagen oder kleine Auflagen von Texten, Grafiken und Bildern ausdrucken lassen.

DFÜ *(Datenfernübertragung)*
Übertragung von Daten mit Hilfe der Öffentlichen Netze (z.B. der Telekom).

Digital
Ursprünglich: ziffernartig, ziffernfähig. Digit ist die Bezeichnung für die *Binärziffer. Buchstaben, Ziffern und Zeichen werden so digitalisiert, daß sie für den Computer verarbeitungsfähig sind. Das Gegenteil von digital ist *analog.

Directory
Inhaltsverzeichnis.

Diskette
Kleiner, wechselbarer und wiederbeschreibbarer Datenträger aus einer beschichteten Kunststofffolie mit magnetisierbarer Oberfläche. Größen: 2 bis 5.25 Zoll Durchmesser, wobei die 3.5-Zoll-Diskette am häufigsten verbreitet ist. Kann ein- (single-sided) oder zweiseitig (double-sided) beschreibbar sein.

Double-Density
(doppelte Speicherdichte)
Datenträger mit doppelter Speichermenge, die Speicherkapazität wurde demnach um 100 % erhöht.

Double-Sided *(doppelseitig)*
Wird in Zusammenhang mit Laufwerken oder Disketten genannt. Ein Laufwerk kann zwei Schreib-Lese-Köpfe besitzen und damit auf beide Seiten einer Diskette zugreifen.

Down-Loading
Ermöglicht das Laden von Zeichen und Zeichensätzen vom PC in den Drucker. Der Drucker speichert somit alle Schrift- bzw. Grafiksymbole in seinem eigenen Speicher.

DRAM
Dynamischer RAM-Speicher.

3D-Darstellung
Räumliche Darstellung von Gegenständen. Man unterscheidet zwischen Draht-, Flächen- und Volumenmodellen.

Duplex *(auch Vollduplex)*
Gleichzeitige Übertragung von Daten über den Fernmeldeweg in beide Richtungen.

E

EBCDI-Code *(Extended Binary Coded Decimal Interchange Code)*
Standardcode, der Zeichen mit 8 *Bit in einem *Byte kodiert. Dadurch können 256 alphanumerische Zeichen und Symbole dargestellt werden; wird in der Groß-EDV verwendet.

Editor
Programm oder Programmteil zum Erfassen oder Verarbeiten von Texten.

EDO-*DRAM
(EDO = Extended Data Out)
Der EDO-*DRAM ist eine Weiterentwicklung der sonst üblichen *DRAMs und unterscheidet sich durch eine längere Verfügbarkeit der Daten am Ausgang und optimierte Speicherzyklen.

Einsteckkarte
Hardware-Erweiterungen, die auf der Computerplatine einfach aufgesteckt werden.

Empfangsprotokoll
Vereinbarung über die Art und Weise der Übertragung und Darstellung von Daten. Wird außerdem zur Kontrolle der Richtigkeit und Vollständigkeit der übertragenen Daten benötigt.

Emulation
Durch Emulation können Programme, die auf einem Computer laufen, so angepaßt werden, daß sie auch auf einem nicht baugleichen Computer eingesetzt werden können.

EPROM *(Erasable Programmable Read Only Memory)*
Festwertspeicher, den man durch UV-Licht mehrmals löschen und neu programmieren kann.

Ethernet
Lokale Netzverbindung (Koaxialkabel) zwischen Computern innerhalb eines Gebäudekomplexes mit hoher Übertragungsrate.

Expanded Memory
Damit bezeichnet man den Speicherbereich oberhalb von 1 Mbyte des Hauptspeichers unter dem Betriebssystem DOS. Er kann mit einem Einheitentreiber nach den LIM-Spezifikationen (Lotus-Intel-Microsoft) angesprochen werden. Dabei wird jeweils eine Speicherseite (Page) mit 64 Kbyte in ein Fenster innerhalb des adressierbaren, aber ungenutzten Bereiches des Hauptspeichers angesprochen und dort verändert.

Extended Memory
Darunter versteht man den Speicherbereich von 1 Mbyte bis 16 Mbyte des Hauptspeichers, den die 80286- und 80386-CPUs im sogenannten »Protected Mode« adressieren können. – MS-

DOS verfügt jedoch über keinerlei Einrichtungen, um diesen Bereich anzusprechen. So bleibt eine Programmausführung für diesen Bereich anderen Betriebssystemen (z.B. *Windows, *OS/2 oder *Unix) vorbehalten. MS-DOS kann lediglich über eine Floppy-Emulation (RAM-Laufwerk) oberhalb von 1 Mbyte Daten ablegen.

Externer Rechner
Ein an den *Telekom-online-Dienst der Bundespost angeschlossener privater Computer eines Informationsanbieters. Die Anbindung erfolgt über das *Datex-P-Netz. Heute stehen bereits externe Rechner auf PC-Basis zur Verfügung.

Externer Speicher
Zusätzlicher Speicher zur *Zentraleinheit (zum Beispiel Festplatte, Diskette), dient zur Speicherung der Datenbestände.

F

FAT *(File Allocation Table)*
Bezeichnung für die Datei-(File-)Organisation auf einem Datenträger (z.B. Diskette) unter dem Betriebssystem DOS. In der FAT sind alle Strukturdaten für den Datenträger eingetragen.

Fenstertechnik
Eine starre Menütechnik hat den Nachteil, daß sie immer nur einen Bildschirminhalt auf dem Monitor anzeigen kann. Im Gegensatz dazu ist die Fenstertechnik in der Lage, in die vorhandene Bildschirmdarstellung Informationen aus einem anderen Programmteil einzublenden, allerdings ist an dieser Stelle die Information der Grundmaske nicht sichtbar und zwar so lange, bis das Fenster wieder geschlossen wird. Durch das Teilen des Bildschirms können sowohl unterschiedliche Programme als auch unterschiedliche Dateien bearbeitet werden.

Festplatte
Massenspeicher, *Magnetplatte oder Magnetplattenstapel, die in ein Computersystem eingebaut sind und vom Anwender nicht gewechselt werden können.

File *(Ablage, Datei)*
Daten (bzw. Texte) ordnet man in einzelnen Dateien, um sie gezielt aufzurufen und zu verarbeiten. Dabei unterscheidet man zwei Filearten:
1. Programmfiles, meist nur als »Programm« bezeichnet (werden mit Hilfe einer Programmiersprache erzeugt).
2. Datenfiles, bestehen aus einzelnen zusammengehörenden Sätzen (Datenfiles werden in der Regel von einem Programm erstellt).

Floppy Disk
Veralteter Ausdruck für *Diskette.

Formatieren
Verfahren zur Festlegung von Spuren und Sektoren auf einem rotierenden Speichermedium (z.B. Festplatte, CD-ROM usw.). Dazu werden die Platten in der Regel mit konzentrischen Spuren versehen. Diesen wird durch Beschreiben eine bestimmte Anzahl von Speicherplätzen je Spur fest vorgegeben, das heißt sie werden in ein Format gebracht. Der Speicherplatz wird als Sektor bezeichnet.

Fortran *(Formula Translation)*
Höhere Programmiersprache im technisch-wissenschaftlichen Bereich.

Funktionstasten
Speziell gekennzeichnete Tasten (zum Beispiel F1 , F2 usw.), die die Ausführung eines Befehls mit einem einzigen Tastendruck erlauben. Zum Beispiel das Löschen, Verschieben, Abspeichern von Texten oder das Zeichnen von Linien usw.

G

Gateway
Rechner oder Rechnerteil mit der Aufgabe, einen oder mehrere Rechner oder Netze miteinander zu verbinden.

Gatewayseite
Bei *Telekom online versteht man unter der Gatewayseite die Verbindungsseite zwischen Postrechner und *externem Rechner des Anbieters.

GDI *(Graphical Device Interface)*
Übersetzt heißt Graphical Device Interface etwa Grafische Geräte-Schnittstelle. Sie ist fester Bestandteil von Windows und ermöglicht die Kommunikation zwischen den Anwendungen, die unter Windows laufen, und dem Drucker. GDI ist eine Ansammlung von Funktionen und Befehlen, die die Ein- und Ausgabe steuern. Bei Drukkern, die über keine eigene GDI-Schnittstelle verfügen, muß man die GDI-Sprache über einen Druckertreiber in eine für den Drucker verständliche Sprache umwandeln, was zusätzliche Rechenzeit kostet. Bei speziellen GDI-Druckern ist dies überflüssig, da sie die GDI-Befehle direkt verstehen und die benötigten Rasterdaten erzeugen.

Grafikkarten
Sie sind die technische Voraussetzung, um hochauflösende und/oder bunte Grafiken auf dem Bildschirm sichtbar zu machen. Ihre Leistungsfähigkeit zeigt sich in der Anzahl der aufzulösenden Punkte und den Graustufen bei monochromen Karten, sowie der Anzahl der darstellbaren Farben (von 2 bis 16,7 Mio.) im Farbbereich.

Grafiktablett
Meist auf magnetischer Basis arbeitendes Tablett mit Zeichenstift. Bewegungen des Stiftes auf der Tafel werden durch eine spezielle Logik im Bildschirm umgesetzt.

GUI *(Graphical User Interface)*
Überbegriff für grafische Benutzeroberflächen (z.B. bei Windows oder OS/2). Bei dieser Art der Bedienerführung müssen nicht umständlich alle Programmbefehle gelernt werden. Die Programmsteuerung erfolgt vielmehr mit Hilfe von Maus, *Ikonen und *Pull-down-Menüs.

H

Halbduplex
Wechselseitige Übertragung über den Fernmeldeweg, wobei entweder gesendet oder empfangen werden kann, im Gegensatz zu *Duplex.

Handshaking
Synchronisierte Datenübertragung zwischen Peripheriegeräten und Zentralsystem. Beim Hardware-Handshaking überträgt eine extra Leitung das Signal zur Synchronisierung, beim Software-Handshaking löst das Steuerzeichen die Synchronisierung aus.

HDLC *(High Level Data Link Control)*
Gesichertes Übertragungssteuerungsverfahren für synchrone Datenübertragung im *Datex-P-Netz mit X.25-Anschluß.

Hexadezimalsystem
Alphanumerisches Zahlensystem, beruht auf der Einheit 16. Es umfaßt die 10 Ziffern 0 bis 9 und die 6 Buchstaben A bis F. In der EDV werden die einzelnen Stellen binär kodiert. Die größte mit einem Byte darstellbare HEX-Zahl ist FF. Gegenüberstellung der Zahlen im Dezimal- und Hexadezimalsystem:

0	1	2	3	4	5	6	7	8	9	10	11	12	13	14	15
0	1	2	3	4	5	6	7	8	9	A	B	C	D	E	F

Hierarchische Datenbankprogramme
Daten und Datenbanken sind in der hierarchischen Datenbank baumförmig verknüpft. Die

meisten hierarchischen Datenbanken haben den Nachteil, daß man im voraus alle Struktur- und Selektiermöglichkeiten festlegen muß. Sie sind in der Regel nicht so flexibel wie die *relationalen Datenbanken.

Hintergrundverarbeitung
Arbeitet ein Computer an mehreren Programmen »gleichzeitig«, so muß eine entsprechende Wertigkeit festgelegt werden, welche Aufgaben mit welcher Priorität erfolgen können. Der Rechner sollte allerdings dem Dialog zwischen Computer und Mensch eine hohe Priorität einräumen, um Wartezeiten bei der Verarbeitung zu vermeiden. In den dazwischenliegenden Dialogpausen kann der Rechner andere Aufgaben bewältigen. Es entsteht so der Eindruck, als ob der Rechner im »Hintergrund« arbeitet.

Host-Computer *(Hauptrechner)*
Normalerweise versteht man darunter den Haupt- oder Steuerrechner eines EDV-Systems, mit dem kleinere Anlagen verbunden sind. In einem Rechenzentrum erbringt der Host praktisch Leistungen für ein anderes Computersystem, zum Beispiel den Zusammenschluß mehrerer Datenbanken.

Hyphenation *(Silbentrennprogramm)*
Das Silbentrennprogramm trennt Wörter innerhalb eines Ausschlußbereiches nach Standardregeln. Moderne Silbentrennprogramme verfügen außerdem über ein »Ausnahmelexikon«. Dieses kann zusätzlich spezielle Worte mit seinen eigenen Trennungen speichern, ohne die Trennlogik des Silbentrennprogramms zu beeinflussen.

I

IDN
Integriertes Text- und Datennetz. Umfaßt im wesentlichen Telex-, *Datex- und die *Datendirektverbindung (*DDV).

IEEE-Schnittstelle *(IEEE-Interface)*
*Parallele, 36polige Schnittstelle. Wie die *Centronics-Schnittstelle hat die IEEE-Schnittstelle 8 Datenleitungen zuzüglich Steuerleitungen. Im Gegensatz zur Centronics-Schnittstelle steckt man mehrere Druckerstecker im Huckepackverfahren aufeinander. Sie können dann unabhängig voneinander adressiert und angesprochen werden.

Ikon *(Icon)*
Grafische Symbole zur Erleichterung der Bedienerführung, insbesondere bei Anwendung der *Maus-Technik (zum Beispiel Windows). Ikonen ersparen teilweise das Erlernen und Eingeben der Befehlsstrukturen.

Informatik
Die Wissenschaft von der Theorie und der Anwendung des Computers.

Inhouse-Netz
Der Zusammenschluß von Computern oder von Computer- und Peripheriegeräten mittels eines Kabelnetzes. Dabei sind auch die postalischen Definitionen zu beachten, die festlegen, wo das private Gebäude aufhört und das öffentliche Datennetz beginnt.

Initialisieren *(Formatieren)*
Einmaliges Vorbereiten eines Datenträgers zum Beschreiben und Lesen. Initialisiert man einen bereits beschriebenen Datenträger, so löscht man dadurch den gesamten Inhalt.

Integrierte Schaltung
(Integrated circuit = IC)
Eine aus miniaturisierten Bauelementen bestehende elektronische Schaltung auf einem *Chip. Man faßt hierzu möglichst viele einzelne elektronische Schaltelemente zu einer logischen Funktionseinheit in einem Gehäuse zusammen, um möglichst kostengünstig produzieren zu können.

Interaktiv
(sich gegenseitig beeinflussend)
Im interaktiven Betrieb besteht ein direkter Dialog zwischen Maschine und Bediener, das heißt, daß die Maschine dem Bediener die eingegebene Veränderung sofort anzeigt.

Interface
Schnittstelle zwischen Ein- und Ausgabegerät oder zwischen unterschiedlichen Computersystemen. Hierzu gehört neben der Hardware auch die Software.

Interlaced
Betriebsart des Monitors, bei dem das sichtbare Bild in 2 Raten aufgebaut wird (Zeilensprungverfahren). Bei Non-Interlaced-Verfahren dagegen wird der Bildschirm auf einmal beschrieben.

Interner Speicher
Teil des Computers, in dem Programme einprogrammiert sind (ROM) oder der als Schreib-/ Lesespeicher für Programme und Daten genutzt wird.

Internet
Internet ist ein weltweiter Verbund von Computernetzen und hat keine zentrale Organisation, die alles steuert und regelt. Weltweit nutzen ca. 30 Millionen Anwender dieses Netz, das mit verschiedenen Protokollen (z. B. TCP/IP etc.) auf die vielen dezentralen Rechner im Internet zugreifen kann. Die für den Zugang zum Internet eingesetzte Software ist davon abhängig, welches Protokoll auf dem Rechner eingesetzt wird, mit dem man sich verbinden lassen möchte. Immer mehr Anwender finden in letzter Zeit mehr und mehr den Zugang über das World Wide Web (auch kurz WWW oder W3 genannt), einen Teil des Internet, über den sogenannten Web-Browser. Neben den vielen Datenbanken, die Internet zur Verfügung stellt, können die Anwender auch untereinander weltweit kommunizieren.

Interpreter
Übersetzt ein Quellprogramm (aus einer höheren Programmiersprache) in eine für den Computer lesbare Version und führt die Programmanweisung zeilenweise sofort aus.

I/O *(Input/Output)*
Ein- und Ausgabeschnittstelle am Computer, an der periphere Geräte angeschlossen werden können.

ISDN
(Intergrated Services Digital Network)
Digitales Kommunikationsnetz der Telekom mit dem Sprache, Texte und Bildvorlagen übertragbar sind. Das ISDN-Netz wird auch als schmalbandiges Kommunikationsnetz bezeichnet; es soll später in ein breitbandiges Netz integriert werden.

ISO *(International Organizations for Standardization)*
Internationales Normungsgremium, das Standardisierungsvorschläge ausarbeitet und Empfehlungen verabschiedet, die international beachtet werden und als Norm gelten können.

K

Kathodenstrahlröhre
Siehe unter CRT-Röhre.

Kerning
Unterschneiden von Buchstaben. Hierbei verringert der Buchstabe seine ursprüngliche Dickte (Breite), wodurch beide Buchstaben näher zusammenrücken (zum Beispiel WA).

Keyboard
Eingabetastatur eines Terminals.

Kilobyte *(KB oder Kbyte)*
Maßeinheit für eine Informationsmenge oder Speichergröße. 1 Kbyte entspricht 1024 Byte. Die ungerade Zahl 1024 erklärt sich damit, daß in der Elektronik nur zwei Zustände darstellbar sind und die zehnte Potenz von zwei 1024 ergibt.

Kodierung
Festlegen der Programmschritte in ihrer programmiersprachlichen Ausformulierung nach *Programmablaufplan in Kodierblättern oder beim Entwickeln im Dialog am Bildschirm mit der Datenverarbeitungsanlage.

Kompatibilität *(Verträglichkeit)*
Man bezeichnet mit diesem Begriff die Verträglichkeit von Geräten und Programmen, die, unter möglichst geringen Anpassungen, miteinander verbunden bzw. ausgetauscht werden können. Als Hardware-kompatibel bezeichnet man also die Austauschfähigkeit von Geräten und als software-kompatibel die Austauschbarkeit von Programmen.

Konverter *(Umwandler)*
Spezielles Computersystem, das in der Lage ist, verschiedene Datenträger von unterschiedlichen Computersystemen zu lesen und die Daten so auszugeben, daß sie von einem bestimmten Computersystem verarbeitet werden können.

Konvertierung
Man unterscheidet zwischen Textkonvertierung, bei der nur die Texte übernommen und zeichenweise umgesetzt werden und der Datenkonvertierung, bei der die gesamte Datenstruktur einschließlich der Gestaltungsmerkmale (z.B. bei Ersatzteillisten, Preislisten) bei der Übernahme verarbeitet werden.

L

LAN *(Local Area Network)*
Netzwerk für bitserielle Übertragung und zur Verbindung von Computern und Peripherie auf räumlich begrenztem Gebiet (Gebäude, Firmengelände).

Laser *(Light Amplification by Stimulated Emission of Radiation)*
Das bedeutet in etwa »Lichtverstärkung durch stimulierte Anwendung von Strahlung«. Der Vorteil eines Laserstrahls liegt darin, daß er äußerst farbrein ist und so stark gebündelt werden kann, daß er auch nach mehreren Kilometern Entfernung nur wenige Zentimeter streut. Er ermöglicht es, mit extrem kleinen Lichtpunkten Buchstaben und Grafik in hoher Geschwindigkeit zu schreiben. Der Laser findet vor allem in *Laserdruckern oder Laserbelichtern als Lichtquelle Verwendung.

Laserdrucker
Mittels eines Laserstrahls werden auf einer Fotoleitertrommel Lichtpunkte erzeugt. Die meisten zur Zeit auf dem Markt befindlichen Laserdrukker setzen das Druckbild aus 300 x 300 Punkten je Zoll zusammen. Wie bei Normalpapierkopierern wird das Schriftbild mittels Toner auf das Papier übertragen und eingebrannt.

LED *(Light Emitting Diode)*
In verschiedenen Farben vorhandene Halbleiterdiode mit sehr geringem Stromverbrauch und hoher Lebensdauer.

LF *(Line Feed)*
Zeilenvorschub.

Local Bus *(Lokaler Bus)*
Neuere PC-Bus-Architektur für den schnellen Datentransport, z.B. zwischen Prozessor, Fest-

platten und Grafikkarten. Diese schnellen Bussysteme werden nicht am sonst üblichen Systembus angeschlossen, sondern direkt am Prozessorbus. Typische lokale Bussysteme sind der VESA- und PCI-Bus.

LPM *(Lines Per Minute)*
Geschwindigkeitsangabe bei Druckern; Zeichen pro Minute.

LPT *(Line-Printer)*
Mit dieser Abkürzung wird beim PC intern die parallele Schnittstelle bezeichnet, z.B. LPT 1.

M

Magnetband
Weitgehend genormter externer Datenträger. Das magnetisierte Kunststoffband mit Eisenoxidbeschichtung ist 12,7 mm breit und einseitig beschichtet. In der Breite ist das Magnetband in neun Spuren (Tracks) eingeteilt, die Schreibdichte liegt bei 800, 1600 oder 6250 bpi. Am Anfang (BOT) und Ende (EOT) des Magnetbandes sind Bandmarken angebracht, die als Steuerzeichen für Start und Stop fungieren.

Magneto-optischer Speicher *(MO)*
Optisches Speichermedium mit 5.25 oder 3.5 Zoll Durchmesser, auf dem bis zu 650 Mbyte Daten beliebig oft gespeichert und gelesen werden können.

Magnetplatte
Magnetischer Datenträger mit sehr schnellen Zugriffszeiten. Unter einer Magnetplatte versteht man eigentlich mehrere übereinander angeordnete Magnetplatten, also einen Plattenstapel. Dabei hat jede einzelne der Magnetplatten zwei bespielbare Oberflächen: die Ober- und Unterseite. Jede Oberfläche hat einen eigenen Schreib- und Lesekopf, der auch während des Schreib-/Lesevorganges nicht in direkte Berührung mit der Oberfläche kommt. Der organisatorische Aufbau entspricht in etwa den Disketten, das heißt, auch die Platte ist in Spuren und Sektoren unterteilt. Alle untereinanderliegenden Spuren eines Plattenstapels bezeichnet man als Zylinder. Man unterscheidet zwei Arten von Magnetplatten:
a) die Festplatte, die fest im Laufwerk montiert ist und vom Benutzer nicht gewechselt werden kann;
b) die Wechselplatte, bei der der Plattenstapel vom Benutzer gewechselt werden kann.

Mailboxen
Elektronischer Briefkasten. Per Modem kann man sich auf »Mailbox-Computern« als Benutzer registrieren lassen und dort Informationen hinterlegen. Der Briefkasteneigentümer oder andere berechtigte Personen können diese Informationen abfragen.

Mainframe
Englische Bezeichnung für Haupt- oder Großrechner.

Makro
Eine Folge von Befehlen, die zu einer Einheit zusammengefaßt und mit nur wenigen Tastenanschlägen aufgerufen werden können.

Manual
Englische Bezeichnung für Bedienerhandbuch (Anwendungsbeschreibung).

Maschinensprache
Spezielle binäre Programmiersprache (Assembler), die auf den verwendeten *Prozessor abgestimmt ist.

Maske
Schablone, um die Eingabe von Daten oder Texten zu erleichtern.

Matrixdrucker
Auch heute noch beliebte Ausgabeeinheit für Daten und Grafik. Anstelle eines festen Zeichens, wie etwa bei der Typenradschreibmaschine, hat der Matrixdrucker nur einen Schreibkopf mit einer bestimmten Anzahl von Nadeln, aus denen er das Zeichen erstellt. Billigere Matrixdrucker haben in der Regel 9 Nadeln, gute Produkte mindestens 24 Nadeln.

Maus *(Mouse)*
Handliches Bedienungsgerät zur Steuerung des Cursors und der Programme auf dem Bildschirm, wobei die Bewegungen der Maus elektronisch umgesetzt und dadurch die Bewegungsrichtung des Cursors gesteuert wird.

MDT
Abkürzung für mittlere Datentechnik. Damit waren früher die mehrplatzfähigen Bürocomputer gemeint mit 20 bis 80 Mbyte Speicherkapazität. Durch die gestiegene Leistungs- und Mehrplatzfähigkeit der *Personalcomputer spielen diese Systeme heute kaum noch eine Rolle.

Megabyte
1 Megabyte entspricht 1024 Kilobyte bzw. 1.048.576 Byte.

Mehrplatz-Systeme
Im Gegensatz zum Einplatz-System (Single User) erlaubt das Mehrplatz-System (*Multi-User) den Anschluß mehrerer Bildschirm-Arbeitsplätze, die gleichzeitig mit der Zentraleinheit arbeiten können. Da mehrere Benutzer auf den gleichen Datenbestand zugreifen können, benötigen Mehrplatzsysteme spezielle Betriebssysteme, um die Datenbestände sicher zu verwalten.

Menü
Bestimmte Art der Benutzerführung durch ein Programm. Dabei erscheint in der Regel auf dem Bildschirm eine Reihe von Auswahlmöglichkeiten (Menüs), unter denen der Benutzer wählen kann. Durch Tastendruck oder Ansteuern mit der *Maus wird das Untermenü bzw. der entsprechende Programmteil aufgerufen.

Mikrocomputer
Ein auf der Mikroprozessorentechnik basierendes Computersystem mit den Einheiten *Zentralrechner (CPU), RAM/ROM-Speicher und Ein-/Ausgabe-Schnittstellen.

Mikrofiche
Planfilm im Postkartenformat, auf dem mehrere hundert DIN-A4-Seiten Informationen gespeichert sind (Ersatzteillisten, Arzneimittelkataloge). Über spezielle Geräte ist auch eine Beschriftung durch Mikrocomputer möglich.

Mikroprozessor
Teil der *Zentraleinheit; verwaltet die Komponenten des Computers. Führt Datenleitfunktionen, arithmetische und logische Operationen aus.

MIPS *(Millionen Instruktionen pro Sekunde)*
Bezeichnung für die Arbeitsgeschwindigkeit eines Prozessors.

Modem
Kunstwort aus Modulator und Demodulator. Das Modem wandelt die digitalen Informationen von EDV-Systemen in analoge akustische Signale um, damit diese per Telefonleitung übertragen werden können.

Monitor
a) Landläufig ist damit ein Bildschirm für ein Computersystem gemeint.
b) Zentrale Komponente eines Betriebssystems, die der Überwachung der Programmabläufe dient.
c) Steuerprogramm, das das Zusammenwirken von Computerkomponenten aufzeichnet und gegebenenfalls ausgibt.

MS-DOS *(Microsoft-Disk Operating System)*
Sehr weit verbreitetes Standard-Betriebssystem für 16-Bit-Prozessoren mit Einplatzverarbeitung. MS-DOS ist auch als PC-DOS für den IBM-PC bekannt und mit diesem weitgehend identisch. Die Entscheidung von IBM, PC-DOS als Betriebsprogramm einzusetzen, sorgte für den Durchbruch von MS-DOS als »Industriestandard«. Ab Version 3.2 kann MS-DOS auch im Netzwerk betrieben werden.

Multiplexer
Eine Schnittstelle, die mehrere Ein- und Ausgabegeräte durch ein elektrisches Umschalten abwechselnd bedient. So kann ein Terminalmultiplexer zum Beispiel mehrere Terminals bedienen.

Multi-Programming
Multi-Programming bedeutet, daß der Hauptspeicher eines Computers gleichzeitig mehrere Programme bereithält.

Multitasking
Darunter versteht man die Eigenschaft eines Computers bzw. Betriebssystems, mehrere Programme gleichzeitig bedienen zu können, z.B. Windows, OS/2 oder Unix.

Multi-User-System
Siehe unter Mehrplatzsystem.

N

Netzwerk
Ermöglicht die Kommunikation zwischen allen per Übertragungsleitung verbundenen Computern.

NLQ *(Near Letter Quality)*
Nadel- bzw. *Matrixdrucker erzeugen den Buchstaben in der Regel mit 9, 18 oder 24 Nadeln. Dadurch sehen die Buchstaben und Zeichen sehr »zerfranst« aus. Um diesen Nachteil zu beheben, haben viele Nadeldrucker inzwischen eine sogenannte Korrespondenzqualität. Bei dieser Druckart werden die Zeichen in der Regel zweimal gedruckt, wodurch sie einem Typenrad-Schriftbild sehr ähnlich sehen. Allerdings erreichen manche Drucker auch nur noch ein Sechstel ihrer ursprünglichen Schnelligkeit beim NLQ-Druck.

Non-Impact-Drucker
Das sind Drucker mit einem anschlaglosen Druckverfahren (zum Beispiel Tintenstrahl- oder Laserdrucker).

O

OEM = *(Original Equipment Manufacturer)*
Hersteller von Fertigprodukten, der Geräte oder Geräteteile von anderen Firmen übernimmt und diese in die eigenen Produkte einbaut.

Offline
Hier besteht zwischen den externen Geräten und dem Computer keine Leitungsverbindung. Eingabe und Verarbeitung der Daten erfolgen nicht zum gleichen Zeitpunkt.

Online
Im Online-Betrieb sind alle Systeme mit dem verarbeitenden Computersystem per Datenkabel verbunden. So können eingegebene Daten sofort verarbeitet, kontrolliert und ausgegeben werden.

Option
Bezeichnung für ein Zusatzteil oder eine Zusatzfunktion, sowohl im Soft- als auch im Hardware-Bereich.

OSI *(Open System Interconnection)*
Teilt die Kommunikation zwischen Computern in 7 Schichten ein, auch als 7-Schichten-Modell bekannt.

OS/2 *(Operating System/2)*
Betriebssystem von IBM für die sogenannten industriekompatiblen Computer mit einem Intel-80386- oder höheren Chip.

P

Paketvermittlung
Siehe unter Datex.

Parallele Schnittstelle
Im Gegensatz zur seriellen Schnittstelle überträgt die parallele alle 7 oder 8 Bit gleichzeitig, das heißt, es werden alleine für die Daten gleichzeitig 8 Leitungen zusätzlich zu den sonstigen Steuerleitungen benötigt. Die bekanntesten Vertreter der parallelen Schnittstelle sind die *Centronics und die *IEEE-Schnittstelle. Der Centronicsstecker ist 36polig, die Verbindungskabel sollten nicht länger als 2 m sein.

Parity *(Parität, Gleichheit)*
Um zu gewährleisten, daß bei der Datenübertragung keine Daten verlorengehen oder fehlerhaft ankommen, wird zwischen Sender und Empfänger eine Parität vereinbart. Da nur binäre Informationen ausgetauscht werden können, kann man bei jedem übertragenen Byte die Anzahl der »1er« zählen. Je nach Vereinbarung muß die Quersumme der »1er« gerade oder ungerade sein.

Personalcomputer *(PC)*
Bezeichnung für »persönlichen Computer für jedermann«. Heute sind PCs äußerst preisgünstige Computersysteme, die zumindest aus Zentraleinheit (CPU), Bildschirm und Eingabestation bestehen. In der Praxis verfügen die PCs heute über einen Massenspeicher (Diskette, Magnetplatte) und ein Ausgabegerät (Drucker). Waren bis 1986 noch hauptsächlich 8- und 16-Bit-Prozessoren eingebaut, so geht die Entwicklung neuerdings zum 32- und 64-Bit-Prozessor, was eine erhöhte Verarbeitungsgeschwindigkeit mit sich bringt.

Pinbelegung
Jeder Stecker für EDV-Systeme besteht aus einer Vielzahl von Steckerzungen, die in der Fachsprache Pins genannt werden. Die Pinbelegung gibt Auskunft darüber, welcher Pin mit welchem Impuls versehen ist. Nur wenn die Pinbelegung an beiden kommunizierenden Systemen gleich ist, ist ein Datenaustausch möglich.

Pitch
Ein Maß für den Zeichenabstand im Drucker. Pitch sagt aus, wieviel Zeichen pro Zoll gedruckt werden. 10, 12 oder 15 Zeichen pro Zoll können die meisten Drucker verarbeiten.

Pixel
Kleinste auf dem Bildschirm oder Drucker darstellbare und adressierbare Einheit (Bildpunkt).

Plotter
Zeichenmaschine, die einen oder mehrere Stifte über ein Blatt Papier entsprechend der angegebenen Koordinaten vom Computer bewegt. So können sowohl Kurven, Kreise und sonstige grafische Darstellungen als auch Beschriftungen gezeichnet werden.

PostScript
Software (Kommunikationssprache) der Fa. Adobe Systems Inc. zur Steuerung der *RIP-Elektronik. Während der Verarbeitung im Raster-Image-Prozessor (*RIP) werden die eingegebenen Daten in eine *Bitmap umgewandelt. Man bezeichnet dies teilweise auch als »Pixel-Landkarte«. PostScript erlaubt es, daß man zum Beispiel Daten und Grafiken, die auf einem PC mit postscriptfähiger Software erfaßt wurden, wahlweise über einen PostScript-Laserdrucker oder einen PostScript-Laserbelichter ohne weitere Bearbeitung ausgeben kann.

Programmablaufplan
Der Programmablaufplan beschreibt den Ablauf der Operationen in Abhängigkeit der jeweils vorhandenen Daten. Er wird als grafische Grundlage zur Erstellung eines Programms angelegt und dient als Vorlage bei der Kodierung.

Programmiersprache
Besteht wie jede andere Sprache aus Buchstaben, Ziffern, mathematischen und anderen Zeichen. In der jeweiligen Zusammensetzung dieser Zeichen entsteht eine künstliche bzw. technische Sprache. Man unterscheidet:
1. Maschinenorientierte Sprachen (z.B. Assembler).
2. Problemorientierte höhere Sprachen (z.B. Cobol, Fortran, Pascal).
3. Benutzerorientierte Sprachen (z.B. Basic in den verschiedenen Versionen).

PROM
(Programmable Read Only Memory)
Festspeicher, dessen Dateninhalt nur einmal mit einem entsprechenden Gerät programmiert werden kann, im Gegensatz zum *EPROM.

Proportionalschrift
Schrifttyp, bei dem die Breite des Buchstabens unterschiedlich dargestellt wird. Im Gegensatz zu den üblichen Schreibmaschinentypen, die alle Buchstaben gleich breit abbilden, hat bei den Proportionalschriften jeder Buchstabe seine eigene Dickte (Breite). Der Versalbuchstabe »O« läuft daher wesentlich breiter als das kleine »i«.

Protokoll
Das Protokoll regelt den Datenaustausch zwischen Sender und Empfänger. Protokolliert werden der Übertragungscode, die Fehlersicherung, das Erkennen und Korrigieren von Übertragungsfehlern usw.

Pull-down-Menü
Befehlsmenü, das durch Anklicken mit der Maus oder durch einen Kurzbefehl aufgeklappt werden kann und so weitere Befehle zur Auswahl darbietet.

Puffer
Eine Art Zwischenspeicher, der Daten aufnimmt, bis sie von der verarbeitenden Einheit abgerufen werden.

R

RAM *(Random Access Memory)*
Schreib- und Lesespeicher – Hier werden in der Regel Programme und Programmteile eingelesen und für die Verarbeitung gespeichert. Da der Inhalt des RAM-Speichers veränderbar ist, gehen seine Daten bei Stromausfall verloren. Die Größe des RAM-Speichers gibt auch Auskunft über die Leistungsfähigkeit des Computers. Reichten für die DOS-Programme noch 640 Kbyte Speicher, so benötigen Windows und Windows-Programme ca. 4 Mbyte.

Relationale Datenbank
Datenbanktyp, bei dem man sich die Datenbank aus einer oder mehreren Tabellen mit Zeilen und Spalten vorstellen kann. Anhand des Spalteninhaltes können Daten miteinander verglichen und sortiert werden. Die relationale Datenbank stellt über eine bestimmte Kennzeichnung (z.B. Auftragsnummer, Kundennummer) eine Beziehung zwischen den einzelnen Datensätzen her. Vgl. auch *hierarchische Datenbank.

Reset
Zurücksetzen, einen definierten Urzustand wiederherstellen.

Retrieval
Englisch für »Wiederauffinden«. Datenbanken werden in der Fachsprache oft auch »Retrieval-Systeme« genannt, da hier gespeicherte Dokumente durch Abfrage wieder aufgefunden werden müssen.

RIP
(Raster-Image-Prozessor)
Der RIP empfängt Daten von einem Personalcomputer und besorgt die rechnerische Seitenaufbereitung vor der Ausgabe auf Papier oder Film, das heißt, daß er die erhaltenen Codes (Buchstaben, Ziffern, Bilder) in einzelne kleine Punkte (Pixels) verwandelt. Man nennt dies auch eine Pixel-Landkarte oder Bitmap-Technik.

RISC-Prozessoren
(Reduced Instruction Set Computing)
Diese Prozessoren arbeiten mit viel weniger Grundinstruktionen als die bisher üblichen *CISC-Prozessoren und erreichen dadurch höhere Verarbeitungsgeschwindigkeiten. Anfangs fanden sie überwiegend in Workstations ihren Einsatz, in letzter Zeit mehr und mehr in PCs.

ROM
(Read Only Memory)
Im Gegensatz zum *RAM ist das ROM ein nicht veränderbarer Festwertspeicher. Es wird deshalb auch Lesespeicher genannt. Eine einmal eingebrannte Information kann nicht mehr verändert werden. Sonderform des ROM: *EPROM = mehrmals lösch- und programmierbarer Festwertspeicher (nach Löschen durch UV-Licht kann man diese EPROMs neu programmieren).

RS232C
Heute verwendete *serielle Standardschnittstelle (US-Normung) mit 25poligem Anschluß. Auch als deutsche *V.24 bekannt. Zwischen V.24 und RS 232 C können Unterschiede in der Anschlußbelegung bestehen.

S

Serielle Schnittstelle
Bei der seriellen Datenübertragung wird jedes Bit einzeln nacheinander übertragen. Die Stecker sind 25polig. Die serielle Schnittstelle ist auch unter den Bezeichnungen V.24 oder *RS 232 C bekannt.

Server
Zentraler Computer in einem Netzwerk, der oft mit hoher Rechenleistung und großen Speichern ausgestattet ist. Er verwaltet meistens zentral die Programme und Daten für das Netzwerk.

Simplex
Übertragung der Daten in nur eine Richtung.

Slot
Erweiterungssteckplatz auf der Hauptplatine (Motherboard) des Computers. Dadurch kann der PC entsprechend den Wünschen des Anwenders und des technischen Fortschritts angepaßt werden.

Software
Software ist der Sammelbegriff für Programme aller Art, sowohl der *Anwendungssoftware als auch der *Betriebssoftware.

Spellprogramm *(Korrekturprogramm)*
Einige Softwarehersteller bieten zu ihrem Textverarbeitungsprogramm ein Korrekturleseprogramm an. Die meisten Spellprogramme sind jedoch im praktischen Einsatz wenig hilfreich, da die deutsche Sprache zu schwierig ist, zum Beispiel bei der Groß- und Kleinschreibung.

Spooler *(Simultaneous Peripheral Operations On Line)*
Ein Drucker-Spooler ist ein Zwischenspeicher, in den die Daten abgelegt werden, bevor sie der Drucker ausgibt. Der Spooler ermöglicht es also,

daß gleichzeitig am PC ein *File bearbeitet und ein anderes ausgedruckt wird.

Spreadsheet
Englischer Ausdruck für Tabellenkalkulationsprogramme oder dessen Arbeitsblätter.

Spur *(Track)*
Konzentrisch auf der Diskette oder Platte angeordnete Kreise werden Spuren (Tracks) genannt. Dabei liegen die Bits seriell hintereinander in der Spur. Jede Spur ist in Sektoren aufgeteilt.

Stapelverarbeitung
(Batch-Verarbeitung)
Bei der Stapelverarbeitung sammelt der Computer die eingegebenen Daten und verarbeitet sie dann im ganzen, während der Ausführung kann nicht mehr in den Prozeß eingegriffen werden.

Startbit
Das bei einer seriellen Datenübertragung den eigentlichen »Zeichenbits« vorangehende Bit heißt Startbit.

Stoppbit
Das bei einer seriellen Datenübertragung den eigentlichen »Zeichenbits« folgende Bit ist das Stoppbit, das auf die Vollständigkeit der Zeichenübertragung hinweist.

Streamer *(Tape-Streamer)*
Streamer sind Bandgeräte zum Austausch und zur Sicherung von Daten. »Streamen« bedeutet, daß das Magnetband Daten bzw. Dateien in einer kontinuierlichen Bewegung aufzeichnet, also ohne das übliche Start/Stopp-Verhalten bisheriger Bandgeräte.

strukTEXT *(Autorensprache)*
Standard zur strukturierten Texterstellung für Autoren, Verlage und Druckereien auf der Basis von *SGML, dem deutschen Sprachgebrauch angepaßt. strukTEXT gibt zum einen Hilfe bei der Strukturierung von elektronischen Manuskripten, wenn diese in verschiedenen Computersystemen ausgegeben werden müssen, zum anderen ist es dann anwendbar, wenn bei der Texterfassung die Gestaltung noch nicht festliegt. strukTEXT entstand durch Kooperation des Bundesverbandes Druck und des Börsenvereins.

Support *(Unterstützung)*
Mit Support meint man in der EDV die Unterstützung im Hard- und Softwarebereich durch Spezialisten für eventuell aufkommende Probleme.

Synchron
Die synchrone Datenübertragung setzt voraus, daß Sender und Empfänger über einen Taktgeber ständig gleichphasig geschaltet sind. Sender und Empfänger müssen also mit gleicher Übertragungsgeschwindigkeit arbeiten.

Syntaxfehler
Fehler bei der Eingabe eines Programmbefehles oder Kommandos, wenn die formellen Regeln nicht eingehalten wurden.

T

Tape
Fachbezeichnung für *Magnetband.

Teachware
Lehr- und Lernprogramme, die oft auch dazu eingesetzt werden, daß sich ein Programm oder Computer selbst erklären kann.

Telefax
Fernkopierdienst der Telekom.

Telekom online *(früher Btx)*
Telekom online ist ein interaktives Informations- und Kommunikationssystem, bei dem von einem Telekom-Rechner oder von *externen Rech-

nern elektronisch gespeicherte Informationen per öffentlichem Fernsprechnetz abgerufen werden. Die Teilnahme setzt ein speziell dafür eingerichtetes Fernsehgerät (oder einen PC), einen Telefonanschluß und eine Anschlußbox (*Modem) voraus.

Teletex
Tele-Kommunikationsdienst der Telekom für Bürokommunikation. Ganze Schreibmaschinenseiten und Dokumentationen können als Datenpaket sehr schnell (2400 Bit/s) vom Sender zum Empfänger per Datenleitung geschickt, zwischengespeichert und aufgerufen werden.

Teletext
Nachrichtendienst der Fernsehanstalten unter Ausnutzung der Abtastlücke. Mit Hilfe eines Decoders werden Informationstafeln von den Fernsehanstalten abgerufen und sind auf Wunsch jederzeit auf dem Bildschirm darstellbar.

Telexnetz
Öffentliches digitales Wählnetz für die Übertragung mit 50 Bit pro Sekunde.

Textverarbeitung
Allgemein versteht man unter Textverarbeitung das Erfassen, Verarbeiten und Ausgeben von Briefen, Schriftstücken, Dokumenten, Dissertationen, Autorenmanuskripten etc.

Thermodrucker
Hier sind kleine Heizelemente im Druckkopf untergebracht, die Bildpunkte auf ein Spezialpapier direkt einbrennen.

Thermotransfer-Drucker
Hier überträgt ein Spezialfarbband unter Einwirkung von Hitze die Farben auf Normalpapier.

Tintenstrahldrucker *(Ink Jet)*
Hier erfolgt die Zeichendarstellung mit Hilfe von Farbdüsen, die die Tinte auf das Papier spritzen. Tintenstrahldrucker zeichnen sich durch hohe Geschwindigkeit und niedrigen Geräuschpegel aus.

Tool *(Werkzeug)*
Ein Programm oder Programmteil, der den Programmierer bei der Programmierung unterstützt. Teilweise werden auch dem Anwender zur Verfügung gestellte Unterprogramme »Tools« genannt.

Touch-Screen *(Kontakt-Bildschirm)*
Touch-Screen nennt man eine Art der Benutzerführung ohne Tastatur, das heißt, der Bediener berührt mit dem Finger den Bildschirm an der Stelle, an der der gewünschte Befehl steht. Dieser Befehl wird vom Computer ausgeführt, ohne daß eine weitere Eingabe nötig ist. Durch das Berühren der Bildschirmoberfläche mit der Fingerspitze wird eine infrarote Lichtschranke durchbrochen und der im angetippten Feld zugeordnete Befehl ausgeführt.

TTL
Abkürzung für Transistor-Transistor-Logik. Form der integrierten Schaltkreistechnik, Vorläufer der heutigen ICs.

U

Unix
Netzwerkfähiges Standardbetriebssystem, Multitasking und mehrplatzfähig.

Update
Aktualisieren; auf den neuesten Stand bringen (z.B. Programme oder Hardware auf neuere Versionen).

Utilities
Dienstprogramme, z.B. für die Speicherverwaltung oder zum Wiederherstellen von gelöschten Dateien.

V

V.24
*Serielle Schnittstelle mit 25poligem Stecker zur Datenübertragung; entspricht den *CCITT-Empfehlungen.

Vektor
Gerichtete Strecke, die neben ihrer absoluten Größe (Anfangs- und Endpunkte) auch durch ihre Richtung gekennzeichnet ist.

VGA-Karte *(Video Grafic Adapter)*
Hochauflösender Grafikadapter mit 480 x 640 Punkten (Standard).

Virtueller Speicher
Durch Definieren eines Speicherbereichs auf einem externen Speicher (Diskette, Festplatte) wird der Arbeitsspeicher »künstlich« vergrößert. Durch schnellen Datenaustausch zwischen dem Arbeitsspeicher und der Festplatte steht damit einem Anwendungsprogramm ein größerer Speicherplatz zur Verfügung als der Arbeitsspeicher hat.

W

Winchester-Platte
siehe unter *Festplatte.

Windows 3.x
Betriebssystemaufsatz mit grafischer Bedieneroberfläche für das Betriebssystem *MS-DOS.

Windows 95
Nachfolger des Betriebssystemaufsatzes *Windows 3.x. Im Gegensatz zu diesem jedoch ist Windows 95 ein eigenständiges 32-Bit-Betriebssystem für Intel-x86-CPUs und Kompatible und hat *MS-DOS bereits integriert.

WindowsNT
Eigenständiges Betriebssystem von Microsoft mit durchgängiger 32-Bit-Technologie. Im Gegensatz zu Windows 95 läuft NT nicht nur auf x86-Prozessoren, sondern zum Beispiel auch auf den modernen *RISC-Prozessoren. NT steht hier für »Neue Technologie«.

WYSIWYG
(What you see is what you get =
Man bekommt das, was man sieht)
Damit ist eine Art der Bildschirmdarstellung gemeint. WYSIWYG bedeutet, daß das auf dem Bildschirm Dargestellte in gleicher Form ausgedruckt wird.

X

X-Modem
Protokoll zur Übermittlung von Daten per Modem.

XT
(Extended Technology = vorteilhafte Technologie)
Bezeichnung für PCs, die mit einem Intel 80286-Prozessor ausgerüstet sind.

X.25
Normschnittstelle für *Datex-P zwischen Datenendeinrichtung und Datenübertragungseinrichtung.

Z

Zelle
Eine Zelle (oder Feld) ist die kleinste adressierbare Einheit in einem Arbeitsblatt eines Tabellenkalkulationsprogramms und wird über das Koordinatensystem aus Spalten und Zeilen angesteuert.

Zentraleinheit *(CPU)*
Funktionseinheit innerhalb eines Rechnersystems, in dem die Recheneinheit, die Steuereinheit, das Register und der Taktgeber untergebracht sind.

Zoom
Begriff aus der *CAD/CAM-Technik und dem DTP-Bereich: Gemeint ist das schrittweise Vergrößern oder Verkleinern einer Darstellung auf dem Bildschirm. Man kann so die Konstruktion einer Zeichnung auf dem Bildschirm im Detail betrachten oder von einem Detail die Gesamtansicht darstellen.

Zugriffszeit
Unter Zugriffszeit versteht man die Zeitspanne, die ein Computer benötigt, um auf einen internen oder *externen Speicher zuzugreifen und die gelesenen Daten zu übertragen.

Literatur

Zeitschriften

Natürlich kann und will kein Buch so aktuell wie eine Zeitschrift sein. Mit dem Wissen dieses Buches haben Sie die nötigen Grundkenntnisse, Computerzeitschriften zu lesen und für sich zu interpretieren. Von der Vielfalt der angebotenen Computerzeitschriften kann man sich an jedem Kiosk überzeugen, daher werden im folgenden auch nur Titel und Verlag genannt.

Computerzeitschriften sind entweder für die speziellen Plattformen zugeschnitten (zum Beispiel für DOS/Windows-Rechner oder für Macintosh, Atari usw.) oder nach Anwendungsgebieten, beispielsweise DTP oder Multimedia. Man sollte also vorher wissen, über was man sich informieren will.

Allgemeine Computerzeitschriften:
CHIP, Vogel-Verlag, Würzburg
PC-Praxis, Data Becker GmbH, Düsseldorf
DOS International, DMV Daten und Medienverlag, Poing
PC Welt, IDG Communikations Verlag, München
PC-Direkt, ZIFF-Verlag, München
c't magazin für computertechnik, Verlag Heinz Heise, Hannover
WIN, Vogel-Verlag, Würzburg
PC Professionell, ZIFF-Verlag, München

Für Macintosh:
MACwelt, IDG Communikations Verlag, München
MACup, MACup Verlag, Hamburg

Desktop-Publishing:
PAGE, MACup Verlag, Hamburg
PUBLISHING PRAXIS, Verlag Deutscher Drucker, Ostfildern

Multimedia:
Screen Multimedia, MACup Verlag, Hamburg

Online:
PC-Online, Vogel-Verlag, Würzburg
com! – das btx-magazin, Neue Mediengesellschaft Ulm, München

PC-Netzwerke:
PC Netze, Datacom Verlag, Bergheim

Freizeit und private Anwendung:
PCgo!, MagnaMedia Verlag, Haar bei München
Power Play, MagnaMedia Verlag, Haar bei München
Amiga-Magazin, MagnaMedia Verlag, Haar bei München
Video Games, MagnaMedia Verlag, Haar bei München

Bücher

Markt&Technik (und auch viele andere auf Computerbücher spezialisierte Verlage) bietet dem Leser beinahe zu jedem Thema geeignete Bücher an. Für den Anwender ist es oft nicht klar ersichtlich, warum zum Beispiel für MS-Word im selben Verlag gleich mehrere Bücher erscheinen. Der Grund liegt darin, daß die Verlage für die unterschiedlichsten Zielgruppen und Käuferinteressen geeignete Fachliteratur anbieten wollen. Grob kann man die Literatur für Einsteiger und Fortgeschrittene in folgende Kategorien einteilen:

- Leichtverständliche, kurzgefaßte Programmbeschreibungen für den Erstkontakt. Zur Vertiefung des Wissens gibt es in gleicher Art Folgebände (z.B. die »So geht's«-Reihe, die gestaltungsmäßig auf dem »Doppelseiten-Prinzip« aufbaut).
- Buchreihen mit ausführlichen Programm- und Funktionsbeschreibungen für den Einsteiger, die ebenfalls für den Erstkontakt und zur Vertiefung des Wissens gedacht sind.
- Die umfangreichen Kompendien und Handbücher eignen sich für Fortgeschrittene und als Nachschlagewerk sowie als vertiefendes Arbeitsbuch.
- Für Anwender, die ihr Programm bereits kennen, aber öfter bei bestimmten Anwendungen nachschlagen wollen, eignen sich die Schnellübersichten. Sie sind als Problemlöser gedacht und sollten gleich neben dem PC liegen.

Stichwortverzeichnis